젊은 예술가의 초상

이 도서의 국립중앙도서관 출판예정도서목록(CIP)은 서지정보유통지원시스템 홈페이지(http://seoji.nl.go.kr)와
국가자료공동목록시스템(http://www.nl.go.kr/kolisnet)에서 이용하실 수 있습니다.
(CIP제어번호: CIP2017033386)

세계문학전집
156

James Joyce : A Portrait of the Artist as a Young Man

젊은 예술가의 초상

제임스 조이스 장편소설

진선주 옮김

문학동네

일러두기

1. 번역 대본으로는 *A Portrait of the Artist as a Young Man* (James Joyce, edited by John Paul Riquelme, Norton & Co., 2007)을 사용했다.
2. 주석은 모두 옮긴이주이고, 책 말미의 '아일랜드 역사 개요'는 독자의 이해를 돕기 위해 옮긴이가 넣은 것이다.
3. 본문 중 고딕체는 원서에서 이탤릭체로 강조한 부분이다.
4. 구두점 및 말줄임표의 사용은 원서의 형식을 따랐다.
5. 성서의 인용은 『성경』(한국천주교주교회의, 2009)을 따랐고, 성인명과 라틴어 표기 등은 가톨릭의 기준을 따랐다.

차례

그리하여 그는 그때까지 알려지지 않은 기술에 온 마음을 쏟았다.

Et ignotas animum dimittit in artes.

_오비디우스, 『변신 이야기』 제8권 188행*

* 그리스신화에서 아테네의 명장 다이달로스가 아들 이카로스와 함께 크레타의 미궁에서 탈출하기 위해 인류 최초로 날개를 만들 생각에 골몰하는 대목으로 "그러면서 자연의 법칙을 바꾸었다"라는 말로 이어진다. 이 제사는 작품의 주제와 구조 양면에 걸쳐 뼈대와 같은 구실을 한다.

제1장

옛날 옛날 세상 좋던 시절에 음매소 한 마리가 길을 따라 내려오고 있었단다. 길을 따라 내려오던 이 음매소는 아기 터쿠*라는 이쁘장한 어린애를 만났지.....

아버지가 그에게 그 이야기를 해주었다. 아버지는 외알 안경 너머로 그를 바라보았다. 아버지의 얼굴에는 수염이 덥수룩했다.

그가 아기 터쿠였다. 음매소는 베티 번이 살고 있는 길을 따라 내려왔어. 베티 번은 레몬 캔디를 팔았단다.

오, 들장미가 피어 있네

* 조이스의 어릴 적 별명이기도 하다.

그 작고 푸른 들판에.

그는 그 노래를 불렀다. 그가 잘 부르는 노래였다.

오, 푸은 잔미가 피어 인네.*

오줌을 싸서 침대를 적시면 처음에는 뜨뜻하다가 조금 있으면 차가워진다. 어머니가 유포油布를 깔아주었다. 유포에서는 이상한 냄새가 났다.

어머니에게서는 아버지보다 더 좋은 냄새가 났다. 어머니는 그가 춤을 출 수 있도록 피아노로 선원들이 즐겨 추는 혼파이프 무곡을 쳐주었다. 그는 춤을 추었다.

트랄랄라 랄라
트랄랄라 트랄랄라디
트랄랄라 랄라
트랄랄라 랄라.

찰스 아저씨와 댄티**가 손뼉을 쳤다. 그들은 그의 아버지와 어머니보

---

* '푸른 장미가 피어 있네'의 혀짤배기소리.

** '찰스 아저씨'의 모델이 된 인물은 제임스 조이스의 아버지 존 조이스의 처삼촌인 윌리엄 오코넬로, 제임스 조이스에게는 외종조부다. '댄티'의 모델이 된 인물은 가정교사 헌 콘웨이 부인으로, '댄티(Dante)'는 '아주머니(Aunt 또는 Auntie)'라는 말을 어린아이들이 잘못 발음한 데서 굳어진 이름으로 보인다.

다 나이가 많았고 찰스 아저씨는 댄티보다도 더 나이가 많았다.

댄티의 옷장에는 솔이 두 개 있었다. 등이 밤색 벨벳으로 된 솔은 마이클 대빗*을 기념하는 것이고, 등이 초록색 벨벳으로 된 솔은 파넬**을 기념하는 것이었다. 댄티는 그가 박엽지를 갖다줄 때마다 입안을 향긋하게 해주는 사탕을 한 개씩 그에게 주었다.

밴스네는 7번지에 살았다. 그들에겐 다른 아버지와 어머니가 있었다. 아일린의 아버지와 어머니였다. 어른이 되면 그는 아일린과 결혼할 생각이었다.***

그는 식탁 밑에 숨었다. 어머니가 말했다.

—오, 스티븐, 사과해야지.

댄티가 다그쳤다.

—오, 그러지 않으면 독수리가 와서 눈알을 뽑아갈걸.

눈알을 뽑아간다네,
사과해요,
사과해요,
눈알을 뽑아간다네.

사과해요.

---

* 소작인 동맹을 창설하여 찰스 스튜어트 파넬과 함께 토지개혁운동을 펼친 애국 투사.

** 찰스 스튜어트 파넬. 토지개혁운동과 아일랜드 자치운동을 주도한 민족주의 영도자.

*** 밴스네는 프로테스탄트 집안이다. 댄티는 어린 조이스에게 종교가 다른 아일린과 놀면 지옥에 간다고 을렀다고 한다.

눈알을 뽑아간다네,

눈알을 뽑아간다네,

사과해요.

* * *

넓은 운동장은 아이들로 북적였다. 모두들 소리를 질러댔고 감독 선생님들은 목이 터져라 그들을 몰아댔다. 저녁나절의 공기는 어슴푸레하고 냉기가 감돌았다. 럭비 선수들이 돌진해 공을 퍽 하고 찰 때마다 기름기로 반질거리는 가죽 공이 땅거미 내린 햇살 속을 육중한 새처럼 날았다. 그는 감독 선생님의 눈을 피해, 그리고 선수들의 거친 발길질을 피해 자기 편 아이들의 가장자리에 붙어 선 채 이따금 달리는 시늉만 했다. 선수들 무리에 휘말리기만 하면 자기 몸이 왜소하고 허약하다는 기분이 들면서 시력 약한 두 눈에서 눈물이 찔끔거렸다. 로디 키컴은 그렇지 않았다. 모두가 입을 모아 키컴이 초등부* 주장이 될 거라고 했다.

로디 키컴은 착한 아이였지만 내스티 로시는 정나미 떨어지는 녀석이었다. 로디 키컴은 사물함에 정강이 보호대도 있었고 식당에는 개인 음식을 담아두는 바구니도 가지고 있었다. 내스티 로시는 손이 커다랬

* 클롱고우스 우드 칼리지에서는 학생을 나이에 따라 세 그룹으로 나누었다. 13세 미만은 초등부, 13~15세는 중등부, 15~18세는 고등부였다. 다시 초등부는 기초반(elements)과 초급 문법반(third grammar), 중등부는 중급 문법반(second grammar)과 고급 문법반(first grammar), 고등부는 시반(poetry)과 수사학반(rhetoric)으로 나누었다. 스티븐은 나이가 어려 초등부 기초반이다.

다. 그는 금요일에 나오는 푸딩을 가리켜 '담요로 싼 개'*라고 했다. 그리고 어느 날인가 그에게 이렇게 물었다.

—너 이름이 뭐지?

스티븐이 대답했다.

—스티븐 디덜러스야.

그러자 내스티 로시가 되물었다.

—무슨 이름이 그래?

그때 스티븐이 대답을 못하자 내스티 로시가 또 물었다.

—네 아버지는 뭐 하셔?

스티븐이 대답했다.

—신사야.

그랬더니 내스티 로시가 다시 물었다.

—치안판사야?

그는 자기 편 가장자리에서 이리저리 오가며 이따금씩 살짝 달리는 시늉을 했다. 그러나 그의 두 손은 추위로 푸르죽죽했다. 그는 벨트가 달린 회색 양복 주머니에 두 손을 찔러넣었다. 주머니를 둘러 벨트가 달려 있었다. 그리고 벨트는 사람을 후려치는 데 쓰이기도 했다. 어느 날 한 아이가 캔트웰에게 말했다.

—당장에 네 녀석을 혁대로 한 대 갈겨줄까보다.

캔트웰이 대답했다.

—가서 상대가 될 만한 녀석이나 붙들고 싸워. 세실 선더나 한 대 갈

* dog-in-the-blanket. 잼이 든 돌돌 말린 형태의 푸딩.

겨보지그래. 네놈이 당하는 꼴 좀 보게. 세실이 네놈 궁둥이를 보기 좋게 한 대 갈걸.

점잖지 못한 말씨였다. 어머니는 학교에서 거친 아이들하고는 말도 섞지 말라고 타일렀다. 마음씨 고운 우리 어머니! 첫날 성城*의 현관에서 작별 인사를 할 때 어머니는 그에게 키스를 하려고 베일을 두 겹으로 접어 코 위까지 걷어올렸다. 그때 보니 어머니의 코와 눈이 붉었다. 그러나 그는 어머니가 울먹이는 것을 못 본 척했다. 어머니는 좋은 분이셨지만 울 때는 그다지 좋지 않았다. 아버지는 그에게 용돈으로 5실링짜리 동전 두 개를 주었다. 그러면서 무엇이든 필요한 것이 있거든 집으로 편지를 보내라고, 또 어떤 일이 있어도 남을 고자질해서는 안 된다고 말했다. 성의 현관문에서 교장 선생님**이 수단 자락을 산들바람에 펄럭이면서 그의 아버지 어머니와 작별의 악수를 나누었고, 이어 아버지와 어머니를 태운 마차가 굴러가기 시작했다. 그들은 마차에서 손을 흔들며 그를 향해 소리쳤다.

—잘 있거라, 스티븐, 잘 있어!

—잘 있거라, 스티븐, 잘 있어!

그는 스크럼의 소용돌이에 휩쓸렸고, 번뜩이는 눈들과 진흙투성이 럭비화들에 겁을 먹고는 허리를 굽힌 채 선수들의 다리 사이로 내다보

---

* 이 학교의 본관은 원래 성이었다. 중세에 가톨릭교도들이 영국에 저항하기 위해 쌓은 것으로, 1642년 영국군에게 파괴되자 성주 브라운 집안이 다시 축성했다. 이후 예수회의 피터 케니 신부가 이를 사들여 1814년 아일랜드 최초이자 최고의 남학생 기숙학교 클롱고우스 우드 칼리지를 설립했다.

** 조이스는 1888년 9월 1일, 만 여섯 살이 조금 넘어 이 학교에 입학했고, 당시 교장은 예수회의 존 콘미 신부였다.

았다. 아이들은 발버둥치고 신음을 내며 다투었고, 다리로는 서로를 비비고 걷어차고 짓밟았다. 그때 잭 로턴이 노란 구둣발로 공을 살짝 빼내자 다른 모든 아이들의 구둣발과 다리가 그 뒤를 쫓아 달렸다. 그도 그들을 따라 조금 뛰어가다 곧 멈추었다. 뛰어봤자 무슨 소용이 있겠는가. 곧 방학이 되어 그들은 집으로 돌아갈 것이다. 저녁을 먹은 뒤 자습실에 가면 책상 안에 붙여놓은 숫자를 77에서 76으로 바꿔놓으리라.*

추운데 바깥에 있는 것보다는 자습실에 있는 쪽이 더 나을 터였다. 하늘은 어슴푸레하고 냉기가 감돌았지만 성안에는 불이 켜져 있었다. 그는 해밀턴 로언**이 어느 창문에서 은장隱墻을 향해 모자를 던졌는지, 또 그때도 창문 밑에 화단이 있었는지 궁금했다. 어느 날 그가 성으로 불려갔을 때 학교 집사가 나무문에 남아 있는 군인들의 총탄 자국을 보여주며 교직원들이 먹는 버터 쿠키를 하나 건네준 기억도 떠올랐다. 성안에 켜진 불빛을 바라보고 있으니 기분이 좋아지면서 따뜻한 느낌이 들었다. 그것은 마치 책 속에 나올 법한 모습이었다. 레스터 수도원이 이런 모습이리라. 그리고 콘웰 박사의 철자법 교과서에는 근사한 문장이 더러 있었다. 그 문장들은 시 같았지만 철자법을 배우기 위한 문장에 지나지 않았다.

울지***가 레스터 수도원에서 숨을 거두자

---

* 학기말이자 크리스마스 방학이 시작될 때까지 남은 날의 수를 써 붙인 것이다.

** 아일랜드의 독립투사. 1794년 폭동 교사 혐의로 영국군에 체포되었으나 탈주해 클롱고우스 우드 성으로 피신했고, 도서관 창문에서 모자를 던져 추격군을 따돌렸다는 일화가 있다.

*** 영국의 추기경이자 정치가인 토머스 울지를 말한다.

수도원장들이 그를 거기에 묻었다네.

암종병canker은 식물의 병이요,

암cancer은 동물의 병이라네.

두 손을 베개 삼아 베고 벽난로 앞 양탄자에 드러누워 그런 문장들을 생각하면 얼마나 좋을까. 그는 차갑고 끈적끈적한 오물이 바로 살갗에 닿는 것 같아 몸서리를 쳤다. 웰스가 그를 어깨로 밀어 기숙사 뒤 변소의 배수통에 빠트린 일은 암만 생각해도 비열했다. 상대의 열매를 마흔 개나 격파한 무적의 정복자라면서 잘 마른 마로니에 열매를 그의 자그마한 코담뱃갑과 바꾸자고 하길래 거절했더니 그런 짓을 벌인 것이다. 그 똥물은 얼마나 차갑고 끈적끈적하던지! 한 아이는 언젠가 커다란 쥐 한 마리가 배수통의 더껑이 속으로 풍덩 뛰어드는 걸 봤다고 했다. 그는 몸서리를 쳤고 엉엉 울고만 싶었다. 집에 있었다면 얼마나 좋았을까. 어머니는 댄티와 벽난로 앞에 앉아 브리지드가 차를 가져오기를 기다리고 있으리라. 어머니의 두 발은 벽난로 난로망 위에 올려져 있고, 구슬로 장식된 어머니의 슬리퍼는 아주 뜨겁게 달궈져 무척이나 따뜻한 냄새를 풍기겠지! 댄티는 아는 것이 많았다. 그녀는 모잠비크해협이 어디 있는지, 아메리카에서 가장 긴 강이 무엇인지, 달에서 제일 높은 산의 이름이 무엇인지 그에게 가르쳐주었다. 아널 신부야 사제이니 댄티보다 아는 것이 훨씬 더 많았지만, 그의 아버지와 찰스 아저씨는 댄티가 영리한 여성이고 책을 많이 읽은 여성이라고 입을 모았다. 그런데 댄티는 저녁을 먹고 나면 트림을 하면서 한 손으로 입을 가리곤 했다. 소화불량으로 속쓰림이 있었던 것이다.

운동장 저 끝에서 외치는 소리가 들렸다.

—전원 입실!

그러자 중등부와 초등부 쪽에서도 외치는 소리가 들렸다.

—전원 입실!

럭비를 하던 선수들이 벌겋게 상기된 얼굴에 진흙투성이가 되어 몰려들었고 그도 그들 사이에 끼어 기꺼이 실내로 들어갔다. 로디 키컴이 기름때 묻은 가죽끈을 잡아 공을 들었다. 한 아이가 마지막으로 한 번만 공을 차보자고 졸라도 그는 아이의 말에 대꾸조차 하지 않고 걸어갔다. 사이먼 무넌이 선생님이 지켜보고 있으니 그러지 말라고 타일렀다. 그러자 그 아이가 사이먼 무넌을 향해 말했다.

—네가 왜 그런 소릴 하는지 우리는 다 알아. 넌 말이야, 맥글레이드 선생님의 석suck*이잖아.

'석'은 이상한 말이었다. 그 아이가 사이먼 무넌을 그렇게 부른 것은, 사이먼 무넌이 선생님이 입은 수단의 장식 소매를 등뒤에서 묶을 때마다 선생님이 늘 화를 내는 척만 했기 때문이다. 그러나 '석'이라는 소리는 듣기 좋지 않았다. 언젠가 그가 위클로 호텔 화장실에서 손을 씻을 때 아버지가 사슬을 당겨 마개를 뽑자 더러운 물이 세면대 구멍 속으로 빠져내려갔다. 물이 천천히 다 빠져나갈 때 세면대 구멍에서 그런 소리가 났다. 석. 다만 소리가 더 클 뿐이었다.

그 소리와 화장실 세면대의 하얀 빛깔을 떠올리자 그는 몸이 차가워졌다가 이내 뜨거워지는 느낌이었다. 거기에는 수도꼭지가 두 개 있었

---

* 학생들 사이에 사용되는 은어로, 선생님에게 잘 보이려는 아첨꾼을 뜻한다.

는데 틀면 한쪽에서는 차가운 물이 나왔고 다른 쪽에서는 뜨거운 물이 나왔다. 그는 몸이 차가워졌다가 이내 뜨거워지는 기분이었다. 그리고 그 수도꼭지에 새겨진 명칭들이 보였다. 참 기묘한 일이었다.

그리고 복도의 공기 또한 그를 오싹하게 만들었다. 묘하고 축축했다. 하지만 곧 가스등이 켜질 것이다. 가스등이 탈 때면 짧은 노래 같은 나지막한 소리가 났다. 언제나 한결같은 소리였다. 휴게실에서 아이들이 잡담을 그치면 들리는 그런 소리였다.

산수 시간이었다. 아널 신부는 칠판에 어려운 문제를 써놓고 말했다.

—자, 그러면, 어느 팀이 먼저 풀까? 시작해야지, 요크 팀! 어서 시작해봐, 랭커스터 팀도!*

스티븐은 최선을 다했으나 문제가 워낙 어려워 얼떨떨하기만 했다. 윗옷 앞가슴에 핀으로 꽂은, 흰 장미가 그려진 조그만 실크 휘장이 가늘게 떨리기 시작했다. 그는 산수를 잘 못했지만 요크 팀이 지지 않도록 최선을 다했다. 아널 신부의 얼굴은 몹시 험악하게 보여도 화가 난 게 아니었다. 오히려 그는 웃고 있었다. 그때 잭 로턴이 손가락을 튕겨 소리를 내자 아널 신부가 그의 공책을 들여다보더니 말했다.

—맞았어! 랭커스터 팀 만세! 붉은 장미 팀이 이기고 있군. 뭘 하고 있는 거야, 요크 팀! 좀더 힘을 내야지!

잭 로턴이 자기 자리에서 건너다보고 있었다. 그는 푸른 세일러복 상의를 입고 있었기 때문에 붉은 장미가 그려진 조그만 실크 휘장이 더욱 도드라져 보였다. 기초반에서 잭 로턴과 자신 중 누가 일등을 차

---

* 예수회 학교에서는 학업 성취도를 높이기 위해 경쟁심을 부추겼는데, 여기서는 영국 장미전쟁 때의 두 가문 이름을 따 경쟁을 시키고 있다.

지할지를 두고 모두가 내기를 하고 있을 거라는 생각에 스티븐은 자기 얼굴도 그 장미처럼 빨개지는 느낌이었다. 몇 주 동안은 잭 로턴이, 또 몇 주 동안은 그가 일등 성적표를 받았다. 다음 산수 문제를 풀고 있을 때 아널 신부의 목소리가 들리자 그의 하얀 실크 휘장이 가늘게 떨리고 또 떨렸다. 그러자 문제를 풀겠다는 열의가 사그라들면서 그는 얼굴이 아주 싸늘해지는 것을 느꼈다. 이렇게 싸늘하게 느껴지다니 얼굴색도 분명 창백할 것이다. 그는 문제를 못 풀었지만, 그런 건 이제 아무래도 상관없었다. 흰 장미와 붉은 장미, 생각만 해도 아름다운 색깔들이다. 그리고 일등 성적표와 이등 성적표와 삼등 성적표도 모두 아름다운 색깔들이었다. 연분홍색과 크림색과 라벤더색. 라벤더색과 크림색과 연분홍색 장미는 생각할수록 아름다웠다. 들장미는 어쩌면 그런 빛깔일지도 모른다. 작고 푸른 들판에 들장미가 피어 있다는 노래가 떠올랐다. 하지만 푸른 장미란 없겠지. 그래도 이 세상 어디엔가는 있을지도 몰라.

종이 울리자 아이들은 교실에서 줄을 지어 나와 복도를 따라 식당으로 향했다. 그는 접시에 담긴 틀로 찍어낸 버터 두 조각을 바라보며 자리에 앉긴 했으나 눅눅한 빵은 도저히 먹고 싶지 않았다. 식탁보마저 눅눅하고 풀기가 없었다. 그러나 흰 앞치마를 두른 서툴러 보이는 주방 심부름꾼이 컵에 따라준 묽고 뜨거운 홍차는 죽 들이켰다. 저 심부름꾼의 앞치마도 눅눅할지, 아니면 하얀 것은 죄다 차갑고 눅눅한 것인지 궁금했다. 내스티 로시와 소린은 집에서 보내온 깡통에 든 코코아를 마셨다. 그들은 학교에서 나오는 차는 도무지 마실 수 없다고 했다. 그딴 건 돼지죽이나 다름없다고. 아이들 말로는 로시와 소린의 아버지는 모두 치안판사라고 했다.

그에게는 모든 아이들이 매우 이상해 보였다. 그들 모두에게 아버지와 어머니가 있었고 저마다 다른 옷, 다른 목소리를 가졌다. 그는 집에 가서 어머니 무릎을 베고 드러눕고 싶은 생각이 간절했다. 하지만 그럴 수 없었다. 그래서 놀이와 자습과 기도가 얼른 끝나 잠자리에 들기만을 간절히 바랐다.

그는 뜨거운 홍차를 한 잔 더 마셨다. 그때 플레밍이 물었다.

—왜 그래? 어디 아프니, 아니면 무슨 일 있어?

—나도 모르겠어, 스티븐이 대답했다.

—배가 아픈가봐, 플레밍이 말했다, 얼굴이 새하얘. 하지만 곧 나을 거야.

—아, 그래, 스티븐이 말했다.

하지만 아픈 곳은 배가 아니었다. 만일 마음도 아플 수 있다면 지금 아픈 곳은 마음이라는 생각이 들었다. 그런 것을 다 물어보다니 플레밍은 참 자상하다. 그는 소리 내어 울고 싶었다. 그는 식탁에 팔꿈치를 괴고 손으로 귓바퀴를 닫았다 열었다 했다. 그랬더니 귓바퀴를 열 때마다 식당의 소음이 들렸다. 밤중에 달리는 기차에서 들릴 듯한 요란한 소리였다. 그리고 귓바퀴를 닫으면 그 요란한 소리는 기차가 터널 안으로 들어간 것처럼 뚝 그쳤다. 그날밤 도키*에서 기차는 그렇게 요란한 소리를 내면서 달렸고 터널 안으로 들어가자 소리가 뚝 그쳤다. 그가 두 눈을 감자 기차는 요란한 소리를 내다 뚝 그치고, 다시 요란한

* 더블린에서 동남쪽으로 14킬로미터 떨어진 곳에 있는 해안 마을.

소리를 내다 뚝 그치기를 반복하면서 계속 달렸다. 기차가 요란한 소리를 내다 뚝 그치고 터널 밖으로 나오면 또다시 요란한 소리를 내다 뚝 그치는 소리를 들으니 기분좋았다.

그때 고등부 학생들이 식당 한가운데 깔린 매트를 따라 걸어내려가기 시작했다. 패디 래스와 지미 머기와 시가를 피워도 좋다고 허락을 받은 스페인 학생과 털모자를 쓴 몸집이 작은 포르투갈 학생이었다. 그다음은 중등부 그리고 초등부 차례였다. 학생들은 하나하나 걸음새가 다 달랐다.

그는 휴게실 한구석에 앉아 도미노 게임을 구경하는 척했는데, 한두 번 가스등이 타면서 나는 짧은 노랫소리를 순간적으로 들을 수 있었다. 선생님은 몇몇 아이들과 문가에 서 있었고, 사이먼 무넌이 선생님의 장식 소매를 묶고 있었다. 선생님은 털러벡*에 대해 아이들에게 무언가를 얘기해주는 중이었다.

그러다가 선생님이 문가에서 떠나자 웰스가 스티븐에게 다가와 말했다.

—이봐, 디덜러스, 너 매일 밤 자기 전에 어머니한테 키스하냐?

스티븐은 대답했다.

—응.

웰스가 다른 아이들을 돌아보며 말했다.

—야, 다들 내 말 좀 들어봐, 여기 밤마다 자러 가기 전에 어머니한

---

* 더블린에서 서쪽으로 90킬로미터 떨어진 곳에 있는 마을. 1818년 피터 케니 신부가 설립한 세인트스태니슬로스 칼리지가 있었으나 1886년 클롱고우스 우드 칼리지에 합병되었다.

테 키스한다는 녀석이 있어.

다른 아이들이 하던 게임을 멈추고 웃으며 돌아보았다. 스티븐은 아이들의 시선에 얼굴을 붉히며 말했다.

—안 해.

웰스가 말했다.

—야, 이것 좀 봐, 여기 자러 가기 전에 어머니한테 키스하지 않는다는 녀석이 다 있네.

다시 모두가 웃음을 터뜨렸다. 스티븐도 같이 웃으려고 애를 썼다. 그러나 온몸이 화끈 달아오르며 순간 당혹스러웠다. 그 질문의 정답은 뭐였을까? 그가 두 가지 대답을 했는데도 웰스는 계속 웃었다. 하지만 웰스는 초급 문법반에 있으니까 틀림없이 정답을 알고 있겠지. 그는 웰스 어머니의 모습을 떠올려보려 했지만 감히 눈을 들어 웰스의 얼굴을 쳐다볼 수가 없었다. 그는 웰스의 얼굴을 좋아하지 않았다. 마흔 개나 되는 열매를 격파한 무적의 정복자, 잘 마른 마로니에 열매를 그의 조그만 코담뱃갑과 바꿔주지 않는다고 전날 그를 기숙사 뒤 변소 배수통에 어깨로 밀어붙인 녀석이 바로 웰스였다. 그런 짓을 하다니 비열했다. 모두들 그렇게 말했다. 그리고 그 똥물은 얼마나 차갑고 끈적끈적하던지! 게다가 한 아이는 언젠가 커다란 쥐 한 마리가 배수통의 더껑이 속으로 풍덩 뛰어드는 것을 본 적이 있다고도 했다.

똥통의 차갑고 끈적끈적한 오물이 그의 온몸을 뒤덮었다. 자습 시간을 알리는 종이 울리고 초등부 아이들이 휴게실에서 줄을 지어 나올 때 그는 복도와 층계의 차가운 공기가 옷 속으로 파고드는 것을 느꼈다. 그는 여전히 무엇이 옳은 답인지를 생각하느라 애쓰고 있었다.

어머니에게 키스하는 것은 옳은 일일까, 아니면 잘못된 일일까? 키스하는 것, 그건 무얼 의미하지? 안녕히 주무세요, 하고 말하면서 얼굴을 치켜들면 어머니는 고개를 숙였다. 키스하려는 것이었다. 어머니가 그의 뺨에 입술을 갖다 대면 어머니의 부드러운 입술은 그의 뺨을 적시며 아주 작은 소리를 냈다. 키스였다. 왜 사람들은 두 얼굴을 맞대고 그런 걸 하는 걸까?

자습실에 앉아 그는 책상 뚜껑을 열고 안에 써 붙여놓은 숫자를 77에서 76으로 바꿨다. 하지만 크리스마스 방학은 아직도 멀었다. 그렇더라도 지구는 항상 도니까 언젠가는 온다.

그의 지리 교과서 첫 쪽에는 지구 그림이 있었다. 구름 한가운데 자리잡은 커다란 공 같다. 플레밍은 크레용 한 상자를 가지고 있는데, 어느 날 밤 자습 시간에 그가 지구는 초록색으로, 구름은 밤색으로 칠해놓았다. 댄티의 옷장에 있는 두 개의 솔처럼, 파넬을 기념하는 등이 초록색 벨벳으로 된 솔과 마이클 대빗을 기념하는 등이 밤색 벨벳으로 된 솔 색깔로 말이다. 하지만 그가 플레밍에게 그렇게 칠해달라고 부탁한 것은 아니다. 플레밍 스스로 그렇게 칠했다.

그는 공부를 하려고 지리 교과서를 폈다. 그렇지만 아메리카의 지명들을 익히는 건 보통 일이 아니었다. 제각각 다른 이름을 지닌 서로 다른 지역들. 이 지역들은 각기 다른 나라에 속해 있고 그 나라들은 여러 대륙에 속해 있고 그 대륙들은 세계에 속해 있고 세계는 우주에 속해 있었다.

그는 교과서의 면지를 넘겨 자신이 거기에 써둔 것을 읽어보았다. 그 자신, 그러니까 그의 이름과 주소였다.

스티븐 디덜러스

기초반

클롱고우스 우드 칼리지

샐린스

킬데어 카운티

아일랜드

유럽

세계

우주

그가 쓴 것이었다. 그런데 플레밍이 어느 날 밤 그 맞은편 쪽에 장난으로 이렇게 써놓았다.

스티븐 디덜러스는 나의 이름,
아일랜드는 나의 나라.
클롱고우스는 내가 사는 곳,
그리고 천국은 내가 바라는 곳.

그는 이 운문을 거꾸로도 읽어보았지만 아무래도 시 같지는 않았다. 그런 다음 그는 면지에 써둔 것을 밑에서부터 위로 자기 이름이 나올 때까지 읽어 올라갔다. 그 이름은 바로 자기 자신이었다. 그리고 그는 면지에 써둔 것을 다시 아래로 읽어 내려갔다. 우주 다음에는 무엇이 있을까? 아무것도 없다. 그러나 그 아무것도 없는 곳이 시작되기 전에 우주가 어디서 끝나는지를 보여주는 무언가가 우주 주위에 있지 않을까? 벽이 있을 리는 없지만 거기에는 모든 것의 주변을 감싸는 가늘디가는 선이 있을 수도 있다. 모든 것과 모든 곳에 관해 생각한다는 것은 실로 어마어마한 일이었다. 하느님만이 할 수 있는 일이다. 그는 그것이 얼마나 어마어마한 생각인지에 대해 생각해보려고 애썼지만 오직 하느님 생각만 날 뿐이었다. 그의 이름이 스티븐인 것과 마찬가지로 하느님의 이름은 하느님이다. '디외Dieu'는 하느님을 뜻하는 프랑스 말로 그것 역시 하느님의 이름이다. 누군가 하느님께 기도할 때 '디외'라고 하면 하느님은 기도하는 사람이 프랑스 사람임을 대번에 알아차리리라. 어쨌든, 이 세상 각각의 언어마다 하느님을 가리키는 이름이 다 다르고 또 모든 사람이 저마다 다른 언어로 기도하는 것을 하느님이 다 이해하신다 해도, 하느님은 언제나 똑같은 하느님으로 존재하니 하느님의 진짜 이름은 하느님이다.

그런 식으로 생각을 하다보니 몹시 피곤해졌다. 머리가 엄청나게 커져버릴 것만 같았다. 그는 면지를 넘겨 밤색 구름 한가운데 놓인 초록색의 둥근 지구를 지친 표정으로 바라보았다. 그는 초록색 편과 밤색 편 중에서 어느 편을 들어야 옳은지 도무지 알 수 없었다. 언젠가 댄티가 가위로 파넬을 기념하는 솔의 등에서 초록색 벨벳을 싹둑 잘라버리며 파넬은 나쁜 사람이라고 말했기 때문이다. 집에서는 그런 일을 두고 언쟁을 하고 있지는 않을까, 그는 궁금했다. 그건 정치라는 것이었다. 거기에는 두 편이 있었다. 댄티가 한쪽 편이고 아버지와 케이시 씨*는

* 조이스가를 자주 방문한 아일랜드의 애국자 존 켈리가 모델이다.

다른 편이었지만 어머니와 찰스 아저씨는 어느 편도 아니었다. 매일같이 신문에는 이 일에 관한 기사가 났다.

그는 정치가 무엇을 의미하는지 잘 알 수 없고 또 우주가 어디서 끝나는지도 잘 몰라서 고통스러웠다. 스스로가 작고 무력하게 느껴졌다. 언제쯤이면 시반과 수사학반 학생들처럼 될 수 있을까? 그들은 목소리가 크고 커다란 부츠를 신고 삼각법三角法을 공부했다. 하지만 그런 날은 아직 까마득히 멀었다. 우선 방학이 되어야 하고 이어 다음 학기가 지나야 하고, 그다음에는 다시 방학이, 다시 또다른 학기가, 다시 그다음 방학이 지나야 했다. 그것은 마치 터널에 들어갔다 나왔다 하는 기차 같기도 하고, 식당에서 귓바퀴를 열었다 닫았다 할 때 식사하는 아이들이 내는 소음 같기도 했다. 학기, 방학, 터널, 나온다, 소음, 닫는다. 이 얼마나 아득하게 먼 일들인가! 잠이나 자러 가는 것이 낫겠다. 성당에서 기도를 마치기만 하면 잠자리에 들 수 있으니. 그는 몸을 부르르 떨며 하품했다. 침대 시트가 조금 따스해진 뒤에 누울 수 있으면 정말 좋을 텐데. 침대 속에 들어가면 처음에는 너무 춥다. 시트가 처음에 얼마나 차가운지 생각하니 온몸이 떨렸다. 하지만 시트가 훈훈해지면 이내 잠들 수 있다. 몸이 노곤한 것은 기분좋은 일이다. 그는 또 하품을 했다. 저녁기도가 끝나면 잠자리에 든다. 몸이 떨리고 하품이 났다. 몇 분만 지나면 기분이 좋아지리라. 그는 오들오들 떨게 만드는 차가운 시트에서 훈훈한 온기가 피어올라 점점 따스해지다가 마침내는 온몸이 너무나 뜨뜻해지는 느낌이 들었고, 그토록 뜨뜻하다고 느끼면서도 몸이 살짝 떨렸고 여전히 하품이 났다.

저녁기도를 알리는 종이 울리자 그는 다른 아이들을 따라 줄지어 자습실에서 나온 뒤 층계를 내려가 복도를 따라 학교 부속 성당으로 갔다. 복도는 어두침침했고, 성당도 어두침침했다. 곧 온 세상이 캄캄해지며 잠들겠지. 성당의 밤공기는 차가웠고 대리석 기둥들*은 밤바다 빛을 띠었다. 바다는 밤낮 할 것 없이 차가웠다. 그러나 밤이면 더욱 차가웠다. 아버지 집 옆에 있는 방파제 아래의 바다는 차갑고 캄캄했지. 하지만 벽난로 선반 위에는 펀치를 만들려고 물주전자를 올려놓았을 거야.

성당의 감독 선생님이 그의 머리 위에서 기도를 올렸고 그는 화답송을 외웠다.

주님, 제 입술을 열어주소서
제 입이 당신 찬미를 전하오리다.
하느님, 저를 구원하소서!
주님, 어서 오시어 저를 도우소서!**

성당 안은 차가운 밤의 냄새가 났다. 하지만 성스러움이 감도는 냄새였다. 주일미사 때면 성당 뒤쪽에 무릎을 꿇고 앉는 늙은 농부들이 풍기는 냄새와는 달랐다. 그들에게서는 공기와 비와 이탄泥炭, 그리고 코르덴 옷 냄새가 났다. 그러나 그들은 매우 신앙심 깊은 농부들이었다. 그들은 뒷자리에서 그의 목덜미 쪽으로 숨을 내뿜기도 하고, 기도

---

* 학교 부속 성당(chapel)은 목재로 지었으나 기둥만은 대리석처럼 보이도록 페인트칠을 했다.

** 성무일도(聖務日禱) 기도의 도입부로, 2행과 4행은 화답송이다.

하며 한숨을 쉬기도 했다. 어느 아이의 말에 따르면 그들은 클레인*에 사는 사람들이었다. 거기에는 조그만 오두막집들이 있었다. 그는 샐린스에서 출발한 마차들이 클레인을 지나갈 때 오두막집 문가에 한 여인이 아이를 안은 채 서 있는 모습을 본 적이 있었다. 그런 오두막집에서 하룻밤 잘 수 있다면 얼마나 좋을까. 이탄의 연기가 피어오르는 벽난로 앞에서 벽난로 불만 희미하게 밝힌 채, 따스한 어둠 속에서 공기와 비와 이탄과 코르덴 옷 냄새가 뒤섞인 농부의 냄새를 들이마시며. 하지만 나무들 사이로 난 그 길은 어쩌면 그리도 어둡던지! 어둠 속에서는 길을 잃을지도 모른다. 길이 어떠한가를 생각만 해도 그는 더럭 겁이 났다.

성당 감독 선생님이 마지막 기도를 드리는 소리가 들렸다. 그도 나무 아래 깔린 바깥의 어둠을 등지고 기도를 드렸다.

주님, 주님께 간절히 바라오니 부디 이 집에 오셔서 악마의 온갖 유혹을 물리쳐주소서. 주님의 거룩한 천사들이 이곳에 머물면서 저희들을 지켜주어 저희들로 하여금 평화를 누리게 하소서. 주님의 축복이 우리 주 예수그리스도를 통하여 항상 저희들과 함께하게 하소서. 아멘.**

기숙사에 와서 자려고 옷을 벗을 때 그의 손가락이 가늘게 떨렸다. 그는 손가락에 대고 우물쭈물하지 말고 서두르라고 명령했다. 가스등

* 클롱고우스 우드 칼리지 부근의 마을로, 지금도 학교의 부속 성당이 마을의 교구 성당 역할을 한다.

** 성무일도 끝기도(잠자기 전)의 종결부 바로 앞부분.

의 빛이 어두워지기 전에 옷을 벗고 무릎을 꿇고 기도를 드린 다음 잠자리에 들어야 했다. 그래야 죽어서 지옥에 떨어지지 않으니까. 그는 양말을 돌돌 말아 벗고 재빨리 잠옷으로 갈아입은 뒤 몸을 떨면서 침대 옆에 무릎을 꿇고 앉아 가스등이 꺼지지 않을까 안절부절못하며 잽싸게 기도를 암송했다. 기도의 말을 중얼거리는 동안 두 어깨가 덜덜 떨렸다.

> 주님, 저의 아버지와 어머니에게 축복을 내려주시고, 그들이 늘 저와 함께하게 하소서!
>
> 주님, 저의 어린 형제자매들에게 축복을 내려주시고, 그들이 늘 저와 함께하게 하소서!
>
> 주님, 댄티와 찰스 아저씨에게 축복을 내려주시고, 그들이 늘 저와 함께하게 하소서!

그는 십자성호를 긋고 재빨리 침대로 올라갔다. 그러고는 잠옷 끝자락을 발 아래쪽으로 밀어내리고 차갑고 하얀 이불 속에서 덜덜 떨리는 몸을 잔뜩 웅크렸다. 그러나 이제 죽더라도 지옥에 떨어지지는 않으리라. 그리고 몸이 떨리는 것도 곧 멈추리라. 기숙사의 소년들에게 잘 자라는 밤 인사를 하는 누군가의 목소리가 들렸다. 이불 밖으로 잠시 고개를 내밀고 주위를 살펴보니, 침대 앞과 주변에 사방으로 시야를 가린 노란색 커튼이 쳐져 있었다. 가스등 불꽃이 조용히 낮아졌다.

사감 선생님의 발소리가 멀어져갔다. 어디로 가는 길일까? 층계를 내려가 복도를 따라 가는 걸까, 아니면 그 끝에 있는 자기 침실로 가는 걸까? 보이는 것은 어둠뿐이었다. 마차 등불만큼 커다란 눈을 가진 시꺼먼 개가 밤이면 그곳을 어슬렁거린다는 게 정말일까? 사람들은 그 개가 어떤 살인자의 유령이라고 말했다. 한줄기 기다란 공포의 전율이 그의 온몸을 훑고 지나갔다. 성의 컴컴한 현관이 보이는 듯했다. 층계 위쪽에 있는 갑옷 보관실에는 고색창연한 옷을 입은 늙은 하인들이 모여 있었다. 아득한 옛일이다. 늙은 하인들은 침묵을 지켰다. 그곳 현관에는 불이 있었으나 어둡기는 마찬가지였다. 누군가 현관에서 층계를 따라 올라왔다. 그는 원수元帥의 하얀 망토를 걸치고 있었다.* 그의 얼굴은 창백하고도 기묘했으며 손으로는 옆구리를 꽉 누르고 있었다. 그는 이상한 눈초리로 늙은 하인들을 쳐다보았다. 그들도 그를 쳐다보고는 주인의 얼굴과 망토임을 알아차렸고 또 그가 치명적인 부상을 당했음을 알았다. 그러나 그들의 눈길이 닿는 곳에는 어둠이 꽉 차 있었다. 오직 침묵에 잠긴 캄캄한 대기뿐이었다. 그들의 주인은 저멀리 바다 건너 프라하의 전쟁터에서 치명적인 부상을 입었다. 그는 전쟁터에 서 있었다. 손으로 옆구리를 꽉 누른 채였다. 창백한 그의 얼굴에는 기묘한 표정이 서려 있었고 원수의 하얀 망토를 걸치고 있었다.

오, 그런 생각이 들다니 어찌나 으스스하고 이상야릇한지! 어둠이란 죄다 으스스하고 이상야릇한 것 아닌가. 어둠 속에는 창백하고도 기묘한 얼굴들과 마차 등불만큼이나 커다란 눈들이 있었다. 그들은 살인자의 유령이요, 저멀리 바다 건너 전쟁터에서 치명적인 부상을 당한 원

* 클롱고우스 우드 성의 성주였던 브라운가에는 오스트리아군의 원수를 지낸 조상이 있었다. 그가 1757년 프라하 전투에서 전사하던 날, 피투성이의 유령이 되어 이 성의 부하들에게 나타났다는 전설이 있다.

수의 모습이었다. 그토록 기묘한 얼굴로 그들은 대체 무슨 말을 하고 싶었던 걸까?

주님, 주님께 간절히 바라오니 부디 이 집에 오셔서 악마의 온갖 유혹을 물리쳐주소서....

방학이 되어 집에 간다! 정말 신난다, 아이들 모두 그에게 그렇게 말했다. 겨울날 이른 아침 성문 밖에서 아이들이 전세 마차에 올라탄다. 마차가 자갈길 위로 굴러가고 있었다. 교장 선생님 만세!

만세! 만세! 만만세!

마차가 학교의 부속 성당 앞을 통과하자 모두들 모자를 벗어 하늘 높이 치켜들었다. 그들은 시골길을 따라 즐겁게 달렸다. 마부들이 채찍으로 보덴스타운을 가리켰다. 아이들은 환호성을 질렀다. 그들은 '즐거운 농부'라는 농장을 통과했다. 환호성이 꼬리에 꼬리를 물었다. 클레인을 지나갈 때는 아이들이 환호성을 지르자 주민들도 환호했다. 농부 아낙네들이 문가에 나와 있었고 남자들도 여기저기 서 있었다. 겨울의 대기에는 기분좋은 냄새가 진동했다. 클레인의 냄새. 비와 겨울 공기, 연기가 피어오르는 이탄, 그리고 코르덴 옷 냄새가 어우러졌다.

기차는 아이들로 가득차 있었다. 크림색으로 단장한 길고 긴 초콜릿 색깔의 기차였다. 승무원들이 문을 열고 닫고 열쇠로 잠그거나 풀어보며 이리저리 돌아다녔다. 감색과 은색 제복을 입은 남자들이었다. 그들은 은색 호루라기를 갖고 있었고, 허리에 찬 열쇠 뭉치에선 빠른 박자의 음악 소리가 났다. 짤랑, 짤랑, 짤랑, 짤랑.

기차는 전속력으로 평지를 달리다가 앨런 언덕을 통과했다. 전신주들이 획획 지나갔다. 기차는 달리고 또 달렸다. 제 갈 길을 알았다. 그의 집 현관에는 형형색색의 등불이 켜지고 줄로 엮은 푸른 나뭇가지들이 드리워져 있었다. 체경體鏡 둘레에는 호랑가시나무 가지와 담쟁이덩굴이 감겨 있었고, 상들리에 둘레에는 붉고 푸른 호랑가시나무 가지와 담쟁이덩굴이 엮여 있었다. 벽에 걸린 오래된 초상화에도 빨간 호랑가시나무 가지와 푸른 담쟁이덩굴이 장식되어 있었다. 호랑가시나무 가지와 담쟁이덩굴은 모두 그와 크리스마스를 위해 마련한 것이었다.

근사하다……

집안 식구들이 모두 모였다. 어서 오너라, 스티븐! 떠들썩한 환영의 소리. 어머니가 그에게 키스했다. 이건 옳은 일일까? 아버지는 이제 원수가 되어 있었다. 치안판사보다 훨씬 더 높은. 어서 오너라, 스티븐!

떠들썩한 소리……

커튼 봉을 따라 커튼 고리들이 밀리는 소리, 세면대에서 물이 튀는 소리로 시끄러웠다. 기숙사는 아이들이 일어나 옷을 입고 세수하는 소리로 요란했다. 사감 선생님이 서두르라고 아이들을 재촉하며 왔다갔다하면서 손뼉을 치는 소리도 들렸다. 희뿌연 아침 햇살이 활짝 젖혀진 노란 커튼과 흐트러진 침대를 비췄다. 그의 침대는 매우 후끈후끈했고 그의 얼굴과 몸도 매우 후끈후끈했다.

그는 자리에서 일어나 침대가에 앉았다. 기운이 없었다. 양말을 신으려고 애썼다. 감촉이 엄청나게 거칠거칠했다. 햇살마저 이상하고 차가운 것 같았다.

플레밍이 물었다.

—너 어디 아파?

그는 알 수 없었다. 그러자 플레밍이 다시 말했다.

—침대로 도로 들어가. 맥글레이드 선생님께 네가 몸이 좀 안 좋다고 말할게.

—얘가 아픈가봐.

—누가?

—맥글레이드 선생님한테 말씀드려.

—침대로 도로 들어가.

—얘가 아파?

발에 반쯤 걸쳐져 있는 양말을 간신히 벗어버리고 후끈후끈한 침대로 도로 올라가려는 그를 한 아이가 부축해주었다.

이불 속으로 들어가 몸을 웅크리고 눕자 이불에 남아 있던 미지근한 온기가 반갑게 느껴졌다. 아이들이 미사에 참례하려고 옷을 차려입으면서 자기들끼리 그에 대한 이야기를 나누는 소리가 들렸다. 어깨로 떠밀어 변소 배수통에 빠뜨리다니 비열한 짓이었다고 아이들은 말하고 있었다.

그러다가 목소리가 뚝 그쳤다. 모두 가버린 것이다. 그때 침대 옆에서 누군가의 목소리가 들렸다.

—디덜러스, 일러바치지 않을 거지, 정말 안 그럴 거지?

웰스의 얼굴이 거기 있었다. 얼굴을 보니 잔뜩 겁을 집어먹은 듯했다.

—그러려고 했던 건 아니야. 정말 일러바치지 않을 거지?

아버지는 그에게 어떤 일이 있어도 친구를 고자질해서는 안 된다고 말했었다. 그 말이 생각나 고개를 가로저으며 그러지 않겠다고 대답하자 기분이 좋아지는 것 같았다. 웰스가 말했다.

—맹세코 일부러 그런 건 아니야. 그저 장난이었다고. 미안해.

웰스의 얼굴과 목소리가 사라졌다. 겁나서 미안하다고 한 거야. 무슨 병에라도 걸렸을까봐 겁에 질린 거지. 암종병은 식물의 병이고 암은 동물의 병이야. 아니 그 반대일지도 모르지. 저녁 햇살이 비칠 무렵 운동장에서 있었던 일은 모두 까마득한 옛일 같기만 했다. 같은 편 무리의 가장자리에 붙어 이리저리 어슬렁거리고, 걷어찬 럭비공이 희끄무레한 햇살을 뚫고 육중한 새처럼 낮게 날아가던 일. 레스터 수도원에는 불이 켜져 있었다. 울지 추기경은 거기서 숨을 거두었다. 수도원장들이 몸소 그를 매장했다.

웰스의 얼굴 대신 사감 선생님의 얼굴이 보였다. 그는 꾀병을 부리는 것이 아니었다. 아니, 절대로 아니야. 그는 정말로 몸이 아팠다. 꾀병을 부리는 게 아니었다. 이윽고 사감 선생님이 손으로 그의 이마를 짚는 것이 느껴졌다. 자신의 뜨겁고 축축한 이마에 닿은 선생님의 손이 차갑고 축축하다는 느낌이 들었다. 끈적끈적하고 축축하고 차가운 느낌, 쥐한테서 느껴지는 바로 그런 감촉이었다. 모든 쥐는 두 개의 눈으로 주위를 살핀다. 매끄러우면서도 끈적끈적한 털, 뛰어오를 때면 구부리는 작디작은 발, 앞을 살필 때면 반짝이는 새까만 눈. 쥐들은 높이 뛰는 방법을 안다. 그러나 머리로 삼각법을 이해하지는 못한다. 쥐들은 죽으면 옆으로 드러눕는다. 그러고 나면 털가죽이 말라버린다. 그 쥐들은 그저 죽은 쥐들일 뿐이다.

사감 선생님이 다시 와서는 그에게 일어나라고 했다. 교감 선생님이 일어나서 옷을 입고 양호실로 가라고 말씀하셨다는 것이다. 그리하여 그가 온 힘을 다해 서둘러 옷을 입는 동안 사감 선생님은 또 이렇게 말했다.

—배앓이라니 서둘러 마이클 수사에게 가야겠구나. 배앓이는 정말 끔찍한데! 배앓이를 하면 온몸이 얼마나 부들부들 떨린다고!*

그렇게 말하다니 진짜 좋은 분이었다. 그를 웃게 해주려고 그런 것이다. 그러나 그는 웃을 수가 없었다. 뺨과 입술이 온통 달달 떨렸다. 그래서 사감 선생님은 혼자 웃을 수밖에 없었다.

사감 선생님이 큰 소리로 외쳤다.

—뛰어! 건초 발! 밀짚 발!**

그들은 같이 층계를 내려가 복도를 따라 목욕실 앞을 지나갔다. 목욕실 문 앞을 지날 때 그는 이탄 색깔을 띤 뜨뜻한 욕탕 물을, 습기 머금은 후텁지근한 실내 공기를, 탕안으로 뛰어드는 요란한 소리를, 약 냄새와 비슷한 타월 냄새를 떠올리며 막연한 두려움을 느꼈다.

마이클 수사는 양호실 문가에 서 있었고 그의 오른쪽에 있는 검은색 캐비닛 문에서 약내 같은 것이 확 풍겼다. 선반에 놓인 약병에서 나는 냄새였다. 사감 선생님이 마이클 수사에게 말을 건네자 마이클 수사는 깍듯이 존칭을 쓰며 대답했다. 불그스름한 그의 머리는 군데군데 희끗하게 세고 표정도 묘했다. 그가 늘 수사 신분에 머물러 있으리라는 점도 묘하게 느껴졌다. 또한 그가 수사이고 표정이 묘하다는 이유로 그

---

* '배앓이(collywobbles)'와 '떨리다(wobble)'의 발음을 이용한 말장난.

** 스티븐을 놀리려고 장난삼아 하는 구령. 옛날 군대에서 왼발과 오른발을 구별하지 못하는 신병에게 왼발에는 건초 다발, 오른발에는 밀짚 다발을 묶어 훈련시킨 데서 나온 말이다.

에게 존칭을 붙이지 않는 것도 이상했다. 신앙심이 부족해서 그런 걸까, 그게 아니라면 어찌하여 그는 다른 사람들과 같아질 수 없는 걸까?

양호실에는 침대가 두 개 있었는데, 그중 하나는 한 아이가 벌써 차지하고 있었다. 그들이 안으로 들어서자 아이가 소리쳤다.

—어이, 디덜러스 아냐! 어쩐 일이지?

—어쩐 일은 뭐가 어쩐 일이야, 마이클 수사가 말했다.

초급 문법반 아이였는데 스티븐이 옷을 벗는 동안 그 아이는 마이클 수사에게 버터 바른 토스트를 하나만 갖다달라고 부탁했다.

—아, 제발요! 그 아이가 말했다.

—알랑거리긴! 마이클 수사가 말했다. 의사 선생님이 오시면 오전 중에 퇴원 통지서를 받게 될 거야.

—제가요? 아이가 말했다. 전 다 낫지 않았는데요.

마이클 수사가 되풀이했다.

—퇴원 통지서를 받게 될 거야. 한번 보라고.

그는 허리를 숙여 부지깽이로 불씨를 긁어모았다. 그의 등은 석탄 운반차를 끄는 말처럼 길었다. 그는 조심스럽게 부지깽이를 털고는 초급 문법반 아이를 향해 고개를 끄덕여 보였다.

그러고서 마이클 수사는 가버렸다. 잠시 뒤 초급 문법반 아이는 벽을 향해 돌아눕더니 곧 잠이 들었다.

양호실은 이런 곳이었다. 그는 아팠다. 학교에서 어머니와 아버지에게 이 사실을 알리려 집으로 편지를 띄웠을까? 하지만 신부님 중에 어느 한 분이 직접 가서 알려드리는 편이 더 빠를 텐데. 아니면 신부님이 가지고 가서 전해드리도록 직접 편지를 쓸 수도 있는데.

사랑하는 어머니,

몸이 아파요. 집에 가고 싶어요. 부디 오셔서 저를 집에 데려가주세요. 저는 양호실에 있어요.

어머니의 사랑하는 아들,

스티븐 올림

그들은 얼마나 멀리 떨어져 있는가! 창밖에는 차가운 햇살이 비치고 있었다. 이러다 만일 죽으면 어떡하나 싶었다. 해가 비치는 날이라 하더라도 다른 날과 마찬가지로 죽을 수 있으리라. 어머니가 도착하기 전에 죽을지도 몰라. 그렇게 되면 학교 성당에서 장례미사가 거행되겠지. 아이들이 말하길 리틀이 죽었을 때도 장례미사를 치렀다고 했으니, 바로 그런 식으로 거행될 거야. 모든 아이들이 슬픈 표정으로 검은 옷을 입고서 미사에 참석하겠지. 웰스도 물론 참석하겠지만 누구도 그를 거들떠보지 않을 거야. 교장 선생님도 금빛 나는 검은 미사복을 입고 참석하시고, 제대 위와 관대棺臺 주변에는 기다란 노란 양초에 불이 켜지겠지. 그런 다음 아이들이 성당으로부터 천천히 관을 옮기고, 그는 보리수가 양쪽으로 늘어선 대로에서 조금 떨어진 교단의 조그만 공동묘지에 묻히리라. 그러면 웰스는 자기가 저지른 짓을 떠올리며 미안해하겠지. 그리고 조종이 천천히 울려퍼질 거야.

조종 소리가 귀에 들리는 것 같았다. 그는 브리지드가 가르쳐준 노래를 혼자서 중얼거려보았다.

뎅그렁뎅그렁! 성의 종이 울리네!

안녕, 엄마!

오래된 교회 묘지에 나를 묻어주세요

큰형 바로 옆에다.

관은 검은색으로 하고,

여섯 천사가 나를 지키게 해주세요,

둘은 노래하고, 둘은 기도하고

그리고 둘은 내 영혼을 천국으로 데려갈 수 있도록.*

얼마나 아름답고 슬픈 노래인가! 오래된 교회 묘지에 나를 묻어주세요라는 가사는 얼마나 아름다운지! 그의 몸에 전율이 흘렀다. 얼마나 구슬프고 또 얼마나 아름다운가! 그는 소리 없이 울고 싶었다. 자신의 처지가 딱해서가 아니라 가사가 음악처럼 너무도 아름답고 슬펐기 때문이다. 종이 울리네! 종이 울리네! 안녕히 계세요! 부디 안녕히 계세요!

차가운 햇살이 더 약해졌고 마이클 수사는 쇠고기 수프 그릇을 들고 그의 머리맡에 서 있었다. 그는 입안이 뜨겁고 바짝 마른 터라 반가웠다. 아이들이 운동장에서 뛰노는 소리가 들렸다. 점심시간이 지난 때였다. 마치 그도 거기 아이들 틈에서 뛰노는 것처럼 학교에서의 하루가 평상시와 다름없이 지나고 있었다.

마이클 수사가 막 자리를 뜨려는데 초급 문법반 아이가 그에게 꼭 다시 돌아와 신문에 난 모든 소식을 알려달라고 부탁했다. 아이는 스

---

* 출처 미상의 동요.

티븐에게 자기 이름은 어사이Athy이고, 자기 아버지는 점프 실력이 뛰어난 경주마를 많이 가지고 있다고 자랑했다. 그리고 마이클 수사는 대단히 점잖은 분인데다 성에서 매일 받아 보는 신문 소식을 늘 잘 전해주기 때문에, 자기가 원하기만 하면 언제든 아버지가 마이클 수사에게 두둑한 사례금을 줄 거라고 했다. 신문에는 온갖 종류의 소식이 실렸다. 사건, 조난 사고, 스포츠, 정치 등등.

—요새 신문에는 온통 정치 얘기뿐이야, 그가 말했다. 너희 집에서도 그런 얘길 하니?

—응, 스티븐이 말했다.

—우리집도 그래, 그가 말했다.

그런 다음 그는 잠시 생각에 잠겼다가 말했다.

—너 이름이 이상하구나, 디덜러스라니, 하긴 어사이도 이상한 이름이지. 내 이름은 도시 이름이야. 네 이름은 라틴어 같네.

그러고 나서 그는 물었다.

—너 수수께끼 잘 맞히니?

스티븐이 대답했다.

—아니, 별로.

그러자 그가 말했다.

—이 수수께끼 맞힐 수 있어? 킬데어 카운티는 왜 사내의 바짓가랑이처럼 생겼게?

스티븐은 답이 무엇일까 생각하다가 말했다.

—모르겠는데.

—거기에는 가랑이가 있기 때문이야, 그는 말했다. 이 농담 이해했

어? 어사이는 킬데어 카운티의 도시 이름이고, 어 사이a thigh는 가랑이라는 뜻이잖아.

—아, 그렇군, 스티븐이 말했다.

—구닥다리 수수께끼지, 그가 말했다.

잠시 뜸을 들인 뒤 그가 다시 말했다.

—이봐!

—뭐야? 스티븐이 물었다.

—있잖아, 그가 말했다. 아까 그 수수께끼를 다른 식으로 낼 수 있어?

—너는 할 수 있어? 스티븐이 물었다.

—똑같은 수수께끼야, 그가 말했다. 어쨌든 그 수수께끼를 다른 식으로 내는 방법을 아냐고.

—모르겠는데, 스티븐이 말했다.

—다른 방법이 안 떠올라? 그가 말했다.

그는 말을 하면서 이부자리 너머로 스티븐을 쳐다보았다. 그러다가 베개를 베고 드러누우며 말했다.

—다른 방법이 있긴 하지만 그게 뭔지 안 알려줄래.

그는 왜 다른 방법을 알려주지 않을까? 경주마를 많이 가지고 있다는 그의 아버지는 분명 소린의 아버지나 내스티 로시의 아버지처럼 치안판사일 거야. 그는 아버지 생각이 났다. 어머니가 피아노를 치면 멋들어지게 노래를 부르던 아버지, 그리고 그가 6펜스를 달라고 하면 항상 1실링을 주던 아버지. 하지만 그는 자기 아버지가 다른 아이들의 아버지처럼 치안판사가 아닌 것이 못내 서운했다. 그런데도 아버지는 왜 자기를 그런 아이들이 다니는 이런 일류 학교에 보낸 걸까? 아버지는 아버지의 종조부님이 오십 년 전에 이곳에서 해방자*를 위해 연설을 하신 적이 있으니 거기에 가더라도 이방인 취급은 받지 않을 거라고 했다. 고풍스러운 복장만으로도 그 시대의 사람들을 분간해낼 수 있다. 그에게는 근엄한 시대로 보였다. 클롱고우스의 학생들이 놋쇠 단추 달린 남색 외투와 노란색 조끼에다 토끼 가죽으로 만든 모자를 쓰고는 어른들처럼 맥주를 마셔대며, 토끼 사냥을 즐기려고 모두들 사냥개를 키우던 시절이 바로 그 시대가 아니었을까 싶었다.

창밖을 내다보니 햇빛이 더욱 약해져 있었다. 운동장은 곧 흐릿한 회색 광선으로 뒤덮이리라. 운동장에선 아무런 소리도 들리지 않았다. 교실에서는 작문 수업을 하고 있거나 아니면 아널 신부가 책에 나오는 성인 이야기를 읽어주고 있을 게 분명했다.

그에게 아무런 약도 갖다주지 않는 것이 이상했다. 모르긴 해도 마이클 수사가 돌아올 때 가지고 오겠지. 양호실에 가면 냄새가 고약한 물약을 들이켜야 한다는 얘기를 귀가 따갑도록 들었다. 그러나 이제 기분이 전보다 한결 좋아진 느낌이었다. 몸이 천천히 낫는 게 나을지도 몰라. 그러면 책도 갖다 볼 수 있을 테니까. 도서관에는 네덜란드에 관한 책이 한 권 있었다. 그 책에는 멋진 외국 이름들과 이국적으로 보이는 도시와 배 사진이 수두룩했다. 생각만 해도 행복했다.

창밖의 햇살이 어쩌면 저리도 창백할까! 그러나 멋진 광경이었다. 벽면에 비친 벽난로 불빛이 솟구쳤다 가라앉곤 했다. 마치 파도가 일렁대는 것처럼. 누군가가 석탄을 넣자 불꽃이 솟아오르는 소리가 났

* 가톨릭교도 해방운동 및 아일랜드 해방운동을 주도한 애국자 대니얼 오코넬의 별칭.

다. 꼭 사람들이 두런거리는 소리 같았다. 파도가 내는 소리 같기도 했다. 아니면 파도가 높아졌다 낮아졌다 하면서 자기들끼리 왁자지껄하게 떠드는 소리거나.

그는 파도가 일렁이는 바다를 바라보았다. 달빛도 비치지 않는 캄캄한 밤하늘 아래 검은 파도가 높이 솟았다 내려앉았다. 배 한 척이 부두에 입항하자 희미한 불빛이 반짝이기 시작했다. 항구로 들어오는 배를 보려고 바닷가에 모인 수많은 군중이 그의 눈에 들어왔다. 키 큰 남자가 갑판에 서서 어둡고 평평한 육지 쪽을 응시하고 있었다. 부두의 불빛을 통해 그는 남자의 얼굴을 알아볼 수 있었다. 바로 슬픔에 잠긴 마이클 수사의 얼굴이었다.

그는 마이클 수사가 군중을 향해 손을 치켜드는 모습을 보았고, 슬픔에 잠긴 목소리로 파도 너머 목청껏 외치는 소리를 들었다.

—그분이 가셨습니다. 우리는 관대에 누워 계신 그분을 보았습니다.

비탄에 찬 오열이 군중으로부터 터져나왔다.

—파넬! 파넬! 그분이 돌아가시다니!*

그들은 일제히 무릎을 꿇고 슬픔에 겨워 탄식했다.

그때 그는 밤색 벨벳 드레스를 입고 어깨에 푸른 망토를 걸친 댄티가 의기양양하게 걸어와 바닷가에 무릎을 꿇은 군중 앞을 말없이 지나가는 모습을 보았다.

---

* 파넬은 1891년 10월 6일 영국에서 서거했고, 그의 유해는 10월 11일 선편으로 더블린 킹스타운 항구(지금의 던레러)에 도착했다.

* * *

벽난로 속 수북하게 쌓아올린 장작이 거대한 불길을 일으키며 벌겋게 타오르고, 담쟁이덩굴 가지로 장식한 샹들리에 아래 크리스마스 식탁이 마련되어 있었다. 그들은 약간 늦게 집에 도착했지만 만찬은 아직 준비되어 있지 않았다. 하지만 곧 준비가 끝날 거라고 어머니가 말했다. 그들은 문이 열리고 하인들이 묵직한 쇠뚜껑을 덮은 커다란 접시를 들고 들어오기를 기다렸다.

모두가 기다리고 있었다. 창문 그늘진 곳에 멀찌감치 떨어져 앉은 찰스 아저씨도, 벽난로 양쪽에 있는 안락의자에 앉은 댄티와 케이시 씨도, 발판에 두 발을 올려놓은 채 그들 사이에 놓인 의자에 앉은 스티븐도. 디덜러스 씨는 벽난로 선반 위쪽의 체경에 자기 모습을 비추어 보면서 왁스로 콧수염 끝을 빳빳하게 다듬고는 연미복 자락을 양쪽으로 가르며 활활 타오르는 불길을 등진 채 서 있었다. 그러면서 이따금 연미복 자락을 쥔 손을 놓고 콧수염 한쪽 끝을 왁스로 손질했다. 케이시 씨는 고개를 한쪽으로 기울인 채 미소를 지으면서 손가락으로 울대뼈를 톡톡 쳤다. 그러자 스티븐도 따라 웃었다. 케이시 씨의 목에 은화 지갑이 들어 있다는 말은 사실이 아님을 이제는 알기 때문이다. 케이시 씨가 울대뼈를 쳐서 곧잘 내던 은화 부딪는 소리에 얼마나 감쪽같이 속았던가를 생각하니 미소가 절로 나왔다. 언젠가 그 은화 지갑이 케이시 씨의 손안에 감춰져 있지 않나 싶어 그의 손을 펴보려고 했을 때 손가락이 쫙 펴지지 않는 것을 본 적도 있다. 그때 케이시 씨는 빅토리아 여왕에게 바칠 생일 선물을 장만하다가 손가락 세 개를 못 쓰게 되었다고 그에게 말해주었다.*

케이시 씨는 울대뼈를 톡톡 치며 졸린 듯한 눈으로 스티븐을 향해 미소를 지어 보였다. 그때 디덜러스 씨가 케이시 씨에게 말했다.

—그래. 이보게, 기분이 아주 좋군. 정말이지, 우리 산보 한번 근사하게 하지 않았나, 존? 그렇지...... 이렇게 늦어지는 걸 보니 오늘 만찬엔 굉장한 요리가 나오려나보군. 그래..... 정말이야, 오늘 브레이곶串까지 가서 신선한 해풍을 실컷 들이마시길 정말 잘했지 뭔가. 아, 그렇고말고.

그는 댄티에게로 몸을 돌리고 말했다.

—리오던 부인, 부인께서는 오늘 꼼짝도 않으셨지요?

댄티는 얼굴을 찌푸리며 짤막하게 대답했다.

—그래요.

디덜러스 씨는 쥐고 있던 연미복 자락을 놓고 찬장 쪽으로 갔다. 그러고는 찬장에서 위스키가 든 커다란 돌 항아리를 꺼내더니 수시로 허리를 굽혀 얼마나 따랐는지 살펴가면서 술병에다 천천히 옮겨 담았다. 그런 다음 항아리를 찬장에 도로 넣고서 위스키를 유리잔 두 개에 조금 따르고 물을 약간 탄 다음 잔을 들고 벽난로 쪽으로 되돌아왔다.

—아주 조금일세, 존, 그가 말했다. 그저 입맛이나 돋워볼까 해서.

케이시 씨는 유리잔을 받아 쭉 들이켜고는 옆에 있는 벽난로 위에 올려놓았다. 그러고는 말했다.

—아, 우리의 친구 크리스토퍼가 생각나는군. 그 친구가 제조하던

* 존 켈리는 독립운동을 하다가 투옥되었고, 강제 노역으로 왼손 손가락이 마비되었다고 한다.

것이 하필이면....

그는 발작적으로 너털웃음을 터뜨리더니 기침을 하며 덧붙였다.

—...하필이면 그 녀석들의 간담을 서늘케 할 샴페인이었지.*

디덜러스 씨가 껄껄 따라 웃었다.

—크리스티 말이지? 그가 말했다. 그 친구 대머리에 난 사마귀 하나 하나에 수컷 여우 한 무리의 머릿속에 든 것보다 더 많은 잔꾀가 들어 있잖아.

그는 고개를 숙이고 눈을 감았다가 쩝쩝 입맛을 다시면서 그 호텔 주인 목소리를 흉내내어 말하기 시작했다.

—그런데다 자네도 알다시피 일단 말을 시작했다 하면 그야말로 청산유수지. 그래서 그 친구 축축한 군턱에 물기 마를 날이 없잖나. 정말 대단한 친구야.

케이시 씨는 여전히 발작적인 기침과 웃음을 참느라 애를 쓰고 있었다. 아버지의 얼굴 표정과 목소리를 통해 호텔 주인의 모습과 말씨를 선연하게 보고 듣는 것만 같아 스티븐도 웃음을 터뜨리지 않을 수 없었다.

디덜러스 씨는 외알 안경을 걸치고 스티븐을 빤히 내려다보며 조용하고도 다정하게 말을 건넸다.

—우리 작은 강아지, 너는 뭘 보고 그렇게 웃는 거냐?

하인들이 들어와 식탁에 요리를 차려놓았다. 디덜러스 부인이 뒤따라 들어왔고 자리가 정해졌다.

—자, 앉으세요, 그녀가 말했다.

---

* 크리스토퍼는 호텔 주인이자 당시 혁명가들이 사용한 폭발물 밀조에 관여한 인물로 추정된다.

디덜러스 씨는 식탁 한쪽 끝으로 가서 말했다.

—자, 리오던 부인, 거기 앉으시죠. 이보게, 존, 자네도 앉게.

그러고는 한 바퀴 빙 둘러보다가 찰스 아저씨가 앉은 자리에 시선을 멈추고는 이렇게 말했다.

—여기 보세요, 아저씨, 칠면조 요리가 아저씨를 기다리고 있어요.

모두가 자리를 잡고 앉자 그는 쟁반 뚜껑에 손을 얹었다가 도로 거두며 잽싸게 말했다.

—자, 스티븐.

스티븐은 자리에서 일어나 식전 감사 기도를 올리기 시작했다.

주님, 은혜로이 내려주신 이 음식과 저희에게 강복하소서. 우리 주 그리스도의 이름으로 비나이다. 아멘.

모두들 십자성호를 그었고 디덜러스 씨가 기쁨에 겨운 한숨을 내쉬며 묵직한 뚜껑을 들어올리자 뚜껑 가장자리에 반짝이는 물방울들이 진주처럼 대롱거렸다.

스티븐은 통통하게 살진 칠면조를 바라보았다. 조금 전까지만 해도 날개와 다리가 묶이고 몸통은 꼬챙이에 꽂힌 채 주방 조리대에 놓여 있던 것이었다. 그는 아버지가 그 칠면조를 돌리어 스트리트의 던*에서 1기니나 주고 샀으며 상점 주인이 얼마나 질이 좋은지를 보여주려고 가슴뼈를 몇 번이나 쿡쿡 찔러 보였던 것을 알고 있었다. 그때 이렇게

---

* 더블린 중심부에 있는 고급 식품점.

말하던 주인의 목소리가 아직도 생생했다.

—이걸로 가져가세요, 손님. 진짜 최상품이에요.

클롱고우스의 배럿 선생님은 왜 가죽 채찍을 칠면조라고 부를까? 칠면조와 닮은 데라곤 하나도 없는데. 하지만 클롱고우스는 저멀리 있었다. 각종 쟁반과 접시에 담긴 칠면조와 햄과 셀러리에서 따끈하고 진한 음식 냄새가 피어올랐고, 벽난로에서는 수북하게 쌓아올린 장작이 거대한 불길을 일으키며 벌겋게 타올랐으며, 푸른 담쟁이덩굴과 빨간 열매가 달린 호랑가시나무 가지는 스티븐을 더할 나위 없이 행복하게 해주었다. 그리고 만찬이 끝나면 껍질 벗긴 아몬드와 호랑가시나무 가지로 장식된 큼지막한 크리스마스 푸딩이 들어오리라. 파르스름한 불길이 그 주변을 둘러싸고, 꼭대기에는 조그만 초록색 깃발*이 꽂혀 있겠지.

그가 맞는 첫 크리스마스 만찬이었다. 그는 자신이 꼬마 때 그랬듯 아이들 방에서 푸딩이 들어오기만을 기다리고 있을 어린 동생들을 떠올렸다. 폭이 넓고 낮은 칼라에다 이튼 재킷을 입으니 어색하고 나이 든 기분이 들었다. 그날 아침 어머니가 미사 참례 복장을 한 그를 데리고 거실로 내려갔을 때 아버지는 흐느껴 울었다. 스티븐의 모습을 보니 자신의 아버지 생각이 났던 것이다. 그리고 찰스 아저씨도 그렇게 말씀하셨다.

디덜러스 씨는 쟁반 뚜껑을 덮고는 허기진 듯 먹기 시작했다. 그러다가 이렇게 말했다.

---

* 초록색은 아일랜드를 상징한다.

—크리스티가 참 안됐어. 그 친구가 못된 짓을 하더니 균형감각을 잃은 게지.

—여보, 디덜러스 부인이 말했다, 리오던 부인에게 소스 좀 드려요.

디덜러스 씨는 소스 그릇을 집어들었다.

—내가 안 드렸소? 그는 큰 소리로 말했다, 리오던 부인, 이 불쌍한 장님을 불쌍히 여기소서.

댄티는 두 손으로 자기 접시를 가리며 말했다.

—아녜요, 없어도 돼요.

디덜러스 씨는 찰스 아저씨에게 몸을 돌렸다.

—어떠세요, 부족한 건 없나요, 아저씨?

—아주 좋아, 더할 나위 없이 좋네, 사이먼.

—존, 자네는?

—나도 좋아. 자네나 어서 들게.

—메리 당신은? 자, 스티븐, 이걸 쳐서 먹으면 음식 맛이 기막힐 거다.

그는 스티븐의 접시에 소스를 푸짐하게 뿌려주고는 소스 그릇을 식탁에 내려놓았다. 그러고는 찰스 아저씨에게 고기가 연하냐고 물어보았다. 찰스 아저씨는 입안에 음식이 가득해 말을 할 수가 없었기 때문에 그저 고개만 끄덕여 그렇다고 했다.

—우리의 친구 크리스티가 사제단에게 한 대답은 만점짜리 명답이었지. 뭐랬더라? 디덜러스 씨가 말했다.

—그 친구에게 그런 배짱이 있는 줄 나도 정말 몰랐어, 케이시 씨가 말했다.

—이랬지. 신부님, 신부님께서 하느님의 성전을 투표소로 착각하는 일을

그만두신다면 저도 신부님께 헌금을 내도록 하지요.

—대답 한번 잘했군요, 댄티가 말했다. 명색이 가톨릭 신자라는 사람이 신부님께 감히 그런 식으로 대꾸하다니.

—비난받아 마땅한 자들은 오히려 그들이지요, 디덜러스 씨가 점잖게 말했다. 그네들이 얼간이의 충고라도 귀담아들었다면 종교에만 전념했을 겁니다.

—종교란 그런 거예요, 댄티가 말했다. 사람들에게 경종을 울리는 것이 그분들의 본분이죠.

—우리가 성전에 가는 것은, 케이시 씨가 말했다, 겸허한 마음으로 하느님께 기도를 드리기 위함이지 선거 연설을 듣기 위함이 아닙니다.

—종교란 그런 거예요, 댄티가 다시 말했다. 그분들이 하시는 일이 옳아요. 그분들에게는 양떼를 인도해야 할 의무가 있으니까요.

—제대에서 정치 문제를 설교하는 것도 그들의 의무입니까? 디덜러스 씨가 반문했다.

—물론이지요, 댄티가 대답했다. 그건 공공 윤리의 문제예요. 신부님이 신도들에게 무엇이 옳고 무엇이 그른지 말해주시지 않는다면 신부님이라고 볼 수 없죠.

디덜러스 부인이 나이프와 포크를 내려놓으며 말했다.

—제발, 제발 부탁인데요, 일 년 열두 달 중에서 오늘 하루만이라도 정치 토론은 그만두기로 하죠.

—지당한 말씀이야, 찰스 아저씨가 말했다. 자, 사이먼, 그쯤 했으면 됐네. 이제부턴 한마디도 더 꺼내지 말게.

—그래요, 그럽시다. 디덜러스 씨가 재빨리 말했다.

그는 쟁반 뚜껑을 번쩍 들면서 말했다.

—자, 그러면, 칠면조 더 드실 분?

아무도 대답하지 않았다. 댄티가 말했다.

—가톨릭 신자라는 분들이 그따위 말을 하다니!

—리오던 부인, 제발 부탁드려요, 디덜러스 부인이 말했다, 그 얘기는 이제 그만두도록 하죠.

댄티가 그녀를 향해 대꾸했다.

—그러면 여기 우두커니 앉아 우리 성당 신부님들이 조롱당하는 것을 그냥 듣고만 있으라는 건가요?

—그들에 대해 험담할 사람은 아무도 없어요, 디덜러스 씨가 말했다, 그들이 정치 문제에 간여하지만 않으면 말이죠.

—아일랜드의 주교님들과 신부님들이 무슨 말씀을 하시면, 댄티가 말했다, 그 말씀은 반드시 존중되어야 하지요.

—성직자들은 정치 문제에서 손을 떼는 게 좋아요, 케이시 씨가 말했다, 그러지 않으면 신자들이 성당을 떠날지도 모르니까요.

—들으셨어요? 댄티가 디덜러스 부인을 돌아보며 말했다.

—케이시 씨! 사이먼! 디덜러스 부인이 말했다. 이제 그만하라니까요!

—너무하군! 해도 너무해! 찰스 아저씨가 말했다.

—뭐가 너무하다는 말씀이세요? 디덜러스 씨가 소리를 질렀다. 영국놈들이 시킨다고 우리가 그분을 내쳐야 한다는 말입니까?*

---

* 당시 영국 수상이던 윌리엄 글래드스턴은 아일랜드 자치운동에 협조적이었으나 파넬의 간통 사건이 알려지자 태도를 바꿔 파넬을 아일랜드 의회당 당수직에서 사퇴시키려

—그이는 더이상 국민의 지도자 자격이 없어요, 댄티가 말했다. 그 사람은 세상이 다 아는 죄인이니까요.

—죄인 아닌 사람이 어딨어요. 우리 모두 사악한 죄인들이죠, 케이시 씨가 냉담하게 말했다.

—그러나 불행하여라, 그러한 추문을 저지르는 자! 리오던 부인이 말했다. 이 작은 이들 가운데 하나라도 추문을 저지르게 하는 것보다 연자매를 목에 걸고 바다에 내던져지는 편이 낫다.* 성령의 말씀이지요.

—듣자하니 대단히 고약한 말씀이로군, 디덜러스 씨가 태연하게 말했다.

—사이먼! 사이먼! 찰스 아저씨가 말했다. 아이 앞에서 원.

—알았습니다, 알았고말고요, 디덜러스 씨가 말했다. 제가 하려던 말은.... 저 기차역 짐꾼이 했던 고약한 말이 생각나서요. 자, 이제 그 문제는 접어두죠. 에, 또, 여기 봐라, 스티븐, 어디 접시 좀 보자, 이 녀석아. 실컷 먹어라, 자, 옜다.

그는 스티븐의 접시에 음식을 수북하게 담아주고 찰스 아저씨와 케이시 씨에게도 큼직한 칠면조 조각을 덜어주며 소스도 듬뿍 뿌려주었다. 디덜러스 부인은 음식을 거의 입에 대지 않았고, 댄티는 무릎 위에 두 손을 올려놓은 채 앉아 있었다. 벌겋게 상기된 얼굴이었다. 디덜러스 씨는 접시 한쪽 끝에 남은 칠면조 고기를 고기 칼로 헤집으며 말했다.

고 압력을 가했다.

*「루카 복음서」17:1~2.

—여기 소위 교황의 코*라는 맛좋은 부위가 있어요. 드시고 싶은 신사분이나 숙녀분.....

그는 커다란 고기용 포크로 칠면조의 살점 한 토막을 찍어 들어 보였다. 아무도 입을 열지 않았다. 그러자 그는 살점을 자기 접시에 놓으며 말을 이었다.

—자, 권하지 않았다는 말씀은 못 하시겠지요. 그렇잖아도 요새 제 건강이 시원찮으니 이건 제가 먹는 게 좋겠습니다.

그는 스티븐에게 눈을 찡긋해 보이며 쟁반 뚜껑을 도로 닫고는 다시 먹기 시작했다.

그가 먹는 동안 침묵이 흘렀다. 곧 그는 다시 말을 시작했다.

—어쨌거나, 이번 크리스마스는 그런대로 좋았어요. 번화가엔 낯선 사람들도 엄청나게 많았고요.

아무도 대꾸하지 않았다. 그러자 그가 다시 입을 열었다.

—작년 크리스마스보다 낯선 사람들이 훨씬 많이 북적거렸단 말이죠.

그는 각자 자기 앞에 놓인 접시를 향해 고개를 숙이고 있는 사람들을 빙 둘러보았지만 아무도 대꾸하는 사람이 없자 잠시 기다렸다가 씁쓰름하게 중얼거렸다.

—그건 그렇고, 아무래도 우리집 크리스마스 만찬은 엉망이 되어버렸군.

—행운이나 은총이 있을 리 없잖아요, 댄티가 말했다, 교회의 성직자들에게 존경심이라곤 없는 집안에.

* 칠면조의 엉덩이 살을 가리킨다.

디덜러스 씨가 접시에 나이프와 포크를 요란하게 집어던졌다.

—존경심 좋아하시네! 그가 말했다. 입만 살아 있는 빌리*나 저 위 아마의 배불뚝이**에게 존경심을 보이라는 말인가요? 존경심이라니!

—교회의 군주들이시거든, 케이시 씨가 경멸조로 천천히 내뱉었다.

—리트림 경의 마부*** 같은 작자들이기도 하죠. 암, 그렇고말고, 디덜러스 씨가 대꾸했다.

—주의 성유聖油 부음을 받은 분들이세요, 댄티가 말했다. 그분들은 조국의 명예랍니다.

—그 배불뚝이 말이죠, 디덜러스 씨가 거칠게 말했다. 그 양반도 가만히 있을 때는, 아시다시피 인물이 훤해 보이지요. 하지만 추운 겨울날 베이컨과 양배추 요리를 게걸스럽게 먹어치우는 그 양반 꼬락서니를 보시면 다들 기겁할걸요. 정말이지, 기가 막히죠!

그는 얼굴을 잔뜩 찌푸려 험상궂은 야수 같은 모습을 하고는 입술로 쩝쩝 소리를 냈다.

—왜 이래요, 사이먼, 디덜러스 부인이 말했다, 스티븐 앞에서 그런 식으로 애기하면 어떡해요. 그러면 안 되죠.

—아아, 저애가 자라면 이 모든 것을 낱낱이 다 기억할 거예요, 댄티

---

* 더블린의 대주교이자 아일랜드의 수좌대주교인 윌리엄 J. 월시의 애칭.

** '아마'는 아일랜드 대주교가 있는 얼스터주의 지역이고, '배불뚝이'는 1893년에 아일랜드 추기경이 된 마이클 로그의 별명이다. 그는 파넬의 간통 사건이 알려지자 윌리엄 월시와 함께 그의 정계 은퇴를 촉구했다.

*** 억압자에게 빌붙어 동족을 괴롭히는 아일랜드인을 가리키는 말. 리트림에 방대한 토지를 갖고 있어 '리트림 경'이라고 불린 영국의 악명 높은 부재지주 윌리엄 시드니 클레먼츠가 소작인들의 분노를 사서 살해될 때 그의 두 마부가 그를 보호하려다가 같이 죽은 일이 있다.

가 격한 어조로 말했다, 바로 자기 집에서 들은 하느님과 종교와 신부님들을 모독하던 온갖 말을요.

—이것도 기억하게 합시다, 케이시 씨가 테이블 건너편에서 그녀를 향해 소리쳤다, 사제들과 그 앞잡이들이 파넬의 가슴을 갈기갈기 찢어 죽음으로 내몰았다는 말도요. 이애가 자라거든 이 말도 생생하게 기억하게 하자고요.

—개자식들! 디덜러스 씨가 소리쳤다. 그 개자식들은 파넬이 궁지에 몰리니까 달려들어 배신하고는 시궁창의 쥐새끼들처럼 갈기갈기 그분을 찢어놓았지. 야비한 개자식들 같으니! 개자식이 따로 없어요! 정말이지, 개자식들이라니까!

—그분들은 올바르게 처신하셨어요, 댄티가 언성을 높였다. 주교님과 신부님의 말씀을 따른 것뿐이라고요. 그분들에게 영광 있으소서!

—어떻게 이럴 수가 있어요, 정말 진저리가 나네요, 디덜러스 부인이 말했다, 일 년 열두 달 중 단 하루도 이 지긋지긋한 논쟁에서 벗어날 수 없다니!

찰스 아저씨가 달래듯이 두 손을 들고 말했다.

—자, 이젠 그만, 그만, 그만들 하게나! 꼭 이렇게 화를 내면서 고약한 말을 쓰며 다투지 않고는 의견을 피력할 수 없나? 이건 정말 너무 심하군.

디덜러스 부인이 목소리를 낮추어 댄티에게 뭐라고 소곤댔지만 댄티는 큰 소리로 떠들었다.

—잠자코 있을 순 없죠. 가톨릭 배교자들이 우리 교회와 종교를 모욕하고 침을 뱉는데 내가 어찌 변호하지 않고 가만있겠어요.

케이시 씨는 난폭하게 접시를 식탁 한가운데로 밀어버리고는 두 팔꿈치를 괴면서 거친 목소리로 집주인에게 말했다.

—여보게, 침 뱉는다는 말이 나와서 말인데, 내가 자네한테 그 유명한 이야기를 해줬던가?

—아니, 난 못 들었네, 존, 디덜러스 씨가 말했다.

—그렇다면 해야지, 케이시 씨가 말했다, 굉장히 교훈적인 이야기라네. 우리가 지금 살고 있는 위클로에서 바로 얼마 전에 있었던 일이야.

그는 하던 말을 멈추고 댄티 쪽을 돌아보며 분노에 찬 목소리로 차분하게 말을 이었다.

—이거 보세요, 부인, 나를 두고 하신 말씀이라면 나는 가톨릭 배교자가 아닙니다. 내 아버지가 그랬고 할아버지가 그랬듯이 그리고 증조할아버지가 그랬듯이 나도 어엿한 가톨릭 신자예요. 우리는 자고로 신앙을 파느니 목숨을 버리는 편이 낫다고 생각하는 가톨릭 신자 집안입니다.

—그러시다면 더욱 수치스럽군요, 댄티가 말했다, 자기 입으로 가톨릭 신자라고 말씀하시는 걸 보니.

—한다던 얘기나 해봐, 존, 디덜러스 씨가 미소를 띠며 말했다. 하여간 그 얘기나 들어보자고.

—가톨릭 신자예요! 댄티는 비꼬는 투로 되풀이했다. 이 땅에서 제일 사악한 프로테스탄트라 할지라도 오늘 저녁 내가 들은 그따위 소리는 하지 않을 거예요.

디덜러스 씨는 유행가 가수처럼 낮은 목소리로 노래를 흥얼거리며 고개를 이리저리 흔들기 시작했다.

—다시 말하지만 나는 프로테스탄트가 아닙니다, 케이시 씨가 얼굴이 벌게져서 말했다.

여전히 낮은 목소리로 흥얼거리면서 고개를 흔들던 디덜러스 씨가 퉁명스러운 콧소리로 노래하기 시작했다.

오, 미사를 한 번도 드린 적 없는 로마 가톨릭 신도여,
모두 오세요.*

그는 나이프와 포크를 다시 집어들고 기분좋게 먹기 시작하며 케이시 씨에게 말했다.

—그 얘기 좀 들어보자니까, 존. 소화에도 도움이 될 걸세.

스티븐은 깍지를 낀 손 너머로 식탁 건너편을 응시하는 케이시 씨의 얼굴을 애정 어린 눈길로 쳐다보았다. 그는 벽난롯가에서 케이시 씨 바로 옆에 앉아 어둡고 사나워 보이는 그의 얼굴을 쳐다보는 것이 좋았다. 하지만 케이시 씨의 검은 두 눈만은 조금도 사나워 보이지 않았고 느릿한 목소리도 듣기에 좋기만 했다. 하지만 저분은 왜 사제들이라면 저렇게 질색일까? 분명 댄티의 말이 옳기 때문이리라. 그렇지만 아버지 얘기로는 댄티는 수녀가 되려다 실패했는데, 댄티의 오빠들이 싸구려 장신구와 금이 간 도자기를 아프리카 원주민들에게 속여 팔아 돈을 벌자 앨러게니 산지**에 있는 수녀원에서 뛰쳐나왔다고 했다. 아마

---

* '충실한 아일랜드인들이여, 모두 와서 내 노래를 들어요'로 시작하는 아일랜드 민요의 패러디.

** 미국 동부에 있는 애팔래치아산맥의 일부.

도 그런 일 때문에 그녀가 파넬에 대해 가혹하게 구는지도 모른다. 게다가 댄티는 그가 아일린과 노는 것을 좋아하지 않았는데 아일린이 프로테스탄트라는 이유였다. 댄티는 어렸을 때 프로테스탄트들과 곧잘 어울려 놀던 아이들과 알고 지냈는데, 프로테스탄트 아이들은 걸핏하면 성모호칭기도를 놀려대더라고 했다. 상아탑이니 황금 궁전이니 하면서 말이다. 여자가 어떻게 상아탑이나 황금 궁전일 수가 있겠냐면서.* 그렇다면 누구 말이 맞을까? 그때 클롱고우스의 양호실에서 보낸 날 밤이 갑자기 머리에 떠올랐다. 컴컴한 바다, 부둣가에 켜진 등불, 파넬의 부음을 들은 군중에게서 터져나오던 슬픈 탄식.

아일린의 손은 길고 하얬다. 어느 날 저녁 술래잡기를 할 때 그녀가 두 손으로 그의 눈을 가린 적이 있었다. 그녀의 손은 길고 하얗고 가냘프고 차갑고 보드라웠다. 그게 바로 상아 아닐까. 차갑고 하얀 것. 상아탑의 의미란 그런 것 아닐까.

—아주 짤막하지만 감칠맛 나는 얘기지, 케이시 씨가 말했다. 어느 날 저 아래 아클로**에서 있었던 일이야. 수령님이 세상을 뜨시기 얼마 전 날씨가 몹시 추운 날이었지. 하느님 그분께 자비를 베푸소서!

그는 지친 듯 눈을 감고 잠시 말을 멈췄다. 디덜러스 씨는 접시에서 뼈를 하나 집어들고는 이로 거기에 붙은 살을 발라 먹으면서 말했다.

—그분이 세상을 뜨시기 전에 있었던 일이란 말이지.

케이시 씨는 눈을 뜨고 한숨을 쉬더니 이야기를 계속했다.

---

* 프로테스탄트들은 성모마리아 찬양을 가리켜 우상숭배 또는 지나친 여성 숭배라며 조롱하는 경향이 있었다.

** 브레이에서 남쪽으로 약 40킬로미터 떨어진 위클로의 해안 도시.

—어느 날 저 아래 아클로에서 벌어진 일이야. 그때 우리는 무슨 집회가 있어서 거기로 내려갔다가 집회를 마치고는 인파를 뚫고 기차역으로 가야만 했어. 그런데 사람들이 우리를 향해 엄청나게 야유를 퍼붓는 거야. 어찌나 심하던지, 이 사람아, 그런 야유는 자네 평생 한 번도 들어본 적 없을 거야. 우리에게 이 세상 욕이란 욕은 모조리 다 퍼붓더라니까. 그런데 한 노파가, 영락없이 술 취한 할망구 하나가 유독 나를 붙들고 늘어지는 거야. 진창길에서 줄곧 춤을 추듯 옆에 바짝 붙어 따라오면서 내 얼굴에 대고 고래고래 소리를 질러대더군. 사제 밀고자 같은 놈아! 파리 비자금 내놔! 미스터 폭스! 키티 오셰이하고 잘도 놀아난다!* 하면서 말이야.

—그래서 어떻게 했나, 존? 디덜러스 씨가 물었다.

—멋대로 떠들게 내버려뒀지, 케이시 씨가 말했다. 나는 워낙 날씨가 추워서 기운을 차리려고 (부인 앞에서 실례합니다만) 털러모어를 입에 잔뜩 넣어 씹고 있었거든. 그러니 입안에 담배즙이 그득한데 무슨 말을 할 수 있었겠나.

—그래서, 존?

—그래서 키티 오셰이니 어쩌고저쩌고하면서 실컷 떠들도록 내버려뒀더니, 마침내 이 노파가 오셰이 부인에게 마구 욕설을 퍼붓기 시작하는 거야. 그 욕설을 굳이 지금 되풀이해서 이 크리스마스 만찬 자리

* 전부 파넬을 비난하는 표현들. 각각 영국이 1695년부터 시행한 반가톨릭 형법(The Penal Laws)에 따라 사제의 활동도 금지되자 관련 활동을 밀고해 신고보상금을 챙기던 이들, 파넬이 직접 관리하던 정치자금, 파넬이 오셰이 부인과 내통할 때 쓴 가명 중 하나, 캐서린 오셰이의 애칭이다.

며 부인이나 당신의 귀며 내 입을 더럽히고 싶지는 않군.

그는 말을 멈추었다. 디덜러스 씨는 뼈를 뜯다가 고개를 들며 물었다.

—그래서 어떻게 했다는 건가, 존?

—어떻게 하긴! 케이시 씨가 말했다. 그 노파가 욕을 해대면서 날 잡아먹을 듯 늙고 추악한 얼굴을 바싹 들이대는데 그때 내 입에는 담배즙이 그득했지. 그래서 노파 쪽으로 허리를 굽히고 이렇게 퉤! 하고 뱉어버렸어.

그는 옆으로 몸을 돌리고 침 뱉는 시늉을 했다.

—이렇게 그 노파에게 퉤! 뱉었다, 이거야. 그것도 노파 눈에 똑바로 대고 말이지.

그는 한 손으로 자기 눈을 세게 치면서 고통으로 가득찬 거친 비명을 내질렀다.

—오, 예수님, 성모마리아님, 그리고 요셉님! 하고 그 노파가 떠들었지. 저는 눈이 멀었어요! 저는 눈이 멀었어요, 침 벼락을 맞아 그렇게 되었어요!

그는 발작적인 기침과 웃음으로 잠깐 말을 멈추었다가 노파의 말을 되풀이했다.

—저는 완전히 눈이 멀어버리고 말았어요!

디덜러스 씨도 껄껄 웃으면서 의자에 등을 기댔고 그러는 사이 찰스 아저씨는 고개를 좌우로 설레설레 저었다.

그들이 박장대소를 하는 동안 댄티는 엄청나게 화가 난 표정으로 같은 말만 반복했다.

—잘하셨군요! 흥! 퍽도 잘하셨어요!

여자의 눈에 침을 뱉은 것은 잘한 일이 아니다. 그런데 그 노파가 대체 키티 오셰이에게 무슨 욕설을 퍼부었기에 케이시 씨는 되풀이하고 싶지 않다고 했을까? 그는 케이시 씨가 군중을 헤치고 나아가 사륜마차 위에서 연설하는 모습을 머릿속에 그려보았다. 바로 그 일 때문에 케이시 씨는 감옥에 갇혔다. 그리고 어느 날 밤, 오닐 경사가 집에 찾아와 현관에 선 채 아버지와 목소리를 낮추어 이야기하면서 모자의 턱끈을 신경질적으로 질근질근 씹던 일이 떠올랐다. 그날밤 케이시 씨는 기차를 타고 더블린으로 돌아가는 대신 마차 한 대를 집 앞으로 불렀고, 아버지가 캐빈틸리 로드*에 관해 무슨 말을 하던 것을 엿들은 기억도 났다.

케이시 씨는 아일랜드와 파넬 편이었고 아버지도 마찬가지였다. 그리고 어느 날 밤 광장에서 악대가 마지막으로 영국 국가를 연주했을 때 한 신사가 모자를 벗어 경의를 표하자 가지고 있던 우산으로 그 신사의 머리를 내리친 댄티 역시 아일랜드와 파넬 편이었다.

디덜러스 씨가 경멸조로 콧방귀를 뀌었다.

—이보게, 존, 그는 말했다. 성직자들이 우리를 가지고 놀고 있어. 우리는 성직자에게 짓밟힌 불행한 민족이지. 과거에도 늘 그랬고 앞으로도 세상 끝날 때까지 항상 그럴 거야.

찰스 아저씨는 고개를 가로저으며 말했다.

—한심한 노릇이군! 한심한 노릇이야!

디덜러스 씨가 되풀이했다.

---

* 브레이와 더블린 사이의 한적한 길. 오닐 경사는 케이시 씨가 기차역으로 가면 즉각 체포될 거라고 알려주기 위해 온 듯하다.

—성직자에게 짓밟히고 하느님에게 버림받은 민족이야!

그는 오른쪽 벽에 걸린 자기 할아버지의 초상화를 손으로 가리켰다.

—저기 저 어르신 보이지, 존? 그는 말했다. 저 어르신은 금전적인 이득과는 무관한 일에 헌신하신 훌륭한 아일랜드인이셨어. 백의대원白衣隊員*으로 사형선고를 받으셨지. 그런 분이 우리 나라 성직자 친구들에 대해 늘 하시던 말씀이 있네. 성직자라면 그 누구도 내 집 식탁에 초대하지 않겠다고 하셨지.

댄티가 버럭 화를 내며 끼어들었다.

—만일 우리가 성직자들에게 짓밟힌 민족이라면 우리는 그 점을 자랑으로 여겨야 해요! 그분들은 하느님의 눈동자와 같으니까요. 예수님께서 말씀하셨죠, 너희를 건드리는 자는 정녕 내 눈동자를 건드리는 자다**라고.

—그렇다면 우리는 우리 나라도 사랑할 수 없다는 말인가요? 케이시 씨가 물었다. 우리를 영도하기 위해 태어나신 그분을 따라서도 안 되고요?

—조국을 배신한 자예요! 댄티가 대답했다. 배신에다 간통까지 한 자라고요! 사제들이 그를 버린 것은 지당한 일이지요. 사제들이야말로 언제나 아일랜드의 진정한 친구들이었으니까요.

—그들이 그랬어요, 정말? 케이시 씨가 말했다.

그는 주먹으로 식탁을 탕 쳤다. 그러고는 화가 나서 잔뜩 찌푸린 얼

---

* 영국인 지주에게 대항하기 위해 1769년에 결성된 농민 비밀결사의 대원. 야간 기습 때 서로를 쉽게 알아볼 수 있도록 흰 셔츠를 입었기 때문에 이런 이름이 붙었다.

** 「즈카르야서」 2:12.

굴로 손가락을 하나씩 하나씩 폈다.

—콘월리스 후작에게 래니건 주교가 충성 맹세 연설을 한 합방 당시 아일랜드 주교들이 우리를 배신한 것 아닙니까?* 1829년에는 가톨릭교도 해방령의 대가랍시고 주교들과 사제들이 우리 민족의 열망을 팔아먹지 않았습니까? 강론대와 고해소에서 페니언** 운동을 공공연히 매도하지 않았던가요? 또 테런스 벨루 맥매너스의 유해도 욕되게 하지 않았던가요?***

그의 얼굴은 분노로 달아올랐고, 스티븐 또한 그의 말에 전율해 자기 뺨에 열기가 번져오르는 것을 느꼈다. 디덜러스 씨는 거칠게 경멸의 너털웃음을 터뜨렸다.

—아이고, 맙소사, 그는 소리쳤다, 폴 컬런****이라는 늙은이를 깜빡했네! 그 친구도 하느님의 눈동자였지!

댄티는 식탁 위로 몸을 굽히며 케이시 씨를 향해 소리쳤다.

—옳았어요! 옳았다고요! 그분들은 항상 옳았다고요! 하느님과 도덕과 종교는 그 무엇보다 소중하니까요.

댄티가 흥분하자 디덜러스 부인이 그녀에게 말했다.

---

* 영국 장군인 찰스 콘월리스 후작은 1798년 영국 지배에 맞선 아일랜드 봉기를 진압하고 아일랜드 총독으로 취임한다. 당시 아일랜드 의회를 해산시켜 영국 의회에 통합시키려는 결정에 아일랜드 주교들은 지지를 표했고, 그의 취임시 제임스 래니건 주교가 축사를 했다. 이어 1800년 합방법(Act of Union)의 통과로 아일랜드는 영국의 식민지가 된다.

** 1850년대 미국과 아일랜드에서 결성된 독립운동 단체.

*** 테런스 벨루 맥매너스는 오스트레일리아로 추방당한 애국 투사. 그가 1861년 미국에서 사망하자 페니언 단원들은 유해 공개식을 하려 했으나 주교들이 반대했다.

**** 더블린의 대주교이자 아일랜드 최초의 추기경으로 영국의 아일랜드 통치를 지지했다.

—리오던 부인, 이분들 말에 일일이 대꾸하느라 흥분하실 것 없어요.

—하느님과 종교가 무엇보다 중하지요! 댄티가 큰 소리로 말했다. 세상에서 하느님과 종교보다 더 소중한 것이 어디 있어요!

케이시 씨는 불끈 쥔 주먹을 쳐들더니 쾅하고 식탁을 내리쳤다.

—그렇다면 좋아요, 그는 거친 목소리로 고함을 질렀다, 만일 그렇다면 아일랜드에 하느님 따위는 필요 없소!

—존! 존! 디덜러스 씨는 손님의 소맷자락을 붙잡고 소리쳤다.

댄티는 두 뺨을 부들부들 떨면서 식탁 너머를 노려보았다. 케이시 씨는 힘들여 의자에서 일어나 그녀를 향해 식탁 위로 몸을 구부리고는, 마치 거미줄을 옆으로 걷어치우듯 한 손으로 눈앞의 공기를 훑었다.

—아일랜드에는 하느님이 필요 없다고요! 그는 소리쳤다. 아일랜드에는 하느님이 너무 많아요. 이제 하느님은 꺼져버리라지!

—신성모독자! 악마야! 댄티가 자리에서 벌떡 일어나 그의 얼굴에 침이라도 뱉을 기세로 날카롭게 소리쳤다.

찰스 아저씨와 디덜러스 씨는 케이시 씨를 끌어다가 의자에 도로 앉힌 뒤 양쪽에서 그를 타일렀다. 케이시 씨는 불꽃이 이글거리는 검은 두 눈으로 앞을 응시하며 같은 말을 되풀이했다.

—이제 하느님은 꺼져버려야 한단 말이오!

댄티는 의자를 세차게 옆으로 밀어젖히며 식탁을 떠났고 그 바람에 냅킨 고리가 떨어져 양탄자 위를 천천히 굴러가다가 안락의자 다리에 부딪쳐 멈추었다. 디덜러스 부인이 재빨리 일어나 그녀를 따라 문 쪽으로 갔다. 문 앞에서 댄티는 홱 돌아서더니 방안을 향해 고함을 질렀다. 빨갛게 달아오른 그녀의 양볼이 분노로 부르르 떨렸다.

―지옥에서 온 악마 같으니라고! 우리가 이겼어! 우리가 그자를 무찔러 죽여버렸다! 이 악마야!

그러고서 그녀는 문을 쾅 닫고 나가버렸다.

케이시 씨는 자신의 팔을 붙들고 있던 사람들의 손길을 뿌리치더니 갑자기 두 손으로 얼굴을 감싸며 고통스럽게 흐느꼈다.

―가엾은 파넬! 그는 큰 소리로 울부짖었다. 돌아가신 우리 제왕님!

그는 큰 소리로 비통하게 흐느껴 울었다.

겁에 질린 스티븐이 얼굴을 드니 아버지의 두 눈에도 눈물이 글썽글썽했다.

* * *

아이들이 옹기종기 모여 얘기를 나누고 있었다.

한 아이가 말했다.

―걔들은 라이언스 언덕* 근처에서 붙잡혔대.

―누가 붙잡았대?

―글리슨 선생님하고 교감 선생님이래. 마차에 타고 있는 걸 붙잡았대.

이렇게 말한 아이가 덧붙였다.

―고등부 학생한테 들은 소리야.

---

* 클롱고우스 동쪽 10킬로미터 지점에 있는 언덕.

플레밍이 물었다.

—그런데 걔네는 왜 도망을 친 거야, 혹시 알아?

—내가 이유를 알지, 세실 선더가 말했다. 걔들이 교장실에서 돈을 슬쩍했거든.

—누가?

—키컴의 형이 그랬대. 그런 다음 자기들끼리 그 돈을 나눠 가졌다는 거야.

하지만 그것은 도둑질이 아닌가. 어떻게 그런 짓을 할 수 있지?

—참 잘도 알고 있구나, 선더! 웰스가 말했다. 걔들이 정말로 왜 줄행랑을 쳤는지는 내가 알지.

—말해봐.

—말하지 말랬어, 웰스가 말했다.

—왜 그래, 말해줘, 웰스, 모두가 졸랐다. 우리한테는 괜찮아. 아무한테도 말하지 않을게.

스티븐은 자세히 들으려고 고개를 앞으로 내밀었다. 웰스는 누가 오는지 살피느라 주위를 두리번거렸다. 그러고는 들릴락 말락한 소리로 말했다.

—너희들 성물 보관실 찬장에 넣어두는 성찬용 포도주 알지?

—그럼.

—그걸 말이야, 걔들이 마셔버린 거야. 그런데 냄새 때문에 들통이 났지. 그러니 줄행랑을 칠 수밖에, 이제 알겠지?

그러자 처음 얘기를 꺼냈던 아이가 말했다.

—맞아, 나도 고등부 형한테 같은 얘기를 들었어.

아이들은 모두 말이 없었다. 스티븐은 입을 열기가 두려워 아이들 틈에 끼어 듣고만 서 있었다. 두려움에 속이 살짝 메스꺼워지면서 온몸에 맥이 빠지는 것 같았다. 어떻게 그런 짓을 할 수 있을까? 그는 침묵이 감도는 어두컴컴한 성물 보관실을 떠올려보았다. 거기에는 주름 잡힌 중백의中白依를 차곡차곡 접어넣어둔 거무스레한 목제 옷장들이 있다. 성당은 아니지만 그래도 언제나 숨을 죽이고 조용조용 말해야 하는 곳이었다. 성스러운 장소였다. 미사 때 향로를 나르는 복사 옷으로 갈아입으려고 그곳에 들어가보았던 어느 여름날 저녁, 숲속에 마련된 작은 제대로 가는 성체 행렬이 있던 그날 저녁이 머릿속에 떠올랐다. 낯설고 성스러운 곳이었다. 향로를 든 소년은 숯불이 잘 타도록 가운데 사슬을 잡고서 은제 뚜껑을 들어올려 문 앞에서 그것을 부드럽게 좌우로 흔들었다. 숯이었다. 소년이 향로를 부드럽게 흔들자 숯은 조용히 타오르며 약간 시큼한 냄새를 풍겼다. 옷을 모두 차려입은 뒤 스티븐은 향로를 받쳐들고 교장 선생님에게로 가서 그 앞에 섰고 교장 선생님이 향로 안에 한 스푼쯤 향을 뿌리자 이글거리는 숯불 위에서 향이 슈웃 하는 소리를 내며 탔다.

아이들은 운동장 여기저기에 옹기종기 모여 서서 이야기를 나누고 있었다. 스티븐에게는 아이들이 모두 전보다 몸집이 작아진 것처럼 보였다. 왜냐하면 그전날 자전거를 타고 전속력으로 달려오던 중급 문법반 학생과 부딪쳐 쓰러지는 사고를 당했기 때문이다. 그는 자전거와 부딪쳐 석탄재가 깔린 길 위로 보기 좋게 나동그라졌고, 안경은 세 동강이 나버린데다 석탄재 부스러기가 입에 들어가기까지 했다.

바로 그 사고 때문에 그에게는 아이들이 전보다 더 작고 멀리 있는 듯 보였고, 럭비 골대는 너무도 가늘고 멀어 보였으며, 부드러운 잿빛 하늘 또한 무척이나 드높아 보였던 것이다. 어쨌든 크리켓 시즌이 다가오는 터라 럭비 구장에는 경기가 없었다. 어떤 아이는 반스가 크리켓 팀 주장이 될 거라고 했고, 또다른 아이는 플라워스가 주장이 될 거라고 했다. 운동장 곳곳에서 아이들은 라운더스*를 하거나 크리켓의 던지기 기술인 트위스터와 로브 연습을 했다. 여기저기서 크리켓 배트 치는 소리가 부드러운 잿빛 공기를 뚫고 들려왔다. 픽, 팩, 폭, 퍽. 마치 분수대의 물방울이 물이 넘치는 수반으로 천천히 떨어지는 소리 같았다.

이제껏 입을 다물고 있던 어사이가 조용히 말했다.

—너희들 모두 잘못 알고 있어.

다들 정색을 하고 그에게로 몸을 돌렸다.

—잘못 알고 있다니?

—그럼 너는 제대로 알아?

—누구한테 무슨 말을 들었어?

—말 좀 해봐, 어사이.

어사이는 운동장 저편에서 자기 앞의 돌을 차며 혼자 걸어가고 있는 사이먼 무넌 쪽을 가리켰다.

—쟤한테 물어봐, 그가 말했다.

아이들은 모두 그쪽을 쳐다보며 물었다.

—왜 쟤야?

---

* 아이들이 즐겨 하는 야구와 비슷한 영국의 구기 경기.

—재도 무슨 관계가 있어?

—말해봐, 어사이, 어서. 알면 좀 말해봐.

어사이는 목소리를 낮추며 말했다.

—걔들이 왜 줄행랑을 쳤는지 알아? 너희들한테만 얘기해줄 테니까 다른 데 가서는 절대 아는 척하면 안 돼.

그는 잠시 멈추었다가 은밀하게 말을 이었다.

—걔네들은 어느 날 밤에 사이먼 무넌과 터스커 보일과 함께 변소에 있다가 들킨 거야.

아이들이 그를 쳐다보며 물었다.

—들켰다고?

—뭘 하다가?

어사이가 말했다.

—용두질.*

아이들은 모두 말이 없었다. 그러자 어사이가 말했다.

—그래서 걔들이 줄행랑을 치게 된 거야.

스티븐은 아이들의 얼굴을 바라보았으나 모두들 운동장 저쪽을 쳐다보고 있었다. 그는 그것이 무엇인지 누군가에게 물어보고 싶었다. 변소에서 용두질을 하다니, 그게 무슨 뜻이지? 뭐길래 고등부 학생이 다섯 명이나 도망을 쳤을까? 그냥 농담인가보다 하고 그는 생각했다. 사이먼 무넌은 좋은 옷을 입고 다녔고, 어느 날 저녁에는 그에게 크림사탕이 든 공을 보여줬는데, 무넌이 문간에 서 있을 때 럭비 팀 선수들

* 여기서는 동성애 행위를 의미한다.

열다섯 명이 식당 한가운데 깔린 카펫 위로 굴려보내준 것이었다. 벡티브 레인저스와 시합이 있던 날 밤의 일이었다. 빨갛고 파란 사과 모양으로 만든 그 공을 갈라보니 속에 크림 사탕이 잔뜩 들어 있었다. 그리고 보일은 언젠가 코끼리는 두 개의 엄니tusk를 가지고 있다고 해야 할 것을 두 개의 엄니 동물tusker을 가지고 있다고 잘못 말하는 바람에 터스커 보일이 되었다. 그러나 어떤 아이들은 손톱을 다듬는 데 늘 정신이 팔려 있는 그를 '숙녀 보일'이라고 부르기도 했다.

아일린의 손도 하얗고 길고 가늘고 차갑지만 그것은 그녀가 소녀이기 때문이었다. 그녀의 손은 상아 같았고 보드라웠다. 그것이 바로 상아탑의 의미인데 프로테스탄트들은 그것을 이해하지 못하고 놀려대기만 했다. 어느 날 그는 호텔* 마당을 들여다보면서 아일린 옆에 바짝 붙어선 적이 있었다. 웨이터가 질질 끌리는 깃발을 깃대 높이 달고 있었고, 양지바른 잔디밭에는 폭스테리어 한 마리가 이리저리 뛰놀았다. 그는 바지 주머니에 손을 넣고 있었는데 아이린이 불쑥 그 주머니에 자기 손을 집어넣었다. 그리하여 그는 그녀의 손이 얼마나 차갑고 가늘고 보드라운지 느낄 수 있었다. 그녀는 주머니란 참으로 재밌는 것이라고 말했다. 그러더니 주머니에서 갑자기 손을 빼내고는 깔깔거리면서 경사진 굽잇길을 따라 달려내려갔다. 그녀의 금발이 햇빛을 받아 금빛으로 반짝이며 등뒤로 나부꼈다. 상아탑. 황금 궁전. 어떤 것에 대해 깊이 생각하다보면 그 의미를 이해할 수 있기 마련이다.

하지만 왜 변소에 있었을까? 변소는 무슨 볼일을 보고 싶을 때나 가

---

* 브레이의 스티븐 집과 아일린 집에서 멀지 않은 곳에 있던 머린 스테이션 호텔.

는 곳 아닌가. 전부 두툼한 슬레이트 판으로 되어 있고 작은 구멍에서는 온종일 물이 뚝뚝 떨어지고, 고약한 똥오줌 냄새가 진동하는 곳. 어느 한 칸의 문 뒤에는 로마인 복장을 한 수염 텁수룩한 사내가 양손에 벽돌을 하나씩 들고 있는 모습을 빨간 색연필로 그린 그림도 있었다. 그 밑에는 그림 제목이 쓰여 있었다.

발부스가 벽을 쌓고 있었도다.*

어떤 아이가 장난으로 거기다 그려놓은 것이었다. 얼굴은 우습게 생겼으나 턱수염이 텁수룩하여 매우 사내다워 보였다. 그리고 또다른 칸에는 왼쪽으로 기울어진 아름다운 필체로 이런 내용이 쓰여 있었다.

율리우스 카이사르는 칼리코 벨리**를 저술했도다.

걔들이 변소에 갔던 건 거기가 아이들이 장난삼아 아무렇게나 낙서하는 곳이기 때문이었을 것이다. 하지만 그렇다 하더라도 어사이가 한 말이나 그 말을 하던 태도로 미루어보아 어딘지 모르게 석연치 않은 구석이 있었다. 도망을 치기까지 했으니 단순한 장난은 아니었으리라. 다른 아이들과 함께 말없이 운동장 저편을 건너다보고 있자니 그는 더럭 겁이 나기 시작했다.

마침내 플레밍이 말했다.

—그러면 다른 애들이 저지른 일 때문에 우리 모두 다 벌을 받게 되는 건가?

---

* 라틴어 입문서에 나오는 전형적인 예문인 듯하다.

** '칼리코 벨리(Calico Belly)'는 당시의 라틴어 교재인 율리우스 카이사르가 쓴 『갈리아 전기Commentarii de Bello Gallico』, 즉 '벨로 갈리코'의 철자와 음을 이용한 말장난.

—그렇다면 난 교실에 들어가지 않을 거야, 어디 가나 보라고, 세실 선더가 말했다. 식당에서 사흘간 입도 뻥긋 못 하고 일 분에 한 명씩 불러 6과 8* 체벌을 받겠지.

—맞아, 웰스가 맞장구를 쳤다. 게다가 배럿 선생님이 체벌 통지서 접는 법을 새로 개발해서 우리가 몇 대나 맞을 건지 몰래 펴보고 도로 접어놓을 수도 없게 돼버렸어. 나도 안 들어갈래.

—그래, 세실 선더가 말했다. 그런데 말이야, 교무주임 선생님이 오늘 아침 중급 문법반에 나타났던데.

—우리 체벌 반대 운동을 일으키자, 플레밍이 말했다. 응? 어때?

아이들은 모두 말이 없었다. 대기도 무척 고요해 크리켓 배트 휘두르는 소리가 선명하게 들렸다. 다만 전보다 느린 소리였다. 픽, 폭.

웰스가 물었다.

—그애들은 어떻게 될 것 같아?

—사이먼 무넌하고 터스커는 회초리로 엉덩이를 맞겠지, 어사이가 말했다, 그리고 고등부 학생들은 회초리로 엉덩이를 맞거나 퇴학 중에 선택해야 된대.

—걔들은 어느 쪽을 택할까? 맨 먼저 말을 꺼냈던 아이가 물었다.

—코리건만 빼고는 다들 퇴학을 선택할 거래, 어사이가 대답했다. 코리건은 글리슨 선생님한테 회초리로 엉덩이를 맞게 될 거야.

—코리건이라니, 그 덩치 큰 친구 말이지? 플레밍이 말했다. 그 친구라면 글리슨 선생님이 둘이라도 끄떡없을걸.

---

* 회초리로 손바닥을 각각 세 번씩 여섯 대 때리고, 또다시 네 번씩 여덟 대를 때리는 체벌 방식.

—난 왜 그런지 알아, 세실 선더가 말했다. 그 친구 판단이 옳아, 다른 애들은 틀리고, 왜냐하면 회초리 맞는 고통은 조금 지나면 사라지지만 퇴학을 당하면 평생 동안 그 사실이 꼬리표처럼 따라다닐 테니까. 게다가 글리슨 선생님이 그 친구를 사정없이 때리지도 않을 거고.

—그러는 게 선생님으로서도 상책이지 뭐, 플레밍이 말했다.

—사이먼 무넌이나 터스커 같은 꼴이 되고 싶지는 않아, 세실 선더가 말했다. 그렇지만 내가 보기에 걔들이 엉덩이를 맞지는 않을 거야. 둘 다 양 손바닥에 아홉 대씩 맞고 말겠지.

—아냐, 아냐, 어사이가 말했다. 걔들은 진짜 아픈 데를 맞을 거야.

웰스는 엉덩이를 문지르면서 우는 목소리로 말했다.

—선생님, 제발, 용서해주세요!

어사이는 히죽히죽 웃으며 웃옷 소매를 걷어붙였다.

어쩔 도리 없네,
매를 맞아야 해.
그러니 바지를 내리고
볼기짝을 내밀어.

아이들은 깔깔 웃어댔다. 그러나 스티븐이 느끼기에는 다들 약간 겁을 먹은 것 같았다. 부드러운 잿빛 대기의 정적을 뚫고 폭 하는 크리켓 배트 소리가 여기저기서 들렸다. 그저 귀에 들리는 소리에 지나지 않지만 만일 공에 맞는다면 고통을 느끼리라. 회초리를 휘둘러도 소리가 나지만 저런 소리와는 다르다. 아이들이 그러는데 회초리는 안에다 납을 넣고 고래 뼈와 가죽으로 만든다고 했다. 그는 회초리를 맞으면 그 고통이 어떠할까 생각해보았다. 소리가 제각각이니 고통도 모두 다르리라. 길고 가느다란 회초리는 높은 휘파람 소리를 낼 텐데 그 회초리를 맞으면 고통이 어떨까? 그런 생각을 하니 온몸이 부르르 떨리고 오싹해졌다. 어사이가 한 말을 생각해도 마찬가지였다. 그 말에 웃을 데가 어디 있다고 아이들은 깔깔대고 웃었을까? 그는 몸서리가 쳐졌다. 바지를 내릴 때면 늘 몸이 떨렸다. 목욕탕에서 옷을 벗을 때도 마찬가지였다. 그는 그애들의 바지를 내릴 사람이 누구일지 궁금했다. 선생님일까 아니면 그애들일까. 오, 아이들은 그런 일을 두고 어쩌면 저렇게들 웃어댈 수 있지?

그는 어사이의 걷어붙인 옷소매와 잉크투성이인 마디 굵은 두 손을 보았다. 어사이는 글리슨 선생님이 소매를 어떻게 걷어붙이는지 보여주기 위해 자기 소매를 걷어붙였다. 그러나 글리슨 선생님은 반짝이는 둥근 커프스를 단 소매에, 손목은 희고 깨끗하며 손도 희고 통통한데다 손톱은 길고 끝이 뾰족했다. 숙녀 보일처럼 손톱을 다듬는지도 모를 일이다. 하여간 선생님의 손톱은 엄청나게 길고 뾰족했다. 하얗고 통통한 손은 잔인하기는커녕 너그러워 보였지만 손톱만은 아주 길고 무자비해 보였다. 그 잔인하리만치 긴 손톱과 회초리의 높은 휘파람 소리 그리고 옷을 벗을 때 셔츠 자락에서 느껴지는 오싹함을 생각하니 그는 한기와 두려움으로 몸이 떨리면서도 깨끗하고 강하고 다정한, 그 희고 통통한 손을 떠올리자 묘하게도 평온한 쾌감 같은 것이 느껴졌다. 그리고 그는 세실 선더가 한 말을 상기했다. 글리슨 선생님이 코리건을 사정없이 때리지는 않을 거라던. 그리고 그러는 게 선생님으로서도 상책이라던 플레밍의 말도. 하지만 그게 이유가 되지는 않는다.

운동장 저 멀리서 고함소리가 들렸다.

—전원 입실!

그러자 또다른 고함이 이어졌다.

—전원 입실! 전원 입실!

작문 시간 동안 그는 팔짱을 끼고 앉아 천천히 종이를 스쳐가는 펜 소리에 귀를 기울였다. 하퍼드 선생님은 이러저리 돌아다니며 빨간 색연필로 조그맣게 표시도 해주고 때로는 학생 옆에 앉아 펜 쥐는 법을 가르쳐주기도 했다. 스티븐은 제목의 철자를 직접 읽어보려고 애썼다. 책의 맨 마지막 부분에 나오는 글귀라서 이미 무슨 말인지를 알고 있었지만 말이다. 분별 없는 열정은 표류하는 배와 같다. 하지만 글자의 획들이 가느다란 실처럼 잘 보이지 않아 오른쪽 눈을 꼭 감고 왼쪽 눈으로 뚫어지게 살펴봐야만 대문자의 곡선을 겨우 식별할 수 있었다.

하퍼드 선생님은 무척 점잖은 분이라 좀처럼 화를 내는 법이 없었다. 다른 선생님들은 모두 끔찍하게 화를 잘 냈지만 말이다. 그런데 왜 고등부 학생들이 저지른 일 때문에 그들까지 벌을 받아야 하는 걸까? 웰스는 고등부 학생들이 성물 보관실 찬장에서 성찬용 포도주를 몰래 꺼내 마셨는데 냄새 때문에 누가 마셨는지 들통이 났다고 말했다. 아마 그 아이들은 도망칠 때 성광聖光을 훔쳐가서 어딘가에 팔아먹으려고 했는지도 모른다. 밤중에 쥐도 새도 모르게 거기 들어가 컴컴한 찬장문을 열고 번쩍이는 금으로 만든 성광을 훔친다는 것은 정말이지 끔찍한 죄임이 틀림없었다. 성체강복식 때 꽃과 촛불로 둘러싸인 제대 위에 하느님의 몸을 모시는 제구祭具가 아닌가. 이때 복사가 향로를 흔들면 양쪽으로 향이 구름처럼 피어올랐고 성가대에서는 도미닉 켈리가 성가의 첫 구절을 독창했다. 하지만 그애들이 그것을 훔쳤을 때 하느님은 물론 그 속에 계시지 않았겠지. 그렇다 하더라도 성광을 건드리는 것만으로 말할 수 없이 엄청난 죄였다. 그는 극심한 두려움을 느끼며 죄를 생각했다. 끔찍하고도 불가사의한 죄. 펜이 종이 위를 가볍게 스치는 소리만 들리는 고요 속에서 이런 생각을 하니 전율이 그를 엄습했다. 찬장에서 성찬용 포도주를 몰래 꺼내 마시고 냄새 때문에 들통이 나는 것 역시 죄이긴 하지만, 그 죄는 끔찍하지도 불가사의하지도 않았다. 포도주 냄새가 떠올라 약간 메스꺼운 느낌이 들 뿐이다. 왜냐하면 성당에서 처음으로 성체성사를 하던 날 그는 눈을 감은 채 입을 벌리고 혀를 약간 내밀고 있었는데, 교장 선생님이 그의 입에 성체를 넣어주려고 허리를 굽히자 미사 때 포도주를 마신 선생님의 숨결에서 포도주 냄새가 희미하게 났기 때문이다. 참으로 아름다운 말이다, 포도주. 그 말은 심홍색을 연상시켰다. 하얀 사원과도 같은 그리스의 집들 바깥에서 익어가는 포도들은 모두 심홍색이니까. 하지만 교장 선생님의 숨결에서 나던 희미한 포도주 냄새 때문에, 그는 처음 성체를 모시던 날 아침 속이 메스꺼웠다. 첫 성체성사의 날은 평생에 제일 행복한 날이다. 언젠가 여러 장군들이 나폴레옹에게 그의 일생에서 가장 행복한 날이 언제였냐고 물었다고 한다. 다들 그가 어떤 대전에서 승리한 날이나 황제로 즉위한 날을 답하리라 예상했다. 그러나 나폴레옹은 이렇게 말했다.

—여러분, 내 인생에서 가장 행복했던 날은 내가 처음으로 성체를 모신 날이오.

아널 신부가 들어오고 라틴어 수업이 시작되었는데도 그는 팔짱을 끼고 책상에 몸을 기댄 채 잠자코 그대로 있었다. 아널 신부는 작문 숙제장을 돌려주면서 다들 형편없이 엉터리로 했다고, 고쳐준 대로 당장 다시 쓰라고 시켰다. 그중에서도 가장 엉망인 것은 플레밍의 작문이었는지 그의 숙제장은 잉크 얼룩으로 낱장들이 들러붙어 있었다. 아널 신부는 숙제장의 한쪽 귀퉁이를 붙잡고 들어올리면서 숙제를 이따위로 제출하는 것은 선생님에 대한 모욕이나 다름없어서 어느 교사라도 체벌을 받게 할 거라고 말했다. 그러고는 잭 로턴에게 명사 '바다mare'의 격변화를 말해보라고 했는데 잭 로턴은 단수 탈격에서 막혀 복수형으로 넘어가지 못했다.

—부끄러운 줄 알아야지, 아널 신부가 엄하게 말했다. 자네는 이 반의 반장이 아닌가!

그러고 나서 그는 다음 아이, 그다음 아이, 또 다음 아이에게 차례로 물었다. 그러나 아무도 아는 아이가 없었다. 아널 신부는 말이 없어졌고 아이들이 저마다 대답하려고 애를 쓰면서도 해내지 못하자 더욱더 말이 없어졌다. 그의 목소리는 착 가라앉았지만 얼굴은 잔뜩 찌푸려졌고 두 눈은 앞을 쏘아보고 있었다. 그러다가 그는 플레밍에게 물었고 플레밍은 그 낱말에는 복수형이 없다고 대답했다. 아널 신부가 갑자기 책을 덮더니 그를 향해 고함을 질렀다.

—교실 가운데로 나와 꿇어앉게. 자네 같은 게으름뱅이는 일찍이 본 적이 없어. 나머지는 멀뚱거리지 말고 과제물이나 다시 정서해!

플레밍은 마지못해 자리에서 일어나 맨 뒤의 두 걸상 사이에 무릎을 꿇고 앉았다. 다른 아이들은 숙제장 위로 고개를 숙이고 고쳐 쓰기 시작했다. 교실은 정적만이 감돌았고 스티븐은 아널 신부의 찌푸린 얼굴을 슬쩍 훔쳐보았는데 화가 나서 그런지 얼굴이 살짝 벌게져 있었다.

아널 신부님이 화를 내는 것은 죄일까, 아니면 아이들이 게으름을 피울 때 화를 내면 아이들이 공부를 더 열심히 하게 되니까 화를 내도 괜찮은 걸까, 그것도 아니면 화가 나지 않았으면서도 괜히 그런 척을 하는 걸까? 신부님은 성직자라서 무엇이 죄가 되는지 알고 또 죄가 되는 일은 하지 않을 테니까 화를 내도 괜찮겠지. 하지만 어쩌다 한 번 실수로 죄를 짓는다면 신부님은 어떻게 고해성사를 해야 할까? 아마도 교감 선생님을 찾아가 고해성사를 해야겠지. 그리고 만일 교감 선생님이 죄를 짓는다면 교장 선생님을 찾아갈 테고. 그리고 만일 교장 선생님이 죄를 짓는다면 교구장님을 찾아가겠지. 만일 교구장님이 죄를 짓는다면 그때는 예수회 총회장님을 찾아갈 거야. 그것이 교단의 위계질서라는 거니까. 언젠가 아버지는 그분들 모두가 총명한 분들이라고 말씀하셨다. 예수회의 성직자가 되지 않았다면 다들 속세에서 고관대작이 되었을지도 모를 사람들이었다. 그는 아널 신부님과 패디 배럿 선생님이 예수회 신부가 되지 않았다면 어떤 사람이 되었을지, 맥글레이드 선생님과 글리슨 선생님도 예수회 신부가 되지 않았다면 어떤 사람이 되었을지 궁금했다. 그러나 다른 사람이 된 그들의 모습을 상상하기란 매우 어려운 일이었다. 왜냐하면 전혀 다른 색깔의 웃옷과 바지를 입고 턱수염과 콧수염을 기른 채 전혀 다른 종류의 모자를 쓴 그들을 완전히 다른 방식으로 상상해야만 했기 때문이다.

교실 문이 조용히 열리더니 곧 닫혔다. 소곤거리는 소리가 재빠르게 교실 안에 퍼졌다. 교무주임이 들어온 것이다. 교실이 쥐죽은듯 고요해지고 곧이어 맨 뒷줄 책상을 회초리로 탕 치는 요란한 소리가 들렸다. 스티븐은 겁에 질려 가슴이 마구 뛰었다.

—여기 매를 맞아야 할 아이는 없습니까, 아널 신부님? 교무주임이 소리를 질렀다. 이 반엔 매를 맞아야 할 나태하고 빈둥거리는 게으름뱅이가 없나요?

그는 교실 한복판까지 들어와 무릎을 꿇고 앉은 플레밍을 발견했다.

—이 녀석 보게! 그가 소리쳤다. 이 녀석은 누구지? 왜 무릎을 꿇고 있는 거야? 얘, 너 이름이 뭐지?

—플레밍입니다, 선생님.

—호호, 플레밍이라! 물론 게으름뱅이겠지. 네 눈에 그렇게 쓰여 있어. 이 녀석이 왜 꿇어앉아 있지요, 아널 신부님?

—라틴어 숙제를 엉망으로 해왔습니다, 아널 신부가 말했다, 문법 문제에도 하나도 제대로 답한 게 없고요.

—물론 그랬겠지요! 교무주임이 큰 소리로 말했다. 그리하고도 남지! 타고난 게으름뱅이라니까요! 눈가에 그렇게 쓰여 있네요.

그는 회초리로 탕 하고 책상을 내리치며 큰 소리로 말했다.

—일어서, 플레밍! 일어서라니까, 이 녀석!

플레밍은 천천히 일어섰다.

—손 내밀어! 교무주임이 소리쳤다.

플레밍은 한쪽 손을 내밀었다. 회초리가 플레밍의 손바닥을 내리치는 순간 요란한 소리가 났다. 하나, 둘, 셋, 넷, 다섯, 여섯.

—저쪽 손!

교무주임이 또다시 철썩거리는 소리가 날 정도로 회초리를 재빨리 여섯 번 내리쳤다.

—꿇어앉아! 교무주임이 소리쳤다.

플레밍은 통증으로 얼굴이 일그러진 채 두 손을 겨드랑이에 넣으면서 무릎을 꿇었지만, 스티븐은 플레밍의 손바닥이 얼마나 단단한지 잘 알고 있었다. 플레밍은 항상 손바닥에 송진을 문질러대니까. 그렇다고 해도 회초리 내려치는 소리가 무시무시했으니 아마도 엄청나게 아팠으리라. 스티븐의 심장이 방망이질했다.

—공부 계속해, 모두들! 교무주임이 고함을 질렀다. 우리 학교에 나태하게 빈둥거리는 게으름뱅이는 필요 없어, 나태하게 빈둥거리고 꾀만 부리는 농땡이들 말이야. 다시 말하지만 다들 공부 계속하도록. 이 돌런 신부가 날마다 너희가 어떻게 공부하나 보러 올 거야. 돌런 신부는 내일도 올 거란 말이다.

그는 회초리로 한 아이의 옆구리를 쿡 찌르며 말했다.

—이 녀석아! 돌런 신부가 언제 다시 온다고?

—내일입니다, 선생님, 톰 펄롱의 목소리가 들렸다.

—내일 또 내일 그리고 또 내일도,* 교무주임이 말했다. 그러니까 다들 각오 단단히 해. 날마다 돌런 신부가 온단 말이다. 다들 명심해. 너, 이 녀석, 넌 누구냐?

스티븐의 심장이 순간 철렁 내려앉았다.

—디덜러스입니다, 선생님.

—너는 왜 다른 애들처럼 쓰고 있지 않지?

---

* 셰익스피어의 『맥베스』 5막 5장.

—전..... 저의...

그는 겁이 나서 말을 할 수가 없었다.

—왜 이 녀석은 안 쓰고 있죠, 아널 신부님?

—걔는 안경이 깨졌습니다, 아널 신부가 말했다. 그래서 쓰기를 면제해주었어요.

—안경이 깨졌다고요? 거 무슨 소리지? 네 이름이 뭐라고? 교무주임이 말했다.

—디덜러스입니다, 선생님.

—이리 나와! 디덜러스. 게으름뱅이 꼬마 꾀보 같으니라고. 너! 얼굴에 꾀보라고 다 쓰여 있어. 안경을 어디서 깨먹었어?

스티븐은 두려움과 조급함으로 눈앞이 캄캄해져 교실 한가운데로 비틀비틀 걸어나갔다.

—안경을 어디서 깨먹었냐니까? 교무주임이 되풀이해 물었다.

—길에섭니다, 선생님.

—이 녀석 보게! 길에서라고! 교무주임이 소리쳤다. 나는 그런 속임수는 훤히 꿰고 있지.

스티븐은 깜짝 놀라 두 눈을 들었다. 그 순간 돌런 신부의 젊지 않은 희끄무레한 얼굴, 그 얼굴 양옆으로 곱슬머리가 난 희끄무레하게 벗어진 머리, 철제 안경테 그리고 안경 너머 무표정한 두 눈이 눈에 들어왔다. 그런 속임수는 꿰고 있다고 말하는 이유가 무엇일까?

—나태하고 게을러빠진 녀석 같으니라고! 교무주임이 소리쳤다. 안경이 깨졌다니! 아이들이 즐겨 쓰는 잔꾀지! 당장 손바닥 내밀어!

스티븐은 두 눈을 질끈 감고 손바닥을 위로 한 채 떨리는 손을 허공에 내밀었다. 교무주임이 그의 손을 펴느라고 잠시 손가락을 갖다 대는 것이 느껴졌고 곧이어 그가 손바닥을 내려치려고 회초리를 쳐들자 수단 소맷자락에서 휙 하는 소리가 났다. 막대기가 쪼개질 때 나는 날카로운 소리처럼 화끈거리고 타는 듯 따끔하고 얼얼한 회초리의 타격에 그의 떨리는 손은 불속에 떨어진 가랑잎처럼 오그라들었다. 그 회초리 소리에, 그리고 그 아픔에 눈에서 뜨거운 눈물이 솟구쳤다. 온몸이 공포로 떨리고, 팔도 떨리고, 또 불에 덴 듯이 화끈거리며 오그라든 검푸른 손바닥도 허공에 나부끼는 낙엽처럼 파들파들 떨렸다. 울음이, 제발 용서해달라는 애원이 갑자기 입에서 터져나올 것 같았다. 그러나 눈물이 솟구치고 팔다리는 고통과 공포로 부들부들 떨렸음에도, 뜨거운 눈물과 목을 태울 것만 같은 울음은 가까스로 억눌렀다.

—저쪽 손! 교무주임이 소리쳤다.

스티븐은 못 쓰게 된 듯 떨리는 오른팔을 내리고 왼손을 내밀었다. 교무주임이 회초리를 번쩍 쳐들자 수단 소맷자락에서 다시 휙 하는 소리가 났고 사정없이 내리치는 요란한 소리와 미칠 듯이 쑤시고 화끈거리는 격심한 고통 때문에 그의 손은 손바닥이고 손가락이고 할 것 없이 떨리기만 하는 푸르딩딩한 덩어리가 되어 오그라들었다. 뜨거운 눈물이 두 눈에서 쏟아졌고, 수치심과 고통과 공포로 온몸이 달아오른 가운데 그는 겁에 질려 떨리는 팔을 내리고는 고통의 신음을 내뱉고 말았다. 온몸이 공포로 마비된 채 덜덜 떨렸고 목구멍에서는 뜨거운 울음이 치밀어오르고 눈에서는 뜨거운 눈물이 뚝뚝 떨어져 화끈거리는 뺨을 타고 흐르는 것이 느껴져 그는 수치심과 분노에 휩싸였다.

—꿇어앉아! 교무주임이 소리쳤다.

스티븐은 매맞은 두 손을 양 옆구리에 갖다 대고 재빨리 꿇어앉았다. 매를 맞아 순식간에 통증으로 퉁퉁 부어오른 손을 생각하니 마치 자신의 손이 아니라 애처롭게 여겨야 할 다른 사람의 손처럼 느껴져 그는 몹시 미안한 마음마저 들었다. 목구멍까지 차오른 마지막 흐느낌을 진정시키고 양 옆구리에 갖다 댄 손바닥의 그 데인 듯 아린 고통을 느끼면서 꿇어앉을 때, 활짝 편 채 허공에 내밀었던 그의 두 손이며 부르르 떨리는 손가락을 단단히 붙잡던 교무주임의 그 단단한 손의 감촉이며 얻어맞아 벌겋게 부어오른 손바닥과 손가락이 한덩어리가 되어 허공에서 무력하게 떨던 순간들이 머릿속에 떠올랐다.

—오로지 공부에만 집중해, 다들, 교무주임이 교실 문을 나서며 큰 소리로 말했다. 돌런 신부는 어떤 녀석이, 어떤 나태하고 게을러빠진 녀석이 회초리 맛을 보고 싶어하는지 알아보러 매일 올 거야. 매일 말이야. 매일.

그가 나가고 문이 닫혔다.

숨죽이고 있던 아이들이 과제물 정서를 이어나갔다. 아널 신부는 자리에서 일어나 아이들 사이를 돌아다니며 부드러운 말씨로 아이들의 쓰기를 도와주고 틀린 데를 발견하면 왜 틀렸는지 일러주기도 했다. 그의 목소리는 너무도 상냥하고 부드러웠다. 이윽고 그는 자기 자리로 돌아가 플레밍과 스티븐에게 말했다.

—제자리로 돌아가도 좋아, 둘 다.

플레밍과 스티븐은 일어나서 자리로 가 앉았다. 수치심으로 얼굴이 새빨개진 스티븐은 힘 빠진 한쪽 손으로 얼른 책을 펴고는 얼굴을 책장에 바싹 갖다붙이며 몸을 숙였다.

부당하고 잔인한 처사였다. 의사는 그에게 안경 없이는 책을 보지 말라고 했고, 그는 그날 아침 아버지에게 새 안경을 보내달라고 편지를 썼으니 말이다. 게다가 아널 신부도 새 안경이 도착할 때까지는 공부하지 않아도 된다고 한 터였다. 그런데 반 아이들 앞에서 잔꾀나 부리는 녀석이라는 소리를 듣고, 언제나 일등 아니면 이등 상은 도맡아 받는데다 요크 팀의 팀장이기까지 한 그가 회초리를 맞다니! 교무주임은 무슨 근거로 잔꾀라고 말한 걸까? 교무주임이 그의 손을 붙드느라 손가락을 갖다 댔을 때, 처음에는 그 손가락이 얼마나 부드럽고 단단하게 느껴지던지 그는 교무주임이 자기와 악수를 하려는 줄 알았다. 그러나 난데없이 수단 소맷자락이 휙 하고 펄럭이는 소리와 함께 회초리로 철썩 내리치는 소리가 들렸던 것이다. 그러고도 그를 교실 한복판에 꿇어앉히다니 아무리 생각해도 잔인하고 부당한 처사였다. 게다가 아널 신부님마저 플레밍과 그를 다르게 대하지 않고 한꺼번에 둘 다 제자리에 가도 좋다고 하다니. 그는 과제물을 고쳐주는 아널 신부의 나직하고도 온화한 목소리에 귀를 기울였다. 어쩌면 그는 지금쯤 미안한 생각이 들어 아이들에게 친절하게 대해주고 있는지도 모를 일이다. 하지만 아무리 그래도 부당하고 잔인했다. 교무주임은 사제였지만 그의 처사는 잔인하고 불공평했다. 그의 희끄무레한 얼굴과 철테 안경 너머 무표정한 눈도 잔인해 보이기는 마찬가지였다. 그 단단하고도 부드러운 손가락으로 스티븐의 떨리는 손을 편 것도 알고 보면 더 아프게 그리고 더 큰 소리가 나도록 때리기 위해서였으니 잔인하다는 말밖에 더 할말이 있겠는가.

—치사하고도 야비한 짓이야, 정말로 그래, 학급 아이들과 줄지어

식당으로 가는 도중 복도에서 플레밍이 말했다. 잘못한 것이 하나도 없는 애한테 마구 매질을 해대다니.

—너 정말 사고로 안경이 깨진 거지, 맞지? 내스티 로시가 물었다.

스티븐은 플레밍의 말에 가슴이 뭉클해져 내스티가 묻는 말에 대답할 수가 없었다.

—그야 물론이지! 플레밍이 말했다. 나 같으면 가만있지 않겠어. 교장 선생님한테 올라가서 다 일러바칠 거야.

—그래야지. 세실 선더도 열을 올렸다. 교무주임이 자기 어깨보다도 높이 회초리를 치켜드는 걸 내가 다 봤다고. 세상에 어떻게 그럴 수가 있어.

—많이 아팠어? 내스티 로시가 물었다.

—지독하게. 스티븐이 대답했다.

—나 같으면 가만있지 않겠어. 플레밍이 같은 말을 되풀이했다. 대머리가 아니라 대머리 할아버지라도 말이야. 이건 정말, 치사하고 야비하고 졸렬하기 그지없는 짓이야. 나 같으면 저녁식사가 끝나는 길로 곧장 교장실로 올라가 교장 선생님한테 낱낱이 일러바치겠어.

—그래, 그렇게 해. 그렇게 하라니까. 세실 선더가 말했다.

—그래, 그렇게 해. 그래, 올라가서 교장 선생님한테 대머리에게 당한 일을 죄다 일러바쳐, 디덜러스. 내스티 로시도 거들었다. 그 대머리가 너를 매질하러 내일 다시 온다고 했잖아.

—그래그래, 교장 선생님한테 일러바쳐. 모두가 이구동성으로 말했다.

그러자 이야기를 듣고 있던 중급 문법반 아이 하나가 말했다.

—원로원과 로마 시민들은 디덜러스가 부당하게 처벌받았음을 선언하노라.*

부당한 처벌이었다. 불공평하고 잔인한 처사였다. 그는 식당에 앉아 자신이 받은 굴욕을 몇 번이고 되새기며 그때마다 고통에 시달려야 했고 급기야는 자신의 얼굴에 꾀보처럼 보이는 뭔가가 진짜로 있는 것은 아닐까 의심이 들어 조그만 거울에라도 얼굴을 비춰보고 싶다는 생각을 하기에 이르렀다. 그러나 그의 얼굴에 그런 조짐이 있을 리 없었다. 아무리 생각해도 그것은 불공정하고 잔인하고 또 부당한 처사였다.

그는 사순절** 기간의 수요일마다 나오는 거무튀튀한 생선튀김을 도저히 먹을 수가 없었고 함께 나온 감자 하나에는 삽에 찍힌 자국이 그대로 남아 있었다. 그래, 애들 말대로 하자. 교장 선생님께 가서 부당하게 벌을 받았다고 말씀드리자. 역사를 보면 옛날에도 어떤 인물이, 두상頭像이 역사책에 나올 만큼 위대한 인물이 그런 일을 한 적이 있잖아. 그러면 교장 선생님은 내가 부당하게 처벌받았다고 선언해주실 거야. 원로원과 로마 시민들도 언제나 사람들이 부당하게 처벌받았다고 선언해주었으니까. 그들은 리치멀 맥널***의 문제집에도 이름이 나오는 위대한 인물들이었다. 역사란 모두 그런 인물들과 그들의 행적에 관한 것이고, 그리스와 로마에 관한 피터 팔리의 이야기들**** 역시 그러한 인

* 로마 원로원 판결문의 첫마디 'Senatus Populusque Romanus'의 모방인 듯하다.

** 부활절 전 40일간의 참회 기간. 이 기간에는 금육의 일환으로 육류 대신 생선을 먹는다.

*** 원문의 오류로 '맥널(Magnall)'이 아니라 '맹널(Mangnall)'이 맞다. 영국의 교사로, 『어린이를 위한 역사 및 기타 주제에 관한 문제집』을 저술했다.

**** 미국의 출판인이자 아동문학가인 새뮤얼 굿리치가 '피터 팔리'라는 필명으로 쓴 두 권

물들에 대한 것이었다. 책 첫 쪽에는 피터 팔리를 그린 그림도 나와 있었다. 황무지에 길이 하나 나 있고 길가에 잡초가 무성하며 작은 덤불이 있다. 피터 팔리는 개신교 목사처럼 챙이 넓은 모자에다 커다란 지팡이를 들고 그리스와 로마로 통하는 그 길을 따라 부지런히 걸어가고 있었다.

그가 할 일은 간단했다. 저녁식사가 끝나면 차례대로 식당에서 나와 계속 걷다가 복도 쪽으로 가는 대신 성으로 연결된 오른쪽 계단을 따라 올라가기만 하면 된다. 그것으로 일은 끝난다. 오른쪽으로 꺾어 계단을 따라 빨리 걸어올라가면 삼십 초도 못 되어 성을 지나 교장실로 가는, 천장 낮고 어둠침침한 좁다란 복도에 들어서게 되리라. 모두가 그 일을 부당하다고 말했고 심지어 중급 문법반 아이까지도 원로원과 로마 시민 어쩌고저쩌고 떠들며 부당하다고 말하지 않았던가.

과연 어떻게 될까? 식당 맨 위쪽에서 식사를 마친 고등부 학생들이 일어서는 소리가 나더니 곧 매트를 밟으며 걸어내려오는 발소리가 잇달아 들렸다. 패디 래스, 지미 머기, 스페인 학생, 포르투갈 학생이 차례로 내려오고 다섯번째로는 글리슨 선생님한테 회초리를 맞게 될 덩치 큰 코리건이 내려왔다. 바로 그 일로 교무주임은 그를 꾀보라고 부르고, 또 아무것도 아닌 일로 매질까지 한 것이다. 그는 시력이 약한데다 눈물로 짓무르기까지 한 눈을 간신히 떠서는 줄지어 걸어나가는 덩치 큰 코리건의 떡 벌어진 어깨와 푹 수그리고 있는 검은 머리칼로 뒤

의 아동용 교과서 『피터 팔리의 고대 및 현대 그리스 역사』와 『피터 팔리의 고대 및 현대 로마에 관한 이야기들』을 가리킨다. 스티븐이 묘사한 피터 팔리의 모습이 나온 책은 『피터 팔리의 아메리카 역사』인 듯하다.

덮인 그의 커다란 머리를 보았다. 그렇지만 코리건은 일을 저지르지 않았나. 게다가 글리슨 선생님은 그를 심하게 매질하지 않을 텐데. 덩치 큰 코리건을 목욕탕에서 본 일이 떠올랐다. 그의 피부는 욕조 끄트머리 얕은 곳에 고여 있던 이탄 빛깔의 구정물과 똑같은 색깔이었고, 그가 목욕탕 가장자리를 따라 젖은 타일 위를 걸어다닐 때는 철벅철벅 발소리가 요란하게 났으며, 몸집이 뚱뚱한 탓에 걸음을 옮길 때마다 허벅살이 출렁거렸다.

식당은 반쯤 비어 있었고 남은 아이들은 여전히 줄을 지어 나가는 중이었다. 문밖에 신부님이나 선생님이 나와 있을 리 없어서 마음만 먹으면 곧장 계단으로 올라갈 수 있을 터였다. 그러나 그는 올라갈 수가 없었다. 교장 선생님이 교무주임 편을 들면서 그가 하는 말을 아이들이 흔히 써먹는 잔꾀쯤으로 여길지도 몰랐고, 그렇게 되면 교무주임이 매일같이 교실에 들어와서 자기를 고자질하러 교장 선생님을 찾아간 아이가 누구든 불같이 화를 낼 테니 사태가 해결되기는커녕 더욱 악화되고 말 것이었다. 아이들은 그에게 가서 일러바치라고 부추기지만 막상 자기들이 가지는 않으리라. 아이들은 이미 그 일을 까맣게 잊어버렸겠지. 그래, 까맣게 잊어버리는 것이 상책이다. 게다가 교무주임도 아마 말로만 온다고 한 거겠지. 그래, 눈에 띄지 않도록 살짝 숨어버리는 게 제일 좋은 방법이다. 작고 어릴 때는 누구나 그런 식으로 사태를 모면하곤 하니까.

그와 같은 식탁에 앉아 있던 아이들이 자리에서 일어났다. 그도 자리에서 일어나 아이들 틈에 끼어 줄지어 나갔다. 이제 결정을 내려야 했다. 문이 가까워지고 있었다. 만일 다른 아이들이 가는 대로 그냥 계속 따라간다면 교장 선생님한테는 영영 갈 수 없을 것이다. 교장실에 가겠다고 나중에 운동장에서 빠져나올 수는 없으니까. 그리고 그가 교장실을 찾아갔는데도 여전히 회초리를 맞게 된다면 모든 아이들이 그를 놀려대며 디덜러스라는 꼬마 녀석이 교장 선생님한테 가서 교무주임의 소행을 고자질했다고 떠들어댈 것이다.

매트를 따라 걸어내려가는 그의 눈앞에 문이 보였다. 불가능했다. 그는 할 수 없었다. 문득 잔인하고도 무표정한 눈으로 자기를 쏘아보던 교무주임의 대머리가 떠올랐고 동시에 그의 이름을 두 번이나 묻던 목소리가 귀에 들리는 듯했다. 교무주임은 왜 처음에 대답한 그의 이름을 기억하지 못했을까? 처음에 이름을 일러주었을 때 귀담아듣지 않았던 걸까 아니면 이름을 조롱하려고 그랬던 걸까? 역사에 나오는 위대한 인물들도 그러한 이름을 가졌지만 그 이름을 조롱하는 사람은 아무도 없었다. 조롱하고 싶으면 자기 이름이나 조롱거리로 삼을 것이지. 돌런이라니, 빨래하는 여자 이름 같으면서.

마침내 문에 다다르자 그는 재빨리 오른쪽으로 몸을 돌려 계단을 올라가기 시작했다. 되돌아갈까 망설일 겨를도 없이 이미 성으로 통하는 천장 낮고 어둠침침한 좁다란 복도에 들어서 있었다. 복도로 이어지는 문턱을 넘어갈 땐, 굳이 뒤돌아보지 않아도 모든 아이들이 줄지어 가면서 자기를 지켜보고 있음을 알 수 있었다.

그는 그 좁고도 어두운 복도를 따라 나아가며 사제들이 기거하는 방문을 지나갔다. 그는 어둠 속에서 자신의 앞쪽과 좌우를 자세히 살피고는 복도에 걸린 것들은 분명 초상화들일 거라고 생각했다. 온통 컴컴하고 고요한데다 가뜩이나 시력이 나쁜 그의 눈은 눈물로 짓무르기까지 해 앞이 잘 보이지 않았다. 그러나 복도를 지나가는 그를 말없이 내려다보고 있는 것은 교단의 성인들과 위대한 인물들의 초상화일 듯했다. 책을 펼쳐 든 채 '하느님의 더 큰 영광을 위하여'*라는 글귀를 가리키고 있는 성 이냐시오 데 로욜라**의 초상화를 비롯해 자기 가슴을 가리키고 있는 성 프란치스코 하비에르***의 초상화가 있는가 하면, 각반의 사감들처럼 머리에 사각모를 쓴 로렌초 리치****의 초상화도 있었다. 또한 성 스타니슬라오 코스트카와 성 알로이시오 곤자가, 그리고 복자福者 요한 베르크만스, 이 세 분의 거룩한 젊은 수호성인들의 초상화도 있었는데, 모두 젊어서 죽었기에 새파란 청년의 얼굴로 그려져 자리잡고 있었다.***** 그리고 커다란 외투를 몸에 두른 채 의자에 앉아 있는 피터 케니****** 신부의 초상화도 있었다.

그는 출입구 현관 위의 층계참에 이르러 주위를 두리번거렸다. 거기가 바로 해밀턴 로언이 지나간 곳이고 군인들이 쏜 총알 자국도 남아 있었다. 늙은 하인들이 하얀 망토를 걸친 원수의 유령을 보았다는 곳이기도 했다.

늙은 하인 하나가 층계참 끝에서 청소를 하고 있었다. 그가 교장실

---

* Ad Majorem Dei Gloriam. 예수회의 모토.

** 예수회의 창설자. 초상화 속의 책은 그가 집필한 『영신 수련』이다.

*** 로욜라의 수제자로, 1534년 예수회 창립에 함께했다.

**** 이탈리아 출신의 사제로 1758년에 예수회 총회장으로 선출되었다.

***** 이 요절한 성인 셋을 학교의 수호성인으로 삼은 까닭은 그들의 영웅적인 헌신이 학생들에게 귀감이 되기 때문이다. 각각 폴란드, 이탈리아, 네덜란드 태생의 성인이나 스티븐이 요한 베르크만스를 '복자'라 칭한 것은 그가 몰랐거나 학교에서 미처 고치지 않은 탓으로 보인다.

****** 원문에 철자 오류가 있다. 'Kenny'가 아니라 'Kenney'가 맞는 표기다.

이 어디 있느냐고 묻자 하인은 저멀리 끝에 있는 문을 가리키고는 그가 문 있는 데로 가서 노크하는 모습을 지켜보았다.

아무런 반응이 없었다. 그가 좀더 크게 다시 노크하자 안에서 둔탁한 목소리가 들려와 그의 가슴은 마구 뛰기 시작했다.

—들어와요!

그는 손잡이를 돌려 문을 열고 나서 초록빛 베이즈 천으로 감싼 안쪽 문을 더듬어 손잡이를 찾았다. 마침내 손잡이를 찾아 밀어 문을 열고 안으로 들어갔다.

교장 선생님은 책상에 앉아 무언가를 쓰고 있었다. 책상에는 해골이 하나 놓여 있었고, 방에서는 낡은 가죽 의자에서 날 법한 이상하고도 엄숙한 냄새가 감돌았다.

그는 들어온 교장실의 엄숙한 분위기와 실내의 정적에 압도되어 심장이 요란하게 두근거렸다. 그는 해골과 교장 선생님의 자상해 보이는 얼굴을 번갈아 쳐다보았다.

—아이고, 귀여운 어린 친구가 왔군, 교장 선생님이 말했다. 무슨 일이지?

스티븐은 목에 꽉 찬 것을 꿀꺽 삼키고 말했다.

—제 안경이 깨졌습니다, 교장 선생님.

교장 선생님이 입을 열고 말했다.

—오, 저런!

그러고서 그는 미소를 지었다.

—그래, 안경이 깨졌으면 새것을 보내달라고 집에 편지를 써야지.

—집에 편지는 써 보냈습니다, 교장 선생님, 스티븐은 말했다, 그리

고 아널 신부님도 안경이 도착할 때까지 공부를 하지 않아도 좋다고 말씀하셨습니다.

—암, 그래야지! 교장 선생님이 말했다.

스티븐은 목에 가득찬 것을 다시 한번 꿀꺽 삼키면서 떨리는 두 다리와 목소리를 진정시키려고 안간힘을 썼다.

—그런데, 교장 선생님....

—그래, 뭐지?

—돌런 신부님이 오늘 교실에 들어오셔서 과제물을 쓰지 않는다고 저를 매질하셨습니다.

교장 선생님이 말없이 그를 바라보자 순간 그는 얼굴에 피가 솟구치고 눈에선 금방이라도 눈물이 쏟아질 것 같았다.

교장 선생님이 말했다.

—자네 이름이 디덜러스지?

—네, 교장 선생님.

—그런데 어디서 안경을 깨뜨렸지?

—탄재가 깔린 길에섭니다. 자전거 보관소에서 자전거를 타고 나오던 어떤 애와 부딪쳐 넘어지는 바람에 안경이 깨졌습니다. 그애 이름은 모릅니다.

교장 선생님은 다시금 말없이 그를 바라보았다. 그러다가 미소를 지으며 말했다.

—오, 그렇다면 신부님이 실수를 하셨군. 틀림없이 돌런 신부님은 모르고 그러셨을 거야.

—그렇지만 저는 안경이 깨졌다고 분명히 말씀드렸습니다, 교장 선

생님, 그런데도 신부님은 저를 매질하셨습니다.

—집에다 새 안경을 보내달라고 편지했다는 것도 신부님께 말씀드렸나? 교장 선생님이 물었다.

—아니요, 교장 선생님.

—아, 그러면 그렇지, 교장 선생님이 말했다, 돌런 신부님이 모르셨을 수밖에. 내가 며칠 동안 자네 수업을 면제해주었다고 신부님께 말씀드리게나.

스티븐은 몸이 너무 떨려 말문이 막힐까 두려워서 재빨리 말했다.

—네, 알겠습니다, 교장 선생님, 그렇지만 돌런 신부님은 제가 과제물을 쓰지 않으면 내일도 교실에 오셔서 저를 또 회초리로 때리겠다고 말씀하셨습니다.

—잘 알았네, 교장 선생님이 말했다. 그건 실수로 그러신 거야. 내가 직접 돌런 신부님께 말씀드리도록 하지. 그럼 되겠나?

스티븐은 눈에 눈물이 핑 도는 것을 느끼며 중얼거리듯 말했다.

—네, 교장 선생님, 감사합니다.

교장 선생님이 해골이 놓인 책상 너머로 손을 내밀었고 잠시 그 손을 잡은 스티븐은 교장 선생님의 손이 차가우면서도 촉촉하다고 느꼈다.

—자, 그럼 잘 가게, 교장 선생님은 손을 거둬들이고 고개를 숙여 작별 인사를 건넸다.

—안녕히 계세요, 교장 선생님, 스티븐이 말했다.

그는 인사를 하고 천천히 조심스럽게 문을 닫고는 교장실 밖으로 조용히 걸어나왔다.

그러나 층계참에 있는 늙은 하인 곁을 지나 다시 천장 낮고 어둠침침한 좁다란 복도에 들어서자 그는 점점 더 걸음을 재촉하기 시작했다. 점점 더 빠르게, 그는 흥분에 휩싸인 채 어둠을 뚫고 지나갔다. 복도의 맨 마지막 문에 팔꿈치를 찧고 서둘러서 층계를 따라 내려간 뒤 두 개의 복도를 부리나케 지나 바깥으로 걸어나왔다.

운동장에서 아이들이 외치는 소리가 들렸다. 그는 갑자기 달리기 시작했고 점점 속도를 내며 탄재가 깔린 길을 가로질러 숨을 헐떡이면서 초등부 아이들이 놀고 있는 운동장에 도착했다.

아이들은 그가 달려오는 모습을 지켜보고 있었다. 다들 그의 말을 들으려고 서로 밀치면서 그를 빙 둘러싸고 모여들었다.

—말해봐! 말해봐!

—뭐라시던?

—너, 들어갔어?

—뭐라셔?

—말해봐! 말해보라니까!

그는 자기가 한 말과 교장 선생님이 하신 말씀을 전부 들려주었고 그의 이야기가 끝나자마자 아이들은 일제히 모자를 벗어 빙글빙글 하늘 높이 던져올리며 환호성을 질렀다.

—만세!

아이들은 떨어지는 모자를 받아 다시 빙글빙글 하늘 높이 던져올리며 다시금 환성을 질렀다.

—만세! 만만세!

모두들 깍지를 끼고 손가마를 만들어 그를 태운 채 이리저리 돌아다녔다. 그는 빠져나오려고 발버둥을 쳤다. 그가 손가마에서 풀려나자 아이들은 사방으로 뿔뿔이 흩어지면서 모자를 다시 한번 하늘 높이 던져올리고는, 모자가 허공에서 빙글빙글 도는 사이 휘파람을 불고 환성을 질렀다.

—만세!

그런 다음 아이들은 대머리 돌런 교무주임 신부에게는 야유 세 번을, 콘미 교장 선생님에게는 만세 삼창을 보내며 콘미 교장 선생님이야말로 클롱고우스 개교 이래 가장 점잖으신 교장 선생님이라고 말했다.

만세 소리는 부드러운 잿빛 대기 속으로 사라져갔다. 이제 그는 혼자였다. 그는 행복하고 자유로웠다. 하지만 돌런 신부에게는 어떠한 일이 있어도 교만하게 굴지 말아야겠다고 다짐했다. 오히려 입을 굳게 다물고 순종할 생각이었다. 그는 자신이 교만하지 않음을 보여주기 위해 신부에게 무언가 친절한 일을 해줄 수 있으면 좋겠다는 생각이 들었다.

대기는 부드럽고 보얗고 온화했다. 저녁이 다가오고 있었다. 대기 속에는 저녁 냄새가 배어 있었다. 언젠가 아이들과 함께 산책 삼아 바턴 소령의 농장으로 놀러가서 순무를 뽑아 껍질을 벗겨 먹었을 때 그 시골 들판에서 나던 냄새였고, 벌레혹이 있던 정자亭子 너머의 작은 숲 속에서 나던 냄새였다.

아이들은 크리켓 공을 가지고 장타長打 연습을 하거나 로브와 슬로트 위스터 연습을 했다. 부드러운 잿빛 정적 속에서 공 던지는 소리가 들려왔다. 그리고 여기저기서 고요한 대기를 뚫고 크리켓 배트 휘두르는 소리도 울려퍼졌다. 픽, 팩, 푹, 퍽. 마치 분수대의 물방울이 물이 철철 넘치는 수반 위로 가만가만 떨어지는 소리 같았다.

제2장

찰스 아저씨가 어찌나 독한 잎담배를 피워대던지 마침내 그의 입바른 조카는 정원 끝에 있는 작은 헛간에 가서 아침 담배를 피우는 게 어떻겠느냐는 제안을 하기에 이르렀다.

—거 대단히 좋은 생각이야, 사이먼. 그렇게 하고말고, 사이먼, 노인은 평온하게 말했다. 자네가 원하는 곳이라면 어딘들 상관없지. 나도 헛간이 더 편해. 거기가 건강에도 더 좋겠지.

—빌어먹을, 디덜러스 씨가 솔직하게 말했다, 어떻게 그렇게 고약하고 지독한 담배를 피우시는지 도무지 알 수가 없군요. 정말이지, 화약이나 다름없다니까요.

—맛이 기가 막혀, 사이먼, 노인이 대답했다. 속도 아주 개운하게 해주는데다 마음을 착 가라앉혀주거든.

그리하여 찰스 아저씨는 매일 아침 헛간으로 향했는데, 뒷머리에 기름을 바르고 꼼꼼하게 빗질을 한 다음 솔질한 실크해트를 쓰지 않고는 거기로 나서는 법이 없었다. 그가 거기서 담배를 피우고 있으면 헛간 출입문 문설주 너머로 실크해트 챙과 담배 파이프 대통만 겨우 보였다. 고양이와 정원용 연장들이 자리를 차지하고 있는데다 악취도 물씬 풍기는 이 헛간을 그는 자기 정자라고 불렀는데, 정자는 공명상자 같은 구실도 하는 터라 그는 아침마다 애창곡 중 하나인 〈오, 나에게 정자를 지어다오〉라든가 〈푸른 눈동자와 금발〉이라든가 〈블라니의 작은 숲〉 같은 노래를 흐뭇한 기분으로 흥얼댔고 그렇게 노래를 흥얼거리고 있노라면 그의 파이프에서는 잿빛이 감도는 파르스름한 담배 연기가 고리 모양으로 천천히 솟아올라 맑은 대기 속으로 사라지곤 했다.

블랙록*에서 보낸 여름의 처음 얼마간 찰스 아저씨는 스티븐의 한결 같은 단짝 친구였다. 찰스 아저씨는 보기 좋게 그을린 피부에 이목구비가 다부지고 하얗게 센 구레나룻을 기른 정정한 노인이었다. 평일에는 주로 케리스포트 애비뉴의 집과 가족들이 거래하는 시내 중심가의 단골 가게들을 오가며 잔심부름을 했다. 스티븐은 찰스 아저씨가 이런 심부름을 할 때 즐거운 마음으로 따라다녔는데, 왜냐하면 아저씨는 계산대 바깥에 진열된 덮개 없는 상자와 통에 있는 것이면 무엇이든 눈에 띄는 대로 한 움큼씩 듬뿍 집어 건네주었기 때문이다. 가게 주인이 어색한 미소를 짓고 있는데도 늘 톱밥이 깔린 데서 포도를 한 움큼씩, 아니면 미국산 사과를 서너 개씩 집어들고 종손자 손에 후하게 쥐여주

* 더블린에서 남쪽으로 약 8킬로미터 떨어진 해안 마을. 조이스가는 1892년 브레이에서 이사하여 이곳에서 여덟 달가량 살았다.

곤 했다. 그럴 때 스티븐이 받기를 꺼려하는 기색을 보이면 찰스 아저씨는 얼굴을 찡그리며 이렇게 말하곤 했다.

—받아두세요, 도련님. 내 말이 안 들립니까, 우리 도련님? 이런 건 위장에 기막히게 좋답니다.

주문 목록이 장부에 기입되고 나면 두 사람은 스티븐 아버지의 오랜 친구인 마이크 플린을 만나러 공원으로 갔다. 그는 벤치에 앉아 그들을 기다리곤 했다. 그를 만나면 공원 주위를 한 바퀴 도는 스티븐의 달리기 훈련이 시작되었다. 마이크 플린이 선호하는 주법대로 고개를 높이 치켜든 채 두 무릎을 번쩍번쩍 들어올리며 두 팔은 쭉 뻗어 몸통 양옆에 갖다붙이고 트랙을 한 바퀴 달리는 동안, 마이크 플린은 손목시계를 손에 든 채 기차역 근처 공원 입구에 서서 지켜보곤 했다. 아침 훈련이 끝나면 플린은 코치로서 나름의 논평을 하고, 때로는 그 내용을 직접 시범하며 푸른색 천으로 된 낡은 운동화를 신은 채 1야드가량 우스꽝스럽게 발을 질질 끌면서 달리기도 했다. 그럴 때면 아이들과 유모들 몇몇이 놀라움에 사로잡힌 표정으로 제대로 구경하려 모여들곤 했는데, 그들은 그와 찰스 아저씨가 다시 자리에 앉아 운동경기와 정치 얘기를 나눌 때까지도 떠나지 않고 서성거렸다. 언젠가 아버지는 마이크 플린이 당대 최고의 달리기 선수 몇 명을 손수 길러낸 인물이라고 말했지만 스티븐은 자신의 코치가 담뱃진에 얼룩진 길쭉한 손가락으로 담배를 마느라 고개를 수그리고 있을 때면, 까칠하게 수염이 자란 생기 없는 그의 얼굴을 미심쩍은 눈으로 바라보곤 했다. 그리고 담배를 말다 말고 갑자기 눈을 들어 저멀리 파란 하늘을 막연하게 응시하는, 광채라고는 전혀 찾아볼 수 없는 그의 유순한 푸른 눈을 처다보고 있노라면 측은한 생각마저 들었다. 하늘을 보느라 담배 말기를 잠시 멈춘, 부어오른 길쭉한 손가락에서 담뱃가루가 떨어져 쌈지 안으로 도로 들어가곤 했다.

집으로 돌아오는 길에 찰스 아저씨는 종종 성당에 들렀는데 성수반이 스티븐의 손이 닿지 않을 만큼 높이 있어 찰스 아저씨가 자기 손을 담갔다가 스티븐의 옷 주변과 성당 출입구 바닥에 기운차게 성수를 뿌려주곤 했다. 기도를 할 때면 그는 빨간 손수건을 펴놓고 그 위에 무릎을 꿇고 앉아 매 페이지 하단에 다음 페이지의 첫 글자가 인쇄되어 있는, 손때가 묻어 시커메진 기도서의 내용을 겨우 들릴 정도의 목소리로 낭독했다. 스티븐은 찰스 아저씨처럼 신앙심이 깊지는 않았지만, 존경하는 마음을 품은 채 그의 옆에 무릎을 꿇고 앉았다. 그는 찰스 아저씨가 무슨 기도를 그토록 진지하게 하실까 자주 궁금해했다. 아마도 찰스 아저씨는 연옥에 있는 영혼을 위해, 아니면 행복한 죽음*에 이르도록 은총을 베풀어달라고 하느님께 기도했으리라. 그것도 아니면 코크**에서 탕진한 막대한 재산의 일부라도 하느님께서 되돌려주시기를 바라며 기도를 바쳤는지도 몰랐다.

일요일마다 스티븐은 건강을 위해 아버지와 찰스 아저씨와 함께 산책을 했다. 노인은 발에 티눈이 있는데도 걸음걸이가 날래 10마일 내지 12마일 정도의 길도 거뜬히 걸었다. 스틸로건이라는 작은 마을에 이르면 길은 두 갈래로 갈라졌다. 왼쪽 길로 가면 더블린산맥에 이르

---

* 모든 죄를 용서받고 맞는 죽음. 그래야만 하느님의 은총을 받아 연옥을 거치지 않고 바로 천국으로 갈 수 있다고 한다.

** 아일랜드의 남쪽 해안 코크 카운티의 대도시. 찰스 아저씨와 사이먼의 고향이다.

고 고츠타운의 길을 따라가면 던드럼에 이르렀는데, 그들은 거기서 다시 샌디포드를 거쳐 집으로 돌아오곤 했다.* 길을 따라 터벅터벅 걷거나 노변의 누추한 선술집 앞에 서서 어른들은 저마다의 관심을 둔 화제들이며 아일랜드의 정치, 먼스터주**와 집안의 전설적인 인물들에 관해 끊임없이 이야기를 나누었는데 스티븐은 이 모든 이야기에 귀를 기울였다. 이해할 수 없는 말은 혼자서 몇 번이고 되뇌어 결국 외워버렸고, 그런 말들을 통해 그는 자신을 둘러싼 현실 세계를 어렴풋이 들여다볼 수 있었다. 그러한 세계의 현장에 자기도 당당히 참여하게 될 시간이 점점 가까이 다가오는 듯 느껴져 그는 자기를 기다리고 있을 그 중대한 역할을 수행할 마음의 준비를 은밀히 시작했다. 수행할 역할이라는 게 어떤 성격의 것인지는 아직 그저 막연하게 감지될 뿐이었지만 말이다.

저녁은 혼자만의 시간이었다. 그래서 그는 『몽테크리스토 백작』***의 조잡한 번역판을 탐독했다. 그 음울한 복수자의 모습은 어린시절 그가 듣거나 상상한 적이 있는 그 모든 이상하고 무시무시한 것을 대표하는 형태로 그의 마음속에 자리잡았다. 밤이면 거실의 탁자 위에다 환승용 전차표, 종이로 만든 조화, 얼룩덜룩한 박엽지, 초콜릿을 쌌던 은박지와 금박지 조각을 죄다 동원하여 그 경이로운 섬의 동굴 모형을 만

---

* 이들 지명은 모두 블랙록에서 약 3킬로미터 이내에 있는 작은 마을들이다.

** 아일랜드 서남부의 네 개 주 중 하나로, 사이먼의 고향인 코크는 이 주의 주도(州都)이기도 하다.

*** 프랑스 작가 알렉상드르 뒤마 1세의 모험소설. 주인공 에드몽 당테스가 약혼녀 메르세데스와 결혼하기 전날 연적들의 계략으로 체포되어 감옥 생활을 하다가, 탈옥 후 몽테크리스토섬의 백작이 되어 마르세유로 돌아와 복수하는 내용이다.

들어 세워놓기도 했다. 반짝거리는 싸구려 포장지 장식에 싫증이 나서 이 동굴 모형을 찢어버리고 나면 마르세유며 햇빛에 반짝이는 격자 울타리며 메르세데스의 찬란한 모습이 그의 마음속에 되살아나곤 했다. 블랙록을 벗어나 산맥 쪽으로 통하는 길가에는 하얗게 칠한 작은 집이 한 채 있었는데, 그 집 정원에는 장미 넝쿨이 무성하게 우거져 있었다. 바로 이 집에 또다른 메르세데스가 살고 있으리라고, 그는 혼자 중얼거렸다. 그는 집에서 밖으로 나갈 때나 밖에서 집으로 돌아올 때 이 집을 이정표 삼아 거리를 쟀고, 그러면서 자신이 소설에 나오는 모험 못지않게 근사한 모험이 끊임없이 이어지는 삶을 살고 있다고 상상했다. 그러한 모험이 끝날 무렵의 모습도 그려보았는데 그때의 자신은 전보다 훨씬 늙고 슬픈 표정을 한 채로 먼 옛날 그의 사랑을 무시한 메르세데스와 달빛 어린 정원에 서서 슬픔이 느껴지는 당당한 태도로 이렇게 말하며 거절할 것 같았다.

—부인, 저는 머스캣 포도는 먹지 않습니다.*

스티븐은 오브리 밀스라는 이름의 소년과 단짝이 되어 함께 거리의 모험단을 조직했다. 오브리는 단춧구멍에 호루라기를, 허리띠에는 자전거용 램프를 매달고 다녔고, 다른 아이들은 짤막한 막대기를 단검처럼 허리에 차고 다녔다. 스티븐은 나폴레옹이 소박한 차림을 즐겼다는 이야기를 읽은 적이 있기 때문에 아무런 치장을 하지 않기로 했고, 그렇게 함으로써 명령을 내리기 전에 자기 부관들과 머리를 맞대고 상의하는 쾌감을 더 크게 맛볼 수 있었다. 모험단은 주로 독신으로 사는 여

---

* 소설 말미에 당테스가 메르세데스의 집을 방문했을 때 그녀가 정원에서 포도를 따서 권하나 그는 두 번이나 거절하며 이렇게 말한다.

인들의 정원을 침략하거나 성*으로 몰려가 잡초 무성한 거친 바위 위에서 전쟁놀이를 했고 마침내 전투가 끝나 기진맥진한 패잔병이 되어 집으로 돌아갈 때면 그들의 콧구멍에서는 바닷가의 찝찔한 냄새가 진동하고, 손과 머리카락에서는 해초가 썩은 것 같은 고약한 기름 냄새가 물씬 풍겼다.

오브리와 스티븐네 우유 배달부는 같은 사람이었으므로 이따금 그들은 우유 배달차를 타고 소들이 풀을 뜯는 캐릭마인스**로 갔다. 어른들이 우유를 짜는 동안 두 소년은 번갈아가며 유순한 암말을 타고 들판 주변을 돌아다녔다. 그러나 가을이 되자 소들은 초지에서 축사 안으로 쫓겨 들어갔다. 스트래드브룩***에서 지저분한 소 외양간을 처음 봤을 때 스티븐은 속이 뒤집히는 것 같았다. 외양간에는 푸르뎅뎅한 빛이 돌고 구린내 나는 흙탕물 웅덩이와 질척한 쇠똥 덩어리, 그리고 김이 무럭무럭 피어오르는 밀기울 여물통들이 있었다. 맑게 갠 날 시골 들판에서 그토록 아름답게 보이던 소들이 갑자기 역겨워졌고, 소들에서 나오는 우유는 쳐다보기조차 싫었다.

9월이 되었지만 이번 해에는 조금도 괴롭지 않았다. 클롱고우스로 돌려보내지지 않으리라는 사실을 알고 있었기 때문이다. 공원에서 하던 달리기 연습은 마이크 플린이 병원에 입원하는 바람에 끝나고 말았다. 오브리도 개학을 해서 저녁때 한두 시간밖에는 한가할 틈이 없었다. 모험단도 자연히 해산되어 야간 침략이나 바위 위에서의 전쟁

* 나폴레옹전쟁 때 프랑스군의 침입을 막으려 더블린만에 축성한 마텔로 요새탑 중 하나.

** 블랙록에서 남쪽으로 5킬로미터가량 떨어진 내륙 마을.

*** 블랙록에서 동남쪽으로 약 2킬로미터가량 떨어진 촌락.

놀이도 더는 할 수 없게 되었다. 스티븐은 가끔 저녁 우유 배달차를 타고 돌아다녔다. 이렇게 찬바람을 쐬며 마차를 타고 돌아다니다보니 외양간 오물에 대한 기억은 사라져 우유 배달부의 외투에 묻은 쇠털이나 건초 부스러기를 봐도 역겹지 않았다. 마차가 우유를 배달할 집 앞에 멈출 때마다 그는 기다리며 깨끗하게 청소된 부엌이나 아늑하게 불이 밝혀진 현관을 힐끔 들여다보기도 하고, 하녀가 어떻게 우유병을 들고 어떻게 문을 닫는지 눈여겨보기도 했다. 포근한 장갑에다 출출할 때면 언제든지 꺼내먹을 두둑한 생강 과자 한 봉지만 주머니에 있다면 저녁마다 우유 배달차를 몰고 다니는 것도 얼마든지 즐거운 삶이 되리라는 생각에 사로잡히기도 했다. 그러나 그가 공원을 달릴 때 문득 가슴을 메스껍게 하면서 다리 힘을 쑥 빼놓던 바로 그 예감, 그의 코치가 담뱃진으로 너럽혀진 길쭉한 손가락으로 담배를 말기 위해 고개를 수그리면 까칠하게 수염이 자란 생기 없는 그의 얼굴을 미심쩍은 눈초리로 바라보게 했던 바로 그 직감이 장래에 대한 어떠한 희망도 모조리 물거품으로 만들어버리고 말았다. 그는 아버지가 현재 어려움에 처해 있음을, 그리고 그것이 바로 자신이 클롱고우스로 되돌아가지 못하는 이유임을 막연하게나마 알아차렸다. 얼마 전부터 그는 집에 사소한 변화가 생기고 있음을 감지했다. 절대로 변하지 않으리라 확신했던 것들이 이러한 변화를 겪자 그의 어린아이다운 세계관은 수많은 미미한 충격을 받았다. 그의 영혼의 깊숙하고도 어두운 곳에서 이따금 꿈틀거리는 듯 느껴지던 야망이 돌파구를 찾지 못하고 있었다. 록 로드*의 전차 선

* 블랙록과 더블린을 잇는 해안도로.

로를 따라 덜커덕거리며 달리는 우유 배달차의 말발굽 소리와 등뒤에서 커다란 우유통이 덜컹거리며 흔들리는 소리를 듣고 있으면 세상 밖에 드리워진 어스름이 그의 마음마저 어둡게 한다는 느낌을 떨칠 수가 없었다.

그가 메르세데스에게로 다시 관심을 돌려 그녀의 이미지를 놓고 곰곰이 생각하다보면 이상야릇한 불안감이 핏속에 스며들었다. 때로는 속이 뜨거워져 하릴없이 저녁 무렵의 한적한 거리를 홀로 배회하기도 했다. 정원에 깃든 평온함과 창문에 비친 아늑한 불빛들이 그의 불안한 가슴을 어루만지듯 정다운 느낌을 주었다. 그러나 아이들이 놀면서 떠들어대는 소리는 짜증을 돋우었고 아이들의 바보 같은 목소리를 듣고 있으면 자기가 다른 아이들과는 다르다는 느낌이 클롱고우스에서보다 훨씬 더 날카롭게 다가왔다. 그는 그 아이들과 어울리고 싶지 않았다. 대신 자신의 영혼이 그토록 끊임없이 갈구해온 환상적인 여인의 이미지를 현실 세계에서 만나고 싶었다. 그 이미지를 어디서 어떻게 만날 수 있는지는 알지 못했다. 그러나 지금까지 그를 이끌어온 어떤 예감은, 설사 그가 공공연하게 행동하지 않더라도 언젠가는 그 이미지와 맞닥뜨리게 될 거라고 일러주었다. 오래전부터 서로 잘 알고 지낸 사이처럼, 약속이라도 한 듯이, 어느 집 문 앞에서, 혹은 더 은밀한 곳에서 조용히 그들은 만나게 되리라. 어둠과 정적에 휩싸인 채 단둘이 그들은 만나게 되리라. 그리고 지극히 감미로운 바로 그 순간에 그는 변모하리라. 그녀가 바라보는 가운데 감지할 수 없는 무언가가 되어 사라졌다가 눈 깜짝할 사이에 변모하리라. 그 마법 같은 순간에 그의 나약함과 소심함과 미숙함은 그로부터 떨어져나가리라.

* * *

어느 날 아침 노란색 대형 이삿짐 운반 포장마차 두 대가 집 앞에 멈추었고, 인부들이 쿵쾅거리며 집안으로 들이닥쳐 가구를 마구 들어내기 시작했다. 인부들은 짚 다발과 새끼 토막이 너절하게 깔린 앞뜰로 가구를 끌어내어 출입문 앞에 세워둔 거대한 마차에 실었다. 짐을 무사히 다 싣자 포장마차는 요란한 소리를 내며 대로를 따라 달려내려가기 시작했다. 스티븐은 울어서 눈이 빨개진 어머니와 함께 객차에 앉아 있었고 창문을 통해 포장마차들이 메리언 로드*를 따라 힘겹게 지나는 광경을 지켜보았다.

그날 저녁 거실 벽난로의 불이 좀처럼 지펴지지 않아서 디덜러스 씨는 불길이 잘 타오르도록 벽난로 쇠살대에다 부지깽이를 기대어놓았다. 찰스 아저씨는 카펫도 없고 가구는 절반만 갖춘 방 한쪽 구석에서 졸고 있었고 그의 옆에는 집안 어른들의 초상화가 벽에 기대어져 있었다. 식탁에 놓인 램프는 마차 짐꾼들의 구둣발로 흙투성이가 된 마룻바닥에 희미한 불빛을 던졌다. 스티븐은 아버지 옆에 놓인 발판에 걸터앉아 아버지가 조리 없이 장황하게 늘어놓는 혼잣말에 귀를 기울였다. 처음에는 아버지가 무슨 말을 하는지 조금밖에 이해하지 못하거나 아예 이해하지 못했지만, 곧 아버지에게는 적들이 있어서 이제 모종의 싸움이 벌어지리라는 것을 천천히 알아차리게 되었다. 자신 또한 그 싸움에 동원될 것이며 자신의 두 어깨에 어떤 책무가 지워졌다는 느낌도 들었

* 블랙록과 더블린을 잇는 간선도로의 일부.

다. 갑자기 블랙록에서 즐기던 안락하고 환상적인 생활을 뒤로하고 안개 낀 음울한 도심을 지나 이제부터 카펫도 활기도 없는 썰렁한 집*에서 살 것을 생각하니 마음이 납덩이처럼 무거워지면서 미래에 대한 직감이랄까 예감이 그의 머릿속에 다시 떠올랐다. 또한 그는 왜 하인들이 현관에 모여 자주 수군거렸는지, 그리고 왜 아버지가 벽난로를 등진 모양새로 난로 앞 깔개를 밟고 서서 제발 앉아서 식사나 하라고 채근하는 찰스 아저씨를 향해 큰 소리로 떠들었는지도 이해하게 되었다.

—얘야, 스티븐, 이 아비에겐 아직도 힘이 남아 있단다, 디덜러스 씨는 잘 타오르지 않는 불씨를 부지깽이로 난폭하게 들쑤시면서 말했다. 우린 아직 죽지 않았어, 얘야. 죽지 않았고말고, 예수님의 이름으로 맹세하건데 (하느님, 용서해주소서) 죽다니 어림 반푼어치도 없지.

더블린은 새로우면서도 복잡한 느낌을 주는 곳이었다. 찰스 아저씨는 이제 정신이 맑지 않아 더이상 심부름을 하러 밖에 나다닐 수 없게 되었고, 스티븐은 새집에 정착하는 과정에서 빚어지는 어수선함 덕에 블랙록에 있을 때보다 더 많은 자유 시간을 누렸다. 처음에는 집 근처 광장**을 소심하게 한 바퀴 돌거나 기껏해야 골목길 하나를 골라 반쯤 내려가보는 것으로 만족했으나, 머릿속에 더블린의 개략적인 지도를 그릴 수 있게 되자 대담하게 간선도로를 따라 세관까지 진출했다. 그는 탁하고 누르스름한 거품이 둥둥 떠 있는 수면 위로 고개를 내민 채 자맥질하는 듯한 수없이 많은 코르크 부표浮標며, 부두 짐꾼들의 무

* 조이스가는 블랙록을 떠나 더블린 시내의 집세가 싼 피츠기번 스트리트 14번지로 이사했다.

** 마운트조이 광장을 지칭한다.

리며, 덜커덕거리며 지나가는 짐마차며, 초라한 복장에 텁수염을 기른 순경을 신기한 눈으로 바라보면서 누구의 제지도 받지 않고 선창 사이를 거닐고 부두를 따라 마음대로 돌아다녔다. 선창가 벽을 따라 산더미처럼 쌓여 있거나 기선 화물칸에서 하늘 높이 줄에 매달려 운반되는 엄청난 물량의 화물을 볼 때마다 인생이란 이렇게도 방대하고 신기한 것이구나 하는 느낌이 들면서 저녁이면 메르세데스를 찾아 이 정원 저 정원을 방황하도록 그를 내몰던 불안감이 마음속에 되살아났다. 이 정신없는 새로운 생활 속에서 그는 자신이 또다른 마르세유에 와 있다고 상상할 수도 있었지만, 한 가지 분명한 사실은 마르세유와 달리 이곳에는 청명한 하늘도 포도주 주점의 햇볕을 받고 선 격자 울타리도 없다는 점이었다. 부두와 리피강Liffey江과 구름이 낮게 드리운 하늘을 쳐다보고 있으면 까닭 모를 불만이 마음속에 차올랐지만, 그래도 그는 그를 피해 달아난 누군가를 실제로 뒤쫓기라도 하듯 매일같이 이곳저곳을 계속 헤매고 다녔다.

한두 번 어머니와 함께 친척을 방문하러 가기도 했다. 그때 그들은 크리스마스를 맞아 불을 밝히고 장식을 한 화려한 가게가 즐비한 곳을 지나쳤는데, 그럼에도 화가 치밀어 아무 말도 하고 싶지 않은 그의 기분은 도무지 풀리지 않았다. 그가 화가 치미는 데는 먼 것과 가까운 것, 여러 이유가 있었다. 그는 자신이 너무 어린데다 툭하면 초초해하며 바보 같은 충동에 사로잡힌다는 점에 화가 났고, 자신을 둘러싼 세계를 누추하고 위선투성이로 바꾸어놓은 가세의 변화에도 화가 치밀었다. 그러나 그가 화를 낸다고 해서 그러한 세계의 모습이 무엇 하나 달라질 리 없었다. 그는 눈에 보이는 것과 거리를 둔 채, 굴욕감을 남몰래 짓씹으며 그 모든 것을 참을성 있게 마음속에 새겨두었다.

그는 아주머니댁 주방의 등받이 없는 의자에 앉아 있었다. 반사경이 달린 램프가 벽난로 위 옻칠한 벽에 매달려 있었고, 아주머니는 그 불빛에 의지해 무릎 위에 올려놓은 석간신문을 읽고 있었다. 신문에 실린 미소 짓는 사람의 사진을 오랫동안 들여다보던 아주머니는 생각에 잠긴 듯이 말했다.

—메이블 헌터는 어쩌면 이렇게 예쁠까!

곱슬머리 소녀가 발끝을 세우고 서서 그 사진을 들여다보다가 속삭이듯 말했다.

—어디 나오는 여자야, 엄마?

—무언극에 나온단다, 얘야.

소녀는 곱슬머리를 어머니의 소맷자락에 기댄 채 사진을 응시하다가 홀리기라도 한 듯 중얼거렸다.

—메이블 헌터는 참 예쁘네!

홀리기라도 한 듯, 소녀는 새치름하면서도 도도한 빛이 역력한 사진 속 여자의 눈을 오랫동안 주시하다가 마침내 다시 한번, 진지한 어조로 중얼거렸다.

—어쩌면 이렇게 예쁠까?

그때 마침 1스톤*짜리 석탄 한 포를 메고 꾸부정한 자세로 길 쪽에서 집안으로 들어서던 소년이 소녀의 말을 들었다. 소년은 재빨리 짐을 마룻바닥에 내려놓고 무엇을 보고 그러는지 자기도 보려고 부리나케

* 영국의 무게 단위로 약 6킬로그램에 해당한다.

소녀 곁으로 다가갔다. 하지만 소녀는 소년이 볼 수 있도록 기대고 있던 고개를 치우려 하지 않았다. 소년은 안 보인다고 투덜거리면서 어깨로 소녀를 밀치고 추위로 빨개진데다 석탄 때문에 거뭇거뭇한 손으로 신문지 가장자리를 사정없이 잡아당겼다.

그는 창문이 어두침침한 낡은 집 꼭대기에 있는 비좁은 조찬실에 앉아 있었다. 벽에는 벽난로 불빛이 어른거리고, 창문 너머로는 유령 같은 어둠이 강물 위로 내려앉고 있었다. 벽난로 앞에서는 늙은 여인이 차를 준비하느라 분주하게 움직이면서 낮은 목소리로 사제와 의사에게서 들은 내용을 말해주었다. 노파는 또 최근에야 자기에게 일어난 변화를 알아차렸다며, 자신의 태도와 말이 이상해졌다고도 했다. 스티븐은 그런 말에 귀를 기울이기도 하고 석탄과 관련해 펼쳐지는 모험, 즉 아치형 입구와 둥근 천장을 지나 꼬불꼬불한 갱도와 삐죽삐죽한 동굴의 여정을 머릿속으로 따라가기도 하면서 앉아 있었다.

문득 그는 문간에 무엇인가 나타났음을 알아차렸다. 어두침침한 문간에 어떤 해골 같은 형상이 허공에 매달린 듯 나타난 것이다. 원숭이를 연상케 하는 한 연약한 존재가 벽난롯가에서 들리는 사람들의 목소리에 이끌려 그곳에 와 있었다. 이내 구슬피 흐느끼는 듯한 목소리로 묻는 말이 문간에서 들려왔다.

—거기 조지핀이니?

분주하게 차를 준비하던 노파가 벽난롯가에서 쾌활한 목소리로 대답했다.

—아냐, 엘런. 스티븐이야.

—아.... 그러냐. 잘 지냈니, 스티븐.

그가 인사에 답하면서 쳐다보니 문간에 선 노파의 얼굴에 바보 같은 미소가 번지고 있었다.

—뭐 필요한 게 있어, 엘런? 벽난로 쪽 노파가 물었다.

그러나 그녀는 묻는 말에는 대답하지 않고 이렇게 말했다.

—난 조지핀인 줄 알았네. 네가 조지핀인 줄 알았단다, 스티븐.

그러고는 이 말을 여러 번 되풀이하면서 맥없이 웃기 시작했다.

그는 해럴스 크로스*에서 열린 아이들의 파티가 한창일 때 거기에 앉아 있었다. 침묵을 지키면서 지켜보기만 하는 버릇이 어느덧 몸에 배어 있었기에 그는 아이들이 하는 놀이에는 거의 끼지 않았다. 아이들은 크래커봉봉**에서 나온 장난감 모자를 쓰고 춤을 추며 떠들썩하게 뛰놀았고 그도 아이들의 흥겨운 놀이판에 동참해보려 애썼지만, 자신은 알록달록한 고깔모자와 보닛을 쓴 아이들 틈에 어울리지 않게 낀 음울한 존재임을 절감할 뿐이었다.

그러나 차례가 되어 노래를 부른 뒤에는 실내의 아늑한 구석으로 물러앉아 고독의 기쁨을 맛보기 시작했다. 파티가 시작되던 초저녁엔 그저 거짓되고 하찮게만 보이던 그 흥겨운 분위기가 이제는 마음을 달래주는 바람처럼 그의 감각을 유쾌하게 스쳐지나가는 동시에 그녀의 눈길이 빙 둘러서서 춤을 추는 아이들 사이를 가로질러 떠들썩한 음악과 웃음소리를 헤치고 아첨하듯, 조소하듯, 탐색하듯, 그의 마음을 흥분시키려는 듯 그가 있는 구석진 데까지 미쳤을 때 그가 느낀 걷잡을 수 없는 피의 격동을 다른 아이들이 눈치채지 못하도록 가려주기도 했다.

---

* 더블린 중앙에서 서남쪽으로 약 3킬로미터 지점에 있는 교외 마을.

** 양쪽 끝을 당기면 폭음과 함께 안에서 과자나 장난감이 튀어나오는 종이 통.

맨 마지막까지 남아 있던 아이들이 현관에서 떠날 채비를 했다. 파티가 끝난 것이다. 그녀는 머리에 숄을 둘렀다. 그들이 철도마차를 향해 같이 걸어갈 때, 두건처럼 머리에 두른 숄 위로 그녀의 싱그럽고 따스한 입김이 물보라처럼 유쾌하게 피어올랐고, 유리 같은 길바닥을 딛는 그녀의 구두에선 또각또각 경쾌한 소리가 났다.

마지막 철도마차였다. 비쩍 마른 갈색 말들이 그 사실을 알리려는 듯 맑은 밤하늘을 향해 방울을 흔들어댔다. 차장과 마부는 가로등의 푸른 불빛 아래서 연신 고개를 끄덕이며 이야기를 나누고 있었다. 마차의 빈 좌석에는 울긋불긋한 차표 몇 장이 흩어져 있었다. 거리를 오가는 사람들의 발소리는 전혀 들리지 않았다. 깡마른 갈색 말들이 서로 코를 비비면서 방울을 흔드는 소리뿐 그 어떤 소리도 밤의 고요를 깨지 않았다.

그는 마차의 승강단 위쪽에서, 그리고 그녀는 아래쪽에서 서로에게 귀를 기울이는 듯했다. 몇 마디 말을 주고받는 동안 그녀는 여러 차례 그가 있는 위쪽으로 올라왔다가 다시 아래쪽으로 내려가곤 했다. 한두 번은 내려가기를 잊은 채 한참 동안 그의 곁에 바짝 붙어 서 있다가 내려가기도 했다. 그의 심장은 물에 뜬 코르크 부표처럼 그녀의 움직임을 따라 춤을 추었다. 그는 두건처럼 두른 숄 아래로 그녀의 눈이 그에게 속삭이는 소리를 들었고, 언젠가 어렴풋한 과거에 꿈에서였는지 현실에서였는지는 분명치 않지만 그 눈이 하는 이야기를 들은 적이 있음을 알았다. 그녀가 예쁜 드레스, 장식띠, 검은색 긴 스타킹 같은 치장거리로 그의 눈길을 끌려고 애쓰는 걸 보았고, 자신이 그에 이미 수천 번이나 굴복했음을 알고 있었다. 그런 와중에 그의 마음속 깊은 곳에서 어떤 목소리가 산란한 심장의 고동 소리 너머로 이렇게 물었다. 손을 뻗기만 하면 가질 수 있는 그녀의 선물을 받아들이겠냐고. 바로 그 순간 그는 자신과 아일린이 바짝 붙어 서서 호텔 마당을 들여다보았던 옛일이 떠올랐다. 그때 그들은 깃대에 기다란 기를 게양하는 웨이터들과 양지바른 잔디밭에서 이리저리 뛰노는 폭스테리어를 바라보았다. 그러다가 별안간 아일린이 요란하게 웃음을 터뜨리며 구불구불한 비탈길을 따라 쏜살같이 뛰어내려갔지. 그때와 마찬가지로 지금도 그는 눈앞의 광경을 차분하게 지켜보는 관망자의 자세로 위쪽 계단의 자기 자리에 무관심하게 서 있었다.

—그녀도 내가 붙잡아주기를 바랄 거야, 그는 생각했다. 그러니까 함께 철도마차를 타러 온 거라고. 내가 있는 위쪽 계단으로 올라오기만 하면 그녀를 쉽게 붙잡을 수 있잖아. 보는 사람도 없어. 그녀를 붙잡고 키스할 수 있다고.

그러나 그는 아무것도 하지 않았다. 그리고 텅 빈 마차에 홀로 남게 되자 차표를 갈기갈기 찢어버리고, 골이 진 마차 발판만 침울한 표정으로 내려다보았다.

다음날 그는 장식이라곤 없는 이층 방에서 몇 시간이나 책상 앞에 앉아 있었다. 그의 앞에는 새 펜대와 새 잉크병, 그리고 에메랄드 빛깔의 새 작문 연습장이 놓여 있었다. 이미 습관이 든 대로 그는 작문 연습장 첫 페이지 상단에 예수회 모토의 머리글자인 A. M. D. G.*를 적었다.

* 예수회 학교에 다니는 학생들은 공부의 목적을 스스로 다지기 위해 모든 공책의 상단에 교단의 모토인 '하느님의 더 큰 영광을 위하여(Ad Majorem Dei Gloriam)'의 머리글자를 써두어야 했다.

그런 다음 그 페이지의 첫 줄에는 그가 쓰려고 하는 시의 제목, 'E—C—에게'*를 적었다. 바이런 경** 시선집에서 이와 비슷한 제목을 본 적이 있었기에 자신의 시도 이렇게 시작하는 것이 옳겠다고 판단했다. 제목 밑에 장식 삼아 선을 하나 그은 다음 그는 잠시 공상에 잠겨 있다가 연습장 표지에 각종 도표를 그리기 시작했다. 브레이에 살 때 크리스마스 만찬 석상에서 논쟁이 벌어졌던 바로 그다음날 아침 책상 앞에 앉아 아버지께 온 하반기 세금 고지서 뒷면에 파넬에 관한 시를 하나 써 보려 했던 일이 떠올랐다. 그러나 그의 머리로는 그런 주제와 씨름하는 것이 너무 버거워서 그만두고 대신 그 면을 몇몇 학급 친구들의 이름과 주소로 채웠다.

로드릭 키컴
존 로턴
앤서니 맥스위니
사이먼 무넌

이번에도 시 쓰기에 실패할 것만 같았지만 지난밤 일을 곰곰이 생각하자니 어느 정도 자신감이 생겨났다. 그 과정을 골똘히 반추하는 사이, 그가 진부하고 무의미하다고 생각했던 모든 요소는 시의 현장에서 자취를 감추었다. 철도마차도, 마부와 말들도 흔적없이 사라지고 자기 자신과 그녀의 모습조차 생생하게 떠오르지 않을 정도였다. 그가 쓴 시

---

* 『초상』의 초고인 「스티븐 히어로」에 의하면 에마 클러리(Emma Clery)의 머리글자.
** 영국의 낭만파 시인.

는 오직 그날밤과 향기로운 미풍과 순수한 달빛만을 말하고 있었다. 잎이 떨어져 앙상한 나무 아래 말없이 서 있을 때 주인공들의 가슴속에는 무어라 형언할 수 없는 슬픔이 숨어 있었고, 작별의 순간이 다가오자 두 사람은 지금껏 한쪽에서 주저해온 키스를 주고받았다. 이런 내용의 시를 쓴 다음 그는 페이지 맨 밑에 L. D. S.*라고 썼다. 그러고는 연습장을 숨겨놓고 어머니의 침실로 가서 화장대 거울에 비친 자신의 얼굴을 오랫동안 들여다보았다.

하지만 그가 한가로이 자유롭게 보냈던 기나긴 날들도 끝나가고 있었다. 어느 날 저녁 그의 아버지는 새로운 소식을 잔뜩 안고 귀가해 저녁식사 시간 내내 잠시도 쉬지 않고 이야기를 해댔다. 그날 저녁에는 저민 양고기 요리가 나오기로 되어 있었고 아버지는 분명 그에게 양고기 국물에 빵을 흠뻑 적셔 먹게 할 것이었기 때문에 그는 아버지의 귀가를 몹시 고대했던 터였다. 하지만 그는 저민 양고기 요리를 제대로 즐길 수 없었다. 아버지가 클롱고우스 이야기를 끄집어내는 바람에 그의 미각은 역겨운 더껑이를 뒤집어쓰고 만 꼴이 되어버렸다.

—길을 가다가 그 양반과 정면으로 맞닥뜨렸지 뭐야, 디덜러스 씨는 같은 말을 네 번이나 되풀이했다, 바로 그 광장 모퉁이에서 말이야.

—그렇다면 말이죠, 디덜러스 부인이 말했다, 그 양반이 일을 주선해주실 수 있겠군요. 벨비디어**에 다닐 수 있도록 말이에요.

—물론이지, 그럴 수 있고말고요, 디덜러스 씨가 말했다. 이젠 그 양

* '찬미 예수님(Laus Deo Semper)'을 뜻한다. 이는 예수회의 또다른 모토로, 학생들은 모든 과제물에 이 머리글자를 꼭 써야 했다.

** 마운트조이 광장에서 가까운 예수회의 또다른 명문 학교 벨비디어 칼리지.

반이 예수회 교구장*이라고 당신한테 말하지 않았던가?

—스티븐을 크리스천 브러더스 학교**에 보내고 싶은 생각은 조금도 없어요, 디덜러스 부인이 말했다.

—크리스천 브러더스라니, 그런 소리 집어치워요! 디덜러스 씨가 말했다. 패디 스팅크와 미키 머드*** 같은 녀석들이 다니는 곳이라니, 안 될 말씀이지. 얘가 예수회 학교에서 학업을 시작했으니까 하늘이 두 쪽 나더라도 끝까지 거기에 다니게 해야 해요. 세월이 지나면 예수회 간판 덕을 톡톡히 보게 될 테지. 그 양반들은 일자리도 얼마든지 구해 줄 수 있는 힘있는 사람들이거든.

—게다가 예수회는 아주 부유한 교단이잖아요, 안 그래요, 여보?

—그렇고말고. 그 양반들은 윤택하게 사는 게 틀림없어요. 클롱고우스에서 그들의 식탁을 보았잖소. 정말이지 쌈닭처럼 잘 먹더군.

디덜러스 씨는 자기 접시를 스티븐에게 밀어주면서 거기 남은 음식을 모두 먹으라고 했다.

—자, 스티븐, 그가 말했다. 너 이 악물고 악착같이 공부해야 한다, 녀석아. 오랫동안 아주 잘 쉬었으니 말이다.

—그럼요, 틀림없이 이제부터 아주 열심히 공부할 거예요, 디덜러스 부인이 말했다. 더군다나 모리스도 같이 다닐 테니까요.

—아이고, 맙소사, 모리스를 깜빡 잊고 있었군, 디덜러스 씨가 말했

* 콘미 신부는 당시 클롱고우스 교장직에서 물러나 벨비디어 칼리지로 전근하여 교무주임을 맡고 있었다. 그가 교구장이 된 것은 나중(1906~1909)의 일이다.

** 가톨릭 평신도 교우들이 빈민층 자녀를 위해 무상으로 운영하는 초등학교 과정의 학교. 이론보다는 취업에 도움이 되는 실용적인 교육을 중시했다.

*** 개똥이, 쇠똥이 하는 식으로 경멸적으로 나열하는 이름.

다. 자, 모리스! 이리 온, 이 멍텅구리 같은 개구쟁이 녀석아! 아빠가 널 학교에 보내줄게, 그러면 선생님들이 고양이를 어떻게 고, 양, 이라고 쓰는지 가르쳐주실 거야, 알겠지? 그리고 아빠는 네가 코 닦을 때 쓸 1페니짜리 쪼끄맣고 예쁜 손수건도 사줄 거란다. 어때, 신나지?

모리스는 아버지를 보고 싱글벙글 웃다가 그다음에는 형을 보고 히죽거렸다. 디덜러스 씨는 외알 안경을 끼고 두 아들을 뚫어지게 바라보았다. 스티븐은 아버지의 시선은 아랑곳없이 빵만 우물우물 씹고 있었다.

—그런데 말이야, 디덜러스 씨가 마침내 입을 열었다, 교장 선생님이, 아니 정확하게 말해서 교구장님이 너와 돌런 신부님에 대한 이야기를 해주시던데. 그 양반 말씀이 네가 참 맹랑한 녀석이라는 거야.

—오, 설마요, 사이먼!

—그분이 그런 말씀을 하신 건 아니지! 디덜러스 씨가 말했다. 하지만 그 양반이 사건의 전모를 소상하게 말씀해주셨어요. 잡담을 하던 중에 이 얘기 저 얘기가 자연스럽게 꼬리를 물고 이어졌지. 그건 그렇고 그 양반이 시청의 그 자리*를 누가 맡게 될 거라고 했는지 알아요? 하지만 그 얘기는 나중에 하도록 하지요. 그러니까 아까 말했다시피 우리는 아주 다정하게 잡담을 나누고 있었는데, 그 양반이 갑자기 여기 있는 우리 친구가 아직도 안경을 쓰느냐고 물으면서 그 이야기의 자초지종을 털어놓으시더라 이거야.

—그래, 화를 내시던가요?

---

* 조이스의 아버지 존 조이스는 파넬의 선거운동을 돕고 시청의 지방세 징세관으로 취직했으나 파넬의 몰락으로 1892년 그 자리가 없어지자 실직자가 되었다.

—화를 내다니! 아니! 도리어 사내다운 녀석이라고 하셨지.

디덜러스 씨는 교구장의 점잔 빼는 듯한 콧소리를 흉내내며 말했다.

—돌런 신부님이랑 나는 말입니다, 내가 저녁식사 자리에 모인 모든 사람 앞에서 그 얘기를 하고 나서 함께 박장대소를 했답니다. 돌런 신부님, 조심하셔야 합니다, 내가 말씀드렸지요, 그러지 않으면 디덜러스 녀석이 신부님을 내게 올려보내 두 손에 각각 아홉 대씩 회초리를 맞게 할 겁니다. 그러고 나서 우리는 배꼽이 빠지도록 웃어댔지요. 하! 하! 하!

그러고서 디덜러스 씨는 아내 쪽으로 몸을 돌리며 본래의 목소리로 불쑥 말했다.

—이런 것만 봐도 그 양반들이 어떤 정신으로 아이들을 교육하는지 여실히 알 수 있잖아요. 뭐니뭐니해도 외교적 수완이라면 예수회가 최고지!

그는 다시 교구장의 목소리를 흉내내어 같은 말을 되풀이했다.

—내가 저녁식사 자리에 모인 모든 사람들 앞에서 그 얘기를 했을 때, 돌런 신부님이랑 나랑 거기에 있던 사람 모두가 그 일을 두고 배꼽이 빠지도록 웃어댔지요. 하! 하! 하!

* * *

성령강림절 축하 연극제의 밤이 되었다. 스티븐은 분장실 창문을 통해 중국식 초롱이 줄줄이 매달린 아담한 잔디밭을 내다보고 있었다. 방문객들이 본관에서 계단을 따라 걸어내려와 극장으로 들어가는 모습이 보였다. 안내원들은 벨비디어 졸업생들로, 야회복을 차려입고 무리를 지어 극장 입구에서 서성대다가 방문객들이 오면 정중하게 안으로 안내했다. 갑자기 불이 밝혀진 어느 초롱 아래로 만면에 웃음을 띤 사제의 모습이 눈에 띄기도 했다.

성체聖體는 감실에서 이미 다른 곳으로 옮겨놓았고, 제대의 연단과 그 앞 공간을 널찍하게 사용할 수 있도록 앞줄 좌석을 뒤로 밀어놓았다. 벽에는 바벨과 체조용 곤봉이 짝을 지어 세워져 있고, 한쪽 구석에는 아령이 쌓여 있었다. 그리고 운동화와 스웨터와 내의들을 엉성하게 묶은 갈색 꾸러미가 셀 수 없을 만큼 쌓여 산더미를 이룬 곳 한복판에는 튼튼하게 가죽을 씌운 뜀틀이 무대로 옮겨질 차례를 기다리면서 떡하니 버티고 있었다. 끄트머리를 은빛으로 장식한 큼직한 청동 방패 역시 무대로 옮겨지기를 기다리며 제대의 장식 판자에 기대어 있었는데, 체조 시범이 끝나면 우승팀 한가운데에 세워질 것이었다.

작문을 잘한다는 명성 덕분에 체육관 총무로 선출된 스티븐은 그날 행사의 제1부에서는 아무런 역할이 없었지만, 제2부의 연극 공연에서는 주역을 맡기로 되어 있었다. 바로 익살맞은 교육자 역할이었다.* 어느덧 중급 학년이 되어 졸업이 2년 남은 제2급반 소속**이었던 그는 키가 큰데다가 진지한 태도 덕에 그 역에 발탁되었다.

흰 반바지에 러닝셔츠를 입은 스무 명가량의 하급생들이 무대에서 쿵쿵거리며 달려내려와 제의실을 지나 성당 안으로 들어갔다. 제의실

---

* 조이스는 콘미 신부의 도움으로 1893년 4월 6일에 더블린 시내에 있는 벨비디어 칼리지로 전학하여 1898년 6월 졸업하기 직전에 학내 연극 공연에서 토머스 앤스티 거스리의 동명 소설을 원작으로 한 「거꾸로」의 교장 역할을 맡았다.

** 당시 벨비디어에서는 숫자 대신 졸업을 기준해 역순의 등급으로 학년을 표시했다. 스티븐은 입학할 때 제6급반이었고, 최고 학년은 제1급반이다.

과 성당은 열성적인 선생님들과 학생들로 붐볐다. 우람한 체격에 머리가 벗어진 간사는 뜀틀 도약판을 발로 툭툭 차며 시험해보았다. 복잡한 곤봉 돌리기 특별 시범을 보이기로 되어 있는 긴 외투 차림의 깡마른 젊은이가 그 옆에 바짝 붙어 서서 흥미로운 듯이 지켜보고 있었는데 깊숙한 양쪽 주머니 밖으로는 은색 칠을 한 곤봉이 빼쭉 나와 있었다. 다른 한 팀이 무대로 올라갈 준비를 하는 동안 속이 빈 목제 아령이 서로 부딪치면서 덜거덕거리는 소리를 내기도 했다. 그러다 어느 순간 흥분한 감독 선생님이 수단 소맷자락을 신경질적으로 펄럭이면서 뒤처진 아이들을 재촉하며 거위떼를 다루듯이 제의실로 서둘러 몰아넣었다. 성당 한쪽 끝에서는 나폴리 농부 차림을 한 소규모 무용단이 발을 맞춰보고 있었는데, 어떤 아이들은 머리 위로 둥글게 팔을 올렸고, 어떤 아이들은 종이로 만든 제비꽃 바구니를 흔들면서 왼발을 뒤로 뺀 채 무릎을 굽혀 인사하는 동작을 취했다. 제대 왼편 어둑한 성당 구석에는 체격 건장한 노부인이 풍성한 검은색 치맛자락에 감싸여 무릎을 꿇고 앉아 있었다. 그녀가 앉은 자리에서 일어서자 곱슬거리는 금빛 가발에 유행이 지난 밀짚모자를 쓰고 분홍빛 옷을 입은 아이가 시야에 들어왔다. 눈썹은 검게 칠하고 뺨에는 연지와 분을 곱게 바른 모습이었다. 이 소녀 같은 이의 모습이 드러나자 호기심 어린 나지막한 속삭임이 온 성당에 순식간에 번져나갔다. 선생님 한 분이 빙그레 미소를 띤 채 고개를 끄덕이면서 컴컴한 그 구석으로 다가가 체격 건장한 노부인에게 고개 숙여 인사하고는 유쾌한 어조로 말했다.

—탤런 부인, 여기 부인과 같이 있는 분은 아리따운 아가씨인가요, 아니면 인형인가요?

이렇게 묻고 나서 선생님은 허리를 굽혀 밀짚모자 챙 밑으로 미소 짓고 있는 그 아이의 화장한 얼굴을 유심히 들여다보다가 탄성을 질렀다.

—아니, 이럴 수가 있나! 누군가 했더니 우리 귀염둥이 버티 탤런 도련님일 줄이야!

창가의 자기 자리에 선 스티븐에게 노부인과 사제가 함께 웃어대는 소리가 들려왔고 밀짚모자 독무를 추기로 되어 있는 그 자그마한 소년을 보려고 몰려든 아이들이 감탄조로 수군거리는 목소리도 등뒤에서 들려왔다. 그는 자기도 모르게 초조함에 몸을 움직였다. 창문의 블라인드 가장자리를 내려뜨리고는 여태까지 서 있던 의자에서 내려와 성당 밖으로 빠져나갔다.

본관 건물을 지나 뒤뜰 옆에 있는 곁채 건물 앞에 이르러서야 그는 걸음을 멈췄다. 맞은편 극장에서 관객들이 나지막이 웅성거리는 소리와 함께 군악대의 금관악기 연주가 갑자기 울려퍼지기 시작했다. 극장의 유리 지붕에서 한줄기 불빛이 하늘 높이 퍼지자, 극장은 마치 폐선처럼 보이는 건물들 사이에 닻을 내리고 초롱을 매단 연약한 밧줄로 계류장繫留場에 연결된 채 축제를 즐기고 있는 방주처럼 보였다. 이번에는 극장 옆문이 갑자기 열리더니 한줄기 불빛이 잔디밭을 가로질러 뻗어나왔다. 방주에서는 갑자기 음악 소리가 터져나왔다. 왈츠의 서곡이었다. 극장 옆문이 다시 닫히자 음악의 리듬이 희미하게 귓가를 울렸다. 도입부의 몇 소절이 불러일으키는 정감과 나른하고 유연한 선율이 하루종일 그를 불안하게 하고 조금 전엔 견디지 못해 몸을 움직이게끔 만든 그 형언할 수 없는 감정을 다시 불러일으켰다. 불안감이 소리의 파동처럼 그의 내부에서 흘러나왔다. 흐르는 음악의 파도 위로 방주는 초롱이 주렁주렁 달린 밧줄을 끌며 항해중인 듯했다. 바로 그때 난쟁이 포병대가 사격을 하는 듯한 요란한 소음이 음악의 흐름을 깨뜨려버렸다. 아령 팀이 무대에 등장하자 관중들이 환호하며 맞이하는 박수 소리였다.

길가에 있는 곁채 건물의 멀찍이 떨어진 한쪽 끝에 붉은색 불빛이 어둠 속에서 어른거렸다. 그 불빛이 비치는 쪽으로 걸어가자 희미한 냄새가 풍겨왔다. 두 소년이 문간의 가려진 곳에 서서 담배를 피우고 있었는데 그들에게 다가가기도 전에 그는 그중 하나가 헤런임을 목소리로 알아차렸다.

—고귀하신 디덜러스께서 납시는구나! 고음의 쉰 목소리가 외쳤다. 어서 오시게, 우리의 참된 벗이여!

헤런이 회교도식으로 이마에 오른손을 댄 채 인사를 하고는 지팡이로 땅바닥을 쿡쿡 찌르기 시작하는 통에 이 환영 인사는 부드럽게 터진 억지웃음으로 끝났다.

—그래, 내가 왔다, 스티븐은 걸음을 멈추고 헤런으로부터 그의 친구에게로 눈길을 돌리며 말했다.

그는 스티븐이 처음 보는 아이였지만 어둠 속에서 담뱃불에 언뜻 비치는 모습으로 보아 하얀 얼굴빛에 멋쟁이의 얼굴임을 직감할 수 있었다. 얼굴에는 서서히 미소가 번졌고, 키가 훤칠하며 외투에다 중산모까지 쓴 모습이었다. 헤런은 번거롭게 그를 직접 소개하는 대신 이렇게 말했다.

—방금 막 내 친구 월리스에게 네 얘기를 하던 중이었어, 오늘 저녁

네가 학교 선생님을 연기할 때 우리 교장 선생님* 흉내를 낸다면 얼마나 재밌을까 하고 말이야. 아마 기똥차게 재밌을걸.

헤런은 그의 친구 월리스에게 교장 선생님의 현학적이고도 중후한 목소리를 흉내내 보이려고 했지만 마음대로 되지 않자 웃으면서 스티븐더러 한번 해보라고 했다.

—자, 한번 해봐, 디덜러스, 그가 재촉했다. 넌 교장 선생님 흉내를 귀신같이 내잖아. 이 성경 구절 어때? 교오회의 마알도 들으려고 하지 않거든 그으를 다른 미인족 사람이나 세에리처럼 여겨라.**

월리스가 물고 있던 물부리에 궐련이 너무 단단하게 꽂혔다며 살짝 신경질을 부리는 바람에 이 흉내내기는 중단되고 말았다.

—이놈의 빌어먹을 물부리 좀 봐, 그는 입에서 물부리를 뽑아 손에 들고는 애써 참는다는 듯 싱긋 웃기도 하고 인상을 찡그리기도 하면서 그것을 바라보았다. 걸핏하면 이렇게 꽉 막혀 속을 썩인단 말이야. 너도 물부리를 쓰니?

—나는 담배를 안 피워, 스티븐이 대답했다.

—안 피우고말고, 헤런이 말했다, 디덜러스는 둘째가라면 서러워할 모범생이거든. 걘는 담배도 안 피우고, 바자bazaar에도 안 가고, 계집애들과 시시덕거리지도 않아, 나쁜 짓이라곤 안 한다고, 아무 짓거리도.

스티븐은 고개를 가로젓고는 새부리같이 생긴 상대방의 얼굴이 상기된 채 다양한 표정을 짓는 모습에 미소를 지었다. 빈센트 헤런은 이

---

* 당시 벨비디어 칼리지의 교장은 윌리엄 헨리 신부였다.

** 「마태오 복음서」 18:17.

름도 새 이름*인데다 얼굴마저 새처럼 생겨, 스티븐은 이따금 참 신기하다고 생각했다. 헤런의 이마에 덥수룩하게 드리운 옅은 빛깔의 머리카락은 마치 새의 주름진 볏 같았다. 이마는 좁은데다 뼈가 불거져 보였고, 흐리멍덩하고 무표정하게 보이는 튀어나온 두 눈은 서로 바싹 붙어 있는데, 그 사이로 깡마른 매부리코가 우뚝 솟아 있었다. 둘은 서로 경쟁 상대이자 친구였다. 그들은 한 교실에서 함께 앉아 공부하고, 성당에선 같이 무릎 꿇고 미사를 올리고, 묵주기도가 끝나면 점심을 먹으며 이야기를 나누곤 했다. 졸업반인 제1급반 아이들은 죄다 고만고만한 멍청이들이라서 스티븐과 헤런이 학년 내내 학생을 대표하는 실질적인 우두머리 역할을 도맡아 했다. 교장 선생님을 찾아가 하루 쉬는 날을 요청한다든가 아니면 어떤 아이의 처벌을 면제해달라고 요청한다든가 하는 일은 모두 그들의 몫이었다.

—아, 참, 헤런이 갑자기 말했다, 너희 집 어르신이 들어가시는 걸 봤는데.

스티븐의 얼굴에서 미소가 가셨다. 얘들이든 선생님이든 누가 아버지 얘기만 끄집어내면 그는 순식간에 마음의 평정을 잃어버렸다. 헤런이 이어서 무슨 말을 할까 싶어 그는 겁에 질린 듯 침묵을 지키며 기다렸다. 그러나 뜻밖에도 헤런은 의미심장하게 팔꿈치로 그의 옆구리를 찌르면서 이렇게 말했다.

—디덜러스, 넌 교활한 놈이야!

—교활하다니? 스티븐이 물었다.

---

* 헤런(heron)은 '왜가리'를 뜻한다.

—시치미떼는 데도 도사구나, 헤런이 말했다. 하지만 넌 진짜 교활한 놈이야.

—도대체 무슨 소리를 하는 거야? 스티븐이 점잖게 말했다.

—그야 영문을 알고 싶어 못 견디겠지, 헤런이 대답했다. 우리가 두 눈으로 똑똑히 그애를 봤다고, 안 그래, 월리스? 그런데 그 여자아이 기가 막히게 예쁘게 생겼던데. 게다가 얼마나 꼬치꼬치 물어대던지! 디덜러스 씨, 그런데 스티븐은 무슨 역을 맡았나요? 디덜러스 씨, 스티븐이 노래는 부르지 않나요? 너희 집 어르신이 외알 안경 너머로 그 여자아이를 어찌나 뚫어지게 바라보시던지 네 비밀까지 훤히 꿰뚫고 계실 것 같던데. 물론 나하고는 아무 상관도 없지만. 아무튼 그 여자아이 끝내주더라, 안 그래, 월리스?

—썩 괜찮더라, 월리스는 다시 한번 물부리를 입가에 물면서 차분하게 대답했다.

처음 보는 아이가 듣는 자리에서 헤런이 이렇게 상스러운 이야기를 늘어놓자 스티븐의 마음속에 순간적으로 분노가 한 가닥 스치고 지나가는 듯했다. 여자아이 하나가 자신에게 관심과 흥미를 보인다는 게 우스울 이유가 대체 무엇이란 말인가. 하루종일 그는 해럴스 크로스에서 같이 탄 철도마차 계단에서 그들이 작별했던 일, 그 작별 후에 온몸에 흐르던 우울한 감정의 물결, 그리고 그에 관해 자신이 시를 쓴 일 말고는 아무 생각도 하지 않았다. 그 여자아이가 연극을 구경하러 오리라는 사실을 알고 있었기에 온종일 그녀와 다시 만날 일만 상상하고 있었다. 지난날 파티가 있었던 밤에 그랬던 것처럼 불안한 우울감이 다시 그의 가슴속에 넘실거렸지만, 그때와는 달리 시를 써서 이러한 감정을 발산할 수 없었다. 소년기의 두 해 동안 그가 지나온 성장의 과정과 쌓아온 지식이 그때와 지금 사이를 가로막고 서서 그런 식의 감정의 발산을 허용하지 않았다. 그리하여 온종일 우울하고도 부드러운 감정의 물결이 그의 내부에서 솟구쳐올랐다가 어두운 물길을 타고 소용돌이가 되어 다시 그의 내부로 되돌아오기를 반복하는 바람에 결국 지칠 대로 지쳐버렸다. 그러다가 끝내 선생님의 농담과 화장한 소년의 모습에 더는 견디지 못하고 돌발적으로 움직이게 된 것이다.

—그러니까 순순히 인정하는 게 좋을걸, 헤런이 계속 다그쳤다. 이번에 우리에게 보기 좋게 들통이 났다는 걸 말이야. 너 이제 더이상 내 앞에서 성자인 척 못해. 그건 확실하지.

즐거운 기색이라곤 없는 억지웃음이 그의 입술에서 부드럽게 터져 나왔다. 그런 다음 그는 아까처럼 허리를 굽히고 장난삼아 나무라기라도 하듯 지팡이로 스티븐의 장딴지를 가볍게 툭툭 쳤다.

스티븐의 분노는 이미 누그러들었다. 그는 우쭐해하지도, 당황하지도 않았고 다만 이 조롱이 어서 끝나기만을 바랐다. 처음에는 어리석고 황당하게 보이던 헤런의 짓거리도 이제는 그다지 불쾌하지 않았다. 그의 마음속 사랑의 모험이 그따위 몇 마디 말로 위기에 봉착하는 일은 없으리라고 확신했기 때문이다. 그래서 그는 이 적수가 지금 짓고 있는 위선적인 미소를 거울에 비춘 듯 고스란히 그대로 지어 보이기까지 했다.

—인정하란 말이야! 헤런이 지팡이로 스티븐의 장딴지를 다시 때리며 같은 말을 되풀이했다.

장난삼아 때리는 것이긴 했지만 처음처럼 약하지 않았다. 살갗이 약간 따끔거리고 화끈거리기는 해도 통증을 느낄 정도는 아니었기에, 그는 친구의 장난에 장단이라도 맞추려는 듯 복종의 표시로 고개를 숙이고 고해성사 기도문*을 암송하기 시작했다. 이 불경스러운 언동에 헤런도 윌리스도 너그럽게 봐주겠다는 듯 폭소를 터뜨리는 바람에 이 일은 별일 없이 그럭저럭 마무리되었다.

스티븐은 입술만 달싹거리며 건성으로 기도문을 암송했을 뿐이었는데, 그러는 동안 느닷없이 기억 하나가 되살아났다. 그것은 미소를 짓고 있는 헤런의 입가에서 어렴풋하나마 잔인해 보이는 보조개를 발견한 순간, 헤런이 지팡이로 그의 장딴지를 때릴 때 친근한 감촉이 느껴지던 순간, 또 그 귀에 익은 협박조의 말을 듣던 순간 그의 머릿속에 마술처럼 떠오른 장면이었다.

—인정해!

그가 벨비디어 칼리지의 제6급반에 편입하여 첫 학기를 거의 마칠 무렵이었다. 감수성 예민한 그가 예기치 못한 초라한 생활환경의 채찍을 맞아 아직 아픔을 느끼던 때였다. 더블린의 둔중한 인상 탓에 그의 영혼이 여전히 불안하고 의기소침해 있을 때이기도 했다. 그는 이 년간 이어지던 몽상의 마력에서 갓 빠져나와 전과는 전혀 다른 새로운 무대의 한복판에 선 참이었고, 새 무대에서 전개되는 모든 사건과 인물 하나하나가 그를 실망시키기도 하고 그를 유혹하기도 하면서 그에게 깊은 영향을 미쳤다. 하지만 그를 실망시키든 유혹하든 그 사건과 인물 들은 단 한 번도 빠짐없이 그의 마음을 불안과 쓰라린 사념으로

---

* 고해성사 전에 올리는 기도. "죄인에게 강복하소서"로 시작한다.

가득 채웠다. 그는 학교생활이 그에게 허용하는 모든 자유시간을 전복적인 작가들의 작품을 벗삼아 보냈으며, 그들의 작품에 나타난 조롱과 폭력적인 언사는 그의 머릿속에서 한바탕 소동을 벌이다가 마침내는 조잡한 글이 되어 세상으로 빠져나오곤 했다.

에세이 쓰기는 일주일치 할 일 중에서 그가 가장 공을 들이는 과제였다. 화요일마다 그는 집에서 학교로 걸어가는 도중에 일어나는 일로 자기 운명을 예측해보았다. 누군가 자기 앞을 걸어가면 그 사람과 자신을 경쟁 구도로 상정하고 일정한 목표에 도달하기 전까지 걸음을 재촉해 그 사람을 앞질러본다든가, 아니면 인도에 깔린 보도블록 조각의 칸에 맞춰 찬찬히 걸음을 옮기면서 그주의 에세이 쓰기에서 자기가 일등을 할 수 있을지 없을지를 혼자 점쳐보았다.

어느 화요일 그가 달려온 승리의 역정이 무참히도 무너지고 말았다. 영어를 가르치는 테이트 선생님이 손가락으로 그를 가리키며 퉁명스럽게 말했다.

—이 친구의 에세이에는 이단적인 생각이 들어 있어요.

교실은 찬물을 끼얹은 듯 조용해졌다. 테이트 선생님은 침묵을 깨지 않고 그저 꼬고 앉은 다리 사이에 손을 끼워넣었는데 풀을 빳빳하게 먹인 그의 리넨 셔츠가 목덜미와 손목 부분에서 바스락거리는 소리를 냈다. 스티븐은 고개를 들어 선생님을 쳐다볼 수 없었다. 쌀쌀한 봄날 아침이라 눈이 아직 시린데다 시력마저 좋지 않았기 때문이다. 그는 실패하고 발각되었음을, 그리고 자신의 마음과 집안이 초라하다는 걸 의식했고 톱날같이 곤두선 칼라의 날카로운 가장자리가 그의 목덜미를 찌르는 것을 느꼈다.

테이트 선생님이 잠시 너털웃음을 터뜨리자 교실 안은 다소 긴장이 풀렸다.

—아마 자넨 그 사실을 몰랐겠지, 선생님이 말했다.

—어디 말씀입니까? 스티븐이 물었다.

테이트 선생님은 다리 사이에 끼웠던 손을 빼고 스티븐의 에세이를 펼쳤다.

—여기야. 창조주와 영혼에 관한 대목인데. 음… 음…… 음… 아! 영원토록 더 가까이 다가갈 가능성도 없이. 이게 바로 이단이지.

스티븐은 중얼거렸다.

—제 의도는 영원토록 도달할 가능성도 없이였습니다.

그것은 일종의 항복이었다. 마음이 누그러진 테이트 선생님은 에세이 종이를 접어 그에게 건네주면서 말했다.

—아… 그런가! 영원토록 도달할이라. 그렇다면 얘기가 다르지.

그러나 반 아이들의 마음은 쉽게 누그러들지 않았다. 비록 수업이 끝난 뒤 어느 누구도 그에게 그 일에 대해 말하지는 않았지만, 그는 다들 악의에 차서 고소해하고 있음을 어렴풋이 느낄 수 있었다.

이 공개적인 질책이 있고 며칠이 지난 어느 날 밤, 그가 편지 한 통을 들고 드럼콘드라 로드*를 걷고 있을 때 누군가 외치는 소리가 들렸다.

—거기 서!

그가 돌아서니 어둠 속에서 반 아이들 셋이 그에게로 다가오는 것이

* 더블린과 그 북쪽 교외 드럼콘드라를 잇는 간선도로.

보였다. 소리쳐 부른 아이는 헤런으로, 수행원 둘을 양옆에 거느리고 앞에 서서 행진하듯 걸어오며 보조에 맞춰 가느다란 지팡이로 자기 앞의 허공을 힘차게 가르고 있었다. 볼랜드는 얼굴에 함박웃음을 머금은 채 그 옆에 바짝 붙어 걸었고, 내시는 보조를 맞추느라 숨을 헐떡거리기도 하고 커다란 붉은 머리를 흔들기도 하면서 몇 걸음 뒤에서 따라오고 있었다.

함께 클론리프 로드*로 접어들자마자 그들은 요새 무슨 책을 읽고 있다느니, 자기네 집 아버지 서가에 책이 엄청 많다느니 하며 책과 작가 이야기를 늘어놓기 시작했다. 볼랜드는 멍청이였고 내시는 소문난 농땡이였기에 스티븐은 자기 귀를 의심하면서 그들의 이야기에 귀를 기울였다. 아니나 다를까, 좋아하는 작가에 대해 한참 떠들어대더니 내시는 해군 대령 메리엇**이야말로 이 세상에서 가장 위대한 작가라고 단언했다.

—바보 같은 소리 작작해! 헤런이 말했다. 그런 건 디덜러스한테 물어야지. 누가 가장 위대한 작가지, 디덜러스?

스티븐은 그 질문에 조롱기가 있음을 감지했으면서도 이렇게 되물었다.

—산문 작가 중에서?

—그래.

—뉴먼,*** 내가 보기엔.

---

* 드럼콘드라 로드의 오른쪽으로 나란히 난 간선도로.

** 영국 해군 대령 출신의 해양 모험 소설가.

*** 영국의 신학자이자 저술가. 영국국교회 개혁을 위한 옥스퍼드 운동을 주도했으며, 이

—뉴먼 추기경 말이야? 볼랜드가 물었다.

—그래, 스티븐이 대답했다.

내시는 주근깨투성이 얼굴에 환한 웃음을 띠고 스티븐에게로 몸을 돌리면서 말했다.

—그럼 뉴먼 추기경을 좋아하는 거야, 디덜러스?

—아, 많은 사람들이 뉴먼의 산문 문체가 최고라고들 하지, 헤런이 다른 두 아이에게 설명하듯 말했다, 물론 그는 시인은 아니지만.

—그럼 누가 제일가는 시인이야, 헤런? 볼랜드가 물었다.

—그야 물론 테니슨 경*이지, 헤런이 대답했다.

—아, 맞아, 테니슨 경이 최고야, 내시가 말했다. 우리집에 그의 시가 몽땅 다 실려 있는 책도 있어.

이 말에 스티븐은 속으로 침묵을 지키리라 다짐했던 맹세도 잊고 버럭 소리를 질렀다.

—테니슨이 시인이라고! 맙소사, 그따위 엉터리를 시인이라니!

—오, 말도 안 되는 소리 집어치워! 헤런이 말했다. 테니슨이 최고의 시인이라는 걸 모르는 사람이 어딨어.

—그러면 넌 누가 최고의 시인이라고 생각하는데? 볼랜드가 옆에 선 그를 팔꿈치로 쿡쿡 찌르면서 물었다.

—그야 물론 바이런이지, 스티븐이 대답했다.

헤런이 먼저 웃음을 터뜨리자 다른 아이들까지 합세해 세 사람은 비

후 가톨릭으로 개종한 뒤 더블린에 최초로 설립된 가톨릭계 대학이자 조이스의 모교인 유니버시티 칼리지의 초대 총장을 역임하고 추기경이 되었다.

* 영국 빅토리아 시대의 계관시인.

아냥거리며 웃어대기 시작했다.

—뭐가 우습다는 거야? 스티븐이 물었다.

—네가 우스워서 그러지, 누구겠냐, 헤런이 말했다. 바이런이 최고의 시인이라니! 그는 무식한 인간들한테나 통하는 시인이지.

—참 훌륭한 시인이지! 볼랜드가 말했다.

—넌 입 좀 닥치고 있는 게 좋을걸! 스티븐이 그에게로 몸을 돌리며 거칠게 말했다. 네가 아는 시라곤 기껏해야 변소 슬레이트 벽에 끼적거렸다가 들통나서 선생님에게 불려가 매나 맞을 것뿐이잖아.

아닌 게 아니라 볼랜드는 변소 슬레이트 벽에다 종종 조랑말을 타고 귀가하는 자기 반 친구에 대해 다음과 같은 이행연구二行連句를 썼다는 소문이 있었다.

> 타이슨이 말을 타고 들어가던 곳은 예루살렘,
>
> 그가 말에서 떨어져 다치게 한 건 그의 알렉 카푸젤럼.*

이 일격에 헤런의 두 수행원은 입을 다물었으나 헤런은 공격을 멈추지 않았다.

—아무튼 바이런은 이단자에다 부도덕한 인간이었어.

—그가 어떤 인간이든 무슨 상관이야, 스티븐은 격한 어조로 소리쳤다.

—그럼 넌 그가 이단자라도 상관없단 말이야? 내시가 물었다.

---

* 작자 미상의 속요 〈예루살렘의 딸〉의 패러디. '예루살렘(Jerusalem)'과 해당 속요에 등장하는 딸인 '카푸젤럼(Kafoozelum)'의 각운을 맞추었다.

—너 따위가 뭘 안다고 떠들어? 스티븐이 고함을 질렀다. 번역판 말고는 평생 시 한 줄 제대로 읽은 적이 없으면서. 볼랜드 너도 마찬가지고.

—바이런이 나쁜 인간이라는 것 정도는 알아, 볼랜드가 말했다.

—얘들아, 이 이단자 녀석을 붙들어, 헤런이 큰 소리로 외쳤다.

스티븐은 순식간에 그들에게 붙들렸다.

—테이트 선생님이 지난번엔 눈감아주었지, 헤런이 말을 이었다, 네 놈의 에세이에 담긴 이단적인 사상을 말이야.

—내일 선생님한테 일러바쳐야지, 볼랜드가 거들었다.

—일러바치겠다고? 스티븐이 말했다. 무서워서 입도 뻥긋 못할거면서.

—무서워서?

—그래, 보나마나 무서워서 쩔쩔매겠지.

—말조심해! 헤런이 지팡이로 스티븐의 다리를 내리치며 소리쳤다.

공격 신호였다. 내시가 뒤에서 스티븐의 양팔을 붙잡고 있는 사이 볼랜드는 하수구에서 길쭉한 양배추 뿌리를 집어들었다. 지팡이로 내리치고 울퉁불퉁한 양배추 뿌리로 때려대는 통에 몸부림도 치고 발길질도 해댔음에도 결국은 철조망 울타리로 떠밀리고 말았다.

—바이런이 나쁜 시인이라고 인정해!

—못 해.

—인정하라니까.

—못 해.

—인정하란 말이야.

—못 해. 못 한다고.

미친듯이 버둥거린 끝에 그는 그들로부터 벗어날 수 있었다. 그를 괴롭히던 아이들은 비웃음과 야유를 보내면서 존스 로드* 쪽으로 가버렸고 눈물로 장님이 되다시피 한 그는 두 주먹을 꼭 움켜쥔 채 흐느끼면서 비틀비틀 걸어갔다.

두 청중이 너그럽게 봐주겠다는 듯 웃어대는 가운데 고해성사 기도문을 읊는 동안, 그리고 그 악의적인 봉변의 순간들이 생생하고도 재빠르게 뇌리를 스쳐가는 동안, 그는 자기를 그토록 괴롭히던 녀석들에게 어째서 이제는 아무런 원한도 품고 있지 않은지 의아한 생각이 들었다. 그들의 비겁하고도 잔인한 짓거리는 조금도 잊히지 않았지만 그 기억은 그에게 분노를 불러일으키지 않았다. 그랬기에 그가 책에서 보아온 격렬한 사랑과 증오에 대한 온갖 묘사가 모두 비현실적으로 여겨졌다. 존스 로드를 따라 집으로 비틀비틀 걸어가던 그날밤조차도, 어떤 보이지 않는 힘이 갑자기 치솟았던 분노를, 마치 잘 익은 과일에서 무른 껍질을 술술 벗겨내듯 쉽게 그로부터 몰아내고 있는 듯 느껴졌다.

그는 두 친구와 함께 곁채의 한쪽 끝에 선 채 그들이 나누는 이야기나 극장에서 터져나오는 박수 소리에 하릴없이 귀를 기울였다. 아마 그 여자아이도 극장에서 다른 사람들 사이에 앉아 그가 무대에 등장하기를 기다리고 있으리라. 그는 그녀의 생김새를 떠올려보려 했으나 잘 되지 않았다. 기껏해야 머리에 두건처럼 숄을 두르고 있었다는 것과 그녀의 새까만 눈동자가 그의 마음을 사로잡고 그를 무력하게 만들었

* 클론리프 로드에서 로열 운하로 연결된 도로. 더블린 도심으로 되돌아가는 길이다.

다는 것만 기억날 뿐이었다. 자기가 그 여자아이를 생각하듯 그 여자아이도 자기를 생각하고 있을지 궁금했다. 그러다가 그는 다른 두 친구가 눈치채지 못하도록 어둠 속에서 한쪽 손의 손가락 끝을 모아 다른 쪽 손바닥에 닿을락 말락 갖다 대고 가볍게 눌러보았다. 하지만 그녀의 손가락이 주던 압력은 이보다 가벼우면서도 더 단단했다. 그 기억을 떠올리자 별안간 그때의 감촉이 되살아나 보이지 않는 따스한 물결처럼 그의 온몸과 뇌리를 휩쓸고 지나갔다.

아이 하나가 곁채의 앞쪽을 따라 그들이 있는 곳으로 뛰어왔다. 그는 흥분해서 숨을 헐떡거렸다.

—얘, 디덜러스, 그가 소리쳤다, 도일이 너 때문에 되게 열받았어. 당장 들어가서 무대의상으로 갈아입어. 서두르는 게 좋겠어.

—곧 갈 거야, 헤런이 심부름 온 아이에게 거만한 어조로 느릿느릿 말했다, 자기가 가고 싶을 때 말이야.

아이는 헤런을 돌아보며 되풀이해서 말했다.

—하지만 도일이 아주 열받았다고.

—내 정중한 인사를 도일에게 좀 전해줄래? 그 자식 눈만 봐도 밥맛이 뚝 떨어진다고 말이야, 헤런이 대꾸했다.

—자, 이제 가봐야겠군, 그런 식으로 체면을 따지는 일에는 관심 없는 스티븐이 말했다.

—나 같으면 안 가, 헤런이 말했다, 세상없어도 안 간다. 이런 식으로 상급생을 오라 가라 하는 게 어디 말이나 되는 소리야? 열받았다니, 별소리를 다 듣네! 그 자식의 빌어먹을 구닥다리 연극판에 네가 나가주는 것만으로도 과분한데, 감히 오라 가라 하다니!

스티븐은 자기 경쟁 상대에게 우정을 빙자해 걸핏하면 싸우려드는 호전성이 있다는 걸 최근에 알아챘지만, 그렇다고 그에 이끌려 조용히 순종하는 자신의 습성을 저버리지는 않았다. 그는 떠들썩한 언동을 믿지 않았고 이런 우정의 진정성을 미심쩍어했다. 그런 것은 단지 성년이 되어가고 있음을 알리는 반갑잖은 예고로만 보일 뿐이었다. 방금 제기된 체면 문제만 하더라도, 그런 유의 문제가 다 그렇듯 그에게는 사소한 문제에 지나지 않았다. 마음속으로 실체가 없는 환상을 추구하다가 어느 것 하나 달성하지 못한 채 엉거주춤 포기하거나 망설이는 동안, 그는 무엇보다 먼저 신사가 되라느니 독실한 가톨릭이 되라느니 하는 아버지와 선생님들의 끊임없는 당부의 목소리를 귀가 아프도록 들어야만 했다. 그러나 이제는 그런 목소리들도 공허하게만 들릴 뿐이었다. 체육관이 개장되었을 때*는 튼튼하고 사내답고 건강한 사람이 되라고 당부하는 목소리를 들었으며, 아일랜드어 부활운동**의 기운이 학내에 돌기 시작했을 때는 조국에 충성하고 빈사 상태의 국어와 전통을 일으켜세우는 데 일조하라고 명령하는 목소리를 들었다. 그가 예상했던 대로, 세속적인 삶의 세계에서는 열심히 노력해 몰락한 가운을 일으켜세우라는 속세의 목소리가 들렸고, 학우들에게서는 부디 훌륭한 학생이 되어 다른 학생들이 야단맞지 않도록 방패가 되어주거나 벌받을 아이를 면제해주고, 수업이 없는 휴일을 얻어내는 데 최선을 다하라고 졸라대는 목소리가 들렸다. 그런데 정작 그가 환상을 추구하다가

---

* 아일랜드 전통 스포츠의 부활을 위해 1884년에 창립된 '게일인 운동진흥협회'의 활동을 암시한다.

** 아일랜드어의 부활을 위해 1893년에 창설된 '게일어 동맹'이 그 구심점이 되었다.

무엇 하나 성취하지 못하고 엉거주춤 갑자기 중단하고 마는 것은 바로 이 모든 공허한 목소리들이 내는 소음 때문이었다. 이런 목소리에도 잠깐씩 귀를 기울이긴 했지만 그로부터 멀리 떨어져 자신을 부르는 소리가 들리지 않을 때나 혹은 혼자 있을 때 그리고 환상 속의 친구들과 같이 있을 때에만 그는 비로소 행복감을 느꼈다.

제의실에는 앳된 얼굴에 살집이 있는 예수회 사제 하나와 검푸른색 허름한 옷을 입은 노인 하나가 상자에 담긴 물감과 색분필을 뒤적거리고 있었다. 분장을 마친 소년들은 주위를 서성거리거나 아직 어색한 듯 제자리에 선 채 남몰래 손가락 끝으로 얼굴을 조심스럽게 매만져보기도 했다. 제의실 한가운데에는 마침 학교를 방문중이던 젊은 예수회 사제 하나가 두 손을 양쪽 주머니에 깊숙이 찔러넣고는 발끝과 발꿈치를 번갈아 들었다 내렸다 하면서 율동적으로 몸을 흔들고 있었다. 붉고 윤기 있는 곱슬머리 때문에 그의 작은 머리가 돋보였고, 갓 면도한 듯한 깔끔한 얼굴은 그가 입은 깨끗하고 우아한 수단이며 먼지 하나 없이 깔끔한 신발과 더할 나위 없이 잘 어울렸다.

율동적으로 몸을 흔드는 사제의 모습을 지켜보면서 그의 비웃는 듯한 미소의 의미를 가늠해보려고 애를 쓰는 동안, 클롱고우스에 입학하기 전, 아버지가 예수회 사람은 언제나 그 옷차림만 보고도 분간할 수 있다고 했던 말이 스티븐의 머릿속에 되살아났다. 그 순간 그는 아버지의 마음과 이 말쑥하게 차려입고 미소를 띤 사제의 마음 사이에 비슷한 점이 있다는 생각이 들었다. 그리고 사제의 직무 또는 제의실이 지닌 신성함이 더럽혀진 듯한 느낌이 들었다. 엄숙한 침묵이 흘러야 할 곳이 떠들썩한 잡담과 농담으로 난장판이 된데다 실내 공기마저 가스등 불꽃과 기름 냄새로 코끝이 아릴 지경이었다.

나이 지긋한 노인이 그의 이마에 주름살을 그려넣고 턱에는 검푸른 칠을 해주는 동안, 스티븐은 살집 있는 젊은 예수회 사제가 대사를 소리 높여 말하고 강조할 부분은 명쾌하게 전달되도록 하라고 지시하는 소리를 멍하니 듣고 있었다. 악대가 〈킬라니의 백합〉*을 연주하는 소리가 들리는 걸 보니 곧 막이 오를 듯했다. 무대 공포증은 없었으나 연기해야 할 역할을 생각하니 창피하기 짝이 없었다. 대사의 몇몇 구절을 떠올리자 그의 분장한 얼굴이 갑자기 발갛게 달아올랐다. 그는 그 여자아이가 진지하고도 매혹적인 눈으로 관객들 틈에 앉아 자기의 공연을 지켜보는 모습을 상상해보았다. 그녀의 두 눈을 떠올리자마자 망설임은 순식간에 사라지고 의지는 굳게 다져졌다. 전혀 다른 성격이 새로 생긴 것 같은 기분이었다. 주위의 들뜬 분위기와 젊음의 기운이 그에게도 스며들어 그를 전염시키고 우울한 불신감을 휩쓸어간 것이다. 한순간 그는 드물게도 자신이 소년기의 진정한 옷차림을 하고 있다는 느낌이 들었다. 그리하여 그는 다른 출연자들과 함께 무대 구석에 서 있을 때 모두와 더불어 기쁨을 같이할 수 있었다. 그러는 사이 건장한 사제 두 명이 늘어져 있던 무대의 막을 올렸는데 사납게 잡아당기는 바람에 막은 온통 뒤틀리며 올라갔다.

잠시 뒤 그는 휘황한 가스등 불빛과 어두침침한 배경의 무대 한가운데 서서 허공 속 무수한 얼굴 앞에서 연기하는 자신의 모습을 자각했다. 예행연습을 할 때만 해도 지리멸렬하고 생명이 없어 보이던 연극

---

* 작곡가 줄리우스 베네딕트의 동명의 오페라 서곡.

이 별안간 하나의 유기체처럼 나름의 생명력으로 넘치고 있음을 깨닫고서 그는 적잖이 놀랐다. 연극은 이제 저절로 나아가는 듯했고, 그와 동료들은 그저 맡은 역할만을 수행함으로써 거들고 있을 뿐이었다. 마지막 장면이 끝나 막이 내리자 실내는 박수갈채로 떠나갈 듯했으며 무대 한쪽에서 막이 벌어진 틈으로 보니 그가 앞에 두고 연기했던 한덩어리의 관객이 마술에 걸린 듯 일그러지더니 허공 속 얼굴들은 사방으로 산산이 흩어져 바삐 움직이는 무리로 바뀌었다.

그는 재빨리 무대에서 내려와 의상을 벗어던지고 성당을 지나 교정으로 나갔다. 연극이 끝나고 나니 그의 신경은 그 이상의 모험을 갈구했다. 그는 모험을 뒤쫓아가기라도 하듯 부리나케 앞으로 내달렸다. 극장 문은 활짝 열려 있었고 관객도 모두 자리를 비웠다. 방주와 계류장을 연결해주는 듯했던 여러 개의 밧줄에 매달린 초롱불 몇 개가 밤바람에 흔들리며 쓸쓸하게 깜빡이고 있었다. 그는 먹이를 놓치지 않겠다는 각오라도 한 양 정원에서 본관으로 이어지는 계단을 황급히 뛰어올라갔고, 현관에서 웅성거리는 인파를 헤치고 나아가면서 퇴장하는 내빈들을 지켜보며 인사를 하거나 악수를 나누는 두 예수회 사제 옆을 지나쳤다. 그는 더욱더 급히 서둘러야 하는 척하면서도 아직 분장을 지우지 않은 자신의 얼굴을 보고 킥킥대거나 빤히 쳐다보거나 서로 옆구리를 쿡쿡 찔러대는 사람들을 어렴풋이 의식한 채 신경질적으로 앞으로 나아갔다.

계단으로 나오자 가족들이 첫번째 가로등 아래서 자기를 기다리고 있는 모습이 보였다. 모두 다 낯익은 얼굴들뿐임을 대번에 알아채고 그는 화가 나서 계단을 뛰어내려갔다.

—전할 말이 있어서 조지 스트리트*에 가야 해요, 그는 아버지에게 재빨리 말했다. 먼저 집에 들어가세요, 전 나중에 갈 테니까요.

아버지가 전할 말이 뭐냐고 캐묻기도 전에 그는 길을 가로질러 뛰어가 무서운 속도로 언덕길을 따라 내려가기 시작했다. 자신이 어디로 가고 있는지조차 알 수 없었다. 그의 가슴속에서 자존심과 희망과 욕망이 마치 약초처럼 짓이겨지더니 이윽고 사람을 미치게 만들 만큼 강렬한 향연香煙이 마음의 눈앞에 피어올랐다. 상처 입은 자존심과 무너진 희망과 좌절된 욕망이 뒤범벅되어 별안간 피어오른 향연의 소용돌이를 헤치면서 언덕길을 따라 성큼성큼 걸어내려갔다. 향연은 고뇌에 찬 그의 두 눈 앞에서 맹렬하게 솟아올라 머리 위로 사라져갔고, 대기는 마침내 다시 맑고 싸늘해지기 시작했다.

얇은 막이 아직도 그의 두 눈을 가리고 있긴 했지만 더이상은 이글거리지 않았다. 종종 끓어오르는 분노나 적개심의 불길을 사그라들게 만들던 보이지 않는 힘, 그와 유사한 모종의 힘이 그의 발걸음을 멈추게 했다. 그는 걸음을 멈추고 잠자코 서서 시체 공시소의 음산한 현관을 뚫어지게 쳐다보다가 그 옆으로 난 자갈 깔린 컴컴한 골목길로 눈길을 돌렸다. 골목길의 담벼락에 쓰인 로츠**라는 글자를 바라보면서 그는 악취가 물씬거리는 그곳의 역한 공기를 천천히, 힘껏 들이마셨다.

—말 오줌과 썩은 짚 냄새로군, 그는 생각했다. 들이마시기엔 아주 좋은 냄새야. 마음을 차분하게 진정시켜주겠지. 이제는 마음이 많이 가라앉았어. 집으로 돌아가야지.

---

* 벨비디어 칼리지에서 동남쪽으로 2.5킬로미터가량 떨어진 곳에 있는 거리.

** 더블린 중앙의 리피강 북안에 접한 골목길 이름.

* * *

스티븐은 킹스브리지역*에서 탄 열차에서도 객차 구석의 아버지 옆자리에 다시 앉았다. 아버지와 함께 야간 우편열차로 코크에 가는 중이었다. 열차가 증기를 내뿜으며 역을 벗어나자 그는 여러 해 전에 느꼈던 어린애다운 경이로움과 클롱고우스에서 첫날 겪었던 온갖 사건이 생생하게 떠올랐다. 그러나 이제는 어떠한 경이로움도 느껴지지 않았다. 어둠에 잠긴 대지가 미끄러지듯 눈앞을 휙휙 스쳐가고, 말없이 서 있는 전신주들이 사 초마다 하나씩 그가 앉은 창문 밖으로 재빠르게 스쳐지나갔으며, 희미한 불빛 아래에서 두어 사람이 말없이 보초를 서는 작고 한산한 역들이 우편열차에 내동댕이라도 쳐진 듯 뒤로 멀어져가며 달리기 선수가 뒤쪽으로 집어던진 불똥처럼 어둠 속에서 잠시 반짝이다 이내 사라지곤 했다.

아버지가 코크에서의 생활과 젊은 시절의 추억을 회고하며 이야기를 늘어놓았으나 그는 무엇도 공감하지 못한 채 그저 건성으로 듣고 있었다. 아버지의 이야기는 세상을 떠난 어떤 친구의 모습이 떠오르거나, 이번 방문의 실질적인 목적이 갑자기 생각나 한숨을 쉬거나 주머니에 넣고 다니는 술병을 꺼내 한 모금씩 마시느라 끊기곤 했다. 스티븐은 듣고는 있었지만 전혀 공감할 수 없었다. 세상을 떠난 사람들의 이미지는 찰스 아저씨를 빼고는 모두가 낯설 뿐이었고, 그 이미지마저 얼마 전부터 그의 기억에서 희미해지고 있었다. 그러나 그는 아버지의

* 더블린 서부 및 남부행 기차 종착역(지금의 휴스턴역).

재산이 곧 경매로 처분된다는 사실을 알았고, 그리하여 자기 자신이 느끼는 박탈감을 통해 현실이 자신의 낙관적인 환상이란 터무니없는 거짓에 지나지 않음을 가차없이 폭로하고 있다고 느꼈다.

메리버러*에서 그는 잠이 들었다. 눈을 떴을 때 열차는 맬로**를 통과하고 있었고, 아버지는 다른 좌석에 길게 누워 자고 있었다. 싸늘한 새벽 기운이 시골의 정경 위로, 인기척 없는 들판 위로, 문이 굳게 닫힌 오두막집 위로 자욱하게 서려 있었다. 정적에 잠긴 시골 풍경을 지켜보거나 이따금 몰아쉬는 아버지의 깊은 숨소리며 잠결에 갑작스레 몸을 뒤척이는 소리를 듣다보니 그의 마음은 잠에 대한 공포에 사로잡히고 말았다. 눈에 보이지 않는 잠든 자들이 그의 가까이에 있다는 사실이, 그들이 꼭 자신에게 해코지라도 할 듯 이상하게 두려웠다. 그래서 그는 어서 날이 밝기를 기도했다. 하느님에게 드리는 것도 아니고 그렇다고 해서 성인에게 드리는 것도 아니었지만, 어쨌든 몸을 덜덜 떨면서 기도를 시작했다. 차가운 새벽바람이 객차의 문틈을 비집고 그의 발끝으로 스며들었다. 기도는 기차 바퀴의 덜커덩거리는 리듬에 맞춰 그가 끊임없이 내뱉은 바보 같은 말들로 흐지부지 끝났다. 그리고 사초 간격으로 아무런 말없이 휙휙 지나가는 전신주들은 정확한 시간에 맞춰 구분선을 그어놓은 악보를 빠르게 연주해나가는 듯 보였다. 이 격렬한 음률이 그의 두려움을 가라앉혀준 덕에 그는 창틀에 몸을 기대고 다시 눈을 붙일 수 있었다.

그들이 이륜 포장마차를 타고 코크 시내를 가로지르고 있을 때는 아

---

* 더블린 남쪽 약 80킬로미터 지점의 도시(지금의 포트리시).

** 코크 북쪽 약 30킬로미터 지점의 도시.

직 이른 새벽이었다. 그래서 빅토리아 호텔*에 짐을 풀자마자 스티븐은 객실에서 모자란 잠을 보충했다. 따스하고 눈부신 햇살이 창문을 통해 쏟아지고 거리를 오가는 차량의 시끄러운 소음이 들려왔다. 아버지는 화장대 앞에 서서 머리와 얼굴과 콧수염을 정성을 다해 살펴보는가 하면 자신의 모습을 더 잘 비춰보기 위해 물주전자 너머로 목을 길게 빼기도 하고 고개를 옆으로 젖히기도 했다. 그렇게 멋을 내면서 아버지는 악센트와 프레이징이 기이한 노래를 나직하게 웅얼거렸다.

젊은이들이 결혼을 하는 것은
젊고 어리석기 때문이라오,
그러니 내 임이여, 나 여기
더이상 머물지 않겠어요.
어차피 되돌릴 수 없는 사랑이라면
상처밖에 더 받겠어요,
그러니 나는 떠나겠어요,
저 먼 아메리카로.

내 임은 어여쁘고,
내 임은 쾌활하셔.
그녀는 갓 빚은
맛좋은 위스키 같아요.

* 당시 코크의 최고급 호텔.

그러나 세월이 흘러
맛이 변하면
산마루의 이슬처럼
스러져 사라지지요.*

창문 밖으로 햇살이 따스하게 쏟아지는 이 도시를 의식하면서 감미롭게 떨리는 목소리로 야릇하고도 슬픈, 그러면서도 행복감을 자아내는 노래를 멋들어지게 부르는 아버지의 목소리를 듣고 있노라니 전날 밤 그의 머릿속을 안개처럼 뒤덮던 우울한 기분이 말끔하게 걷히는 듯했다. 그는 벌떡 일어나 옷을 차려입은 뒤 아버지의 노래가 끝나자 이렇게 말했다.

—모두 오세요**로 시작되는 어떤 노래보다 이 노래가 훨씬 더 좋은데요.

—그런 것 같니? 디덜러스 씨가 물었다.

—아주 좋아요, 스티븐이 대답했다.

—근사한 옛 노래지, 디덜러스 씨는 콧수염 끝을 매만지면서 말했다. 아, 믹 레이시가 이 노래를 부르는 걸 네가 들어봤어야 하는데! 가엾은 믹 레이시! 그 친구는 여기에 회음回音을 살짝 넣어 불렀는데, 난 그런 장식음은 흉내도 못 내지. 그 친구는 모두 오세요로 시작되는 노래라면 뭐든 멋들어지게 척척 불렀어.

---

* 작자 미상의 민요 〈내 사랑은 플레신〉에서 나온 노래인 듯하다.

** 아일랜드 속요들 중 상당수가 "모두 오세요"로 시작한다.

디덜러스 씨는 아침식사로 드리신*을 주문하고는 식사를 하면서 웨이터에게 그 지역 소식을 꼬치꼬치 캐물었다. 그런데 어떤 이름이 언급될 때마다 웨이터는 그곳의 현 소유주를 생각하는 반면 디덜러스 씨는 그의 아버지나 할아버지를 떠올리는 통에 두 사람의 대화는 대체로 엇나가기 일쑤였다.

—아무튼 퀸스 칼리지**는 다른 데로 옮겨가지 않았으면 좋겠는데, 디덜러스 씨가 말했다, 이 아이한테 꼭 보여주고 싶어서 그래요.

마다이크 산책로의 가로수에는 꽃이 활짝 피어 있었다. 두 사람은 교정에 들어섰고 수다스러운 수위의 안내를 받아 건물로 둘러싸인 네모난 안뜰을 가로질렀다. 하지만 자갈길을 건너며 그들은 여남은 걸음마다 한 번씩은 수위의 어떤 대답을 듣고는 멈춰 서곤 했다.

—아니, 그게 정말인가요? 그 불쌍한 포틀벨리가 죽었다고요?

—네, 선생님. 죽었다니까요.

이렇게 두 사람이 멈춰 서면 스티븐은 두 사람의 이야기에 진력이 난 채로 비록 굼벵이같이 더딘 걸음이라도 다시 시작되기만을 초조하게 기다리며 그들 뒤에 엉거주춤 서 있을 수밖에 없었다. 그는 어찌나 애를 태웠던지 그들이 마침내 네모진 안뜰을 다 지나온 즈음엔 몸에 열이 날 지경이었다. 매사에 빈틈이 없고 좀체 남의 말을 안 믿는 사람인 아버지가 수위의 굽실거리는 태도에 어떻게 저렇게 쉽게 속아넘어갈 수 있는지 도무지 이해가 되지 않았다. 게다가 아침 내내 재미있게

* 양의 피와 내장으로 만든 소시지의 일종. 코크 지방의 전통음식이다.

** 존 조이스의 모교. 그는 1867년 퀸스 칼리지의 코크 캠퍼스에 입학해 의학 공부를 시작했으나 도중에 각종 스포츠와 연극 활동에 심취해 졸업하지 못했다.

들리던 아버지의 활기찬 남부 억양도 이젠 귀에 거슬리기까지 했다.

그들은 해부학 수업을 하는 계단식 강의실로 들어갔다. 거기서 디덜러스 씨는 수위의 도움을 받아 자기 이름의 머리글자가 새겨진 책상을 찾기 시작했다. 스티븐은 계단식 강의실의 어둠과 정적 그리고 따분하고 형식적인 공부가 연상되는 분위기 탓에 전에 없이 의기소침해져 뒤쪽에 머물러 있었다. 그러다가 바로 앞에 있는, 손때로 시커메진 나무 책상 위에 누군가 여러 번 칼질을 해 태아Foetus*라고 새겨놓은 것이 눈에 띄었다. 뜻밖에 발견한 이 글자에 별안간 피가 치솟았다. 이미 학교를 떠난 학생들이 다시 나타나 주위를 에워싸는 느낌이 들었고 스티븐은 그들의 포위망으로부터 빠져나와야 될 것만 같았다. 아버지의 말로는 도저히 상상할 수 없었던 학생들의 생활상이 책상에 새겨진 그 낱말을 보자 불현듯 그의 눈앞에 떠올랐다. 콧수염을 기르고 어깨가 떡 벌어진 학생이 진지한 표정을 하고 잭나이프로 글자를 새기고 있었다. 다른 학생들은 옆에 서거나 앉아서 그의 손놀림을 지켜보며 키득키득 웃었다. 한 학생이 그의 팔꿈치를 살짝 찔렀다. 몸집이 큰 학생은 인상을 쓰며 그를 돌아보았다. 그는 헐렁한 회색 옷에 황갈색 부츠를 신고 있었다.

스티븐의 이름을 부르는 소리가 들렸다. 그는 그 환상에서 가능한 한 멀리 달아나고 싶어 강의실 계단을 서둘러 내려가, 상기된 얼굴을 숨기고 아버지 이름의 머리글자를 자세히 들여다보았다.

그러나 네모진 안뜰을 다시 가로질러 대학의 정문을 향해 걸어가는

* 조이스는 이 단어의 생물학적 의미를 예술적 창조의 비유로 즐겨 썼다.

동안에도 그 단어와 환상은 그의 눈앞에서 아른거렸다. 그때까지 자신의 마음만이 지닌 야만적이고도 개인적인 고질병이려니 하고 생각해온 것들의 흔적을 바깥세상에서 발견한 그는 큰 충격에 휩싸였다. 최근에 그를 괴롭혀온 갖가지 괴상한 공상이 그의 기억 속에 떼로 몰려들었다. 그러한 공상 역시 단순한 낱말로부터 별안간 무서운 기세로 그의 머릿속에 솟구친 것이었다. 그는 이내 공상의 발호에 두 손을 들고 그런 공상이 대체 어디서, 그러니까 어떤 괴기한 소굴로부터 나오는 것일까 내내 의아해하며 마음대로 날뛰고 그의 지성을 마음껏 짓밟도록 내버려두었다. 그러한 공상이 한번 휩쓸고 지나가면 남에게는 나약하고 비굴하게 보이고 자기 자신에게는 초조감과 혐오감만 남았다.

—아니, 가만있자! 저기에 틀림없이 그로서리스*가 있었는데! 디덜러스 씨가 외치듯 말했다. 스티븐, 내가 그로서리스에 대해 얘기하던 거 자주 들었지, 안 그러냐? 출석만 대충 때우고 나면 하루에도 몇 번이고 그곳을 들락거렸다니까, 다 같이 떼를 지어서 말이야, 해리 피어드, 꼬맹이 잭 마운틴, 밥 다이어스, 모리스 모리아티, 그 프랑스 녀석, 톰 오그레이디, 오늘 아침에도 얘기한 믹 레이시, 조이 코벳 그리고 탠타일스**의 마음씨 고운 깜찍한 꼬마 조니 키버스랑 모두 한패가 되어 들락거렸어.

마다이크 산책로에 늘어선 가로수의 나뭇잎들이 햇빛 아래 살랑거리고 있었다. 크리켓 선수단이 지나갔다. 모두 플란넬 바지에 블레이저를 입은 활기찬 젊은이들로, 그중 한 명은 위킷을 넣은 길쭉한 초록

* 가정용품과 식료품을 판매하는 선술집.

** 코크의 서부 지역.

색 가방을 메고 있었다. 한적한 뒷골목에는 오인조 길거리 음악대가 빛바랜 유니폼을 입고 찌그러진 금관악기를 연주하고 있었는데, 청중이라곤 거리의 부랑아들과 한가한 심부름꾼 아이들이 전부였다. 하얀 모자에 앞치마를 두른 하녀가 따스한 햇빛을 받아 석회암 판처럼 반짝거리는 창틀 위에 놓인 화분 상자 속 화초에 물을 주는 모습도 보였다. 바깥으로 열린 또다른 창문 너머로는 피아노 소리가 들려왔는데, 음계가 하나씩 높아지더니 마침내는 소리가 최고음부까지 솟아올랐다.

스티븐은 아버지 옆에서 걸으며 귀가 닳도록 들은 이야기를 또 들었다. 디덜러스 씨는 젊은 시절 친구였지만 지금은 뿔뿔이 흩어졌거나 세상을 떠난 술친구들의 이름을 다시 읊어댔다. 그때 스티븐의 마음속에서 탄식이 터져나오듯 희미한 욕지기가 일었다. 벨비디어에서 자신이 놓인 애매한 위치가 갑자기 떠올랐기 때문이다. 현재 전액 장학생이면서, 자신의 권위를 두려워하는 리더이자, 자존심이 강하고 감수성이 예민하며 매사에 의심이 많은데다 내적으로는 자기 생활의 초라함과 싸우고 마음속 혼란과도 싸우고 있는 자신의 모습이. 게다가 손때로 시커메진 나무 책상 위에 새겨진 글자들까지 그의 육체적 허약함과 무익한 열정을 조롱하고, 광적이고도 더러운 탐닉에 빠져 있는 스스로를 혐오하게 하면서 그를 쏘아보는 것 같았다. 목안에 잔뜩 고인 침이 너무 쓰고 더러워서 삼킬 수가 없었고 희미한 욕지기가 머리끝까지 치밀어, 그는 잠시 눈을 감은 채 어둠 속을 걸어갈 수밖에 없었다.

그 와중에도 아버지의 목소리는 계속해서 들려왔다.

―스티븐, 사회생활을 시작하게 되면 (네게도 반드시 그런 날이 오리라 확신한단다) 네가 무슨 일을 하든지 간에 신사들과 어울려야 한

다는 걸 명심해라. 내가 젊었을 때는 인생을 마음껏 즐겼단다. 주로 훌륭하고 점잖은 친구들과 어울렸지. 모두들 뭔가 하나씩 재주를 지니고 있었어. 한 친구는 목소리가 썩 좋았고, 또 한 친구는 배우의 소질이 뛰어났고, 또 어떤 친구는 익살맞은 노래를 곧잘 불렀어. 그런가 하면 어떤 다른 친구는 노를 귀신같이 젓거나 라켓 경기를 잘했고, 또다른 친구는 입담이 좋았지. 이렇게 다들 뛰어난 재주들이 있었어. 어쨌든 우리는 뭐가 됐든 항상 재밌는 일을 하면서 인생을 즐겼고, 인생이 어떤 것인지 그 맛도 어느 정도 알게 되었는데, 그렇다고 해를 입지도 않았단다. 어쨌거나 우리는 모두 신사였으니까 말이야, 스티븐. (적어도 나는 우리 모두가 그랬다고 본다) 그리고 우리는 모두 다 지독하게 선량하고 정직한 아일랜드인이기도 했지. 너도 그런 친구들과 어울리면 좋겠구나, 요컨대 심성이 바른 친구들 말이야. 나는 지금 너한테 친구로서 이야기하고 있는 거야, 스티븐. 근엄한 아비 노릇은 딱 질색이거든. 아들이 자기 아버지를 무서워해서야 되겠니. 안 될 일이고말고, 나는 지금 내가 어렸을 때 네 할아버지가 나를 대하셨던 것과 똑같이 너를 대하는 거란다. 우리는 부자간이라기보다는 형제처럼 지냈거든. 담배를 피우는 걸 처음으로 네 할아버지한테 들킨 날은 결코 잊을 수가 없지. 하루는 또래 녀석들과 사우스테라스* 끝머리에 서 있었어, 모두 입가에 파이프를 꼬나물고 우리가 마치 대단한 어른이나 된 듯이 다들 우쭐해져서 말이야. 그런데 느닷없이 아버지가 우리 앞을 지나가시지 않겠니. 아버지는 말 한마디 없으셨고 심지어 걸음조차 멈추지 않으셨

---

* 코크시 남동쪽의 주택가로 당시 상류층의 주거 지역이었다.

어. 그런데 다음날, 일요일이었는데 말이야, 같이 산책을 나갔다가 집으로 돌아오는 길에 아버지가 여송연 케이스를 꺼내면서 이러시는 거야. 그런데 말이다, 사이먼, 난 네가 담배를 피우는 줄 몰랐구나. 뭐, 그 비슷한 말씀을 하셨지. 물론 나는 어떻게든 시치미를 떼려고 했단다. 그런데 아버지가 이렇게 말씀하시지 않겠니. 좋은 담배를 맛보고 싶다면 이 여송연을 한 대 피워보렴. 어젯밤 퀸스타운*에 갔을 때 어느 미국인 선장한테 선물로 받은 거야.

아버지는 갑자기 웃음을 터뜨렸는데 그 소리가 마치 흐느껴 우는 소리같이 들렸다.

—당시 네 할아버지는 코크에서 제일가는 멋쟁이셨단다. 그건 누구도 부인 못할 사실이었지! 길 가던 여자들이 그 양반을 쳐다보려고 걸음을 멈출 지경이었으니까.

흐느끼는 듯한 아버지의 웃음이 목구멍을 타고 소란스럽게 내려가는 소리에 그는 자기도 모르게 신경이 곤두서 눈을 번쩍 떴다. 갑자기 시야로 쏟아져들어오는 햇빛 때문에 하늘과 구름이 마치 거무스름한 덩어리로 이루어진 환상적인 세계, 검붉은 빛깔의 호수 같은 것이 점점이 떠 있는 환상적인 세계로 뒤바뀐 것처럼 보였다. 두뇌가 병들어 제 기능을 잃은 것처럼 느껴지기도 했다. 그는 가게 간판의 글자조차 제대로 알아볼 수 없었다. 기형적인 생활 때문에 자기 자신이 현실의 테두리를 벗어나버린 듯한 기분이었다. 그 자신의 내면에서 메아리치는 격앙된 비명소리와 공명하는 소리가 아니면 현실 세계에서 들리

* 코크 카운티 남쪽 해안의 항구(지금의 코브).

는 어떠한 소리도 그의 마음을 움직이거나 관심을 끌지 못했다. 아버지의 목소리에 지칠 대로 지치고 낙담할 대로 낙담한 그는 세속적이거나 인간적인 호소에도 반응할 수 없었고, 여름이며 반가움 그리고 우정의 부름 같은 것에도 벙어리가 된 듯 무감각해져버렸다. 마침내 자신의 생각마저 자신의 것으로 인식할 수 없는 지경에 이르러 그는 혼자서 천천히 마음속으로 이렇게 되뇌었다.

—나는 스티븐 디덜러스다. 나는 지금 아버지와 나란히 걸어가고 있고 그의 이름은 사이먼 디덜러스다. 우리는 지금 아일랜드의 코크에 와 있다. 코크는 도시다. 우리의 객실은 빅토리아 호텔에 있다. 빅토리아와 스티븐과 사이먼. 사이먼과 스티븐과 빅토리아. 이름들이다.

갑자기 어린시절의 기억이 흐릿해졌다. 그는 그 시절의 몇몇 눈에 선한 순간들을 회상해보려 했으나 마음대로 되지 않았다. 이름들만 떠오를 뿐이었다. 댄티, 파넬, 클레인, 클롱고우스니 하는. 한 어린 소년이 옷장 속에 솔 두 개를 간직하고 있는 늙은 여인에게 지리를 배웠지. 그런 뒤에 소년은 집을 떠나 학교로 가게 되었지. 학교에서 그는 처음으로 영성체를 했고, 크리켓 모자에서 슬림 짐*을 꺼내 먹기도 했지. 양호실의 조그만 병실에 누운 채 벽에서 춤추듯 너울거리는 벽난로 불빛을 지켜보며 죽으면 어떡하나 생각해보기도 했지. 죽고 나면 검고 금빛 나는 미사복을 입은 교장 선생님이 죽은 이를 위한 미사를 드리고, 보리수가 늘어선 대로에서 조금 떨어진 곳에 있는 자그마한 경내 묘지에 묻히는 꿈을 꾸기도 했지. 그러나 그는 그때 죽지 않았다. 파넬

* 마시멜로로 만든 일종의 캔디.

이 죽었다. 성당에서는 죽은 이를 위한 미사도 장례 행렬도 없었다. 그는 그때 죽는 대신 엷은 막이 햇빛을 받아 녹아 없어지듯 다만 사라졌을 뿐이다. 더이상 이 세상에 존재하지 않으니, 그는 실종되었거나 존재의 영역 밖에서 떠돌아다니는 셈이었다. 죽음이 아니라 햇빛을 받아 사라지거나, 우주 어디에선가 길을 잃어 사람들에게 잊혀서 존재의 세계를 벗어나고 말았다는 생각은 얼마나 이상한가! 희한하게도 작은 체구의 자신이 잠깐 동안 다시 나타났다. 허리띠가 달린 회색 옷을 입은 어린 소년의 모습으로였다. 그 소년은 두 손을 양쪽 주머니에 찔러넣고 고무줄로 무릎 부분을 잘록하게 졸라맨 바지를 입고 있었다.

아버지의 재산이 경매 처분된 날 밤에 스티븐은 시내로 나가 이 술집에서 저 술집으로 아버지를 고분고분 따라다녔다. 시장의 장사꾼들에게도, 술집의 지배인과 여급들에게도, 한푼 보태달라고 애걸하는 거지들에게도 디덜러스 씨는 같은 말을 되풀이했다. 자기는 코크 토박이라느니, 더블린에 올라가서 30년 동안이나 코크 지방 억양을 없애려고 노력했다느니, 옆에 있는 피터 피카카폭스*는 자기 맏아들이지만 더블린 뺀뺀이에 지나지 않는다느니 하는 말들이었다.

그들은 다음날 아침 일찍 뉴컴 커피점에서 하루를 시작했다. 디덜러스 씨는 커피잔을 잔 받침에 내려놓을 때마다 시끄럽게 달그락거렸고 스티븐은 지난밤 아버지의 과음을 드러내는 그 행동이 창피해 의자를 일부러 움직이고 헛기침도 하며 그 소리를 감추려 했다. 창피한 일들은 꼬리에 꼬리를 물고 일어났다. 시장의 장사꾼들은 마음에도 없는

* 스티븐을 깎아내리려고 익살맞게 지어낸 이름.

미소를 지어댔고, 아버지가 시시덕거린 작부들은 호들갑을 떨며 추파를 던져댔고, 아버지 친구들은 속이 훤히 들여다보이는 찬사와 격려의 말을 늘어놓았다. 그들이 스티븐에게 어쩌면 그렇게 할아버지를 쏙 빼닮았느냐고 하자 디덜러스 씨는 보기 흉한 것만 닮았다면서 맞장구를 쳤다. 그들은 스티븐의 말투에서 코크 사람 특유의 사투리를 찾아냈다며 리강*이 리피강보다 훨씬 더 아름다운 강임을 인정하라고 몰아붙이기도 했다. 그중 한 사람은 스티븐의 라틴어 실력을 시험하겠다고 『딜렉투스』**에 나오는 짤막한 구절을 번역해보라고 하면서 '템포라 무탄투르 노스 에트 무타무르 인 일리스'라는 구절과 '템포라 무탄투르 에트 노스 무타무르 인 일리스'라는 구절 중 어느 쪽이 맞느냐고*** 묻기도 했다. 디덜러스 씨가 조니 캐시먼이라고 부르는 활기 넘치는 노인은 더블린 처녀들과 코크 처녀들 중에서 누가 더 예쁜지 대답해보라고 졸라 스티븐을 당혹스럽게 만들었다.

—이애가 그따위 문제를 알 턱이 있나, 디덜러스 씨가 말했다. 좀 내버려둬. 워낙 분별력이 있고 생각도 깊은 애라 그따위 시시껄렁한 일에는 머리를 안 쓴다고.

—그렇다면 그 아버지에 그 아들이 아니잖아, 키 작은 노인이 말했다.

---

* Lee. 코크시의 중심을 흐르는 강.

** Dilectus. 리처드 발피가 엮은 『델렉투스Delectus』의 오기인 듯하다. 이 책은 라틴어 명언 선집으로 발피의 라틴어 문법서와 더불어 교재로 널리 사용되었다.

*** 전자는 '세월은 우리를 변하게 하고 우리는 세월 따라 변한다(Tempora mutantur nos et mutamur in illis)'라는 뜻이고, 후자는 '세월은 변하고 우리는 세월과 더불어 변한다(Tempora mutantur et nos mutamur in illis)'라는 뜻으로 운율이 다를 뿐 양쪽 다 맞는 문장이다.

—나도 알 수가 없어, 디덜러스 씨가 흡족한 듯 미소를 지으며 말했다.

—네 아버지는 말이지, 키 작은 노인이 스티븐에게 말했다, 한창때 코크 시내에서 최고로 넉살 좋은 바람둥이였단다. 너 그거 알고 있니?

스티븐은 눈을 내리깔고 그들이 어쩌다 들어오게 된 술집의 타일 바닥만 쳐다보고 있었다.

—이애 머리에 그런 시시껄렁한 생각을 주입시키지 말라니까, 디덜러스 씨가 말했다. 이애 일은 어디까지나 조물주의 뜻에 맡겨야지.

—이럴 수가 있나, 내가 이애 머리에다 시시껄렁한 생각을 주입시키다니, 어디 말이나 되는 소린가. 이래 봬도 나는 이애 할아버지가 되고도 남을 만큼 나이를 먹었다고. 게다가 나는 실제로도 할아버지야, 키 작은 노인이 스티븐에게 말했다. 너 그걸 알고 있니?

—정말이세요? 스티븐이 물었다.

—아무렴, 그렇고말고, 키 작은 노인이 말했다, 선데이스 웰*에 떡두꺼비 같은 손자가 둘이나 있지. 자, 어떠냐? 네가 보기엔 내가 몇 살쯤 된 것 같니? 나는 네 할아버지가 빨간 외투를 걸치고 사냥개를 앞세워 말 타고 달리던 걸 본 기억도 생생하단다. 네가 태어나기도 전의 일이지.

—아니, 이애를 낳을 생각도 하기 전의 일이지, 디덜러스 씨가 거들었다.

—아무렴, 생생하고말고! 키 작은 노인이 되풀이했다. 어디 그뿐인가. 나는 심지어 네 증조부이신 존 스티븐 디덜러스 옹翁까지 기억하고

* 코크시 서쪽의 부유층이 많이 사는 교외.

있지, 툭하면 싸워대는 성미가 불같은 양반이었어. 자, 어떠냐? 이 정도면 대단한 기억력이라 할 만하지?

—그렇다면 삼대에 걸쳐, 아니 사대에 걸쳐 봤다는 얘기가 아닌가, 함께 있던 사람 중 하나가 말했다. 글쎄, 그렇다면 조니 캐시먼, 자네는 한 백 살쯤 되겠군.

—글쎄올시다, 이실직고하자면, 키 작은 노인이 대꾸했다. 사실 스물일곱밖에 되지 않았어.

—나이란 마음먹기 나름이라는 옛말이 맞아, 조니, 디덜러스 씨가 말했다. 그건 그렇고 지금 들고 있는 잔이나 빨리 비우게, 모두 한 잔씩 더 하자고. 이봐, 이름이 팀인지 톰인지 모르겠지만 아무튼 같은 걸로 한 잔씩 더 가져와. 말이야 바로 하지, 기분으로는 나도 아직 열여덟 살밖에 안 된 것 같아. 여기에 내 나이의 절반밖에 안 되는 아들 녀석이 있긴 하지만, 기력으로는 내가 저 녀석보다 나았으면 나았지 조금도 달리지 않을 걸세. 말하자면 아직까지는 내가 저 녀석보다 기력이 훨씬 좋다 이거야.

—큰소리치지 말게, 디덜러스. 자네도 이젠 뒷자리로 물러앉을 때가 된 주제에, 아까 말참견을 했던 신사가 말했다.

—무슨 말을 그렇게 하나, 당치도 않은 소리! 디덜러스 씨가 단정적으로 말했다. 나는 이 녀석하고 테너로 노래 부르기 시합을 하라고 해도 하겠고, 장대 다섯 개 높이의 장애물 뛰어넘기 시합을 하라고 해도 기꺼이 하겠고, 사냥개를 앞세우고 들판 달리기 시합을 하라고 해도 주저 없이 하겠네. 삼십 년 전에 그 방면의 일인자로 유명했던 케리* 출신 녀석이랑 붙었듯이 말이야.

—하지만 여기는 자네가 못 당할걸, 키 작은 노인이 자신의 이마를 톡톡 두드리더니 잔을 들어올려 죽 들이켜면서 말했다.

—아무튼, 얘가 이 아비 못지않게 훌륭한 사람이 되면 더 바랄 게 없겠네. 내가 하고 싶은 말은 그뿐이야, 디덜러스 씨가 말했다.

—자네를 닮아 바탕이 착한 아이라면 능히 그리되고도 남겠지, 키 작은 노인이 말했다.

—그게 다 하느님 덕분이라네, 조니, 디덜러스 씨가 말했다, 우리가 이토록 오래 살면서도 남에게 그다지 해를 끼치지 않은 것 말이야.

—해를 끼치기는커녕 좋은 일을 많이도 했지, 사이먼, 키 작은 노인이 진지하게 말했다. 이토록 오래 살면서 남에게 좋은 일을 이렇게 많이 한 것도 하느님 덕분이라 할 수 있을 거야.

스티븐은 아버지와 아버지의 옛 친구 둘이 지난날을 회상하며 축배를 들기 위해 세 개의 술잔을 카운터에서 나란히 들어올리는 모습을 지켜보았다. 운명의, 혹은 기질의 심연이 그와 그들 사이를 뚜렷하게 갈라놓았다. 스티븐의 마음이 그들의 마음보다 더 나이든 듯했고, 마치 달이 자기보다 어린 지구를 비춰주듯 그들의 갈등과 행복과 회한을 차분하게 비춰주고 있었다. 그들과는 달리 그의 마음속에서는 어떠한 활기도 패기도 약동하지 않았다. 그동안 타인과의 교제에서 오는 즐거움도, 야성적이고도 남자다운 건강한 활력도, 자식으로서의 효심도 어느 것 하나 알지 못하고 지내온 터였다. 그의 영혼 속에는 그저 차갑고 잔인하고 비정한 육욕만이 꿈틀거렸다. 그의 어린시절은 죽었거나 실

* 코크 카운티와 서쪽으로 인접한 카운티.

종되었고, 그와 더불어 소박한 기쁨을 누릴 수 있는 영혼도 사라져버렸다. 그리하여 그는 황량한 껍데기만 남은 달처럼 삶의 한가운데를 표류할 뿐이었다.

그대가 창백한 것은
하늘을 오르고 지상을 굽어보며
홀로 배회하느라 지친 탓인가....?*

그는 셸리의 시구를 마음속으로 되뇌어보았다. 이 시 속 애처롭기 짝이 없는 인간의 무력함과 광대하게 순환하는 초자연적 활동의 교차가 그의 마음을 차분하게 가라앉혀주었다. 그리하여 그는 무력한 인간이 어찌할 수 없는 비애를 잊을 수 있었다.

* * *

스티븐의 어머니와 동생과 사촌동생 하나가 한적한 포스터 플레이스** 모퉁이에서 기다리는 사이에, 그와 그의 아버지는 계단을 따라 올라가 스코틀랜드 고지대풍 복장을 한 보초가 고개를 두리번거리며 이리저리 누비고 다니는 주랑을 지났다. 그들은 마침내 거대한 홀 안으로 들어가 카운터 앞에 섰고, 스티븐은 아일랜드 은행 총재 명의로 된 30파운드짜리와 3파운드짜리 환어음을 내밀었다. 각각 전국 학력경시

---

* 영국의 낭만파 시인 퍼시 비시 셸리의 시 「달에게」의 시작 부분.

** 아일랜드 은행 바로 뒤의 막다른 거리.

대회 우등상과 글쓰기 대회 상금으로, 출납계원이 지폐와 동전으로 즉석에서 지불했다. 그는 태연한 척 돈을 받아 주머니에 집어넣고는 아버지와 잡담을 나누던 그 친절한 출납계원이 널찍한 카운터 너머로 악수를 청하며 훗날 대성하기를 바란다는 유의 장황한 덕담을 늘어놓는 것을 듣고 있었다. 그는 그들의 목소리가 짜증나서 가만히 서 있을 수가 없었다. 그런데도 출납계원은 다른 고객을 맞이해야 할 차례도 미뤄가면서 자기가 사는 시대는 옛날과 엄청나게 다르다느니, 돈으로 살 수 있는 것 중에서 자식에게 최상의 교육을 시키는 것보다 더 좋은 것은 있을 수 없다느니 하고 떠들어댔다. 디덜러스 씨는 주변을 두리번거리거나 천장을 쳐다보기도 하면서 홀 안을 서성거리다가 어서 나가자고 재촉하는 스티븐에게 지금 서 있는 곳이 옛날 아일랜드 의회의 하원이 있던 건물이라고 일러주었다.

—세상이 어쩌다가 이 지경이 되었는지! 디덜러스 씨가 엄숙한 어조로 말했다. 얘야, 스티븐, 지난 시절의 인물들, 예를 들면 힐리 허친슨, 플러드, 헨리 그래턴 그리고 찰스 켄들 부시* 같은 분들하고, 나라 안팎을 휘젓고 다니면서 아일랜드 민족의 지도자를 자처하는 요즘 귀족 나리들을 비교해보면 정말이지 어이가 없어. 요새 나리들은 죽어서도 지난날의 그분들과 나란히 묻힐 자격이 없다고 봐야지. 얘야, 스티븐, 무슨 말인지 알겠지. 유감스럽게도 그들은 즐겁고 행복한 7월이 되었어도 '화창한 5월 어느 날 아침 내가 산책을 하고 있노라니'** 하고 뇌

---

* 모두 18세기 말에서 19세기 초에 아일랜드 의회에서 활약한 정치가들.

** 민요 〈명랑한 날품팔이〉의 첫 부분을 살짝 바꿔 현 정치 지도자들의 부조리한 대응을 비꼬는 듯하다.

까리면서 돌아다니는 꼴이지 뭐냐.

은행 주변에는 매서운 10월의 바람이 불고 있었다. 흙투성이 길모퉁이에 서 있던 세 사람의 얼굴은 추위로 빨이 파리하고 눈에는 눈물이 글썽글썽했다. 옷을 얇게 입은 어머니를 보자 스티븐은 며칠 전 바나도 상점* 진열장에서 본 20기니짜리 가격표가 붙은 외투가 떠올랐다.

—자, 이젠 다 됐다, 디덜러스 씨가 말했다.

—저녁식사나 하러 가요, 스티븐이 말했다. 어디로 갈까요?

—저녁? 디덜러스 씨가 되물었다. 음, 그러는 게 좋겠다만, 어디가 좋을까?

—너무 비싸지 않은 데로 가야죠, 디덜러스 부인이 말했다.

—언더던스** 어때?

—좋아요. 조용한 곳이면 어디든지.

—그럼 가시죠, 스티븐이 재빨리 말했다. 값은 따질 것 없어요.

그는 미소를 지으며 앞장서서 종종걸음으로 걸어갔다. 그의 열의에 가족들 역시 미소를 머금고 그와 보조를 맞추려고 애썼다.

—얘야, 천천히 좀 가자, 아버지가 말했다. 우리가 달리기 경주를 하러 나온 것도 아니잖니?

흥청망청 즐기는 사이에 시간은 쏜살같이 지나가고 스티븐이 상금으로 받은 돈도 손가락 사이로 술술 빠져나갔다. 식료품이니 진미니 건과니 하는 큼직한 꾸러미들이 시내에서 집으로 배달되었다. 날마다 그는 가족을 위한 식단을 짰고, 저녁마다 서너 명씩 극장에 데리고 가

* 번화가인 그래프턴 스트리트에 있는 고급 모피점.

** 세인트앤드루 스트리트에 있는 프랑스식 레스토랑에 조이스의 가족들이 붙인 별칭.

서 〈잉고마르〉*나 〈리옹의 여인〉**을 보여주었다. 웃옷 주머니에는 초대한 손님들에게 나눠줄 네모난 비엔나 초콜릿이 잔뜩 들어 있었고, 바지 주머니는 은전과 동전이 묵직하게 들어 불룩했다. 그는 가족 모두에게 선물을 사주기도 하고, 자기 방을 몰라보게 새로 꾸미기도 하고, 결의를 써붙이기도 하고, 책꽂이 위아래로 책을 다시 정리하기도 하고, 온갖 물건의 가격표를 죄다 꼼꼼히 따져보기도 하고, 일종의 가족 공동체를 설립해 구성원 모두가 각자 맡은 바 직무를 수행하게끔 하기도 하고, 또 가족을 위한 대부 은행을 개설하여 영수증을 작성하고 대출금에 대한 이자를 계산하는 재미를 맛보고 싶어 대출 의향이 있는 이들에게 대부를 종용하기도 했다. 그런 일도 더는 할 수 없게 되자 그는 철도마차를 타고 시내 이곳저곳을 돌아다녔다. 그러고 나니 환락의 계절도 끝장이 났다. 분홍색 에나멜페인트 통이 바닥났고, 그의 침실 징두리 벽판은 회칠도 다 되지 않은 채 미완성으로 남게 되었다.

그의 가정은 원래의 생활방식대로 되돌아갔다. 그의 어머니도 더이상은 돈을 낭비한다고 그를 꾸짖지 않았다. 그 역시 학교에서 종전과 같은 생활을 하게 되었고 모든 새로운 계획은 산산조각났다. 가족공동체는 붕괴되고 대부 은행은 장부상 적잖은 적자를 기록하며 금고가 폐쇄되었고 그가 자발적으로 정했던 생활 준칙도 모두 무용지물이 되고 말았다.

그가 세운 목표는 얼마나 어리석었던가! 그는 외부 세계에서 밀어닥치는 삶의 탁류를 막기 위해 질서와 품위의 방파제를 건설하려 했다.

---

* 영국 극작가 마리아 앤 러벌의 멜로드라마 〈야만인 잉고마르〉.

** 영국 작가이자 극작가인 에드워드 불워-리턴 경의 낭만적인 희극.

그리하여 행동 규범과 적극적 관심과 부자간의 새로운 관계 정립을 통해 자신의 내면에 거센 탁류가 다시는 흐르지 못하도록 막아보려 했던 것이었다. 소용없는 일이었다. 내면에서와 마찬가지로 외부 세계에서도 그 물은 그가 쌓아둔 장벽 너머로 난입했고, 설상가상으로 두 세계의 탁류가 하나가 되어 허물어진 방파제 위로 다시 한번 사납게 밀어닥치기 시작했다.

그는 또한 자신의 고립이 부질없음을 분명하게 깨달았다. 자신이 다가가고자 추구했던 생활에 한 걸음도 더 가까이 다가가지 못했고, 아버지 어머니 형제자매들과 자신의 사이를 가르는 그 불안한 수치심과 증오의 간격도 좁히지 못했다. 그들과 핏줄로 이어진 가족이 아니라 기껏해야 양자니 의형제 같은 불가사의한 양육 관계로 얽힌 사이라는 느낌만 들 뿐이었다.

그는 가슴속에서 꿈틀거리는 격렬한 욕망을 달래려 애를 태웠다. 욕망이 일단 고개를 들면 다른 모든 것은 다 시시하고 낯설게만 보일 뿐이었다. 그는 대죄大罪를 지었다거나 자신의 생활이 속임수와 거짓투성이로 변해버리고 말았다는 사실 따위에는 별 관심이 없었다. 그가 골몰하고 있는 그 끔직한 죄악을 저지르고자 하는 마음속의 야수 같은 욕망 말고는 그 어떠한 것도 신성해 보이지 않았다. 그 무엇이든 그의 눈길을 끄는 모습이면 닥치는 대로 더럽히고 말겠다며 끈덕지게 날뛰는 그만의 은밀한 욕정이 보여줄 수치스러운 면면은 냉소적인 태도로 받아들였다. 밤이고 낮이고 가릴 것 없이 그는 외부 세계의 일그러진 모습들 사이에서 움직이곤 했다. 낮에는 얌전하고 순진해 보이던 여자의 모습도 밤이 되어 잠이라는 캄캄하고 구불구불한 길을 따라 그에게 나타날 때면 그 얼굴은 음란한 간계를 일삼는 모습으로, 두 눈은 육욕적인 환락으로 이글거리는 모습으로 변모해 있었다. 아침이 되어서야 그는 비로소 어둠 속 음탕한 욕정에 대한 희미한 기억으로, 다시 말해 가슴을 저미는 듯한 치욕적인 죄책감으로 괴로움을 느꼈다.

그는 다시 방황하기 시작했다. 장막을 드리운 듯 뿌연 가을 저녁이 몇 해 전 블랙록에서 그를 한적한 거리로 불러냈듯이 다시금 더블린의 이 거리 저 거리를 쏘다니게 했다. 그러나 블랙록 시절과는 달리 손질이 잘된 앞뜰 정원이나 창문에 비치는 정다운 불빛을 봐도 이제는 부드러운 정감이 전혀 느껴지지 않았다. 다만 어쩌다가 욕망이 다소 누그러졌을 때, 그러니까 그를 못살게 굴던 색욕이 잠시 사라지고 대신 나른한 권태감이 자리를 잡았을 때 메르세데스의 모습이 기억의 뒤안길을 스치고 지나갈 뿐이었다. 그럴 때면 산으로 통하는 길가에 있던 그 조그만 하얀 집과 장미 만발한 정원이 다시 눈앞에 생생히 그려졌다. 사랑하는 여인과 결별한 뒤 오랜 세월에 걸친 모험을 마치고 돌아와 달빛 젖은 정원에 그녀와 나란히 서게 되었을 때 그가 보여주었던 슬프면서도 당당한 거부의 몸짓이 떠오르기도 했다. 그런 순간이면 클로드 멜노트*의 감미로운 대사가 입가에 떠올라 달뜬 마음을 가라앉혀 주었다. 그런가 하면 그때 그가 학수고대했던 밀회에 대한 낙관적인 예감이 떠오르기도 했다. 비록 당시의 희망과 현재의 희망 사이에는 끔찍한 현실의 벽이 놓여 있지만 한때 그가 상상했던 바로 그 성스러운 만남, 만나는 순간 그로부터 나약함과 소심함과 미숙함이 모두 다

* 〈리옹의 여인〉의 남자 주인공으로, 정원사의 아들이며 시인이기도 했다.

떨어져나가게 할 그런 만남에 대한 감미로운 예감이 그의 마음을 설레게 했던 것이다.

그러나 이러한 차분한 순간이 지나고 나면 그를 괴롭히는 욕정의 불길은 다시금 타올랐다. 그의 입가에 맴돌던 시구들은 어디론가 사라지고, 종잡을 수 없는 부르짖음과 여태껏 입에 담지 못했던 야수적인 말들이 그의 뇌리에서 봇물처럼 터져나왔다. 온몸의 피가 들끓었다. 그는 음침한 뒷골목과 문간을 기웃거리면서 행여 무슨 소리라도 나지 않는지 귀를 쫑긋 세우고는 어둡고 불결한 거리를 이리저리 헤매고 다녔다. 먹이를 찾다가 지쳐버린 야수가 내지르는 듯한 신음 소리를 내기도 했다. 그는 자기와 비슷한 여자와 쾌락의 죄를 저지르고 싶었고 억지를 써서라도 그 여자가 자기와 더불어 죄를 짓게 하여 함께 죄악을 저지르는 쾌락을 마음껏 즐기고 싶어 견딜 수 없었다. 정체불명의 시커먼 존재가 어둠 속에서 자신을 향해 불가항력적으로 다가오는 느낌이었다. 그 자체로 그를 빈틈없이 채울 밀물처럼 미묘하고도 속삭이는 듯한 소리를 내는 존재. 속삭임은 잠결에 들은 군중의 웅성거림처럼 그의 귀를 에워쌌고, 신비한 물살은 그의 육신을 꿰뚫고 지나갔다. 그 존재가 몸속을 관통하는 고통을 참느라고 그는 두 주먹을 발작적으로 움켜쥐기도 하고 이를 악물기도 했다. 길을 가다 잡힐 듯 잡히지 않는 그 가냘프고도 사라질 것만 같은 형상을 붙잡기 위해 두 팔을 내뻗기도 했다. 그러면 그가 그토록 오랫동안 목안에 억눌러놓았던 울부짖음이 입 밖으로 터져나왔다. 그의 입에서 터져나온 소리는 마치 지옥에서 고통받고 있는 자들이 내지르는 절망의 울부짖음처럼 분노에 찬 애원의 울부짖음이 되어 사라졌다. 그것은 사악한 방종을 갈망하는 부르짖음이요, 언젠가 그가 어느 변소의 질척한 벽에서 본 적 있는 음란한 낙서를 연상시키는 부르짖음이었다.

그는 미궁처럼 좁고 더러운 골목길을 헤매고 다녔다. 지저분한 뒷골목에서 거칠게 소란을 피우거나 말다툼하는 소리, 그리고 취객들의 혀 꼬부라진 노랫소리가 들려왔다. 유대인 밀집촌으로 잘못 들어선 듯싶었지만 조금도 위축되지 않고 곧장 걸어나갔다.* 길고 화려한 색상의 가운을 걸친 여인들과 어린 소녀들이 이 집 저 집 건너다니며 거리를 어슬렁거리고 있었다. 한가로워 보이는 이 여자들의 몸에서는 향수 냄새가 진동했다. 그는 갑자기 온몸이 떨리면서 눈앞이 흐릿해졌다. 노란 가로등의 가스 불꽃이 마치 제대 앞에서처럼, 안개 자욱한 하늘을 배경으로 그의 흐리멍덩한 눈앞에서 타오르고 있었다. 문 앞과 불이 켜진 현관에는 사람들이 무슨 의식에 참여라도 하듯 나란히 줄을 지어 모여 있었다. 그는 다른 세상에 온 기분이었다. 수 세기에 걸친 긴 잠에서 깨어난 셈이었다.

그는 도로 한복판에 잠자코 서 있었는데 가슴속에서 심장이 요란하게 방망이질쳤다. 기다란 분홍빛 가운을 걸친 젊은 여인이 그가 가지 못하도록 손으로 그의 팔을 붙잡고 얼굴을 빤히 들여다보았다. 그녀는 명랑하게 말했다.

—안녕, 자기!

그녀의 방은 따스하고 밝았다. 큼직한 인형이 침대 옆 널찍한 안락의자에 두 다리를 쩍 벌리고 앉아 있었다. 그는 그녀가 가운을 벗는 것

* 스티븐은 더블린의 홍등가인 매보트 스트리트를 배회하고 있다.

을 지켜보면서, 그리고 향수 냄새가 물씬 풍기는 머리카락을 일부러 오만하게 흔드는 것을 눈여겨보면서 짐짓 태연한 척 무슨 말이든 한마디 해보려고 애를 썼다.

입을 다문 채 방 한가운데 서 있으니 그녀가 다가와 유쾌하고도 진지하게 그를 포옹했다. 포동포동한 두 팔이 그를 그녀 쪽으로 세게 끌어당겼다. 고개를 들어 진지하고도 평온한 표정으로 자신을 바라보는 그녀의 얼굴을 보고 그녀의 가슴이 따뜻하고도 평온하게 오르내리는 것이 느껴지자 그는 불현듯 울음을 터뜨릴 뻔했다. 기쁨에 넘쳐 그의 눈에 환희와 안도의 눈물이 반짝거렸고 그의 입술은 말이 없는 가운데 헤벌쭉 벌어져 있었다.

그녀는 그를 꼬마 악당이라고 부르면서 팔찌가 짤랑거리는 손으로 그의 머리를 쓰다듬었다.

—키스해줘요, 그녀가 말했다.

입술이 좀처럼 그녀에게 다가가지 않았다. 그는 그녀에게 꼭 안긴 채 천천히, 천천히, 천천히 애무를 받고 싶었다. 그녀의 품에 있으니 갑자기 강해지고 대담해지고 자신감마저 들었다. 하지만 입술은 좀처럼 그녀에게 다가가지를 않았다.

그녀가 갑작스레 팔을 뻗어 그의 머리를 아래로 끌어당겨서는 자신의 입술에 그의 입술을 갖다댔다. 그는 치켜뜬 그녀의 솔직한 눈에서 그 동작이 무엇을 의미하는지 알 수 있었다. 그러나 그에게는 너무 버거운 일이었다. 그는 지그시 눈을 감고 그녀에게 자신을, 몸과 마음을 송두리째 내맡겼고 보드랍게 벌어진 그녀의 입술이 가해오는 어두운 압력 이외엔 세상의 다른 어떤 것도 느껴지지 않았다. 그녀의 입술은 마치 모호한 언어를 전달하는 매개체인 양 그의 입술뿐 아니라 두뇌까지 짓눌렀다. 짓누르는 듯한 그 입술 사이로 그는 죄의식의 상실보다 어둡고, 소리나 냄새보다 부드러운, 정체를 알 수 없는 압력이 소심하게 죄어옴을 느낄 수 있었다.

제3장

지루한 한낮이 지나자 12월의 땅거미가 광대처럼 재주를 부리며 재빨리 내려앉았다. 그가 교실의 네모반듯한 단조로운 창문 너머로 바깥을 내다보고 있을 때 배에서 먹을 것을 달라고 꼬르륵 소리가 났다. 저녁식사로 스튜를 먹었으면 싶었다. 후춧가루를 솔솔 뿌리고 밀가루로 되직하게 졸인 스튜 국물에서 순무와 당근, 뭉그러진 감자와 기름진 양고기 토막을 국자로 듬뿍 떠서 먹으면 얼마나 좋을까. 그런 음식으로 제발 좀 채워주세요, 하고 배가 졸라대는 것 같았다.

곧 음침하고 은밀한 밤이 내려앉겠지. 이른 어둠이 찾아오면 더러운 사창가 여기저기 노란빛 등불이 밝혀지리라. 그는 꾸불꾸불한 우회도로를 따라 거리를 이리저리 헤매면서도 두려움과 환희로 몸을 떨면서 조금씩 조금씩 쉬지 않고 가까이 다가가 마침내 자기도 모르는 사이

문득 어두컴컴한 어느 길모퉁이에 이를 것이다. 창녀들은 잠에서 깨어나 나른하게 하품을 하며 산발한 머리에 머리핀을 꽂고는 밤일을 준비하느라고 막 밖으로 나왔을 것이다. 그러면 그는 자신의 의지가 솟아날 때까지, 아니면 창녀들의 부드럽고 향긋한 몸이 죄를 탐닉하는 그의 영혼을 갑자기 불러 세울 때까지 속으로 은근히 바라면서 태연한 척 그들 곁을 지나가리라. 그러나 그가 그러한 부름을 바라며 골목을 헤매는 순간에도, 비록 욕망으로 둔해져 있기는 해도 그의 감각은 상처를 주거나 수치심을 느끼게 하는 것이라면 무엇이든 하나도 빠짐없이 날카롭게 알아챌 것이다. 예컨대 그의 눈은 식탁보가 없는 식탁에 남아 있는 동그란 흑맥주 거품 자국이나 두 병사가 차렷 자세로 서 있는 사진 한 장, 야한 연극 포스터 하나도 놓치지 않을 것이고, 그의 귀는 매춘부들이 인사랍시고 느릿느릿 말하는 은어도 무엇 하나 놓치지 않으리라.

—안녕, 버티, 뭐 좀 좋은 일 없어요?

—어머, 애송이 도련님?

—10번이에요. 숫처녀 넬리가 모셔요.

—안녕, 자기! 잠깐 놀다 가시게?

연습장에 써놓은 방정식이 공작의 꼬리처럼 눈과 별 모양이 박힌 꼬리의 모양새가 되더니 그 꼬리를 점점 더 넓게 펼치기 시작했다. 그랬다가 지수指數들의 눈과 별을 소거하고 나면 방정식은 펼쳤던 꼬리를 천천히 다시 접기 시작했다. 나타났다 사라졌다 하는 지수들은 떴다 감았다 하는 눈과 같았고, 떴다 감았다 하는 눈들은 생겼다 사라졌다 하는 별들과 같았다. 나타났다 사라지는 별들의 방대한 주기가 그의 지친 마음을 바깥세상의 끝까지 끌고 갔다가 내면의 중심으로 다시 데려왔고, 바깥세상과 내면을 넘나드는 동안 은은한 음악이 그를 따라다녔다. 무슨 음악일까? 음악 소리가 가까워지자 시구가, 피로에 지쳐 창백한 모습으로 친구도 없이 외로이 방랑하는 달에 관한 셸리의 시구가 그의 머리에 떠올랐다. 별들은 산산조각 나고, 고운 구름 같은 별가루가 허공으로 떨어지기 시작했다.

어슴푸레한 빛이 더욱 희미하게 연습장 위에 드리워졌다. 연습장에는 또다른 방정식이 서서히 모습을 드러내기 시작하더니 그 넓은 꼬리를 점점 더 활짝 펼치기 시작했다. 그것은 경험의 세계를 찾아나서는 그 자신의 영혼, 다시 말해 자기 자신을 이런저런 죄악에 노출시키며 타오르는 별들의 모닥불을 사방으로 넓게 펼치다가 도로 긁어모아 그 자신의 빛과 불길을 꺼버리고 마침내 서서히 사라져버리는 그의 영혼 같았다. 빛과 불길은 모두 사그라들었고 이제 차가운 어둠만이 혼돈의 세계를 가득 메웠다.

싸늘하면서도 투명한 무관심이 그의 영혼을 지배했다. 처음으로 몹쓸 죄를 저질렀을 때, 생명력의 물결이 몸에서 빠져나가는 듯해 그는 너무나 무절제하게 군 탓에 자신의 몸과 영혼이 불구가 되었음을 깨닫고 두려운 생각마저 들었다. 그러나 그 생명력의 물결은 그를 가슴에 꼭 껴안고 멀리 데리고 나갔다가 물러갈 때는 그를 다시 제자리에 데려다놓았다. 육체나 영혼의 그 어떤 부분도 손상되지 않았고 도리어 어두운 평화가 그들 사이에 찾아왔을 뿐이었다. 정욕의 물결이 휩쓸고 간 자리에 찾아온 혼돈이 곧 그가 냉정하고 공정하게 인식한 자신의 모습이었다. 그가 대죄를 지은 것은 한 번이 아니라 여러 번이었고 처음 저지른 죄만으로도 영원한 벌을 받아 마땅한데 이렇게 잇달아 죄를 저지름으로써 자신이 받아야 할 죄과와 벌을 몇 배로 가중시키고 있음을 그는 잘 알고 있었다. 성화은총의 샘물이 그의 영혼을 다시 씻어주지 못할 정도로 이미 메말라버렸기에, 제아무리 하루하루의 생활에 충실하고 착한 일을 많이 하고 올바른 사고를 한다 하더라도 그에게는 속죄가 될 수 없었다. 기껏해야 어쩌다가 거지에게 자선을 베풀고 그 일로 어느 정도 조력은총을 받게 되기를 간신히 희망했을 뿐이다. 거지가 고맙다고 축복의 말이라도 하면 못 들은 척 도망가듯 피해버렸지만 말이다. 어쨌든 신앙심은 사라져버렸다. 그의 영혼이 스스로의 파멸을 갈망하는 마당에 기도한들 무슨 소용이겠는가? 그가 잠자는 사이에 그의 생명을 앗아갈 수도 있고, 용서를 빌기도 전에 그의 영혼을 지옥으로 던져버릴 수도 있는 것이 하느님의 권세인 줄 잘 알면서도 빳빳이 고개를 쳐든 교만과 두려움 때문에 그는 잠자리에 들기 전에 단 한 번도 하느님께 기도를 드릴 수 없었다. 자신의 죄에 대한 교만과 하느님에 대한 사랑이 결여된 단순한 두려움으로 그는 자신의 죄가 너무나 심각하기에 전지전능한 하느님께 거짓 기도를 드린다 하더라도 전적으로든 부분적으로든 용서받지 못할 것임을 알고 있었다.

—이것 봐, 에니스, 너한테 머리가 있다면 내 지팡이에도 머리가 있겠구나! 무리수無理數가 뭔지 설명을 못하겠니?

제대로 대답하지 못해 선생님에게 야단맞는 아이를 보자 반 친구들에 대한 경멸감의 불씨가 되살아났다. 그는 같은 반 아이들에게는 부끄러움도 두려움도 느끼지 않았다. 일요일 아침 성당 문 앞을 지나갈 때는 성당 밖에서 모자를 벗어 든 채 네 줄로 나란히 서 있는 신자들을 차가운 눈초리로 힐끗 쳐다보곤 했다. 보이지도 들리지도 않는 밖에 선 채 안에서 봉행되는 미사에 정신적으로 참여하는 척하는 이들이었다. 그러한 어설픈 신앙심에다 머리에 바른 싸구려 머릿기름의 역겨운 냄새까지 겹쳐 그는 그들이 기도를 올리는 제대에 혐오감이 들었다. 마음만 먹으면 쉽게 속일 수 있는 그들의 순진함에 회의를 나타내면서도, 그 또한 그들과 더불어 위선이라는 악에 굴복하고 말았다.

그의 침실 벽에는 금박 족자가 하나 걸려 있었는데, 그것은 교내 성모마리아 신심회 회장임을 증명하는 임명장이었다. 매주 토요일 신심회가 학교 부속 성당에 모여 소小성무일도를 낭독할 때면 그는 제대 오른편의 방석이 깔린 자신의 기도석에 앉아 아이들의 화답송을 선도했다. 죄를 짓고도 회장직을 맡고 있는 것에 대해 그는 그리 큰 고통을 느끼지는 않았다. 때때로 그 영광스러운 자리를 박차고 일어나 자신이 얼마나 자격이 없는 사람인지 아이들 앞에 깨끗하게 고백하고 성당을 떠나고 싶은 충동을 느끼곤 했지만, 그러한 충동은 아이들의 얼굴을 한번 힐끗 쳐다보는 것만으로 가라앉았다. 예언과 관련된 시편의 심상이 그의 메마른 교만을 달래주기도 하고, 성모마리아의 영광이 영혼의 동요를 막아주기도 했다. 하느님이 성모마리아의 영혼에 보낸 선물이 얼마나 존귀한 것인가를 상징하는 감송향甘松香과 몰약沒藥과 유향乳香이, 마리아의 고귀한 혈통을 상징하는 화려한 의상이, 그리고 오랜 세월에 걸쳐 점진적으로 성모마리아를 숭배하게 된 과정을 상징하는 늦게 꽃피우는 화초와 늦게 싹트는 나무 같은 심상 등이 그의 영혼을 붙잡아준 것이다. 소성무일도 낭독을 마칠 시간이 다가와 이제 성무일도를 낭독할 차례가 되자 그는 가락에 맞추어 자신의 양심을 달래면서 분명치 않은 목소리로 읽어나갔다.

> 나는 레바논의 향백나무처럼, 헤르몬산에 서 있는 삼나무처럼 자랐다. 나는 엔게디의 야자나무처럼 예리코의 장미처럼 평원의 싱싱한 올리브 나무처럼 플라타너스처럼 자랐다. 나는 향기로운 계피와 낙타가시나무처럼 값진 몰약처럼 풍자 향과 오닉스 향과 유향처럼 천막 안에서 피어오르는 향연처럼 사방에 향내를 풍겼다.*

시야를 가로막아 하느님을 볼 수 없게 만든 그의 죄로 말미암아 그는 죄인들의 피난처로 더 가까이 이끌렸다. 성모마리아는 온화한 연민의 눈빛으로 그를 바라보는 듯했다. 그 가냘픈 육체에 어렴풋이 감도는 신비로운 빛으로 현현한 성모마리아의 거룩함은 성모에게 다가가려는 죄인에게 굴욕감을 주지 않았다. 만일 그가 죄를 떨쳐버리고 지금까지 그를 이끈 몹쓸 충동을 회개하려 한다면, 그것은 전적으로 성모마리아의 기사騎士가 되고자 하는 염원 때문이었다. 만일 그의 영혼이 육체의 음욕에 압도되어 광란의 나날을 보낸 뒤에 창피를 무릅쓰고 성모마리아의 처소로 돌아와 밝고 음악적이며 천국의 이야기를 우리에게 들려주시고, 세상에 평화를 불어넣는** 샛별을 표상 삼는 성모마리아에게로 향한다면, 그것은 더럽고 부끄러운 말들과 음란한 키스의 뒷맛이 채 가시지 않은 그 더러운 입술로 나직하게 성모마리아의 이름을 중얼

---

* 「집회서」 24:13~15.

** 추기경 뉴먼이 쓴 『다양한 회중을 위한 담화』에 실린 「당신의 아들을 위한 성모마리아의 영광」의 구절.

거리고 있을 때였다.

참으로 이상한 일이었다. 그는 어떻게 그럴 수 있을까 생각해보려 했지만, 교실에 점점 짙게 어스름이 지는 바람에 그 생각이 묻혀버리고 말았다. 수업의 끝을 알리는 종이 울렸다. 선생님은 다음 시간까지 예습해올 기하학 연습문제를 표시해주고 교실을 나갔다. 스티븐 옆에 앉아 있던 헤런이 곡조도 없이 흥얼거리기 시작했다.

내 둘도 없는 친구 봄베이도스.*

운동장에 갔던 에니스가 돌아와서 말했다.

—사환 아이가 교장 선생님을 모시러 오던데.

스티븐의 뒷자리에 있던 키 큰 아이가 두 손을 비비면서 말했다.

—이거 웬 횡재야. 한 시간은 통째로 놀 수 있겠네. 교장 선생님은 적어도 두시 반까지는 돌아오시지 않을 테니까. 교장 선생님이 돌아오시면 네가 나서서 교리문답에 대한 질문이나 해줘, 디덜러스.

스티븐은 몸을 뒤로 젖히고 공책에 한가롭게 낙서를 하며 주위에서 떠드는 아이들의 소리에 귀를 기울였다. 헤런이 이따금씩 소리를 질러 아이들의 소란에 제동을 걸었다.

—너희들, 좀 조용히 못 해? 왜 이렇게 시끄럽게 떠드는 거야!

교회의 엄격한 교리들을 충실히 따르면서, 또 자신이 죄인이라는 사실만 뼈저리게 느끼게 할 뿐인 모호한 침묵 속으로 들어가면서 무미건

* 연예장에서 공연되던 무언극의 일부인 듯하다.

조한 쾌감을 느끼다니 정말이지 기이한 일이었다. 하나의 계명을 어기는 자는 다른 모든 계명을 어기는 죄를 짓는 셈이라고 한 성 야고보의 말씀*도 그가 자기 내면의 암흑을 탐색해보기 전까지는 한갓 과장된 구절로만 보였다. 그러나 음욕의 사악한 씨앗에서부터 다른 모든 대죄가 싹트는 것이 사실이었다. 자만심과 타인에 대한 경멸, 부당한 쾌락을 돈으로 사려는 탐욕, 도무지 따라갈 수 없을 정도의 악덕을 저지르는 자들에 대한 질투, 경건한 이들에 대한 은밀한 중상, 음식을 밝히는 탐욕, 채우지 못한 갈망을 되새길 때 말없이 끓어오르는 분노, 그의 존재가 송두리째 빠져 허우적거리고 있는 정신적 그리고 육체적 나태의 수렁, 이 모든 죄가 바로 음욕의 씨앗에서 싹튼 것이었다.

교장 선생님의 날카롭고도 준엄한 얼굴을 차분하게 쳐다보며 의자에 앉아 있는 동안 그의 마음은 자신에게 던진 엉뚱한 질문들의 안팎을 넘나들었다. 만약 어떤 사람이 젊었을 때 1파운드를 훔치고 그 돈을 이용해 막대한 재산을 모으게 되었다면 그는 얼마만큼의 돈을 되돌려주어야 하는 걸까? 그가 훔친 1파운드만 갚으면 될까, 아니면 거기다 복리로 계산한 이자까지 쳐서 갚아야 될까, 그것도 아니면 막대한 그의 재산을 송두리째 다 주어야 할까? 만일 세례성사를 줄 때 기도를 하기도 전에 평신도가 아이에게 세례수를 뿌린다면 그 아이는 세례성사를 받은 것일까? 광천수로 세례성사를 해도 세례의 효과가 있을까? 첫번째 행복을 설파하면서는 마음이 가난한 사람들에게 하늘나라를 약속해놓고, 두번째 행복을 설파하면서는 온유한 사람들에게 땅을

* 「야고보 서간」 2:10.

차지할 것이라고 약속하는데 이것은 대체 어찌된 일일까?* 만일 예수그리스도의 살과 피, 그의 영혼과 신성이 제병에만 그리고 포도주에만 나타난다면 어찌하여 성체성사는 제병과 포도주 두 가지 모두로 하도록 제도화되었을까? 축성된 제병의 작은 부스러기 안에는 예수그리스도의 살과 피가 전부 들어 있을까, 아니면 살과 피의 일부만 들어 있을까? 만일 축성되고 난 뒤에 포도주가 식초로 변하고, 제병이 썩어서 부스러지더라도 예수그리스도는 여전히 신과 인간으로서 이 모두에 존재하는 것일까?

—교장 선생님! 교장 선생님이 오신다!

창가에서 망을 보던 아이가 사택에서 나오는 교장 선생님의 모습을 본 모양이었다. 아이들은 모두 교리문답서를 펴놓고 조용하게 책 위로 고개를 숙였다. 교장 선생님이 들어와 교단 위에 자리를 잡고 섰다. 뒤에 앉은 키 큰 아이가 스티븐을 슬쩍 발로 차면서 대답하기 어려운 질문을 하라고 재촉했다.

그러나 교장 선생님은 교리문답을 통해 아이들이 과제를 얼마나 잘 익혔는지 확인하려고 하지 않았다. 그는 깍지 낀 두 손을 책상 위에 올려놓은 채 말했다.

—성 프란치스코 하비에르를 추모하는 피정을 수요일 오후에 시작할까 합니다. 그분의 축일**이 토요일인 건 모두 잘 알고 있겠지요. 피정

---

* 예수가 산상수훈에서 밝힌 여덟 가지 행복 중 「마태오 복음서」 5:3~5에 나오는 두 가지를 말한다. 여기서 스티븐은 행복의 보상이 왜 하늘나라와 땅으로 각각 다른지 의아해 한다.

** 12월 3일.

은 수요일에 시작해 금요일까지 계속됩니다. 금요일에는 묵주기도가 끝난 뒤 오후 내내 고해성사가 있을 겁니다. 누구든 정기적으로 찾는 고해신부가 있으면 바꾸지 않는 게 좋을 겁니다. 미사는 토요일 아침 아홉시인데, 그때 전교생을 위한 영성체도 있을 예정입니다. 토요일에는 수업이 없어요. 일요일은 말할 것도 없고요. 토요일과 일요일에 수업이 없다고 어떤 학생들은 월요일도 수업이 없는 날이라고 착각할 수 있는데, 그런 실수를 하지 않도록 특히 조심하세요. 내가 보기엔 롤리스, 자네가 그런 실수를 할 것 같은데.*

—제가요, 교장 선생님? 왜요, 교장 선생님?

교장 선생님의 근엄한 미소가 잔잔하고 가벼운 웃음의 물결이 되어 교실 전체로 번져나갔다. 스티븐의 가슴은 시들어가는 꽃처럼 공포로 서서히 오그라들면서 생기를 잃기 시작했다.

교장 선생님은 엄숙한 어조로 말을 이었다.

—우리 학교의 수호성인이신 성 프란치스코 하비에르의 생애에 대한 이야기는 여러분 모두 잘 알고 있을 줄 압니다. 그분이 스페인의 유서 깊은 명문가 출신으로 성 이냐시오 데 로욜라의 최초의 제자 중 한 분이라는 것도 다 기억하고 있으리라 믿습니다. 두 분은 프란치스코 하비에르가 대학의 철학 교수로 계시던 파리에서 처음 만났지요.** 젊고 총명한 귀족이자 문사였던 하비에르는 우리 예수회의 영광스러운

* 롤리스의 이름이 '법을 지키지 않는'을 뜻하는 'lawless'와 철자가 같은 데서 착안한 언어유희.

** 스물두 살이었던 1528년에 파리 대학의 아리스토텔레스 철학 교수가 된 하비에르는 이듬해 스페인에서 온 로욜라를 만나 의기투합하고 곧 그를 추앙하게 되었다.

창설자이신 성 이냐시오의 이상을 온 마음과 영혼을 다해 흔쾌히 받아들였습니다. 여러분이 알다시피 그분은 성 이냐시오의 뜻을 받들어 자발적으로 인도 사람들에게 복음을 전파하러 가셨지요. 그래서 그분이 인도의 사도라고 불린다는 것도 다 잘 알 겁니다. 그분은 아프리카에서 인도로, 인도에서 일본으로, 동방의 이 나라 저 나라를 다니시며 사람들에게 세례를 베풀었습니다. 한 달에 만 명이나 되는 이교도들에게 세례를 베풀었다는 이야기가 있을 정도지요. 세례를 받는 사람들 머리 위로 팔을 하도 많이 들어올려 오른팔이 마비되고 말았다는 이야기까지 전하고 있답니다. 그때 그분은 하느님을 위해 하나라도 더 많은 영혼을 구원하고자 중국에 가기를 원하셨지만 상촨섬*에서 그만 열병으로 서거하고 말았습니다. 성 프란치스코 하비에르야말로 위대한 성인이시지요! 하느님의 위대한 병사이시고요!

교장 선생님은 잠시 말을 멈추었다가 맞잡은 두 손을 앞으로 흔들면서 말을 계속했다.

—그분은 태산도 옮길 수 있는 큰 믿음을 갖고 계셨지요. 단 한 달 사이에 하느님을 위해 만 명이나 되는 이들의 영혼을 구원하시다니! 그분이야말로 '하느님의 더 큰 영광을 위하여'라는 우리 교단의 모토에 충실한 진정한 정복자이십니다! 그분이 하늘나라에서 막강한 권세를 가진 성인임을 잊어서는 안 됩니다. 그 권세란 우리가 슬픔에 빠져 있을 때 우리를 중재할 수 있는 권세요, 우리의 영혼에 유익한 것이라면 우리가 무엇을 간구하며 기도하든 다 이루어주실 수 있는 권세요,

---

* 마카오 서쪽 중국 해안에 있는 촨산 군도에서 가장 큰 섬.

무엇보다 우리가 죄의 수렁에 빠졌을 때 우리에게 회개할 수 있는 은총을 베풀어주실 수 있는 권세를 말합니다. 성 프란치스코 하비에르, 이 얼마나 위대한 성인이십니까! 이 얼마나 위대한 영혼의 어부*이십니까!

그는 맞잡은 두 손을 흔들다 멈추고 손을 이마에 댄 채 검고도 근엄한 눈으로 좌우 자리에 앉은 학생들을 날카롭게 쏘아보았다.

모두가 침묵을 지키는 가운데 교장 선생님의 두 눈에 타오르는 어두운 불길이 교실에 깔린 땅거미를 달구어 황갈색 불꽃처럼 이글거리게 하는 듯했다. 스티븐의 가슴은 저멀리서 들이닥치는 열사풍을 감지한 사막의 꽃처럼 시들어가고 있었다.

* * *

—모든 언행에서 너의 마지막 때를 생각하여라. 그러면 결코 죄를 짓지 않으리라. 그리스도 안에서 형제이신 여러분, 이 말씀은 「전도서」 7장 40절에서 인용한 것입니다.** 성부와 성자와 성령의 이름으로. 아멘.

스티븐은 성당 맨 앞줄 의자에 앉아 있었다. 아널 신부는 제대 왼쪽 테이블에 앉아 있었다. 어깨에 묵직한 외투를 걸친 그의 창백한 얼굴은 다소 긴장되어 보였고, 목소리는 콧물감기로 갈라졌다. 뜻밖에

---

* 「마태오 복음서」 4:19.

** 「집회서(Ecclesiasticus)」와 「전도서(Ecclesiastes)」의 철자가 비슷해 착각한 듯하다. 「집회서」 7장 36절의 내용으로 '마지막 때'는 사람이 면하지 못할 네 가지 종말로 죽음, 심판, 천국, 지옥을 가리킨다.

도 다시 나타난 옛 선생님의 모습을 보자 클롱고우스에서 보낸 생활이 스티븐의 마음속에 새록새록 떠올랐다. 아이들이 득실거리던 널따란 운동장이며, 변소의 오줌통이며, 죽으면 묻히리라 상상해본, 그 보리수 즐비한 대로에서 조금 떨어져 있는 작은 경내 묘지며, 아파 누워 있을 때 양호실 벽에 어른거리던 벽난로의 불빛이며, 마이클 수사의 슬픔에 잠긴 얼굴 등이 스쳐갔다. 이런 기억들이 생생하게 되살아나자 그의 영혼도 다시 그 시절 어린아이의 영혼으로 되돌아갔다.

—그리스도 안에서 형제이신 친애하는 여러분, 우리는 오늘 바깥세상의 번잡한 생활에서 잠시 벗어나 가장 위대하신 성인 중 한 분이시요, 인도의 사도이시요, 여러분 학교의 수호성인이시기도 한 성 프란치스코 하비에르를 기념하고 추모하기 위해 여기 모였습니다. 오랜 세월에 걸쳐, 그러니까 친애하는 나의 어린 형제이신 여러분이 다 기억할 수 없을 정도로, 아니 내가 다 기억할 수 없을 정도로 오랜 세월에 걸쳐, 이 학교 학생들은 수호성인의 축일을 맞이하기에 앞서 피정을 위해 한 번도 빠트리지 않고 해마다 바로 이 성당에서 모임을 가져왔습니다. 그동안 세월이 많이 흘렀고, 흐르는 세월 따라 여러 변화도 있었습니다. 지난 몇 해 동안만 하더라도 어떤 변화가 있었는지 여러분 대부분은 다 잘 기억하고 있지 않습니까? 불과 수년 전에 저 앞줄 의자에 앉았던 학생들 가운데 많은 사람들이 지금은 아마 먼 나라에 나가 있거나 태양이 이글거리는 열대지방에서 더위와 싸우고 있거나 아니면 전문분야의 직무를 수행하는 데 몰두하거나 신학교에 다니면서 신학을 연구하고 있을 겁니다. 혹은 망망대해를 항해하고 있을 수도 있고, 위대하신 하느님의 부르심을 받아 이미 저승으로 가서 청지기의

빚을 청산*하고 있을 수도 있지요. 이렇듯 세월이 흐르면 좋든 나쁘든 변화가 생기기 마련이지만, 이 학교 학생들은 변함없이 한 해도 거르지 않고 이 위대한 성인의 축일에 앞서 수일간의 피정을 통해 그분을 추모하며 기념하는 행사를 계속 해오고 있는 것입니다. 여러분이 잘 아시는 바와 같이 이 축일은 가톨릭의 나라 스페인이 낳은 가장 위대한 아들 중 한 분이신 이 성인의 이름과 명성을 만세에 길이 전하기 위해 우리의 성모이신 교회에서 특별히 정해놓은 날이랍니다.

자, 그러면 이 피정이란 말의 뜻은 무엇일까요? 또한 하느님이 내려다보시고 세상 사람들이 지켜보는 가운데 진정한 그리스도교인의 삶을 살고자 갈망하는 신자라면 누구나 피정을 가장 유익한 수행으로 널리 인정하는 이유는 무엇일까요? 피정이란, 친애하는 어린 형제 여러분, 우리가 우리의 양심의 상태를 살피고, 성스러운 종교의 신비를 묵상하고, 나아가 우리가 왜 여기 이 세상에 존재하는가를 더 잘 이해하기 위해 우리 생활의 근심 걱정으로부터, 이 평범한 세상의 고뇌로부터 잠시 물러서는 것을 의미합니다. 며칠 되지 않는 이번 피정 기간 동안 나는 사말四末에 대해 내가 생각하는 바를 여러분에게 주로 말하려고 합니다. 사말이란 여러분이 교리문답을 통해 잘 알고 있는 바와 같이 죽음, 심판, 지옥 그리고 천국을 말하지요. 이 사말을 이해함으로써 우리의 영혼에 영원토록 도움이 되는 것이 무엇인지 체득할 수 있을 테니 우리는 앞으로 며칠 동안 이 사말을 철저하게 이해하려고 노력해야 할 것입니다. 또한, 친애하는 어린 형제 여러분, 우리는 한 가지 일,

* 「루카 복음서」 16:1~8.

오직 한 가지 일만을 위해 이 세상에 태어났다는 사실을 절대 잊지 마세요. 그 한 가지 일이란 바로 하느님의 거룩하신 뜻을 행하고 우리의 불멸의 영혼을 구원하는 일입니다. 그 밖의 것은 아무런 의미가 없습니다. 우리에게 필요한 오직 한 가지 일, 그것은 바로 우리 영혼의 구원입니다. 사람이 온 세상을 얻고도 불멸의 영혼을 상실하여 고통을 겪는다면 무슨 소용이 있겠습니까?* 아, 친애하는 형제 여러분, 분명히 말씀드리거니와 이 비참한 세상에서 그러한 상실을 보상해줄 수 있는 것은 아무것도 없습니다.

그러므로 친애하는 형제 여러분, 이 피정 기간 동안만은 공부에 관한 것이든, 쾌락에 관한 것이든, 야망에 관한 것이든, 세속적인 생각은 일체 여러분의 마음에서 떨쳐버리고 오직 영혼의 상태에만 온 정신을 집중하기를 부탁드립니다. 피정 기간 동안에는 모두가 조용하고 경건한 태도를 유지해야 하고, 소란하고 적절치 못한 도락은 절대 삼가야 한다는 것은 두말할 필요도 없겠지요. 상급반 학생들은 당연히 이러한 관행이 훼손되지 않도록 세심하게 주의하고, 특히 성모마리아 신심회와 거룩한 천사 신심회의 회장단과 임원들은 동료 학생들에게 모범이 되어주기를 간곡히 부탁합니다.

그러니 우리는 온 마음과 온 정성을 다해 성 프란치스코를 기리는 이 피정에 참가해야 합니다. 그러면 일 년 내내 여러분이 공부하는 데 하느님의 축복이 있을 것입니다. 그러나 무엇보다 중요한 것은, 이번 피정을 훗날 여러분이 이 학교를 떠나 아주 다른 환경에 처하게 되었

---

*「마태오 복음서」16:26,「마르코 복음서」8:36.

을 때 되돌아보고 싶은 행사로 만드는 것입니다. 여러분은 기쁨과 감사의 마음으로 이 피정을 되돌아보면서, 경건하고 명예롭고 열정적인 그리스도교인의 삶을 살아가는 데 없어서는 안 될 최초의 초석을 놓을 기회를 허락하신 하느님께 감사할 수 있어야 합니다. 그리고 혹시나 하는 마음에서 드리는 말씀이지만 만일 지금 이 순간, 이 자리에 하느님의 거룩하신 은총을 상실하고 비참한 죄악에 빠져 말못할 불행을 안고 허덕이는 가련한 영혼이 있다면, 나는 그런 영혼의 삶에 이번 피정이 일대 전환점이 될 것임을 굳게 믿고 또한 꼭 그렇게 되기를 간절히 기도하려 합니다. 그렇게 가련한 영혼이 마침내는 진심에서 우러나오는 회개의 성사를 하게 되기를, 또 금년 성 프란치스코 축일에 거행될 영성체가 하느님과 그 영혼 사이에 맺어지는 영원한 계약이 될 수 있기를 나는 하느님의 열렬한 종이셨던 프란치스코 하비에르의 공덕을 통해 하느님께 기도하는 바입니다. 의로운 자에게든 의롭지 못한 자에게든, 성인에게든 죄인에게든, 이번 행사가 잊지 못할 행사가 되기를 기원합니다.

그리스도 안에서 형제인 친애하는 여러분, 나의 이 간절한 기도가 이루어지려면 여러분의 도움이 필요합니다. 경건한 관심과 깊은 신앙과 방정한 품행으로 이 기도가 이루어지도록 도와주시기 바랍니다. 그러려면 우선 여러분의 마음에서 세속적인 생각을 모두 몰아내고 오직 죽음, 심판, 지옥, 그리고 천국이라는 사말만 생각해야 합니다. 「전도서」*에 이르기를 이 사말을 기억하는 사람은 영원히 죄를 짓지 아니하

* 「집회서」의 잘못.

리라고 했습니다. 사말을 기억하는 사람은 항상 이 네 가지가 자기 눈앞에 있듯 조심스럽게 행동하고 생각해야 할 것입니다. 또한 이런 사람은 지상의 삶에서는 많이 희생하며 살지언정 내세, 다시 말해 종말이 없는 천국에서는 백배, 천배로 보상받을 것임을 알고 또 믿기에 훌륭한 삶을 살다가 훌륭한 죽음을 맞이할 것입니다. 친애하는 어린 형제 여러분, 이 같은 축복이 여러분에게 내리기를 진심으로 기원합니다. 한 사람도 빠짐없이 여러분 모두에게 그런 축복이 내리기를. 성부와 성자와 성령의 이름으로. 아멘.

친구들과 말없이 집으로 걸어가고 있을 때 짙은 안개가 그의 마음을 에워싸는 것 같았다. 그는 안개가 걷히고 그 안에 감추어져 있던 것이 드러나기를 기다리면서 한동안 멍하니 서 있기도 했다. 집에 도착한 그는 입맛이 깔깔했지만 저녁을 먹었고, 식사를 마치고 난 뒤에는 기름기투성이 접시들을 팽개치듯 식탁에 남겨둔 채 자리에서 일어나 혀끝으로 입안에 남은 걸쭉한 음식 찌꺼기를 걷어내고 입술을 핥으며 창가로 갔다. 그러고 있자니 마치 고기를 먹은 뒤 입술을 핥는 짐승의 상태로 전락해버린 것 같았다. 이젠 끝장이야. 한줄기 희미한 공포의 빛이 그의 마음속 안개를 뚫고 지나가기 시작했다. 그는 유리창에 얼굴을 댄 채 어두워져가는 거리를 내다보았다. 희미한 불빛 속을 이리저리 누비고 다니는 온갖 형상의 사람들이 보였다. 그것이 바로 인생이었다. 더블린이라는 이름을 이루는 글자들이 굼뜨고 미련하게 고집을 부리면서, 서로를 이리저리 난폭하게 밀치기도 하면서 그의 마음을 무겁게 짓눌렀다. 그의 영혼은 점점 비대해지다가 마침내 조잡한 기름덩어리처럼 굳어서는 막연한 공포감에 사로잡혀 음침하고도 위협적인 땅거미 속으로 점점 깊이 빠져들었다. 한편 그의 소유물인 육체는 무기력함과 수치심에 휩싸여 우두커니 선 채 어두워진 눈으로, 무력하고 곤혹스러워하는 인간적인 눈으로, 응시해야 할 금송아지상*을 멍하니 찾고 있었다.

다음날에는 죽음과 심판의 문제가 다뤄져 그의 영혼이 무기력한 절망에서 천천히 꿈틀거리며 빠져나오기 시작했다. 설교자가 거친 목소리로 그의 영혼에 죽음을 불어넣는 동안 막연했던 두려움의 빛이 정신적 공포로 변해갔다. 그는 죽음의 고통을 느꼈다. 싸늘한 죽음의 마수가 손발에 와닿는 느낌이 들더니 그 기운이 심장 쪽으로 기어오르듯 뻗어올라 죽음의 장막으로 두 눈을 가리고, 두뇌의 중심부를 환하게 밝히던 불빛을 등불처럼 하나씩 꺼버리는가 하면 마지막 땀방울이 살갗에 배어나오고, 죽어가는 팔다리에 힘이 빠지고, 말은 점점 어눌해져 횡설수설하다가 마침내 막혀버렸다. 심장은 약하게, 점점 약하게 뛰다가 멎다시피 했고 호흡은, 그 맥빠진 가엾은 호흡은, 그 가엾은 무기력한 인간의 정신은, 흐느끼기도 하고 한숨을 짓기도 하다가 이제는 숨이 넘어가듯 목구멍에서 끅끅거리며 할딱였다. 어쩔 수가 없구나! 어쩔 도리가 없어! 그가, 그 자신이 의지해온 육신이 죽어가고 있었다. 육신과 더불어 무덤에 묻히는 거다! 시신을 목관에 넣고 못질을 하자. 상여꾼들이 어깨에 메고 집밖으로 옮기게 하자. 사람들 눈에 띄지 않게 땅속 깊이 판 구덩이에, 무덤 속에 관을 밀어넣자. 그리고 썩게 해 수많은 길벌레의 먹이가 되고, 천방지축 뛰어다니는 게걸스러운 배불

---

* 「탈출기」 32:1~6. 모세가 십계명을 받으러 시나이산에 올랐을 때 아론이 만든 수송아지상. 이스라엘 백성들은 우상숭배의 상징인 이 상을 숭배해 타락의 길로 빠졌다.

뚝이 쥐들의 밥이 되게 하자.

친구들이 눈물을 흘리며 여전히 침대 곁에 서 있는 동안 죄인의 영혼은 심판을 받았다. 의식이 남아 있는 최후의 순간, 이승에서 보낸 전 생애가 주마등처럼 그의 영혼의 눈앞으로 스쳐가는가 싶더니 그 생애를 한번 돌이켜볼 겨를도 없이 육체는 이미 죽어버리고 영혼은 공포에 떨며 심판대 앞에 서 있었다. 그사이 오래도록 그에게 자비로웠던 하느님은 이제 의로운 심판자가 되리라. 하느님은 죄 많은 영혼을 타이르기도 하고, 회개할 시간적 여유를 주기도 하고, 심지어 잠시 심판을 눈감아주기도 하면서 실로 오랫동안 참아오셨다. 그러나 그러한 시간은 모두 끝났다. 죄를 저지르고 쾌락을 즐기던 때가, 하느님을 조롱하고 하느님의 성스러운 교회가 보내는 경고를 조롱하던 때가 있었고, 하느님의 존엄에 도전하고 하느님의 명령에 불복하던 때도 있었으며, 동료 인간들을 기만하던 때도, 죄에 죄를 거듭하여 저지르고도 남의 눈에 띄지 않도록 자신의 타락을 숨기던 때도 있었다. 그러나 그러한 시간도 모두 끝나버렸다. 이젠 하느님 차례였다. 하느님은 속일 수도 기만할 수도 없었다. 어찌하랴, 모든 죄가 은신처에서 뛰쳐나와 백일하에 모습을 드러낼 것이다. 하느님의 뜻에 배치되는 가장 반역적인 죄며, 우리의 가련하고 타락한 본성 중에서도 가장 수치스러운 죄며, 가장 사소한 결함이며, 가장 잔혹한 악행이며, 그 모든 죄가 하나도 빠짐없이 모습을 드러내지 않겠는가. 그렇게 되면 제아무리 위대한 황제나 위대한 장군, 놀라운 발명가나 학자 중의 학자였다 하더라도 무슨 소용이 있겠는가? 하느님의 심판대 앞에서 모든 인간은 신분의 귀천, 지위의 고하를 막론하고 다 똑같다. 하느님은 착한 사람들에게 상을 주시고 악한 자들에게는 벌을 주시리라. 인간의 영혼을 심판하는 데는 한순간이면 족했다. 육체가 죽자마자 영혼의 심판은 한순간에 이루어진다. 개별 심판이 끝나면 영혼은 그 길로 천국이나 연옥으로 가거나 아니면 울부짖으며 지옥으로 내던져지리라.

그것이 전부가 아니었다. 하느님의 정의는 인간들 앞에서 입증되어야 했다. 따라서 개별 심판 뒤에는 전체 심판이 남아 있었다. 최후의 날이 왔다. 심판의 날이 가까웠다. 거센 바람에 흔들려 무화과나무에서 열매가 떨어지듯 하늘의 별들이 땅으로 떨어지고 있었다. 우주의 거대한 발광체인 해는 검은 머리털로 짠 것처럼 검게 변하고 달은 온통 핏빛으로 변했다. 하늘은 두루마리가 말리듯 말려 사라져버렸다.* 천사군의 우두머리인 대천사 미카엘이 영광스럽고도 지엄한 모습으로 하늘에서 내려왔다. 오른발로는 바다를 디디고 왼발로는 땅을 디딘 채** 그는 대천사의 나팔을 불어 시간의 죽음을 우렁차게 알렸다. 천사의 나팔 소리가 세 차례 온 세상에 울려퍼졌다. 시간은 현재에도 있고, 과거에도 있었으나, 미래에는 영영 없을 것이다.*** 마지막 나팔 소리에 부유한 사람이든 가난한 사람이든, 높은 사람이든, 낮은 사람이든, 현명한 사람이든 어리석은 사람이든, 착한 사람이든 악한 사람이든 이 세상 사람들의 모든 영혼이 여호사밧 골짜기****로 몰려간다. 일찍이 세상

* 「요한 묵시록」 6:12~14.

** 「요한 묵시록」 10:2.

*** 영국 극작가 로버트 그린의 희곡 「수도사 베이컨과 수도사 번게이의 명예로운 역사」에 나오는 구절을 변형한 것이다.

**** 주님이 모든 민족을 모아 끌고 내려가서 심판하리라고 예언한 곳.

에 존재했던 모든 인간의 영혼이, 앞으로 태어날 모든 인간의 영혼이, 아담의 모든 아들과 딸 들이 하나도 빠짐없이 그 최후 심판의 날 한자리에 모인다. 그리고 보라, 최고의 심판자가 오고 있노라! 그분은 이제 하느님의 순한 어린 양도 아니요, 나자렛의 온유한 예수도 아니요, 고통의 사람*도 아니요, 착한 목자**도 아니다. 그분이 이제 아홉 계급의 천사단, 즉 천사, 대천사, 권품천사, 능품천사, 역품천사, 좌품천사, 주품천사, 지품천사 그리고 치품천사와 함께 하늘에서 구름을 타고 권능을 떨치며 영광에 싸여 오는 것이 보인다.*** 그분은 전능하신 하느님이요, 영원하신 하느님이시다. 하느님께서 말씀하시면 그 목소리는 우주의 가장 먼 경계선까지, 심지어 깊이를 알 수 없는 심연의 저 끝까지 들린다. 최후의 심판자이신 하느님의 선고에는 어떠한 항소도 없을 것이요, 있을 수도 없다. 하느님께서는 의인들을 그분의 곁으로 불러 그들을 위해 마련한 영원한 축복의 나라, 천국으로 들어가라고 허락하신다. 하느님께서는 반대로 의롭지 못한 자들을 내치시며 위엄 있는 분노의 목소리로 이렇게 외치시리라. 저주받은 자들아, 나에게서 떠나 악마와 그 부하들을 위하여 준비된 영원한 불속으로 들어가라.**** 아아, 그때 불쌍한 죄인들이 당하는 고통을 어찌 말로 다 하겠는가! 친구들은 서로 헤어져야 하고, 자식은 부모와 헤어져야 하고, 남편은 아내와 헤어져야 할 것이다. 불쌍한 죄인들은 이승에서 그토록 소중하고 가까웠던 사람

---

* 「이사야서」 53:3.

** 「요한 복음서」 10:11.

*** 「마태오 복음서」 24:30~31, 25:31.

**** 「마태오 복음서」 25:41.

들에게, 순박한 신앙심을 지녔다고 그가 비웃었을지 모르는 사람들에게, 그에게 충고하며 올바른 길로 인도하려고 애를 썼던 사람들에게, 정다운 형제와 사랑스러운 자매에게, 그를 그처럼 끔찍이 사랑하던 아버지와 어머니에게 손을 내밀어 도움을 청할 것이다. 그러나 때는 이미 늦었다. 의인들은 이제 모든 사람의 눈앞에 끔찍하고 사악한 성품이 있는 그대로 드러난 이 저주받은 불쌍한 영혼들에게 등을 돌릴 것이다. 아아, 너희 위선자들아, 아아, 너희 회칠한 무덤 같은 자들아!* 아아, 너희, 영혼은 죄악의 더러운 구렁텅이에 빠져 있으면서도 바깥세상을 향해서는 번지르르한 미소를 지어 보이는 자들아, 그 무시무시한 날이 오면 너희는 과연 어떻게 될 것인가?

죽음의 날이요 심판의 날인 그 최후의 날은 반드시 올 것이고, 오게 되어 있으며, 오지 않으면 안 된다. 사람은 죽고 죽으면 심판을 받게 되어 있다. 죽음은 확실하다. 다만 그 시기와 방법이 불확실할 뿐이다. 오랜 지병으로 죽을 수도 있고 뜻밖의 사고로 죽을 수도 있다. 하느님의 아들은 너희가 전혀 예상하지 못한 때에 찾아오시는 법이다.** 그러니 너희는 언제 어느 때 죽게 될지 모른다는 사실을 명심하여 항상 준비해야 한다. 죽음은 우리 모두의 종말이다. 인류 최초의 부모가 저지른 원죄로 말미암아 이 세상에 있게 된 죽음과 심판은 지상에서의 삶을 마감하는 어두운 문이다. 이 문은 알 수도 없고 볼 수도 없는 미지의 세계로 들어가는 문이요, 모든 영혼이 그때껏 행해온 선행 이외에는 어떠한 것의 도움도 받지 않고 홀로, 다시 말해 친구나 형제나 부모

---

*「마태오 복음서」23:27.

**「마태오 복음서」24:36, 25:13.

나 스승의 도움이라곤 일절 없이 홀로 벌벌 떨면서 통과해야 하는 문이다. 바로 이런 생각을 항상 마음속에 품고 있으면 우리는 결코 죄를 지을 수 없을 것이다. 죽음은 죄인에게는 공포의 이유가 되겠지만 올바른 길만 걸어온 사람에게는 축복의 순간이 된다. 삶을 살아가면서 자신의 위치에 따라 맡은 바 소임을 다하고, 아침저녁으로 기도를 올리고, 성체성사에 참례하고, 선행과 자선을 많이 행한 사람에게는 말이다. 경건하고 신앙심 두터운 가톨릭 신자나 의인 들에게는 죽음이 공포의 이유가 될 수 없다. 임종이 임박했을 때 영국의 위대한 작가 애디슨*은 사악한 젊은이 워릭 백작**을 불러 그리스도교인은 어떻게 최후를 맞이하는가를 보여주지 않았던가? 경건하고 신앙심 두터운 그리스도교인이었기에, 오직 그만이 가슴속으로 자신 있게 말할 수 있었으리라.

오, 무덤이여, 그대의 승리 어디 있느냐?
오, 죽음이여, 그대의 독침 어디 있느냐?***

말 한마디 한마디가 모두 그를 두고 한 말이었다. 하느님의 분노는 전부 불결하고도 은밀한 그의 죄를 겨냥하고 있었다. 설교자의 비수가 그의 병든 양심을 깊숙이 찌르고 들어오자 그는 자신의 영혼이 죄의

---

* 영국 수필가이자 시인이며 정치가인 조지프 애디슨을 말한다.

** 품행이 좋지 않았다고 알려진 애디슨의 의붓아들.

*** 알렉산더 포프의 시 「빈사의 그리스도교인이 자기 영혼에게」의 17~18행. 이는 원래 「고린토 신자들에게 보낸 첫째 서간」 15장 55절에서 나온 것이다.

수렁에서 곪아가는 것만 같았다. 그렇다, 설교자의 말이 맞았다. 하느님의 차례가 온 것이다. 그의 영혼은 마치 동굴 속 야수처럼 자신이 배설한 오물을 뒤집어쓰고 누워 있다가 천사의 나팔이 울려퍼지는 소리에 놀라 죄악의 암흑 세계에서 광명 천지로 쫓겨난 꼴이었다. 천사가 외치는 심판의 말들이 그의 가당찮은 마음의 평화를 순식간에 박살내버렸다. 최후의 날의 태풍이 그의 마음을 휩쓸고 지나갔다. 상상 속에서 그의 죄는 금과 보석과 진주로 단장한 탕녀들*로 보였고, 태풍을 맞아 겁에 질린 생쥐들처럼 비명을 지르며 도망쳐 갈기 같은 긴 머리카락 아래 웅크렸다.

그가 마운트조이 광장을 가로질러 집으로 걸어가고 있을 때 어떤 소녀의 가벼운 웃음소리가 그의 얼얼한 귓전에 들려왔다. 가냘프지만 명랑한 그 웃음소리는 심판의 나팔 소리보다 더 세차게 그의 가슴을 강타해서 그는 감히 눈을 들지도 못한 채 고개를 한쪽으로 돌리고는 뒤엉킨 관목 숲의 그늘만 응시하면서 계속 걸어갔다. 강타당한 가슴에서 수치심이 치솟아 그의 온몸을 휩쓸고 지나갔다. 에마의 모습이 그의 눈앞에 떠올랐고 상상 속에 나타난 그녀의 시선에 다시금 수치심이 그의 가슴에서 홍수처럼 솟구쳐올랐다. 마음속으로 그녀를 어떻게 생각했는지 그녀가 안다면, 아니 야수 같은 음욕으로 그녀의 순결을 어떻게 갈가리 찢어발기고 짓밟았는지 그녀가 안다면 어떡하나! 그것이 소년다운 사랑이었나? 그것이 기사도 정신이었나? 그것이 시였나? 그가 저지른 난잡한 행위의 지저분한 면면이 내뿜는 악취가 바로 그의 코밑

* 「요한 묵시록」 17:4~5.

에서 진동했다. 벽난로 굴뚝 속에 숨겨두어 그을음투성이가 된 낯뜨거운 그림 뭉치, 그 뭉치에서 뻔뻔하거나 혹은 수줍어하는 듯한 몸짓의 요염한 그림을 골라 앞에 놓고 번듯이 드러누워 몇 시간이고 상상과 행동으로 마음껏 죄를 짓던 일, 원숭이처럼 생긴 인간들과 보석같이 반짝이는 눈매를 한 창녀들이 버글거리는 기괴한 꿈을 꾼 일, 죄를 고백하는 재미로 추잡하고 긴 편지를 써서 며칠이고 남몰래 가지고 다니다가 혹시 어떤 소녀가 길을 가다가 그것을 우연히 발견하고 남몰래 읽을지도 모른다는 기대에 야음을 틈타 들판 모퉁이의 풀밭이나 돌쩌귀 없는 출입문 밑이나 산울타리의 움푹 파인 곳에 던져버린 일들, 하나같이 악취를 풍기는 일들이었다. 미쳤다! 미쳤어! 어떻게 그런 짓을 할 수 있었단 말인가? 추잡한 기억들이 그의 뇌리에서 하나로 모아지는 동안 그의 이마에서는 식은땀이 흘러내렸다.

수치에서 비롯된 고통이 사그라들자 그는 참담한 무기력에 빠져버린 자신의 영혼을 일으켜세우려 애썼다. 하느님과 성모마리아는 그에게서 너무나 멀리 떨어져 있었다. 하느님은 너무나 위대하고 엄하고 성모마리아는 너무나 순결하고 거룩했다. 하지만 그는 드넓은 벌판에서 에마와 나란히 서서 겸허한 자세로 눈물을 글썽이며 허리를 굽힌 채 그녀의 소맷자락에 입맞추는 자신의 모습을 상상했다.

온화하고 맑은 저녁 하늘 아래 창백한 초록빛 바다 같은 창공에서 구름 한 점이 서쪽으로 흘러가고 있을 때, 그와 에마는 드넓은 벌판에 함께 서 있었다. 그들은 잘못을 저지른 아이들이었다. 두 아이가 저지른 잘못에 지나지 않았지만 하느님의 존엄성을 크게 훼손한 잘못이었다. 그러나 바라보기가 위태로운, 세속적인 아름다움과는 차원을 달리하는,

샛별로 표상되는 찬란하고 음악적인* 아름다움을 지닌 성모마리아의 마음까지 상하게 하는 잘못은 아니었다. 그들을 향한 성모마리아의 눈에는 화난 기색도 없고 꾸짖는 기색도 보이지 않았다. 성모는 그들로 하여금 손을 맞잡게 하고는 심금을 울리는 말씀을 하셨다.

—스티븐과 에마, 서로 손을 잡아라. 지금 천국에는 아름다운 저녁빛이 완연하구나. 잘못을 저지르긴 했지만 그래도 너희는 언제나 나의 아이들이란다. 사랑이란 마음과 마음 사이에 이루어지는 것이란다. 서로 손을 마주잡아라, 내 사랑하는 아이들아, 그러면 너희는 다 같이 행복해지고 너희의 가슴은 서로 사랑하게 될 거란다.

성당 안은 낮게 드리워진 블라인드 사이로 들어온 붉고 흐릿한 빛으로 가득차 있었다. 맨 끝 블라인드와 창틀의 벌어진 틈으로 창날처럼 새어들어온 한줄기 희미한 빛이 제대 위 양각된 놋쇠 촛대들을 비췄다. 촛대들은 빛을 받아 역전歷戰의 천사들이 입는 미늘 갑옷처럼 번쩍거렸다.

성당에도, 교정에도, 학교 건물에도 비가 내렸다. 소리 없이 영원토록 계속될 것만 같았다. 비가 계속 내리면 물이 점점 더 불어나 풀밭과 관목 숲을 뒤덮고, 나무와 집들을 뒤덮고, 기념비와 산꼭대기들까지 뒤덮어버리리라. 그러면 땅에 사는 모든 생물은 소리 없이 질식하고 말리라. 새, 사람, 코끼리, 돼지, 어린아이 할 것 없이 모두 다 질식하고 말리라. 세상의 잔해인 쓰레기들 사이로 시신들이 소리 없이 떠다니리라. 사십 일 동안 밤낮으로 비가 내려 온 세상이 물에 잠기리라.**

---

* 「당신의 아들을 위한 성모마리아의 영광」의 한 구절.

** 「창세기」 7:4.

그럴 수도 있을 것이다. 그러지 않으리라는 법이 어디 있겠는가?

—그리하여 저승이 목구멍을 한껏 벌리고 그 입을 한없이 열어젖히면이라는 말씀은, 예수그리스도 안에서 형제인 친애하는 여러분, 「이사야서」 5장 14절에 나오는 말씀입니다. 성부와 성자와 성령의 이름으로. 아멘.

설교자는 수단 안주머니에서 줄이 없는 회중시계를 꺼내 잠시 말없이 문자판을 들여다보더니 자기 앞 테이블에 조용히 내려놓았다.

그는 조용한 어조로 강론을 이어가기 시작했다.

—아담과 하와는, 사랑하는 학생 여러분, 여러분이 잘 아시다시피, 우리 인류 최초의 부모였습니다. 그리고 하느님께서 그들을 창조하신 것은 루시퍼와 그를 추종하는 반역 천사들의 타락으로 천국에 자리가 비게 되자 그 자리를 다시 채우기 위해서였다는 사실도 기억하고 있을 줄 압니다. 루시퍼는 우리가 알기로는 한때 여명의 아들이요, 막강한 권세를 가진 찬란한 천사였습니다. 그러나 그는 하늘에서 떨어졌습니다.* 그가 떨어지고, 그와 함께 천사군天使軍의 삼분의 일이 같이 떨어졌지요. 하늘에서 떨어진 그는 같이 떨어진 반역 천사들과 함께 지옥으로 내동댕이쳐졌습니다. 그의 죄가 무엇이었는지 우리는 알 수 없습니다. 그러나 신학자들은 그가 교만의 죄를 저질렀다고 보고 있지요, '논 세르비암non serviam', 나는 섬기지 않겠다**는 죄받을 생각을 순간적으로 품었을 거라고 말입니다. 그렇게 생각한 순간 바로 그는 파멸했습니다. 그는 순간적으로 그러한 죄받을 생각을 함으로써 하느님의 존엄성

---

* 「이사야서」 14:12.

** 「예레미야서」 2:20.

을 훼손했기에 하느님께서는 그를 천국에서 쫓아내 영원히 지옥으로 내동댕이치신 것입니다.

그런 뒤에 하느님께서는 아담과 하와를 창조하시고 다마스쿠스평원의 에덴에 아름다운 동산 하나를 꾸미시어 거기에 두셨습니다. 햇빛과 온갖 색채로 눈부시고, 보기에 탐스럽고 먹기에 좋은 식물들이 무성하게 자라도록 에덴동산을 꾸미셨지요. 비옥한 땅은 그들에게 마음껏 은혜를 베풀었고 짐승들과 새들도 그들을 기꺼이 따랐습니다. 우리의 육신이 대대로 물려받는 고통인 질병도 가난도 죽음도 그들은 모르고 살았지요. 위대하고 자비로우신 하느님께서 그들을 위해 할 수 있는 일은 모두 다 해주셨으니까요. 하지만 하느님께서 그들에게 부여한 조건이 하나 있었습니다. 바로 하느님의 말씀에 복종하라는 것이었지요. 금단의 나무에 열린 열매만은 따먹어서는 안 된다는 말씀이었습니다.

어찌 이럴 수가 있습니까, 내 사랑하는 어린 형제 여러분, 그들 역시 타락하고 말았습니다. 한때 빛나는 천사요 여명의 아들이었던 루시퍼가 이제는 흉악한 악마로 변하여 들짐승 가운데 가장 간교한 뱀의 탈을 쓰고 그들을 찾아갔던 것입니다. 그들의 행복한 생활을 생각하면 질투가 나서 견딜 수 없었기 때문이죠. 한때 위세를 떨치던 천사였다가 악마로 전락한 그는 자기가 지은 죄로 말미암아 영원히 잃게 된 유산을 흙먼지로 빚은 존재에 지나지 않는 사람이 전부 차지하게 되리라 생각하니 샘이 났던 것입니다. 그는 더 연약한 그릇*인 여자에게 다가가서 그녀의 귀에 독약과도 같은 달변을 쏟아부으며 만일 그녀와 아담

* 「베드로의 첫째 서간」 3:7.

이 금단의 열매를 따먹으면 그들은 하느님 같은 존재가, 아니 하느님 자신이 될 수 있다고 약속했습니다. (아아, 그런 약속을 하다니, 그 얼마나 하느님을 모독하는 약속입니까!) 하와는 이 대유혹자의 간계에 넘어가고 말았습니다. 그녀는 사과를 따서 먹고 그녀의 청을 뿌리칠 정신적 용기가 없는 아담에게도 주었습니다. 악마의 독기 찬 혀가 일을 저지르고 만 것입니다. 그리하여 그들은 타락하고 말았습니다.

그때 에덴동산에서는 하느님의 목소리가 울렸습니다. 그가 창조하신 사람에게 해명을 요구하는 목소리였습니다. 천사군의 우두머리인 미카엘이 손에 번쩍이는 불칼을 들고 죄지은 두 사람 앞에 나타나 그들을 에덴에서 내쳐 질병과 투쟁으로 가득찬 세상에서, 냉혹함과 실망으로 가득찬 세상에서, 노역과 고통으로 가득찬 이 세상에서 이마에 땀을 흘려야만 양식을 먹을 수 있도록 했습니다. 그럼에도 불구하고 하느님께서는 엄청난 자비를 베푸셨습니다! 가엾게도 타락한 우리 인류 최초의 부모를 가련히 여기시어 때가 오면 그들을 구원해주실 분, 다시 한번 하느님의 아들딸이 되어 천국을 물려받을 수 있도록 해주실 분을 천국에서 내려보내겠다고 약속하신 것입니다. 그리고 그분, 즉 타락한 인간의 구세주이신 그분은 하느님의 외아드님이요, 성삼위聖三位의 두번째 자리에 계신 분이요, 영원한 말씀이 될 것이라는 약속도 하셨습니다.

마침내 그분은 오셨습니다. 그분은 동정녀 마리아의 몸을 통해 세상에 오셨습니다. 그분은 유대 지방의 어느 초라한 외양간에서 태어나 사명을 수행할 시간이 당도할 때까지 삼십 년을 미천한 목수로 사셨습니다. 그러다 마침내 때가 오자 가슴이 인간에 대한 사랑으로 가득하신 그분은 세상에 나와 사람들에게 새로운 복음을 들으라고 호소하셨습니다.

사람들이 그분의 말씀에 귀를 기울였을까요? 그렇습니다. 그들은 귀를 기울였습니다만 제대로 들으려 하지는 않았습니다. 그분은 천한 죄수처럼 붙잡혀 결박당하고, 어리석은 자라 조롱받고, 악명 높은 강도에게 석방의 자리를 내어주게 되고, 오천 대나 채찍질을 당했습니다. 가시관을 머리에 쓰고 유대인 폭도와 로마 군사들에 의해 거리를 끌려다니다가 마침내는 옷이 벗겨진 채 교수대에 매달리고, 옆구리를 창으로 찔리기도 했습니다. 우리 주님의 상처 입은 몸에서는 물과 피가 끝도 없이 흘러내렸습니다.*

그러나 그 극심하게 고통스러운 순간에도 우리의 자비로운 구세주께서는 인간을 불쌍히 여기셨습니다. 더구나 심지어 그곳에, 그분이 십자가에 못박히신 바로 그 골고다 언덕 위에 거룩한 가톨릭교회를 세우시고 저승의 어떠한 세력도 그것을 이기지 못하리라 약속하셨습니다. 그분은 또 영원한 반석 위에 교회를 세우시고 거기에 하느님의 은총과 성사와 성찬 전례를 베푸시면서 만일 사람들이 그분이 세운 교회의 말씀에 순종한다면 그들은 영생을 얻게 될 것이지만, 하느님께서 그들을 위해 그토록 많은 것을 베풀어주셨는데도 여전히 사악함을 고집한다면 영원히 고통뿐인 지옥이 그들을 기다릴 것이라고 약속하셨습니다.

설교자의 목소리가 가라앉았다. 그는 말을 멈추고 잠시 두 손을 모

* 아널 신부는 4대 복음서에 나오는 예수의 수난을 윤색하여 강론하고 있다.

아쥐었다가 풀었다. 그러고는 말을 계속했다.

—자, 이제부터 잠시 우리가 가진 능력을 다하여, 노하신 하느님의 정의가 죄인들에게 영원한 벌을 내리기 위해 마련한 곳, 저주받은 자들의 거소인 지옥이 어떤 곳인지 살펴보기로 합시다.* 지옥은 좁고 어둡고 악취가 코를 찌르는 감옥이요, 악마와 버림받은 영혼들을 위한 불과 연기로 가득찬 거소입니다. 하느님께서는 그분의 율법에 순종하기를 거부한 자들을 벌하기 위해 이 감옥을 특별히 좁게 만드셨습니다. 속세의 감옥에서는 수감된 불쌍한 죄수가 비록 감방의 네 벽 안에서나마, 아니면 감옥의 음침한 마당에서나마 아주 조금은 움직일 자유가 있지요. 그러나 지옥에서는 전혀 그렇지 못합니다. 그곳에는 저주받은 자들이 엄청나게 많아 끔찍하게 좁은 감방에 죄수들이 무더기로 쌓여 있고 벽과 벽 사이의 두께는 무려 4천 마일이나 된다고 알려져 있습니다. 게다가 저주받은 자들은 너무도 철저하게 결박되어 꼼짝달싹도 못하기 때문에 거룩한 성인이신 성 안셀모가 비유에 관한 책**에서 쓰신 바와 같이, 그들의 눈을 파먹는 벌레조차 떼어버릴 수가 없다고 합니다.

그들은 항상 캄캄한 어둠 속에서 누워 지냅니다. 지옥의 불은 빛을 발하지 못하기 때문임을 여러분은 잊지 마시기 바랍니다. 하느님의 명령으로 바빌로니아 불가마의 불이 열을 잃었으되 그 빛은 잃지 않았듯 하느님의 명령으로 지옥의 불도 그 뜨거운 열기를 유지한 채 어둠 속

---

* 이하 아널 신부의 지옥에 관한 강론은 로욜라의 『영신 수련』을 토대로 했다.

** 캔터베리 대주교를 지낸 베네딕토회 신학자. 안셀모는 중요한 저술을 많이 남겼지만 비유에 관한 책은 쓴 적이 없다.

에서 영원토록 빛도 없이 타오르고 있습니다. 그것은 영원한 어둠의 폭풍이요, 타오르는 유황불의 어두운 불꽃이요, 어두운 연기일 뿐입니다. 그 속에서 사람들의 육체는 겹겹이 쌓여 있어 공기가 통할 틈조차 없지요. 고대 파라오의 왕국을 덮친 온갖 재앙 가운데 끔찍하다고 일컬어진 단 한 가지 재앙이 바로 어둠이었습니다. 그렇다면 단 사흘 동안만 계속되는 것이 아니라 영원토록 지속될 지옥의 어둠을 우리는 뭐라고 불러야 좋겠습니까?

이 좁고 어두운 감옥의 공포는 그 끔찍한 악취 때문에 더 심해집니다. 우리가 듣기로는 세상의 모든 쓰레기가, 다시 말해 세상의 모든 불순물과 찌꺼기가, 최후 심판의 날 끔찍한 화재가 이 세상을 정화할 때 거대한 악취를 풍기는 시궁창으로 모이듯이 그곳으로 몰려들 것이라 합니다. 또한 엄청난 양의 유황이 불타고 있기에, 지옥은 유황이 내뿜는 견딜 수 없는 악취로도 가득합니다. 게다가 저주받은 자들의 몸에서도 역병을 일으킬 만한 악취가 난다고 합니다. 성 보나벤투라*께서 그들 가운데 하나의 악취만으로도 온 세상을 전염시키기에 충분하다고 말씀하실 정도로 말입니다. 우리가 숨쉬는 이 세상의 공기만 하더라도 원래는 순수하지만 오랫동안 밀폐해두면 악취가 나서 호흡하기 어려울 정도가 되고 맙니다. 그러니 하물며 지옥의 공기는 얼마나 더러울지 한번 생각해보십시오. 무덤 속에 누운 상태로 썩고 부패되는 더럽고 역겨운 시체를, 고름을 흘리면서 썩어가는 그 젤리같이 흐물거리는 덩어리를 상상해보십시오. 그 더러운 시체가 불꽃의 먹이가 되어

---

* 파리 대학 신학 교수와 추기경을 지낸 이탈리아의 스콜라 철학자.

이글이글 타오르는 유황불에 집어삼켜지면서 구역질날 정도로 역겨운 부패물 덩어리가 내뿜는, 숨이 막히도록 독하고 매캐한 연기를 상상해 보십시오. 아울러 고약한 냄새를 풍기는 수백만 구의 시체가 악취 진동하는 어둠 속에 뒤엉켜 한 덩어리의 인간 곰팡이로 썩어가는 탓에, 이 욕지기나는 악취가 수천수만 배로 불어난다고 상상해보십시오. 이 모든 것을 상상하는 것만으로도 여러분은 지옥의 악취가 얼마나 끔찍한지를 짐작할 수 있을 터입니다.

하지만 이 악취가 비록 무서운 것이긴 해도, 저주받은 자들이 겪어야 하는 가장 끔찍한 육체적 고통은 아닙니다. 불의 고통이야말로 폭군이 같은 인간인 백성들에게 이제껏 가해온 가장 큰 고통이니까요. 여러분의 손가락을 잠시만이라도 촛불에 대어보면 불의 고통이 어떤 것인지 느낄 수 있을 겁니다. 하지만 우리가 사용하는 이 세상의 불은 하느님께서 인간의 편의를 위해 창조하신 것으로, 인간이 생명의 불꽃을 유지하고 온갖 유익한 기술을 활용하도록 도움을 주는 데 그 목적이 있지요. 지옥의 불은 이와는 완전히 그 성질이 달라 하느님께서 회개하지 않는 죄인들을 꾸짖고 벌하기 위해 창조하신 것입니다. 이 세상의 불은 또한 그것이 태우고자 하는 대상물의 가연성에 따라 빨리 타기도 하고 천천히 타기도 하기 때문에, 인간은 지혜를 발휘하여 연소 작용을 통제하거나 저지할 수 있는 화학물질을 발명해냈습니다. 그러나 지옥에서 타오르는 유황불은 이루 말할 수 없이 맹렬하며 영원무궁하게 타오르도록 특별히 설계된 물질입니다. 더구나 이 세상의 불은 타오르면서 동시에 소실되기 때문에 그 불길이 맹렬하면 맹렬할수록 타는 시간은 짧아지기 마련이지만, 지옥의 불은 태우는 대상을 있는 그대로 보전하는 성질이 있어 믿을 수 없을 정도로 맹렬하게 타면서도 사그라들기는커녕 끝없이 이글이글 타오를 뿐입니다.

우리 세상의 불은 또한 제아무리 맹렬하고 넓게 퍼진다 하더라도 항상 한계가 있기 마련입니다. 그러나 지옥의 불이 이루는 호수는 경계도 없고 기슭도 없고 밑바닥도 없습니다. 기록에 따르면 악마 자신도 어느 병사의 질문을 받았을 때, 타오르는 지옥의 불바다에 산 하나를 송두리째 처넣더라도 순식간에 밀랍 한 토막처럼 타버리고 말 거라고 실토하지 않을 수 없었다고 합니다. 그리고 이 무시무시한 불은 저주받은 자들의 몸을 바깥쪽에서만 태우는 것이 아닙니다. 경계를 모르는 이 불은 그들의 오장육부에서도 이글이글 타올라 버림받은 영혼 모두가 그 자체로서 하나의 지옥이 되도록 합니다. 아, 버림받은 자들의 운명이 얼마나 끔찍한지 어떻게 말로 다 할 수 있겠습니까! 그들의 피는 혈관 속에서 부글부글 끓어오를 것이고, 뇌는 두개골 안에서 삶길 것이고, 가슴속의 심장은 빨갛게 달아올라 터져버릴 것이며, 내장은 불길에 타는 시뻘겋고 흐물흐물한 고깃덩어리가 되고, 부드러운 눈알은 용암 덩이처럼 화염을 내뿜을 것입니다.

이제까지 지옥의 불이 가진 위력과 성질과 무한함에 대해 말씀드렸습니다마는 이 모든 특징도 그 강렬함에 비하면 아무것도 아닙니다. 하느님께서 인간의 영혼과 육체를 함께 벌하기 위해 신성한 의도로 선택하신 수단이기에 지옥의 불은 강렬하기 그지없습니다. 그 불은 하느님의 분노에서 직접 비롯된 것으로 단순한 불이 아니라 응징의 역할을 하는 불입니다. 세례성사의 세례수가 몸과 함께 영혼을 깨끗이 씻어내주듯 징벌의 불은 육체와 함께 정신까지 괴롭힙니다. 육체의 모든 감각이 고통을 당하고 거기에 깃든 영혼의 모든 기능도 덩달아 고통을 당합니다. 눈은 꿰뚫어볼 수 없는 철저한 어둠으로 고통받고, 코는 불쾌한 악취로 고통받고, 귀는 고함소리와 울부짖음과 욕설로 고통받고, 미각은 불결한 물질과 나병을 일으키는 부패물과 이름조차 알 수 없는 숨막히는 오물로 고통받고, 촉각은 시뻘겋게 달군 쇠막대기와 대못, 그리고 무자비하게 날름거리는 불길로 고통받습니다. 어찌 그뿐이겠습니까. 이처럼 모든 감각이 여러 형태로 고통받는 사이에 영원불멸의 영혼 역시 천길만길 타오르는 불길 속에서 그 심장부에 이르기까지 영원토록 고통받는다는 사실을 잊어서는 안 됩니다. 그 불길은 권위를 훼손당한 전능하신 하느님께서 지옥에서 지피신 것으로, 하느님이 내뿜는 분노의 숨결 때문에 갈수록 더 맹렬하게 영원히 타오르는 것입니다.

마지막으로 이 지옥의 고통은 저주받은 자들이 모두 한자리에 모여 있는 탓에 더욱 커진다는 사실을 생각해봅시다. 지상에서도 사악한 자들의 모임은 너무나 해롭다 하여 심지어 초목마저 본능적으로 자신에게 치명적이거나 해로운 것이라면 무엇이든지 가까이하기를 꺼려합니다. 지옥은 모든 율법이 무너진 곳입니다. 그곳에는 가족이나 나라에 대한 개념이 없고 결속이나 친척에 대한 개념도 없습니다. 저주받은 자들은 서로를 향해 고함치고 비명을 질러대며, 그들의 고통과 분노는 자기네처럼 고통을 당하면서 분노하는 존재들이 함께 있기에 더욱 격화됩니다. 인간으로서의 의식은 모두 사라지고 없습니다. 광활한 지옥의 구석구석 고통받는 죄인들의 고함으로 가득합니다. 저주받은 자들의 입은 하느님을 모독하는 말, 함께 고통받는 죄인들을 증오하는 말, 같이 죄를 저질렀던 영혼들을 저주하는 말로 가득합니다. 옛날에는 존

속살해자, 즉 자기 아버지를 향해 흉악한 손을 치켜든 자를 수탉과 원숭이와 뱀이 든 자루에 같이 집어넣고 깊은 바다에 던져 처벌하는 관습이 있었습니다. 오늘날의 관점에서는 잔인하게 보일지도 모르지만, 이런 관습법을 제정한 입법자들의 의도는 해를 끼치는 흉악한 짐승들과 같이 있게 함으로써 죄인을 벌하려는 것이었지요. 하지만 이러한 말 못하는 짐승들의 분노도 지옥에 갇힌 저주받은 자들의 바싹바싹 타는 입술과 아린 목구멍에서 터져나오는 저주의 말에 깃든 분노에 비하면 아무것도 아닙니다. 비참한 처지에 놓인 동료 죄수들에게서 그들이 죄를 짓도록 방조하고 부추긴 자들의 모습을 발견했을 때, 말로써 사악한 생각과 생활의 씨앗을 그들 마음속에 처음으로 뿌려준 자들의 모습을 발견했을 때, 음흉한 암시로 그들을 죄악의 길로 인도한 자들의 모습을 발견했을 때, 눈길로 유혹하여 미덕의 길에서 벗어나도록 꼬드긴 자들의 모습을 발견했을 때 그들의 입에서 터져나오는 저주의 말에 깃든 분노에 비하면 말입니다. 그때 그들은 그러한 공범자들에게 덤벼들어 비난하고 저주하겠지요. 그래봐야 아무 소용없습니다. 그들에겐 어쩔 도리가 없습니다. 회개하기에는 너무 늦었기 때문입니다.

끝으로, 유혹한 자와 유혹당한 자를 불문하고 저주받은 영혼들이 악마와 함께하는 것이 얼마나 무서운 고통인가를 생각해봅시다. 악마들은 두 가지 방법으로 저주받은 자들에게 고통을 가합니다. 하나는 저주받은 자들 앞에 직접 모습을 드러내는 것이고, 다른 하나는 저주받은 자들에게 질책을 퍼붓는 것입니다. 우리는 이 악마들이 얼마나 무서운지 잘 알지 못합니다. 시에나의 성 가타리나*는 언젠가 악마를 한 번 보고는 그토록 무시무시한 괴물을 한순간이라도 다시 보느니 차라리 목숨이 다하는 날까지 시뻘겋게 타는 석탄불 위로 걸어가는 것이 낫겠다고 썼습니다. 한때 아름다운 천사였던 이 악마들은 과거에 아름다웠던 것만큼이나 흉악하고 추악해져버렸습니다. 그들은 자기들이 파멸로 이끈 버림받은 영혼들을 도리어 비웃고 조롱합니다. 지옥에서 양심의 소리를 들려주는 것은 바로 이들, 즉 흉악한 악마들입니다. 너희는 왜 죄를 지었느냐? 너희는 왜 악마의 유혹에 넘어갔느냐? 너희는 왜 경건한 예배와 선행을 외면했느냐? 너희는 왜 죄의 계기를 피하지 않았느냐? 너희는 왜 사악한 친구들을 멀리하지 않았느냐? 너희는 왜 그 음란한 습성, 그 불결한 습성을 버리지 않았느냐? 너희는 왜 고해신부의 충고를 듣지 않았느냐? 하느님은 너희 죄를 사해주시려고 너희가 회개하기만을 기다리고 계시는데 너희는 왜 한 번, 두 번, 세 번, 네 번, 아니 백 번이나 죄를 짓고도 사악한 행실을 회개하며 하느님을 찾아가지 않았느냐? 이제 회개의 시간은 지나가버렸다. 시간은 현재에도 있고 과거에도 있었지만 미래에는 영영 없을 것이다. 남몰래 죄를 짓던 시간도, 나태와 교만에 빠졌던 시간도, 부정한 행위를 탐했던 시간도, 저열한 본성의 충동에 넘어갔던 시간도, 들판의 야수들처럼 살던 시간도, 아니 들판의 야수들은 단지 금수에 불과하니 그들을 인도할 이성이 없음을 감안하면 그 야수들에게도 못 미칠 삶을 살던 시간도 있었다. 그러한 시간이 과거에는 있었지만 미래에는 더이상 없을 것이다. 하느님께서는 너희를 향해 그렇게 여러 목소리로 말씀하셨지만 너희는 도무지 들으려 하지 않았다. 너희는 너희 마음속에서 교만과 분

* 이탈리아의 성녀이자 도미니코회의 수호성인.

노를 몰아내려 하지 않았고, 너희는 부정한 방법으로 모은 재물을 되돌려주려 하지 않았고, 너희는 거룩한 교회의 가르침에 순종하려 하지 않거나 신앙의 의무를 충실히 하려 하지 않았고, 너희는 사악한 친구들을 멀리하려 하지 않았으며 또한 그 위험한 유혹을 뿌리치려 하지도 않았다. 이러한 말들이 바로 그 흉악한 고문자인 악마들이 구사하는 언어로 곧 조롱과 책망의 말이요, 증오와 혐오로 가득한 말입니다. 혐오로 가득한 말, 그렇습니다! 바로 그것입니다. 왜냐하면 비록 그들이 악마로 전락했을지언정 그들이 저지른 죄는 천사의 본성에 어울리는 지적 반란*이라는 죄였으니까요. 그리고 악마들, 그 추악한 악마들마저, 타락한 인간이 성령의 성전**을 어지럽히고 모독할 뿐 아니라 자기 자신의 인격까지 모독하고 더럽히며 저지르는 입에 담을 수조차 없는 죄를 생각하는 것만으로도 불쾌감과 혐오감이 치밀어올라 아예 고개를 돌려버릴 것입니다.

자, 그리스도 안에서 형제인 친애하는 여러분, 우리는 절대로 악마의 그런 말을 들어서는 안 될 것입니다! 우리에게 그런 일이 있어서는 절대로 안 됩니다! 그 끔찍한 최후 심판의 날이 왔을 때 오늘 이 성당에 있는 학생들 가운데 누구도 위대하신 심판자로부터 그분의 눈앞에서 영원히 물러가라는 명령을 받는 그 불쌍한 자들 속에 끼지 않기를 나는 하느님께 간절히 기도하는 바입니다. 그리하여 우리 가운데 어느 한 사람도 **저주받은 자들아, 나에게서 떠나 악마와 그 부하들을 위하여 준비된 영원한 불속으로 들어가라**는 그 무서운 불가의 선고문을 귀로 듣는 일

---

* 칠죄종 중에서 으뜸가는 교만을 말한다.

** 「고린토 신자들에게 보낸 첫째 서간」 6:19. 사람의 몸을 뜻한다.

이 없기를 간절히 기도합니다.

그는 성당의 복도를 따라 걸어내려갔다. 다리는 후들거렸고 두피는 마치 유령의 손가락이 스쳐가기라도 한 듯 바르르 떨렸다. 계단을 올라 복도로 들어선 그는 양쪽에 외투며 비옷 들이 교수형을 당한 죄수들처럼 머리도 없이 피를 뚝뚝 흘리며 형체도 알아볼 수 없는 모습을 하고 매달려 있는 벽을 따라 걸었다. 한 걸음씩 떼어놓을 때마다 자신은 이미 죽은 것이 아닐까, 자신의 영혼이 육체라는 칼집에서 빠져나가고 없는 것은 아닐까, 지금 허공 속으로 거꾸로 내던져져서 추락하고 있는 것이 아닐까 하는 생각이 들어 두려움으로 몸이 떨렸다.

두 발로 마룻바닥을 딛고 서 있을 기력조차 없어서 그는 책상 앞에 털썩 주저앉아 책을 한 권 아무렇게나 펴놓고는 자세히 들여다보았다. 구구절절 모두 그에게 해당하는 말이었다! 정말이었다! 하느님은 전지전능하셨다. 하느님은 당장에라도 그를 부르실 수 있고 하느님의 부르심을 미처 의식하기도 전에 책상 앞에 앉은 지금의 상태 그대로 부르실 수도 있었다. 아니 하느님은 이미 그를 부르셨다. 네? 뭐라고요? 네? 그의 육신은 굶주린 듯 날름거리는 불꽃의 혓바닥이 다가오는 느낌에 온통 오그라들었고, 숨막힐 듯한 공기가 주변에서 소용돌이치는 느낌에 생기를 잃고 바싹 말라버렸다. 그는 죽은 것이나 다름없었다. 그렇다. 그는 심판을 받았다. 불길의 파도가 그의 온몸을 휩쓸고 지나갔다. 첫번째 파도였다. 이어 다른 파도가 밀려왔다. 이번에는 그의 두뇌가 불타오르기 시작했다. 첫번째 것과는 다른 파도였다. 두개골이라는 금이 간 육체 안에서 그의 두뇌가 거품을 일으키며 부글부글 끓어오르듯 타올랐다. 그 불꽃이 두개골에서 화관처럼 밖으로 터져나와 사람의 목소리로 비명을 질러댔다.

—지옥이야! 지옥! 지옥! 지옥! 지옥!

두런거리는 사람들의 목소리가 주변에서 들려왔다.

—지옥에 관한 강론이었어요.

—아널 신부님이 지옥에 대한 인식을 너희 머릿속에 생생하게 심어 준 모양이구나.

—맞아요. 모두를 새파랗게 질리게 만드셨거든요.

—그런 게 바로 너희한테 필요한 강론이지. 그런 강론을 많이 들어야 공부도 더 잘하게 되거든.

그는 책상에 앉은 채로 맥없이 등을 기댔다. 아직 죽지 않았다. 하느님께서 아직 그를 살려두셨다. 그는 여전히 학교라는 익숙한 세상에 그대로 머물러 있었다. 테이트 선생님과 빈센트 헤런이 창가에 서서 이야기를 주고받으며 농담을 하기도 하고, 창밖으로 우울하게 내리는 비를 내다보기도 하고, 천천히 고개를 흔들기도 했다.

—날이 좀 개었으면 좋겠는데. 몇몇 친구들하고 말라하이드*까지 자전거로 한 바퀴 돌기로 약속을 해놨거든. 하지만 이렇게 비가 오니 보나마나 길이 무릎까지 빠지겠군.

—곧 갤지도 모르죠, 선생님.

그의 귀에 너무도 익숙한 목소리들, 그저 일상적인 말들, 말소리가 끊기고 아이들이 조용히 점심을 먹을 때 소가 부드럽게 풀을 뜯는 듯한 소리로 그 정적이 채워지는 교실의 고요함, 이런 것들이 아파하는

* 더블린 북쪽으로 약 15킬로미터 지점에 위치한 어촌이자 유원지.

그의 영혼을 달래주었다.

아직은 시간이 있다. 오, 죄인들의 피난처인 성모마리아여, 그를 위해 기도해주소서! 오, 동정녀시여, 죽음의 심연에서 그를 구해주소서!

영어 시간은 역사 이야기를 듣는 것으로 시작되었다. 왕족들과 총신들과 음모자들과 주교들이 말없는 유령처럼 각자의 이름이라는 베일 뒤로 지나갔다. 그들은 모두 죽었다. 따라서 그들은 모두 심판을 받았다. 사람이 온 세상을 얻고도 불멸의 영혼을 상실한다면 무슨 소용이 있겠느냐? 비로소 그는 그 말이 무슨 뜻인지 이해할 수 있었다. 그렇게 인간의 삶이 그를 둘러싸고 펼쳐져 있었으며, 삶의 평화로운 들판에서는 개미 같은 인간들이 형제처럼 사이좋게 땀흘려 일하고 있었고, 죽은 이들은 조용한 무덤 아래 잠들어 있었다. 옆에 앉은 친구가 팔꿈치로 그의 옆구리를 찌르자 그는 심장이 찔린 듯 깜짝 놀랐다. 선생님의 질문에 대답하기 위해 입을 열었을 때 그는 자신의 목소리에 잔잔한 겸손과 뉘우침이 가득 배어 있음을 느낄 수 있었다.

그의 영혼은 더이상 두려움의 고통을 견딜 수 없어 다시금 뉘우침의 평온 속으로 가라앉았고, 그러는 동안 들릴락 말락 한 기도만 올릴 뿐이었다. 아, 그렇다, 지금이라도 용서받을 수 있으리라. 마음속으로 회개하면 용서받을 수 있으리라. 그러면 저 위에, 하늘에 계시는 분들도 그가 과거의 잘못을 속죄하기 위해 무엇을 하는가를 내려다보시리라. 평생토록, 살아 있는 동안 시시각각 말이다. 다만 기다려주소서.

—모든 것을, 하느님! 모든 것, 모든 것을!

사환이 교실 문 앞으로 와 성당에서 고해성사가 진행중이라는 말을 전했다. 네 명의 아이가 교실에서 나갔다. 다른 반 아이들이 복도를 지나가는 소리도 들렸다. 오싹한 한기가, 잔잔한 바람보다 더 세찰 것이 없는 한기가 그의 가슴 언저리를 스쳐갔다. 조용히 귀를 기울이며 고통을 견디고 있노라니, 마치 심장의 근육에 귀를 바싹 갖다댄 듯 심실의 박동 소리가 요란하게 들리면서 심장이 옥죄어 움츠러드는 것만 같았다.

피할 길이 없었다. 그는 고해하지 않을 수 없었다. 그가 행동과 생각을 통해 지은 죄를 하나도 빠짐없이 조목조목 말하지 않을 수 없었다. 하지만 어떻게 한단 말인가? 어떻게?

—신부님, 저는...

고해를 해야 한다는 생각이 차갑게 번뜩이는 비수처럼 그의 연약한 살을 파고들었다. 고해성사. 그러나 학교 성당에서는 할 수 없었다. 모든 것을, 행동과 생각을 통해 지은 모든 죄를 진지하게 고해하리라. 하지만 학교 친구들이 있는 곳은 안 된다. 멀리 떨어진 어떤 컴컴한 곳에서 수치스러운 죄를 나직하게 털어놓으리라. 학교 성당에서 선뜻 고해성사를 드리지 못하더라도 노여워하지 마시라고 그는 겸허한 자세로 하느님께 기도했다. 그리고 완전히 풀이 꺾인 채 그 곁의 소년다운 마음들을 향해서도 소리 없이 용서를 빌었다.

시간이 흘렀다.

그는 성당 제일 앞줄 의자에 다시 앉았다. 성당 밖에는 햇살이 이미 광채를 잃고 있었다. 칙칙한 붉은빛 블라인드 사이로 뿌연 햇살이 천천히 밀려드는 광경을 지켜보노라니 최후의 날의 해가 저물고 있는 듯했고, 모든 영혼이 심판을 받기 위해 모여드는 것 같았다.

—저는 당신 눈앞에서 잘려 나갔습니다. 이 말씀은, 그리스도 안에서

형제인 친애하는 여러분, 「시편」 30편 23절*에 나오는 말씀입니다. 성부와 성자와 성령의 이름으로. 아멘.

설교자는 조용하고도 다정한 어조로 설교를 시작했다. 얼굴은 친절한 표정을 띠고 있었다. 그는 잠시 양손의 손가락을 살며시 모아 깍지를 꼈고 손가락 끝이 서로 닿아 있어 마치 부서지기 쉬운 새장처럼 보였다.

—오늘 아침 우리는 지옥이 어떤 곳인가를 재현해보고자 우리 예수회의 거룩하신 설립자께서 『영신 수련』에서 장소의 구성이라고 말씀하신 것**을 최선을 다해 실천했습니다. 다시 말해, 마음의 오감을 활용해 그 무시무시한 장소의 물리적 특징이 어떠하고 지옥에 갇힌 모든 자들이 겪어야 하는 육체적 고통이 어떠한가를 우리의 상상력으로 그려본 것이지요. 오늘 저녁에는 지옥에서 죄인들이 겪어야 하는 정신적 고통은 어떠한 성질인지를 생각해볼까 합니다.

죄는 우선 두 가지 측면에서 극악무도함을 명심해야 합니다. 첫째로 타락한 우리 본성의 충동과 저열한 본능과 천박하고 야수적인 욕망에 비굴하게 굴복한다는 면에서 그렇고, 둘째로 우리의 고귀한 성품에서 우러나오는 충고와 순결하고 성스러운 모든 것과 거룩하신 하느님 그 자체를 못 듣고 못 본 체 외면해버린다는 면에서 그러합니다. 이러한 이유로 대죄를 지은 자는 지옥에서 서로 다른 두 가지 형태의 벌을 받게 되는데, 바로 육체적 처벌과 정신적 처벌입니다.

---

* 두에 성경 기준으로, 흠정역 성경의 31편 23절이다.

** 로욜라는 『영신 수련』에서 명상시에는 명상의 대상이 되는 장소를 실제인 듯 가시화해보기를 권장했다.

모든 정신적인 고통 가운데 가장 큰 고통은 상실의 고통입니다. 사실 이 상실의 고통은 너무나 끔찍한 것이어서 그것 하나만으로도 다른 모든 고통을 합친 것보다 더 큰 고통이 될 것입니다. 교회의 가장 위대한 박사이자 '천사 같은 박사'라고 일컬어지기도 하는 성 토마스*께서 말씀하시기를, 인간의 오성이 그 신성한 빛을 완전히 상실하고 인간의 감정이 하느님의 선하심을 철저하게 외면하게 되는 것이 인간에게 내려진 최악의 저주라고 하셨습니다. 하느님은 한없이 선하신 존재이며, 그렇게 선하신 존재를 상실하는 것은 한없이 고통스러운 상실일 수밖에 없음을 잊어서는 안 됩니다. 우리가 이 세상에 사는 동안에는 이러한 상실이 어떤 것인지 분명하게 알지 못하지만 지옥에 떨어진 저주받은 자들은 그들이 받는 엄청난 고통으로 인해 그들이 상실한 것이 무엇인지 잘 알고 있습니다. 그뿐 아니라 자신이 저지른 죄로 말미암아 그러한 선함을 상실했고, 영원토록 상실해버렸음을 이제는 알지요. 인간이 죽으면 숨이 끊기는 바로 그 순간 육신을 묶는 끈들이 갈기갈기 끊어져서 영혼은 대번에 하느님께 날아갑니다. 마치 자기 존재의 중심을 향해 나아가듯이 하느님을 향해 날아가는 겁니다. 친애하는 나의 어린 형제 여러분, 우리의 영혼은 하느님과 함께하기를 갈망한다는 사실을 명심하세요. 우리는 하느님으로부터 와서, 하느님 곁에 살고, 하느님께 속해 있습니다. 다시 말해 우리는 그분의 자녀들, 떨어지려야 떨어질 수 없는 그분의 자녀들인 것입니다. 하느님께서는 거룩하신 사

* 성 토마스 아퀴나스. 스콜라 철학자이자 도미니크회의 신학자로 『신학대전』을 펴내 가톨릭 사상 정립에 지배적인 역할을 했다. 고결한 인품뿐 아니라 영적인 문제에 대한 관심과 그 기여 때문에 '천사 같은 박사'로도 불린다.

랑으로 모든 인간의 영혼을 사랑하시고, 모든 인간의 영혼은 그 사랑을 받으며 살아갑니다. 어찌 그리하지 않을 수 있겠습니까? 우리가 내쉬는 숨결 하나하나가, 우리의 머릿속 생각 하나하나가, 우리가 살아가는 순간순간이 모두 하느님의 무궁한 선하심에서 비롯된 것이기 때문입니다. 그리고 어머니가 자식과 떨어지는 것이 고통이라면, 사람이 안온한 가정에서 쫓겨나는 것이 고통이라면, 친구가 친구와 헤어지는 것이 고통이라면, 오 한번 생각해보십시오, 가련한 영혼이 무無로부터 영혼을 만들어 존재하도록 해주시고 일생 동안 그 영혼을 보전해주시며 헤아릴 수 없는 사랑으로 그 영혼을 사랑해주신 지극히 선하시고 사랑 넘치시는 창조주 하느님의 면전에서 내쳐진다면, 그 얼마나 큰 아픔이요 그 얼마나 큰 고통이 되겠는가를 말입니다. 그러므로 지극히 선하신 존재인 하느님으로부터 영원히 떨어진다는 것, 그리고 그러한 처지가 바뀔 리 없다는 것을 절실히 깨닫고 그 이별의 쓰라림을 감내해야 된다는 것, 이것이야말로 피조물인 우리 인간의 영혼이 겪어야 할 가장 큰 고통, 즉 '페나 담니poena damni'라고 하는 상실의 고통 아니겠습니까.

지옥에 떨어진 저주받은 자들의 영혼을 괴롭히는 두번째 고통은 양심의 고통입니다. 시체가 썩으면 벌레가 생기듯이 죄의 부패로 말미암아 버림받은 자들의 영혼에서도 영원한 회한의 감정, 즉 교황 인노첸시오 3세가 세 겹의 침을 가진 벌레라 부른 바 있는 양심의 가책이 생겨날 것입니다. 이 잔인한 벌레가 쏘아대는 첫번째 침은 지난날의 쾌락에 대한 기억의 침입니다. 아, 지난날의 쾌락에 대한 기억이란 얼마나 끔찍할까요! 모든 것을 집어삼켜버리는 지옥 불의 호수에서도 교만

했던 왕은 자기 궁전의 영화를 기억할 것이고, 총명하나 사악했던 학자는 자기 장서와 연구 도구를 기억할 것이고, 예술적 쾌락의 애호가는 자신이 수집한 대리석 조각품과 그림과 그 밖의 보물 같은 예술작품들을 기억할 것이고, 식도락을 즐기던 인사는 호화로운 향연과 산해진미로 가득한 진수성찬이며 최고급 포도주를 기억할 것입니다. 구두쇠는 자신이 모아둔 금덩어리를, 강도는 부정하게 취한 재물을, 분노와 복수심으로 가득찼던 무자비한 살인자들은 자신들이 걸핏하면 벌이던 피와 폭력으로 얼룩진 행위를, 음란한 간통자들은 자신들이 탐닉하던 입에 담을 수 없을 정도로 추잡한 쾌락을 기억할 것입니다. 그들은 이 모든 것을 생생하게 기억하며 자기 자신과 자신이 지은 죄를 혐오하게 될 것입니다. 영원무궁토록 지옥 불에 휩싸여 고통을 당하도록 선고받은 영혼들에게는 이 모든 쾌락이 너무나 보잘것없어 보일 것이기 때문입니다. 쓰레기같이 무가치한 일 때문에, 금화 몇 개 때문에, 덧없는 명예 때문에, 육체적인 안락 때문에, 말초신경의 자극 때문에 천국의 축복을 놓쳤음을 생각하면 얼마나 미칠듯이 분통이 터지겠습니까. 그들은 정말로 후회할 것입니다. 그리고 이것이 양심의 가책이 쏘아대는 두번째 침, 저지른 죄에 대한 부질없고 때늦은 후회입니다. 하느님의 정의는 이 가련한 버림받은 자들이 자신이 지은 죄를 파악하는 데 이해력을 다해 쉼 없이 집중하게끔 하고, 더해 성 아우구스티노*가 지적했듯이 하느님은 죄에 대한 하느님 자신의 지식을 그들에게 직접 전해주셔서 그들이 저지른 죄가 얼마나 끔찍하고 사악한지 하느님

* 로마의 주교이자 성인, 사상가로 『고백록』과 『삼위일체론』 등을 썼다.

자신의 눈에 보이는 것처럼 그들에게도 똑같이 보이게 됩니다. 자신들이 저지른 추악한 죄의 실상을 목격한 그들은 후회하겠지만 때는 이미 늦었습니다. 그리하여 그들은 회개할 좋은 기회를 놓쳐버린 것을 두고 땅을 치며 통곡할 것입니다. 이것이 바로 양심의 가책이라는 벌레가 찌르는 가장 깊고도 가장 잔인한 마지막 침입니다. 양심은 그들에게 이렇게 말하겠지요. 시간과 기회가 있었지만 너희는 회개하려 하지 않았다. 너희는 너희 부모로부터 종교적인 교육을 받으며 성장했다. 너희에게는 너희 성장에 도움이 되는 교회의 성사와 은총과 대사大赦가 있었다. 너희에겐 너희에게 설교 말씀을 해주시고, 너희가 길을 잃었을 때 되돌아보도록 불러주시고, 아무리 많은 죄를 짓고 아무리 끔찍한 죄를 지었다 할지라도 너희가 고해하고 회개하기만 한다면 얼마든지 너희의 죄를 사해줄 하느님의 사제가 있었다. 그러나 너희는 고해하고 회개하지 않았다. 도리어 신성한 교회의 성직자들을 비웃고 고해실에 등을 돌린 채 점점 더 깊은 죄의 구렁텅이에서 뒹굴었다. 하느님께서는 너희에게 호소하시고, 위협하시고 때로는 하느님의 품으로 되돌아오라고 간청하시기도 했다. 오, 어찌 이리 부끄러울 수가, 어찌 이리 비참할 수 있는가! 우주의 지배자께서 흙먼지로 빚으신 피조물에 불과한 너희에게 너희를 창조하신 하느님을 사랑하고 그분의 율법을 충실히 지키도록 간청하셨건만 아, 어찌 이럴 수가 있는가, 너희는 그 말씀을 들으려 하지 않았다. 그리고 지금, 너희에게 아직도 울 여력이 남아 너희의 눈물로 지옥을 온통 잠기게 하더라도, 그렇게 흘린 회개의 눈물이 바다를 이룬다 하더라도, 너희가 살아생전에 진정으로 회개하며 흘리는 단 한 방울의 눈물로 얻을 수 있었을 것을 너희는 결코 얻을 수 없을 것이다. 너희는 이제서야 회개하겠으니 한순간이나마 지상에서의 삶을 허용해달라고 애원하겠지. 그러나 부질없는 일. 회개의 시간은 지나갔다. 영영 가버리고 말았다.

양심의 가책이 찔러대는 세 겹의 침이란 바로 이런 것입니다. 독사처럼 지옥에 갇힌 버림받은 자들의 심장 한복판을 갉아먹어서 그들은 지독한 분노로 가득차 자신의 어리석음을 스스로 저주하고, 그들을 그러한 파멸로 몰고 간 사악한 친구들을 저주하고, 살아생전에는 그들을 유혹하다가 이제는 그들을 비웃으며 영원토록 괴롭히는 악마들을 저주할 것입니다. 어찌 그뿐이겠습니까, 심지어 그들은 그들이 그토록 경멸하고 무시하던 선하심과 인내심을 지니시며 그들이 피하려야 피할 수 없는 정의와 권세를 지니신 우주의 최고 주권자인 하느님마저 헐뜯고 저주할 것입니다.

그다음으로 저주받은 자들이 겪어야 하는 정신적 고통은 확장의 고통입니다. 사람은 이 세상을 살아가는 동안 많은 악을 저지를 수 있지만 그 모두를 한꺼번에 저지를 수는 없습니다. 왜냐하면 하나의 독이 다른 독을 치료하는 일이 종종 있듯이 하나의 악은 다른 악을 상쇄하기도 하고 무력화하기도 하니까요. 그러나 지옥에서는 이와 반대로, 하나의 고통이 다른 고통을 무력화하는 것이 아니라 도리어 더욱 강력하게 만듭니다. 더군다나 인간은 정신적인 기능이 육체적인 감각보다 더 발달되어 있는 만큼 고통도 정신적인 기능이 더 많이 당하니까요. 모든 감각이 그에 상응하는 고통을 당하듯 모든 정신적 기능도 그에 상응하는 고통을 당합니다. 예를 들어 상상력은 무시무시한 이미지로 고통받고, 감수성은 번갈아 나타나는 갈망과 분노로 고통받고, 이성과

오성은 그 무서운 감옥인 지옥을 지배하는 외적 암흑보다 훨씬 더 끔찍한 내적 암흑으로 고통받게 됩니다. 이러한 지옥의 악령들에게 가득한 원한의 감정은 비록 무력하게 보이지만 무한히 확장되고 끝없이 지속되는 악이자 두렵기 그지없는 사악한 감정으로, 죄의 흉악함과 하느님께서 죄에 대해 품고 계시는 증오감을 항상 명심하고 있지 않으면 우리는 이를 좀처럼 인식하지 못할 것입니다.

이 확장의 고통과는 대조적이면서도 이와 공존하는 것으로 집중의 고통을 말씀드리지 않을 수 없습니다. 지옥은 모든 악의 중심부이고, 여러분도 잘 알다시피 사물이란 멀리 떨어진 변두리 지점보다는 그 중심부에 모든 것이 더 집중되는 법입니다. 지옥의 고통을 조금이라도 완화하거나 덜어줄 그 어떤 종류의 해독제나 묘약도 없습니다. 아니, 본래의 성질이 선하디선한 사물도 지옥에만 가면 악으로 변하고 맙니다. 다른 곳이었다면 고통받는 자들에게 위안의 원천이 되었을 친구도 지옥에서는 끊임없는 고통의 원천이 되고 맙니다. 지성의 최고선이라 하여 그토록 동경의 대상이 되던 지식도 거기서는 무지보다 더 나쁜 증오의 대상이 될 것입니다. 만물의 영장인 인간부터 이름조차 알 수 없는 숲속 초목에 이르기까지 모든 생명체가 그렇게도 갈망하는 빛도 지옥에서는 강렬한 혐오의 표적이 되고 말 것입니다. 이 세상에 살면서 우리가 겪는 슬픔이란 그리 오래가는 것도 아니고 그리 대단한 것도 아닙니다. 왜냐하면 우리의 천성이 습관적으로 그러한 슬픔을 제압해버리거나 아니면 슬픔이 제 무게를 감당하지 못하고 가라앉아 사그라지기 때문입니다. 그러나 지옥에서는 습관의 힘으로 고통을 제압할 수 없습니다. 고통은 지독하게 강렬하면서 동시에 변화무쌍하여 끊임없이 변화하는데, 이를테면 고통 하나하나가 다른 고통으로부터 불길을 옮겨 받은 뒤 다시 그 불길을 붙여준 다른 고통에게 훨씬 더 맹렬한 불길을 되돌려주는 셈입니다. 그것에 굴복한다고 해서 인간의 천성이 이 강렬하고도 변화무쌍한 고통으로부터 벗어날 수 있는 것도 아닙니다. 지옥에 떨어진 영혼은 악으로 지탱되고 유지되어 갈수록 더 큰 고통을 받기 때문입니다. 고통의 무한한 확장, 고통의 엄청난 집중, 고통의 부단한 다변성—이것이 바로 죄인들 때문에 진노하신 하느님께서 요구하시는 벌이요, 이것이 바로 타락한 육신의 음탕하고도 저열한 쾌락으로 인해 멸시받고 무시당한 하느님께서 요청하시는 벌이요, 이것이 또한 죄인들의 구속救贖을 위해 피 흘리시고 사악하고도 사악한 자들에게 짓밟히신 하느님의 어린 양의 피가 주장하시는 벌인 것입니다.

그 끔찍한 지옥의 모든 고통 중에서 최후이자 최악의 고통은 다름 아닌 지옥의 영원함입니다. 영원! 아, 이 얼마나 무섭고 끔찍한 말입니까. 지옥이 영원하다니! 인간의 정신력이 이 말의 뜻을 제대로 이해할 수 있을까요? 지옥의 영원함이라는 말은 고통의 영원함을 뜻한다는 사실을 잊지 말기 바랍니다. 설사 지옥의 고통이 그토록 끔찍하지 않더라도 영원히 계속되도록 운명 지어져 있기에 그 고통에는 끝이 없습니다. 하지만 방금 말씀드린 바와 같이 그 고통은 영원히 계속되면서 견딜 수 없을 정도로 강렬하고 참을 수 없을 정도로 확장되기까지 합니다. 한 마리 벌레에 쏘인 통증을 영원토록 참으려면 엄청나게 고통스러울 것입니다. 하물며 지옥의 갖가지 고통을 영원토록 참고 견딘다는 것은 얼마나 큰 고통이겠습니까? 영원토록! 영겁의 세월 동안! 한 해도 아니요, 한 시대도 아니요, 영원무궁토록 말입니다. 이 말이 지닌 무시무시한 뜻을 한번 생각해보세요. 여러분은 바닷가의 모래를 종종 본 적이 있을 줄 압니다. 그 미세한 모래알들은 참으로 곱기도 하지요! 그런데 어린애가 바닷가에서 놀다가 손으로 한줌의 모래를 움켜쥔다면, 그 한줌의 모래 속에는 얼마나 많은 미세한 모래알이 들어 있을까요? 자, 이제는 그러한 모래로 이루어진 산을, 지상에서 저 높은 하늘 끝까지 솟아 있어 높이가 수백만 마일쯤 되고, 저 먼 곳까지 뻗어 있어 너비 또한 수백만 마일쯤 되며, 두께 역시 수백만 마일에 이르는 모래 산을 상상해봅시다. 그리고 헤아릴 수 없을 정도로 많은 모래 입자로 이루어진 이 같은 거대한 산이 숲속의 나뭇잎이 불어나듯 자주 불어나고, 망망대해의 물방울이 불어나듯 자주 불어나고, 새의 몸에서 깃털이 불어나듯, 물고기의 몸에서 비늘이 불어나듯, 짐승의 몸에서 털이 불어나듯, 광대무변한 대기 속에서 원자가 불어나듯 자주 불어난다고도 상상해보십시오. 그리고 이번엔 백만 년의 세월이 지날 때마다 작은 새 한 마리가 그 산에 날아와 부리로 모래알 하나씩을 물어 나른다고 상상해보십시오. 모래 산 중 1제곱피트의 모래만 물어 나르는 데도 수백만 년, 수억 년이 족히 걸릴 것이며, 모래 전부를 물어 나르려면 영겁의 세월이 걸릴 것입니다. 하지만 그토록 엄청난 세월이 흘렀다 하더라도 영원 중에서 단 한순간도 지났다 말할 수는 없을 것입니다. 수조 년, 수백만조 년의 세월이 흘렀다 하더라도 영원은 채 시작도 되지 않았다고 볼 수 있지요. 게다가, 만일 그 모래 산이 전부 옮겨진 뒤에 새로운 산이 다시 솟아오르고, 새가 다시 와서 모래알을 한 알씩 물어 모두 다시 옮겨놓는다고 가정합시다. 또 만일 그 모래 산이 솟아올랐다 사라졌다 하기를 하늘의 별처럼 수없이 되풀이하고, 대기 속의 원자처럼, 대해의 물방울처럼, 나무에 달린 이파리처럼, 새의 깃털처럼, 물고기의 비늘처럼, 짐승들의 털처럼 수없이 되풀이한다고 가정해봅시다. 이렇듯 헤아릴 수 없이 거대한 산이 수없이 솟았다 사라졌다를 반복한 이후에도 영원 중에서 한순간도 끝났다 말할 수는 없을 것입니다. 그때 가서도, 그토록 오랜 세월의 끝에 가서도, 생각만 해도 우리의 머리에 현기증을 일으키는 그 장구한 세월이 지난 뒤라 하더라도 영원은 채 시작조차 하지 않았다고 봐야 할 것입니다.

어느 거룩하신 성인 한 분이(우리 예수회의 신부님 중 한 분이라고 생각합니다만) 언젠가 한번 특별한 기회를 얻어 지옥의 광경을 볼 수 있었다고 합니다. 그분은 거대한 괘종시계가 똑딱거리는 소리밖에는 아무런 소리도 들리지 않는 아주 캄캄하고 조용한 어느 커다란 홀 한 복판에 서 있는 느낌이었다고 했습니다. 똑딱거리는 시계 소리는 끊임없이 계속되었다고 합니다. 이 성인의 귀에는 똑딱거리는 그 소리가 같은 말을 끝없이 되풀이하는 것처럼 들리더랍니다. 에버, 네버, 에버, 네버,* 하고요. 영원히 지옥에 갇혀 있되, 천국에는 결코 가지 못하리라, 영원히 하느님과 격리된 채, 지복직관**의 기회는 결코 누릴 수 없으리라, 영원히 불꽃의 먹이가 되고 독충에 물어뜯기고 이글거리는 불창살에 찔릴 뿐, 그러한 고통에서 결코 벗어나지 못하리라, 영원히 양심의 가책에 시달리고 기억은 미친듯 날뛰고 마음은 어둠과 절망으로 가득찰 뿐, 결코 이러한 고통에서 벗어날 수 없으리라, 자기들의 꾐에 빠

* ever, never, ever, never. 'ever'는 '영원히', 'never'는 '결코 ~하지 않다' 정도의 뜻이다.

** 천사 및 천상의 여러 성도가 하느님의 모습을 직접 대면하는 일.

진 어리석은 자들의 불행을 고소해하면서 기뻐하는 흉악한 악마들을 영원히 욕하고 저주할 뿐, 결코 축복받은 영혼들의 빛나는 의상은 바라보지도 못하리라. 불길이 이글거리는 지옥에서 한순간만이라도 건져달라고 그토록 무서운 고통에서 단 한순간만이라도 벗어나게 해달라고 영원히 하느님께 간청할 뿐, 하느님의 용서는 결코 한순간도 받지 못하리라. 영원히 고통을 받을 뿐, 결코 기쁨을 누릴 수 없으리라. 영원히 저주받되, 결코 구원받지 못하리라. 시계 소리가 이렇게 에버, 네버, 에버, 네버, 하고 끊임없이 되풀이하는 것처럼 들리더라는 겁니다. 아, 우리의 성인께서 보고 들으신 지옥의 벌만 하더라도 그 얼마나 끔찍합니까! 한줄기 희망의 빛도 없으며 한순간도 그치지 않고 끝없이 이어지는 영원한 고통, 한없이 계속되는 영원한 육체적 정신적 고통, 무한히 확장되고 무한히 강렬해지는 영원한 고통, 끝없이 지속되고 끝없이 모습을 바꾸는 영원한 고통, 영원토록 집어삼키며 영원토록 놓아주지 않는 영원한 고통, 육신을 망가뜨리는 한편 정신 또한 영원토록 들볶는 영원한 고통, 영원이라는 세월, 그 자체가 하나의 영원성인 그 모든 순간, 그리고 영원한 화근禍根인 영원성 그 자체, 이 모든 것이 바로 전능하시고 의로우신 하느님께서 대죄를 범하고 세상을 떠난 죽은 이들에게 내리시는 끔찍한 벌인 것입니다.

그렇습니다. 하느님께서는 의로우십니다! 항상 자기 본위로 사리를 판단하는 인간으로서는 하느님께서 단 한 번의 중죄에도 지옥의 불길 가운데 끝없이 계속되는 영원한 벌을 내리시는 것을 알고 깜짝 놀라기 마련입니다. 인간들은 육신의 그릇된 환상과 오성의 무지로 판단력이 흐려져 대죄의 가증스러운 악의를 제대로 이해할 수 없으니 그럴 수밖에요. 인간이 그렇게 놀라는 데는 또다른 이유도 있습니다. 비록 소죄小罪라 할지라도 그 본질은 대단히 추잡하고 흉악하므로, 한 번의 거짓말, 한 번의 화난 표정, 한순간의 고의적 나태 같은 소죄를 벌하지 않고 넘어가는 것을 조건으로 전쟁, 질병, 도둑질, 범죄, 죽음, 살인 같은 이 세상의 모든 악과 불행을 종식시킬 수 있다 해도 전능하신 하느님께서는 그렇게 하시지 않는다는 사실을 인간은 이해하지 못합니다. 하느님께서 그렇게 하시지 않는 이유는 생각으로 지은 것이든 행동으로 지은 것이든 죄란 하느님의 율법을 어긴 것이요, 만일 하느님이 율법을 어긴 자를 벌하지 않으신다면 하느님은 하느님일 수가 없기 때문입니다.

순간적으로 지적 반란이라는 교만의 죄를 저질렀기에 하느님께서는 한때 잘나가던 루시퍼와 삼분의 일에 달하는 천사군을 영광의 자리에서 내쫓아버리셨습니다. 어리석고 유약한 마음에 뱀의 꾐에 빠져 나무의 열매를 따먹은 죄를 저질렀기에 아담과 하와를 에덴동산에서 내치시고 이 세상에 죽음과 고통이 있도록 하셨습니다. 그 죄의 결과를 보속하기 위해 하느님의 외아들께서 이 세상에 내려와 살며 고난을 겪으시다가 결국 십자가에 세 시간 동안이나 매달려 가장 고통스럽게 죽임을 당하셨습니다.

오, 그리스도 안에서 형제인 사랑하는 여러분, 그런데도 우리가 그 선하신 구세주를 거역하고 그분의 분노를 사야 하겠습니까? 여기저기 찢기고 상처투성이인 시신을 다시 짓밟아야 하겠습니까? 그토록 슬픔과 사랑이 충만하신 그분의 얼굴에 침을 뱉어야 하겠습니까? 잔인한 유대인들과 무도한 로마 군사들처럼 우리도 우리를 위해 무서운 슬픔의 술틀을 혼자서 밟으신* 그 너그럽고 자비로우신 구세주를 조롱해야 하겠습니까? 죄악의 말 한마디 한마디가 그분의 여린 옆구리를 창으로 찌르는 상처가 될 것입니다. 죄받을 행동은 그 동작 하나하나가 그분의 머리를 찌르는 가시가 될 것입니다. 일부러 떠올리는 모든 불순한 생각 하나하나가 그 거룩하고 자애로운 심장을 찌르는 날카로운 창이 될 것입니다. 그런 일이 있어서는 안 됩니다, 절대로 안 됩니다. 인간이라면 그 누구도 하느님의 존엄성을 그토록 심각하게 훼손하는 짓을, 영원한 고통으로 벌받을 짓을, 그리고 하느님의 아들을 또다시 십자가에 못 박고 그분을 조롱하는 그따위 짓을 해서는 안 됩니다.

오늘 제가 드린 부족한 설교 말씀이 이미 은총받는 이들에게는 그 성스러운 신심을 더욱 공고히 하는 데 도움이 되고, 흔들리는 이들에게는 그 마음을 강건하게 하는 데 도움이 되며, 혹시 여러분 가운데 길을 잃고 방황하는 가엾은 영혼이 있다면 그런 이에게는 하느님의 은총을 받을 수 있는 상태로 되돌아오는 데 도움이 되기를 간절히 기도합니다. 우리가 지은 죄를 회개할 수 있도록 하느님께 기도드리겠습니다. 여러분도 함께 기도합시다. 그런 의미에서 이제 여러분 모두가 하느님 앞에서 이 보잘것없는 성당에 무릎을 꿇고 나를 따라 통회의 기도문을 낭송하기를 당부하는 바입니다. 인간에 대한 사랑으로 불타시는 하느님께서는 고통받는 자들을 위로할 만반의 준비를 하시고 저 감실 안에 와 계십니다. 결코 두려워하지 마십시오. 아무리 많은 죄를 지었고 아무리 추잡한 죄를 지었다 하더라도 회개하기만 하면 용서받게

* 「이사야서」 63:3.

될 것이기 때문입니다. 세속적인 수치심 때문에 망설여서는 안 됩니다. 언제나 자비로우신 하느님께서는 죄인이 영원한 죽음을 맞기를 바라시는 것이 아니라 회개하여 새로운 삶을 계속 살기를 바라시기 때문입니다.

하느님께서는 여러분을 하느님 앞으로 부르고 계십니다. 여러분은 그분의 자녀들입니다. 그분은 여러분을 무에서 창조하셨습니다. 그분은 오직 그분만이 하실 수 있는 방식으로 여러분을 사랑하십니다. 비록 여러분이 그분의 뜻에 어긋나는 죄를 지었다 할지라도 그분은 여러분을 맞이하기 위해 두 팔을 활짝 벌리고 계십니다. 가엾은 죄인이여, 가엾게도 허영에 들떠 잘못을 저지른 죄인이여, 모두 그분 앞으로 나아가십시오. 지금이야말로 은혜의 때입니다. 지금이 바로 그때입니다.

사제는 일어나 제대를 향해 몸을 돌리고 어둠이 내려앉은 감실 앞 계단에 무릎을 꿇었다. 그는 성당 안의 모든 아이들이 무릎을 꿇을 때까지, 그리고 숨소리 하나 들리지 않을 정도로 조용해질 때까지 기다렸다. 그러다가 마침내 고개를 들고는 통회의 기도문을 한 구절 한 구절 열렬한 어조로 낭송하기 시작했다. 학생들도 그를 따라 한 구절 한 구절 낭송했다. 스티븐은 혀가 입천장에 붙어버린 듯해 고개만 푹 숙인 채 마음속으로 기도를 바쳤다.

—하느님!—

—하느님!—

—제가 주님께 죄를 지었기에—

—제가 주님께 죄를 지었기에—

—이를 진심으로 뉘우치나이다—

—이를 진심으로 뉘우치나이다—

—제 모든 사랑을—

—제 모든 사랑을—

—받으셔야 할 하느님—

—받으셔야 할 하느님—

—저의 죄가 주님의 마음을 아프게 하였기에—

—저의 죄가 주님의 마음을 아프게 하였기에—

—그 어떤 악보다—

—그 어떤 악보다—

—저는 저의 죄를 미워하나이다—

—저는 저의 죄를 미워하나이다—

—다시는 죄를 짓지 않을 것이며—

—다시는 죄를 짓지 않을 것이며—

—제 삶을 바로잡을 것을—

—제 삶을 바로잡을 것을—

—주님의 은총에 기대어—

—주님의 은총에 기대어—

—굳게 다짐하나이다—

—굳게 다짐하나이다—

* * *

저녁을 먹은 뒤 그는 자기 영혼과 단둘이 있으려고 방으로 올라갔다. 계단을 하나씩 오를 때마다 그의 영혼이 한숨을 짓는 것 같았다. 계단을 하나씩 오를 때마다 그의 영혼은 점점 더 크게 한숨지으며 무거운 두 발과 함께 힘겹게 끈적끈적한 어둠의 구역을 지났다.

그는 방문 앞 층계참에서 걸음을 멈추었다가 자기로 된 손잡이를 움켜잡고 잽싸게 방문을 열었다. 그가 겁에 질린 채 머뭇머뭇 문지방을 넘는 동안 그의 영혼은 그의 내부에서 탄식하며 죽음이 그의 이마에 닿지 않도록 해달라고, 또한 어둠 속에 사는 악마가 자신을 제압하지 못하게 해달라고 조용히 기도를 올렸다. 그는 캄캄한 동굴의 입구에 선 듯 자기 방 문지방 앞에 꼼짝 않고 서서 기다렸다. 여러 얼굴이 거기 있었다. 여러 개의 눈도 거기 있었다. 그들은 그가 오기를 기다리며 지켜보고 있었다.

—우리는 물론 더할 나위 없이 잘 알고 있었지, 어차피 죄는 백일하에 드러날 테고 그가 영적 전권대사를 확인하는 일에 애쓰도록 스스로를 유도하려고 노력해봤자 상당한 어려움만 겪게 되리라는 사실을 말이야, 우리는 말할 것도 없이 완벽하게 그 점을 꿰뚫고 있었지—

중얼거리는 얼굴들이 그가 오기를 기다리면서 지켜보고 있었다. 캄캄한 동굴은 목소리들로 가득찼다. 그는 몸과 마음에 심한 공포감을 느꼈으나 대담하게 고개를 치켜든 채 단호하게 방안으로 성큼성큼 걸어갔다. 문간을 지나 방으로. 모두가 그대로였다. 방도 그대로였고 창문도 그대로였다. 어둠 속에서 중얼거리듯 들려오던 그 말들은 아무런 의미도 없는 것이었다고 그는 침착하게 스스로를 타일렀다. 그저 문이 열린 자신의 방일 뿐이라고 스스로에게 되뇌었다.

그는 방문을 닫고 재빨리 침대 쪽으로 가서 그 옆에 무릎을 꿇고 두 손으로 얼굴을 감쌌다. 손은 차가우면서 축축했고 사지는 한기로 욱신욱신 쑤시는 것 같았다. 육체적인 불안과 한기와 피로가 한꺼번에 엄습해 생각을 집중할 수가 없었다. 그는 왜 저녁기도를 올리는 어린아이처럼 거기 무릎을 꿇고 있었을까? 자기의 영혼과 남아, 양심을 점검하고, 자기의 죄과와 맞대면하고, 죄를 저지른 시기와 방식과 정황을 돌이켜보고, 또 그 죄를 두고 회오의 눈물을 흘리고 싶어서였다. 그러나 그는 울 수 없었다. 자신이 저지른 죄과가 기억나지도 않았다. 그저 영혼과 육체의 통증만이 느껴질 뿐, 자신의 모든 존재며 기억이며 의지며 이해력이며 육신이며 할 것 없이 모두 다 마비되어 지칠 대로 지친 기분이었다.

그의 생각을 어지럽히고, 죄악으로 타락한 비열한 육체의 관문에서 그를 공격하며 양심을 흐리게 하는 것은 악마의 소행이었다. 그래서 그는 자기의 나약함을 용서해달라고 하느님께 소심하게 기도를 드리면서 침대로 기어올라가 담요로 온몸을 꼭 감싼 다음 두 손으로 다시 얼굴을 가렸다. 그는 죄를 지었다. 하느님의 뜻을 거역한데다 그분 앞에서 너무나 큰 죄를 지었으니 이제 하느님의 자녀라 불릴 자격조차 없었다.

그가, 스티븐 디덜러스가 그런 죄를 짓다니, 과연 있을 수 있는 일인가? 그의 양심은 한숨을 쉬며 대답했다. 그렇다, 그는 아무도 모르게, 추잡하게, 수차례 그런 죄를 저질렀고 죄악을 저지르는 뻔뻔함에 무뎌져 몸속 영혼은 살아 움직이는 부패물 덩어리가 되어버렸음에도 감실 앞에서 감히 경건함의 가면을 쓰려고 들었다. 하느님은 어찌하여 그를 당장에 죽도록 내리치지 않으셨을까? 그가 저지른 죄악이라는 더러운 무리가 몰려들어 주위를 빙 둘러싸고는 그를 향해 숨을 내뿜거나 사방에서 굽어보았다. 그는 몸을 웅크리고 두 눈을 꼭 감은 채 기도를 올리며 그 무리를 잊어보려고 애를 썼다. 그러나 영혼의 감각들은 구속할 길이 없어서 눈을 질끈 감고 있어도 죄를 저질렀던 장소가 보이고, 귀를 꽉 막고 있어도 소리가 들렸다. 그는 온 힘을 다해 듣지도 보지도 않으려 몸부림쳤다. 온몸이 부들부들 떨리고 영혼의 감각들이 다 닫히도록 거세게 발버둥쳤다. 한순간 영혼의 감각이 닫혔다가 다시 열렸다. 그는 보았다.

억센 잡초와 엉겅퀴와 총생한 쐐기풀로 가득한 들판이었다. 무성하게 자란 억센 잡초더미 사이로 찌그러진 깡통이며 단단한 배설물 덩어리며 똬리 모양의 된똥 등이 빼곡했다. 늪지에서나 볼 수 있는 뿌연 빛이 널브러진 온갖 배설물에서 꾸역꾸역 솟아올라 억센 녹회색 잡초 사이로 퍼져나왔다. 아울러 고약한 악취, 그 빛만큼이나 뿌옇고 구역질나는 악취도 깡통과 말라비틀어진 똥덩어리로부터 천천히 소용돌이치며 올라오고 있었다.

짐승들이 들판에 있었다. 한 마리, 세 마리, 여섯 마리. 짐승들이 들판에서 이리저리 돌아다녔다. 사람의 얼굴을 한 염소 같은 짐승들로, 이마에는 뿔이 있고 턱에는 수염이 성글게 나 있는데다 몸 전체는 고무지우개처럼 잿빛을 띠었다. 기다란 꼬리를 질질 끌면서 이리저리 돌아다닐 때 놈들의 모진 눈에서는 불길한 악의가 번뜩이는 것 같았다. 녀석들이 잔인한 악의를 띤 미소를 짓자, 그 늙고 깡마른 얼굴에 음침한 빛이 감돌았다. 그중 한 마리는 찢어진 플란넬 조끼로 갈비뼈 주위를 바짝 죄고 있었고, 다른 한 마리는 턱수염이 총생한 잡초 더미에 걸릴 때마다 단조로운 어조로 불평을 해댔다. 덜그덕거리는 깡통 사이로 길쭉한 꼬리를 질질 끌고, 천천히 원을 그리고, 꼬리를 휙휙 휘둘러 소리를 내면서 들판을 몇 번이고 맴도는 놈들의 바싹 마른 입술에서는 종잡을 수 없는 나직한 말이 새어나왔다. 놈들은 천천히 원을 그리며 점점 가까이 다가와 마침내 그를 겹겹이 에워쌌다. 바싹 마른 입술로는 나직한 말을 연신 중얼거리면서 그 무시무시한 얼굴은 꼿꼿하게 위로 쳐들고, 그 휙휙 소리를 내는 길쭉한 꼬리는 악취가 코를 찌르는 배설물로 칠갑이 된 채……

사람 살려!

그는 둘러쓰고 있던 담요를 미친듯이 걷어젖히고 얼굴과 목을 밖으로 드러냈다. 그게 바로 그의 지옥이었다. 하느님께서 그가 지은 죄에 대한 벌로 마련된 지옥을 보게 해주신 것이다. 악취가 진동하고, 짐승들이 판을 치고, 악의가 넘치고, 염소처럼 생긴 음탕한 마귀들이 득실거리는 지옥. 그곳이 바로 그를 위해 마련된 곳이리라! 바로 그를 위해!

그는 침대에서 벌떡 일어났다. 지독한 악취가 목구멍을 타고 내려가 온 창자를 잔뜩 메우고 뒤집어놓았다. 숨쉴 공기! 천국의 공기는 어디 있나! 그는 구역질 때문에 졸도할 듯 신음하면서 비틀비틀 간신히 창가로 다가갔다. 세면대에 이르는 순간 속에서 심한 경련이 일었다. 그는 차가운 이마를 미친듯이 부여잡고 고통에 못 이겨 목에서 신물이 나도록 토악질을 했다.

경련이 저절로 누그러지자 그는 맥없이 창가로 걸어가 창문을 밀어올린 다음 흉벽 총안의 한쪽 구석에 앉아 창틀에 팔꿈치를 괴었다. 비는 이미 그쳐 있었다. 띄엄띄엄 켜진 가로등 사이로 수증기가 모락모락 피어오르는 가운데 도시는 누에가 실을 자아내듯 누르스름하고 보드라운 안개로 고치를 만들어 그 속에 모습을 감추고 있었다. 고요한 하늘은 여전히 희미한 빛을 발했고, 대기는 소나기에 흠뻑 젖은 숲속에서처럼 숨쉬기에 향긋했다. 이 평온함과 아른거리는 불빛과 잔잔한 대기의 향기 속에서 그는 마음을 다해 서약했다.

그는 기도했다.

—하느님께서는 일찍이 하늘의 영광에 싸여 위풍당당하게 이 세상에 내려오시려 하였으나 저희 인간들이 죄를 짓고 말았습니다. 하느님께서는 하느님이셨기에 그 존엄성을 가리시고 그 광채를 흐리게 하지 않으시고는 저희를 무사히 찾아오실 수 없게 되었습니다. 그렇게 하느님께서는 권세가로서가 아니라 약한 모습으로 몸소 저희를 찾아오셨습니다. 그리고 하느님께서는 저희 처지에 걸맞은 아름다움과 광채를 지니신 성모마리아 당신을 자신의 대리자로 보내주셨습니다. 그리하여 사랑하는 성모마리아시여, 이제 당신은 당신의 그 얼굴과 그 모습으로 저희에게 하느님의 말씀을 들려주고 계십니다. 바라보기에 위태로운 세속적인 아름다움과는 다른 당신의 표상, 찬란하고 음악적인 샛별과도 같이 순결한 그 숨결로 천국의 말씀을 저희에게 들려주시고 이 세상에 평화를 불어넣으십니다. 오, 하루의 시작을 알리는 선구자시여! 오, 순례자의 빛이시여! 이제까지 저희를 이끌어주셨듯 앞으로도 저희를 이끌어주시옵소서. 어두운 밤, 황막한 광야를 건너 우리 주 예수님께 이를 수 있도록 저희를 이끌어주시옵소서, 저희를 안식처로 인도해주옵소서.*

그의 눈은 눈물로 흐려졌고, 겸허한 마음으로 하늘을 쳐다보며 잃어버린 순결이 안타까워 눈물을 흘렸다.

저녁이 되자 그는 집을 나섰다. 어둡고 축축한 밤공기를 접하는 첫 순간과 등뒤로 문이 닫히는 소리가 기도와 눈물로 누그러졌던 그의 양심에 다시 통증을 일으켰다. 고해성사를 하자! 고해성사를 하자! 눈물과 기도만으로는 양심의 통증을 가라앉힐 수 없었다. 성령의 대행자인 사제 앞에 무릎을 꿇고 진심 어린 회개와 함께 숨겨두었던 자신의 죄를 고백해야 했다. 그를 집안으로 들이기 위해 문을 열고 문지방 너머 출입구의 발판 위로 걸어오는 가족들의 발소리를 다시 듣기 전에, 부엌 식탁 위에 준비된 저녁식사를 다시 마주하기 전에 그는 무릎을 꿇고 고해성사를 해야 하리라. 아주 간단한 일이었다.

양심의 통증이 어느 정도 가라앉자 그는 어두운 거리를 따라 앞을 향해 재빨리 걸어갔다. 이 거리의 보도에는 수많은 포석이 깔려 있고, 이 도시에는 수많은 거리가 있고, 이 세상에는 수많은 도시가 있다. 그러나 영원에는 끝이 없다. 그는 대죄를 저질렀다. 단 한 번을 저질러도 대죄는 대죄였다. 한순간 일어날 수 있는 일이었다. 하지만 어떻게 그리 눈 깜짝할 사이에 저지를 수 있었을까? 단순히 보거나 보겠다고 마음먹는 것만으로도 얼마든지 대죄를 저지를 수 있으니까. 눈이란 보려고 마음먹지 않아도 어떤 것을 보게 되는 법이다. 보고 나면 죄를 저지르는 것은 순식간이다. 하지만 몸의 그 부분에도 이해력이 있는 걸까, 아니라면 어떻게 된 노릇일까? 이는 뱀, 들짐승 가운데서 가장 간교한

---

* 「당신의 아들을 위한 성모마리아의 영광」의 마지막 부분의 내용이 거의 그대로 인용되고 있다.

뱀과 다를 바 없다. 그놈이 순간적으로 욕망을 일으키고 그 욕망을 매 순간 연장해가며 죄를 짓는 것을 보면 이해력이 있음이 틀림없다. 그놈은 느끼고 이해하고 또 욕망한다. 이 얼마나 끔찍한 일인가! 누가 그것을 그렇게 만들었을까, 몸의 동물적인 부위가 동물적으로 이해하고 동물적으로 욕망할 수 있도록 누가 그렇게 만들었단 말인가? 그건 바로 자기 자신이었을까, 아니면 자기 영혼보다 훨씬 비천한 영혼에 의해 좌우되는 비인간적인 무엇이었을까? 동면중인 뱀 같은 생명체가 생명의 부드러운 골수를 먹이 삼아 배를 채우고 추잡한 욕정의 점액을 핥아먹으며 살찌고 있다고 생각하니 구역질이 났다. 아, 어떻게 그럴 수가 있단 말인가? 대체 왜?

그는 만물과 모든 인간을 창조하신 하느님에 대한 두려움에 사로잡혀 자신을 한없이 낮추면서 그런 생각에 사로잡혀 있노라니, 부끄러워 몸을 똑바로 펼 수 없었다. 미친 짓이야, 미친 짓. 도대체 누가 그따위 생각을 할 수 있었단 말인가? 그는 어둠 속에서 몸을 웅크린 채 참담한 심경으로, 자신의 수호천사에게 칼을 휘둘러 그의 머리에 몹쓸 말을 속삭이는 악마를 물리쳐달라고 말없이 기도했다.

악마의 속삭임이 그쳤고, 그는 그제서야 자신의 영혼이 육체를 통해 생각과 말과 행동으로 죄를 저질렀음을 분명하게 깨달았다. 고해성사를 하자! 지은 죄를 낱낱이 고백하지 않으면 안 되리라. 하지만 자신이 저지른 죄를 어떻게 신부님께 말로 털어놓을 수 있겠는가? 그렇다 하더라도, 해야 한다. 반드시 해야 한다. 하지만 부끄러워 죽을 지경이 되지 않고 어떻게 지은 죄를 다 소상하게 설명할 수 있단 말인가? 아니, 어떻게 수치스러운지도 모르고 뻔뻔하게 그런 짓을 저지를 수 있었단 말인가? 미친놈, 역겨운 미친놈이었다! 고해성사를 하자! 아, 그리함으로써 죄에서 벗어나 다시 결백한 사람이 되고 말리라. 어쩌면 신부님도 알고 계시리라. 오, 사랑하는 하느님!

그는 자신을 기다리고 있는 일을 일부러 피하는 것처럼 보일까 두려워 잠시라도 걸음을 멈춰서는 안 된다는 생각으로, 또 간절한 마음을 안고 찾아가는 곳에 당도하기를 내심 두려워하면서 가로등도 제대로 밝혀져 있지 않은 어두운 거리를 걷고 또 걸었다. 하느님께서 사랑으로 한 영혼을 지켜보실 때 그 은총을 받는 영혼은 얼마나 아름다울까!

지저분한 소녀들이 광주리를 앞에 놓고 보도의 갓돌 위에 나란히 앉아 있었다. 구중중한 머리카락이 소녀들의 이마 위로 길게 드리워져 있었다. 진흙 바닥에 쭈그려 앉은 모습이 그다지 보기 좋지는 않았다. 하지만 하느님께서는 그들의 영혼을 지켜보고 계시리라. 그리고 만일 소녀들의 영혼이 은총을 받고 있다면 그들은 보기에도 찬란하리라. 하느님은 소녀들을 사랑하시며 지켜보고 계셨다.

어쩌다가 이렇게 타락해버렸을까 하는 생각, 그리고 저 소녀들의 영혼이 자신의 영혼보다 하느님께 더 소중하리라는 생각에 걷잡을 수 없는 굴욕감이 한줄기 바람이 되어 그의 영혼을 황량하게 휩쓸고 지나갔다. 그 바람은 그를 향해 불어왔다가 무수히 많은 다른 영혼들에게로 계속 불어갔다. 때로는 밝게 때로는 희미하게 반짝이는 별들처럼 하느님의 은총의 빛이 때로는 보다 밝게 때로는 보다 희미하게 부침을 반복하며 그 영혼들을 비추었다. 명멸하는 영혼들도 한줄기 바람을 이루어 부침하며 휩쓸고 지나갔다. 하나의 영혼이 자취를 감추었다. 보잘것없는 영혼, 바로 그의 영혼이었다. 그의 영혼은 잠시 깜박이다가 꺼져서는 이내 잊히고 자취를 감추었다. 종말을 맞이한 것이다. 어둡고 차갑고 텅 빈 불모지였다.

밝혀진 적도, 느껴본 적도, 살아본 적도 전혀 없는 광막한 시간의 영역을 넘어 공간에 대한 의식이 물결이 밀려오듯 서서히 되살아났다. 이윽고 주변의 초라한 풍경이 그를 에워쌌다. 귀에 익은 말투며, 가게 안의 가스등에서 불꽃이 타오르는 소리며, 생선 비린내와 술과 젖은 톱밥이며, 이리저리 움직이는 남자들과 여자들. 한 노파가 손에 기름통을 든 채 막 길을 건너려 하고 있었다. 그는 그녀를 향해 허리를 굽히고는 근처에 성당이 있느냐고 물었다.

—성당 말인가요? 네, 있어요. 처치 스트리트 성당*이 있어요.

—처치요?

노파는 기름통을 다른 손에 옮겨 들고 성당이 있는 쪽을 가리켰다. 노파가 숄의 가장자리 아래로 기름 냄새가 물씬 풍기는 말라빠진 오른손을 내밀었을 때 그는 그녀의 목소리에서 슬픔을 느끼는 한편 위안을 받으며 더욱 허리를 굽혀 공손하게 인사했다.

—고맙습니다.

—원, 별말씀을.

높다란 제대의 촛불은 이미 꺼져 있었지만 향냄새는 여전히 어두침침한 본당을 감돌고 있었다. 경건한 얼굴에 턱수염이 텁수룩한 인부들이 옆문을 통해 캐노피를 밖으로 옮기고 있었고, 제의실 담당자가 차분한 몸짓과 나직한 말로 그들을 돕고 있었다. 몇몇 신자들이 아직 성

* 리피강 북쪽 처치 스트리트에 있는 프란치스코회 계통의 카푸친회 수도원.

당에 남아 보조 제대 앞에서 기도를 올리거나 고해소 근처 좌석에 꿇어앉아 있었다. 그는 성당 안에 드리운 평화와 정적과 향기로움에 감사하며 조심조심 다가가 본당 맨 뒤쪽 좌석에 무릎을 꿇었다. 그가 무릎을 꿇은 장궤틀은 좁은데다 닳을 대로 닳았고 근처에 무릎을 꿇고 있는 사람들은 모두 평범한 예수님의 신봉자들이었다. 예수님도 가난한 집에서 태어나 목공소에서 목수 일을 하며 판자를 자르거나 대패질을 하셨고, 모두에게 온유하고 겸손한 마음으로 살아가라고 가르치시며 처음으로 가난한 어부들에게 하느님의 나라에 대해 말씀하셨다.

그는 두 손 위에 머리를 숙이고는 그의 마음이 자기 옆에 무릎을 꿇고 있는 사람들처럼 온유하고 겸손해지기를 기도했다. 그의 기도가 그들의 기도처럼 받아들여졌으면 하는 마음에서였다. 그들 옆에서 기도하고 있지만 그건 쉬운 일이 아니었다. 그의 영혼은 죄로 더럽혀져 있어서 감히 그들처럼 순박한 믿음을 가지고 용서를 빌 엄두가 나지 않았다. 예수님께서 하느님의 신비한 섭리에 따라 누구보다 먼저 당신 곁으로 불러들인 사람들, 즉 나무를 깎고 다듬어 무언가를 만드는 목수들, 참을성 있게 그물을 깁는 어부들, 천한 직종에 종사하는 가난하고 소박한 사람들은 순박한 믿음을 지니고 있었지만 그에게는 그러한 믿음이 사라지고 없었기에 감히 용서를 빌 수가 없었다.

키가 큰 사제 한 분이 회중석의 통로를 따라 내려오자 고해성사를 기다리는 사람들이 술렁거리기 시작했다. 마지막 순간에 그가 재빨리 힐끗 보니 기다란 잿빛 턱수염과 카푸친 수도회의 갈색 사제복이 보였다. 사제는 고해소 안으로 들어가 이제 보이지 않았다. 두 사람의 참회자가 자리에서 일어나 고해소 양쪽으로 들어갔다. 목재 미닫이문이 열렸고 나직하게 중얼거리는 목소리가 정적을 깨뜨렸다.

마치 잠자던 중 최후의 심판을 받기 위해 불려 나온 죄악의 도시*가 웅얼거리듯 그의 피가 혈관 속에서 웅얼거리기 시작했다. 작은 불똥들과 가루 같은 재가 사람들이 사는 집들의 지붕 위로 부드럽게 내려앉았다. 갑자기 뜨거운 열기에 놀라 잠에서 깨난 사람들은 어수선하게 움직이기 시작했다.

미닫이문이 활짝 열렸다. 고해성사를 마친 사람이 고해소 옆문으로 나왔다. 안쪽 미닫이문이 쑥 열렸다. 방금 나간 참회자가 무릎을 꿇고 앉았던 자리로 한 여인이 조용히, 그러면서도 재빠르게 들어갔다. 나직하게 웅얼거리는 소리가 다시 들려오기 시작했다.

지금이라도 얼마든지 성당에서 나갈 수 있었다. 벌떡 일어나 한 발 한 발씩 야금야금 밖으로 빠져나가 캄캄한 거리를 날쌔게 날리고 또 달리기만 하면 그만이었다. 아직은 수치를 모면할 수 있었다. 아, 그 얼마나 부끄러운 일인가! 수치심으로 얼굴이 벌겋게 달아올랐다. 바로 그 죄만 아니었더라면 다른 어떠한 끔찍한 죄라도 괜찮았을 텐데! 차라리 살인을 저질렀더라면! 수치스러운 생각, 수치스러운 말, 수치스러운 행동 하나하나가 작고 뜨거운 불똥이 되어 사방에서 쏟아져내리며 그의 온몸을 뒤덮었다. 쉴새없이 떨어지는 뜨겁고 미세한 잿가루처럼 수치심이 그의 몸을 온통 뒤덮어버렸다. 그 죄를 말로 털어놓아야 하다니! 그의 영혼은 어찌할 바를 모른 채 숨이 막히고 당장 사라져버릴지도 몰랐다.

---

* 「창세기」(19:24)에 언급된 소돔과 고모라를 뜻한다.

미닫이문이 활짝 열렸다. 고해성사를 마친 사람이 고해소 안쪽 옆문에서 나왔다. 가까운 쪽에 있는 미닫이문이 열렸다. 아까 그 참회자가 나온 곳으로 다른 참회자가 들어갔다. 조용한 속삭임이 수증기를 머금은 조각구름처럼 고해소 밖을 부유하고 있었다. 여인의 목소리였다. 부유하는 조각구름처럼 조용한 속삭임, 떠다니는 증기처럼 조용한 속삭임이 일었다 사라지기를 반복했다.

나무 팔걸이 뒤에서 그는 겸허한 마음으로 아무도 모르게 주먹으로 가슴을 쳤다. 다른 사람들과 하나가 되고 하느님과 하나가 되리라. 이웃을 사랑하리라. 자기를 창조하시고 사랑해주신 하느님을 사랑하리라. 남들과 같이 무릎을 꿇고 기도하며 행복해지리라. 하느님께서 그와 그들을 굽어보시고 모두를 사랑해주시리라.

선해지기란 쉬운 일이었다. 하느님의 멍에는 감미롭고 가벼우니.* 죄를 짓지 아니하고 항상 어린아이로 지낼 수 있었더라면 얼마나 좋았을까. 하느님께서는 어린아이들을 사랑하시어 그들이 하느님 가까이 다가도록 허락하셨으니 말이다. 죄를 짓는 것은 끔찍하고 슬픈 일이었다. 하지만 진심으로 뉘우치는 불쌍한 죄인들에게 하느님은 늘 자비로우셨다. 그 얼마나 엄연한 진실인가! 그것이야말로 진정한 선이었다.

미닫이문이 갑자기 열렸다. 고해성사를 본 여인이 밖으로 나왔다. 그의 차례였다. 그는 겁에 질린 채 자리에서 일어나 정신없이 고해소 안으로 걸어들어갔다.

마침내 닥쳐오고 말았다. 그는 고요한 어둠 속에서 무릎을 꿇고 눈

---

* 「마태오 복음서」 11:29~30.

을 들어 머리 위에 걸린 하얀 십자가상을 쳐다보았다. 하느님께서는 그가 뉘우침을 아시리라. 자신이 지은 죄를 모조리 고백하리라. 고해성사는 길고 긴 시간이 걸리리라. 그러면 성당 안에 있는 모든 사람이 그가 어떤 죄인인가를 훤히 알게 되겠지. 알게 되더라도 어쩔 도리가 없다. 사실이니까. 하지만 그가 뉘우치기만 한다면 하느님께서는 그를 용서하시기로 약속하셨다. 그는 뉘우치고 있다. 그는 맞잡은 두 손을 하얀 십자가상을 향해 들어올리고는 앞도 제대로 보이지 않는 두 눈으로 온몸을 부들부들 떨면서 기도를 올렸다. 길 잃은 짐승처럼 머리를 이리저리 흔들며, 흐느껴 우는 듯한 목소리로 기도를 올렸다.

—참회합니다! 참회합니다! 진심으로 참회합니다!

미닫이문이 덜컥 열리는 소리가 들리자 심장이 가슴속에서 방망이질 치기 시작했다. 격자문 너머로 그에게서 얼굴을 돌린 채 한 손으로 이마를 괴고 있는 늙은 사제의 얼굴이 보였다. 그는 십자성호를 그은 다음 자신이 죄를 지었으니 은총을 내려달라고 사제에게 간청했다. 그러고는 고개를 푹 숙이고 겁에 질려 고해의 기도문을 낭송하기 시작했다. 저의 가장 중한 죄라는 대목에 이르자 그는 숨이 차서 잠시 낭송을 멈추지 않을 수 없었다.

—마지막으로 고해한 지 얼마나 되었지요, 형제님?

—오래되었습니다, 신부님.

—한 달쯤 되었나요, 형제님?

—더 오래 되었습니다, 신부님.

—그럼 석 달쯤 되었나요, 형제님?

—그보다 더 오래되었습니다, 신부님.

—여섯 달쯤 되었나요?

—여덟 달쯤 되었습니다, 신부님.

이제 고해가 시작되었다. 사제가 물었다.

—지난번에 고해한 이후로 무슨 죄를 지었는지 기억하시나요?

그는 지은 죄들을 고백하기 시작했다. 미사에 빠진 일, 기도를 올리지 않은 일, 거짓말한 일들.

—그것 말고는 없나요, 형제님?

분노의 죄, 질투의 죄, 탐식의 죄, 허영의 죄, 불복종의 죄.

—그것 말고는 없나요, 형제님?

나태의 죄.

—그것 말고는 없나요, 형제님?

어쩔 도리가 없었다. 그는 중얼거렸다.

—저는.... 순결을 잃는 죄를 저질렀습니다, 신부님.

사제는 고개를 돌리지 않았다.

—혼자서 그랬나요, 형제님?

—그게... 다른 사람들과 함께 그랬습니다.

—여자들과 함께 말인가요, 형제님?

—네, 신부님.

—결혼한 여자들이었나요, 형제님?

그로서는 알 수 없는 것이었다. 그의 죄가 입술에서 하나씩 하나씩 물방울처럼 똑똑 떨어졌다. 죄악의 더러운 물길인 종기가 곪아터져 그 진물이 밖으로 새어나오듯 그의 죄가 부끄러운 물방울이 되어 영혼으로부터 방울방울 떨어져내렸다. 마지막 죄들이 꾸역꾸역 더럽게 새어나왔다. 더이상 고백할 것이 없었다. 그는 풀이 죽어 고개를 숙였다.

사제는 말이 없었다. 그러다가 물었다.

—나이가 얼마나 되었지요, 형제님?

—열여섯입니다, 신부님.

사제는 한쪽 손으로 자신의 얼굴을 몇 번이고 문질렀다. 그러다가 손으로 이마를 괴고는 격자문 쪽에 몸을 기대더니 여전히 시선은 다른 데 둔 채 천천히 말을 이었다. 지칠 대로 지친데다 노쇠한 목소리였다.

—형제님은 아주 젊은 분이시군요, 그는 말했다, 그러니 간곡하게 부탁하거니와 그런 죄를 짓는 일은 반드시 그만두어야만 합니다. 참으로 끔찍한 죄니까요. 육체를 죽이고 영혼까지 죽이는 죄랍니다. 게다가 많은 범죄와 불행을 불러오기도 하지요. 그러니 제발, 형제님, 그런 죄를 짓는 일을 그만두십시오. 그건 명예롭지 않은 일이고 남자답지 못한 소행이랍니다. 그런 몹쓸 습관이 어린 형제님을 어디로 이끌지, 또 형제님에게 어디서 무슨 해를 끼칠지 알 수 없는 일입니다. 그런 죄를 짓는 일을 그만두지 않는 한, 어린 형제님, 형제님은 하느님에게 한푼어치 가치도 없는 존재가 되고 말 거예요. 그러니 우리 성모마리아님께 도와달라고 기도하세요. 성모님께서 도와주실 겁니다, 형제님. 그런 죄가 형제님 마음속에 떠오를 때마다 성모마리아님께 기도를 올리십시오. 반드시 그렇게 해야 합니다, 할 수 있겠지요? 형제님은 지금 형제님이 지은 모든 죄를 회개하고 있어요. 틀림없이 그러리라 확신합니다. 그러므로 형제님은 지금 하느님의 거룩하신 은총에 기대어 다시는 그런 몹쓸 죄로 하느님의 마음을 아프게 하지 않겠다고 약속해야 합니다. 하느님께 엄숙하게 약속해야 합니다, 그럴 거지요?

—예, 신부님.

노쇠하면서도 지친 듯한 사제의 목소리가 바싹바싹 타들어가고 있는 그의 떨리는 가슴을 단비처럼 촉촉하게 적셔주었다. 얼마나 감미롭고 애절한 목소리인가!

—약속하세요, 어린 형제님. 형제님은 악마의 유혹에 빠져 지금까지 길을 잃고 헤맸던 겁니다. 악마가 그런 식으로 형제님을 다시 유혹해 형제님의 몸을 더럽히려 한다면 당장 지옥으로 되돌아가라고 쫓아버리세요, 우리 주 하느님을 미워하는 그 간악한 악마를 말입니다. 형제님은 이제 그 죄를, 천하에 몹쓸 그 죄를 짓는 일을 그만두겠다고 하느님께 맹세하세요.

눈물이 쏟아지는데다 하느님의 자비로움이 눈부셔 눈도 제대로 뜰 수 없는 상태에서 그는 고개를 숙이고 죄를 사해주는 사제의 엄숙한 말씀에 귀를 기울였고, 사제가 죄 사함의 표시로 손을 머리 위로 들어 올리는 것을 보았다.

—하느님, 우리 형제님에게 은총을 내려주소서. 형제님은 참회의 기도를 하세요.

그는 컴컴한 본당의 한쪽 구석에 무릎을 꿇고 하라는 대로 참회의 기도를 올렸다. 그러자 그의 기도는 새하얀 장미의 화심에서 솟아오르는 향기처럼, 정화된 그의 가슴으로부터 천국을 향해 높이높이 솟아올랐다.

거리는 진흙투성이였지만 발걸음은 경쾌하기만 했다. 보이지 않는 은총이 온몸에 스며 팔다리가 가벼워진 듯한 느낌을 받으며 그는 집으로 성큼성큼 걸어갔다. 온갖 어려움에도 불구하고 그 일을 해내고 만

것이다. 그는 고해성사를 드렸고 하느님은 그의 죄를 용서해주셨다. 그의 영혼은 다시 한번 맑고 경건해졌으며, 경건해지고 행복해졌다.

하느님의 뜻이라면 죽는 것조차 아름다우리라. 하느님의 뜻이라면 사는 것도 아름다우리라. 하느님의 은총을 받으면서 다른 사람들과 더불어 평화와 덕행과 인내의 삶을 사는 것은 정말 아름다우리라.

그는 행복에 겨워 감히 입을 열지 못하고 부엌의 벽난롯가에 앉아 있었다. 바로 그 순간까지도 그는 삶이 그토록 아름답고 평화로울 수 있는지 알지 못했다. 등불 둘레에 핀으로 꽂아놓은 네모난 초록색 종이가 은은한 그림자를 드리우고 있었다. 조리대 위에는 소시지 한 접시와 하얀 푸딩이 있었고, 선반에는 달걀이 놓여 있었다. 내일 아침 학교 성당에서 영성체를 마친 뒤 집에 와서 먹게 될 아침식사이리라. 하얀 푸딩과 달걀과 소시지와 홍차 몇 잔. 그러고 보면 삶이란 얼마나 소박하고 아름다운가! 그 삶이 바로 자기 앞에 모두 펼쳐져 있었다.

꿈결에 그는 스르르 잠들었다. 꿈결에 깨어나보니 아침이었다. 그는 꿈을 꾸는 듯한 상태로 조용한 아침 공기를 가르며 학교로 갔다.

아이들은 모두 다 와서 자기 자리에 무릎을 꿇고 앉아 있었다. 그는 행복감과 부끄러움이 교차하는 가운데 그들 사이에 무릎을 꿇고 앉았다. 제대에는 향기로운 하얀색 꽃들이 여러 다발 수북하게 쌓여 있었다. 아침 햇살을 받아 흐릿해진 촛불은 하얀 꽃들 가운데에서 그 자신의 영혼처럼 맑고 고요하게 타올랐다.

그는 반 아이들과 손을 뻗쳐 엮은 가로대 위로 제대포를 받쳐든 채, 그들과 함께 제대 앞에 나란히 무릎을 꿇고 앉아 있었다. 제대포를 받쳐들고 있노라니 손이 떨려왔다. 사제가 성합을 들고 성체를 받는 아이들 앞을 하나하나 지나가는 소리가 들리자 그의 영혼도 같이 떨렸다.

—코르푸스 도미니 노스트리.*

제병이 과연 그리스도의 몸일 수 있을까? 그는 죄 사함을 받은 몸으로 우물쭈물하면서 무릎을 꿇고 앉아 있었다. 혀를 내밀어 제병을 받아먹으면 하느님께서 그의 정화된 몸속으로 들어오시리라.

—인 비탐 에테르남.** 아멘.

새로운 삶이리라! 은총과 덕행과 행복이 가득한 삶이리라! 그것은 현실이었다. 그가 깨어나버릴 꿈이 아니었다. 과거는 어디까지나 과거였다.

—코르푸스 도미니 노스트리.

성합이 그의 앞에 와 있었다.

---

* Corpus Domini nostri. '그리스도의 몸'이라는 뜻의 라틴어.

** In vitam eternam. '영생으로 이끌게 하소서'라는 뜻의 라틴어.

제4장

일요일은 성삼위의 신비에, 월요일은 성령에, 화요일은 수호천사들에게, 수요일은 성 요셉에게, 목요일은 제대의 가장 성스러운 성체에, 금요일은 수난중의 예수에게, 토요일은 복되신 동정녀 마리아에게 각각 봉헌했다.

아침마다 그는 성스러운 성상이나 신비 앞에서 자신을 새롭게 정화했다. 그의 하루는 지고하신 교황 성하의 뜻이 순조롭게 실현될 수 있도록 매 순간 모든 생각과 행동을 다 바치겠다는 단호한 서원誓願을 올리는 일과 새벽 미사에 빠지지 않고 참례하는 일로 시작되었다. 쌀쌀한 아침 공기가 그의 결연한 신앙심을 더욱 북돋아주었다. 그리고 가끔 신앙생활과 관련한 메모가 군데군데 적힌 기도서를 들고 사제의 속삭이는 듯한 목소리에 귀를 기울이며 몇 안 되는 신도들과 함께 보조

제대 앞에 무릎을 꿇고 있을 때면, 그는 구약과 신약을 상징하는 두 개의 촛대 사이 어두컴컴한 곳에 제의를 입고 서 있는 사제를 쳐다보며 자기가 카타콤*의 미사에 참례하여 무릎을 꿇고 있다고 잠깐씩 상상하기도 했다.

그의 일과는 철저하게 신앙생활의 범주 안에서 흘러갔다. 그는 화살기도**와 일상적인 기도를 통해, 연옥에 갇힌 영혼들이 거기서 보내야 할 기간을 수백 일이든, 수백 개월이든, 수백 년이든 단축시켜달라고 아낌없이 빌고 또 빌었다. 교회법에 규정된 그토록 오랜 참회의 기간을 쉽게 단축시킬 수 있다고 생각하니 영적 승리감이 느껴졌지만, 그렇다고 해서 그것이 열렬한 기도에 대한 전적인 보상이 되지는 않았다. 고통받는 영혼들을 위해 기도함으로써 그가 그들의 죄를 시간적으로 얼마만큼 줄여주었는지 도무지 알 길이 없었기 때문이다. 그리고 영원하지 않을 뿐 지옥의 불길과 조금도 다를 바 없는 연옥의 불길 속에서 고통받는 영혼들에게 바치는 속죄의 기도가 맹물 한 방울 이상의 효과도 없지 않을까 하는 두려움 때문에, 그는 필요 이상으로 공덕을 점점 더 많이 쌓아가며 매일같이 자신의 영혼을 다그쳤다.

그는 현재 자신이 처한 삶의 위치에서 반드시 해야 할 의무라고 판단한 과제들로 하루 일과를 짠 뒤, 정신적 활력을 구심점 삼아 굴러가게끔 했다. 그의 삶은 영원에 가까워진 것처럼 보였다. 그리하여 모든 생각, 모든 말과 행동, 모든 의식의 순간들이 고스란히 하늘나라에 찬

---

* 초기 그리스도교인들이 로마의 박해를 피해 성당으로 이용한 지하 묘지.

** "하느님, 저를 도와주소서"처럼 하느님이나 그리스도나 성모마리아 등을 부르며 갑자기 외치듯 짤막하게 드리는 기도.

란하게 반사될 것만 같았다. 때로는 즉각적으로 반사되는 느낌이 너무 나 생생한 나머지, 신심 깊은 자신의 영혼이 손가락을 뻗어 거대한 금전등록기의 자판을 누르면 자신이 구매한 총액이 숫자 대신 가냘픈 한 줄기 향연이나 한 송이 꽃으로 곧장 하늘에 찍혀 나타날 것만 같은 느낌마저 들었다.

그가 끊임없이 올리는 묵주기도(그는 길을 가면서도 기도를 올릴 수 있도록 바지 주머니에 묵주를 넣고 다녔다) 역시 이 세상에서 찾아볼 수 없는 막연한 질감을 띤 꽃의 화관으로 변용했고, 그에게 그것은 이름도 색깔도 향기도 없어 보였다. 그는 자신의 영혼이 세 가지 대신덕對神德*의 차원에서 모두 튼튼하게 다져질 수 있도록, 다시 말해 자신을 창조하신 성부에 대한 믿음과 자신을 구속하신 성자에 대한 소망과 자신의 죄를 씻어주신 성령에 대한 사랑이 더욱 튼튼하게 다져지도록, 매일같이 하루 세 번씩 묵주를 세면서 기도를 바쳤다. 이렇게 성삼위께 삼중의 기도를 올리면서도 그는 기쁨과 슬픔과 영광의 신비를 지닌 성모마리아의 이름으로, 그분을 통해 기도하기를 잊지 않았다.

게다가 그는 일주일 내내 하루도 빠뜨리지 않고 성령칠은聖靈七恩**이 하나씩 내리시어 과거에 그의 영혼을 더럽혔던 칠죄종을 날마다 몰아내주십사 하는 기도도 올렸다. 그는 자신에게 은총이 내리리라는 확신을 갖고, 정해진 날에 각각의 은총을 내려달라는 기도를 드렸다. 때때

---

* 「고린토 신자들에게 보낸 첫째 서간」 13:13. 신자가 하느님에 대하여 지녀야 할 세 가지 덕행으로 믿음, 소망, 사랑을 말한다.

** 「이사야서」 11:2. 지혜(슬기), 통찰(깨달음), 의견(일깨움), 용기(굳셈), 지식(앎), 공경(받듦), 경외(두려워함)를 말한다.

로 지혜와 통찰과 지식이라는 은총이 구분해서 내려달라고 기도드려야 할 정도로 서로 다른 것인지 의아한 생각이 들기도 했지만, 미래에 그의 정신적 고양이 어느 단계에 이르면 지극히 복되신 성삼위의 제삼위이신 성령의 도움으로 그의 죄 많은 영혼이 나약한 상태에서 높은 경지로 끌어올려지고 깨우침을 얻게 되어 이러한 어려움은 저절로 해소되리라고 그는 굳게 믿었다. 보이지 않는 성령께서 머무르시는 곳의 거룩한 어둠과 정적으로 인해 그는 더더욱 확신을 가지고, 온몸이 전율에 휩싸여 이러한 사실을 믿었다. 성령이란 비둘기와 거센 바람으로 상징되고, 이를 거슬러 죄를 짓는 것은 결코 용서받지 못할 대죄로 여겨지는 영원하고 신비롭고 불가사의한 존재인데다 사제들이 하느님께 하듯 불꽃의 혓바닥 같은 진홍색 제의를 입고 일 년에 한 번씩 미사를 올리는 대상*이기 때문이었다.

그가 읽은 신앙에 관한 서적들에는 삼위일체를 구성하는 세 위격의 본질과 상호관계가 뜬구름 잡듯이 막연하게 서술되어 있었다—이에 따르면 성부께서는 영원토록 자신의 거룩한 완전성을 거울을 들여다보듯 응시하고 계시고, 그렇게 함으로써 영원한 성자를 영원히 낳으시며, 성령은 성부와 성자로부터 영원히 나오신다는 것이었다—이렇게 모호한 성격과 관계가 그의 머릿속에 불어넣는 심상은 그 장엄한 불가해성으로, 하느님께서는 그가 이 세상에 태어나기도 전부터 장구한 세월 동안, 이 세상 자체가 생기기도 전부터 장구한 세월 동안, 한마디로 영겁의 세월 동안 그의 영혼을 사랑해오셨다는 단순한 사실보다도 오

* 「사도행전」 2:1~3.

히려 훨씬 더 쉽게 그의 마음속에 받아들여졌다. 사랑과 증오의 감정을 가리키는 단어들이 연단이나 강론대에서 엄숙하게 언급되는 것을 들은 적이 있고, 책에서도 엄숙하게 거론되는 것을 보았지만 그럴 때마다 그는 왜 자신의 영혼이 어느 때고 그런 감정을 품지 못하는지, 왜 당당하게 그런 말들을 억지로라도 내뱉지 못하는지 궁금했다. 순간적으로 분노에 휩싸이는 일은 꽤 있었으나 그는 한 번도 그것을 계속 타오르는 열정으로 쓰지 못했고 마치 몸이 껍질이나 외피를 쉽사리 벗어버리듯 자신이 그러한 분노의 감정에서 벗어나고 있다는 느낌이 들곤 했을 뿐이었다. 미묘하고 어둡고 속삭이는 듯한 기운이 자신의 몸속에 침투해 순간적으로 사악한 욕정에 불을 지핀다는 느낌이 들 때도 있었다. 그러나 그러한 느낌도 이내 손아귀에서 미끄러지듯 빠져나가 그의 마음은 곧 평온을 되찾고 담담해졌다. 이 정도가 바로 그의 영혼이 품을 수 있는 유일한 사랑이요, 유일한 증오인 것만 같았다.

그러나 하느님께서 몸소 거룩한 사랑으로 그 하나의 영혼을 영원히 사랑하고 계셨기에 사랑의 실재를 더이상 의심할 수는 없었다. 영적인 지식으로 영혼이 풍요로워지면서 점차 그는 이 세상 전체가 하느님의 권세와 사랑을 보여주는 하나의 거대하고도 균형 잡힌 발현임을 깨닫게 되었다. 삶의 모든 순간 그리고 모든 감각이 하느님께서 주신 신성한 선물로 보였기에 나뭇가지에 매달린 단 한 잎의 나뭇잎을 보더라도 그의 영혼은 그것을 주신 하느님께 찬미와 감사를 드리지 않을 수 없었다. 이 세상이 제아무리 견고한 실체로 존재하고 복잡다단할지라도 하느님의 권세와 사랑과 보편성의 원리를 통해 바라보지 않는 한 그의 영혼에는 더이상 존재하지 않는 것이나 다름없었다. 이렇듯 그의 영혼에 허락된 자연 만물에 깃든 하느님의 뜻에 대한 깨달음은 너무나 완벽하고 의심의 여지가 없는 것이었기에, 그가 어떻게든 계속 살아가야 할 필요가 무엇인지 이해할 수 없을 지경이었다. 하지만 그 역시 하느님의 뜻이었으므로 감히 그 필요를 의심할 수도 없었다. 특히나 그는 다른 누구보다 무거운 죄를 짓고, 그토록 추악하게 하느님의 뜻을 거스른 장본인이 아니었던가. 온 세상 어디에나 영원히 동시에 존재하는 완벽하고 유일한 실재이신 하느님의 존재를 이렇게 깨달음으로써 온유하고 겸허해진 그의 영혼은 미사, 기도, 성사, 고행이라는 신앙생활의 짐을 다시 짊어지게 되었다. 그리고 사랑이라는 위대한 신비에 대해 골똘히 생각하기 시작한 이래 처음으로 그는 자신의 내면에서 새로 태어난 것 같은 영혼의 생명체나 덕행 그 자체 같은 무언가가 따스하게 움직이고 있음을 비로소 느낄 수 있었다. 종교미술에서 볼 수 있는 황홀경의 자세, 예를 들면 높이 쳐든 두 손을 쩍 펴고, 당장 기절할 듯 입술과 눈을 멍하니 벌린 그 자세가 그에게는 창조주 앞에서 겸허한 자세로 기진맥진한 채 기도를 올리는 영혼의 모습으로 보였다.

그러나 영적 희열이 초래할 수 있는 위험에 대해 미리 경고를 받은 바 있었기에 그는 위험이 따르는 성자의 경지를 추구하기보다는 차라리 끊임없는 고행을 통해 죄 많은 과거를 속죄하는 데 치중하려 했고 아무리 사소하고 보잘것없는 신앙의 의무라 하더라도 소홀히 하지 않으려고 애썼다. 그는 자신의 감각을 하나하나 엄격하게 규제했다. 시각의 고행을 위해서는 좌우를 두리번거리거나 뒤돌아보지 않고 눈을 아래로 내리깐 채 곧장 앞만 바라보며 길을 걷는 것을 원칙으로 삼았다. 여자들과 눈을 마주치는 일도 피했다. 그는 또한 책을 읽다가 한 문장이 끝나기도 전에 갑자기 눈을 떼고 아예 책을 덮어버리는 식으로 이따금 의지력을 발동하여 눈의 활동을 견제하기도 했다. 청각의 고행을 위해서는 때마침 변성기에 있던 자신의 목소리를 통제하지 않는가 하면 노래나 휘파람을 불지도 않았고, 숫돌에 칼을 가는 소리라든가 부삽으로 재를 긁어모으는 소리라든가 양탄자를 빗자루로 세게 터는 소리처럼 신경을 몹시 자극하는 소음을 구태여 피하려 하지도 않았다. 후각의 고행은 좀더 어려웠다. 대변과 타르 냄새 같은 외부 세계의 악취와 자신의 몸에서 나는 악취를 호기심에 수없이 비교해보고 실험해본 그로서는 외부 세계의 악취든 자신의 악취든 고약한 악취에 본능적인 혐오감을 별로 느낄 수 없었다. 그러다가 마침내 그는 자신의 후각을 괴롭히는 유일한 악취가 썩은 생선에서 나는 해묵고 찌든 오줌 냄새 같은 비린내임을 알아차렸다. 그리하여 기회가 있을 때마다 이런 역겨운 악취를 맡는 것으로 후각의 고행에 적극적인 노력을 기울였다. 미각의 고행을 위해서는 정해진 식사 습관을 엄격하게 실천하고 교회의 단식 규정을 하나도 빠짐없이 철저하게 준수했으며, 다양한 음식의 고유한 풍미를 느끼지 않으려고 일부러 정신을 산란하게 만들기도 했다. 하지만 그가 창의력을 가장 많이 발휘해 실천하려 고심한 부분은 촉각의 고행이었다. 그는 잠자다가 의식적으로 자세를 바꾸는 일이 절대로 없었고, 앉을 때는 언제나 가장 불편한 자세를 취했으며, 가렵거나 통증을 느끼더라도 끝까지 참고 견뎠고 아무리 춥더라도 난로에서 멀리 떨어져 있었다. 미사를 드리는 동안에는 복음서를 봉독할 때를 제외하고는 줄곧 무릎을 꿇었고, 세수를 한 뒤에는 목과 얼굴 군데군데 공기가 닿아 따끔따끔해지도록 물기를 말리지 않은 채 그냥 내버려두었고, 묵주를 세며 기도하지 않을 때면 항상 달리기 선수처럼 두 팔을 양쪽 옆구리에 바짝 붙인 자세로 걸었고 주머니에 손을 넣거나 뒷짐을 지는 일도 결코 없었다.

대죄를 저지르고 싶은 유혹에 빠진 적은 전혀 없었다. 그러나 복잡한 신앙생활과 자기 절제의 과정을 거쳤음에도 그는 자신이 유치하고도 하찮은 흠결 내지 짜증에 너무 쉽게 휘말리는 것을 발견하고는 놀라지 않을 수 없었다. 아무리 열심히 기도하고 철저하게 금식재를 지켜도 어머니가 재채기하는 소리를 듣거나 신앙생활을 방해받는 일이 생겼을 때 치솟는 분노를 억제하는 데는 아무런 도움이 되지 않았다. 이러한 짜증을 부추기는 충동을 억제하려면 엄청난 의지를 발휘해야 했다. 선생님들이 종종 보이는 사소하게 분노가 표출되는 모습, 이를테면 입을 실룩거린다든가 입술을 굳게 다문다든가 빰을 붉힌다든가 하는 모습들이 기억 속에 떠오르곤 했는데, 그런 모습들과 자신의 모습을 비교해보면 겸허함을 실천하고 있음에도 자기도 모르게 기가 꺾이고 말았다. 그의 생활을 다른 사람들의 평범한 일상과 어우러지게 하려는 것이 그에게는 어떠한 단식이나 기도보다도 어려웠다. 그리하여 스스로 만족할 정도로 이를 달성해보려는 노력이 잇달아 실패하자 그는 마침내 자신이 영적으로 메말라버렸을 뿐만 아니라 자신의 영혼 속에 회의와 우유부단함이 자라고 있음을 감지하기에 이르렀다. 그의 영혼은 성사*라는 샘이 그 바닥까지 메말라버리고 만 듯한 황량한 벌판을 한동안 가로질러야만 했다. 그런 그에게 고해성사는 세세하면서도

* 성체, 성품, 병자, 세례, 혼인, 견진, 고해의 일곱 성사를 말한다.

뉘우치기 힘든 결함을 해소할 배출구가 되었다. 그러나 실제로 영성체를 할 때마저도, 성체조배聖體朝拜*가 끝날 무렵 가끔 그가 혼자 행하는 영적인 성체성사에서 느끼는 순수한 자포자기의 상태, 온몸이 녹아버릴 듯한 그 황홀감은 맛볼 수 없었다. 그가 이러한 성체조배에 사용한 책은 성 알폰소 리구오리가 저술한 것으로, 글자는 희미해서 잘 보이지 않고 책장은 바싹 메마르고 누렇게 변색이 된데다 세인의 뇌리에서 오래전에 잊힌 책이었다.** 「아가」의 심상이 성체배령자의 기도와 어우러져 있는 이 책을 읽노라면 열렬한 사랑과 순결한 화답으로 이루어진 빛바랜 세계가 그의 영혼 앞에 되살아나는 듯했다. 그런가 하면 들리지 않는 어떤 목소리가 여러 이름과 영광을 이야기해주면서 마치 애인에게 하듯이 그의 영혼더러 일어나 이리 오라고 말하기도 하고, 신부여, 아마나산 꼭대기에서 그리고 표범이 우글거리는 산에서 내려다보라고 말하기도 하면서 그의 영혼을 어루만져주는 것 같았다. 그러면 그의 영혼도 역시 들리지 않는 목소리로 자신을 온통 내맡기며 이렇게 화답하는 것이었다.

인테르 우베라 메아 콤모라비투르.***

기도하고 묵상하는 동안에도 다시 속삭이기 시작한 끈덕진 육체의

---

* 미사가 없을 때 성체가 안치된 감실 앞에서 홀로 드리는 예배.

** 이탈리아의 주교이자 구세주 수도회를 설립한 리구오리가 쓴 『성체조배』를 가리킨다.

*** Inter ubera mea commorabitur. '나의 연인은 내 가슴 사이에서 밤을 지내네'라는 뜻의 라틴어. 「아가」 1장 13절에 나오는 구절로 통상 그리스도에 대한 교회의 사랑으로 해석된다.

소리에 영혼이 포위되고 말았다는 위기감에 휩싸여 있던 때라, 자신을 온통 하느님에게 내맡긴다는 이러한 생각은 그의 마음을 완전히 사로잡을 정도로 몹시 매력적으로 여겨졌다. 유혹에 넘어가 행하는 단 한 번의 몸짓으로도, 단 한순간의 생각만으로도 그가 지금까지 이룬 모든 것이 무너져버릴 수 있음을 잘 알기에 이러한 생각은 그에게 강력한 활력을 불어넣었다. 그는 자신의 맨발을 향해 서서히 밀려오는 물결을 느끼면서 수줍은 듯 소리 없이 밀려온 그 잔잔한 첫 물결이 열에 들뜬 발끝에 닿기를 기다리는 기분이 들었다. 잔물결이 발끝에 막 닿으려는 찰나, 죄악의 유혹에 당장 넘어가고 말 바로 그 찰나에 그는 갑작스러운 의지의 발동이나 갑작스러운 화살기도를 통해 구원받아 물결에서 아주 멀리 떨어진 마른 기슭에 서 있는 자신을 발견하게 되는 것이었다. 그리하여 다시 저멀리서 그의 발치를 향해 서서히 밀려오기 시작하는 은빛 물결을 바라보고 있노라면 자신이 아직 죄에 굴복하지 않았고 모든 것을 다 망가뜨리지도 않았다는 생각이 들면서 짜릿하고도 새로운 활력과 만족감이 그의 영혼을 뒤흔들었다.

이런 식으로 여러 차례에 걸쳐 유혹의 물결을 피해가던 중 그는 점점 불안해지면서 자기가 놓치지 않으려 애쓰는 은총을 누군가 조금씩 조금씩 훔쳐가고 있는 게 아닐까 하는 의심이 들기 시작했다. 자신의 면죄에 대한 뚜렷한 확신이 점차 흐려지면서 실은 자신의 영혼이 자기도 모르는 사이에 타락해버리지 않았나 하는 막연한 공포감이 엄습하기도 했다. 그는 자신이 유혹을 받을 때마다 하느님께 기도를 드렸으며 하느님께서는 자신이 기도로 간구한 은총을 당연히 베풀어주실 터이니 틀림없이 자신에게 내려졌으리라고 스스로를 다독임으로써 자신이 은총받고 있다는 의식을 간신히 되찾을 수 있었다. 유혹이 점점 빈번해지고 격렬해지자 그는 성인들이 겪은 시련에 대해 들은 이야기가 모두 진실로 생각되었다. 유혹이 빈번하고 격렬하다는 것은 영혼의 성체가 아직 함락되지 않았다는 증거이면서 마귀가 이를 함락시키려고 광분하고 있다는 증거였다.

종종 자신이 느끼는 회의와 양심의 가책에 대해, 기도 도중 간혹 순간적으로 딴생각에 빠진 일과 자신의 영혼 속에 사소한 분노가 꿈틀거린 일에 대해, 아니면 말이나 행동에서 미묘하게 부리는 고집에 대해 고해성사를 할 때면, 고해신부는 그의 죄를 사하기 전에 과거에 어떤 죄를 저질렀는지 말해보라고 했다. 그럴 때마다 그는 굴욕감과 수치심을 무릅쓰고 그 죄를 다 털어놓은 뒤 다시 한번 회개했다. 제아무리 성인처럼 생활한다 하더라도, 또는 어떠한 덕행을 행하고 완전함을 이룬다 하더라도 그 죄로부터 전적으로 자유로울 수는 없으리라고 생각하니 굴욕감과 수치심이 들었다. 부질한 죄책감이 영원히 그를 떠나지 않으리라. 그는 고백하고 회개하고 죄 사함을 받고, 또 고백하고 다시 회개하고 아무런 성과도 없이 다시 죄 사함을 받으리라. 아마도 지옥에 대한 두려움 때문에 쫓기듯 쥐어짜냈던 최초의 고해성사가 제대로 한 것이 아니라 그런 게 아닐까? 아니면 임박한 심판을 걱정하는 데 정신이 팔려 자신의 죄에 대한 진지한 참회가 부족해서 그런가? 하지만 그의 고해성사는 제대로 된 것이었고, 죄에 대해 진정으로 참회했음을 보여주는 가장 확실한 증거는, 그가 생각하는바, 그의 생활이 개선된 데 있었다.

—나는 나의 생활을 개선했다, 그리하지 않았나? 그는 자문했다.

* * *

교무주임은 햇빛을 등지고 창틀 안쪽의 우묵한 곳에 서서 갈색 블라인드에 한쪽 팔꿈치를 괸 채 다른 쪽 블라인드의 끈을 천천히 흔들기도 하고 고리 모양을 만들기도 하면서 중간중간 말을 하거나 미소를 지었다. 스티븐은 잠깐씩 눈을 들어 기나긴 여름 햇살이 지붕 위로 점차 사그라지는 모습을 바라보거나 느릿느릿하면서도 능란하게 움직이는 교무주임의 손가락을 쳐다보면서 그 앞에 서 있었다. 교무주임 신부의 얼굴은 완전히 그늘에 가려져 있었지만 등뒤로 이우는 햇살에 움푹 파인 관자놀이와 두개골의 굴곡만은 환히 드러나 보였다. 교무주임 신부가 이제 막 끝난 여름방학이라든가 수도회에서 운영하는 해외 학교의 실태라든가 선생님들의 전근이라든가 하는, 자기와는 별로 관계가 없는 문제를 진지하고 자상한 목소리로 이야기하는 동안 스티븐은 그의 억양과 말이 끊어지는 순간에 주의를 기울였다. 근엄하고도 자상한 그의 목소리는 물 흐르듯 순조롭게 이야기를 이어나갔는데, 그러다 간혹 말이 끊어질 때면 스티븐은 무언가 정중하게 질문을 해서 그 이야기가 다시 이어지도록 해야 할 것만 같은 기분이 들었다. 이런 이야기가 서론에 지나지 않음을 잘 알고 있었기에 일 초라도 빨리 본론으로 들어가기를 마음속으로 고대했다. 교무주임이 그를 찾는다는 전갈을 받고부터 그는 줄곧 그 이유를 알아내려고 무진 애를 썼다. 그리고 학교 응접실에 앉아 교무주임 신부가 들어오기를 초조하게 기다리던 그 기나긴 시간 동안 응접실의 벽마다 걸린 근엄한 표정의 초상화를 이리저리 두리번거리면서 마음속으로 이런 짐작 저런 짐작을 거듭

하던 그는 마침내 자신이 불려온 이유를 뚜렷이 깨닫는 순간에 이르렀다. 그래서 교무주임 신부에게 예기치 못한 일이 생겨 못 오게 되기를 바라던 바로 그때 문의 손잡이 돌아가는 소리와 수단 자락 스치는 소리가 들렸던 것이다.

교무주임은 도미니크 수도회와 프란치스코 수도회의 이야기를 비롯해 성 토마스와 성 보나벤투라 사이의 우정에 관한 이야기를 하기 시작했다. 그가 생각하기에 카푸친회의 복장은 어찌 보면 너무하다며.......

교무주임 신부의 너그러운 미소에 스티븐도 덩달아 미소로 화답했지만 구태여 자신의 의견을 말하고 싶지는 않아 입술을 약간 실룩거리며 궁금하다는 티만 냈다.

—내가 알기로는, 교무주임 신부가 말을 이었다, 카푸친회 내부에서도 자기들 복장을 폐지하고 다른 프란치스코 수도회의 관례를 따르자는 논의가 요새 심심찮게 이루어지고 있는 모양이야.*

—수도원 안에서는 그런 복장을 고수해도 무방할 텐데요, 스티븐이 말했다.

—아, 그야 물론이지, 교무주임이 말했다. 수도원 안에서야 아무런 문제가 없지, 하지만 외출할 때는 그런 복장을 하지 않는 편이 훨씬 나으리라는 게 내 생각이네, 자네 생각은 어떤가?

—틀림없이 거추장스러울 거예요, 제가 생각해도.

---

* 프란치스코회에서는 수도원 안에서만 전통적인 복장을 할 뿐 외출시에는 로만 칼라가 달린 검은 신사복을 입지만 카푸친회에서는 수도원 내외를 막론하고 항상 샌들에 두건을 쓰고 흰 끈을 허리에 매는 갈색 복장을 고수한다.

—그야 물론이지, 물론이고말고. 한번 상상해보게, 내가 벨기에에 있을 때 말이야, 카푸친회 신부들이 비가 오나 눈이 오나 사제복 옷자락을 무릎까지 걷어올리고 자전거를 타고 돌아다니는 걸 수도 없이 봤다네! 얼마나 가관이었을지 능히 짐작이 가지 않나. 벨기에 사람들은 그런 복장을 레 쥐프*라고 놀려대지.

모음 소리가 너무 달라서 스티븐은 제대로 알아들을 수가 없었다.

—뭐라고 놀려댄다고요?

—레 쥐프.

—아, 그렇군요.

그늘에 가려 잘 보이지 않는 교무주임 신부의 얼굴에 떠올라 있음직한 미소에 응답하여 스티븐은 또다시 미소를 지어 보였다. 교무주임의 나직하고도 신중한 말소리가 그의 귓전을 두드릴 때, 신부의 얼굴은 볼 수 없었지만 그 얼굴의 이미지나 환영만은 잽싸게 그의 마음을 스쳐지나갔다. 그는 서늘한 저녁 공기와 자신의 뺨에 지펴진 작은 불꽃을 가려주는 희미한 황색 석양빛을 즐기면서 눈앞의 창문 너머 저물어가는 저녁 하늘을 조용히 응시했다.

여자들이 입는 각종 의복이나 그것을 만드는 데 쓰이는 보드랍고 섬세한 원단의 이름만 들어도 그는 항상 마음속에 미묘하고도 죄에 물든 향수 냄새가 피어오르는 듯한 느낌이 들었다. 어린시절, 그는 말을 몰 때 쓰는 고삐는 비단으로 된 가느다란 끈이려니 상상했다가 스트래드브룩에서 마구의 기름때투성이 가죽끈을 직접 만져보고는 깜짝

* les jupes. '치마들'을 뜻하는 프랑스어.

놀란 적이 있었다. 그리고 떨리는 손가락으로 여자 스타킹을 처음 만져보았을 때도 그 가칠한 질감에 역시 크게 놀랐다. 책을 읽더라도 자신이 처한 상황의 반향이나 예언으로 보이는 것 외에는 아무것도 머릿속에 담아두지 않는 그에게, 부드러운 생명력을 지닌 채 살아 움직이는 여자의 영혼이나 육체를 상징한다는 것은 오직 부드러운 단어로 된 어구나 장미꽃잎처럼 부드러운 물질 속에서나 가능한 일이었기 때문이다.

그러나 교무주임의 입에서 나온 그 단어는 어딘지 모르게 엉큼한 복선을 깔고 에둘러 한 말 같았다. 그가 알기로 신부라면 여자의 의복에 대해 경솔하게 말해서는 안 된다. 그렇기에 그 가벼운 말에는 뭔가 의도가 있는 게 분명해 보였고 그늘에 가려진 신부의 두 눈이 자신의 얼굴을 찬찬히 살펴보고 있다는 느낌도 들었다. 그동안 예수회 회원들의 교활함에 대해 많은 이야기를 듣고 책도 많이 봤지만 경험을 통해 직접 확인한 적은 없었기에 무시해왔던 것이 사실이었다. 그의 선생님들, 호감이 안 가는 선생님들이라도 그들은 그에게 언제나 지적이고 진지한 사제요, 건장하고 혈기왕성한 선생님으로만 보였다. 그들은 기세 좋게 차가운 물로 몸을 닦고, 깨끗하고 시원한 아마포 내의를 입는 사람들이라고 생각했다. 클롱고우스와 벨비디어에서 이들 예수회 소속 사제들과 지내온 세월 동안, 그는 딱 두 번 그들에게 회초리를 맞았다. 두 번 모두 부당하게 받은 처벌이었지만, 어쨌든 자신이 마땅히 받아야 할 벌을 자주 모면했다는 것도 잘 알고 있었다. 그 시절 내내 그는 경박한 언사를 쓰는 선생님은 한 번도 본 적이 없었다. 그리스도교 교리를 가르치면서 선한 삶을 살도록 그를 격려해준 분들이 그들이요,

그가 비참한 죄의 수렁에 빠졌을 때 은총의 삶을 되찾도록 인도해준 분들도 그들이었다. 얼뜨기 같던 클롱고우스 시절에도 그들 앞에 서면 절로 주눅이 들었고, 벨비디어에서 애매한 위치에 처해 있는 지금도 그들 앞에 서면 자기도 모르게 주눅이 들었다. 선생님들 앞에 서기만 하면 언제고 느껴지는 위축감은 학창 생활의 마지막 해까지 그에게서 떠날 줄을 몰랐다. 그는 단 한 번도 선생님 말씀에 불복한 적이 없었고, 나쁜 친구들의 꾐에 빠져 묵묵히 순종하는 자신의 평소 습관에서 한 발짝도 벗어난 적이 없었다. 또한 선생님의 말씀에 혹시 의문이 드는 일이 생기더라도 그가 공개적으로 의문을 제기한 적도 없었다. 그러나 최근에는 선생님들의 판단 중에 몇몇이 다소 유치하게 들렸기에 자신이 친숙한 세계에서 서서히 빠져나오며 그 세계의 언어를 마지막으로 듣는 듯한 회한과 연민이 들었다. 어느 날 학생 몇몇이 한 사제를 둘러싸고 성당 근처의 결채 앞에 모여 있을 때 그는 그 사제가 이런 말을 하는 것을 들었다.

—매콜리 경*은 살아생전 대죄를 한 번도, 말하자면 고의적으로는 한 번도 저질러본 적이 없는 사람일 것 같네.

이어서 몇몇 학생들이 사제에게 빅토르 위고가 프랑스에서 가장 위대한 작가가 아니겠느냐고 물었다. 사제는 빅토르 위고가 교회를 등지고 난 후에 쓴 글들은 가톨릭 신자였을 때 쓴 글에 반도 못 미치는 수준이라고 대답했다.

—아무튼 빅토르 위고가 위대한 작가임이 분명하더라도, 사제가 말

---

* 영국의 사학자이자 정치가인 토머스 배빙턴 매콜리.

했다, 루이 뵈이요*만큼 순수한 프랑스어 문체를 구사하지는 못했다고 여러 저명한 프랑스 평론가들이 평가한다네.

교무주임 신부가 치마에 대해 언급하는 바람에 스티븐의 뺨에 피어올랐던 작은 불꽃이 도로 가라앉았고, 그의 눈은 여전히 흐릿한 하늘을 조용히 응시하고 있었다. 그러나 그의 마음속에서는 가라앉지 않는 의혹 하나가 이리저리 떠다녔다. 장막에 가려져 있던 기억들이 되살아나 그의 눈앞을 재빨리 스쳐갔다. 그는 눈앞을 스치는 장면들과 인물들을 알아보았지만, 전에는 이러한 것들을 둘러싼 핵심적인 정황을 제대로 파악하지 못했다는 사실을 깨달았다. 그는 클롱고우스에서 운동경기를 구경하며 운동장 주변을 배회하거나 크리켓 모자에서 슬림 짐을 꺼내 먹던 자신의 모습을 보았다. 예수회 회원 신부들이 숙녀들과 함께 자전거 길을 따라 걸어가는 모습이 보였다. 클롱고우스에서 쓰던 귀에 익은 표현들이 그의 마음속 머나먼 동굴에서 메아리치며 울리는 듯했다.

조용한 응접실에서 이처럼 머나먼 메아리에 귀를 기울이던 그는 문득 교무주임 신부의 어조가 바뀐 것을 눈치챘다.

—스티븐, 오늘 자네를 부른 까닭은 대단히 중요한 문제를 두고 자네에게 꼭 하고 싶은 말이 있어서라네.

—예, 신부님.

—자네는 혹시 소명을 받았다는 생각을 해본 적이 있는가?

스티븐은 그렇다고 대답하려고 입술을 벌리다 말고 갑자기 말을 멈

* 프랑스 저널리스트로 교황 권위의 열렬한 옹호자였다.

쳤다. 신부는 대답을 기다리다가 덧붙여 말했다.

—내 말은 자네 마음 안에, 자네 영혼 안에 성직에 몸을 던지고 싶은 욕구가 일었던 적이 있는가 하는 뜻이네. 생각해보게.

—간혹 그런 생각을 해본 적은 있습니다, 스티븐이 말했다.

교무주임 신부는 잡고 있던 블라인드 끈을 한쪽 옆으로 내려뜨린 뒤 두 손을 맞잡아 엄숙하게 턱을 받치고는 깊은 생각에 잠겼다.

—우리 학교 같은 곳에서, 그는 마침내 입을 열었다, 하느님께서 성직 생활로 불러들이시는 학생은 하나 혹은 많아도 두셋에 지나지 않는다네. 그런 학생은 신앙심으로나 모범적인 행동으로나 또래 학생들과는 눈에 띄게 다르기 마련이지. 그런 학생은 친구들에게 존경을 받는다네. 동료 신심 단체 회원들의 지지를 받아 회장으로 선출되기도 하지. 그런데 스티븐, 자네가 우리 학교에선 바로 그런 학생이라네. 자네는 성모마리아 신심회 회장이 아닌가. 어쩌면 자네가 하느님께서 당신 앞으로 부르려 하시는 학생일지도 모르겠네.

교무주임 신부의 근엄한 목소리를 한층 더 강화하는 자부심 어린 강한 어조에 스티븐의 심장이 전에 없이 빨리 뛰기 시작했다.

—그러한 소명을 받는다는 것은, 스티븐, 교무주임 신부는 말했다, 전능하신 하느님께서 인간에게 내리실 수 있는 가장 큰 영광이야. 이 세상의 어떤 왕이나 황제도 하느님의 사제와 같은 권세는 갖지 못하네. 천국의 어떤 천사나 대천사도, 어떤 성인이나 심지어 복되신 동정녀 마리아께서도 하느님의 사제와 같은 권세는 갖지 못하신다네. 하느님의 사제가 지닌 권세를 들자면 열쇠의 권세, 죄에 얽매이게 하고 또 죄에서 해방시키는 권세, 구마驅魔의 권세, 하느님의 창조물을 지배하

려는 악령들을 추방하는 권세, 하늘에 계신 위대하신 하느님을 제대 위로 내려오시게 하고 제병과 포도주의 모습으로 현현하시게 하는 권세와 권위가 있지. 이 얼마나 엄청난 권세인가, 스티븐!

교무주임의 이 자부심 넘치는 당당한 말 속에서 자랑스러운 자기 명상의 메아리를 들었을 때 그의 뺨에서 작은 불꽃이 다시 떨리기 시작했다. 자신이 사제가 되어 천사들과 성인들도 공경해 마지않는 엄청난 권세를 차분하면서도 겸허하게 행사하는 모습을 그 얼마나 자주 그려보았던가! 그의 영혼은 이런 열망을 두고 남몰래 깊이 생각해왔다. 그는 젊고 몸가짐이 침착한 신부가 되어 재빨리 고해소 안으로 들어간다든지, 제대의 계단을 밟고 올라가 향을 피운 다음 무릎을 꿇는다든지, 현실과 가까운 동시에 현실과 동떨어져 있다는 이유로 마음에 들었던, 좀 막연하긴 하지만 성직자로서 마땅히 해야 할 여러 일을 수행하는 자신의 모습을 그려보곤 했다. 명상 속에서 그가 꿈꿔왔던 사제로서의 삶을 마음속으로 막연하게나마 살아보는 동안, 눈여겨본 여러 다른 사제의 목소리와 몸짓을 그대로 흉내내기도 했다. 무릎을 꿇을 때에는 아무개 신부처럼 무릎을 옆으로 굽히고, 향로를 흔들 때에는 아무개 신부처럼 아주 가볍게만 흔들고, 신도들에게 축복을 간구한 뒤 다시 제대로 돌아갈 때에는 다른 아무개 신부처럼 제의가 옆으로 휘날리게 하기도 했다. 하지만 상상 속에서 이뤄지는 이러한 막연한 일들 가운데 그를 가장 즐겁게 하는 것은 무엇보다 보좌역을 맡는다는 생각이었다. 그는 의식을 전적으로 책임지는 사제의 권능은 피하고 싶었다. 제아무리 막연하다 해도 그 모든 화려한 의식을 결국 자신이 모두 책임져야 한다는 것, 그리고 의식을 집전함에 있어 자신이 너무나 뚜렷하고도 결정적인 임무를 수행해야 한다는 것이 상상만으로도 고역이었다. 그래서 그는 사소한 성무를 간절히 바랐다. 이를테면, 장엄미사 때 차부제次副祭*의 제복을 입고, 어깨에 두른 어깨보를 접어 성반을 받쳐든 채 사람들 눈에 띄지 않게 제대에서 멀리 떨어져 선다든지, 아니면 성찬 전례가 다 끝나면 부제로서 황금빛 천으로 된 옷차림으로 주례 사제보다 한 단 낮은 계단에 서서 두 손을 모아쥐고 얼굴은 회중을 향한 채 '이테, 미사 에스트'** 하고 미사가 끝났음을 알리는 영창조의 노래를 부르는 것 같은 사소한 일들이었다. 만일 그가 주례 사제 역할을 하는 자신의 모습을 상상해본 적이 있다면 그것은 어렸을 때 본 어린이용 미사 전례서에 실린 그림에서처럼 신자라고는 아무도 없는 성당에서, 제대에는 성찬례를 올리는 천사 외에는 아무것도 없고, 자기 또래의 앳된 복사의 시중을 받는 사제 역할뿐이었다. 막연한 전례적 행위나 성사의 행위를 통해서만 현실과 정면으로 대결해보고자 하는 그의 의지가 발동되는 듯했다. 자신의 분노나 자부심을 침묵으로 감춰왔든 아니면 그토록 주도하고 싶었던 포옹을 수동적으로 받기만 했든, 그의 행동이 늘 억눌렸던 것은 부분적으로는 정해진 의식이 따로 없기 때문이었다.

그는 이제 공손하게 입을 다물고 교무주임 신부의 호소에 귀를 기울였다. 그 호소의 말을 통해 남모르는 지식과 남모르는 권세를 줄 테니 가까이 다가오라고 명하는 목소리가 보다 선명하게 들렸다. 그

* 부제를 보좌하는 신부로, 미사 때 성찬용 성기(聖器)를 준비하고 서간을 봉독하는 일을 한다.

** Ite, missa est. '미사가 끝났으니 가서 복음을 전합시다'라는 뜻.

렇게 하면 그는 마술사 시몬의 죄*가 무엇이며 또 결코 용서받을 수 없는 성령 모독죄가 무엇인지 알게 되리라. 다른 사람들이, 다시 말해 진노震怒의 자녀**로 잉태되어 태어난 이들은 도무지 알 길 없는, 세상에 알려지지 않은 숨은 일들도 알게 되리라. 수치심으로 가득찬 컴컴한 성당의 고해소에서 부인들과 소녀들의 입을 통해 들려오는 그 고해의 중얼거림을 듣는다면 죄란 무엇이며, 죄로 물든 갈망이란 무엇이며, 죄로 물든 생각이란 무엇이며, 죄로 물든 행위란 무엇인지 훤히 알게 되리라. 하지만 그 자신은 서품식 때 받은 안수按手 덕택에 신비롭게도 죄에 물들 염려가 조금도 없어 그의 영혼은 오염되지 않은 채 순백의 평화가 서린 제대를 향해 다시 나아갈 수 있으리라. 제병을 높이 들고 나누어주는 그의 손에는 어떠한 죄도 감히 얼씬거리지 못하리라. 기도하는 그의 입술에는 주님의 성체임을 분별하지 못한 채 마구 먹고 마시게 하여 천벌을 받게 하는 그 어떤 죄도 범접하지 못하리라. 그는 순결하고 죄 없는 몸이 되어 남모르는 지식과 남모르는 권세를 누리리라. 그리하여 멜기세덱***의 전통에 따라 영원한 사제가 되리라.

—내일 아침에 내가 미사를 올리도록 하겠네, 교무주임 신부가 말했다, 전능하신 하느님께서 당신의 거룩한 뜻을 자네에게 보여주시도록 말이야. 그러니까 스티븐, 자네도 하느님과 더불어 막강한 권세를 가

---

* 「사도행전」 8:9~24. 성직 매매죄를 말한다.

** 「에페소 신자들에게 보낸 서간」 2:3.

*** 「창세기」 14:18, 「시편」 11:4, 「히브리인들에게 보낸 서간」 5:6. 모든 가톨릭 사제의 선조를 뜻한다.

진 최초의 순교자이자 자네의 수호성인*에게 구일기도를 드리도록 하게. 하느님께서 자네 마음에 커다란 깨우침을 주시도록 말일세. 하지만 스티븐, 먼저 자네가 소명을 받았다는 확신이 있어야 하네. 만일 훗날 소명을 받지 않았음을 깨닫게 된다면 그처럼 끔찍한 일도 없을 테니까 말일세. 일단 사제가 되면 영원히 사제로 남아야 함을 명심하게. 교리문답에서 자네도 배웠다시피 성품성사는 영혼에 도저히 지울 수 없는 불멸의 영적 표식을 남기기 때문에 일생에 오직 한 번밖에 받을 수 없는 성사에 들어간다네.** 그러니 결심한 후가 아니라 결심하기 전에 반드시 심사숙고해야 한다네. 스티븐, 이건 정말 엄숙하게 생각할 문제야. 자네의 영원한 영혼의 구원이 달린 문제일 수도 있으니. 어쨌거나 우리 함께 하느님께 기도드리도록 하세.

교무주임 신부는 육중한 현관문을 열고 서서 이미 신앙생활을 함께 하고 있는 동료에게 하듯이 스티븐에게 손을 내밀었다. 현관문을 지나 계단 위쪽의 널찍한 단상으로 나오자 스티븐은 온화한 저녁 공기가 자기 몸을 부드럽게 감싸주고 있음을 느꼈다. 핀들레이터 교회*** 쪽으로 네 명의 젊은이가 서로 팔짱을 끼고 고개를 흔들면서 선도자가 연주하는 아코디언의 경쾌한 멜로디에 맞추어 활기차게 걸어가는 모습이 보였다. 예기치 않게 듣게 된 음악의 첫 몇 소절이 으레 그러하듯 그 멜

---

* 예루살렘 성밖에서 돌에 맞아죽은 그리스도교 최초의 순교자 성 스테파노. 스티븐은 스테파노를 영어식으로 표기한 이름이다.

** 가톨릭 교리에 따르면 일곱 성사 중에서 반복할 수도, 지울 수도 없는 성사로는 성품성사를 비롯해 세례성사, 견진성사, 혼인성사가 있고 반복할 수 있는 것으로는 고해성사, 성체성사, 병자성사가 있다.

*** 파넬 광장 위쪽에 있는 장로교회.

로디도 그의 종잡을 수 없는 마음의 결을 곧바로 스치면서, 갑작스레 밀려온 파도가 아이들이 쌓아놓은 모래성을 허물어버리듯 그의 종잡을 수 없는 마음속 성을 아무런 고통도 주지 않고 소리 없이 허물었다. 그는 그 시시한 멜로디에 미소를 머금은 채 눈을 들어 교무주임 신부를 쳐다보았고 그 얼굴에 저물어가는 하루의 빛이 침울하게 드리워지는 것을 보고는 교무주임이 보여준 동료 의식에 대한 묵종의 뜻으로 가볍게 잡았던 손을 슬며시 거두었다.

계단을 내려가던 중 여태껏 이어진 그의 어수선하고 불안한 자기 성찰에 종지부를 찍은 것은 다름아닌 방금 전 현관에서 본, 저물어가는 하루의 빛이 침울하게 드리워진 교무주임의 얼굴이 풍기는 인상이었다. 바로 그때, 학교생활의 그림자가 그의 의식 위로 차분하게 흘러가기 시작했다. 엄숙하고 질서정연하고 냉철한 생활이 그를 기다리고 있었다. 한마디로 물질적인 근심 걱정이 없는 생활. 그는 자신이 수도자 수련원에서 첫날밤을 어떻게 보낼지, 또 다음날 아침 기숙사에서 잠에서 깨면 얼마나 어리둥절해할지 궁금했다. 클롱고우스의 긴 복도에서 풍겨나와 마음을 불안케 하던 그 냄새가 되살아나고, 가스등이 타면서 내던 그 조용한 속삭임 같은 소리가 다시 들리는 것 같았다. 이와 때를 같이하여 그의 온몸 구석구석에서 불안감이 치솟아 번뜩이기 시작했다. 이어 열에 들뜬 듯 심장의 맥박이 빨라지고, 소음 같은 무의미한 말들이 그의 정돈된 생각들을 이리저리 혼란스럽게 끌고 다녔다. 그의 폐는 마치 후텁하고도 눅눅한 해로운 공기라도 들이마신 듯 거칠게 팽창과 수축을 반복했다. 클롱고우스의 목욕탕에서 우중충한 이탄 색깔의 목욕물 위에 감돌던 그 후텁하고 눅눅한 공기의 냄새를 다시 맡는 것만 같았다.

이러한 기억 때문에 깨어난 본능이, 교육이나 신앙심보다 더 강렬한 어떤 본능이 그 같은 생활에 가까이 다가가려고 할 때마다 그의 마음 속에 기운차게 되살아났다. 미묘하고도 적의에 찬 이 본능이 그의 마음을 무장시켜 묵종하지 못하도록 가로막는 듯했다. 성직 생활의 냉기와 질서정연함이 그에게 혐오감을 불러일으켰다. 그는 아침 일찍 찬 공기를 마시며 잠자리에서 일어나 새벽 미사를 드리기 위해 다른 사람들과 함께 줄을 서고, 공복으로 인한 위의 통증을 참으며 기도에 집중하려 헛되이 애쓰는 자신의 모습을 상상해보았다. 학교의 동료 교직원들과 함께 저녁 식탁에 앉아 있는 모습도 상상해보았다. 그렇다면 낯선 집에서 먹고 마시기를 싫어하는, 그토록 뿌리깊은 자신의 수줍음은 대체 어떻게 될 것이란 말인가? 어떤 집단에서든 자신은 남들과는 다른 독특한 존재라고 인식하게 했던 그의 자긍심은 또한 어떻게 될 것이란 말인가?

예수회 신부 스티븐 디덜러스.

이러한 새로운 생활을 시작할 그의 이름이 눈앞에 활자로 불쑥 나타나더니 잇달아 정체를 알 수 없는 어떤 얼굴, 또는 얼굴색이 머릿속에 불현듯 떠올랐다. 그 얼굴색은 차츰 흐려지다가 엷은 색 벽돌이 벌겋게 달아올라 이글거릴 때처럼 다시 선명한 색을 띠었다. 혹시 추운 겨울 아침이면 갓 면도한 사제들의 턱밑 피부에서 그토록 자주 보았던 그 불그스레한 맨살의 빛깔인가? 그 얼굴에는 눈이 없었고 인상은 몹시 까다로워 보이는데다 표정은 매우 경건했으며 억눌린 분노가 홍조가 되어 온 얼굴을 물들이고 있었다. 혹시 어떤 학생들은 랜턴 조스라고 부르고 어떤 학생들은 폭시 캠벨이라고 부르던 예수회 신부 중 한 분*의 얼굴이 망령처럼 그의 마음속에 떠오른 걸까?

그 순간 그는 가디너 스트리트의 예수회 사제관 앞을 지나가고 있었다. 만일 자신이 예수회에 들어간다면 어느 창문이 자기 몫으로 배정될지 궁금해졌다. 그러다가 자신이 지금 느끼는 궁금증이 얼마나 막연한지를, 자신의 영혼이 지금껏 성역으로만 상상해왔던 곳에서부터 얼마나 동떨어져 있는지를 깨닫고 놀랐다. 자신의 결정적이고도 돌이킬 수 없는 행동 하나가 조만간 그리고 영원히 그의 자유를 끝장내버리겠다는 위협을 가해오자 여러 해 동안 그를 지배해온 명령과 복종의 장악력이 그토록 무력하게 그 힘을 잃고 마는 데에도 놀랐다. 교회의 자랑스러운 권리와 성직이 지니는 신비며 권세를 역설하던 교무주임 신부의 목소리가 기억 속에서 공허하게 되풀이되었다. 그의 영혼은 그 목소리를 귀담아듣거나 기꺼이 받아들이기를 거부했고 자신이 귀담아들었던 간곡한 권유 역시 이미 한낱 부질없고 의례적인 이야기로 전락해버렸음을 그는 이제 알았다. 그는 사제가 되어 감실 앞에서 향로를 흔들지 않으리라. 그의 운명은 사회적인 도리나 종교적인 도리에서 벗어나는 것이었다. 사제의 호소에 담긴 지혜는 그의 마음의 정곡을 찌르지 못했다. 그는 다른 사람들의 것과는 다른 자신만의 지혜를 터득하거나, 아니면 세상의 함정 사이를 배회하며 다른 사람들의 지혜를 몸소 터득해야 할 운명이었다.

세상의 함정이란 죄가 횡행하는 길이었다. 그는 그 함정에 빠지리

---

* 당시 벨비디어 학교에는 리처드 캠벨이라는 신부가 있었는데 그의 별명이 홀쭉하고 긴 턱과 관련된 '랜턴 조스' '폭시 캠벨'이었다고 한다.

라. 아직은 빠지지 않았지만 어느 순간 소리 없이 빠지리라. 함정에 빠지지 않기란 어렵디어려운 일이었다. 그리하여 앞으로 어떤 순간에 이르면 자신의 영혼이 소리 없이 함정에 빠지고 말리라는 느낌이, 빠져들고 있으나 아직은 빠지지 않았고, 여전히 빠져들지 않았으나 결국은 빠져들고 말리라는 느낌이 들었다.

그는 톨카강에 놓인 다리*를 건넌 뒤 햄 모양의 초라한 오두막이 옹기종기 모여 있는 빈민촌 한가운데, 기둥 위에 새처럼 얹혀 있는 성모 마리아의 퇴색한 푸른빛 입상을 잠시 싸늘한 눈초리로 바라보았다. 그러다가 왼쪽으로 꺾어 자기 집으로 가는 골목길을 따라 걸어갔다. 강기슭 경사지에 있는 채소밭에서 썩은 양배추의 시큼한 냄새가 희미하게 풍겨왔다. 자신의 영혼 속에서 결국 승리를 거둔 것은 바로 아버지 집의 이 무질서와 난장판, 혼란 그리고 식물적인 생명이 썩는 일이라고 생각하니 자기도 모르게 미소가 떠올랐다. 곧 그들이 모자를 쓴 사나이라는 별명을 붙여준, 집 뒤의 채소밭에서 혼자 일하던 그 외로운 일꾼을 생각하니 그의 입에서 짤막한 웃음이 터져나왔다. 첫번째 웃음에 이어 잠시 뒤 자기도 모르는 사이에 두번째로 웃음이 터져나온 것은 모자를 쓴 사나이가 하늘의 네 방위를 번갈아 구석구석 살피다가 유감스럽다는 듯이 땅에 삽을 내리꽂으며 일하던 모습이 생각났기 때문이다.

그는 빗장이 걸리지 않은 현관문을 밀어젖히고 장식 하나 없는 복도를 지나 부엌으로 들어갔다. 남동생들과 누이동생들이 무리를 지어 식

* 더블린 북부를 흐르는 톨카강 위에 놓인 밸리버 다리를 말한다.

탁에 둘러앉아 있었다. 오후의 차*는 거의 바닥나, 재탕한 차의 찌꺼기만 찻잔 대용으로 쓰는 조그만 유리잔과 잼 단지의 밑바닥에 남아 있을 뿐이었다. 먹다 만 설탕 뿌린 빵 껍질들과 덩어리들이 그 위에 엎지른 홍차 때문에 갈색으로 변색된 채 식탁에 널브러져 있었다. 쏟아진 찻물이 식탁 여기저기에 작은 우물처럼 괴어 있었고, 아무렇게나 잘라 먹다 남긴 파이 한복판에는 부러진 상아 손잡이가 달린 나이프가 보란 듯이 꽂혀 있었다.

저무는 하루의 처량하고도 조용한 청회색 빛이 창문과 열린 문을 통해 들어와, 스티븐의 가슴속에 갑자기 솟아오른 본능적인 죄책감을 포근히 감싸며 조용히 달래주었다. 동생들에게는 주어지지 않은 모든 것이 장남인 그에게는 아낌없이 주어졌다. 그런데도 조용한 저녁놀에 비친 동생들의 얼굴에서 원망의 기색이라고는 조금도 찾아볼 수 없었다.

그는 동생들 옆에 앉아 아버지와 어머니는 어디 계시느냐고 물었다. 동생 하나가 이렇게 대답했다.

—지노삽을 보노사러 가노샀어.**

또 이사란 말인가! 벨비디어 학교에서 팰런이라는 아이가 멍청하게 웃으면서 그에게 너희는 왜 그리 이사를 자주 다니느냐고 종종 물어댔다. 그렇게 물어대는 아이의 멍청한 웃음소리가 다시 들리는 듯해 그는 모욕감으로 얼굴이 찌푸려졌고, 그러자 곧 그의 이마가 어두워졌다.

그는 물었다.

---

* 보통 오후 다섯시경에 갖는 다과 시간에 마시는 홍차.

** 원문은 'Goneboro toboro lookboro atboro aboro houseboro'로, 각 단어마다 '-boro'를 붙여 말장난을 하고 있다. '집을 보러 갔어'라는 뜻.

—물어볼 필요도 없겠지만 왜 또 이사를 간다니?

아까 대답한 여동생이 다시 대답했다.

—지노삽 주노사인이 우노사리를 내노사쫓노사으려 하노사니까.*

벽난로에서 멀리 떨어진 곳에 앉아 있던 막냇동생이 〈고요한 밤이면 자주〉**라는 노래를 부르기 시작했다. 하나둘씩 다른 동생들도 노래에 합세해 마침내 다 같이 합창을 하게 되었다. 그들이 시간 가는 줄 모르고 이 노래 저 노래, 이 합창곡 저 합창곡을 계속 불러대는 사이 마지막 파리한 햇살이 지평선 너머로 사라지고 검은 밤 구름이 처음으로 모습을 드러내더니 밤이 찾아왔다.

함께 노래를 부르기 전에 그는 한동안 동생들의 노래에 가만히 귀를 기울였다. 가냘프고 싱그럽고 천진한 그들의 목소리 이면에 피로감이 녹아 있어 그들의 노래를 들으며 그는 마음이 아팠다. 삶의 여정을 채 시작하기도 전에 동생들은 벌써 그 여정에 지쳐 있는 듯했다.

그는 부엌에 울려퍼지는 동생들의 합창 소리가 끝없이 이어져온 모든 세대의 아이들의 합창 소리와 끊임없이 울림을 주고받으며 점점 더 크게 메아리쳐가는 것을 듣고 있었다. 그 모든 메아리 속에서 피로와 고통의 반복적인 선율이 메아리쳐 들려왔다. 모두가 삶이라는 길에 들어서기도 전에 벌써 삶에 지쳐버린 듯했다. 그리고 그는 뉴먼 또한 자연 그 자체의 목소리처럼, 모든 시대의 아이들이 겪어왔던 고통과 피로를 노래하면서도 여전히 보다 나은 세상에 대한 희망을 노래하는*** 베르길리우스

* '집주인이 우리를 내쫓으려 하니까'라는 뜻.

** 아일랜드의 국민 시인 토머스 무어가 작사한 대중가요의 제목이자 첫 소절.

*** 추기경 뉴먼의 「동의의 문법론」에서 인용.

의 단편적인 시구에서 이러한 선율을 감지한 적이 있음을 머릿속에 떠올렸다.

* * *

더이상 기다릴 수 없었다.

바이런 주점 문 앞에서 클론타프 성당* 입구까지, 클론타프 성당 입구에서 바이런 주점 문 앞까지, 거기서 다시 성당까지, 그리고 다시 주점까지, 그는 처음에는 보도에 깔린 포석을 하나하나 조심스럽게 밟으며 걷다가 나중에는 시의 리듬에 맞추어 일정한 보조로 천천히 걸었다. 그의 아버지가 대학 강사인 댄 크로스비에게 대학**에 관해 무언가 알아볼 일이 있다면서 함께 주점으로 들어간 지 벌써 한 시간이 족히 지났다. 꼬박 한 시간 동안 그는 성당까지 왔다갔다하며 그들이 나오기를 기다렸다. 그러나 그는 더이상은 기다릴 수 없었다.

그는 갑자기 불 방조제*** 쪽으로 걷기 시작했다. 아버지의 날카로운 휘파람 소리가 그의 발길을 되돌려놓지 않도록 그는 걸음을 재촉했다. 얼마 후 경찰서 막사 모퉁이를 돌아서자 그제야 마음이 놓였다.

그렇다. 어머니의 뚱한 침묵에서 간파한 대로 어머니는 그의 대학 진학을 반대했다. 그러나 어머니의 그 불신이 아버지의 자랑보다 훨씬 더

* 더블린 북부의 클론타프 로드에 있는 성 요한 세례자 성당.

** 1854년에 설립된 가톨릭계 대학으로 현재의 유니버시티 칼리지 더블린을 말한다. 조이스는 1898년 6월 벨비디어 칼리지를 졸업하고 그해 9월 이 대학에 입학했다.

*** 클론타프해안에서 더블린만 동남쪽으로 뻗어 있는 방조제.

날카롭게 그의 마음을 찔렀기에 그는 자신의 영혼 속에서 시들어가던 신앙심이 어머니의 눈에는 더욱 원숙해지고 강해지는 것으로 비쳐온 과정을 스스로 어떻게 지켜봐왔는지 차분히 되짚어보았다. 어렴풋한 적대감이 그의 내면에서 꿈틀거리더니 어머니의 불신에 항의하듯 구름처럼 그의 마음을 어둡게 뒤덮었다. 그러다가 구름이 흘러가듯 적대감이 어디론가 사라져 마음이 평온을 되찾고 어머니에 대한 공경심도 되살아나자 그는 어머니와 자기 삶 사이가 처음으로 소리 없이 분리되고 있음을 어렴풋이, 그리고 그다지 서운한 마음 없이 알아차리게 되었다.

대학 진학! 그로써 그는 자신의 소년 시절의 후견인인 양 버티고 서서 그를 손아귀에 가둔 채 자기네 목적 달성을 위해 마음대로 주무르려던 감시인들 수하에서 벗어났다. 만족감에 뒤따르기 마련인 자부심으로 그는 천천히 밀려오는 긴 파도를 탄듯 우쭐해졌다. 헌신해야 할 목표를 갖고 태어났으나 그것이 무엇인지 아직 모르고 있던, 바로 그 목표가 미지의 통로를 통해 탈출할 수 있도록 그를 인도했던 것이다. 이제 그 목표가 또다시 그에게 손짓하고 있었고 어떤 새로운 모험이 바야흐로 그의 눈앞에서 전개될 참이었다. 그에게는 한 옥타브 치솟았다가 감사도減四度로 내려오고, 한 옥타브 치솟았다가 장삼도長三度로 내려오는 발작적인 곡조가 들려오는 듯했는데, 마치 한밤중 숲속에서 세 가닥의 불길이 하나씩 하나씩 발작적으로 하늘로 치솟는 것만 같았다. 그것은 요정들이 연주하는 끝도 형식도 없는 서곡이었다.* 박자 감각을 잃고 마구 치솟는 불길처럼 그 곡조가 점점 격렬해지고 빨라짐에 따

* 프랑스 작곡가 클로드 드뷔시의 〈목신의 오후 전주곡〉을 암시하는 듯하다.

라, 마치 나뭇가지와 풀숲 아래서 야생동물들이 나뭇잎에 떨어지는 빗방울처럼 타닥타닥 소리를 내면서 뛰어다니는 소리를 듣는 듯했다. 산토끼와 집토끼, 암수 사슴과 영양 같은 짐승의 발소리가 타닥타닥 요란하게 울리며 그의 마음을 스쳐지나갔다. 마침내 아무런 소리도 들리지 않게 되자 뉴먼의 책에 나오는 위엄 있는 구절 하나가 떠올랐다. 그 발은 수사슴의 발과 같고 그 아래로 영원한 팔을 뻗으신다.*

그 막연한 이미지에서 느껴지는 어딘지 모를 긍지가 그로 하여금 스스로 거부한 바 있는 성직의 존엄성을 다시금 마음속에 떠올리게 했다. 소년 시절 내내 그는 그토록 자주 자신의 운명이라 여기면서 그 문제에 대해 깊이 생각해왔지만 막상 그 성소聖召에 순종해야 할 순간이 오자 변덕스러운 본능에 굴복해 이를 뿌리쳐버렸다. 이제 돌이킬 수 없는 시간이 가로놓였다. 서품식의 성유가 그의 몸에 뿌려지는 일은 결코 없으리라. 그가 거부했기 때문에. 왜?

그는 돌리마운트**에서 길을 벗어나 바닷가로 향했다. 얇은 나무판자로 된 다리를 건너면서 무겁게 내딛는 구둣발 때문에 널빤지가 흔들리는 것을 느꼈다. 무리 지은 크리스천 브러더스 수도회의 수도자들이 불 방조제 쪽에서 나와 돌아가다가 다리에 이르자 두 사람씩 짝을 지어 건너기 시작했다. 이내 다리 전체가 흔들리며 쿵쿵 울리는 소리가 들렸다. 바닷바람으로 얼굴빛이 누레지거나 붉어지거나 검푸르게 변한 투박한 인상의 수도자들이 둘씩 짝을 지어 그의 곁을 지나갔다. 애써 태연하고 무관심한 표정으로 그들을 바라보려 했지만 부끄러움과

---

* 추기경 뉴먼의 『대학의 이념: 그 정의와 실례』에 나오는 구절.

** 클론타프 북쪽에 인접한 지역.

자기 연민의 기색이 얼굴에 희미하게 떠오르는 것이 느껴졌다. 그는 그러한 자신의 꼴에 화가 나서 다리 아래로 소용돌이치며 흘러가는 얕은 바닷물을 곁눈질로 내려다보며 그들의 눈에 띄지 않도록 얼굴을 감추려고 애썼다. 하지만 바닷물에 계속 비치는 그들의 머리를 내리누르는 듯한 실크해트와 테이프처럼 좁다란 초라한 칼라와 헐렁하게 몸에 걸친 성직복만은 보지 않을 수 없었다.

—히키 수사.

케이드 수사.

매캐들 수사.

키오 수사.

그들이 지닌 신앙심은 그들의 이름과 같고, 그들의 얼굴과 같고, 그들의 복장과도 같으리라. 그들의 겸손하고 뉘우치는 마음은 아마도 자신의 마음이 여태까지 그랬던 것보다 훨씬 더 풍요로운 기도의 선물을 바쳤으리라. 그 선물은 아마도 자신이 정성을 다한 예배보다 열 배나 더 하느님의 마음을 즐겁게 하는 것이었으리라. 그는 혼자 생각해보았지만 소용없는 일이었다. 그들을 너그럽게 대하자고 자신을 타일러도 보고 만일 그가 자존심이 박살나고 기진맥진해져 거지꼴로 그들의 대문 앞에 나타나면, 그들은 그를 자기들 자신처럼 사랑해주고 관대하게 대해주리라 생각해보기도 했지만, 이 역시 모두 부질없는 일이었다. 마지막으로, 자신의 냉철한 확신과는 달리 사랑의 계명은 이웃을 우리 자신처럼 사랑하되* 그 양과 강도를 똑같이 할 것이 아니라, 우리 자신

* 「마태오 복음서」 22:39, 「루카 복음서」 10:27.

을 사랑하는 것과 똑같은 성격의 사랑으로 이웃을 사랑하도록 명한다고 주장해보기도 했지만 그 역시 부질없고 마음만 더 아프게 할 따름이었다.

그는 보물 창고에서 보물을 꺼내듯 마음속에 간직하고 있던 구절 하나를 꺼내 혼자 나직이 읊어보았다.

—바다에 밀려온 얼룩진 구름의 하루.*

이 구절과 그날의 시간과 눈앞의 경치가 절묘하게 조화를 이루었다. 언어가 조화를 이루다니. 언어. 그게 언어의 색채일까? 그는 언어의 색채가 시시각각으로 색조를 바꿔가며 강렬한 빛을 발하다가 차츰차츰 여려지게끔 내버려두었다. 떠오르는 해의 황금빛에서 사과 과수원의 황갈색과 초록빛을 거쳐 파도의 푸른색을 지나 뭉게구름 가장자리의 잿빛에 이르기까지. 아니, 그게 아니었다. 언어의 색채가 아니었다. 그것은 문장 그 자체의 균형과 조화였다. 그렇다면 그는 언어가 연상시키는 전설과 색채보다 언어가 지닌 율동적인 고저와 강약을 더 사랑하는 걸까? 아니면, 마음이 수줍은데다 시력마저 약해서 다채롭고도 풍요로운 층위를 이루는 언어의 프리즘을 통해 눈부시게 반사되는 감각적인 세계보다 명쾌하고도 유연한 도미문掉尾文** 속에 완벽하게 반영된 한 개인의 내면적인 감정 세계를 명상하는 데서 더 큰 즐거움을 맛보는 걸까?

---

* 스코틀랜드의 지질학자이자 저술가인 휴 밀러의 신학 소책자 『암석의 증언』에 나오는 한 구절의 인용으로, 원문은 '바다에 밀려온(seaborne)'이 아니라 '바람에 밀려온(breeze-borne)'이다.

** 주절이나 동사가 문장의 끝에 위치해 문미에 가서야 뜻이 완결되는 문장을 말한다.

그는 흔들리는 다리를 건너 단단한 땅으로 다시 내려섰다. 그 순간 공기가 싸늘하게 느껴졌다. 곁눈질로 바다 쪽을 보니 한줄기 돌풍이 몰아쳐 어두워지면서 갑자기 잔물결이 일었다. 심장이 두근거리는 소리가 희미하게 들리고 목구멍에서도 어렴풋이 맥박이 느껴지자 그는 자신의 육체가 그 싸늘하고도 비인간적인 바다 냄새를 얼마나 두려워하는지 다시 한번 절감했다. 그런데도 그는 왼편에 보이는 모래언덕을 가로질러갈 생각은 하지 않고 강 하구 쪽으로 돌출한 바위 등성이를 따라 곧장 앞만 보고 걸어갔다.

구름에 가린 햇빛이 만을 이룬 강 하구의 잿빛 수면을 희미하게 비추고 있었다. 저멀리 유유히 흐르는 리피강의 물줄기를 따라 가느다란 돛대들이 하늘을 수놓았고, 더 멀리에는 더블린시의 어렴풋한 윤곽이 안개 속에 납작 엎드려 있는 듯 보였다. 인간의 권태처럼 오랜 역사를 가진, 그리스도교 세계에서 일곱번째로 큰 이 대도시의 이미지가 시간을 초월한 대기를 가로질러 아라스 천 벽걸이에 나오는 흐릿한 풍경처럼 그의 눈앞에 펼쳐져 있었다. 싱모트 시대*보다 더 낡지도 않고 예속의 상태를 더이상 괴로워하거나 더이상 못 견뎌하지도 않는 그런 모습으로.

의기소침해진 그는 눈을 들어 얼룩진 바다에 밀려온 구름들이 천천히 떠가는 모습을 바라보았다. 구름들은 유목민 무리가 이동하듯 하늘이라는 사막을 가로질러 아일랜드 상공을 높이 날아 서쪽으로 흘러가고 있었다. 구름들이 지나온 유럽 대륙은 아일랜드해 저너머에 펼쳐져

* 9세기부터 11세기까지 아일랜드가 바이킹의 지배를 받던 시대.

있었다. 그 구름들은 낯선 언어를 쓰고, 계곡이 깊고, 숲으로 둘러싸이고, 성채가 많고, 참호를 파고, 군대를 배치해놓은 민족들이 사는 유럽을 지나온 것이었다. 간신히 의식할 수는 있으나 단 한순간도 정확하게 포착할 수는 없는 기억과 이름으로 뒤범벅된 듯한 혼란스러운 음악소리가 그의 마음속에서 들려왔다. 그러다가 음악 소리는 멀리, 멀리, 멀리 사라지는 것 같았다. 혼란스러운 음악 소리가 꼬리를 물고 사라질 때마다 언제나 끝을 길게 끌며 외치는 외마디소리가 별처럼 고요한 밤하늘을 뚫고 내려와 그 자리를 채웠다. 또다시! 또다시! 또다시! 또다시! 세상 저편에서 어느 목소리가 그를 부르고 있었다.

—이봐, 스테파노스.*

—디덜러스가 행차하시는군!

—야!... 그만둬, 드와이어, 그만두라니까, 안 그러면 주둥이를 한대 갈겨버리겠어.... 아이고!

—잘한다, 타우저! 그 녀석을 물에 처넣어!

—어서 오십시오, 디덜러스! 보우스 스테파노우메노스! 보우스 스테파네포로스!**

—물에 처넣어! 물을 실컷 먹여, 타우저!

—사람 살려! 사람 살려!... 아!

아이들의 얼굴을 알아보기도 전에 그는 그들이 한꺼번에 떠들어대

* 스티븐을 그리스어식으로 부른 것으로 '화환, 왕관'을 뜻한다.

** '보우스 스테파노우메노스(Bous Stephanoumenos)'는 아이들이 지어낸 그리스어로 '스티븐의 황소 영혼'이라는 뜻이고, '보우스 스테파네포로스(Bous Stephaneforos)'는 '제물로 바쳐지는 화환을 쓴 황소'라는 뜻이다.

는 말소리를 알아차렸다. 물에 젖은 알몸으로 뒤엉켜 물놀이하는 그들의 모습을 지켜보는 것만으로도 뼛속까지 오싹해졌다. 시체처럼 하얗거나 창백한 금빛으로 물들어 있거나 햇볕에 벌겋게 탄 그들의 몸은 바닷물에 젖어 번들거렸다. 엉성하게 만든 받침대 위에 얹혀 아이들이 물속으로 뛰어내릴 때마다 흔들거리는 다이빙대와 그들이 야단법석을 떨며 기어오르는 경사진 방조제의 울퉁불퉁한 바위들도 물기를 머금은 채 차가운 빛을 내며 번들거렸다. 그들이 자기네 몸을 탁탁 쳐대는 수건은 차가운 바닷물에 젖어 무거워 보였고, 그들의 헝클어진 머리카락도 차가운 소금물에 흠뻑 젖어 있었다.

그는 부르는 소리를 알아들었다는 표시로 잠자코 선 채 그들의 야유를 가벼운 농담으로 받아넘겼다. 발가벗은 저들은 어쩌면 저렇게도 하나같이 개성이 없어 보일까. 단추를 채우지 않고 가슴 깊이 옷깃을 열어젖힌 채 입고 다니던 상의를 벗은 셜리의 모습에서, 뱀 모양 버클이 달린 주홍빛 벨트를 매지 않은 에니스의 모습에서, 덮개 없는 옆주머니가 달린 노퍽식 상의를 벗어던진 코널리의 모습에서 그는 아무런 개성도 발견할 수 없었다! 벌거벗은 그들을 바라보기란 고역이었고 더구나 그들의 가엾은 알몸에 혐오감을 느끼게 만드는 사춘기의 성징들을 쳐다보려니 칼로 도려내듯 마음이 아팠다. 어쩌면 그들은 자기네 영혼에 깃들어 있는 남모를 두려움에서 벗어나기 위해 저렇게 떼를 지어 법석을 떠는지도 몰랐다. 그러나 그는, 그들과 멀리 떨어져 침묵에 잠긴 채 자기 육체의 신비로 인해 자신이 얼마나 두려움에 시달렸던가를 되새겨보았다.

—스테파노스 다이달로스! 보우스 스테파노우메노스! 보우스 스테

파네포로스!

그들의 야유는 그에게 조금도 새롭지 않았고 지금은 언제나 그렇듯이 그의 차분하면서도 오만한 우월감을 부추겨줄 뿐이었다. 과거 어느 때와 달리, 이제 그의 이상한 이름은 하나의 예언처럼 느껴졌다. 따뜻한 잿빛 대기는 시간을 한참 초월한 듯 보였고, 그 자신의 기분도 너무나 유동적이고 감정에 사로잡힘 없이 자유로워져, 그에게는 모든 시대가 하나로 합쳐진 것만 같았다. 조금 전만 하더라도 덴마크계 고대 왕국의 망령이 안개 자욱한 도시의 장막을 뚫고 모습을 드러내 보인 것 같았다. 그런데 이제 그 전설적인 명장名匠의 이름을 듣자 그는 파도 소리가 어렴풋이 들리는 듯했고 날개 달린 어떤 형상이 파도 위로 날아다니다가 서서히 창공으로 솟아오르는 광경이 눈에 보이는 듯했다. 그것이 뜻하는 바가 무엇이었을까? 그것은 예언과 상징으로 가득찬 중세 서적의 한 페이지를 시작하는 이상야릇한 도안이었을까, 태양을 향해 바다 위로 날아오르는 매처럼 생긴 사람, 아니면 그가 날 때부터 숙명적으로 투신하기로 되어 있어 안개 속을 헤매는 듯한 유년기와 소년기를 거치면서도 변함없이 추구해왔던 그 목표의 예언이었을까, 그것도 아니면, 자신의 작업실에서 흙이라는 보잘것없는 재료로 새롭고 우뚝하면서도 감지해낼 수 없는 불후의 대작을 새롭게 빚어내는 예술가의 상징이었을까?

그는 가슴이 떨렸다. 그의 숨결은 더욱 가빠졌고, 마치 태양을 향해 솟아오르기라도 하듯 걷잡을 수 없는 활기가 그의 팔다리를 휩쓸고 지나갔다. 가슴은 황홀한 공포감으로 떨렸고 영혼은 하늘을 훨훨 날고 있었다. 그 영혼은 이 세상 너머의 창공을 향해 치솟아오르고, 그가 알던 육체는 순식간에 정화되어 불확실성에서 벗어나 광채를 발하며 정신적인 요소와 혼연일체가 되었다. 비상의 황홀감이 그의 눈을 빛나게 했고, 그의 숨결을 거칠게 했고, 바람에 휩쓸리는 그의 팔다리를 활기차게 하고 빛나게 하며 전율하게 했다.

—하나! 둘!... 조심해!

—이런, 어떡해, 나 빠져 죽는다!

—하나! 둘! 셋 하면 뛰어내려!

—다음은 나야! 다음은 나라고!

—하나!... 윽!

—스테파네포로스!

그는 큰 소리로 외치고 싶은 충동으로 목이 아렸다. 매나 독수리가 창공에서 크게 울듯 바람을 향해 자신이 해방되었음을 목이 찢어지도록 외치고 싶었다. 이것은 그의 삶이 그의 영혼을 부르는 외침이었지, 의무와 절망의 세계에서 들려오는 둔탁하고 천박한 목소리가 결코 아니었다. 제대의 생기 없는 봉사 생활로 그를 불러들이던 그 몰인정한 목소리는 더더구나 아니었다. 한순간의 걷잡을 수 없는 비상이 그를 해방시켜주었다. 그리하여 그의 입술에서는 좀처럼 기대할 수 없던 승리의 함성이 뇌리를 헤치고 거침없이 터져나왔다.

—스테파네포로스!

그가 나다닐 때마다 밤낮을 가리지 않고 따라다니던 두려움, 사방으로 그를 에워싸던 불확실성, 안팎으로 그를 깎아내리던 수치심—이 모든 것이 이제 시신에서 벗겨진 수의가 아니고 무엇인가—그런 것들이 수의요, 무덤 속 옷이 아니고 무엇인가?

그의 영혼은 수의를 벗어던지고 소년 시절의 무덤에서 부활했다. 그렇다! 그렇다! 그렇다! 자기와 이름이 같은 그 위대한 명장처럼, 영혼의 자유와 권능을 바탕으로 하나의 생동하는 작품, 즉 새롭고 우뚝하면서도 아름답고 감지해낼 수 없는 불멸의 가치를 지닌 작품을 당당히 창조하리라.

그는 자신의 핏속에 타오르는 불길을 더이상 주체할 수 없어 돌덩어리*에서 자리를 박차고 벌떡 일어섰다. 뺨은 타는 듯 화끈거렸고 목은 터져나오려는 노래로 고동쳤다. 두 발에는 이 세상 끝까지 가고야 말겠다는 방랑의 욕구가 용솟음쳤다. 앞으로! 앞으로! 그의 심장이 이렇게 외치는 듯했다. 바다 위로 저녁 빛이 짙어지고 들판에는 밤이 내려앉으며 방랑자 앞에는 새벽이 밝아와 낯선 들판과 낯선 산과 낯선 얼굴들을 그에게 보여주리라. 그러면 어디로 가나?

그는 호스**를 향해 북쪽으로 눈길을 돌렸다. 방파제의 수심 얕은 곳에는 바닷물이 해초가 나란히 깔린 아래쪽까지 빠져 있었고, 조수는 이미 해안을 따라 빠른 속도로 밀려나가고 있었다. 어느새 따스하고 표면이 메마른 길쭉한 타원형의 모래톱 하나가 잔물결에 둘러싸인 채 드러나 있었다. 햇볕에 데워진 모래섬들이 여기저기서 얕은 조수 위로 반짝였다. 모래섬들 주변에서, 길쭉한 모래톱 주위에서, 그리고 바닷가의 얕은 물결 한가운데서 경쾌하고도 화려한 옷차림을 한 사람들이 물을 헤치며 이리저리 걸어다니거나 모래 장난을 하고 있었다.

잠시 뒤 그도 맨발이 되었다. 양말은 접어 주머니에 찔러넣고 즈크

---

* 불 방조제 남서쪽에 돌로 축대를 쌓아올린 곳.

** 더블린만 북동쪽의 돌출부.

화는 양쪽 끈을 묶어 어깨에 둘러멨다. 그는 바위틈의 부유물 더미에서 짠물에 절은 뾰족한 막대기를 집어들고 경사진 방조제를 따라 아래로 기어내려갔다.

바닷가에는 긴 실개천이 하나 나 있었다. 실개천의 물줄기를 따라 천천히 거닐며 해초가 끝도 없이 떠다니는 광경을 보고 그는 경탄을 금할 수 없었다. 에메랄드색, 검은색, 황갈색, 올리브색 등 가지각색의 해초가 물결 밑에서 흔들리기도 하고 뒤집히기도 하면서 쉴새없이 움직이고 있었다. 끊임없이 떠도는 해초 때문에 실개천의 물은 거무죽죽했지만, 하늘 높이 떠 있는 구름만은 거울처럼 비추고 있었다. 구름은 그의 머리 위로 소리 없이 떠다니고, 해조류는 그의 발아래로 소리 없이 떠다녔다. 따뜻한 잿빛 대기는 고요했다. 그리고 그의 혈관 속에서는 어떤 야성적인 새로운 생명이 노래하고 있었다.

그의 소년 시절은 이제 어디로 가버렸을까? 자신의 숙명을 회피한 채 부끄러운 영혼의 상처를 홀로 골똘히 생각하고, 또 누추함과 허위로 가득찬 영혼의 집에 안주하며 빛바랜 수의 차림에 건드리기 무섭게 시들어버릴 듯한 화환을 쓰고도 여왕인 양 뻐기려던 그 영혼은 어디로 가버렸을까? 아니, 그는 대체 어디로 가버렸단 말인가?

그는 혼자였다. 그에게 아무도 관심을 갖지 않았으며 그는 행복했고 또 야성적인 삶의 심장부에 바짝 다가서 있었다. 그는 혼자였고, 젊었으며, 의욕적이고 자유분방했다. 거친 대기와 짜디짠 바닷물로 이루어진 황무지에서, 조개껍질과 해초로 이루어진 바다 쓰레깃더미 속에서, 안개에 가려진 잿빛 햇살 한가운데서, 화려하고 경쾌한 옷차림을 한 어린이들과 여자들이 있는 곳에서, 어린이들과 여자들의 목소리가 대기 속으로 울려퍼지는 곳 한가운데서 그는 혼자였다.

그의 앞에는 한 소녀가 물줄기 한복판에 홀로 서서 잠자코 먼바다를 바라보고 있었다. 마법에 걸려 진기하고도 아름다운 바닷새의 모습으로 변한 사람처럼 보였다. 맨살이 드러난 그녀의 길고 가냘픈 다리는 두루미의 다리처럼 연약했고, 맨살에 에메랄드빛 해초 한 가닥이 무슨 암호처럼 붙어 있는 곳을 제외하고는 티 하나 없이 깨끗했다. 보다 풍만하고 상아처럼 부드러운 빛깔의 허벅지는 엉덩이 부근까지 드러나 있었는데, 속바지 가장자리에 달린 하얀 술 장식이 마치 하얀 솜털처럼 보드라운 깃털 같았다. 대담하게 허리까지 걷어올린 그녀의 질은 청회색 스커트는 비둘기 꽁지 모양으로 등뒤에 묶여 있었다. 가슴은 새의 가슴처럼 보드랍지만 보잘것없었고, 검은 깃털을 한 비둘기의 가슴처럼 보잘것없지만 보드라웠다. 하지만 그녀의 긴 금발은 소녀다웠다. 그녀의 얼굴 또한 소녀다웠고 경이로운 인간적인 아름다움이 넘쳐흘렀다.

그녀는 홀로 잠자코 선 채 먼바다를 바라보고 있었다. 그가 근처에 있음을, 숭배의 시선으로 자신을 바라보고 있음을 감지한 그녀는 조금도 부끄러워하거나 거들먹거리는 내색 없이 그에게로 눈을 돌려 그의 시선을 차분하게 받아들였다. 오랫동안, 실로 오랫동안 그녀는 그의 시선을 받아들이다가 조용히 그로부터 눈길을 거둬 물줄기를 내려다보면서 한 발로 살살 바닷물을 이리저리 튀기기 시작했다. 바닷물이 가볍게 튀며 낸 희미한 첫 소리가 정적을 깨뜨렸는데, 나직하고 희미하며 속삭이는 듯한 그 소리는 잠결에 듣는 종소리처럼 어슴푸레했다. 어슴푸레한 물소리는 여기저기로, 여기저기로 퍼져나갔다. 그러는 사이 그녀의 볼에서는 희미한 광채가 떨리고 있었다.

—오, 거룩하신 하느님! 스티븐의 영혼은 세속적인 환희에 넘쳐 외쳤다.

그는 갑작스레 그녀로부터 몸을 돌려 바닷가를 가로질러 걷기 시작했다. 그의 뺨은 불꽃처럼 이글거렸다. 몸은 벌겋게 달아올랐고 팔다리는 후들후들 떨렸다. 앞으로, 앞으로, 앞으로, 그는 앞을 향해 성큼성큼 걸어갔다. 모래사장을 넘어 저멀리, 바다를 향해 미친듯이 노래를 부르며, 그를 부르던 삶이 도래한 것을 환영하는 소리를 지르기도 하면서.

그녀의 모습은 그의 영혼 속에 영원토록 아로새겨져 어떠한 말로도 그의 황홀경이 빚어낸 거룩한 침묵을 깨뜨릴 수 없었다. 그녀가 눈길로 그를 불렀을 때 그의 영혼은 그 부름에 화답했다. 살아가면서, 실수하기도 하면서, 추락하기도 하면서, 승리하기도 하면서, 삶에서 삶을 재창조하리라! 어떤 야성적인 천사가, 인간적인 활기와 아름다움을 지닌 천사가, 삶의 아름다운 궁전에서 보낸 사자使者가 실수와 영광의 모든 길로 통하는 대문을 어느 황홀한 순간 활짝 열어주기 위해 그 앞에 돌연히 나타난 것이었다. 앞으로, 앞으로, 앞으로, 앞으로, 계속 나아가야지!

그는 문득 걸음을 멈추고 정적 속에서 심장의 고동 소리를 들었다. 얼마나 걸었을까? 몇시나 되었을까?

주위에서 사람의 자취라고는 찾아볼 수 없었고 대기를 타고 그에게 전달되는 소리라고는 아무것도 없었다. 하지만 이제 조수가 밀물로 바뀔 때가 가까워졌고, 해는 벌써 기울기 시작했다. 그는 육지 쪽으로 방향을 바꿔 바닷가를 따라 달렸다. 날카로운 조약돌도 아랑곳하지 않고 경사진 해변을 뛰어올라가다가 덤불이 우거진 동그란 모래언덕에서 모래로 둘러싸인 한적한 은신처를 하나 발견하고는 해거름의 평화와 고요가 자신의 들끓는 피를 진정시켜주기를 바라며 거기에 벌렁 드러누웠다.

그는 자신의 몸 위로 광대무변한 하늘이 펼쳐져 있으며 천체들이 고요하게 운행하고 있음을 느낄 수 있었다. 몸 아래로는 대지, 다시 말해 그를 낳아준 대지가 그를 품안에 꼭 껴안아주는 것만 같았다.

그는 졸음으로 몸이 나른해져 눈을 감았다. 눈꺼풀이 마치 대지와 대지를 지켜보는 천체들의 거대한 회전운동을 느끼기라도 하듯, 어떤 새로운 세계에서 비치는 이상한 불빛을 느끼기라도 하듯 바르르 떨렸다. 그의 영혼은 황홀경을 느끼며 바닷속처럼 환상적이고 몽롱하고 불확실하며, 흐릿한 형상들과 존재들이 횡행하는 새로운 미지의 세계 속으로 빠져들고 있었다. 그것은 하나의 세상일까, 한 가닥의 미광일까, 아니면 한 송이의 꽃일까? 명멸하면서 떨리고, 떨면서 열리고, 터져나오는 한줄기 빛이 되어, 피어나는 한 송이 꽃이 되어, 빛과 꽃으로 끊임없이 잇달아 펴져나가다가 가슴 벅찬 진홍색으로 활짝 피어나 자신의 모습을 훤하게 드러내 보였다가, 창백할 대로 창백한 장미꽃잎은 한 잎 두 잎 시들고, 빛은 한 줄기 두 줄기 천국을 온통 부드러운 분홍빛 물결로, 다른 그 무엇보다도 더 짙은 분홍빛 물결로 넘실거리게 하고 있었다.*

* 단테의 『신곡』 「천국」 편 제33곡 115~120행.

잠에서 깨어나보니 이미 저녁이었다. 그가 베고 누웠던 모래와 마른 풀밭도 식어 있었다. 그는 천천히 일어나 잠결에 본 그 황홀경을 떠올리면서 그 기쁨에 취해 한숨을 쉬었다.

그는 모래언덕 꼭대기로 기어올라가 사방을 살펴보았다. 저녁이었다. 잿빛 모래밭에 박힌 은빛 쇠테의 테두리가 모래밭을 둘로 나눠놓듯 초승달의 테두리가 황량한 벌판 같은 창백한 하늘을 둘로 갈라놓고 있었다. 밀물이 속삭이듯 나직한 파도 소리와 함께 빠른 속도로 뭍을 향해 밀려들어와 저 먼 물웅덩이에 마지막까지 남아 있던 몇 사람이 섬처럼 보였다.

제5장

그는 멀건 차를 석 잔째 찌꺼기까지 들이켠 뒤 주위에 흩어진 튀긴 빵 껍질을 씹으면서 항아리 바닥의 거무스름한 웅덩이를 유심히 들여다보았다. 노란 기름*은 빵을 튀기느라 늪지 웅덩이에서 물을 푸듯 퍼내었기에 바닥에는 찌꺼기 기름이 조금 남아 있었는데, 그걸 보고 있노라니 클롱고우스 목욕탕의 거무스름한 이탄빛 목욕물이 떠올랐다. 그는 팔꿈치 옆에 있는 전당표 상자를 샅샅이 뒤져보고는 기름 묻은 손가락으로 하늘색과 흰색으로 된 전당표를 하나하나 한가하게 집어 들었다. 휘갈겨 쓴 글씨에 여기저기 얼룩이 있고 구겨지기도 한 전당표에는 데일리니 매커보이니 하는 질권자의 이름이 적혀 있었다.

* 고기를 요리할 때 나온 기름을 모아 버터 대용 등으로 재사용하는 기름.

—반장화 한 켤레

검은색 코트 한 벌

물품 세 점 및 흰옷

남자 바지 한 벌

그러다가 그는 전당표를 한쪽으로 밀쳐놓고 이를 잡은 핏자국으로 얼룩진 전당표 상자 뚜껑을 유심히 들여다보다가 막연하게 물었다.

—요새 시계는 얼마나 빨리 가죠?

어머니는 부엌 벽난로 한복판에 옆으로 눕혀둔 찌그러진 자명종을 반듯하게 세워 바늘이 열두시 십오 분 전을 가리키고 있음을 확인하고는 다시 눕혀놓았다.

—한 시간 이십오 분 빨리 간다, 그의 어머니가 말했다. 그러니까 정확한 지금 시간은 열시 이십분이야. 아이고, 강의 시간에 늦지 않으려면 서둘러야 하겠구나.

—세숫물 좀 떠다주세요, 스티븐이 말했다.

—케이티, 스티븐 오빠한테 세숫물 좀 떠다줘라.

—부디, 스티븐 오빠한테 세숫물 좀 떠다줘.

—그럴 시간이 없어. 청분青粉 사러 가야 되거든. 매기, 네가 좀 해.

에나멜 칠을 한 세숫대야가 싱크대의 오목한 부분에 놓이자, 그는 낡아빠진 빨래 장갑은 옆으로 던져버린 뒤 그의 목을 박박 문지르고 귓바퀴와 양쪽 콧속까지 샅샅이 닦아주는 어머니의 손길에 얼굴을 내맡겨버렸다.

—세상에, 이럴 수가 있나, 어머니가 말했다, 명색이 대학생이라는 녀석이 이렇게 더러워서 어미가 씻겨줘야 하다니.

—좋으면서 괜히 그러시네, 스티븐은 태연하게 대꾸했다.

귀청을 찢는 듯한 휘파람 소리가 이층에서 들려오자 어머니가 눅눅한 겉옷을 그의 손에 쥐여주면서 말했다.

—얼른 닦고 제발 서둘러 가려무나.

화났음을 알리는 듯한 날카로운 두번째 휘파람 소리가 길게 들려오자 딸들 중 하나가 계단참으로 달려갔다.

—네, 아버지?

—게으름뱅이 암캐 같은 네 오빠는 아직 안 갔냐?

—아니, 갔어요, 아버지.

—정말이냐?

—그럼요.

—흠!

여동생이 돌아와서 그에게 얼른 뒷문으로 조용히 빠져나가라고 손짓을 했다. 스티븐은 웃으면서 말했다.

—아버지는 암캐를 남성으로 보시는 모양인데, 그렇다면 아버지의 성에 대한 개념은 좀 이상하잖아.

—아유, 창피한 소리 좀 그만해, 스티븐, 어머니가 말했다, 언젠가는 네가 그곳에 발을 들여놓은 것을 후회하게 될 날이 올 거야. 내가 보기에 너는 거기 들어간 뒤로 아주 딴사람이 되어버렸어.

—자, 다들 안녕! 스티븐은 미소를 지으며 작별의 표시로 손가락 끝에 키스했다.

테라스 레인* 뒷골목은 물에 잠겨 있었다. 그가 물에 젖은 쓰레깃더미 사이로 조심스럽게 발 디딜 데를 찾아가며 천천히 골목길을 따라 내려가는데 담 너머 수녀들이 운영하는 정신병원에서 어떤 미친 수녀가 비명처럼 외치는 소리가 들렸다.

—주여! 오 주여! 주여!

그는 세차게 고개를 흔들어 그 소리를 귓전에서 털어냈다. 썩은 쓰레기 사이를 비틀거리며 허겁지겁 내려가는 동안 그의 가슴은 이미 혐오감과 쓰라림의 통증으로 찢어져 있었다. 아버지의 휘파람 소리, 어머니의 잔소리, 보이지 않는 미친 여인의 비명소리, 이 모든 것이 그에게는 젊은이의 자존심을 꺾어버리고자 공격과 위협을 가하는 무수한 목소리들로 여겨졌다. 그는 저주의 말을 퍼부으며 그런 목소리들의 울림을 가슴에서 몰아내려고 했다. 그러나 곧 가로숫길을 따라 걸어내려가면서, 물방울이 뚝뚝 떨어지는 나무들 사이를 뚫고 주변으로 쏟아지는 뿌연 아침 햇살을 받고, 또 젖은 잎사귀와 나무껍질에서 풍기는 생경하고도 풋풋한 냄새를 맡다보니 그의 영혼은 어느새 그러한 고통에서 완전히 벗어나 있었다.

가로숫길의 비에 젖은 나무들을 보니 언제나 그러했듯 게르하르트 하웁트만**의 연극에 등장하는 소녀들과 여인들이 떠올랐다. 그리하여 그들의 창백한 슬픔에 대한 기억과 물에 젖은 나뭇가지에서 풍기는 향기가 어우러져 그의 마음속에 조용한 환희를 자아냈다. 시내를 가로지르는 아침 산책이 시작된 것이다. 페어뷰의 간석지를 지날 땐 수도원 분위기의 은빛이 감도는 듯한 뉴먼의 산문이 생각날 것이고, 한가롭게

---

* 디덜러스가는 이제 페어뷰(더블린 북부의 톨카강 바로 건너편)의 로열 테라스 레인 8번지에 살고 있다.

** 독일 극작가, 소설가, 시인. 그의 극중 여성들은 대개 애수적인 경향을 띤다.

식료품 가게의 진열장을 들여다보며 노스 스트랜드 로드를 따라 걸어갈 땐 구이도 카발칸티*의 냉소적인 유머가 떠올라 빙그레 웃을 것이요, 탤벗 광장의 베어드 석물 공작소를 지날 땐 입센**의 정신, 즉 자유분방한 소년의 아름다움이 넘치는 정신이 날카로운 바람처럼 그를 휩쓸고 지나갈 것이요, 리피강 건너편의 지저분한 선구상船具商 앞을 지날 땐 다음과 같이 시작되는 벤 존슨의 노래***를 되풀이하게 되리라는 것을 그는 이미 알고 있었다.

나 누워 있던 곳에서는 피로한 줄 몰랐는데.

마음속으로 아리스토텔레스나 아퀴나스의 유령처럼 실체 없는 말들 사이에서 미의 본질을 찾다가 지치면 그는 곧잘 방향을 바꾸어 엘리자베스 1세 시대의 섬세한 노래에서 즐거움을 찾곤 했다. 마음속으로 회의에 찬 수도승의 복장을 하고 있으면서도 종종 엘리자베스 1세 시대의 창문 아래 그늘에 서서 류트 연주자들의 엄숙하고도 조롱 섞인 노랫가락이나 매춘부들의 노골적인 웃음소리를 듣기도 했다. 그러다가 너무나 천박한 웃음이나 세월이 흘러 빛이 바래긴 했지만 음란하고 허식이 느껴지는 구절을 맞닥뜨리면, 그의 수도승다운 자존심이 심각한 타격을 입어 엘리자베스 1세 시대의 노래라는 은신처에서 도망쳐 나와

---

* 이탈리아 시인으로 단테의 친구.

** 헨리크 입센. 노르웨이의 극작가로 청년 조이스의 문학적 우상 중 하나였다.

*** 셰익스피어와 동시대인인 영국 시인이자 극작가인 존슨의 가면극 〈기쁨의 비전〉 중 에필로그의 일부.

가던 길을 계속 재촉하지 않을 수 없었다.

사람들은 그가 오로지 지식 탐구에만 몰두하느라 또래 젊은이들과 제대로 어울리지도 못한다고 여겼는데, 그렇게 쌓은 지식은 기껏해야 아리스토텔레스의 시학과 심리학에 관한 책들, 그리고 『성 토마스 아퀴나스 이해를 위한 스콜라철학 요강』*에서 발췌한 빈약한 문장들을 모아놓은 것에 지나지 않았다. 그의 사고방식에는 회의와 자기 불신이라는 어둠이 드리워 있었고, 이따금씩 번갯불 같은 직관에 의해서만 순간적으로 번쩍 밝혀질 뿐이었다. 그러나 그 번갯불 같은 직관이 너무도 선명한 빛을 발했기에 번쩍하는 바로 그 순간 세계는 마치 불길에 타버린 듯 그의 발밑으로 사라져버렸다. 그러고 나면 그의 입은 점점 무거워졌고 다른 사람들과 시선이 마주쳐도 반응을 보이지 않았다. 왜냐하면 미의 신령이 외투처럼 그를 감싸고 있는 듯 느꼈고, 공상 속에서만큼은 고귀한 존재와 친밀해진 듯했기 때문이었다. 하지만 이 침묵 속의 순간적인 자부심도 더이상 느낄 수 없게 되면 그는 평범한 사람들의 일상을 여전히 살고 있는 자신을 발견하고 거기서 더없는 기쁨을 느끼며 도시의 지저분함과 소음과 나태 속을 뚫고 거침없이 가뿐한 마음으로 자신의 길을 계속 걸어나갔다.

운하의 광고 게시판 근처에서 그는 인형처럼 생긴 얼굴에 테 없는 모자를 쓴 폐병 환자가 다리의 경사면을 따라 종종걸음으로 자기를 향해 다가오는 것을 보았는데, 그는 초콜릿색 외투의 단추를 꼭꼭 채우고

* 이런 책은 없고 이에 가장 가까운 것으로 G. M. 만치니가 편집한 『성 토마스 아퀴나스 이해를 위한 철학의 기초Elementa Philosophiae ad mentem D. Thomae Aquinatis』가 있다. 스티븐의 아퀴나스 인용은 모두 이 책의 내용이다.

접은 우산을 마치 맥 잡는 막대기처럼 한두 뼘가량 앞으로 내밀고 있었다. 그는 열한시쯤이려니 싶어 시간을 확인하기 위해 우유 가게 안을 들여다보았다. 우유 가게의 시계는 다섯시 오 분 전을 가리키고 있었는데, 그가 돌아서려는 순간 보이지는 않지만 어딘가 멀지 않은 곳에서 빠르고 정확하게 열한 번 시계 치는 소리가 들렸다. 그 소리를 듣자 그는 매캔이 생각나 킥킥 웃음이 나왔다. 사냥복을 아래위로 차려입고 턱에 금빛 염소수염을 기른 땅딸막한 체구의 그가 홉킨스 상점* 모퉁이에 바람을 맞으며 서 있는 모습이 눈에 선했고 이렇게 말하는 소리도 들리는 듯했다.

—디덜러스, 너는 항상 자신 안에 갇혀 있는 반사회적 존재야. 나는 그렇지 않아. 난 민주주의자거든. 나는 앞으로 건설될 유럽 합중국에서 계급과 성별을 막론하고 모두의 사회적 자유와 평등을 위해 일하고 행동할 거야.

벌써 열한시라! 그렇다면 그 강의에도 늦었다. 오늘이 무슨 요일이더라? 그는 신문 가판대 앞에서 걸음을 멈추고 게시물의 표제를 읽어보았다. 목요일이었다. 열시부터 열한시까지는 영문학, 열한시부터 열두시까지는 프랑스 문학, 열두시부터 오후 한시까지는 물리학. 혼자 영문학 강의 시간을 상상해보니 강의실에서 이토록 멀리 떨어져 있음에도 불안감과 무력감이 밀려왔다. 급우들이 얌전히 고개를 숙인 채 중요하다고 강조된 요점들, 예를 들면 명목상의 정의와 본질적인 정의**와

---

* 색빌 스트리트(지금의 오코넬 스트리트)에 있는 보석상.

** 아리스토텔레스에 따르면 결과에 초점을 둔 정의는 '명목상의 정의'이고, 원인에 초점을 둔 정의는 '본질적인 정의'라 한다.

그 실례들, 또는 문인의 출생과 사망 일자들, 주요 작품들, 나란히 제시된 그 작품에 대한 호평과 악평 등을 노트에 필기하느라 여념이 없는 장면이 그려졌다. 그러나 그 장면에서 그는 고개를 수그리지 않고 있었다. 왜냐하면 그의 상념이 노트 필기는 아랑곳없이 강의실 밖으로만 헤매고 있었기 때문이다. 그가 강의실에 있는 몇 안 되는 급우들을 둘러보든 창문 밖으로 공원의 한적한 정원을 내다보든 음침한 지하실의 습기와 뭔가 썩는 냄새가 그의 코를 찔렀다. 그 말고도, 그의 바로 앞 첫째 줄에 앉은 다른 학생이 고개를 숙인 동료 학생들 위로 머리를 꼿꼿하게 세우고 있었는데 마치 겸허한 주변 신도들을 위해 감실 앞에서 당당하게 하느님의 은총을 호소하는 사제 같았다. 크랜리를 생각할 때마다 그의 마음속에 그 몸 전체의 이미지는 떠오르지 않고 오직 머리와 얼굴만 떠오르는 이유가 대체 무엇일까? 심지어 지금도 아침의 잿빛 장막을 뒤로한 그의 모습은 꿈에서나 보는 유령처럼, 잘린 머리나 데스마스크 같은 얼굴에 철관을 쓴듯 뻣뻣하게 곤두선 검은 머리칼이 이마까지 뒤덮인 모습으로 보였다. 그것은 사제와 같은 얼굴이었다. 창백한 안색이나, 콧방울이 넓은 코나, 눈 아래와 턱 주변에 드리운 그림자가 사제의 얼굴 같았고, 길쭉하면서도 핏기는 없으나 약간 미소를 짓고 있는 듯한 입술 역시 사제 같았다. 스티븐은 자신의 영혼 속에서 뒤끓는 온갖 격정과 불안과 갈망을 밤이고 낮이고 매일같이 크랜리에게 털어놓았는데, 그는 그저 묵묵히 듣기만 할 뿐 아무런 대꾸도 하지 않았음을 재빨리 기억해내고는 그야말로 죄를 사해줄 권세도 없이 고해성사를 듣는 죄지은 사제의 얼굴이라는 생각이 들기도 했으나, 그는 곧 그 생각을 접고 기억 속 자신을 물끄러미 지켜보던 크랜리의 여성적인 검은 눈을 다시 떠올렸다.

이러한 이미지를 통해 그 낯설고 어두운 사색의 동굴을 얼핏 들여다볼 수 있었지만, 그 안으로 들어가기에는 아직 이르다는 느낌이 들어 그는 이내 단념해버렸다. 그러나 그 친구의 무관심은 무슨 유독식물처럼 주변의 대기에 희미하지만 치명적인 독기를 뿜어대는 듯했다. 그리하여 그는 말들에서 소리 없이 그 즉각적인 의미가 사라져버리고 말았다는 사실에 적이 놀라 자신의 좌우에 널려 있는 무심한 말들을 하나하나 훑어보기에 이르렀다. 마침내는 하잘것없는 가게의 간판마저도 무슨 주문처럼 그의 마음을 옭아맸고, 그 죽은 언어 더미 사이로 난 골목길을 걸어가려니 그의 영혼은 나이든 사람 같은 한숨을 쉬며 움츠러들었다. 언어에 대한 의식이 그의 뇌리에서 썰물처럼 빠져나갔다가, 불규칙한 리듬에 맞추어 뭉쳤다 흩어지는 말들 속으로 물방울처럼 똑똑 떨어져내렸다.

담쟁이가 담장에서 구슬피 울고 있네
구슬피 울며 담장을 휘감고 있네
담쟁이가 담장에서 구슬피 울고 있네
담장 위의 노란 담쟁이
담쟁이, 담쟁이가 담장 위로 타오르네.

이런 허튼소리를 들어본 사람이 있을까? 하느님 맙소사! 그 누가 담쟁이가 담장에서 구슬피 우는 소리를 들어보았단 말인가? 노란 담쟁이라, 그건 문제될 것 없다 치자. 노란 상아도 문제될 것 없다. 그러면 상앗빛 담쟁이는 어떤가?

상아라는 그 낱말이 이제 그의 뇌리에서 코끼리의 얼럭덜럭한 엄니에서 잘라낸 그 어떤 상아보다 더 뚜렷하고 더 밝게 반짝거렸다. '아이보리, 이부아르, 아보리오, 에부르.'* 그가 라틴어 시간에 제일 먼저 배운 예문 중 하나는 '인디아 미티트 에부르'**였다. 그리고 그는 오비디우스의 『변신 이야기』를 품위 있는 영어로 번역하는 법을 가르쳐준 교장 선생님***의 그 북부인 특유의 빈틈없는 얼굴이 살진 새끼 돼지니 질그릇 조각이니 등심살 베이컨을 말할 때 묘하게 변하던 것을 상기하기도 했다. 그가 라틴어 시의 법칙에 대해 조금이라도 아는 바가 있다면 이는 어느 포르투갈 사제가 쓴 너덜너덜한 책****에서 배운 것들이었다.

콘트라히트 오라토르, 바리안트 인 카르미네 바테스.

로마 역사상 무수한 위기와 승리와 분열은 '인 탄토 디스크리미네'*****라는 진부한 표현을 통해 그에게 전해졌다. 그리고 그는 교장 선생님이 낭랑한 목소리로 '은화로 항아리를 채운다'라고 번역한 바 있는 '임

---

* Ivory, ivoire, avorio, ebur. 순서대로 '상아'라는 뜻의 영어, 프랑스어, 이탈리아어, 라틴어.

** India mittit ebur. '인도는 상아를 수출한다'는 뜻.

*** 당시 벨비디어 칼리지의 교장은 윌리엄 헨리 신부였다.

**** 포르투갈 예수회 신부인 엠마누엘 알바레스의 라틴어 문법책 『작시법』을 말한다. 이어지는 구절 'Contrahit orator, variant in carmine vates'는 '웅변가는 요약하고, 시인은 노래로 확장한다'는 뜻이다.

***** in tanto discrimine. '이와 같은 엄청난 위기에'라는 뜻의 라틴어.

플레레 올람 데나리오룸'이라는 표현을 통해 도시 중의 도시의 생활 단면을 들여다보려고 하기도 했다.* 그의 낡아빠진 호라티우스 시선집은 그의 손가락이 차가울 때조차 만져서 차갑게 느껴지는 법이 없었다. 책장마다 인간의 체온이 느껴지는 시집이었다. 게다가 오십 년 전에 존 덩컨 인버러리티와 그의 동생 윌리엄 맬컴 인버러리티가 그들의 인간미 넘치는 손가락으로 넘기던 책장이기도 했다. 그렇다, 그들은 우중충한 면지에 쓰인 고귀한 이름들이었고, 자신처럼 라틴어에 서툰 독자에게조차 그 안의 음울한 시구들은 마치 오랜 세월 도금양과 라벤더와 마편초의 화원 속에 묻혀 있었던 듯 향기로웠다. 하지만 자신이 세계 문화라는 향연에서 수줍은 손님밖에 되지 못하리라 생각하니, 그리고 자신이 미학을 구축하려 노력하는 과정에서 그 토대가 되는 수도사들의 학문**이 동시대인들에게 문장학과 매사냥술의 기묘하고도 괴상한 용어들보다 더 높은 평가를 받지 못한다고 생각하니 그는 가슴이 저미듯 아팠다.

그의 왼편으로 보이는 트리니티 칼리지***의 잿빛 건물이, 거추장스러운 반지에 박힌 크고 투박한 보석처럼 무지한 도시의 한복판에 육중하게 버티고 선 그 건물이 그의 마음을 무섭게 짓눌렀다. 개혁된 양심이라는 족쇄에 발이 묶이지 않도록 이런저런 생각을 하면서 조심스럽

* 해당 표현의 원문은 'implere ollam denariorum'이고, '도시 중의 도시'란 '로마'를 말한다.

** 스콜라철학을 일컫는다. 8세기부터 17세기까지 중세 유럽에서 이루어진, 교회 교리의 학문적 근거를 체계적으로 확립하기 위해 발전한 기독교 변증의 철학이다.

*** 엘리자베스 1세가 종교개혁을 촉진하기 위해 세운 대학으로 더블린 중심가의 아일랜드 은행 맞은편에 위치해 있다. 오랫동안 가톨릭 신도는 입학이 허용되지 않았다.

게 걷는 사이에 그는 어느덧 아일랜드 국민 시인*의 우스꽝스러운 동상과 마주치게 되었다.

그는 별다른 노여움 없이 그 동상을 쳐다보았다. 비록 질질 끄는 발끝이며 토가의 주름에, 비굴해 보이는 머리 주변에 이르기까지 몸과 영혼의 나태함이 보이지 않는 해충처럼 그 전체를 뒤덮고 있긴 했으나, 동상 스스로가 자신이 받는 냉대를 겸허하게 의식하고 있는 듯했기 때문이다. 마일리전족**의 외투를 빌려 입은 퍼볼그족***의 모습 같았다. 퍼볼그족에 생각이 미치자 갑자기 농촌 출신 학생인 친구 데이빈이 떠올랐다. 그는 농담삼아 데이빈을 퍼볼그라 불렀는데, 이 젊은 농촌 친구는 그것을 아주 가볍게 받아들이며 이렇게 말하곤 했다.

—마음대로 불러, 스티비. 네 말마따나 난 벽창호잖아. 내키는 대로 아무렇게나 불러도 좋아.

그는 친구가 자신의 이름을 애칭으로 친밀하게 부르는 것을 처음 들었을 때 몹시 흐뭇했는데, 다른 친구들과 말을 할 때면 깍듯이 의례적인 호칭을 썼고 그들도 그를 그렇게 대해왔기 때문이다. 가끔 그가 그랜섬 스트리트****에 있는 데이빈의 방에 앉아 한 켤레 한 켤레씩 죽 벽에 기대어 세워둔 친구의 잘 만들어진 수제 구두를 보고 감탄하기도 하

---

* 토머스 모어를 가리킨다. 트리니티 칼리지 정문 밖에 세워져 있는 그의 동상은 아일랜드 고유의 복장이 아닌, 고대 로마 시민의 토가를 걸친 모습이다. 조이스는 그의 감상적인 시풍과 친영적 행적 때문에 내심 그를 경멸했다.

** 스페인에서 침입해 정착했다는 전설적인 아일랜드인의 조상. 여기서는 외래인이라는 의미로 사용되었다.

*** 기원전 4세기부터 살았다는 전설적인 아일랜드 원주민.

**** 유니버시티 칼리지 서쪽에 인접한 거리.

고 또 자신의 갈망과 절망을 숨긴 채 다른 사람들의 시구와 노래 가락을 반복해 그 친구의 순박한 귀에 들려줄 때면, 귀를 기울이는 친구의 투박한 페니언 정신이 그의 마음을 끌어당겼다가 이내 도로 밀어내곤 했다. 그는 말없이 경청하는 그의 타고난 예절바른 태도와 옛날 영어에서나 들을 수 있는 이상한 시골 말투, 거친 육체적 활동을 즐기는 능력(데이빈은 게일인 마이클 큐색*의 추종자였다) 등에 마음이 끌렸지만 그러다가도 조잡한 지성과 투박한 감성, 야간 통행금지**가 아직도 밤마다 두렵기만 한 굶주린 아일랜드 시골 사람들이나 느낄 법한 공포에 질린 영혼이 담긴, 공포에 질린 눈빛으로 멍하니 응시하는 시선에 불현듯 순식간에 혐오감을 느꼈다.

이 젊은 농민 친구는 체육인이자 그의 삼촌인 맷 데이빈***의 무용담을 고스란히 추억으로 간직하고 있을 뿐 아니라 아일랜드의 슬픈 전설을 숭상하기도 했다. 단조로운 대학 생활을 어떻게든 의미 있게 보내고자 애를 쓰는 동료 학생들은 잡담을 나누다가 그를 젊은 페니언 형제단 회원으로 생각하기에 이르렀다. 그의 보모가 그에게 아일랜드어를 가르쳤고, 아일랜드 신화에 대한 그녀의 지리멸렬한 지식을 통해 그의 조잡한 상상력이 형성되었다. 여태껏 어느 누구로부터도 아름다운 글 한 줄 이끌어내지 못한 이 아일랜드 신화를 그는 맹목적으로 옹호했을 뿐 아니라 고대 아일랜드 영웅호걸의 전설이 오랜 세월을 두고

* 전통적인 게일인 스포츠 부활을 위해 게일인 운동진흥협회를 창설한 애국자.

** 영국 정부에서는 식민지 아일랜드 통제책의 하나로 18~20세기 초까지 야간 통행금지를 실시했다.

*** 마이클 큐색과 함께 게일인 운동진흥협회를 창설한 육상 선수 모리스 데이빈.

전해 내려오는 사이에 갈라질 대로 갈라져버린 그 어설픈 민담에 대해서도 그러한 태도를 고수했다. 로마 가톨릭교를 대하는 신자의 태도였고 우둔하고 충직한 농노의 태도였다. 그는 영국이라는 나라나 영국 문화를 통해 전해지는 사상이나 감정이라면 그게 어떤 것이든 마음속으로 중무장을 하고 서서 순순히 받아들이기를 거부했다. 그가 영국 너머에 있는 바깥세상에 대해 아는 것이라곤 입대하고 싶다던 프랑스 외인부대가 전부였다.

이러한 야심을 이 청년의 소심한 기질과 결부시켜 스티븐은 그를 종종 한 마리의 길든 기러기*라고 불렀다. 이 별명에는 사색을 즐기는 스티븐의 마음과 아일랜드인의 숨겨진 생활양식 사이에 가로놓인 듯 보이는 그 친구의 기질, 즉 말이든 행동이든 선뜻 내키지 않아 하는 듯한 그 굼뜬 태도를 겨냥한 일종의 짜증이 담겨 있기도 했다.

어느 날 밤, 스티븐이 지적 혐오감이 들어 냉랭하게 침묵하는 데서 벗어나려고 마구 쏟아낸 격렬하고 현란한 언사에 정신적으로 자극을 받은 이 젊은 농민 친구는 스티븐의 마음속에 어떤 이상야릇한 장면을 불러일으켰다. 둘은 비교적 가난한 유대인들이 사는 어둡고 좁은 거리를 따라 데이빈의 방으로 천천히 걸어가고 있었다.

—스티비, 작년 가을에 그러니까 겨울이 다가올 무렵에 나한테 무슨 일이 있었는데 나는 그 이야기를 누구한테도 한 적이 없어. 지금 너한테 처음으로 얘기하는 거야. 그때가 10월이었는지 11월이었는지는 확

---

* 영국 왕 윌리엄 3세가 아일랜드를 재정복하자 이를 피해 외국의 군대에 입대한 아일랜드의 가톨릭계 군인들을 '기러기들(wild geese)'이라고 불렀다. 스티븐은 이 표현에 데이빈의 성격을 담아 '길든 기러기(tame geese)'라고 한 것이다.

실하게 기억나지 않아. 아마 10월이었을 거야, 왜냐하면 내가 이 문과 1학년*에 입학하러 올라오기 전이었거든.

스티븐은 친구에게 신뢰받아 기분이 좋아진데다 그의 순박한 어조를 듣자 공감이 일어 두 눈에 미소를 띤 채 친구의 얼굴을 바라보았다.

—나는 그날 집에 있지 않고 종일토록 버테반트**(거기가 어딘지 네가 아는지 모르겠지만 말이야)에 가 있었어. 거기서 크로크의 건아들 팀과 무적의 설스*** 팀 간의 헐링**** 시합이 있었거든. 그런데 스티비, 그건 정말이지 위험하기 짝이 없는 경기였어. 내 사촌 폰시 데이빈이 그날 리머릭 팀*****의 선수로 웃통을 아예 홀러덩 벗어던지고 골문을 지켰지. 시합 시간 절반은 다른 공격수들과 함께 앞으로 뛰쳐나가 미친듯이 고래고래 고함을 질러댔지만 말이야. 난 그날을 절대 못 잊을 거야. 크로크 팀 선수 하나가 헐링 스틱으로 내 사촌을 한번 냅다 후려쳤거든. 그래서 맙소사, 사촌은 하마터면 관자놀이 바로 옆을 얻어맞을 뻔했어. 오, 정말이지, 생각만 해도 아찔해, 만일 그때 구부러진 쪽으로 맞았다면 그길로 끝장이 났을 거야, 별수 있었겠어.

—용케 피했다니 다행이네, 스티븐이 소리내어 웃으면서 말했다, 하

* 더블린 유니버시티 칼리지(UCD)의 교과 과정은 'matriculation class' 'first arts' class' 'second arts' class' 'bachelor of arts'(소설 속에서는 나오지 않는다)로 구분되었다. 이를 각각 '문과 1학년' '문과 2학년' '문과 3학년'으로 옮겼다.

** 코크 카운티 북쪽에 있는 소도시.

*** 더블린과 코크 중간에 있는 도시.

**** 하키 비슷한 아일랜드의 전통적인 구기 종목.

***** 리머릭은 설스에서 서쪽으로 약 60킬로미터 지점에 있는 도시로, 리머릭 팀은 설스 팀을 가리키는 다른 명칭인 듯하다.

지만 그 일이 너한테 일어났다는 이상한 일은 아니겠지?

—글쎄, 이런 얘기는 너한텐 아무런 재미가 없을지도 모르지만 적어도 이 얘기는 할래. 그 시합이 끝난 뒤 엄청나게 큰 소동이 벌어지는 바람에 그만 집에 가는 기차를 놓쳐버렸는데, 얻어 탈 것도 전혀 찾을 수 없었어. 운수 사납게도 같은 날 캐슬타운로시*에서 집회가 있어서 그 일대의 마차란 마차는 모조리 그리로 가버렸거든. 그래서 나는 거기서 밤을 지새우거나 집까지 걸어가는 것밖에는 다른 도리가 없게 된 거지. 좋아, 걷기로 결심하고 한숨도 쉬지 않고 죽어라고 걸어 밸리하우라 고개에 도착하니 밤이 이슥했지. 킬말록에서 10마일은 넘게 떨어진 곳인데, 거기서부터 인적이라곤 없는 지루하고도 먼 길이 시작되는 거야. 길가에 사람 사는 집이라곤 흔적도 없고 사람의 소리라고는 한 마디도 들을 수 없었어. 게다가 사방은 칠흑같이 어둡더군. 어쩌다 한두 번 길가 덤불 아래서 걸음을 멈추고 파이프에 불을 붙이곤 했는데, 이슬만 덜했다면 거기에 벌렁 드러누워 세상모르고 곯아떨어져버렸을 거야. 마침내 길모퉁이를 돌아서자 창문으로 불빛이 새어나오는 작은 오두막집이 한 채 눈에 띄었어. 그래서 다가가 문을 두드렸지. 안에서 누구냐고 묻는 소리가 들리기에 나는 버테반트에 헐링 시합 구경을 갔다가 걸어서 집으로 가는 중인데 물 한 잔만 주면 고맙겠다고 대답했어. 조금 있으니까 젊은 여인이 문을 열고 커다란 우유잔을 나한테 내밀었어. 내가 문을 두드렸을 때 막 잠자리에 들려던 참이었는지 옷을 반쯤 벗고 머리카락을 늘어뜨리고 있었지. 몸매와 눈에 나타난 어

* 버테반트에서 동남쪽으로 약 8킬로미터 떨어진 코크 카운티의 소도시.

떤 표정으로 보아 그 여인은 틀림없이 임신부 같았어. 그런데 그 여인이 나를 붙들고 문간에서 한참 동안 얘기를 늘어놓지 않겠어? 그녀의 가슴이며 어깨가 다 드러나 보여 기분이 이상했지. 그러다가 그녀가 나더러 피곤하지 않느냐면서 그날밤 자기 집에서 쉬어가지 않겠느냐고 묻는 거야. 집에 자기 혼자뿐이라면서, 남편은 그날 아침 누이동생을 바래다주러 퀸스타운에 가고 없다고 했어. 그런데 그 여인이 이야기하는 동안 줄곧 말이야, 스티비, 눈으로 내 얼굴을 뚫어지게 쳐다보며 어찌나 바싹 붙어 서 있는지 그녀의 숨소리가 다 들릴 지경이었어. 마침내 내가 우유잔을 되돌려주자 그녀는 내 손을 붙잡고 문지방 안으로 끌어당기면서 이렇게 말하더군. 들어와서 오늘밤 여기서 자고 가요. 조금도 걱정할 필요 없어요. 우리 둘밖에 없으니까........ 스티비, 난 들어가지 않았어. 그녀에게 고맙다는 인사를 하고 가던 길을 다시 걸어갔지, 온몸이 온통 열에 들떠서 말이야. 길의 첫 모퉁이에서 뒤돌아보니 그 여인은 문간에 그대로 서 있더군.

데이빈이 들려준 이야기의 마지막 말들이 그의 기억 속에 쟁쟁 울리는 듯했고 이야기 속 여인의 모습은 클롱고우스 시절 학교까지 오가는 마차를 타고 지나가면서 본, 클레인 마을의 문간에 서 있던 또다른 농촌 여인들의 모습과 겹쳐져 눈앞에 떠올랐다. 그 모습은 그녀가 속한 민족이자 그 자신도 속한 민족의 전형으로서, 암흑과 비밀과 고독에서 깨어나 스스로 의식을 되찾고 아무런 술수와 꾸밈이 없는 순박한 여인의 눈매와 목소리와 몸짓으로 길가는 나그네를 잠자리로 불러들이는 박쥐 같은 영혼이었다.

누군가의 손이 그의 팔을 붙잡으며 앳된 목소리로 외쳤다.

—아, 선생님, 선생님의 단골 아이예요, 선생님! 오늘 마수걸이 좀 하게 해주세요, 선생님. 이 예쁜 꽃다발 하나 사주세요. 네, 선생님?

소녀가 그를 향해 쳐들어 보이는 푸른 꽃들과 소녀의 앳된 푸른 눈이 그 순간 그에게는 가식이라곤 찾아볼 수 없는 순수 그 자체의 이미지로 보였다. 그러나 그가 걸음을 멈추자 이미지는 사라져버리고 대신 소녀의 남루한 옷과 축축하고 지저분한 머리칼과 말괄량이 같은 얼굴만이 남았다.

—사주세요, 선생님! 단골 아이를 잊으시면 어떡해요, 제발요, 선생님!

—돈이 없는데, 스티븐이 말했다.

—이 예쁜 꽃들 좀 사주세요, 네, 선생님? 단돈 1페니예요.

—내 말 못 들었니? 스티븐은 소녀를 향해 몸을 숙이면서 물었다. 돈이 없다고 했잖아. 돈이 없다고.

—알겠어요, 그럼, 좋아요. 다음번엔 꼭 사주세요, 선생님. 꼭요, 소녀가 잠시 뒤에 대답했다.

—글쎄다, 스티븐이 말했다, 사게 될 것 같지는 않다만.

그는 소녀의 붙임성 있는 태도가 조롱으로 돌변하지 않을까 두렵기도 하고 한편으론 그녀가 다른 손님에게, 즉 영국에서 온 관광객이나 트리니티 칼리지 학생에게 사달라고 꽃다발을 내밀기 전에 그 자리를 피하고도 싶어 재빨리 자리를 떴다. 그래프턴 스트리트*를 따라 걸어올라가는 동안 그의 기를 꺾어버린 지금의 가난한 처지가 좀처럼 뇌리에서

* 트리니티 칼리지에서 세인트스티븐스 그린 공원 정문에 이르는 거리로 더블린에서 가장 번화한 곳이다.

떨쳐지지 않았다. 거리의 위쪽 끝에 이르자 도로변에 깔린 울프 톤 기념 판석이 보였다.* 그는 아버지와 함께 그 판석 정초식에 참석했던 기억을 더듬었다. 겉만 번지르르한 찬사로 일관되던 그때 그 장면이 씁쓰름하게 머리에 떠올랐다. 대형 사륜마차에는 프랑스 대표단 넷이 타고 있었고 그중 몸집이 뚱뚱한 젊은이 하나는 미소를 지으며 카드를 끼운 막대기를 들고 있었는데 그 카드에는 '아일랜드 만세!'라는 말이 프랑스어로 적혀 있었다.

그러나 스티븐스 그린 공원의 수목들은 비에 젖어 향긋한 냄새를 풍겼고, 축축한 땅은 인간적인 냄새를 내뿜었는데, 마치 수많은 사람들의 심장이 대지를 뚫고 솟아오르는 듯한 희미한 향내였다. 선배들이 그에게 들려준 바 있는, 당당하면서도 부패한 이 도시의 영혼들이 세월의 흐름에 따라 위축되어 대지에서 솟아오르는 희미한 인간적인 체취로 변해버린 것이다. 그리고 음산한 대학 안으로 들어서는 즉시 벅 이건과 번채플 웨일리의 부패와는 다른 부패를 의식하게 되리라는 것도 그는 알고 있었다.**

불문학 강의를 들으러 이층까지 올라가기에는 시간이 너무 늦었다. 그는 현관을 가로질러 물리학 계단식 강의실로 이어지는 왼쪽 복도로

* 울프 톤은 통일 아일랜드인 협회의 영도자로, 프랑스군의 지원을 받아 반영 폭동을 일으키려다 체포되어 감옥에서 자살했다. 그의 거사 100주년이 되는 1898년 8월 15일, 그의 동상을 세우기 위한 기초 작업으로 스티븐스 그린 공원 북서쪽 모퉁이에 판석을 깔았다.

** 스티븐이 다니던 당시의 UCD 캠퍼스는 스티븐스 그린 공원 남쪽 길 건너의 스티븐스 그린 사우스 85와 86번지에 있었다. 그런데 86번지는 과거에 '번채플(Burnchapel)'이라는 별명을 가진 악명 높은 가톨릭 박해자 리처드 채플 웨일리의 집터였다. 그에게는 토머스 벅 웨일리라는 난봉꾼 아들이 있었다. '벅 이건'은 '토머스 벅'이 맞을 듯하다.

들어섰다. 복도는 어둡고 조용했으나 누군가 지켜보고 있는 듯한 느낌이 들었다. 왜 이런 느낌이 드는 걸까? 벅 웨일리 시절에는 거기 비밀 계단이 있었다는 말을 들은 적이 있어서일까? 아니면 예수회 건물은 치외법권 지대라서* 그가 지금 외국인들 사이로 걸어가고 있는 셈이기 때문일까? 톤과 파넬의 아일랜드는 공간적으로 멀리 사라져버린 듯했다.

그는 계단식 강의실의 문을 열고는 먼지 자욱한 창문을 어렵사리 뚫고 들어오는 냉랭한 잿빛 광선을 받으며 멈춰 섰다. 커다란 벽난로 앞에 누군가 몸을 웅크리고 있었다. 그 깡마른 체구와 희끗희끗한 머리로 보아 교무처장**이 불을 지피는 모양이었다. 스티븐은 살며시 문을 닫고 벽난로 앞으로 다가갔다.

—안녕하세요, 교수님! 좀 도와드릴까요?

신부는 재빨리 고개를 들고 그를 쳐다보면서 대답했다.

—잠깐만, 디덜러스 군, 기다려보게나. 불을 지피는 데도 기술이 필요하거든. 학문에는 교양 과목와 실용 과목이 있지. 불을 지피는 기술은 실용 과목의 하나라네.

—저도 그 기술을 배워보고 싶은데요, 스티븐이 말했다.

—석탄을 너무 많이 넣어서는 안 되네, 교무처장은 하던 일을 부지런히 이어가며 말했다, 그게 하나의 비결이지.

그는 수단 옆 주머니에서 타다 남은 초 네 토막을 꺼내더니 석탄과

---

* 예수회에서 운영하는 이 대학은 아일랜드가 아니라 로마교황청의 지배를 받는다고 생각한 듯하다.

** 당시의 UCD 교무처장은 철학 교수 조지프 달링턴 신부였다.

종이를 구겨 만든 불쏘시개 사이에 능숙하게 끼워넣었다. 스티븐은 잠자코 그를 지켜보았다. 불을 붙이느라 판석 위에 그렇게 무릎을 꿇고 불쏘시개 종이와 초 토막을 다루느라 정신없이 씨름하는 교무처장의 모습을 보니, 그가 전에 없이 텅 빈 신전에서 성찬식을 준비하는 겸허한 복사나 주님을 섬기는 레위인* 같아 보였다. 성직자의 정식 복장이나 방울 장식이 달린 제사장의 법의는 어울리지도 않고 거추장스럽기만 한 사람인 양 교무처장은 수수한 리넨으로 된 레위인의 예복을 연상시키는 빛바랜 낡은 수단을 걸치고 무릎을 꿇은 채 앉아 있었다. 제대의 불을 보살피기도 하고, 은밀하게 소식을 전하기도 하고, 속인들 뒤치다꺼리를 해주기도 하고, 영슈이 떨어지기만 하면 부리나케 그 일을 처리하는 등의 드러나지 않는 일로 하느님을 섬겨오는 사이에 그의 육신도 늙어버리고 말았지만, 어딘지 모르게 성인답다거나 고위 성직자다운 아름다움으로 하느님의 은총을 받은 일은 한 번도 없었던 듯했다. 그뿐이랴, 그의 영혼 또한 그와 같은 섬김의 삶을 사느라 늙어버리고 말았지만, 그사이 빛과 아름다움을 향하여 성장할 기회도 없었고 영적 존엄성에서 풍기는 감미로운 향기를 널리 퍼뜨릴 기회도 누려보지 못한 듯했다. 은빛 솜털에 백발이 성성하고 비쩍 마른 체구에 힘줄만 드러나 보이는 그의 노쇠한 육신이 사랑이니 투쟁이니 하는 가슴 설레는 일에 아무런 반응을 보이지 않듯이, 고행의 삶을 살아온 그의 정신력도 순종이라는 가슴 설레는 일에 더이상 반응을 보이지 않으리라.

---

*「민수기」1:49~54.

교무처장은 쭈그리고 앉아 쉬면서 장작에 불이 붙는 것을 지켜보았다. 스티븐은 침묵을 깨려고 말문을 열었다.

—저는 장작불은 붙이지 못할 것 같네요.

—디덜러스 군, 자네는 예술가가 아닌가, 그렇지? 교무처장은 눈을 치뜨고 침침한 눈을 껌벅거리며 물었다. 예술가의 목표는 아름다움의 창조에 있지. 아름다움이란 무엇인가 하는 것은 또다른 문제이고.

그는 어려운 문제를 던져놓고는 담담한 표정으로 느릿느릿 두 손을 비볐다.

—자네 지금 그 아름다움이라는 문제를 풀 수 있겠나? 그는 물었다.

—아퀴나스는, 스티븐이 대답했다, '풀크라 순트 쿠아에 비사 플라첸트'*라고 하지요.

—우리가 지금 보고 있는 이 불도, 교무처장이 말했다, 눈을 즐겁게 해줄 텐데. 그렇다면 이 불도 아름다움일 수 있나?

—시각을 통해 인식되는 한, 그러니까 미학적 개념인 시각을 통해 인식되는 한 불도 아름다움이 될 수 있습니다. 그러나 아퀴나스는 '보눔 에스트 인 쿠오드 텐디트 아페티투스'**라고도 합니다. 따라서 불이 온기를 갈망하는 동물의 욕망을 충족시켜준다면 불은 분명히 선입니다. 지옥에선 물론 악이지만요.

—옳거니, 교무처장이 말했다, 자네는 제대로 알고 있군.

---

* Pulcra sunt quae visa placent. '눈을 즐겁게 하는 것이 아름다움이다'라는 뜻의 라틴어. 이는 아퀴나스의 『신학대전』에 나오는 "보는 이의 눈을 즐겁게 하는 것을 아름다움이라고 부른다"를 살짝 변형한 말이다.

** Bonum est in quod tendit appetitus. '선은 욕망 속에 존재한다'라는 뜻의 라틴어.

그는 자리에서 벌떡 일어나 출입문 쪽으로 가더니 문을 반쯤 열어젖히며 말했다.

—이런 문제를 논할 때에는 찬바람을 쐬는 것이 도움이 된다지.

교무처장이 약간 절뚝거리면서도 민첩한 발걸음으로 벽난롯가로 다시 돌아오는 동안 스티븐은 그 예수회 신부의 말없는 영혼이 사랑이라곤 찾아볼 수 없는 침침한 눈으로 자기를 지켜보고 있음을 알아차렸다. 이냐시오처럼 다리를 절었으나* 이냐시오의 눈에서 타올랐을 법한 정열의 불꽃이 그의 눈에서는 타오르지 않았다. 심지어 예수회의 그 전설적인 교지巧智도, 은밀하고 오묘한 지혜로 가득찬 예수회의 전설적인 서적들보다 더 오묘하고 더 은밀하다는 그 교지마저도 사도다운 열정이 넘치도록 그의 영혼을 불태우지는 못했다. 그는 다만 하느님의 보다 큰 영광을 위해 그저 명받은 대로 세속적인 술책과 지식과 간계를 이용해온 듯했다. 그것들을 다루는 데 있어 기뻐하지도, 그 속에 숨어 있는 사악함을 증오하지도 않은 채, 오로지 확고부동한 순종의 자세로 그 모든 것을 그 자체의 모습대로 이용해온 듯했다. 이러한 말없는 섬김의 생활에도 불구하고 그는 주님을 전혀 사랑하지 않았던 듯 보였고, 설사 사랑했다 하더라도 그가 섬긴 목적에는 그다지 애착이 없어 보였다. '시밀리테르 아트퀘 세니스 바쿨루스'**라는 예수회 설립자의 말은 마치 그를 두고 한 말인 양 그는 한쪽 구석에 아무렇게나 내버려두었다가 밤길을 걷게 되거나 궂은 날씨에 나들이를 하게 될 때

---

* 이냐시오 데 로욜라는 교전중 중상을 입어 다리를 절었다.

** Similiter atque senis baculus. '노인의 지팡이 같은'이라는 뜻의 라틴어. 로욜라의 『예수회 법령 해설』에 나오는 말이다.

꺼내 짚고 다니고, 혹은 정원 벤치에 숙녀의 꽃다발과 함께 나란히 놓아두었다가 누군가에게 위협을 받게 되면 집어들어 찌르는 데 쓰는, 말하자면 노인의 손에 들린 지팡이 같은 존재였다.

교무처장은 벽난로로 돌아와 턱을 쓰다듬기 시작했다.

—미학 문제에 대한 자네의 이론은 언제쯤이면 들어볼 수 있을까? 그가 물었다.

—저의 이론이라니요! 스티븐은 깜짝 놀라 말했다. 좋은 생각이란 저에게는 운이 좋아야 보름에 한 번 정도 떠오를까 말까 하는데요.

—이런 문제란 여간 심오한 것이 아니라네, 디덜러스 군, 교무처장이 말했다. 마치 모허의 절벽*에서 깊은 바닷속을 들여다보는 것과 같지. 많은 사람이 바닷속으로 뛰어들지만 아무도 다시 수면 위로 올라오지 못해. 오직 숙련된 잠수부만이 그 깊은 곳까지 내려가 그곳을 탐색하고는 다시 수면 위로 올라올 수 있지.

—사색의 문제를 두고 하시는 말씀이라면, 스티븐이 말했다, 저 역시 모든 사색이란 그 자체의 법칙에 지배받기에 자유로운 사상 따위는 존재할 수 없다고 확신합니다.

—으음!

—제 나름의 이론을 정립하기 위해 현재 제가 할 수 있는 일은 아리스토텔레스와 아퀴나스의 한두 가지 사상을 등불 삼아 연구해나가는 것입니다.

—알겠네, 자네가 무슨 말을 하는지 알겠어.

---

* 아일랜드 서해안 쪽 클레어 카운티에 있는, 높이 약 200미터의 거대한 절벽.

—단지 독자적인 이론을 수립할 때까지 등불 삼아 인도받기 위해서 그들의 사상을 필요로 할 뿐입니다. 만일 그 등불에 그을음이 나거나 나쁜 냄새가 풍기면 심지를 다듬을 것입니다. 또한 아주 환하게 비추지 못한다면 그것을 팔아치우고 다른 것을 새로 사거나 빌려야겠지요.

—에픽테토스*도 등잔을 하나 가지고 있었지, 교무처장이 말했다, 그가 죽고 난 뒤에 엄청난 가격으로 팔렸다네. 바로 그 등잔불 아래서 그가 철학 논문을 썼지. 자네 에픽테토스가 누군지 알지?

—영혼이란 양동이에 담긴 물과 같다고 말한 어르신이지요, 스티븐이 거친 어조로 대답했다.

—그는 그 나름의 소박한 투로 우리에게 말하고 있다네, 교무처장이 말을 계속했다, 그가 어느 한 신의 조상彫像 앞에 철제 등잔을 갖다놓았더니 도둑이 들어 그걸 그만 훔쳐가버렸다는 거야. 그래서 그 철학자가 어떻게 했는지 아는가? 그는 생각 끝에 도둑질이 도둑의 성격이라는 결론을 내리고 다음날 철제 등잔 대신 토기 등잔을 사다놓기로 마음을 굳혔지.

교무처장이 장작 사이에 찔러넣은 초 토막에서 풍기는 수지 타는 냄새가 스티븐의 의식 속에서 양동이와 등잔이니 등잔과 양동이니 하는 말들의 울림과 한데 섞였다. 사제인 교무처장의 목소리도 역시 진하게 울리는 어조를 띠고 있었다. 교무처장의 이상한 어조와 양동이니 등잔이니 하는 이미저리imagery 때문에, 그리고 불이 켜지지 않은 등잔이나 초점이 안 맞게 걸린 반사경처럼 보이는 사제의 얼굴 때문에 스티븐은

* 그리스의 스토아 철학자. 이하 스티븐과 교무처장은 『에픽테토스의 담론집』에 나오는 구절을 논한다.

꺼림칙한 마음에 본능적으로 주춤했다. 저 얼굴 뒤에나 안에는 무엇이 있을까? 둔하고 무감각한 영혼일까, 아니면 사유로 가득차 있는데다 하느님의 우울마저 능히 감당할 수 있는 뇌운 같은 둔탁함일까?

—제가 말하는 등불은 그런 것과는 종류가 다릅니다, 처장님, 스티븐이 말했다.

—그야 물론이지, 교무처장이 말했다.

—미학을 논하는 데 한 가지 어려운 문제는, 스티븐이 말을 이어갔다, 용어를 문학적 관례에 따라 쓰느냐 아니면 통속적 관례에 따라 쓰느냐를 구별해내는 데 있습니다. 저는 뉴먼이 말한 문장 하나를 기억하고 있는데, 그는 성모마리아에 대해 수많은 성인들과 함께 '디테인되어 있었다was detained'라고 말합니다. 그러나 시중에서 쓰는 통속적인 의미는 아주 딴판이지요. 예를 들면, 바쁘실 텐데 제가 너무 오래 디테인하고 있는지detaining 모르겠네요, 하는 식으로요.*

—천만의 말씀, 교무처장이 정중하게 말했다.

—아니, 그게 아니라, 스티븐은 웃으면서 말했다, 제 말씀은....

—그래그래, 알고 있네, 교무처장이 재빨리 말했다, 자네가 무슨 말을 하는지 잘 알아, 디테인의 서로 다른 용법을 말하려는 게지.

그는 아래턱을 내밀고 짧게 헛기침을 했다.

—등잔 문제로 다시 돌아가서 하는 얘긴데, 그가 말했다, 거기다 기

* 스티븐은 'detain'을 예로 들어 용어의 문학적 관례와 통속적 관례의 차이를 설명하는 중이다. 전자는 뉴먼의 「당신의 아들을 위한 성모마리아의 영광」에서 꼽은 것으로 '머물고 있었다', 후자는 '붙들어두다' 정도로 해석되는데, 교무처장은 이 예문의 차이를 제대로 이해하지 못한 반응을 보인다.

름을 넣는 것도 결코 만만한 문제가 아니라네. 무엇보다 먼저 불순물이 섞이지 않은 깨끗한 등유를 골라야 하고, 기름을 넣을 때는 퍼늘funnel에 넘치지 않도록 각별히 조심해서 부어야 하지.

—퍼늘이요? 스티븐이 물었다.

—등잔에 기름을 부을 때 쓰는 깔때기 말이네.

—깔때기요? 스티븐이 물었다. 그걸 퍼늘이라고 하나요? 턴디시tundish라고 하지 않나요?

—턴디시가 뭔가?

—그거지요, 그… 퍼늘 말입니다.

—그걸 아일랜드에선 턴디시라고 하는가?* 교무처장이 물었다. 그런 말은 내 평생 처음 들어보는걸.

—로어 드럼콘드라**에선 턴디시라고 부릅니다, 스티븐이 소리내어 웃으면서 말했다, 거기 사람들은 고급 영어를 쓰지요.

—턴디시라! 교무처장은 생각에 잠긴 듯이 말했다. 그것 참 흥미로운 말이로군. 사전에서 한번 찾아봐야겠네. 꼭 찾아봐야겠어.

그의 정중한 태도에서 어딘지 모르게 가식이 느껴져 스티븐은 돌아온 탕자의 비유***에서 큰아들이 탕아인 작은아들을 쳐다보았음직한 눈초리로 이 영국인 개종자를 쳐다보았다. 세상을 떠들썩하게 했던 개종사태****의 보잘것없는 추종자이자 아일랜드에 사는 가난한 영국인인 그

* 턴디시는 본래 아일랜드 말이 아닌 영어다.

** 더블린 북부 교외의 빈민층 거주지. 디덜러스가가 현재 사는 곳이다.

*** 「루카 복음서」 15:11~32.

**** 1833년 영국 국교에 새바람을 불어넣기 위해 시작된 영국 국교 개혁운동으로, 이를

는 음모와 수난과 질투와 투쟁과 모욕으로 점철된 기이한 북새통이 거의 끝나갈 무렵 예수회 역사의 무대에 비로소 등장한 것 같았으니—말하자면 지각생이요 느림뱅이였다. 그렇다면 그는 어디서부터 출발했을까? 아마도 진지한 비국교도 집안*에서 태어나 오로지 예수그리스도의 구원만 알고 영국국교회의 공허한 의식을 혐오하며 자랐는지도 모른다. 육교리六教理 침례교파니 특수교파니 자손과 악마의 침례교파니 선정타죄론先定墮罪論 주장파니 하는 종파** 싸움의 소용돌이 속에 벌어진 그 요란한 잠꼬대 같은 설전에 넌더리가 나서 절대적인 신앙의 필요성을 느꼈던 것일까? 아니면 성령의 강림을 상징하기 위한 입김 불어넣기나 안수나 성령 발현에 대한 추론이라는 섬세한 실을 실패에 무명실 감듯 감아나간 끝에 마침내 참된 교회를 불쑥 발견하였단 말인가? 그것도 아니면 세관에 앉아 있던 그 사도***처럼 지붕이 함석으로 된 성당 입구에 앉아 하품하면서 교인들의 헌금을 세고 있을 때 주 예수그리스도께서 그를 만지시며 따르라고 말씀하셨던 것일까?

교무처장은 여전히 그 말을 되풀이하고 있었다.

—턴디시라! 거참 흥미로운 말이야!

—조금 전에 처장님께서 저에게 질문하신 문제가 훨씬 더 흥미로운 것 같은데요. 예술가가 흙덩어리를 가지고 표현하려 애쓰는 그 아름다움이란 무엇인가 하는 문제 말입니다, 스티븐이 냉정하게 말했다.

주도한 성직자들 대부분이 가톨릭으로 개종했다.

* 영국국교회의 권위와 교의에 반대하는 프로테스탄트.

** 모두 침례교의 여러 종파들.

*** 「마태오 복음서」 9:9. 마태오를 가리킨다.

이 대수롭지 않은 말을 통해 스티븐은 자신의 예리한 감수성의 칼끝으로 이 정중하고도 매사에 빈틈없는 적수의 가슴을 찔러버리고 만 격이었다. 대화를 나누는 상대가 벤 존슨의 동포라는 사실에 그는 가슴이 무너져내릴 정도로 마음이 아팠다. 그는 생각했다.

—우리가 말할 때 쓰는 이 영어라는 언어는 나의 것이기 전에 먼저 그의 것이다. 가정이니, 그리스도니, 맥주니, 주인이니 하는 낱말들도 그의 입에서 나올 때와 나의 입에서 나올 때 그 느낌이 얼마나 다른가! 나는 이런 말을 하거나 쓸 때마다 정신적 불안감을 느낀다. 너무나 친숙하고도 너무나 낯선 그의 언어는 나에게는 언제나 습득한 언어로 남게 될 것이다. 나는 그런 낱말들을 만든 적도 없고 받아들인 적도 없다. 내 목소리에선 그런 말들이 자연스럽게 술술 나오는 법이 없다. 나의 영혼은 그의 언어의 그늘 속에서 하루도 마음 편할 날이 없다.

—그리고 말이지, 교무처장이 덧붙였다, 아름다움과 숭엄함을 구별하고, 정신적 아름다움과 물질적 아름다움을 구별할 필요가 있네. 거기에 더해 각기 다른 다양한 예술에 어떤 종류의 아름다움이 적절한가를 탐구할 필요도 있지. 이런 것들이 우리가 앞으로 연구해볼 만한 흥미로운 주제가 될 수 있겠군.

교무처장의 딱딱하고도 무미건조한 어조로 인해 스티븐은 갑자기 의기소침해져 침묵을 지켰다. 교무처장 역시 침묵을 지켰다. 그러한 침묵을 뚫고 멀리서 수많은 구둣발 소리와 어지러운 말소리가 계단을 타고 들려왔다.

—하지만 이러한 연구를 추진해나가노라면, 교무처장이 결론짓듯 입을 열었다, 이론적 영양실조에 걸릴 염려가 다분하지. 그러니 자네

는 무엇보다 먼저 학위부터 따야 하네. 그것을 자네의 첫번째 목표로 삼도록 하게. 그러고 나면 차츰차츰 자네가 갈 길이 보일 걸세. 인생살이라는 면에서나 사상의 면에서나 모든 의미에서 말이네. 처음에는 자전거로 오르막을 오르듯 힘겨울지도 몰라. 그러나 무넌 군을 보게. 그가 정상에 오르기까지는 참으로 오랜 세월이 걸렸지. 하지만 그는 정상에 이르지 않았나.

—제게는 그 친구 같은 재능이 없는지도 모릅니다, 스티븐이 나지막히 말했다.

—모르지, 교무처장이 밝은 어조로 말했다. 우리는 우리에게 어떤 재능이 있는지 알 수 없는 법이라네. 나 같으면 절대로 미리부터 낙심하지 않겠네. '페르 아스페라 아드 아스트라'*라는 말도 있지 않은가.

그는 강의실로 들어오는 문과 2학년생들을 마중하려고 재빨리 벽난롯가를 떠나 층계참으로 갔다.

벽난로에 몸을 기대고 선 스티븐의 귀에 교무처장이 수강생 전원에게 활기찬 목소리로 빠짐없이 골고루 인사를 건네는 소리가 들려왔고 예의를 모르는 학생들마저 처장의 인사에 솔직한 미소로 답하는 모습이 눈에 보이는 듯했다. 기사다운 로욜라의 충성스러운 이 하인에게, 성직자들의 의붓형제로 누구보다 세속적으로 말하지만 정신만은 누구보다 확고부동한 이 사제에게, 게다가 그가 자신의 고해신부로 결코 부르지 않을 이 교무처장에게 씁쓰레한 연민의 감정이 상처받기 쉬운 그의 여린 가슴 위로 이슬처럼 내려앉기 시작했다. 그는 이 사람과 그

* Per aspera ad astra. 베르길리우스의 『아이네이스』 IX:641에 나오는 구절로 '고난을 헤치고 별을 향하여'라는 뜻의 라틴어.

의 동료들이 예수회 전체의 역사를 통해 하느님의 법정에서 해이한 자들과 미온적인 자들과 타산적인 자들의 영혼을 변호해온 대가로, 성직자들로부터는 물론 속인들로부터도 속물이라는 악명을 듣게 된 과정을 생각해보았다.

어두컴컴한 계단식 강의실의 맨 윗줄에, 거미줄이 쳐진 뿌연 창문 아래 앉아 있던 학생들이 몇 차례 무거운 구둣발을 연달아 굴러 교수가 강의실에 들어옴을 알렸다. 교수가 출석을 부르기 시작하자 가지각색의 음조로 호명에 대답하는 소리가 들려왔다. 마침내 피터 번이 대답할 차례였다.

—네!

굵다란 저음의 대답 소리가 윗줄에서 나오자 다른 좌석에 앉아 있던 학생들이 항의 조로 헛기침을 해댔다.

교수는 출석 부르기를 잠시 멈췄다가 이어 다음 학생의 이름을 불렀다.

—크랜리!

대답이 없었다.

—크랜리 군!

친구가 하고 있을 공부를 생각하니 스티븐의 얼굴에 미소가 절로 스쳐갔다.

—레퍼즈타운*에 가서 불러보시죠! 누군가가 뒤쪽 좌석에서 말했다.

스티븐은 재빨리 고개를 돌려 뒤를 쳐다보았는데 잿빛 햇살에 윤곽

* 더블린 중심부에서 남쪽으로 10킬로미터쯤 떨어진 곳의 경마장.

을 드러낸 모이니핸의 주먹코 얼굴은 무표정하기만 했다. 교수가 공식을 하나 내놓았다. 학생들이 공책에 받아쓰느라고 바스락거리는 와중에 스티븐이 다시 뒤를 돌아보고 말했다.

—종이 좀 줘, 얼른.

—형편이 그 지경으로 어렵니? 모이니핸이 얼굴 가득 웃음을 머금고 물었다.

그는 자기 공책을 한 장 찢어 아래로 건네주며 중얼거렸다.

—필요할 때는 성직자가 아닌 평신도 남자나 여자도 모두 그것을 할 수 있느니라.*

얻은 종이에 충실하게 받아쓴 공식이라든가, 꼬였다 풀렸다 하는 교수의 계산이라든가, 힘과 속도를 나타내는 유령 같은 기호들이 스티븐의 마음을 사로잡았다가 이내 지치게 했다. 그는 누군가가 이 노교수를 가리켜 무신론자인 프리메이슨 단원**이라고 말하는 것을 들은 적이 있었다. 오, 어쩌면 이렇게도 우울하고 지루한 하루일까! 오늘 하루는 고통만 없다 뿐이지, 마치 견뎌내야 하는 의식의 림보*** 같았다. 그 림보를 통해 수학자들의 영혼이 방황하면서 점점 더 희미해지고 창백해지는 황혼으로 물든 이 면 저 면으로 그 가늘고 긴 구조물을 투사하는가 하면, 끊임없이 광대해지고 멀어지고 불가사의해지는 우주의

---

* 교리문답서에 나오는 세례성사를 빗댄 말.

** 프리메이슨 단원들은 철저한 유신론자들이었는데 그들의 비밀 의식 때문에 아일랜드 가톨릭교도들에게 적대시당했다. '무신론자인 프리메이슨 단원'이라는 말은 모순으로 아일랜드 가톨릭교도들의 일반적인 정서를 드러내고 있는 듯하다.

*** 지옥의 변방. 지옥과 천국 사이에 있으며, 세례를 받지 못한 어린이나 그리스도가 태어나기 전에 죽은 착한 사람들의 영혼이 머문다는 곳.

마지막 가장자리까지 물살 센 소용돌이를 사출하는 듯도 했다.

—그러므로 우리는 타원형과 타원체를 구별해야 합니다. 아마 여러분 중에는 W. S. 길버트 씨의 작품을 잘 아는 사람이 있을 줄 압니다. 그의 노래 중 하나에서 경기를 치르기로 되어 있는 당구 사기꾼 얘기를 이렇게 하고 있습니다.

가짜 천을 깐 당구대에서
비틀린 큐와
타원형 당구공을 가지고*

여기서 길버트 씨가 말하는 당구공은 내가 방금 전에 얘기한 주축선을 가진 타원체입니다.

모이니핸이 몸을 앞으로 굽혀 스티븐의 귀에 대고 속삭였다.

—타원체 공은 그렇게 쓰는 게 아니랍니다!** 아가씨들이여, 나를 따라오세요. 나는야 기병대 군인이라오!

학우의 저질스러운 농담이 한줄기 돌풍처럼 스티븐의 마음속 수도원을 휩쓸고 지나가자, 수도원 벽에 걸린 축 처진 사제복이 생기를 되찾고 악마의 향연에라도 참석한 듯 마구 휘날리며 날뛰었다. 돌풍에 나부끼는 사제복에서 예수회 교수진의 모습이 나타났다. 교무처장, 백

---

* W. S. 길버트는 영국의 극작가이자 시인이다. 본문에 인용된 노래는 그가 작곡가 아서 설리번과 함께 지은 희가곡 〈미카도〉의 마지막 막에 나오는 대사로, '타원형(elliptical)'은 '타원체(ellipsoidal)'가 옳다.

** 모이니핸은 '타원체 공'을 '고환'의 의미로 받아들이고 있다.

발에 모자를 쓴 체구 당당하고 혈색 좋은 재무 담당자, 총장, 깃털 같은 머리카락에 몸집이 작으며 경건한 시를 쓰는 사제, 땅딸막한 농부처럼 보이는 경제학 교수, 영양떼에 둘러싸인 채 높은 나무에 달린 잎사귀를 뜯어먹는 기린 같은 모습으로 층계참에 서서 자기 강의를 듣는 학생들과 양심에 대해 논하던 훤칠한 젊은 심리학 교수, 심각하고 고뇌에 찬 얼굴의 신심 단체 대표, 장난꾸러기 같은 눈매에 몸집이 뚱뚱하고 얼굴이 동그란 이탈리아어 교수 등의 모습이었다. 그들이 어슬렁어슬렁 걷기도 하고, 넘어지기도 하고, 뒹굴기도 하고, 천방지축 뛰어다니기도 하고, 등 짚고 뛰어넘기를 하느라 옷자락을 걷어올리기도 하고, 앞서가는 사람의 등을 뒤로 끌어당기기도 하고, 가식적인 너털웃음을 웃느라 몸을 뒤흔들기도 하고, 서로 엉덩이를 툭툭 치기도 하고, 점잖지 못한 장난에 폭소를 터뜨리기도 하고, 서로 친밀한 별명을 부르다가는 말씨가 좀 거칠어지면 갑자기 정색하며 상대방에게 항의도 하고, 두 사람씩 손으로 입을 가린 채 속닥거리기도 하면서 그를 향해 다가오고 있었다.

교수는 강의실 측벽에 있는 유리 진열장으로 가더니 선반에서 코일 한 다발을 꺼내 이리저리 입으로 불어 먼지를 턴 다음 조심스럽게 교탁으로 가지고 와서는 그 위에 손가락을 올려놓은 채 강의를 계속했다. 그는 오늘날 코일 제품에 사용하는 전선은 최근 F. W. 마르티노*가 발견한 플라티노이드라는 합금으로 만들어진다고 설명했다.

그는 발견자 이름의 이니셜과 성을 또록또록하게 발음했다. 그러자

* 교수는 미국 화학자 F. W. 마틴을 '마르티노'라 칭한 듯하다.

모이니핸이 뒤에서 중얼거렸다.

—프레시 워터 마틴 영감님이란 말씀이시지.*

—교수님께 한번 여쭤봐, 지루해하던 스티븐은 뒤를 돌아보며 속삭였다, 혹시 전기 처형 대상자 안 필요하신지. 나를 써도 괜찮다고 말씀드려줘.

모니이핸은 교수가 코일 위로 고개를 숙이고 있는 것을 확인하고는 자리에서 일어나 소리를 내지 않고 오른손 손가락들을 맞부딪치면서 개구쟁이가 누구를 일러바치듯 징징거리는 목소리로 교수를 부르려 했다.

—여기 좀 보세요, 교수님! 여기요, 교수님! 얘가 방금 몹쓸 말을 했대요, 교수님!

—플라티노이드는, 교수는 엄숙하게 말을 이었다, 온도 변화에 대한 저항 변동 계수가 낮기 때문에 양은洋銀보다 선호도가 훨씬 높은 합금이지요. 플라티노이드 전선은 견직물로 절연 처리가 되어 있는데, 그 견직물 외피가 지금 내가 손가락으로 가리키고 있는 이 에보나이트 코일 틀에 이중으로 감겨 있답니다. 만일 외피가 한 번만 감겨 있다면 잉여 전류는 코일 안으로 유도되겠지요. 코일을 감는 데 쓰는 틀은 뜨거운 파라핀 왁스에 푹 젖어 있고...

얼스터** 지방 억양의 날카로운 목소리가 스티븐의 아래쪽 좌석에서 들려왔다.

---

* F. W.라는 이니셜을 이용한 말장난. '프레시 워터(Fresh Water)'는 '미숙한' '풋내기인'을 뜻하며, 이는 '영감님(good old)'과 대조된다.

** 북아일랜드를 이루는 주의 이름. 인구의 대부분이 프로테스탄트이다.

—저희한테 응용과학에 관한 질문도 하실 건가요?

교수는 진지하게 순수과학과 응용과학이라는 용어에 대해 이러쿵저러쿵 설명하기 시작했다. 금테 안경을 쓴 체구가 장대한 학생이 어처구니없다는 듯 질문한 학생을 노려보았다. 모이니핸이 이번에는 원래의 목소리로 뒤에서 중얼거렸다.

—매캘리스터라는 저 녀석, 교수의 살을 일 파운드쯤 노리는 악마*가 아닐까?

스티븐은 자기 아래쪽에 앉아 있는, 노끈 색깔의 헝클어진 머리털로 뒤덮인 장방형 머리통을 차가운 눈초리로 내려다보았다. 질문을 한 학생의 목소리와 억양과 심사 모두 어찌나 비위에 거슬렸던지 저 학생의 아버지는 아들을 더블린으로 보내지 말고 차라리 벨파스트**로 유학 보냈더라면 기찻삯이라도 절약할 수 있어 훨씬 더 좋았을 거라는 심술궂은 생각마저 들었다.

이러한 생각의 화살을 맞고도 아래쪽의 장방형 머리통은 돌아다보지도 않았고 오히려 그 화살이 곧 원래의 활시위 쪽으로 되돌아왔다. 순간적으로 그 학생의 공포에 질린 창백한 얼굴이 스티븐의 눈앞에 떠올랐던 것이다.

—아까 그 생각은 내 생각이 아니야, 그는 재빨리 중얼거렸다. 내 뒷자리에 앉은 익살맞은 아일랜드인 친구에게서 나온 생각일 뿐이야. 제발 참자. 질문한 학생이나 조롱한 학생 중에서 누가 우리 민족의 영혼

---

* 셰익스피어의 『베니스의 상인』의 등장인물인 샤일록을 암시한다.

** 북아일랜드의 수도이자 얼스터주의 주도. 여기에 프로테스탄트계의 퀸스 유니버시티가 있다.

을 팔아먹었으며 누가 우리 민족이 선택한 영도자를 배반했는가를 내가 자신 있게 말할 수 있을까? 그러니 제발 참자. 에픽테토스를 기억하자. 모르긴 몰라도 그러한 순간에 그러한 어조로 그러한 질문을 한다든가 과학science을 단음절로 발음한다든가 하는 건 아마도 그의 성품에 내재되어 있는 것일 테니 말이야.

교수의 낮고 단조로운 목소리는 그가 설명하고 있는 코일을 천천히 감고 또 감아나가며, 코일이 그 저항의 옴Ω을 증가시키듯이 졸음을 유발하는 에너지를 두 배, 세 배, 네 배로 증가시키고 있었다.

멀리서 들려오는 종소리와 때를 같이하여 모이니핸의 목소리가 뒤쪽에서 들려왔다.

—수업 끝났습니다, 신사 여러분!

현관은 학생들로 북적거리고 이야기 소리로 떠들썩했다. 출입문 가까이에 놓인 테이블에는 사진* 두 장이 액자에 담겨 놓여 있었고, 두 액자 사이에는 불규칙적으로 이어지는 사람들의 서명으로 가득한 기다란 종이 두루마리 명부가 놓여 있었다. 매캔은 학생들 사이를 이리저리 부산하게 다니며 다급하게 말을 걸기도 하고 거절하는 학생에겐 적절히 응수하기도 하면서 한 사람 한 사람 테이블 쪽으로 이끌었다. 현관 안쪽에서는 교무처장이 점잖게 턱을 쓰다듬거나 고개를 끄덕이며 젊은 교수 한 명과 서서 얘기를 나누고 있었다.

스티븐은 문간의 인파에 막혀 엉거주춤 서 있었다. 중절모의 축 늘어

* 하나는 러시아 황제 니콜라이 2세이고, 다른 하나는 황후 알렉산드라 표도로브나다. 니콜라이 2세가 발표한 세계 평화 청원서를 계기로 헤이그만국평화회의가 열리게 되었다.

진 넓은 챙 아래로 크랜리의 시커먼 두 눈이 그를 지켜보고 있었다.

—서명했니? 스티븐이 물었다.

크랜리는 길고 얄팍한 입술을 굳게 다문 채 한순간 혼자 생각에 잠겼다가 대답했다.

—에고 하베오.*

—무엇 때문에 하는 거야?

—쿠오드?**

—무엇 때문에 하는 거냐니까?

크랜리는 창백한 얼굴을 스티븐에게로 돌리며 부드러우면서도 씁쓸한 어조로 말했다.

—페르 팍스 우니베르살리스.***

스티븐은 러시아 황제의 사진을 가리켰다.

—이 양반은 술에 취한 그리스도의 얼굴을 하고 있군.

크랜리는 두 눈으로 현관 벽을 조용하게 살피다가 그의 목소리에 서린 냉소와 분노를 감지하고는 스티븐에게로 시선을 돌렸다.

—너 화났니? 그가 물었다.

—아니, 스티븐이 대답했다.

—기분 나쁘니?

—아니.

---

* Ego habeo. '나는 했소이다'라는 뜻의 파격 라틴어. 이어지는 라틴어는 모두 학생들끼리만 쓰는 엉터리다.

** Quod. '무엇'이라는 뜻의 엉터리 라틴어.

*** Per pax universalis. '세계 평화를 위하여'라는 엉터리 라틴어.

—크레도 우트 보스 상구이나리우스 멘닥스 에스티스, 크랜리가 말했다. 퀴아 파키에스 보스트라 몬스트라트 우트 보스 인 담노 말로 후모레 에스티스.*

모이니핸이 테이블 쪽으로 가다가 스티븐의 귀에 대고 말했다.

—매캔이 아주 기고만장하게 설치고 있어. 최후의 한 방울까지 피를 흘릴 태세야. 멋진 신세계를 위해서 말이야. 금주령을 내리고 계집년들에게 선거권을 줘야 한다나.**

자기를 믿고 이렇게 거침없이 말하는 태도에 스티븐은 미소로 답했고 모이니핸이 가버리자 그는 다시 눈길을 돌려 크랜리를 바라보았다.

—어쩌면 너는 알겠구나, 그는 말했다, 왜 저 친구가 자기 속내를 거침없이 내 귀에 대고 쏟아붓는지 말이야. 어디, 말해봐.

크랜리의 이마에 어둡게 주름이 잡혔다. 그는 모이니핸이 몸을 구부려 두루마리 명부에 서명을 하고 있는 테이블 쪽을 뚫어지게 지켜보다가 단호한 어조로 말했다.

—거지발싸개 같은 녀석이니까!

—퀴스 에스트 인 말로 후모레, 스티븐이 물었다, 에고 아우트 보스?***

그 조롱 섞인 물음에 크랜리는 아무런 대꾸도 하지 않았다. 대신 여

---

* Credo ut vos sanguinarius mendax estis, quia facies vostra monstrat ut vos in damno malo humore estis. '나는 네가 새빨간 거짓말쟁이라고 생각해, 왜냐하면 네 얼굴에 굉장히 기분 나쁘다고 쓰여 있으니까'라는 뜻의 엉터리 라틴어.

** 금주와 여성의 참정권 문제는 빅토리아 시대의 중요한 사회개혁운동의 어젠다였다.

*** Quis est in malo humore, ego aut vos. '누가 기분이 나쁜 거야, 나야, 아니면 너야?'라는 뜻의 엉터리 라틴어.

전히 이마를 찌푸린 채 자신의 판단을 곰곰 생각해보더니 아까와 같이 단호한 어조로 같은 말을 되풀이했다.

—지독하게 못돼 처먹은 거지발싸개 같은 놈이야, 저놈은 그런 족속이라고!

그 말은 끝장나버린 모든 우정에 크랜리가 바치는 묘비명이었고 스티븐은 언젠가 그가 자기와 나눈 우정을 추념하면서도 같은 어조로 말하지 않을까 궁금했다. 돌멩이가 수렁 속으로 가라앉듯 그 육중한 한 뭉치의 어구가 그의 귓전에 서서히 가라앉았다. 그 말뭉치의 무게에 가슴이 짓눌리는 듯한 기분으로 스티븐은 지난날 수없이 그랬듯이 그 말이 가라앉는 모습을 바라보았다. 데이빈과 달리 크랜리의 말씨에는 엘리자베스 시대의 영어에 나오는 희귀한 어구도, 아일랜드어의 관용적인 표현을 이상하게 영어로 변형시킨 듯한 표현도 없었다. 하지만 그의 길게 끄는 어투는 쇠퇴해가는 어느 쓸쓸한 항구에서나 되울려옴직한 더블린 부두 말씨의 메아리 같았고, 그의 말투에서 묻어나는 힘은 위클로 지방의 어느 강론대에서나 되울려옴직한 더블린 사제들의 열변의 메아리 같았다.

매캔이 현관 저편에서 그들을 향해 기운차게 걸어오자 잔뜩 찌푸려져 있던 크랜리의 얼굴이 펴졌다.

—너, 여기 있었구나! 매캔이 쾌활하게 말했다.

—그래, 나 여기 있다! 스티븐이 대꾸했다.

—지각하는 버릇은 여전하군. 너의 그 진보적인 성향에다 시간 엄수 정신까지 좀 겸비할 수는 없어?

—번지수가 다른 문제라, 스티븐이 말했다. 다음 용건이나 말해.

스티븐은 미소를 머금은 눈으로 이 서명운동 전도사의 가슴 주머니 밖으로 삐죽 나온 은박지에 싸인 밀크 초콜릿을 바라보았다. 몇 사람의 청중이 재치 있는 설전을 듣겠다고 그들 주위를 빙 둘러섰다. 올리브색 피부에 곧고 검은 머리를 한 깡마른 학생 하나는 두 사람 사이에 얼굴을 들이밀고 한 마디 한 마디에 이쪽저쪽 번갈아 쳐다보면서 침이 고인 헤벌어진 입으로 그들 사이에 날쌔게 오고가는 말들을 모조리 잡아채려고 애를 쓰는 듯했다. 크랜리는 주머니에서 조그만 회색 핸드볼* 공을 꺼내더니 이리저리 돌려가며 꼼꼼하게 살피기 시작했다.

―다음 용건을 말하라고? 매캔이 말했다. 흠!

그는 기침을 하듯 한바탕 폭소를 터뜨리더니 만면에 미소를 띠고는 뭉툭한 턱밑에 늘어진 밀짚 색깔 염소수염을 두어 번 쓰다듬었다.

―다음 용건은 다름이 아니라 저 청원서에 서명을 하라는 거야.

―서명하면 나한테 뭐가 떨어지는데? 스티븐이 물었다.

―난 네가 이상주의자라고 알고 있었는데, 매캔이 말했다.

집시같이 생긴 학생이 주위를 두리번거리다가 염소의 울음처럼 힘없는 목소리로 구경꾼들을 향해 말했다.

―어디 저럴 수가 있나, 별놈의 생각도 다 하는군. 그건 돈을 벌어보자는 뜻 같은데?

그의 목소리는 곧 침묵에 묻혔다. 아무도 그의 말을 귀담아듣지 않았다. 그는 다시 한번 말해보라는 듯, 올리브색 얼굴을 들어 말馬 같은 표정으로 스티븐을 쳐다보았다.

* 게일인 운동진흥협회에 의해 부활된 아일랜드 전통 경기의 하나.

매캔은 유창하고도 정력적인 어조로 떠들기 시작했다. 러시아 황제의 세계 평화 청원서며, 스테드*며, 전면적인 군비축소며, 국제적인 분쟁이 발생할 경우의 중재 문제**며, 시대의 징후며, 최소한의 비용으로 최대 다수의 최대 행복*** 확보를 공동생활체의 책무로 삼는 데 필요한 새로운 인간상이며, 새로운 삶의 복음**** 등에 관한 이야기였다.

매캔의 일장 연설이 끝나자 집시같이 생긴 학생이 이에 화답해 외쳤다.

—사해동포주의를 위해 만세 삼창을 합시다!

—계속해, 템플, 그 옆에 있던 건장하고 혈색 좋은 학생이 말했다, 나중에 맥주 한잔 살 테니까.

—나는 사해동포주의를 신봉해, 템플이 타원형의 시커먼 눈으로 주위를 두리번거리면서 말했다, 마르크스는 얼간이에 지나지 않아.*****

크랜리는 어색하게 웃으면서 그의 말을 막으려고 팔을 꽉 움켜잡고는 되풀이해서 말했다.

—그만해, 그만, 그만하라니까!

템플은 그의 팔을 뿌리치려고 버둥거리며 입가에 엷은 거품까지 문 채 계속해서 떠들어댔다.

---

* 윌리엄 토머스 스테드. 영국 언론인이자 평화운동가로 『유럽 합중국』을 썼다.

** 헤이그만국평화회의의 결의에 따라 1900년 헤이그에 국제중재재판소가 설치되었다.

*** 영국 철학자이자 법학자인 제러미 벤담이 주장한 공리주의적 이상으로 이후 사회민주주의의 모토가 되었다.

**** W. T. 스테드가 창도하는 핵심 문제.

***** 카를 마르크스의 계급투쟁론은 사해동포주의 정신에 배치된다고 보기 때문이다.

—사회주의를 창시한 사람은 아일랜드 사람이었어.* 그리고 유럽에서 사상의 자유를 최초로 설파한 사람은 콜린스였지. 그게 이백 년 전 일이야. 그가 성직자들의 능력에 무차별 공격을 가했더랬지. 그 미들섹스 출신 철학자가 말이야. 존 앤서니 콜린스를 위해 만세 삼창을 합시다!**

빙 둘러서 있던 학생들의 가장자리에서 누가 가느다란 소리로 대꾸했다.

—삐! 삐!

모이니핸이 스티븐의 귀에 속삭였다.

—존 앤서니의 불쌍한 여동생에 관한 노래는 어때?

로티 콜린스가 속바지를 잃어버렸대요.
당신 것 좀 빌려주지 않겠어요?***

스티븐이 웃음을 터뜨리자 우쭐해진 모이니핸은 다시 속삭였다.

—우리 존 앤서니 콜린스에게 각각 5실링씩 걸어볼까.

—어쩔 거야, 네 대답을 기다리고 있다고, 매캔이 짤막하게 말했다.

—이 문제라면 조금도 관심 없어, 스티븐은 귀찮다는 듯 대답했다. 너도 잘 알잖아. 왜 그따위 문제로 이렇게 법석을 떠는 거야?

---

* 정치경제학자이자 사회개혁가인 윌리엄 톰슨을 말한다.

** 앤서니 콜린스. 영국 미들섹스 출신의 신학자이자 철학자로 『자유사상의 담론』을 썼다. 철학자 콜린스의 이름에 '존'은 들어가지 않는다. 이는 템플의 착각인 듯하다.

*** 철학자 콜린스와는 관계가 없는 1890년대 영국의 인기 가수를 거명한 당시의 속요.

—좋아! 매캔이 입맛을 쩝쩝 다셨다. 그렇다면 넌 반동분자라는 말이지?

—그런다고 내가 눈이라도 깜박할 줄 알아? 스티븐이 물었다. 네가 그따위 목검을 휘두른다고 해서 말이야.

—비유법으로 나오시는군! 매캔이 퉁명스럽게 말했다. 웃기지 말고 사실대로 말하시지.

스티븐은 얼굴을 붉히며 돌아섰다. 매캔은 자기 입장을 조금도 굽힐 기색 없이 적의에 찬 어조로 빈정댔다.

—삼류 시인들께서는 세계 평화 같은 시시한 문제는 안중에도 없는 모양이지.

크랜리가 고개를 쳐들고는 평화를 제안하는 의미로 두 친구 사이에 핸드볼 공을 들어올리며 말했다.

—팍스 수페르 토툼 상구이나리움 글로붐.*

스티븐은 구경꾼들 사이를 빠져나가다가 러시아 황제의 사진이 있는 쪽으로 화가 난 듯 어깻짓을 하고는 말했다.

—잔소리 말고 네 우상이나 잘 모셔. 만일 예수 같은 우상이 필요하다면 적법한 예수라야 하지 않겠어?

—어라, 말 한번 멋지게 하는군! 집시같이 생긴 학생이 자기 주변에 있는 학생들에게 말했다. 근사한 표현이네. 내 마음에 쏙 들어.

그는 그 말을 집어삼키기라도 하듯 목구멍으로 침을 꿀꺽 삼키고는 트위드 모자의 챙을 만지작거리면서 스티븐을 향해 말했다.

---

* Pax super totum sanguinarium globum. '피비린내 나는 온 지구에 평화 있기를'이라는 뜻의 엉터리 라틴어.

—미안하지만 말이야, 방금 네가 한 그 표현은 무슨 뜻으로 한 말이니?

주변 학생들에게 떠밀리고 있음을 느끼면서 그는 그들에게 말했다.

—저 친구가 한 그 표현이 무슨 뜻으로 한 말인지 궁금하단 말이야.

그러고는 다시 스티븐을 향해 속삭이듯이 말했다.

—너는 예수를 믿니? 나는 인간을 믿어. 물론 너도 인간을 믿는지는 모르겠지만 말이야. 하여튼 나는 너를 찬양해. 나는 어떤 종교로부터도 자유로운 인간의 정신을 찬양하는 사람이니까. 예수의 정신에 대한 네 의견도 그런 거지?

—계속해, 템플, 건장하고 혈색 좋은 학생이 평소 버릇대로 아까 했던 생각을 되풀이했다, 맥주 한잔이 너를 기다리고 있다고.

—이녀석은 나를 얼간이라고 생각하지, 템플이 스티븐에게 설명했다, 내가 정신의 힘을 믿는다는 이유로 말이야.

크랜리가 스티븐과 그의 찬양자의 팔에 자기의 양팔을 끼며 말했다.

—노스 아드 마눔 발룸 요카비무스.*

스티븐은 크랜리에게 끌려가면서 매캔의 벌겋게 달아오른 퉁명스러운 얼굴을 힐끔 쳐다보았다.

—내가 서명해봤자 아무런 소용도 없어, 그는 점잖게 말했다. 너는 소신대로 네 갈 길을 가면 되잖아. 나는 나대로 가도록 내버려두고.

—디덜러스, 매캔이 활기차게 말했다, 네가 좋은 친구라는 건 알아. 하지만 애타주의의 존엄성과 개인의 책임감에 대해서는 좀더 배워야

---

* Nos ad manum ballum jocabimus. '우린 가서 핸드볼 경기나 하자'라는 뜻의 엉터리 라틴어.

겠네.

이때 어떤 목소리가 들렸다.

—똑똑한 괴짜는 이런 서명운동에 참가하느니 빠지는 편이 낫지.

스티븐은 그 거친 어조를 띤 목소리의 주인이 매캘리스터임을 직감했으나 소리가 난 쪽을 돌아보지는 않았다. 크랜리는 스티븐과 템플의 팔짱을 끼고 마치 미사 집전 사제가 보좌 사제들을 거느리고 제단으로 올라가듯 몰려선 학생들 사이를 헤치고 엄숙하게 지나갔다.

템플이 크랜리의 가슴 앞으로 몸을 푹 숙이고는 스티븐에게 말했다.

—너 매캘리스터가 하는 말 들었지? 그 녀석은 너를 시기하는 거야. 알고 있었어? 크랜리는 분명 모를 테지. 제기랄, 난 그걸 단박에 알아챘어.

그들이 안쪽 현관을 가로지르고 있을 때 교무처장은 그동안 이야기를 나누던 학생과 막 헤어지려던 참이었다. 그는 금방이라도 계단을 오를 듯, 맨 아래 계단에 한 발을 올려놓고 낡아빠진 수단 자락은 여자같이 조심스럽게 모아쥔 채 층계 아래쪽에서 이따금씩 고개를 끄덕거리며 같은 말을 되풀이하고 있었다.

—의심할 나위가 없어, 해킷 군! 아주 좋아요! 의심할 나위가 없지!

현관 한가운데서는 대학 신심 단체 대표가 부드럽지만 불평 섞인 목소리로 기숙사생 하나와 진지하게 얘기를 나누고 있었다. 얘기하는 동안 그는 주근깨가 있는 이마를 약간 찌푸리기도 하고, 말하는 사이사이 뼈로 만든 작은 연필을 깨물기도 했다.

—문과 1학년은 모두 다 왔으면 좋겠어. 2학년들은 아마 꼭 올 테고, 3학년들도 마찬가지지. 무엇보다 신입생들을 모두 오게 해야 해.

세 사람이 출입구를 지나갈 때 템플이 다시 크랜리의 가슴 앞으로 몸을 숙이고는 재빠른 말투로 속삭이듯 말했다.

—저 양반이 유부남이라는 걸 알고 있니? 개종하기 전에 이미 결혼을 했다는 거야. 어디엔가 저 양반 부인과 아이들이 있대. 결혼한 신부라니, 원 세상에, 별 희한한 소리도 다 들어보겠네. 안 그래?

그의 속삭임은 곧 능글맞게 낄낄거리는 웃음으로 바뀌었다. 출입구를 통과하자마자 크랜리는 그의 목덜미를 난폭하게 움켜잡고 마구 흔들며 말했다.

—이 구제불능의 멍청이 같으니라고! 성경에 대고 맹세컨대 이 빌어먹을 세상에서 너보다 더 우라지게 못돼 처먹은 바보 새끼는 또 없을 거다!

템플은 움켜잡힌 채 몸을 버둥거리면서도 여전히 만족스러운 듯 능글맞은 웃음을 거두지 않았고, 그가 거칠게 몸을 흔들 때마다 크랜리는 단호하게 되풀이했다.

—이 구제불능의 염병할 멍텅구리 같으니라고!

그들은 함께 잡초가 무성한 정원을 가로질러갔다. 묵직하고 헐렁한 외투를 걸친 총장이 성무일도서를 읽으며 보도를 따라 그들 쪽으로 오고 있었다. 보도가 끝나는 곳에서 옆으로 돌아서기 전에 그가 걸음을 멈추고 눈을 치켜떴다. 학생들은 그에게 인사를 했고 템플은 아까처럼 모자 챙을 만지작거렸다. 그들은 말없이 앞을 향해 곧장 걸어갔다. 잔디 구장이 가까워지자 스티븐의 귀에는 운동선수들의 손과 손이 부딪치는 소리, 젖은 듯한 공을 치는 소리, 그리고 공을 칠 때마다 흥분해서 소리를 질러대는 데이빈의 목소리가 들려왔다.

데이빈이 앉아 구경하고 있는 좌석 주변에서 세 학생은 걸음을 멈추었다. 잠시 뒤 템플이 옆걸음질로 스티븐에게 다가가 말했다.

—미안하지만 너한테 한 가지 물어볼 게 있어. 너 장자크 루소*가 성실한 사람이었다고 생각하니?

질문을 듣자마자 스티븐은 피식 웃음을 터뜨렸다. 크랜리는 때마침 자기 발아래 풀밭에 망가진 통에서 떨어져나온 나무토막 하나가 뒹굴고 있는 것을 발견하고는 그것을 집어든 뒤 재빨리 몸을 돌리면서 준엄한 어조로 말했다.

—템플, 내 분명히 밝혀두지만, 너 앞으로 누구에게든 어떠한 문제에 대해서든 한마디라도 더 주둥이를 놀리면 내가 '수페르 스포툼'** 사정없이 죽여버릴 거야.

—내 짐작으로는 그 사람도 너 같았을 것 같아, 스티븐이 말했다, 감정적인 사람 말이야.

—빌어먹을 놈, 우라질 놈 같으니라고! 크랜리가 거칠게 내뱉었다. 저놈하고는 말도 섞지 마. 템플하고 얘기할 바에야 차라리 지린내 나는 요강 단지를 붙들고 얘기하는 편이 낫겠어. 꺼져버려, 템플. 제발 꺼져버리라니까.

—크랜리, 네가 뭐라고 떠들든 난 신경 안 써, 템플은 번쩍 치켜든 막대기가 몸에 닿지 않도록 비켜서면서 스티븐을 가리켰다. 이 친구야말로 내가 알기로는 이 대학에서 독자적인 정신을 가진 유일한 사람이니까.

—뭐, 대학! 독자적인 정신! 크랜리가 소리쳤다. 썩 꺼져버리라니

* 프랑스 철학자로 유럽 낭만주의의 선구자.

** super spottum. '그 자리에서, 즉석에서'라는 뜻의 엉터리 라틴어.

까, 망할 놈 같으니. 싹수 노란 염병할 놈 주제에 뭐라는 거야.

—나는 감정적인 사람이야, 템플이 말했다. 거참 적절한 표현이지. 그리고 나는 내가 감정적인 사람이라는 게 자랑스러워.

그는 능글맞게 웃으면서 잔디 구장 밖으로 슬금슬금 빠져나갔다. 크랜리는 무표정한 얼굴로 멍하니 그를 지켜보았다.

—저 녀석 좀 봐! 그가 말했다. 저런 음흉한 녀석을 본 적 있어?

이 말에 대답이라도 하듯 모자를 눈 위까지 바짝 눌러쓴 채 한가하게 벽에 기대어 서 있던 학생 하나가 묘한 웃음을 터뜨렸다. 건장한 체구에서 터져나오는 웃음소리가 워낙 고음이라 마치 코끼리의 울음소리를 듣는 것 같았다. 그는 온몸을 마구 흔들면서 웃어대다가 웃음을 참으려는 듯 사타구니에 두 손을 찔러넣고 즐거운 듯이 문질러댔다.

—린치가 잠에서 깼군, 크랜리가 말했다.

린치는 대답 대신 기지개를 켜면서 가슴을 앞으로 내밀었다.

—린치가 가슴을 내미는군, 스티븐이 말했다, 인생에 대한 비평*의 몸짓으로 말이야.

린치는 소리가 나도록 가슴을 툭툭 치면서 이렇게 말했다.

—누가 감히 내 가슴둘레를 두고 이러쿵저러쿵 혀를 놀리는 거야?

말이 떨어지기 무섭게 크랜리가 응수를 하자 두 사람 사이에 난투극이 벌어졌다. 엉겨붙어 싸우느라고 두 사람 다 얼굴이 시뻘겋게 달아올랐을 때에야 그들은 숨을 헐떡이며 서로에게서 떨어졌다. 스티븐은 경기 구경에 푹 빠져 다른 사람들의 이야기는 안중에도 없는 데이빈을

* 매슈 아널드의 "시는 인생의 비평이다"라는 명언을 연상케 한다.

향해 몸을 굽혔다.

—그런데 내 사랑하는 길든 기러기 친구는 재미가 어떤가? 그가 물었다. 친구도 서명을 했던가?

데이빈은 고개를 끄덕이더니 되물었다.

—스티비, 너는?

스티븐은 고개를 가로저었다.

—넌 지독한 놈이야, 스티비, 데이빈은 물고 있던 짤막한 파이프를 입에서 떼며 말했다. 언제나 따로 놀지.

—넌 세계 평화를 위한 청원서에 서명을 했으니까, 스티븐이 말했다, 내가 네 방에서 보았던 그 조그만 교범*은 이제 태워버리겠구나.

데이빈이 대답하지 않자 스티븐은 교범의 내용을 인용하기 시작했다.

—앞으로가, 피아나!** 우향 앞으로가, 피아나! 피아나, 번호 붙여 가, 경례, 하나, 둘!

—그건 별개의 문제야, 데이빈이 말했다. 나는 무엇보다 먼저 아일랜드 민족주의자야. 어쨌든 그건 정말 너다운 말이로군. 넌 정말이지 타고난 냉소주의자야, 스티비.

—다음에 네가 헐링 스틱을 들고 폭동을 일으킬 때, 스티븐이 말했다, 없어서는 안 될 스파이가 필요하거든 나한테 알려줘. 그러면 내가 이 대학에서 몇 사람 구해줄 테니까.

—나는 너를 도무지 이해할 수 없어, 데이빈이 말했다. 언젠가는 영

---

* 페니언 운동의 회원용 비밀 훈련 교본.

** 아일랜드어로 '전사(戰士)'라는 뜻으로 페니언 단원을 부르는 말.

국 문학에 대해 그토록 비난을 하더니 이제 와선 아일랜드 비밀 정보원들을 비난해대니 말이야. 네 그 이상한 이름하며 생각하며.... 도대체 너는 아일랜드 사람이 맞긴 한 거야?

—당장 나하고 문장紋章 보관청*에 가자. 거기 가서 우리집 가계도를 보여줄 테니까, 스티븐이 말했다.

—그렇다면 우리 서로 하나가 되자, 데이빈이 말했다. 너는 왜 아일랜드어를 배우지 않아? 왜 게일어 동맹에서 주관하는 아일랜드어 강습회에도 첫 시간만 나오고는 그만둬버린 거지?

—이유 한 가지는 너도 알고 있잖아, 스티븐이 대답했다.

데이빈은 갑자기 고개를 뒤로 젖히면서 껄껄 웃었다.

—오, 그러지마, 그가 말했다. 그 젊은 아가씨와 모런 신부님 때문이란 말이지? 하지만 그건 다 너 혼자만의 생각일 뿐이야, 스티비. 그들은 아무런 꿍꿍이속 없이 그저 이야기를 나누면서 웃고 있었을 뿐이야.

스티븐은 잠시 머뭇대다가 데이빈의 어깨에 다정하게 손을 얹었다.

—너 기억하지? 그가 말했다, 우리가 처음 만난 순간 말이야. 처음 만난 그날 아침, 네가 나한테 문과 신입생 강의실로 가는 길을 물으면서 신입생이라는 단어의 첫째 음절에 아주 강한 악센트를 넣었잖아. 기억하지? 그리고 그때 네가 곧잘 예수회 회원들을 모두 신부님이라고 부른 것**도 기억하지? 난 그때 속으로 이렇게 생각했어, 저 친구는 과연

---

* 아일랜드인의 족보와 문장 등이 보관되어 있는 관청으로 더블린 캐슬 내에 있다.

** 더블린에서는 예수회 소속 학교에서 근무하는 사제를 보통 '선생님(sir)'이라 불렀기에 데이빈이 도시 문화를 체득하지 못했음을 보여준다.

말씨만큼 순진한 사람일까?

—나는 단순한 사람이야. 데이빈이 말했다. 너도 잘 알잖아. 그날 저녁 하코트 스트리트*에서 네가 나한테 사생활에 대해 털어놨을 때 정말이지, 스티비, 나는 저녁식사도 제대로 할 수가 없었어. 어찌나 마음이 아프던지. 그날 밤늦도록 잠도 이루지 못했어. 왜 나한테 그런 얘길 했니?

—고맙네, 스티븐이 말했다. 내가 괴물이라는 말이군.

—아니야, 데이빈이 말했다, 하지만 네가 그런 이야기는 하지 않는 게 좋았을 거야.

스티븐의 잔잔한 우정의 수면 아래 거센 파도가 일렁거리기 시작했다.

—이 민족과 이 나라와 이 생활이 나를 낳아 길러주었어, 그가 말했다. 나는 나 자신을 있는 그대로 표현할 거야.

—우리 중 하나가 되도록 노력해봐, 데이빈이 되풀이했다. 너는 속은 아일랜드 사람이지만 자존심이 너무 강하단 말이야.

—우리 선조들은 자기네 언어를 내팽개치고 다른 나라 언어를 받아들였어, 스티븐이 말했다. 한줌도 안 되는 외국인들이 자기네를 지배하도록 허락한 거라고. 내가 왜 그들이 진 빚을 내 삶과 몸을 바쳐 갚아야 하지? 대체 뭣 때문에?

—우리의 자유를 위해서지, 데이빈이 말했다.

—톤의 시대부터 파넬의 시대에 이르기까지,** 스티븐이 말했다, 명예롭고 성실한 사람치고 그 누구도 이 민족을 위해 자신의 생명과 청

---

* 스티븐스 그린 공원 남쪽의 거리.

** 1790년대부터 1890년대까지의 약 한 세기.

춘과 사랑을 기꺼이 바치지 않은 사람이 없었는데 이 민족은 그런 사람을 적에게 팔아넘기기나 하고 그가 궁지에 몰렸을 때는 외면하거나 욕설을 퍼부으면서 헌신짝처럼 버리고 다른 사람을 찾아 나섰지. 그래 놓고 나한테 같이 하나가 되자고 하다니. 그럴 바에야 너희가 지옥에 떨어지는 꼴부터 봤으면 좋겠어.

—스티비, 그들은 이상을 위해 죽은 거야, 데이빈이 말했다. 우리의 날은 반드시 오고야 말 거야.* 틀림없이.

스티븐은 나름의 생각에 잠겨 잠시 말을 아꼈다.

—영혼은, 그는 머뭇머뭇 말했다, 내가 너한테 말한 바로 그런 순간에 태어나는 법이야. 영혼의 탄생은 워낙 더디게 그리고 어둠에 싸인 가운데 이뤄져서 육체의 탄생보다 훨씬 더 신비롭기 마련이지. 그런데 이 나라에서는 한 사람의 영혼이 탄생하기만 하면 당장 그물을 씌워 날아오르지 못하게 해. 네가 지금 나한테 말한 민족이니 언어니 종교니 하는 그물. 나는 그런 그물을 뚫고 날아오르려고 노력할 거야.

데이빈은 파이프에서 재를 톡톡 털어냈다.

—나한테는 너무 심오한 얘기야, 스티비, 그가 말했다. 하지만 뭐니 뭐니해도 우리에겐 나라가 먼저 아니겠어? 아일랜드가 있고 나서, 스티비. 네가 시인이든 신비론자든 될 수 있는 거야.

—너는 아일랜드가 어떤 나라인지 알기나 해? 스티븐은 차갑고도 격한 어조로 물었다. 아일랜드는 제 새끼를 잡아먹는 늙은 암퇘지나 다름없어.

---

* 페니언 형제단의 슬로건.

데이빈은 자리에서 일어나 우울한 표정으로 고개를 가로저으며 핸드볼 선수들이 있는 쪽으로 다가갔다. 그러나 순식간에 우울한 기색은 사라지고 크랜리와 방금 막 경기를 마친 두 선수를 상대로 열띤 말다툼을 벌였다. 네 사람이 두 팀으로 나눠 시합을 하기로 합의했는데 크랜리가 경기에 반드시 자기 공을 써야 된다고 우기는 바람에 말다툼이 벌어진 터였다. 그는 두세 번 핸드볼 공을 자기 손으로 튀겨본 뒤 잔디 구장의 베이스를 향해 빠르고 힘차게 내리치고는 공이 땅에 떨어지는 쿵 소리에 맞춰 소리쳤다.

—제기랄!

스티븐은 린치와 나란히 선 채 득점이 올라가기 시작할 때까지 경기를 지켜보았다. 그러다가 그는 빠져나가자고 린치의 옷소매를 잡아당겼다. 린치는 순순히 응하면서 이렇게 말했다.

—크랜리 말마따나, 우리두 가자고.*

린치의 이 이상한 말투에 스티븐은 빙그레 웃음이 나왔다. 그들은 정원을 다시 지나 노쇠한 수위가 게시판에 공고문을 붙이고 있는 현관을 빠져나갔다. 계단 아래쪽에서 그들은 걸음을 멈추었고 스티븐은 주머니에서 담뱃갑을 꺼내 친구에게 내밀었다.

—네 형편이 안 좋은 거 알고 있어, 그가 말했다.

—이런 노랗게** 시건방진 놈을 봤나, 린치가 대꾸했다.

---

* 크랜리는 '우리도 가자(let us even go)'라고 해야 할 것을 '우리두 가자고(let us eke go)' 하는 식으로 '역시(also)'에 해당하는 고어 'eke'를 써서 잘못 말하는 습관이 있는데, 린치는 이러한 크랜리의 말투를 따라하고 있다. 스티븐은 이를 린치의 교양을 말해주는 첫번째 증거로 봤다.

** 린치는 '빌어먹을, 염병할' 등을 뜻하는 관용적 표현인 'bloody'를 'yellow'라는 표현

린치의 교양을 말해주는 이 두번째 증거에 스티븐은 다시 미소를 지었다.

—네가 '노랗게'라는 말로 욕지거리를 할 결심을 하다니, 그가 말했다, 이날이야말로 유럽 문화사의 위대한 날 중 하나로 기록될 거야.

그들은 궐련에 불을 붙여 입에 물고 오른쪽으로 돌았다. 잠시 뒤 스티븐이 입을 열었다.

—아리스토텔레스는 연민과 공포*에 대해 정의를 내리지 않았지. 그래서 내가 정의해봤어. 내가 보기에는...

린치가 걸음을 멈추면서 퉁명스럽게 말했다.

—그만! 듣고 싶지 않아! 속이 메스꺼워 견딜 수 없어. 간밤에 호런과 고긴스랑 어울려 노랗게 퍼마시면서 싸돌아다녔거든.

스티븐은 들은 척도 않고 말을 계속했다.

—연민이란 인간의 고통 속에서 볼 수 있는 모든 엄숙하고 영속적인 것과 마주쳤을 때 우리의 마음을 움직이지 못하도록 붙잡아 고통받는 사람과 하나가 되도록 결합시켜주는 감정이야. 그리고 공포란 인간의 고통 속에서 볼 수 있는 모든 엄숙하고 영속적인 것과 마주쳤을 때 우리의 마음을 움직이지 못하도록 붙잡아 그 고통의 은밀한 원인과 결합시켜주는 감정인 거야.

—다시 말해봐. 린치가 말했다.

으로 바꿔 썼다. 욕설을 순화한 것일 수도 있지만, 스티븐은 이로써 그의 교양을 보여주려 했다.

* 아리스토텔레스가 『시학』에서 비극의 목적인 카타르시스를 달성하는 데 필요하다고 본 두 가지.

스티븐은 그 정의를 천천히 되풀이했다.

—며칠 전에 어떤 소녀가 런던에서 핸섬*을 탔어, 그는 말을 이었다. 그 소녀는 여러 해 동안 보지 못한 자기 어머니를 만나러 가던 길이었지. 그런데 어느 거리 모퉁이를 돌다가 지나가던 화물차 굴대에 부딪쳐 핸섬의 유리창이 별 모양으로 박살나는 사고를 당하고 말았어. 박살난 유리의 바늘같이 가늘고 긴 파편 하나에 소녀의 가슴이 찔리지 않았겠니. 소녀는 그 자리에서 즉사했어. 신문기자는 그것을 비극적인 죽음이라고 했어. 그러나 그건 비극적인 죽음이 아니야. 내가 내린 정의에 의하면, 그 죽음은 공포와 연민과는 거리가 멀어.

비극적 감정이란 실은 공포와 연민의 양쪽을 바라보는 하나의 얼굴인 셈이야. 공포와 연민은 둘 다 비극적 감정의 한 면에 지나지 않아. 방금 내가 움직이지 못하도록 붙잡는다라는 표현을 썼는데, 비극적 감정은 정적靜的이란 뜻이야. 아니, 극적 감정이 정적이라고 하는 편이 낫겠군. 반대로 부적절한 예술이 야기하는 감정, 이를테면 욕망이나 혐오감은 동적動的이지. 욕망은 우리를 부추겨 무언가를 소유하게 하거나 그 무언가를 향해 나아가도록 하고, 혐오감은 우리를 부추겨 무언가를 포기하게 하거나 그 무언가로부터 멀어지게 한단 말이야. 이런 것들이 바로 동적 감정이지. 그러니까 동적 감정을 유발하는 예술은 그것이 외설적이든 교훈적이든 간에 부적절한 예술이야. 따라서 심미적 감정(이 말은 일반적인 용어야)은 정적인 거고. 우리 마음이 꼼짝달싹 못하게 붙잡혀서 욕망과 혐오감을 초월해 고양되거든.

---

* 말 한 필이 끄는 2인승 이륜 포장마차.

—너는 예술이 욕망을 자극해서는 안 된다고 말하는구나, 린치가 말했다. 언젠가 내가 박물관*에서 프락시텔레스**의 베누스 나신상 엉덩이에 연필로 내 이름을 써놓았다고 너에게 이야기한 적이 있지. 그건 욕망이 아니었을까?

—나는 지금 정상적인 인간의 본성에 대해서 이야기하는 거야, 스티븐이 말했다. 너는 카르멜 수녀회에서 운영하는 그 멋진 학교에 다니던 어린시절에 마른 쇠똥 조각을 먹었다는 얘기도 한 적이 있잖아.

린치는 다시 말의 울음소리 같은 폭소를 터뜨렸고, 이번에는 주머니에서 손을 빼지도 않은 채 다시 사타구니 사이로 두 손을 문질러댔다.

—아아, 그랬지! 내가 그랬지! 그는 소리쳤다.

스티븐은 친구 쪽으로 얼굴을 돌리고 잠시 그의 눈을 빤히 들여다보았다. 린치는 웃음을 그치고 풀죽은 눈초리로 스티븐의 응시를 받아들였다. 끝이 뾰족한 모자를 눌러쓴 그 길쭉하고 가늘고 납작한 두개골을 보니 스티븐의 마음속에 두건을 쓴 파충류의 모습이 떠올랐다. 그를 보며 반짝이는 두 눈 역시 파충류의 것을 닮았다. 그러나 바로 그 순간 겸허하면서도 조심스레 경계를 늦추지 않는 그 눈길에서 한 점의 미세한 인간적인 빛이 번쩍 광채를 발했고 그 두 눈은 신랄하고 자학적인, 시들어버린 영혼의 창문과도 같았다.

—그 이야기와 관련해서 하는 말인데, 스티븐이 점잖게 덧붙였다, 우리는 모두 동물이야. 나 역시 말할 것도 없고.

—그야 물론이지, 린치가 말했다.

---

* 킬데어 스트리트에 있는 아일랜드 국립박물관.

** 기원전 4세기경의 그리스 조각가.

—그렇지만 우리는 지금 정신세계에 관한 얘기를 하는 중이지, 스티븐은 말을 이었다. 부적절한 심미적 수단으로 유발되는 욕망과 혐오감은 진정한 의미의 심미적 감정이 아니야. 그건 성격상 동적인 감정일 뿐만 아니라 육체적인 감정에 지나지 않으니까. 인간의 육체는 신경계통의 순수한 반사작용에 따라 두려워하는 대상 앞에서는 움츠러들기 마련이고 욕망하는 자극에 대해서는 반응을 보이기 마련이야. 파리가 눈에 들어오려는 것을 미처 의식하기도 전에 눈꺼풀이 먼저 감기고 말잖아.

—반드시 그런 것만은 아니야, 린치가 비판적으로 말했다.

—그와 마찬가지로, 스티븐이 말했다, 너의 육체가 나신상의 자극에 반응을 보인 것은 사실이지만, 내가 보기에 그것은 단순히 신경의 반사작용에 지나지 않아. 예술가가 표현하는 아름다움이 우리의 마음속에 동적인 감정이나 순전히 육체적이기만 한 쾌감을 일깨울 수는 없어. 예술가가 표현하는 아름다움이 일깨우거나 반드시 일깨워야 하거나 또는 유발하거나 반드시 유발해야 할 것은 바로 심미적 정지 상태야. 이때 심미적 정지 상태란 이른바 아름다움의 리듬에 의해 생겨나 지속되다가 마침내 소멸되고 마는 이상적 연민이거나 이상적 공포를 의미해.

—아름다움의 리듬이란 게 정확히 뭔데? 린치가 물었다.

—리듬이란, 스티븐이 말했다, 어떤 심미적 완전체 속에서 부분과 부분 간의 관계라든가, 심미적 완전체와 그 부분 또는 부분들 간의 관계라든가, 아니면 특정 부분과 그 부분이 속한 심미적 완전체 간의 관계라든가 하는, 이 모든 관계들 최초의 형식적인 심미적 관계를 말하

는 거야.

—만일 그런 것이 리듬이라면, 린치가 말했다, 네가 말하는 아름다움이란 것은 뭐지? 그리고 말이야, 비록 언젠가 쇠똥을 먹어보긴 했지만 내가 아름다움만은 찬양할 줄 아는 사람임을 잊어서는 안 돼.

스티븐은 인사라도 하듯이 모자를 쳐들었다. 그러고는 얼굴을 약간 붉히면서 린치의 두툼한 트위드 재킷 소맷자락에 자신의 손을 얹었다.

—우리가 옳아, 그는 말했다, 그러니까 다른 사람들이 틀렸어. 이런 문제들을 진지하게 논하고, 그 본질을 이해하려고 노력하고, 그 본질을 이해한 뒤에는 거친 대지와 대지가 배출하는 만물로부터, 우리 영혼의 옥문獄門이라 할 소리와 형상과 색채로부터 우리가 마침내 이해하게 된 아름다움의 이미지를 표현하기 위해, 바꿔 말해 다시 찍어내기 위해 천천히 겸허하게 끊임없이 노력하는 것— 이런 게 바로 예술이야.

운하의 다리*에 이르자 그들은 방향을 바꾸어 가로수가 우거진 산책로를 따라 계속 걸었다. 서서히 흘러가는 운하의 물에 반사되는 투박한 회색 햇빛과 머리 위 젖은 가로수 잎에서 풍기는 냄새가 스티븐의 사색의 진로를 가로막는 것 같았다.

—하지만 너는 아직 내 질문에 대답하지 않았어, 린치가 말했다. 예술이란 뭐지? 그리고 예술이 표현하려는 아름다움이란 뭐지?

—네 가엾은 머리는 늘 졸고 있구나, 내가 처음으로 정의를 내릴 때 다 얘기했잖아, 이 문제를 두고 내 나름의 생각을 다듬기 시작했을 때 말이야, 스티븐이 말했다, 그날밤 기억나? 크랜리가 버럭하며 위클로

---

* 더블린 남부 그랜드 운하의 다리.

지방 베이컨에 대해 떠들어대던 날 밤 말이야.

—기억나, 린치가 말했다. 그 친구가 그 우라질 비계투성이 돼지고기 얘기를 했지.

—예술이란, 스티븐이 말했다, 인간이 심미적 목적을 위해 감각적이거나 지적인 소재를 처리하는 거야. 너는 돼지고기 얘기는 기억하면서 내가 내려준 예술의 정의는 까먹었구나. 참 한심한 친구들이야, 너하고 크랜리 말이야.

린치는 쌀쌀한 잿빛 하늘을 쳐다보고 얼굴을 찡그리면서 말했다.

—예술 철학에 대한 네 설교를 다 듣게 하려면 담배 한 개비라도 주고 말해. 나는 그런 문제에는 관심이 없으니까. 여자에 대해서도 물론 마찬가지고. 네가 뭐라고 하든 하늘이 무너지든 나랑 무슨 상관이겠어. 내가 바라는 건 연봉 500파운드의 일자리뿐이야. 네가 그런 걸 구해주지는 못하잖아.

스티븐이 그에게 담뱃갑을 내밀었다. 린치는 남아 있는 마지막 한 개비를 집으면서 짤막하게 말했다.

—계속해!

—아퀴나스는, 스티븐이 말했다, 무언가에 대한 인식이 즐거움을 준다면 그게 바로 아름다움이라고 했어.

린치는 고개를 끄덕였다.

—그 말은 나도 기억하고 있어, 그는 말했다, '풀크라 순트 쿠아에 비사 플라첸트'라고 했지.

—그는 '비사'라는 용어를, 스티븐이 말했다, 시각을 통한 것이든 청각을 통한 것이든 아니면 다른 어떤 인식 경로를 통한 것이든 간에 모

든 종류의 심미적 인식을 총망라하는 뜻으로 쓰고 있어. 좀 모호하긴 하지만 욕망과 혐오감을 유발하는 선과 악의 개념과는 전혀 다름을 분명히 드러내지. 그 말은 어디까지나 정지 상태를 의미하지 동적 상태를 의미하는 건 아니거든. 그러면 참다움은 어떨까? 그 역시 마음의 정지 상태를 자아낸단 말이야. 너라도 직삼각형의 빗변에 연필로 네 이름을 쓰지는 않을 테니.

—그야 물론이지, 린치가 말했다. 프락시텔레스의 베누스 나신상의 빗변이라면 몰라도.

—그러니까 정적이라는 거야, 스티븐이 말했다. 내가 알기로, 플라톤은 아름다움을 가리켜 참다움의 광채라고 말한 적이 있어.* 이 말에 어떤 특별한 의미가 있는 것 같지는 않지만 참다움과 아름다움이 서로 비슷하다는 점을 지적한 것만은 분명해. 참다움이 지성적인 것들의 가장 원만한 관계로 충족된 지성에 의해 감지되는 것이라면, 아름다움은 감각적인 것들의 가장 원만한 관계로 충족된 상상력에 의해 감지되는 거야. 참다움을 향해 나아가는 첫 단계는 지성 그 자체의 구조와 한계를 이해하고 사유 작용의 행위 그 자체를 파악하는 데 있는 거야. 아리스토텔레스 철학의 전체적인 체계는 그의 심리학 저서에 근거를 두고 있는데, 내가 보기에 그의 철학 체계는, 동일한 속성이 동일한 시간에 동일한 관계에서 동일한 실체에 속하기도 하고 속하지 않기도 한다는 것은 불가능하다는 진술에 근거를 두고 있는 것 같아.** 아름다움을 향

* 플라톤은 『향연』과 『파이드로스』에서 아름다움과 참다움의 의미를 논했다.

** 아리스토텔레스는 심리학에 관한 책을 쓴 적이 없다. '전체적인 체계'는 그의 『형이상학』에 근거를 두고 있다(『형이상학』 IV:iii:1005b:19~20).

해 나아가는 첫 단계는 상상력 그 자체의 구조와 한계를 이해하고 심미적 인식 행위 그 자체를 파악하는 데 있어. 무슨 말인지 알겠니?

—하지만 아름다움이란 건 뭐야? 린치가 안달난 듯이 물었다. 좀 다르게 정의를 내려봐. 알아듣기 쉽고 솔깃하도록 말이야! 너하고 아퀴나스가 만날 한다는 게 기껏 그거니?

—그럼 여자를 예로 들어보자, 스티븐이 말했다.

—여자를 예로 든다고! 린치가 열렬히 환영하는 투로 말했다.

—그리스 사람, 터키 사람, 중국 사람, 콥트 사람*, 코이코이 사람** 할 것 없이, 스티븐이 말했다, 모두 다 각기 다른 유형의 여성미를 찬양한단 말이야. 이 문제는 도무지 빠져나갈 수 없는 미궁과도 같지. 하지만 나한테는 두 개의 탈출구가 있어. 첫째 탈출구는 이런 가설이야. 즉 남성이 찬양하는 여성의 모든 육체적 특성은 종족의 번식을 위해 여성이 수행하는 다양한 기능과 직접적인 관련이 있다는 가정. 이는 얼마든지 가능한 가설이지. 세상이란, 린치, 네가 상상한 것보다 훨씬 더 무미건조한 곳일 수도 있으니 말이야. 하지만 나로 말하자면, 그런 탈출구는 그다지 탐탁지 않아. 그건 미학이 아니라 우생학으로 연결되어버리거든. 그런 탈출구는 너를 미궁에서 끌고 나와 난생처음 보는 어떤 저속한 강의실로 인도할 거야. 보나마나 거기서는 매캔이 한 손은 『종의 기원』에 얹어놓고 다른 한 손은 『신약성서』에 얹어놓은 채, 여러분이 베누스의 풍만한 옆구리를 찬양한 이유는 그녀가 여러분에게 떡두꺼비 같은 자손을 낳아줄 거라고 믿었기 때문이고, 그녀의 풍만한 젖가슴을

* 고대 이집트인의 자손.

** 남아프리카에 사는 민족으로 '호텐토트'라 불리기도 했다.

찬양한 이유는 그녀가 자기 자식이자 여러분의 자식에게 양질의 모유를 제공해주리라고 믿었기 때문이라는 식의 강의를 하고 있겠지.

—그렇다면 매캔은 유황처럼 샛노란* 거짓말쟁이일 수밖에 없군, 린치가 열띤 어조로 거들었다.

—탈출구가 하나 더 남아 있어, 스티븐이 껄껄 웃으면서 말했다.

—뭔데? 린치가 말했다.

—이 가설은 말이야, 스티븐이 말을 시작했다.

이때 고철을 잔뜩 실은 기다란 짐마차가 패트릭 던 경의 병원 모퉁이를 돌아 나타났고 짤랑거리고 떨거덕거리는 요란한 쇳소리에 스티븐의 말끝이 묻히고 말았다. 린치는 두 귀를 틀어막고 짐마차가 지나갈 때까지 쉴새없이 욕을 퍼부어대다가 마차가 지나가자마자 발뒤꿈치로 획 돌아섰다. 스티븐도 덩달아 돌아서면서 친구의 화가 누그러질 때까지 잠시 기다렸다.

—이 가설은 말이야, 스티븐은 되풀이했다, 또다른 출구이기도 하지. 무슨 말이냐 하면, 비록 어느 한 대상물이 모두에게 아름답게 보이지는 않는다 하더라도 아름다운 것을 찬양하는 사람들은 모두 그 속에서 심미적 인식의 각 단계를 충족시키고 또 그에 부합하는 어떤 특정한 관계를 발견하게 된다는 거야. 이게 바로 그 가설이야. 그러니까 감지 가능한 대상물에 대한 이러한 관계가, 이를테면 너에게는 이런 형상을 통하여 보이고 나에게는 저런 형상을 통하여 보인다면 이 관계야말로 아름다움의 필수적 특성이라는 얘기야. 자, 그러면 우리 이제 우

* 여기에도 린치의 입버릇인 '옐로우'라는 욕설의 의미가 내포되어 있다.

리의 오랜 친구 성 토마스에게로 되돌아가서 몇 푼어치의 지혜를 더 구해보도록 하자고.

린치가 웃음을 터뜨렸다.

—웃음이 나와서 견딜 수가 없네, 그가 말했다. 유쾌하고도 뚱뚱한 수도사처럼 걸핏하면 그 양반을 들먹거리는 걸 듣자니 말이야. 너도 속으로는 웃고 있지?

—매캘리스터가 들으면, 스티븐이 대답했다, 나의 미학 이론을 응용 아퀴나스 철학이라고 부를지도 몰라. 심미 철학의 이런 측면에 관한 한 아퀴나스가 앞으로도 계속 나를 이 같은 방향으로 이끌어줄 테니까 말이야. 하지만 예술적 수태와 예술적 임신과 예술적 생식의 현상을 논하게 된다면 그땐 나에게 새로운 용어와 새로운 개인적 체험이 필요해지겠지.

—물론이야, 린치가 말했다. 아퀴나스는 뛰어난 지성에도 불구하고 결국 따지고 보면 유쾌하고 뚱뚱한 수도사에 지나지 않거든. 하지만 너의 그 새로운 개인적 체험과 새로운 용어에 대해서는 기회 봐서 나에게 꼭 이야기해줘야 돼. 지금은 하던 얘기나 얼른 마무리해봐.

—누가 알겠어? 스티븐이 웃음 띤 얼굴로 말했다. 아퀴나스라면 너보다 나를 더 잘 이해해줄는지. 그는 시인이기도 했으니까. 성목요일을 위한 성가를 작사하기도 했지. '팡게 링구아 글로리오시'*라는 말로 시작되는 성가야. 성가 중에서도 가장 영광스러운 자리에 놓인다는 바

* Pange lingua gloriosi. '나의 혀여, 그리스도의 영광스러운 육신의 신비를 찬미하라'는 구절의 첫 세 단어. 아퀴나스가 아니라 바로 뒤에 나오는 이탈리아의 성직자이자 시인인 포르투나토가 지었다고 한다.

로 그 성가지. 아주 난해하면서도 사람의 마음을 어루만져줘. 나도 무척 좋아하고. 하지만 구슬프고도 장엄한 행렬 성가인 베난시오 포르투나토의 〈벡실라 레지스〉*에 비견할 만한 성가는 없을 거야.

린치가 굵고 낮은 목소리로 부드러우면서도 장엄하게 노래하기 시작했다.

임플레타 순트 쿠아에 콩치니트
다비드 피델리 카르미네
디첸도 나티오니부스
레그나비트 아 리뇨 데우스.**

—거참 근사하군! 스티븐이 아주 흐뭇해하며 말했다. 정말 위대한 음악이야!

그들은 로어 마운트 스트리트***로 접어들었다. 모퉁이를 돌아 몇 발짝 지났을 때 실크 목도리를 두른 뚱뚱한 젊은 녀석 하나가 그들에게 인사를 하며 멈춰 섰다.

—시험 결과 들었니? 그가 물었다. 그리핀은 물먹었어. 핼핀이랑 오

---

* 〈벡실라 레지스 프로데운트(Vexilla Regis Prodeunt)〉라는 성가의 약칭으로 '왕의 깃발들이 나아가네'라는 뜻이다.

** Impleta sunt quae concinit / David fideli carmine / Dicendo nationibus / Regnavit a ligno Deus. '다윗 왕이 그 옛날 참으로 예언적인 노래에서 / 예언한 바가 모두 이루어졌네. / 그가 노래했듯이 하느님이 / 나무 십자가로 만백성을 다스리시네'라는 뜻의 라틴어. 〈벡실라 레지스〉의 둘째 연으로, 다윗 왕의 십자가에 대한 예언이 적중했음을 찬미하는 내용이다.

*** 그랜드 운하에서 도심을 향해 북서쪽으로 이어지는 거리.

플린은 국내 근무 행정관 시험에 붙었고. 무넌은 인도 근무 행정관 시험에서 5등을 했어. 오쇼너시는 14등을 하고. 클라크에 단골로 드나들던 아일랜드 친구들*이 합격자들에게 어젯밤 한턱냈다더군. 다 같이 카레 요리를 먹었대.

창백하고 통통한 그의 얼굴에는 호의를 가장한 악의가 숨어 있었다. 주변 친구들의 합격 소식을 전하고 나자 지방질로 둘러싸인 그의 조그만 눈은 보이지 않게 되었고, 색색거리는 기운 없는 목소리도 더이상 들리지 않았다.

스티븐이 무언가를 묻자 그 질문에 대답하려고 그의 눈과 목소리가 숨어 있던 곳에서 다시 나타났다.

—그래. 매컬러와 나였어, 그가 말했다. 매컬러는 순수수학을 수강하고 나는 헌정사憲政史를 듣지. 과목이 스무 개나 된다고. 나는 식물학도 들어. 알다시피 야외 활동 동아리 회원이니까.

그가 다소 으스대는 듯한 태도로 두 사람 앞에서 물러서며 털장갑을 낀 통통한 손을 가슴에 얹자 그의 가슴에서는 곧 쌔근거리는 웃음소리가 나지막하게 터져나왔다.

—다음에 야외로 현장학습을 나가거든 순무랑 양파 좀 갖다줘, 스티븐이 냉담하게 말했다, 스튜나 만들어 먹게.

뚱뚱한 학생은 말 같지 않은 말이지만 너그럽게 봐준다는 투로 웃음을 터뜨리더니 말했다.

—우리 야외 활동 동아리 회원들은 모두 다 아주 품위 있는 친구들

---

* 아일랜드 행정부에 근무하는 민족주의 성향의 고위 공무원들인 듯하다.

이라고. 지난 토요일에 우리는 글렌맬루어*까지 갔더랬어. 우리 회원 일곱이서 말이야.

—여자들도 같이 갔어, 도너번? 린치가 물었다.

도너번은 다시금 가슴에 한 손을 얹으며 말했다.

—우리의 목적은 지식의 습득에 있을 뿐이야.

그러고 나서 그는 재빨리 덧붙였다.

—들리는 말로는 네가 미학에 관한 무슨 논문을 쓰고 있다던데.

스티븐은 애매하게 그렇지 않다는 몸짓을 해 보였다.

—괴테와 레싱**이, 도너번이 말했다, 고전파니 낭만파니 뭐니 하면서 그 문제에 대해 많은 글을 썼지. 『라오콘』***을 읽어보니 몹시 흥미롭더군. 물론 관념론적이고 독일답고 지나치게 심오한 책이긴 하지만 말이야.

그 말에 두 사람은 아무런 대꾸도 하지 않았다. 도너번은 점잖게 그들에게 작별을 고했다.

—가봐야겠어, 부드러우면서도 다정한 어조로 그가 말했다. 오늘 도너번 가족의 만찬을 위해 내 여동생이 팬케이크를 준비하리라는 거의 확신에 가까운 강력한 예감이 들거든.

—잘 가, 스티븐이 그의 말을 받아 지체 없이 대꾸했다. 나와 내 친구를 위해 순무 가져오는 거 잊지 마.

린치는 서서히 경멸감을 드러내며 입술을 삐죽거리면서 그의 등을

* 더블린 남쪽으로 약 43킬로미터 떨어진 위클로 카운티에 있는 계곡.

** 고트홀트 에프라임 레싱. 독일 비평가이자 극작가로, 독일 고전주의의 선구자다.

*** 문학(시간예술)과 조각(공간예술) 간의 근본적인 차이를 논한 레싱의 미완성 평론서.

쏘아보았다. 린치의 얼굴이 악마의 탈을 쓴 것처럼 험상궂어졌다.

—저 샛노란 팬케이크나 처먹는 똥 같은 녀석이 보수 두둑한 직장을 구할 생각을 하는 판에, 그는 마침내 말했다, 나는 싸구려 궐련만 피우고 있어야 하다니!

그들은 메리언 광장* 쪽으로 얼굴을 돌린 채 잠시 말없이 걸었다.

—아름다움에 대해 하던 말을 마무리하자면, 스티븐이 말했다, 지각 가능한 것들의 가장 만족스러운 관계는 그러니까 예술적 인식에 필요한 단계와 반드시 상응해야 한다는 거야. 이런 관계를 파악하는 일이 곧 보편적인 아름다움의 특성을 파악하는 작업이지. 아퀴나스는 말하기를 '아드 풀크리투디넴 트리아 레퀴룬투르, 인테그리타스, 콘소난티아, 클라리타스'라고 했어. 이 말을 번역해보면 이런 뜻이야. 아름다움에는 세 가지가 필요하다, 전체성, 조화, 그리고 광채.** 그렇다면 이 세 가지는 예술적 인식에 필요한 단계와 과연 상응하는 걸까? 내 말 무슨 뜻인지 알아듣겠어?

—물론이지, 알아듣고말고, 린치가 말했다. 만일 내 지능이 똥통에 지나지 않는다고 생각하거든 당장 도너번에게 달려가서 그 녀석더러 네 말을 들어달라고 졸라보지그래.

스티븐은 푸줏간 심부름꾼 아이가 머리에 거꾸로 뒤집어쓰고 있는 바구니를 가리켰다.

—저 바구니를 좀 봐, 그가 말했다.

---

* 더블린 중앙 광장의 하나. 스티븐과 린치는 이제 도심에 가까워지고 있다.

** Ad pulcritudinem tria requiruntur integritas, consonantia, claritas. 아퀴나스의 『신학대전』 I:xxxix:9의 의역.

—그래, 보고 있어, 린치가 말했다.

—저 바구니를 보려면, 스티븐이 운을 뗐다, 우리 마음은 무엇보다 먼저 바구니가 아닌 나머지 가시세계로부터 바구니를 분리시켜야 해. 인식의 첫 단계는 인식하려는 대상물과 경계선을 분명하게 긋는 것이거든. 심미적 이미지는 공간이나 시간을 통해 우리에게 제시되는 법이야. 이를테면 가청적인 것은 시간을 통해 제시되고 가시적인 것은 공간을 통해 제시된단 말이야. 그러나 시간적인 것이든 공간적인 것이든간에 심미적 이미지는 그것이 아닌 공간이나 시간의 무한한 배경과는 대조가 되게끔 그 자체의 경계선과 독립성을 동시에 가진 것으로 먼저 명료하게 인식되어야 하거든. 우리는 그것을 하나의 대상으로 인식하지. 달리 말하면 그것을 하나의 전체로 본다고. 이게 바로 그 대상의 전체성을 인식한다는 거야. 즉 '인테그리타스'지.

—바로 그거군! 린치는 껄껄 웃으면서 말했다. 계속해봐.

—그다음으로, 스티븐이 말을 이었다, 우리는 그 형식적인 경계선을 따라 한 지점에서 다른 지점으로 지나가게 돼. 이때 우리는 그 경계 내에서 부분과 부분이 균형을 이루고 있다고 인식하지. 그 구조의 리듬을 감지하는 거야. 다시 말하면, 즉각적인 지각이 종합적으로 먼저 이루어진 다음 분석적인 인식이 뒤따른다는 이야기야. 먼저 하나의 대상이라고 느낀 다음에, 이어서 하나의 대상이라고 느끼게 되는 거지. 우리는 그 대상이 복잡하고, 다양하고, 분해 가능하고, 분리 가능하고, 여러 부분으로 구성되어 있으며, 그 부분들과 그 총화의 결과가 조화를 이루고 있다고 인식하게 되는 거야. 그게 바로 '콘소난티아'야.

—역시 바로 그거야! 린치가 재치 있게 말했다. 이번에는 '클라리타

스'가 뭔지 말해봐, 그러면 여송연 한 대를 상으로 줄 테니까.

—그 말의 의미는, 스티븐은 말했다, 다소 모호한 데가 있어. 아퀴나스가 정확하지 않은 용어를 쓰고 있거든. 나도 실은 이 용어 때문에 오랫동안 애를 먹었어. 너도 아퀴나스가 상징주의나 관념론을 염두에 두고 이런 용어를 쓰지 않았나 하고 생각하게 될걸. 말하자면 아름다움 최고의 특성은 어떤 다른 세계에서 오는 빛으로, 물질의 관념은 그 그림자에 지나지 않고, 물질의 실재는 그 상징에 지나지 않는다는 생각 말이야. 나는 그가 '클라리타스'라는 용어를 어떠한 사물이든 간에 그 속에 숨어 있는 신성한 목적을 예술적으로 발견하고 재현하기 위해 썼거나 아니면 심미적 이미지를 보편적인 이미지로 변화시켜 그것을 본래의 상태보다 한층 더 밝게 빛나게 하는 일종의 보편화의 위력을 과시하기 위해 썼을 거라는 생각을 하기도 했지. 하지만 그건 어디까지나 문학적인 얘기일 뿐이야. 내가 이해한 바로는 그래. 우리가 저 바구니를 하나의 사물로 인식하고 형태에 따라 그것을 분석하고 하나의 사물로 파악하게 된다면 우리는 논리적으로나 심미적으로 수용 가능한 유일한 종합의 경지에 이르게 되는 셈이지. 그렇게 되면 우리는 그 사물이 존재하는 그대로의 사물일 뿐 다른 무엇이 아님을 알게 되는 거야. 아퀴나스가 말하는 광채는 스콜라철학에서 말하는 퀴디타스quidditas, 즉 사물의 본체whatness를 의미해. 심미적 이미지가 예술가의 상상력 속에서 처음으로 잉태될 때 예술가는 이 최고의 성질을 감지하게 되지. 그 신비로운 순간의 예술가의 마음을 셸리는 아름답게도 꺼져가는 석탄불*에 비유했어. 아름다움이 지닌 최고의 본질, 말하자면 심미적 이미지가 발하는 선명한 광채가 그 전체성에 붙들리고 그 조화

에 매혹된 예술가의 정신에 의해 명료하게 인식되는 바로 그 순간이 심미적 쾌감의 명료하고도 고요한 정지 상태라는 거야. 다시 말하면, 이탈리아의 생리학자 루이지 갈바니가 셸리의 말 못지않게 아름다운 구절을 사용하여 심장의 황홀경**이라고 부른 바 있는 그런 심장의 상태와 아주 유사한 정신 상태지.

스티븐은 말을 멈추었다. 그의 친구도 아무런 말이 없었지만, 그는 자신의 말이 그들에게 사색에 도취된 침묵을 불러왔다고 느꼈다.

—지금까지 내가 한 말은, 그는 다시 말을 시작했다, 보다 넓은 의미에서 아름다움이란 무엇인가에 관한 거야. 다시 말하면 이 말의 의미를 문학적 전통에 따라 논한 셈이지. 하지만 세간에서는 이 말의 의미가 물론 다르게 정의돼. 후자의 의미에서 아름다움을 논하는 경우 우리의 판단은 제일 먼저 예술 그 자체와 그 예술의 형식에 영향을 받기 마련이야. 심미적 이미지가 예술가 자신의 마음 혹은 감각과 타인들의 마음 혹은 감각 사이에 설정되어야 함은 두말할 필요도 없는 사실이고. 만일 이런 점을 염두에 두고 논한다면 우리는 예술이란 필연적으로 세 가지 형식으로 나뉘며 한 형식에서 다음 형식으로 발전해나간다는 사실을 알게 될 거야. 세 가지 형식이란 바로 이거야. 서정적 형식은 예술가가 자신의 이미지를 자기 자신과 직접적으로 관련시켜 제시하는 형식이고, 서사적 형식은 예술가가 자신의 이미지를 자기 자신 및 타인과 간접적으로 관련시켜 제시하는 형식이고, 극적 형식은 예술가가 자신

---

* 셸리가 『시의 변호』에서 서술한 표현.

** 갈바니는 개구리의 심장을 바늘로 찌르면 그 박동이 순간적으로 멈추는 것을 두고 이렇게 표현했다.

의 이미지를 타인과 직접적으로 관련시켜 제시하는 형식이지.

—요 며칠 전에도 했던 얘기야, 린치가 말했다, 그것을 빌미로 우리가 대단한 논쟁을 시작했잖아.

—집에 공책이 한 권 있는데, 스티븐은 말했다, 거기다 네가 하는 질문보다 훨씬 더 재미있는 문제들을 잔뜩 적어두었어. 지금 설명하고 있는 미학 이론도 그런 문제에 대한 답을 찾으려는 과정에서 발견하게 된 거야. 내가 나 자신에게 던진 질문 중에는 이런 것들도 있어. 멋지게 만든 의자는 비극적인가, 아니면 희극적인가? 내가 만일 모나리자의 초상을 간절하게 보고 싶어한다면 그 초상은 선한 것일까? 필립 크램프턴 경*의 흉상은 서정적인가, 서사적인가, 아니면 극적인가? 배설물이나 어린아이나 이虱는 예술작품일 수 있는가? 만일 그럴 수 없다면 그 이유는 무엇인가?

—정말이지, 그 이유는 무엇인가? 린치가 껄껄 웃으면서 되풀이했다.

—만일 어떤 사람이 홧김에 도끼로 나무토막을 마구 찍어댔는데, 스티븐은 말을 계속했다, 어쩌다보니 암소의 형상이 되었다면 그 형상은 예술작품인가? 만일 아니라면 그 이유는 무엇인가?

—그것 참 재미있는 문제로군, 린치가 또다시 웃으며 말했다. 진짜 스콜라철학 냄새가 물씬 풍기는걸.

—레싱은, 스티븐은 말했다. 한 무리의 조상彫像을 예로 들어 논할 필요가 없었어. 조각 예술이란 열등한 예술이기 때문에 내가 말한 세 가지 예술형식을 서로 뚜렷하게 구분해서 제시하지 못하거든. 심지

---

* 더블린의 유명한 외과 의사. 그의 흉상이 트리니티 칼리지 근처 식수대 위에 있었으나 그 모양이 괴기하여 시민들의 조소의 대상이 되었다.

어 최고의 예술이요 가장 정신적인 예술이라는 문학에서마저 이 세 가지 형식이 곧잘 혼동되곤 해. 서정적 형식이란 실은 어떤 순간적인 감정에 가장 소박한 언어로 옷을 입힌 것으로, 아주 머나먼 옛날 노를 젓거나 돌덩이를 비탈길로 끌어올리던 사람을 응원하던 일종의 율동적인 외침이라고 볼 수 있지. 이 같은 외침을 내뱉는 사람은 감정을 느끼는 주체로서의 자기 자신보다 순간적인 감정을 더 많이 의식하게 되는 거야. 가장 소박한 형태의 서사적 형식은 서정적인 문학에서 예술가가 자기 자신을 서사적 사건의 중심으로 연장시키면서 계속 그런 식으로 생각을 이어갈 때 비로소 그 모습을 드러내는데, 이 서사적 형식은 감정의 중심重心이 예술가 자신과 타자들 사이에 등거리를 형성할 때까지 발전해나가지. 이렇게 되면 서사도 순수한 의미에서 더이상 개인적인 것일 수 없어. 예술가의 개성은 서술 그 자체 속으로 말려들어가 넘실거리는 파도처럼 인물과 사건을 둘러싸고 한덩어리가 된 채 같이 흘러가게 되거든. 이러한 발전은 일인칭으로 시작해 삼인칭으로 끝나는 영국의 옛 민요 〈영웅 터핀〉에서 쉽게 찾아볼 수 있지.* 극적 형식은, 각 인물 주변을 감싸고 흐르며 소용돌이치는 생명력이 모든 인물에게 강력한 활기를 불어넣어 마침내 그 인물이 남자든 여자든 간에 독자적이면서도 감지하기 어려운 심미적인 생명력을 지니게 될 때 비로소 달성되는 거야. 예술가의 개성은 처음에는 하나의 외침이나 하나의 운율이나 하나의 기분이었던 것이 차츰 유동적이고도 경묘하게 흔들리는 서사로 변했다가 마침내 그 존재가 사라지도록 스스로를 순화하여, 말하

* 18세기 영국의 노상강도로 교수형을 당한 딕 터핀에 관한 여러 민요 중 일인칭 서술로 시작해 삼인칭으로 끝나는 것들을 조이스가 즐겨 불렀다고 한다.

자면 스스로를 몰개성적인 존재로 만들어버려. 그러니까 극적 형식에서의 심미적 이미지란 인간의 상상력 안에서 먼저 정화된 다음 거기에서부터 다시 투사된 생명체라고 볼 수 있어. 한마디로, 미학의 신비도 물리적 창조의 신비와 다를 바 없이 성취된다는 얘기야. 예술가는 창조주 하느님과 마찬가지로 자신의 작품 안이나 뒤에 또는 그 너머나 그 위에 머물러 있어야 하는 거지. 보이지 않게, 존재가 사라지도록 스스로를 순화한 채, 초연하게, 손톱이나 깎으면서 말이야.*

—손톱마저 존재가 사라지도록 순화하려 애쓰면서 말이지, 린치가 말했다.

저 높이 구름 낀 하늘에서 가랑비가 뿌리기 시작하자 그들은 소나기가 쏟아지기 전에 국립도서관에 도착하기 위해 공작의 잔디밭** 쪽으로 방향을 바꾸었다.

—그런데 말이야, 하느님에게 버림받은 이 비참한 섬나라에서 아름다움이 어떻고 상상력이 어떻고 지껄여대봤자 무슨 소용이 있어? 린치가 퉁명스럽게 물었다, 예술가가 이 나라를 쑥대밭으로 만들어버린 뒤에 자기 작품 안이나 뒤로 좀 도망친다고 한들 그게 뭐가 이상하냐.

비가 더욱 세차게 쏟아졌다. 그들이 킬데어 하우스 옆 통로를 지나가며 보니 많은 학생들이 국립도서관 아케이드 아래서 비를 피하고 있었다. 크랜리가 기둥에 몸을 기대고 선 채 끝이 뾰족한 성냥개비로 이

* 프랑스 소설가 귀스타브 플로베르가 『마담 보바리』와 관련하여 쓴 편지에서 비슷한 말을 했다. 그는 작품을 창작하는 예술가는 세상을 창조한 하느님처럼, 보이지는 않지만 그 위력은 도처에서 느낄 수 있어야 한다고 했다.

** 렌스터 공작의 관저였던 렌스터 하우스(본래 명칭은 킬데어 하우스)와 그에 딸린 잔디밭, 국립도서관, 국립박물관은 모두 같은 경내에 있었다.

를 쑤시면서 친구들 이야기에 귀를 기울이고 있는 모습이 눈에 띄었다. 몇몇 여학생도 출입구 문 근처에 서 있었다. 린치가 스티븐에게 나직하게 말했다.

—야, 네 애인도 저기 있네.

스티븐은 창대같이 쏟아지는 비도 아랑곳없이 한 무리의 학생들이 모여 앉은 아래쪽 계단에 조용하게 자리잡고 서서 이따금 그녀 쪽으로 눈길을 돌렸다. 그녀도 친구들 사이에 말없이 서 있었다. 그는 지난번에 그녀를 보았을 때의 일이 떠올라, 그녀가 오늘은 같이 시시덕거릴 신부가 없어 어떡하나 하고 일부러 심술궂은 생각을 해보았다. 린치의 말이 옳았다. 문학 이론과 패기 같은 것은 어디론가 사라지고 그의 마음은 다시 무기력한 침묵 속으로 빠져들었다.

학생들이 서로 이야기를 나누는 소리가 그의 귀에 들려왔다. 그들은 최종 의사 시험에 합격한 두 친구에 대해, 정기 운항선의 선의船醫로 취업할 수 있는 가능성에 대해, 개업을 했을 경우 돈벌이가 어떠할지에 대해 이야기하고 있었다.

—죄다 부질없는 짓이야. 아일랜드 시골구석에서 개업하는 편이 훨씬 나아.

—하인스가 두 해 동안 리버풀에서 지냈는데 똑같은 소리를 하더군. 거긴 끔찍한 빈민가나 다름없다고. 한마디로 산파 신세를 면치 못했다는 거야. 반 크라운짜리밖에 안 되는 일들이지.

—그런 부유한 도시보다 여기 시골구석에서 개업을 하는 편이 낫다는 얘기야? 내가 아는 친구는....

—하인스 그 친구는 돌대가리야. 의사 시험에 붙은 것도 타고난 능

력이 있어서가 아니라 악착같이 파고들었기 때문이야. 그저 죽기 살기로 파고든 덕분에 턱걸이로 붙은 거라고.

—그 녀석 말은 상관할 것 없어. 거대한 상업 도시에 가면 얼마든지 떼돈을 벌 수 있어.

—개업도 개업 나름이지.

—에고 크레도 우트 비타 파우페룸 에스트 심플리치테르 아트록스, 심플리치테르 상구이나리우스 아트록스, 인 리베르풀리오.*

그들의 목소리가 마치 멀리서 끊어졌다 이어지기를 되풀이하는 맥박 소리처럼 그에게 들려왔다. 그녀는 친구들과 떠날 채비를 하고 있었다.

갑자기 쏟아진 가벼운 소나기가 그치자 검게 변한 흙은 숨을 쉬듯 김을 모락모락 내뿜고, 가운데 뜰의 관목 숲에는 빗방울이 다이아몬드처럼 방울방울 매달렸다. 여학생들이 도서관 아케이드 계단에서 조용조용 유쾌하게 이야기를 나누기도 하고, 구름을 쳐다보기도 하고, 하늘에서 떨어지는 마지막 몇 방울의 비를 피하느라 우산을 교묘한 각도로 펼쳤다가 도로 접기도 하고, 치맛자락을 새침하게 붙잡기도 할 때, 그들의 단정한 부츠에서는 재잘거리는 듯한 소리가 났다.

그런데 그녀에 대한 그의 생각이 혹시 가혹하지는 않았을까? 그녀의 생활은 단순히 묵주기도 같은 것이 아닐까, 그녀의 생활은 새의 생활처럼 단순하고도 낯선 것이 아닐까? 상쾌하게 아침을 시작하여 하루

---

* Ego credo ut vita pauperum est simpliciter atrox, simpliciter sanguinarius atrox, in Liverpoolio. '나는 리버풀의 빈민 생활은 그저 끔찍스럽고, 그저 지독히도 끔찍스러울 따름이라고 생각하노라'라는 뜻의 엉터리 라틴어.

종일 바쁘게 지내다가 해가 지면 지쳐버리는 그런 생활은 아닐까? 그녀의 마음은 새의 마음처럼 단순하고 고집스러울까?

* * *

새벽녘에 그는 잠에서 깼다. 오, 얼마나 감미로운 음악이었던가! 그의 영혼은 온통 이슬에 젖은 듯 촉촉하게 젖어 있었다. 잠든 그의 사지 위로 창백하고 서늘한 빛의 물결이 스쳐지나갔다. 마치 영혼이 서늘한 바다 한복판에 누워 있기라도 하듯이 그는 은은하고도 감미로운 음악을 들으면서 가만히 누워 있었다. 그의 마음은 떨림으로 가득찬 아침을 의식하려는 듯, 다시 말해 아침의 영감이라도 받으려는 듯 서서히 잠에서 깨어나고 있었다. 더없이 맑은 물처럼 순수하고, 이슬처럼 감미롭고, 음악처럼 마음을 움직이는 어떤 정기가 그의 마음속에 가득 차올랐다. 그러나 그 정기는 마치 치품천사들*이 몸소 불어넣어주기라도 하듯 얼마나 희미하게, 얼마나 차분하게 그의 마음속에 차올랐는지! 그의 영혼은 단번에 잠에서 깨기가 두려운 듯이 느릿느릿 눈뜨고 있었다. 바야흐로 광기가 잠에서 깨어나고, 진기한 화초들이 빛을 받아 눈을 뜨며, 나방이 소리 없이 날갯짓을 시작하는 바람 한 점 없는 새벽녘이었다.

심장의 황홀경! 간밤은 황홀경 속에서 지새운 밤이었다. 꿈에선지 아니면 환상 속에선지 그는 치품천사의 생활과도 같은 황홀경을 맛보

* 아홉 위계의 천사 중 가장 높은 위계의 천사.

았다. 간밤의 그 황홀경은 순간적인 황홀경에 지나지 않았던 걸까, 아니면 오랜 시간, 여러 날, 여러 해, 여러 시대에 걸친 영원한 황홀경이었을까?

이제 영감의 순간이 이미 일어났거나 아니면 일어났음직한 무수한 몽롱한 상황으로부터 모든 방향에서 한꺼번에 반영되어 도래하는 듯했다. 그 순간이 한 점의 섬광처럼 번쩍 빛을 발하자 이제는 구름처럼 겹겹이 쌓인 모호한 상황으로부터 어떤 혼란스러운 형상이 나타나 그 잔광을 조용하게 가리고 있는 것이 보였다. 오! 상상력이라는 동정녀의 자궁에서 말씀이 사람이 되었다. 치품천사 가브리엘이 동정녀의 침실로 찾아왔던 것이다.* 잔광이 그의 정신 속에서 점점 짙은 빛을 띠더니 하얀 불꽃이 지나가고 점점 장밋빛 열렬한 불빛으로 짙어졌다. 그 열정적인 장밋빛 불빛은 그녀의 이상하면서도 변덕스러운 심지心地와도 같았다. 그녀의 심지가 이상한 것은 어떤 이도 알지 못했거나 알려하지 않았기 때문이고, 그녀의 심지가 변덕스러운 것은 이 세상이 시작되기 전부터 이미 그러기로 되어 있었기 때문이다. 그 열정적인 장밋빛 불꽃의 유혹을 받아 일단의 치품천사 합창단이 하늘에서 내려오는 듯했다.

열정적인 생활에 지치지도 않았는가
타락한 치품천사들의 유혹자여?
황홀했던 시절 얘기는 더이상 말아다오.**

---

* 대천사 가브리엘의 수태고지를 암시한다.

** 1연의 원문은 다음과 같다. 'Are you not weary of ardent ways,/Lure of the fallen

이 시구가 그의 마음에서 입술로 전해져 자꾸 중얼거려보니 빌라넬*의 율동적인 박자가 그 시구를 스쳐가는 것이 느껴졌다. 장밋빛 불꽃이 그 각운의 '빛줄기rays'를 내뿜었다. 웨이즈ways, 데이즈days, 블레이즈blaze, 프레이즈praise, 레이즈raise.** 그 '빛줄기'는 이 세상을 불태우고 뭇 남성들과 천사들의 심장을 닥치는 대로 먹어치웠다. 그 '빛줄기'는 그녀의 고집 센 심지와도 같은 장미에서 내뿜는 불꽃이었다.

그대의 눈길은 사내의 가슴에 불을 지르고
그대는 또한 그를 마음껏 주물렀나니.
그러고도 그대는 열정적인 생활에 지치지도 않는가?***

그다음은? 리듬이 사라져 끊겼다가 다시 움직이며 약동하기 시작했다. 또 그다음은? 연기, 세상이라는 제대에서 피어오르는 향연이 솟아오른다.

불꽃 위로 찬미의 연기가
대양의 이 해면 저 해면 곳곳에서 솟아오르네.

---

seraphim?/Tell no more of enchanted days.'

* 19행 2각운의 복잡한 정형시로, 3행 5연과 4행 1연으로 구성된다.

** 모두 '빛줄기'를 뜻하는 'rays'와 각운이 같은 단어들이다.

*** 2연의 원문은 다음과 같다. 'Your eyes have set man's heart ablaze/And you have had your will of him./Are you not weary of ardent ways?'

황홀했던 시절 얘기는 더이상 말아다오.*

연기가 온 대지에서, 안개 자욱한 드넓은 대양에서 모락모락 피어올랐다. 그녀를 찬미하는 연기가 피어올랐다. 대지는 이리저리 흔들리며 연기를 피워올리는 향로 같기도 하고, 향으로 된 공 같기도 하고, 타원체 모양의 공 같기도 했다. 리듬은 곧 사라지고, 그의 심장의 외침도 끊어지고 말았다. 그는 입술로 첫 시구를 몇 번이고 되풀이해서 읊조리기 시작했다. 그러다가 시구 중간에서 차츰 막히기 시작하여 더듬거렸고, 그러다 중단되었다. 심장의 외침이 끊어지고 만 터였다.

바람 한 점 없는 어둑새벽이 지나가고 커튼이 달리지 않은 유리창 너머로 아침 빛이 밝아오기 시작했다. 아주 먼 곳에서 종소리가 희미하게 들려왔다. 새 한 마리가 지저귀고 있었다. 두 마리, 세 마리로 불어났다. 종소리와 새들의 지저귐이 멎었다. 그러자 생기 없는 희멀건 햇살이 동서로 퍼지면서 온 세상을 뒤덮더니 그의 가슴속 장미빛 불빛마저 뒤덮어버리고 말았다.

모든 것을 다 잃으면 어떡하나 조바심이 나서 그는 한쪽 팔꿈치로 갑자기 몸을 일으켜 종이와 연필을 찾았다. 테이블 위에는 아무것도 없었다. 다만 저녁식사 때 쌀 요리를 담아 먹었던 수프 접시와 덩굴손 같이 매달린 촛농과 마지막 불꽃에 그을린 종이 초꽂이가 달린 촛대만 놓여 있을 뿐이었다. 그는 지친 듯이 침대 바닥 쪽으로 한쪽 팔을 뻗어 거기 걸려 있는 외투 주머니에 손을 넣고 더듬었다. 손가락에 한 자루

* 3연의 원문은 다음과 같다. 'Above the flame the smoke of praise / Goes up from ocean rim to rim. / Tell no more of enchanted days.'

의 연필과 담뱃갑이 닿았다. 그는 도로 드러누워 담뱃갑을 찢어 펼친 뒤 마지막 남은 한 개비는 창틀 선반에 얹어두고 꺼끌꺼끌한 담뱃갑 판지 표면에 작고 단정한 글씨로 빌라넬의 연聯들을 적어나가기 시작했다.

다 적고는 울퉁불퉁한 베개를 베고 번듯이 도로 드러누워 시구를 다시 읊조려보았다. 머리를 누인 베개 속의 덩어리진 울퉁불퉁한 양털 뭉치를 의식하자 느닷없이, 그가 때로는 미소를, 때로는 심각한 표정을 짓고, 자기가 왜 여기 왔는가를 자문하기도 하고, 그녀 때문에 그리고 자기 자신 때문에 불쾌해하기도 하고, 텅 빈 찬장 위에 걸린 예수 성심의 판화*에 어리둥절해하기도 하면서 앉아 있던 그녀의 집 거실 소파 속 덩어리진 울퉁불퉁한 말털 뭉치가 떠올랐다. 대화가 뜸해진 틈을 타 그에게 다가와서는 남들은 잘 모르는 그의 재미있는 노래 하나를 불러달라고 청하던 그녀의 모습이 머리에 떠올랐다. 그다음에는 낡은 피아노 앞에 앉아 얼룩덜룩한 건반을 눌러 부드럽게 화음을 치며, 다시 사람들의 대화 소리로 웅성거리기 시작한 거실에서 노래를 부르던 자신의 모습이 떠올랐는데 그때 그는 벽난로에 기대선 그녀에게 엘리자베스 조의 우아한 노래며, 이별의 아픔을 노래하는 슬프고도 감미로운 노래며, 아쟁쿠르의 승전가며, 그린슬리브스 부인의 행복한 노래 등을 불러주었다. 그가 노래하고 그녀가 노래를 듣는 동안, 아니 듣는 척하는 동안 그의 마음은 평온했지만 남들은 잘 모르는 진기한 옛 노래가 끝나고 다시 대화 소리가 왁자하게 거실에 울리기 시작하자 그가

---

* 사랑을 상징하는 심장이 드러나 보이는 예수의 초상화. 아일랜드 가톨릭 신자의 가정에는 대부분 걸려 있다.

그 집에 대해 이렇게 빈정거린 것이 기억 속에 되살아났다. 이 집에서는 젊은이들을 지나치게 빨리 이름으로 부르는군요.*

어떤 순간에는 그녀의 눈길이 그를 신뢰하려는 듯이 보일 때도 있어 기다려보았지만 결국은 허사였다. 이제 그녀는 그날밤 사육제 무도회에서 그랬듯이 경쾌하게 춤을 추면서 그의 기억 속을 스쳐갔다. 그녀는 하얀 드레스 자락을 살짝 들어올리고 머리에 꽂은 하얀 꽃가지 장식을 한들거리면서 지나갔다. 그녀는 경쾌하게 윤무를 추고 있었다. 그녀는 춤을 추며 그에게로 다가오면서 눈길을 다른 데로 살짝 돌렸는데 뺨에는 가벼운 홍조가 서려 있었다. 상대가 달라지며 손이 계속 바뀌다가 잠시, 보드라운 상품 같은 그녀의 손이 그의 손에 놓였다.

—이렇게 못 보다간 얼굴 잊어버리겠어요.

—그래요. 난 수도사로 태어났나봐요.

—수도사가 아니라 이단자인 줄 알았는데.

—그게 그렇게 걱정이에요?

대답 대신 그녀는 춤동작에 따라 연이어 상대의 손을 바꾸며 누구에게도 얽매이지 않고 경쾌하면서도 조심스럽게 춤을 추면서 그에게서 멀어져갔다. 그녀의 움직임에 맞추어 머리에 꽂은 하얀 꽃가지 장식이 한들거렸고, 그녀가 그늘진 곳으로 들어갈 때마다 뺨에 서린 홍조는 더욱 짙어져갔다.

수도사! 수도사라고 내뱉은 자신의 이미지가 수도원의 신성모독자로, 기꺼이 신을 섬기려 하면서도 실은 섬기지 않는 이단적인 프란치

---

* 다소 법도가 없는 집안이라는 암시. 영국과 마찬가지로 아일랜드 중산층에서는 젊은 남녀들끼리 서로 성 앞에 '미스터'와 '미스'를 붙여 부르는 것이 관례다.

스코회 수도사의 모습으로, 게라르디노 다 보르고 산 돈니노*처럼 매끄러운 궤변을 거미줄 치듯 늘어놓으며 그녀의 귀에 속닥이는 장면이 불쑥 떠올랐다.

아니, 그것은 그의 이미지가 아니었다. 지난번에 그녀를 마지막으로 보았을 때 그녀와 함께 있던 그 젊은 사제의 모습이었다. 그때 그 사제는 비둘기 같은 온화한 눈으로 그를 쳐다보면서 그녀의 아일랜드어 성구집 책장을 만지작거리고 있었다.

—그래요, 그렇고말고요, 여성들이 우리 운동에 크게 동조하고 있어요. 나는 그걸 매일같이 목격하지요. 여성들이 우리 일에 매우 적극적이에요. 아일랜드어 부활운동에 없어서는 안 될 최선의 원군들이랍니다.

—그럼 교회는요, 모런 신부님?

—교회도 마찬가지예요. 적극적으로 동조하고 있지요. 거기서도 우리 운동이 아주 순조롭게 진행되고 있으니까요. 교회 쪽은 조금도 걱정할 필요가 없어요.

흥, 잘도 노는구나! 그가 콧방귀를 뀌면서 아일랜드어 강의실을 나와버린 것은 아무리 생각해도 잘한 일이었다. 도서관 계단에서 그녀를 보고 인사를 하지 않은 것도 잘한 일이었다. 사제와 시시덕거리고, 그리스도교 나라의 시녀라 할 교회를 우롱하거나 말거나 그녀를 내버려 둔 것 역시 잘한 일이었다.

거칠고 사나운 분노가 치솟아 아직도 사라지지 않고 머뭇거리던 마

* 13세기 이탈리아의 신학자이자 프란치스코 수도회 회원. 그는 그의 수도회가 본래의 엄격성을 하루 빨리 회복해야 한다고 주장하다가 이단으로 몰려 1276년 옥사했다.

지막 황홀경의 순간을 마음속 깊은 곳에서 모조리 내쫓아버렸다. 분노는 그녀의 아름다운 이미지를 갈가리 찢어 그 파편들을 사방으로 내동댕이쳤다. 사방에 그녀의 일그러진 이미지의 반영이 그의 기억으로부터 떠오르기 시작했다. 결이 거친 축축한 머리카락에 말괄량이 같은 표정을 하고 남루한 옷을 입은 채 그를 단골손님이라고 부르며 마수걸이를 좀 하게 해달라고 애걸하던 꽃 파는 소녀의 반영 같기도 하고, 덜거덕거리는 그릇 소리 너머로 시골 가수처럼 느릿느릿 〈킬라니의 호숫가와 언덕에서〉*의 첫 몇 소절을 부르던 이웃집 식모 아이의 반영 같기도 하고, 코크 힐** 근처의 보도에서 길바닥에 깔린 격자모양의 철제 깔개에 해진 신발 뒤창이 걸려 그가 넘어지는 모습을 보고 고소하다는 듯 웃어대던 어느 소녀의 반영 같기도 하고, 제이콥의 제과 공장***에서 나와 그의 앞을 지나갈 때 깜찍하고도 도톰한 입술에 이끌려 그가 힐끔 쳐다보자 어깨 너머로 이렇게 외치던 또다른 소녀의 반영 같기도 했다.

—내 외모가 마음에 드는가보지, 곧은 머리칼에 곱슬한 눈썹이?

그러나 아무리 그녀의 이미지를 모욕하고 조롱하더라도 그는 자신의 분노가 일종의 찬양의 표현이라는 생각을 떨칠 수가 없었다. 콧방귀를 뀌며 아일랜드어 강의실을 나와버리긴 했지만 아주 진심은 아니었다. 실은 그녀가 속한 민족의 비밀은 어쩌면 길쭉한 속눈썹 때문에 쉽게 그늘지는 그 검은 두 눈 뒤에 숨어 있을지도 모른다는 막연한 느

* 아일랜드 작곡가 마이클 발프의 오페라 〈이니스폴런〉에 나오는 민요.

** 시청 청사 서쪽의 골목길.

*** 스티븐스 그린 공원의 서쪽 인근에 있는 공장 및 창고 복합건물.

낌 때문에 그랬던 것이다. 그는 길을 걸어내려가며 혼자 비통하게 그녀는 자기 나라의 전형적인 여성상이었고, 사랑도 죄책감도 없이 그녀의 유순한 애인 곁에 잠시 머무르다 곧바로 헌신짝처럼 그를 버리고는 고해소로 찾아가 격자창을 사이에 두고 고해신부의 귀에 악의 없는 탈선행위를 속삭이면서 어둠과 비밀과 고독 속에서 깨어나 자각하는 박쥐 같은 영혼이었다. 그녀를 향한 그의 분노는 그녀의 애인에 대한 거친 악담으로 그 배출구를 찾았다. 그 애인의 이름과 목소리와 생김새가 그의 무너진 자존심에 상처를 주고도 남았다. 그는 시골뜨기 사제로, 형제 가운데 하나는 더블린에서 순경 노릇을 하고 다른 하나는 모이컬린*에서 술집 심부름꾼 노릇이나 하고 있지 않은가. 그런 작자에게 그녀는 자기 영혼의 치부를 적나라하게 드러내 보일 셈이었다. 경험이라는 일상적인 빵을 영원한 생명력을 지닌 눈부신 성체로 변용시키는 영원한 상상력의 사제**인 자신이 아니라 고작해야 형식적인 의식을 수행하는 방법 정도밖에 교육받지 못한 그런 작자에게 보여주려 하다니.

성찬식의 눈부신 이미지가 순식간에 그의 비통하고도 절망적인 사념과 다시 결합되었고, 그 사념의 아우성은 감사의 성가가 되어 끊임없이 울려퍼졌다.

> 우리의 단속적인 아우성과 슬픈 노래가
> 성찬식의 성가가 되어 울려퍼지네.

---

* 아일랜드 서부 골웨이에 있는 작은 마을.

** 스티븐은 예술가로서의 자기 역할을 평범한 빵을 제병으로 변화시키는 가톨릭 사제의 그것과 비슷한 것으로 이해한다.

그런데도 그대는 열정적인 생활에 지치지도 않는가?*

성찬례를 올리는 손이
철철 넘치는 성작을 거양하는 동안만이라도
황홀했던 시절 얘기는 더이상 말아다오.**

이 시의 음감과 리듬이 그의 내면으로 퍼져나가 마음이 평온한 관용의 경지에 이를 때까지 그는 시 구절을 첫 행부터 큰 소리로 읊조렸다. 그러고 나서는 눈으로 직접 봄으로써 더 잘 음미할 수 있도록 정성을 다해 이 시를 베껴 썼다. 그런 다음 그는 베개를 베고 드러누웠다.

날이 훤히 밝았다. 아무런 소리도 들리지 않았다. 그러나 그는 주변의 모든 생명체가 잠에서 깨어나 흔히 듣는 소음과 거친 목소리와 졸음에 겨운 기도 소리를 내려 한다는 걸 알고 있었다. 그렇게 깨어나는 생명체들로부터 몸을 움츠리기라도 하듯 그는 벽을 향해 돌아눕고는 담요를 두건처럼 뒤집어쓰고 누더기처럼 해진 벽지에 찍혀 있는 만발한 주홍빛 꽃무늬를, 그 큼직한 주홍빛 꽃무늬를 뚫어지게 바라보았다. 자신이 누워 있는 곳부터 천국까지 온통 주홍빛 꽃들이 깔린 장미의 길이 있으리라 상상하면서 그는 이 주홍빛 정열로 자신의 사그라져가는 희열을 달궈보려 했다. 그러나 지쳤다! 지쳐 있었다! 그 역시 열

* 4연의 원문은 다음과 같다. 'Our broken cries and mournful lays/Rise in one eucharistic hymn./Are you not weary of ardent ways?'

** 5연의 원문은 다음과 같다. 'While sacrificing hands upraise/The chalice flowing to the brim,/Tell no more of enchanted days.'

정적인 생활에 지쳐 있었던 것이다.

서서히 느껴지는 따스함이, 일종의 나른한 피로감이 그를 엄습하여 담요를 바싹 둘러쓴 그의 머리로부터 등골을 타고 아래로 내려갔다. 그 감각이 몸을 타고 내려오는 것을 느끼면서도 막상 누워 있는 자신의 자세를 보자 그는 자신도 모르게 웃음이 나왔다. 곧 다시 잠에 빠지리라.

그는 십 년이라는 세월이 지난 뒤에 그녀를 위해 다시 시를 쓴 것이다. 십 년 전 그녀는 머리에 두건처럼 숄을 두른 채 유리처럼 미끄러운 길을 또각또각 걸으며 밤공기 속으로 따뜻한 입김을 물보라처럼 내뿜고 있었다. 그것은 마지막 마차였다. 깡마른 갈색 말들이 그 사실을 알리려는 듯 맑은 밤하늘에 방울을 흔들어댔다. 차장과 마부는 푸른 가로등 불빛 아래서 연신 고개를 끄덕이며 이야기를 나누고 있었다. 그들은 마차의 층계참에 서 있었다. 그는 위쪽 계단에, 그녀는 아래쪽 계단에 서 있었다. 몇 마디 말을 주고받으며 그녀는 여러 차례 그가 있는 위쪽으로 올라섰다가 다시 내려가곤 했는데 한두 번은 내려가기를 잊은 채 한참 동안 그의 곁에 바짝 붙어 서 있다가 내려가기도 했다. 그러면 어때! 그냥 내버려둬!

지혜로웠던 어린시절부터 어리석은 오늘에 이르기까지 십 년이라는 세월이 흘렀다. 만일 그녀에게 이 시를 보낸다면? 아마도 아침식사 자리에서 그녀의 가족들이 달걀을 접시에 톡톡 쳐 껍데기를 벗길 때 읽겠지. 참으로 어리석은 짓이리라! 그녀의 오빠들은 껄껄 웃어대면서 억세고 단단한 손가락으로 시가 적힌 종이를 빼앗아 서로 먼저 보겠다고 달려들겠지. 그녀의 아저씨인 점잖은 사제는 안락의자에 버티고 앉아 시가 적힌 종이를 쥔 팔을 쭉 뻗어 미소를 머금은 채 읽고는 그 문학 형식만은 그럴듯하다고 인정할지도 모른다.

아니야, 아니야. 그것은 참으로 어리석은 짓이리라. 설사 그가 시를 보낸다 하더라도 그녀는 그것을 결코 다른 사람들에게 보여주지 않으리라. 그래, 그래. 그녀는 보여줄 수 없으리라.

그는 그녀에게 못할 짓을 했다는 느낌이 들기 시작했다. 그녀가 순결했다는 생각에 어쩐지 가엾다는 느낌마저 들 지경이었다. 그가 죄를 통해 깨닫게 되기 전에는 결코 이해하지 못했던 순결함을, 그녀 역시 순결했던 동안이나 여성이기에 겪어야 하는 이상한 수치심*을 처음으로 느끼기 전까지는 결코 이해하지 못했으리라. 그리고 그녀의 영혼은, 그가 처음으로 죄를 저질렀을 때 그의 영혼이 그랬던 것과 같은 삶을 살기 시작했으리라. 그리하여 여성이기에 견뎌야 하는 남모르는 수치심 때문에 풀이 죽고 슬픔에 젖은 그녀의 연약하고 창백한 안색과 눈매를 떠올리자 부드러운 연민의 정이 그의 가슴을 가득채웠다.

그의 영혼이 황홀경에서 나른함으로 옮아가는 동안 그녀는 어디에 있었을까? 어쩌면 그녀의 영혼은 바로 그 순간 영적 삶의 신비로운 양식에 따라 그가 품은 경의를 의식하고 있지는 않았을까? 그럴 수도 있었으리라.

이글거리는 욕망의 불길이 그의 영혼에 다시 불을 지피면서 온몸에 너울거렸다. 이를 의식이라도 한 듯 그의 빌라넬 속 유혹자인 그녀가 향기로운 잠에서 깨어나고 있었다. 나른해 보이는 그녀의 검은 눈이

* 월경을 말한다.

그의 눈을 향해 열렸다. 그녀는 찬란하고 따스하고 향기롭고 풍만한 나신을 전적으로 그에게 내맡기며 빛나는 구름처럼 그를 껴안고, 유동적인 생명력을 지닌 물처럼 그를 에워쌌다. 그리고 연무 같은 구름처럼, 공간을 둘러싸고 흐르는 물처럼 신비스러운 요소를 상징하는 유동적인 언어의 글자들이 그의 머리 위로 넘쳐흘렀다.

열정적인 생활에 지치지도 않았는가
타락한 치품천사들의 유혹자여?
황홀했던 시절의 얘기는 더이상 말아다오.

그대의 눈길은 사내의 가슴에 불을 지르고
그대는 또한 그를 마음껏 주물렀나니.
그러고도 그대는 열정적인 생활에 지치지도 않는가?

불꽃 위로 찬미의 연기가
대양의 이 해면 저 해면 곳곳에서 솟아오르네.
황홀했던 시절의 얘기는 더이상 말아다오.

우리의 단속적인 아우성과 슬픈 노래가
성찬식의 성가가 되어 울려퍼지네.
그런데도 그대는 열정적인 생활에 지치지도 않는가?

성찬례를 올리는 손이

철철 넘치는 성작을 거양하는 동안만이라도
황홀했던 시절 얘기는 더이상 말아다오.

아직도 그대는 나른한 눈매와 풍만한 육체로
우리의 갈망하는 시선을 사로잡고 있나니.
그대는 열정적인 생활에 지치지도 않는가?
황홀했던 시절의 얘기는 더이상 말아다오.*

* * *

저 새들은 무슨 새일까?

그는 물푸레나무 지팡이에 지친 듯이 몸을 기대고 도서관** 계단에 서서 새들을 바라보고 있었다. 새들은 몰스워스 스트리트***의 어느 건물에서 불쑥 튀어나온 어깨 모양의 돌출부 주위를 빙글빙글 날아다니고 있었다. 3월 하순의 저녁 공기 때문일까, 새들이 날아다니는 모습이 선명하게 보였다. 잽싸게 돌진하기도 하고 바르르 떨기도 하는 검은 몸통의 새들이 축 늘어진 연푸른빛 천 같은 저녁 하늘을 배경으로 날아다니고 있었다.

---

* 6연의 원문은 다음과 같다. 'And still you hold our longing gaze / With languorous look and lavish limb! / Are you not weary of ardent ways? / Tell no more of enchanted days.'

** 킬데어 스트리트에 있는 국립도서관. 당시 유니버시티 칼리지 더블린은 시설이 빈약하여 학생들은 집회 장소와 독서실로 이곳을 많이 이용했다.

*** 킬데어 스트리트에서 서쪽으로 뻗은 거리.

그는 새들이 나는 모습을 지켜보았다. 한 마리 한 마리 자세히 바라보았다. 검은 몸이 번쩍이기도 하고 갑자기 방향을 바꾸기도 하고 다시 번쩍이면서, 옆으로 돌진하기도 하고 커브를 그리기도 하고 날개를 파닥거리기도 하면서 날아다니고 있었다. 그는 잽싸게 돌진하기도 하고 바르르 떨기도 하는 새들이 모두 눈앞에서 사라지기 전에 몇 마리나 되는지 세어보려고 했다. 여섯 마리, 열 마리, 열한 마리. 그러다 문득 그 수가 홀수일지 짝수일지 궁금해졌다.* 열두 마리, 열세 마리. 두 마리가 더 높은 하늘에서 선회하며 내려왔기 때문에 열세 마리가 되었다. 새들은 높게 날기도 하고 낮게 날기도 했지만 직선과 곡선을 그리며 언제나 뱅글뱅글 돌았고, 또 하늘의 신전과도 같은 특정한 구역** 주위를 맴돌면서 왼쪽에서 오른쪽으로 한결같이 날고 있었다.

그는 새들의 울음소리에도 귀를 기울였다. 징두리 벽판 뒤에서 들리는 생쥐들의 찍찍거리는 울음소리와 비슷했다. 귀를 찢을 듯이 날카로운 이중음이었다. 그러나 생쥐들의 울음소리와는 달리 그들의 소리는 길고 날카롭게 윙윙거리며 음조도 3도 내지 4도가량 낮아졌고, 날아오르면서 허공을 가를 때에는 부리에서 떨리는 소리도 났다. 새들의 울음소리는 날카롭고 맑고 가늘었으며, 윙윙 돌아가는 실패에서 풀려나오는 비단결 같은 빛깔의 실처럼 떨어졌다.

인간이 아닌 새들의 지저귐은 어머니의 흐느끼는 소리와 꾸짖는 소리가 한시도 떠나지 않고 맴도는 그의 귀를 어루만져주었고, 뿌연 창

---

* 중세 수비학(數秘學)에 의하면 홀수는 남성성을 의미하고 짝수는 여성성을 의미한다.

** 고대 로마의 복점관들은 점을 칠 때 먼저 하늘을 여러 구역으로 나누고 이 구역을 각각 '하늘의 신전'이라 칭하며 배정된 구역 안에 있는 새의 거동을 관찰했다.

공에 하늘의 신전과도 같은 특정한 구역 주위를 선회하기도 하고 훨훨 날기도 하고 갑자기 방향을 바꾸어 날기도 하면서 가냘픈 검은 몸을 떠는 새들의 모습은 어머니의 얼굴 모습을 고스란히 간직하고 있는 그의 눈에 크나큰 위안을 주었다.

왜 그는 현관의 계단에 선 채 하늘을 쳐다보며 새들의 날카로운 이중음에 귀를 기울이는 한편 그들이 날아다니는 광경을 지켜보고 있는 걸까? 길흉의 징조라도 찾아보기 위해서였을까? 코르넬리우스 아그리파*의 말이 새처럼 그의 마음속을 스치고 지나가자 뒤를 이어 스베덴보리**의 종잡을 수 없는 생각들이 이리저리 그의 마음속을 떠돌아다녔다. 스베덴보리는 새들과 지적 이해의 대상과의 상응에 대해서, 날짐승들이 어떻게 나름대로의 지식을 갖추고 또 세월과 계절을 알아맞힐 수 있는지에 대하여 논한 바 있는데, 그에 따르면 새들은 인간과는 달리 그들 나름대로 생활의 질서를 지키고 있을 뿐만 아니라 이성의 힘으로 그 질서를 교란시킨 적이 없기 때문이었다.

그런데 인간은 오랜 세월 동안, 지금 그가 날고 있는 새들을 응시하듯 하늘을 응시해왔다. 그가 서 있는 도서관의 주랑은 그로 하여금 막연하게나마 고대의 신전을 연상케 했고, 그가 지친 듯이 몸을 기댄 물푸레나무 지팡이는 복점관의 꾸부정한 지팡이를 연상케 했다. 무엇인지 좀체 알 수 없는 것에 대한 두려움이 그의 지친 가슴속에서 꿈틀거리기 시작했다. 그것은 상징과 전조에 대한 두려움이자, 고리버들로

* 독일의 의사이자 신비 철학자로 그의 저서 『신비 철학』에서 새의 비상을 토대로 점치는 방법을 논한 바 있다.

** 스웨덴의 과학자이자 철학자, 신비주의자.

엮은 날개를 달고 감옥에서 탈출하여 하늘 높이 날아오르는, 그와 같은 이름을 가진 매를 닮은 사나이에 대한 두려움, 갈대로 서판에 글씨를 쓰며 따오기 모양의 좁다란 머리 위에 초승달을 이고 다니는 작가들의 신 토스*에 대한 두려움이었다.

이 신의 모습을 생각하노라니 그는 자기도 모르게 슬며시 웃음이 나왔다. 왜냐하면 그 모습이 빨갛게 주독이 오른 코에다 가발을 쓴 판사가 한쪽 팔을 쭉 뻗은 손에 든 서류에 쉼표를 찍는 장면을 연상시킬 뿐만 아니라 그 신의 이름이 하느님을 가리키는 아일랜드어 이름의 남용어와 비슷하지 않았더라면** 기억조차 하지 못했으리라는 것을 잘 알고 있기 때문이었다. 이러한 연상은 어리석은 일이었다. 그러나 그가 자신이 태어난 기도와 검약의 가정을 영원히 버리고 여태껏 살아온 삶에서 벗어나 그 삶의 질서와 결별하려는 것은 바로 이 어리석음 때문이 아닌가?

새들은 저물어가는 하늘을 향해 침침하게 날아올랐다가 날카로운 울음소리와 함께 그 건물에서 불쑥 튀어나온 어깨 모양의 돌출부 위로 되돌아오곤 했다. 저 새들은 무슨 새일까? 남부 지방에서 돌아온 제비임이 분명하다고 그는 생각했다. 이제 그도 어디론가 떠나야 하지 않을까? 왜냐하면 저 새들도 날아갔다 날아오기를 끊임없이 되풀이하고, 인가의 처마 밑에 잠시 머물 집을 짓기를 끊임없이 되풀이하고, 자기

---

* 고대 이집트의 지혜와 학문과 마법의 신으로, 흔히 따오기 머리에 초승달 모양의 볏이 달린 모습으로 묘사되어 '조신(鳥神)'이라고도 한다. 그리스신화의 헤르메스에 해당한다.

** '아무도 모른다'는 뜻의 'God knows'는 아일랜드어로 '타우스 아그 디아(thauss ag Dhee)'라고 하는데 여기서 '타우스'가 '토스(Thoth)'와 발음이 비슷하다. 하느님 이름의 남용어란 'God'과 같은 신성한 말을 함부로 쓰는 표현법을 뜻한다.

네가 지은 집을 버리고 어디론가 방랑의 길을 떠나기를 끊임없이 되풀이하니 말이다.

우나와 알릴이여, 그대들의 얼굴을 숙여다오.
제비가 요란한 바다를 향해 방랑의 길을 떠나기 전에
처마밑 보금자리를 지켜보듯이
나는 지금 그대들의 얼굴을 지켜보고 있나니.*

부드럽고 유동적인 환희가 무수한 파도의 울음과도 같이 그의 기억 속에 넘쳐흘렀다. 그리하여 그는 바다 위로 저물어가는 뿌연 하늘의 고요한 공간에 가득찬 아늑한 평화를, 대양의 정적 속에 깃든 아늑한 평화를, 그리고 황혼의 하늘을 가로질러 물결이 넘실거리는 바다 위로 비상하는 제비들이 전해주는 아늑한 평화를 마음속으로 느낄 수 있었다.

부드럽고 유동적인 환희가 극중 대사를 통해 넘쳐흘렀고, 그 대사에 깃든 부드럽고 긴 모음들이 소리 없이 울려퍼지다가 슬며시 여려지는가 하면 파도처럼 밀려왔다 썰물처럼 도로 물러가면서 그들 파도의 하얀 종을 끊임없이 흔들어 무언의 선율과 무언의 종소리, 그리고 서서히 사라져가는 부드럽고 나직한 울음과도 같은 소리를 냈다. 그리고 그는 선회하기도 하고 쏜살같이 돌진하기도 하는 새들과 머리 위의 창

* W. B. 예이츠의 시극 『캐슬린 백작부인』에서 캐슬린이 임종 직전 마지막으로 하는 말의 시작 부분. 캐슬린은 굶주림에 시달리는 아일랜드 농민을 구제하기 위해 악마에게 영혼을 팔고, 그녀의 늙은 시녀 우나가 그녀를 수행한다. 알릴은 그녀의 친구이자 시인이다.

백한 하늘에서 자신이 찾으려 했던 전조가, 포탑에서 소리 없이 재빠르게 빠져나오는 새처럼 그의 마음속에서 그 모습을 드러내는 것을 느꼈다.

출발의 상징인가, 아니면 고독의 상징인가? 예이츠의 시로 된 대사가 기억의 귓전에 흥얼거리듯 울리며 들려오자, 기억의 눈앞에 국립극장이 개관하던 날 밤 공연장에서 벌어졌던 광경이 서서히 되살아나기 시작했다.* 그는 이층 객석의 한구석에 홀로 앉아 몹시 지친 눈으로 아래층 특별석에 자리잡은 더블린의 문화계 인사들과, 휘황한 무대조명으로 그 윤곽이 뚜렷하게 드러나는 값싸고 번지르르한 배경막과, 인형처럼 보이는 배우들을 내려다보고 있었다. 그의 뒤에서는 체구 건장한 경관이 땀을 뻘뻘 흘리고 있었는데, 여차하면 즉각 행동을 개시할 태세였다. 여기저기 흩어져 있던 학우들이 내지르는 야유와 휘파람과 조롱 섞인 고함소리가 거센 돌풍이 되어 장내를 휩쓸었다.

—아일랜드에 대한 모독이다!**

—독일제다!***

—신성모독이야!

—우리는 신앙을 팔아먹은 적이 없어!

---

* 1899년 5월 8일 아일랜드 문예극장(이후 애비 극장으로 널리 알려진 아일랜드 국립극장의 전신)의 개관 기념으로 초연된 예이츠의 〈캐슬린 백작부인〉은 민족주의자들과 가톨릭으로부터 심한 비난과 공격을 받았다. 그러나 조이스는 박수갈채를 보냈고 학우들이 추진하는 항의 운동에도 서명을 거부했다.

** 아일랜드인을 가난에 허덕이는 궁핍한 백성이요, 먹거리 때문에 영혼도 기꺼이 팔아넘기는 야만적인 존재로 묘사했다는 이유로 비난받았다.

*** 당시 아일랜드 사람들 사이에는 독일은 프로테스탄트, 유대인이라는 인식이 팽배했다.

—아일랜드 여성 누구도 그런 짓을 한 적이 없다고!

—어설픈 무신론자는 필요 없다!

—풋내기 불교도는 필요 없다!*

머리 위의 창문 쪽에서 갑자기 부드럽게 쉿 하는 소리가 났다. 열람실 전등이 켜지는 소리임을 그는 알고 있었다. 그는 이제 평온하게 불이 켜져 있는, 기둥이 늘어선 복도로 들어가 계단을 오른 뒤 짤까닥 소리를 내는 회전문을 통해 열람실 안으로 들어갔다.

사전류가 꽂힌 서가 근처에 크랜리가 앉아 있었다. 그의 앞 목제 열람대 위에는 두꺼운 책이 권두화卷頭畵가 보이도록 펼쳐진 채로 얹혀 있었다. 크랜리는 의자에 번듯이 등을 기댄 채, 어느 잡지의 체스란에 실린 문제를 읽어주는 의과대학생의 얼굴을 향해 고해성사를 듣는 신부처럼 귀를 기울이고 있었다. 스티븐이 다가가 그의 오른편에 앉자 테이블 맞은편에 앉아 『태블릿』**을 읽던 신부가 화가 난 듯 그것을 확 덮어버리며 자리에서 일어났다.

크랜리는 어안이 벙벙하여 멍한 표정으로 그의 뒷모습을 지켜보았다. 의과대학생은 전보다 약간 소리를 낮추어 문제를 계속 읽어나갔다.

—킹의 넷째 칸 앞에 폰을 두라.***

—딕슨, 우리 그냥 나가는 게 좋겠어, 스티븐이 경고하는 투로 말했

---

* 예이츠를 비롯해 당시 문예부흥운동을 주도한 예술가들이 심취했던 동양의 신비주의 사상과 접신론을 암시한다.

** 영국에서 발간되는 보수적인 가톨릭계 주간지.

*** 체스를 시작하는 전형적인 첫수.

다. 그 양반, 우리가 떠든다고 고자질하러 간 게 분명하니까.

딕슨은 읽어주던 잡지를 접고 점잖게 자리에서 일어나며 말했다.

—아군은 질서정연하게 후퇴했노라.*

—대포와 소떼와 더불어, 스티븐이 황소의 질병이라고 인쇄된 제목이 보이는 크랜리의 책의 표제지를 가리키며 덧붙였다.

다 함께 테이블 사이의 통로를 빠져나가던 중 스티븐이 말했다.

—크랜리, 너한테 할 얘기가 있어.

크랜리는 아무런 대꾸도 하지 않고 돌아보지도 않았다. 그는 대출한 책을 도서 반납대에 올려놓은 뒤 열람실을 빠져나갔다. 멋진 구두를 신은 그의 발이 마룻바닥에 닿을 때마다 뚜벅뚜벅 소리를 냈다. 계단에서 그는 걸음을 멈추고 멍하니 딕슨을 바라보면서 같은 말을 되풀이했다.

—킹의 그 빌어먹을 넷째 칸 앞에 폰을 두라.

—원한다면 그렇게 하렴, 딕슨이 대꾸했다.

그의 목소리는 조용하면서도 단조로웠고 몸가짐은 아주 세련되었으며 이따금 통통하고 깔끔한 손가락에 낀 인장 반지를 자랑하듯 내보이곤 했다.

그들이 복도를 가로질러 갈 때 왜소한 체구의 사내가 그들 쪽으로 다가왔다. 둥근 지붕처럼 위가 동그랗고 자그마한 모자를 쓴 그는 수염을 깎지 않은 얼굴에 싱글벙글 웃음을 띠기 시작했고 뭐라고 혼자 중얼거리기도 했다. 그의 눈은 원숭이의 눈처럼 침울해 보였다.

---

* 종군 르포 기사의 패러디.

—안녕하세요, 대장님, 크랜리가 걸음을 멈추면서 말을 걸었다.

—안녕하세요, 신사 여러분, 수염이 까슬하게 돋은 원숭이 같은 얼굴이 말을 받았다.

—3월치고는 날씨가 따뜻하군요, 크랜리가 말했다. 이층에선 창문을 활짝 열어놓을 정도니까요.

딕슨이 빙그레 웃으며 손가락에 낀 반지를 돌렸다. 거무스름한 피부에 원숭이처럼 주름 잡힌 얼굴을 한 그 사내가 은근히 즐거운 듯 그나마 사람 같은 입을 오므리자 고양이가 기분이 좋아 가르랑거리듯 만족스러워하는 소리가 그의 입에서 새어나왔다.

—3월치고는 화사한 날씨로군요. 그야말로 화사하다 아니할 수 없어요.

—대장님, 이층에는 아리따운 아가씨가 둘이나 있어요, 둘 다 기다리다 지쳤대요, 딕슨이 말했다.

크랜리가 미소를 지으며 친절하게 말했다.

—대장님에게는 애인이 오직 한 사람밖에 없어요, 그건 다름아닌 월터 스콧 경*이지요. 그렇지요, 대장님?

—요즘 무얼 읽고 계세요, 대장님? 딕슨이 물었다. 『래머무어의 신부』**인가요?

—나는 스콧 경을 무척 사랑해요, 그가 입술을 유연하게 움직이며 말했다. 내가 보기에 그는 멋들어진 작품만 쓰거든요. 단언컨대 월터 스콧 경을 따라갈 만한 작가는 이 세상에 없어요.

---

* 스코틀랜드의 시인이자 역사 소설가.

** 스콧의 고딕소설.

그는 스콧을 찬양하는 자신의 말에 박자를 맞추어 쪼그라들고 깡마른 갈색 손을 허공에 부드럽게 흔들었고, 민첩하게 움직이는 얄팍한 눈꺼풀은 우울해 보이는 그의 눈 위로 자주 깜빡였다.

스티븐의 귀에는 그의 말투가 더 우울하게 들렸다. 음조가 나직하고 습기를 머금은 듯하여 품위 있게 들리던 그의 억양이 어법의 오류 때문에 훼손되는 것만 같았다. 그 말투를 듣고 있자니 사람들이 하는 얘기가 사실일지도 모른다고, 그러니까 그의 쪼그라든 체구 속에 흐르는 묽은 피가 귀족의 피이면서 근친상간의 사랑에서 비롯된 것인지도 모른다는 생각이 들었다.

공원의 나무들은 비에 젖어 무거워 보였다. 비는 방패처럼 잿빛을 띤 채 자리잡은 호수에도 여전히 내리고 있었다. 호수에는 백조가 떼를 지어 날고 있었는데, 그 아래의 호수와 호숫가는 백조들의 희끄무레한 녹색 오물로 더럽혀져 있었다. 비 오는 날의 회색빛과 비를 맞으며 말없이 선 수목들과 방패처럼 지켜보고 있는 호수와 백조떼가 이끄는 대로, 그들은 부드럽게 서로 포옹했다. 그의 한쪽 팔이 누이동생의 목에 감긴 채, 아무런 희열도 열정도 없이 그들은 그저 포옹했다. 그녀의 어깨에서 허리까지 잿빛 모직 외투가 비스듬히 걸쳐져 있었고 그녀의 금발머리는 수줍음 때문인지 푹 숙여져 있었다. 그의 적갈색 머리카락은 헝클어져 있었고 그의 부드럽고도 균형잡힌 주근깨투성이 두 손은 강인해 보였다. 얼굴은? 얼굴은 보이지 않았다. 오빠의 얼굴은 비에 젖어 향긋한 냄새를 풍기는 누이동생의 금발 위로 숙여져 있었다. 강인해 보이면서도 균형잡힌 주근깨투성이 손은, 부드럽게 어루만지는 그 손은 다름아닌 데이빈의 손이었다.

그는 자신의 이러한 상상 때문에, 그리고 이러한 상상을 불러일으킨 그 말라깽이 난쟁이 때문에 화가 나서 얼굴을 찌푸렸다. 밴트리 도당* 에 대해 아버지가 퍼부었던 욕설이 문득 기억에서 되살아났다. 그러나 그는 그따위 욕설은 제쳐둔 채 불안한 마음으로 아까의 상상에 다시 몰두했다. 어찌하여 그 손이 크랜리의 손이 아니란 말인가? 데이빈의 소박함과 순진성이 더욱 은밀하게 그를 자극했단 말인가?

그는 그 왜소한 체구의 사나이와 성심껏 작별 인사를 나누는 크랜리를 내버려두고 딕슨과 함께 복도를 가로질러 걸어갔다.

템플이 몇몇 학생들 무리에 둘러싸여 주랑에 서 있었다. 그를 둘러싼 학생 중 하나가 소리쳤다.

—딕슨, 얼른 와서 얘기 좀 들어봐. 템플이 가관이야.

템플이 시커먼 집시 눈을 들어 그를 쳐다보았다.

—오키프, 넌 위선자야, 그는 말했다. 그리고 딕슨은 싱글벙글이지. 어렵쇼, 말해놓고 보니 정말이지 근사한 문학적 표현 같군.

그는 익살맞게 껄껄 웃고 나서 스티븐의 얼굴을 들여다보며 같은 말을 되풀이했다.

—어렵쇼, 말해놓고 보니 그 이름이 보통 마음에 드는 게 아닌데. 싱글벙글이라.

그들 아래쪽 계단에 서 있던 건장하게 생긴 학생 하나가 말했다.

—아까 하던 그 여자 얘기나 계속해봐, 템플. 우리가 듣고 싶은 얘기는 바로 그거라니까.

---

* 파넬의 불륜 스캔들이 알려지자 그를 타도하는 데 앞장선 티머시 힐리를 비롯한 배신자 무리. 이들 대부분이 코크 지역의 밴트리 출신이라 이렇게 불렸다.

—그 녀석에겐 정말이지 정부가 있었다고, 템플이 말했다. 결혼도 했고 말이야. 게다가 사제란 사제는 죄다 거기서 저녁식사를 한다며 드나들었으니, 제기랄, 그 친구들 하나도 빠짐없이 한 번씩은 다 재미를 봤을 거야.

—그런 경우를 두고 흔히 사냥 말 아끼느라 빌린 말 탄다고들 하지, 딕슨이 말했다.

—어디 말해봐, 템플, 오키프가 말했다. 맥주를 얼마나 마시고 와서 이렇게 거품을 무는 거야?

—오키프, 네 지적 영혼*의 수준이 그 말 한마디에 다 드러나는구나, 템플이 대놓고 경멸하며 말했다.

그는 갈지자걸음으로 자신을 둘러싼 학생들 무리 주변을 맴돌다가 스티븐에게 말을 걸었다.

—너 말이야, 포스터 가문이 벨기에 왕족이라는 걸** 알고 있었어?

공교롭게도 이때 크랜리가 모자를 목덜미까지 뒤로 젖혀 쓰고 꼼꼼하게 이를 후비면서 현관 정문을 지나 밖으로 나오고 있었다.

—만물박사로 둘째가라면 서러워하실 분이 나오고 계시는군, 템플이 말했다. 그대는 포스터 가문의 내력을 알고 있는가?

그는 말을 중단하고 크랜리의 대답을 기다렸다. 크랜리는 무딘 이쑤시개 끝으로 잇새에서 빼낸 무화과 씨 하나를 뚫어지게 바라볼 뿐이

* 중세 스콜라 철학자들은 아리스토텔레스의 전례에 따라 인간의 영혼을 식물적 영혼, 동물적 영혼, 이성적 또는 지적 영혼의 세 부분으로 나누었다.

** 이는 사실이 아니다. 템플은 취중에 아무런 근거도 없이 아일랜드인의 족보를 엉터리로 얘기하고 있다.

었다.

—포스터 가문은, 템플이 말했다, 플랑드르의 왕 볼드윈 1세의 후손이야. 볼드윈 1세는 포리스터라고 불렸지. 포리스터와 포스터는 결국 같은 이름이야. 볼드윈 1세의 후손인 프란시스 포스터 수령이 아일랜드에 정착해서 클랜브라실족 최후의 족장 딸과 혼인했던 거야. 그리고 블레이크 포스터라는 가문도 있지. 그건 완전히 다른 가계이긴 하지만 말이야.*

—플랑드르의 왕 볼드헤드**의 후손이라, 크랜리가 보란듯이 드러낸 반짝이는 이를 다시 이쑤시개로 쑤시기 시작하면서 템플의 말을 받았다.

—넌 어디서 그런 내력을 모두 주워듣고 주절대는 거야? 오키프가 물었다.

—나는 말이야, 너희 집안 내력도 죄다 꿰고 있어. 템플이 스티븐에게로 몸을 돌리며 말했다. 기랄두스 캄브렌시스***가 너희 집안에 대해서 뭐라고 말했는지 알고나 있나?

—스티븐도 볼드윈의 후손이야? 검은 눈에 키가 멀쑥하게 큰, 폐병 환자처럼 보이는 학생이 물었다.

—볼드윈이 아니라 볼드헤드라니까, 크랜리가 잇새를 빨아들이면서 되풀이했다.

* 이 나열 역시 사실무근이다. 당시 아일랜드에 크게 유행했던 보학에 대한 풍자로 보인다.

** '볼드윈(Baldwin)'을 '볼드헤드(Baldhead, 대머리)'로 비틀었다.

*** 12세기 웨일스의 성직자이자 연대기 작가. 아일랜드를 방문한 경험을 토대로 아일랜드에 관한 두 권의 저술을 남겼으나 어느 책에도 디덜러스가에 대한 언급은 없다.

—'페르노빌리스 에트 페르베투스타 파밀리아'*라고 했지, 템플이 스티븐에게 말했다.

아래쪽 계단에 서 있던 건장하게 생긴 학생이 짧게 방귀를 뀌었다. 그러자 딕슨이 그에게로 고개를 돌리고는 부드러운 목소리로 말했다.

—천사가 한마디 하셨나?

크랜리도 그를 돌아보며 노기는 없지만 격한 어조로 한마디했다.

—고긴스, 네놈같이 끔찍하게 지저분한 놈은 정말이지 태어나 처음 본다. 무슨 말이지 알아들어?

—내가 할말을 네가 하는군, 고긴스가 단호하게 응대했다. 내 방귀에 누가 피해라도 입었나? 그런 사람 있거든 어디 나와봐.

—그것이 '파울로 포스트 푸투룸'**으로 학계에 보고된 그런 경우가 아니기만을 우리는 바라노라, 딕슨이 점잖게 말했다.

—내가 저 친구더러 싱글벙글이라고 했지? 템플이 좌우를 훑어보면서 말했다. 내가 저 친구에게 그 별명을 붙여주지 않았겠어?

—그래, 네가 붙였어. 우린 귀머거리가 아니라고, 폐병 환자처럼 보이는 키다리 학생이 말했다.

크랜리는 아래쪽 계단에 선 건장하게 생긴 학생을 보며 여전히 눈살을 찌푸리고 있었다. 그러다가 정나미가 떨어진 듯 콧방귀를 뀌더니 그를 계단 아래로 사정없이 떠밀어버렸다.

---

* Pernobilis et pervetusta familia. '고귀하고 명망 높은 가문'이라는 뜻의 라틴어. 기랄두스가 『아일랜드 정복사』에서 노르만계의 피츠-스티븐(스테파노의 자손들) 가문을 찬양하는 대목에서 쓴 말이다.

** paulo post futurum. '곧 일어날 일' 또는 '가까운 장래에 생길 사건'이라는 뜻의 라틴어.

—썩 꺼져버려, 그는 거칠게 말했다. 꺼져버리라니까, 이 똥통 같은 녀석아. 넌 똥통 같은 녀석이야.

고긴스는 자갈길까지 껑충껑충 떠밀려 내려갔다가 넉살 좋게 금방 제자리로 되돌아왔다. 템플이 스티븐에게 고개를 돌리면서 물었다.

—너 유전법칙을 믿니?

—너 취했지? 뭘 어쩌겠다는 수작이지? 무슨 소릴 하려는 꿍꿍이야? 크랜리가 이해할 수 없다는 표정으로 템플을 바라보며 물었다.

—이 세상에서 가장 심오한 문장은, 템플이 열광적인 어조로 말했다, 동물학의 대미를 장식하는 문장이지. 번식은 곧 죽음의 시작이노라.

그는 쭈뼛쭈뼛 스티븐의 팔꿈치를 만지작거리면서 진지하게 말했다.

—넌 시인이니까 그 문장이 얼마나 심오한 말인지 알고 있겠지?

크랜리가 길쭉한 집게손가락으로 그를 가리켰다.

—저 녀석 좀 봐! 그는 경멸적인 어조로 주위 친구들에게 말했다. 아일랜드의 희망이라는 저 녀석의 꼬락서니를 좀 보란 말이야!

그의 말과 몸짓에 모두 웃음을 터뜨렸다. 템플은 조금도 움츠러들지 않고 그를 향해 몸을 돌리며 대꾸했다.

—크랜리, 너는 나만 보면 항상 비웃지. 다 알고 있어. 하지만 나는 언제라도 너에게 조금도 꿀릴 게 없는 사람이야. 너를 나랑 놓고 봤을 때 내가 너를 어떻게 생각하는지 알기나 해?

—이 녀석 좀 봐, 크랜리가 점잖게 말했다, 너한텐 생각할 능력이 없어, 잘 알면서 그래, 너한텐 생각할 능력이 손톱만큼도 없단 말이야.

—하지만 알고 있냐고, 템플은 말을 계속했다, 내가 우리 둘을 비교

해서 너를 어떻게 생각하는지 아냐고?

—말해봐, 템플! 건장하게 생긴 학생이 계단에 서서 소리쳤다. 몽땅 털어놔봐!

템플은 좌우를 두리번거리다가 갑자기 주눅이 든 듯한 몸짓을 했다.

—나는 불알 같은 놈*이야, 그는 절망적으로 고개를 흔들며 말했다. 불알 같은 놈이라고. 내가 불알 같은 놈임을 잘 알고 있다니까. 그리고 나는 그런 놈임을 인정해.

딕슨이 가볍게 그의 어깨를 두드리며 부드럽게 말했다.

—그런데 그게 바로 너의 장점이기도 해, 템플.

—하지만 저 녀석은, 템플은 크랜리를 가리키며 말을 이었다. 저 녀석도 나처럼 불알 같은 놈이야. 저 녀석은 다만 그 사실을 모르고 있을 뿐이지. 내가 보기에 우리 둘의 차이는 그것뿐이야.

폭소가 터지는 바람에 그의 말이 묻혔다. 그러나 그는 다시 스티븐을 돌아보며 정색을 했다.

—그 말은 엄청나게 재미있는 낱말이기도 하지. 영어에서 유일한 양수형兩數形이거든. 알고 있었어?

—그런가? 스티븐은 애매하게 대답했다.

그는 굳은 표정에 괴로워하는 기색이 역력한 크랜리의 얼굴을 지켜보았다. 그 얼굴은 마지못해 참는 듯한 억지웃음으로 차츰 밝아지고 있었다. 그 조잡한 험담이, 온갖 풍상을 꿋꿋하게 견뎌온 오래된 석상에 들이부은 구정물처럼 그의 얼굴 위로 흐르는 듯했다. 스티븐이 지

---

* 원문은 'a ballocks'로 단수를 의미하지만 복수의 형태를 취하며, '바보' '얼간이'라는 뜻도 있다.

켜보는 사이 그가 누군가에게 인사를 하느라 모자를 들어올렸고, 그러자 철제 왕관처럼 이마 위로 빳빳하게 곤두선 그의 검은 머리카락이 드러났다.

그녀가 도서관 현관에서 나와 앞으로 지나가면서 스티븐 너머로 크랜리의 인사에 대해 답하며 고개를 숙였다. 저 녀석도? 크랜리의 뺨이 약간 빨개지지 않았던가? 아니, 그건 템플의 조잡한 악담 때문이었나? 햇빛은 이미 이울었다. 그래서인지 그는 확실히 알 수가 없었다.

그의 친구가 저렇게 무관심한 듯이 침묵을 지키는 것도, 말끝마다 거친 말로 쏘아붙이는 것도, 스티븐의 격정적이고도 변덕스러운 고백을 그토록 자주 망쳐버리곤 하는 그 불손한 언사를 곁들인 갑작스러운 참견도 다 그런 연유였던가? 스티븐은 그러한 무례함이 자기 자신에게도 있다는 걸 알고 있었기에 친구의 그런 점을 지금까지 너그러이 용서해왔다. 느닷없이 그의 머릿속에 삐걱거리는 자전거를 빌려 타고 말라하이드 근처 숲으로 하느님께 기도를 드리러 가서는 자전거에서 내렸던 어느 저녁의 일이 떠올랐다. 그는 자신이 성스러운 시간에 성스러운 장소에 와 있음을 깊이 인식하고 두 팔을 번쩍 치켜들어 마치 본당처럼 보이는 어두컴컴한 나무들을 향해 황홀한 마음으로 기도를 올리고 있었다. 그런데 컴컴한 길모퉁이에 갑작스레 경찰관 두 명이 나타나는 바람에 그는 곧바로 기도를 멈추고 부랴부랴 지난번에 무언극에서 들은 곡조를 크게 휘파람으로 불지 않을 수 없었다.

그는 물푸레나무 지팡이의 닳아빠진 끝으로 기둥의 밑바닥을 두드리기 시작했다. 크랜리는 그 소리를 듣지 못한 걸까? 그러나 아직은 기다릴 수 있었다. 그에 대해 얘기하던 사람들의 말소리가 순간 뚝 그쳤다.

대신 머리 위 창문에서 쉿 하는 부드러우면서도 나직한 소리가 다시 들려왔다. 그러나 허공에서 다른 소리는 전혀 들리지 않았고, 그가 줄곧 나른한 눈으로 나는 모습을 지켜보았던 제비들도 이제는 잠들었다.

그녀는 땅거미를 뚫고 지나갔다. 바로 그 때문에 쉿 하는 부드러운 소리 말고는 허공에서 아무 소리도 들려오지 않은 것이다. 그리고 바로 그 때문에 그의 주변에서 들리던 친구들의 떠들어대는 소리도 뚝 그친 것이다. 어둠이 내려앉고 있었다.

어둠이 허공에서 드리워지네.*

전율하는 환희가, 희미한 불빛처럼 부드럽게 빛나는 환희가 요정의 무리처럼 그를 에워싸고 뛰노는 듯했다. 하지만 갑자기 왜? 그녀가 땅거미 내린 허공을 가로질러 지나갔기 때문일까, 아니면 음울한 분위기의 모음들과 도입부의 첫 소리로 인해 풍요로운 류트 음악처럼 들리는 이 시구 때문일까?

그는 뒤에 남겨두고 온 친구들이 자신의 공상을 눈치채지 못하도록 물푸레나무 지팡이로 바닥의 돌을 가볍게 두드리면서 주랑 끝 어둠이 좀더 짙게 드리운 곳을 향해 천천히 걸어갔다. 그러면서 마음속으로 다울런드와 버드** 그리고 내시***의 시대를 돌이켜보았다.

---

* 스티븐은 영국 시인이자 극작가인 토머스 내시의 시 「전염병 시대의 연도」 17행 "밝음이 허공에서 드리워지네"를 잘못 인용했다. 그는 이를 나중에 알고 바로잡는다.

** 존 다울런드와 윌리엄 버드 모두 엘리자베스 여왕과 제임스 1세 때 활동한 영국의 작곡가.

*** 원문의 'Nash'는 토머스 내시, 'Nashe'의 오기이다.

거기에는 컴컴한 욕망으로부터 막 잠을 깨는 거슴츠레한 눈이 있는가 하면, 먼동이 트는 동녘 하늘을 무색게 하는 반짝이는 눈도 있었다. 그들 눈에 감도는 노곤한 우아함은 달콤한 성교의 결과가 아니고 무엇이던가? 그리고 그들 눈에 감도는 흐릿하게 아른거리는 빛은 군침을 질질 흘리던 스튜어트 왕조의 왕*이 거처하던 궁전 똥통의 더껑이 위로 흐릿하게 아른거리던 빛이 아니고 무엇이던가? 그는 기억의 언어를 통해 용연향을 풍기는 포도주며, 사라지듯 하강하는 감미로운 선율이며, 장엄한 파반 무곡을 맛보았다. 또 기억의 눈을 통해 코번트 가든**의 상냥한 귀부인들이 발코니에서 내민 입술로 쪽쪽거리며 구애하는 광경이며, 매독으로 더럽혀진 여인숙의 매춘부들이며, 젊은 유부녀들이 겁탈자에게 기꺼이 몸을 맡긴 채 몇 번이고 안기는 장면을 보기도 했다.

이렇게 기억 속에 불러일으킨 이미지들은 그에게 아무런 즐거움도 주지 못했다. 그 이미지들이 은밀하면서도 욕정을 크게 자극하긴 했지만 그녀의 이미지와는 전혀 뒤얽히지 않았다. 그녀를 두고 그런 식으로 생각할 수는 없었다. 그런 생각은 해본 적도 없었다. 그렇다면 그는 자기 자신의 마음조차 신뢰하지 못한다는 말인가? 진부한 말들은 감미롭게 보이기는 했지만, 이는 크랜리가 반짝이는 잇새를 쑤셔 꺼낸 무화과 씨처럼 숨겨진 곳에서 억지로 끄집어낸 감미로움에 지나지 않았다.

그는 그녀의 모습이 도심을 가로질러 집으로 가고 있을 거라고 막연

---

* 제임스 1세를 뜻한다. 그는 행실이 거친데다 혀가 커서 침을 잘 흘렸다고 전해지며, 그가 통치하던 시대는 음울하고 부패가 심했다는 평가가 지배적이다.

** 청과와 채소와 꽃시장으로 유명했던 런던 도심의 동부 지역을 가리킨다. 당시는 오늘날의 코번트 가든 광장이 생기기 전이다.

하게 짐작했는데, 그것은 생각도 환상도 아니었다. 처음에는 막연했던 그녀의 체취가 갈수록 더욱 뚜렷하게 느껴졌다. 그의 핏속에서 의식적인 불안감이 끓어올랐다. 그렇다, 그가 느끼는 것은 그녀의 체취였다. 말하자면 야성적이고도 나른한 체취. 그의 욕망을 실은 음악이 감싸고 흐르는 그녀의 미지근한 팔다리에서 풍기는 체취요, 그녀의 육체에서 스며나온 냄새와 이슬 같은 땀방울이 밴 그 보드랍고 은밀한 내의에서 풍기는 체취였다.

이 한 마리가 그의 목덜미 위를 기어다녔다. 그는 헐렁한 옷깃 속으로 엄지손가락과 집게손가락을 용케 집어넣어 이를 잡았다. 부드러우면서도 쌀알처럼 부서지기 쉬운 그 몸뚱이를 땅바닥에 떨어뜨리기 전에 그는 잠시 엄지손가락과 집게손가락 사이로 굴려보면서 이가 살아남을지 아니면 곧 죽어버릴지 생각했다. 사람의 땀에서 생긴 이는 하느님께서 다른 동물과 함께 엿샛날에 창조하신 피조물이 아니라고 주장한 코르넬리우스 아 라피데*의 유별난 말이 문득 머리에 떠올랐다. 그런데 목덜미의 살갗이 간지러우니 마음까지 쓰리고 벌게지는 것 같았다. 자기 몸이 못 입고, 못 먹는데다 이에게 뜯기기까지 하는 형편이라니 갑자기 절망감이 엄습해 그는 자신도 모르게 눈을 감아버렸다. 감은 눈에 밀려든 어둠 속에서 부서지기 쉬운 반짝이는 이의 몸뚱이들이 빙글빙글 돌며 허공에서 떨어지고, 또 떨어지는 것이 보였다. 그렇다. 허공에서 떨어지는 것은 어둠이 아니었다. 밝음이었다.

---

* 플랑드르의 예수회 회원이자 신학자. 그는 저서 『위대한 성경 주석서』에서, 모든 기어다니는 것들은 하느님이 직접 창조하신 것이 아니라 자연발생적으로 생겨났다고 주장했다.

밝음이 허공에서 드리워지네.

내시의 시구를 잘못 기억하고 있었다니. 그 잘못된 시구가 불러일으킨 이미지들은 모두 엉터리였다. 그의 마음이 이나 다름없는 해충을 키웠던 셈이다. 그의 상상은 모두 나태의 땀에서 태어난 이나 마찬가지였다.

그는 주랑을 따라 학생들이 무리 지어 있는 곳으로 재빨리 되돌아갔다. 좋다, 그녀가 가고 싶다면 가도록 내버려둬야지. 뭐 그리 대수로운가. 매일 아침 허리까지 빡빡 씻어대는 가슴에 검은 털이 잔뜩 난 깨끗한 운동선수나 사랑하라지. 마음 내키는 대로 하도록 내버려둬야지.

크랜리는 주머니에서 말린 무화과를 또 하나 꺼내 천천히, 그러면서도 요란하게 소리를 내며 먹었다. 템플은 졸음에 겨운 눈까지 모자를 푹 눌러쓴 채 기둥의 받침돌* 위에 앉아 몸을 기대고 있었다. 땅딸막한 젊은이가 가죽 손가방을 옆구리에 끼고 도서관 현관에서 나왔다. 그는 구두 뒤꿈치와 묵직한 우산의 물미로 판석을 툭툭 치면서 몰려선 학생들 쪽으로 다가왔다. 그런 다음 인사조로 우산을 번쩍 쳐들고는 모두에게 말했다.

—안녕들 하신가, 친구들!

그는 다시 우산 물미로 판석을 두들기고는 머리를 약간 신경질적으로 흔들면서 킥킥 웃었다. 폐병 환자 같아 보이는 키다리 학생과 딕슨

* 원문은 '박공, 박공벽'을 뜻하는 'pediment'이나 여기엔 사람이 앉을 수 없으므로 '받침돌, 대좌, 주각'을 뜻하는 'pedestal'의 실수이리라 짐작하고 이렇게 옮긴다.

과 오키프는 아일랜드어*로 대화를 나누는 데 몰두한 나머지 그에게 아무런 대꾸도 하지 않았다. 그러자 그는 크랜리에게로 몸을 돌리고는 말했다.

—안녕들 하신가, 특히 자네 말이야.

그는 우산을 들어 크랜리를 가리키면서 다시 킥킥 웃었다. 여전히 무화과를 씹고 있던 크랜리가 요란스럽게 턱을 움직이며 대답했다.

—안녕하시냐고? 그래 안녕하시다. 안녕하시고말고.

땅딸막한 학생은 심각한 얼굴로 그를 쳐다보면서 점잖게 책망하듯이 우산을 흔들었다.

—내가 모를 줄 알아? 그는 말했다, 너 뻔한 소리 하려고 그러는구나.

—글쎄, 크랜리는 반쯤 씹다 남은 무화과를 내밀어 땅딸막한 학생더러 먹어보란 듯이 그의 입을 향해 들이대며 대답했다.

땅딸막한 학생은 무화과를 받아먹지는 않았지만 제풀에 신이 나 여전히 킥킥 웃기도 하고 우산 물미로 땅을 두들겨 자신의 말을 재촉하기도 하면서 엄숙하게 말했다.

—너는 대체 무슨 생각으로...

그는 말을 하다 말고 크랜리가 우적우적 베어먹은 무화과 과육을 퉁명스럽게 가리키며 큰 소리로 말했다.

—그걸 두고 하는 말이야.

—글쎄, 크랜리는 먼젓번 대답을 그대로 되풀이했다.

—그러니까 지금, 땅딸막한 학생이 말했다, '입소 팍토'**하라는 거?

---

* 흔히 말하는 겔릭어.

** ipso facto. '실제로'라는 뜻의 라틴어. 유식한 척하려고 쓰는 말일 뿐 별 뜻은 없다.

아니면, 뭐랄까, 그저 말로만 괜히 그래본 거야?

딕슨이 학생들 무리로부터 옆으로 비켜나 말했다.

—고긴스가 널 기다렸어, 글린. 그러다가 너랑 모이니핸을 찾아 아델피* 쪽으로 가던데. 그건 그렇고, 여기엔 뭐가 들었니? 그는 글린이 겨드랑이에 낀 손가방을 가볍게 두드리면서 물었다.

—시험 답안지야, 글린이 대답했다. 우리 아이들이 내 가르침으로 배우는 게 있는지 보려고 매달 시험을 치거든.

그도 덩달아 자기 손가방을 두드리고는 점잖게 헛기침을 하면서 싱긋 웃었다.

—가르침 좋아하시네! 크랜리가 거칠게 말했다. 너 따위 염병할 원숭이한테 배우는 그 맨발의 아이들 얘긴가보구나. 네까짓 놈에게 배우는 아이들이 불쌍하다!

그는 남은 무화과를 마저 입에 베어먹고 꼭지는 던져버렸다.

—나는 어린이들이 나에게 오는 것을 막지 않느니라,** 글린이 온화한 어조로 말했다.

—염병할 원숭이 놈! 크랜리가 재차 힘주어 말했다, 게다가 신성을 모독하는 염병할 원숭이잖아!

템플이 일어서더니 크랜리를 옆으로 밀치고 글린에게 말을 건넸다.

—방금 네가 한 말은, 그가 말했다, 신약성경에서 따온 말이지, 어린이들이 나에게 오는 것을 막지 말고 그대로 두어라, 라는 구절에서 말이야.

---

* 국립도서관 근처에 있는 호텔.

** 「마르코 복음서」 10:14, 「루카 복음서」 18:16, 「마태오 복음서」 19:14.

—어이, 템플, 가서 잠이나 다시 자빠져 자, 오키프가 말했다.

—그럼 좋아, 템플은 여전히 글린에게 하던 말을 계속했다, 그런데 만일 예수가 어린이들이 자기에게 오는 것을 막지 않고 그대로 두었다면, 어째서 교회에서는 세례를 받지 않고 죽은 어린이들을 몽땅 지옥으로 보내는 거야? 그건 왜 그래?

—너는 세례를 받기나 했니, 템플? 폐병 환자처럼 보이는 학생이 물었다.

—만일 예수가 어린이들을 모두 자기에게 오라고 말했다면, 어쩌자고 교회에서는 그들을 지옥으로 보내느냐 이 말이야. 템플이 무엇을 찾기라도 하듯 글린의 눈을 살피면서 말했다.

글린은 몇 번 헛기침을 하고는 자기 목소리에 섞여나오는 신경질적인 웃음을 애써 누르면서, 말끝마다 우산을 흔들면서 점잖게 말했다.

—네 말대로 정말 그게 사실이라면 왜 그런 일이 비롯되었는지 네 생각을 진심으로 묻지 않을 수 없겠는걸.

—그 이유는 교회가 모든 옛 죄인들처럼 잔인하기 때문이야, 템플이 말했다.

—네 말이 그 문제에 관한 공인된 의견인 건 틀림없니, 템플? 딕슨이 상냥한 어조로 물었다.

—성 아우구스티노는 세례받지 않은 아이들이 지옥으로 간다*고 말했지, 템플이 대답했다, 왜냐하면 그 역시 잔인한 옛 죄인이었기 때문이야.

* 아우구스티노가 『권고와 은총』에서 한 말.

—네 말은 인정하지 않을 수 없군, 딕슨이 말했다, 하지만 말이야, 그런 경우를 대비해서 림보가 존재하지 않나 싶은데.

—저 녀석하고 말씨름할 것 없어, 딕슨. 크랜리가 난폭하게 말했다. 저 녀석하고 말 섞지 말고 상판대기도 쳐다보지 마. 매매 우는 염소를 끌고 가듯 저놈을 새끼줄로 묶어 집으로 끌고 가라고.

—림보라! 템플이 소리쳤다. 그것 역시 기똥찬 발명품이지. 지옥처럼.

—하지만 지옥과 달리 림보에서는 불쾌한 고통은 없어, 딕슨이 대꾸했다.

그는 미소를 띠고 다른 학생들을 돌아보며 말을 이었다.

—지금까지 내가 말이 많았는데, 그건 내가 여기 있는 모든 사람들의 의견을 대변한다고 생각했기 때문이야.

—네 말이 맞아, 글린이 단호한 어조로 말했다. 그 점에 대해서는 모든 아일랜드 국민이 견해를 같이할 거야.

그는 우산 물미로 주랑의 돌바닥을 세차게 두드렸다.

—지옥이란 말이야, 템플이 말했다. 악마의 늙은 배우자*를 위한 발명품이잖아, 나도 이 지옥이라는 발명품은 존중할 수 있어. 지옥은 로마적이지, 흡사 고대 로마제국의 성벽처럼 견고하면서도 흉측하거든. 하지만 림보란 뭐냔 말이야?

—크랜리, 저 녀석을 유모차에 태워 돌려보내버려, 오키프가 소리를 질렀다.

크랜리가 재빠른 걸음으로 템플에게로 다가가 걸음을 멈추고는 마

* 존 밀턴이 『실낙원』 제2권에서 죄를 두고 한 말.

치 날짐승을 쫓듯 발을 구르며 외쳤다.

—훠이, 훠이!

템플이 민첩하게 물러섰다.

—림보가 뭔지 네가 알아? 그는 소리쳤다. 로스코먼*에서는 그따위 생각을 뭐라고 하는 줄 알기나 해?

—훠이, 훠이! 이 빌어먹을 자식 같으니! 크랜리가 손뼉까지 치면서 외쳤다.

—그건 내 엉덩이도 아니요 내 팔꿈치도 아니라고 하지!** 템플이 경멸적으로 외쳐댔다. 내가 보기에 림보란 바로 그런 거야.

—그 지팡이 좀 이리 줘, 크랜리가 말했다.

그는 스티븐의 손에서 물푸레나무 지팡이를 난폭하게 빼앗아 들고 쏜살같이 계단을 뛰어내려갔다. 그러나 템플은 크랜리가 쫓아오는 소리를 듣자마자 야생동물처럼 민첩하고도 날렵하게 땅거미를 뚫고 도망쳤다. 크랜리의 무거운 구둣발이 건물에 둘러싸인 네모난 안뜰을 가로질러 요란하게 추격하다가 이내 뜻을 이루지 못하고 걸음을 옮길 때마다 자갈을 걷어차며 무겁게 되돌아오는 소리가 들렸다.

그의 발걸음에 화난 기색이 역력했다. 그는 갑자기 부아가 치민 듯한 몸짓으로 물푸레나무 지팡이를 스티븐 손에 되돌려주었다. 스티븐은 그가 화를 낸 이유가 다른 데 있다는 느낌이 들었지만 애써 모른 척하고 그의 팔을 살며시 붙잡으면서 조용히 말했다.

—크랜리, 내가 너한테 할말이 있다고 그랬지. 저리로 가자.

---

* 아일랜드 중서부에 있는 로스코먼 카운티의 군청 소재지이자 상업도시.

** 이것도 아니고 저것도 아니라는 뜻.

크랜리가 잠시 그를 쳐다보다가 물었다.

—지금?

—그래, 지금, 스티븐이 말했다. 여기서는 얘기할 수가 없어. 자, 다른 데로 좀 가자고.

그들은 말없이 함께 네모난 안뜰을 가로질렀다. 그때 누군가 〈지그프리트〉*에 나오는 새들의 노래를 휘파람으로 부는 소리가 복도 계단에서 나직하게 들려왔다. 크랜리가 뒤를 돌아보았다. 그러자 휘파람을 불던 딕슨이 소리쳤다.

—너희들 어디로 가는 거야? 크랜리, 약속했던 시합은 어떻게 되는 거야?

그들은 고요한 대기를 사이에 두고 목청을 높여 아델피 호텔에서 하기로 되어 있던 당구 시합에 관해 상의하기 시작했다. 스티븐은 혼자 계속 걸어 정적에 묻힌 킬데어 스트리트에 이르렀다. 메이플스 호텔 맞은편에서 걸음을 멈추고 크랜리가 나타나기를 다시 참을성 있게 기다렸다. 아무 특색 없는 반질반질한 목재 간판에 적힌 호텔 이름과, 역시 아무 특색 없는 건물의 고요한 정면이 정중하면서도 경멸 섞인 눈초리로 그를 쏘아보는 것 같았다. 그는 화가 난 듯 아늑하게 불이 켜진 호텔의 응접실을 되쏘아보면서, 거기서 차분하게 영위되었음직한 아일랜드 귀족들의 윤택한 생활상을 상상해보았다. 그들은 영국군 장교 임관과 토지 관리인들을 생각하며 세월을 보냈으리라. 소작인들이 시골 길가에 늘어서서 정중하게 그들에게 인사를 했으리라. 그들은 여러

* 독일 작곡가 빌헬름 리하르트 바그너의 오페라.

가지 프랑스 요리의 이름을 알고 있었고, 고압적인 억양을 뚫고 나오는 듯한 고음의 지방 사투리로 전세 마차 마부들에게 이런저런 명령을 내렸으리라.

어떻게 하면 그가 그네들의 양심을 일깨울 수 있을까? 아니면, 어떻게 하면 그네들 딸들의 상상력에다 자신의 그림자를 드리울 수 있을까? 대지주들이 그들에게 아이를 배게 하기 전에, 그리하여 그들이 더 이상은 그들처럼 천박한 자손들을 낳지 않을 수 있도록 말이다. 어둠이 점점 깊어가는 가운데 그는 자신이 속한 민족의 사념과 욕망이 캄캄한 시골길을 가로지르기도 하고, 시냇가의 나무 아래로도, 그리고 물웅덩이가 군데군데 널려 있는 늪지대 근처로도 박쥐처럼 휙휙 날아다니는 느낌을 받았다. 데이빈이 어느 날 밤 혼자 길을 가고 있노라니 어느 여인이 문간에서 기다리고 있다가 우유를 한 잔 권하며 자기 침대에서 자고 가라고 그를 유혹하다시피 했다고 하지 않던가. 데이빈은 비밀을 지킬 수 있는 사람의 부드러운 눈매를 지니고 있었기 때문이리라. 그러나 어떠한 여인의 눈도 그를 유혹한 적은 없었다.

누군가 갑자기 그의 팔을 꽉 움켜쥐었고 그와 동시에 크랜리의 목소리가 들렸다.

—우리두 가자.

그들은 말없이 남쪽을 향해 걸었다. 이윽고 크랜리가 말했다.

—템플은 허튼소리나 지껄여대는 멍청이 녀석이지! 어디 두고봐, 언젠가는 내가 그 녀석을 반쯤 죽여놓고 말 테니까.

그러나 그의 목소리에서 노기는 이미 사라지고 없었다. 스티븐은 그가 아까 도서관 현관에서 그녀에게 인사받던 일을 생각하고 있는지 궁금했다.

그들은 왼쪽으로 돌아 계속 걸었다. 그렇게 한참 걸어가다가 스티븐이 입을 열었다.

—크랜리, 나 오늘 저녁에 기분 나쁜 말다툼을 했어.

—가족들하고? 크랜리가 물었다.

—어머니하고.

—종교 문제로?

—그래, 스티븐이 대답했다.

잠시 뜸을 들이다가 크랜리가 물었다.

—어머니 연세가 얼마나 되시니?

—많지 않으셔, 스티븐이 말했다. 어머니가 내게 부활절 의무*를 다 하라는 거야.

—그래서 할 거야?

—안 할 생각이야, 스티븐이 말했다.

—왜? 크랜리가 물었다.

—더이상 하느님을 섬기지 않을 테니까, 스티븐이 대답했다.

—누가 전에도before 그 말을 한 적이 있지,** 크랜리가 조용히 말했다.

—이 말은 내가 지금 뒤에서behind 하고 있는데,*** 스티븐은 발끈 화

---

* 교회법에서 가톨릭 신자들은 부활주일 동안에 적어도 반드시 한 번 성체성사를 해야 한다.

** 루시퍼의 불복종을 뜻한다. 제3장의 피정 강론에서 아널 신부가 지적한 바 있다.

*** 스티븐은 자신은 이전에 이 말을 하지 않았음을 강조하기 위해 'before'와 대조적인 'behind'를 썼다.

를 냈다.

크랜리는 스티븐의 팔을 지그시 누르면서 말했다.

—진정해, 이 친구야. 넌 말이야 걸핏하면 흥분부터 하고 보는 염병할 놈이야, 너도 잘 알고 있겠지.

그는 말을 하면서 신경질적으로 껄껄 웃다가 걱정스럽고도 우정 어린 눈으로 스티븐의 얼굴을 들여다보면서 말을 이었다.

—네가 툭하면 흥분하는 성격이라는 건 알고 있지?

—그런 것 같아, 스티븐도 덩달아 웃으며 대답했다.

최근 다소 소원해졌던 그들의 마음이 갑자기 서로 가까워진 듯했다.

—넌 성체를 믿니? 크랜리가 물었다.

—믿지 않아, 스티븐이 말했다.

—믿지 않는다고?

—믿는 것도 아니고 믿지 않는 것도 아니야, 스티븐이 대답했다.

—많은 사람들이 그에 대해 의혹을 품지, 심지어 성직자 중에도 그런 사람이 있을 테고. 하지만 다들 그 의혹을 극복하거나 아예 무시해버려, 크랜리가 말했다. 그 문제에 대한 네 의혹은 그렇게도 강한 거야?

—난 극복할 생각이 없어, 스티븐이 대답했다.

잠시 어리둥절해하던 크랜리가 주머니에서 무화과를 하나 더 꺼내 막 먹으려고 할 때 스티븐이 말했다.

—먹지 마, 제발. 입안에 무화과를 잔뜩 물고 이런 문제를 논할 수는 없어.

크랜리는 가로등 아래 걸음을 멈추고 선 채 그 불빛으로 무화과를 자세히 살펴보았다. 그러고는 콧구멍으로 냄새를 맡아본 뒤 아주 작게

한 조각을 베어 물었다가 퉤 뱉어내더니 무화과를 시궁창에 사정없이 던져버렸다. 시궁창에 떨어진 무화과에게 말을 걸듯 그는 말했다.

—저주받은 자들아, 나에게서 떠나 영원한 불속으로 들어가라.*

그는 다시 스티븐의 팔을 잡고 계속 걸어가면서 말했다.

—최후 심판의 날 너에게 그런 말이 떨어질까봐 두렵지 않아?

—그럼 만약 믿는다면 나에게 무엇이 주어질까? 스티븐이 물었다. 교무처장과 더불어 누리는 영원한 행복?

—명심해, 크랜리가 말했다, 교무처장 신부님은 영광을 받으실 분이야.

—그야 물론이지, 스티븐은 어딘지 모르게 비꼬는 투로 대꾸했다. 그 양반은 밝고, 민첩하고, 강인할 뿐만 아니라 무엇보다 예리한 분이니까.**

—암만 생각해도 이상한 일이야, 크랜리가 냉정한 어조로 말했다, 네 마음이 네가 믿지도 않는 종교 문제로 과포화 상태라니 말이야. 어린시절 학교 다닐 때는 종교를 믿었지? 틀림없이 그랬을 것 같아.

—그랬어, 스티븐이 대답했다.

—그럼 그땐 더 행복했니? 크랜리가 조용히 물었다. 이를테면 지금보다 그때가 더 행복했느냐고.

—행복한 편이었지, 스티븐이 말했다, 행복하지 않을 때도 자주 있었고. 그때 나는 지금과는 아주 딴판이었어.

—어떻게 아주 딴판인 사람일 수 있어? 딴판이라니 대체 그게 무슨

---

* 「마태오 복음서」 25:41.

** 『가톨릭 백과사전』에 따르면 이 네 가지는 성인의 육체의 초월적인 특징이다.

소리야?

—내 말은, 스티븐이 말했다, 그때의 나는 지금의 나와도, 내가 되어야 했던 나와도 달랐다는 소리야.

—그때의 너는 지금의 너와는 다른 너였고, 네가 되어야 했던 너와도 달랐다는 말이지, 크랜리는 스티븐의 말을 받아 되풀이했다. 그런데 하나 물어보자. 넌 어머니를 사랑하니?

스티븐은 천천히 고개를 가로저었다.

—네 말이 무슨 뜻인지 잘 모르겠어, 그는 솔직하게 말했다.

—누군가를 사랑해본 적 없어? 크랜리가 물었다.

—여자 말이야?

—꼭 여자만 두고 하는 말이 아니야, 크랜리는 한결 냉담한 어조로 덧붙였다. 네가 지금까지 누군가에 대해, 아니면 뭔가에 대해 사랑의 감정을 느껴본 적이 있느냐고.

스티븐은 침울하게 길바닥을 응시하면서 친구와 나란히 계속 걸어갔다.

—하느님을 사랑하려고 노력했지, 마침내 그가 말했다. 그런데 지금 생각해보니 실패한 것 같아. 그건 참 어려운 일이야. 나는 매 순간 내 의지와 하느님의 의지를 결합시키려고 노력했어. 그 점에서는 내가 항상 실패했던 것은 아니야. 어쩌면 지금도 얼마든지 그렇게 할 수 있을.....

크랜리가 말을 가로채며 물었다.

—네 어머니는 행복하게 살아오셨니?

—그걸 내가 어떻게 알아? 스티븐이 말했다.

—자녀를 몇이나 두셨지?

—아홉이나 열쯤, 스티븐이 대답했다. 몇은 죽고.

—네 아버지는.... 크랜리는 잠시 말을 멈췄다가 얼마 뒤에 말을 이었다. 네 집안 사정을 캐묻고 싶지는 않아. 하지만 네 아버지는 소위 부유층이셨니? 그러니까, 네가 자랄 때 말이야.

—그랬어, 스티븐이 말했다.

—뭐하는 분이셨어? 크랜리는 잠시 뜸을 들이다가 물었다.

스티븐은 아버지의 이력을 술술 늘어놓기 시작했다.

—의대생에 조정 선수였고 테너 가수에 아마추어 배우이기도 했고, 떠들썩한 정객에 소지주였는가 하면 소규모 투자자에, 술꾼이요, 호인이기도 했지. 게다가 이야기꾼에 누군가의 비서요 양조업계의 거물이기도, 세금 징수원이기도 했고. 그러다 파산해서 지금은 잘나가던 과거나 자랑하며 살고 계시지.

크랜리는 껄껄 웃으면서 스티븐의 팔을 움켜잡고 말했다.

—양조업계의 거물이라니 정말 멋진데.

—또 알고 싶은 거 있어? 스티븐이 물었다.

—지금 네 형편은 괜찮은 편이야?

—그렇게 보여? 스티븐이 퉁명스럽게 반문했다.

—그렇다면 말이야, 크랜리는 생각에 잠긴 표정으로 말을 계속했다, 너는 호화로운 치마폭에서 태어난 셈이군.

그는 전문적인 표현을 쓸 때 흔히 그러듯이, 자기가 확실히 알지 못하는 표현을 사용하고 있음을 상대방이 알아서 이해해주길 바라는 양 '호화로운 치마폭에서'라는 말을 큰 소리로 거침없이 내뱉었다.

—네 어머니는 틀림없이 무척 고생하면서 살아오셨겠구나, 그는 말을 이었다. 어머니가 하시는 고생을 좀 덜어드릴 생각은 없니? 비록…. 아니, 그럴 생각이야?

—내가 할 수만 있다면, 스티븐이 말했다. 그다지 어렵지는 않겠지.

—그렇다면 그렇게 해드려, 크랜리가 말했다. 어머니가 원하시는 대로 해드리란 말이야. 너한테 별로 중요한 것도 아니잖아? 너는 그걸 믿지 않는다고 했지. 그건 형식에 불과해, 아무것도 아니란 말이야. 그렇게 하면 어머니 마음도 편안하게 해드릴 수 있고.

스티븐이 아무런 대꾸를 하지 않자 그도 덩달아 말을 멈추고 잠자코 있었다. 그러다가 자신의 생각의 과정을 설명이라도 하려는 듯이 다시 말을 시작했다.

—악취가 진동하는 똥더미 같은 이 세상에서 모든 것이 다 불확실할지라도 어머니의 사랑만은 그렇지 않아. 어머니가 너를 이 세상에 낳아주셨고, 무엇보다 너를 몸에 품고 계셨잖아. 어머니의 심정을 우리가 어찌 알겠어? 어떻든 간에 적어도 그 심정이 진실한 것임은 분명해, 분명하다고. 우리가 말하는 사상이니 야망이니 하는 것이 다 뭐야? 전부 말장난에 지나지 않잖아. 사상이라니! 그래, 그런 건 염소처럼 매매하고 우는 그 염병할 템플 같은 녀석에게도 다 있어. 매캔은 말할 것도 없지. 길거리에 돌아다니는 어중이떠중이들도 저마다 다들 사상이 있다고 생각하니까.

이 말 뒤에 숨은 무언의 언어에 귀를 곤두세우고 있던 스티븐은 애써 태연한 척하며 말했다.

—내 기억이 틀리지 않는다면, 파스칼은 여성과의 접촉이 두려워서

어머니가 자기에게 키스하는 것조차 허용하지 않았다던데.

—파스칼은 돼지같이 불결한 자였으니까, 크랜리가 말했다.

—내가 보기엔 알로이시오 곤자가도 같은 생각이었던 듯한데, 스티븐이 말했다.

—그렇다면 그도 돼지같이 불결한 자였겠지, 크랜리가 대답했다.

—교회에서는 그를 성인이라고 부르잖아, 스티븐이 반박했다.

—다른 사람들이 그를 뭐라고 부르든 제기랄, 내가 알 게 뭐야, 크랜리가 거칠고도 단호하게 잘라 말했다. 누가 뭐라든 나는 돼지같이 불결한 자라고 부를 테니까.

스티븐은 마음속으로 할말을 조리 있게 준비하면서 말을 계속했다.

—예수님도 남들 앞에선 자기 어머니를 그다지 정중하게 대한 것 같지 않아.* 하기야 예수회 신학자요 스페인의 신사인 수아레스**가 예수를 위해 변호를 하긴 했지만 말이야

—너 혹시 이런 생각을 해본 적은 없니? 크랜리가 물었다, 예수님이 겉으로 보이는 모습과는 다른 사람이었다고 말이야.

—그런 생각을 맨 처음 한 사람은, 스티븐이 대답했다, 바로 예수님 자신이었지.***

---

* 「마태오 복음서」 12:46~50, 「마르코 복음서」 3:31~35, 「루카 복음서」 8:19~21 등 예수는 자기를 찾아온 어머니와 형제들에게 "누가 내 어머니고 누가 내 형제들이냐?"라는 말로 냉대한 듯하다.

** 프란치스코 수아레스는 예수가 가나의 혼인 잔치에서 그의 어머니에게 "여인이시여, 저에게 무엇을 바라십니까?"(「요한 복음서」 2:4)라고 한 말이 아람어로 매우 정중한 표현이라고 주장했다.

*** 이러한 자기불신의 증거로 흔히 인용되는 구절은 예수가 십자가에 못박혀 숨을 거두기 직전 마지막으로 한 다음의 말씀이다. "오후 세시쯤에 예수께서 큰 소리로, '엘리 엘

—내 질문의 요지는, 크랜리가 말투에 잔뜩 힘을 주어 말했다, 예수님은 당시의 유대인들을 회칠한 무덤이라고 불렀는데, 예수님 자신도 그런 의식적인 위선자였으리라는 생각을 네가 해본 적이 있느냐는 거야. 아니, 좀더 솔직하게 말해서 예수님이 그저 아무것도 아닌 건달이라고 생각한 적이 있느냐는 거지.

—그런 생각은 해본 적 없어, 스티븐이 대답했다. 다만 한 가지 궁금한 것은 네가 나를 개종자로 만들겠다는 건지 아니면 네가 스스로 배교자가 되겠다는 건지 도무지 갈피를 잡을 수 없다는 점이야.

그가 친구의 얼굴을 향해 고개를 돌리니 거기에는 의미 있는 것으로 여겨지도록 억지로 애를 쓰는 듯한 설익은 미소가 감돌고 있었다.

크랜리는 갑자기 소탈하고도 재치 있는 어조로 물었다.

—어디 솔직히 말해봐. 내가 한 질문에 충격을 좀 받았지?

—약간, 스티븐이 대답했다.

—그런데 왜 충격을 받았을까? 크랜리가 아까와 조금도 다름없는 어조로 다그치듯 물었다, 만일 네가 우리 종교가 허상이고 예수님은 하느님의 아들이 아님을 확신한다면 충격을 받을 이유가 없잖아?

—나에게 그런 확신은 전혀 없어, 스티븐이 말했다. 예수님이 마리아의 아들이라기보다는 하느님의 아들에 더 가까운 것 같기는 하지만 말이야.

—그런 이유로 성체를 받지 않겠다는 거야? 크랜리가 물었다, 그런 문제에 전혀 확신이 없는데다 네가 받을 성체 역시 단순히 성체 축성

리 레마 사박타니?' 하고 부르짖으셨다. 이는 '저의 하느님, 저의 하느님, 어찌하여 저를 버리셨습니까?'라는 뜻이다."(「마태오 복음서」 27:46)

을 전제로 한 빵이 아니라 하느님 아들의 살과 피일지도 모른다는 막연한 느낌이 들기 때문이란 말이지? 그리고 그럴지도 몰라서 두려운 거지?

—그래, 스티븐이 조용하게 말했다. 그런 느낌이 들고 또 그게 두렵기도 해.

—알겠어, 크랜리가 말했다.

스티븐은 대화를 끝내버리는 듯한 크랜리의 어조에 놀라 이내 다음과 같은 말로 토론을 다시 시작했다.

—나한테는 무서운 것이 많아. 개와 말, 총기, 바다, 뇌우, 기계류, 시골의 밤길 같은 것이 모두 그렇지.

—하지만 빵 조각이 무서울 이유가 뭐야?

—내 상상으론, 스티븐이 말했다, 내가 무섭다고 말하는 것들 이면에 무언가 악의에 찬 실재가 도사리고 있을 것만 같아.

—그렇다면 말이야, 크랜리가 물었다, 만일 네가 신성모독적인 성체성사*를 한다면 로마 가톨릭의 하느님께서 너를 당장 때려눕혀 지옥에 떨어뜨릴까봐 두렵다는 건가?

—로마 가톨릭의 하느님께서는 지금이라도 당장 그렇게 할 수 있을 거야, 스티븐이 말했다. 하지만 내게 그보다 더 두려운 것은, 이천 년의 장구한 세월 동안 권위와 존경이 한덩어리로 굳어진 상징에 거짓 경의를 표할 때 내 영혼 속에 일어날지도 모르는 화학반응이야.

—그럼 만일 극단적인 위기 상황에 처하면 특정한 신성모독 행위를

* 대죄를 지은 상태에서 영성체를 하는 일.

저지를 수 있어? 크랜리가 물었다, 예를 들어 네가 가톨릭 수난 시대* 에 살고 있다고 가정하면 말이야.

—과거에 대해서는 뭐라고 말할 수 없지, 스티븐이 대답했다. 아마 그러지 않았을 거야.

—그렇다면, 크랜리가 말했다, 프로테스탄트가 될 의향은 없다는 말이군.

—나는 신앙을 잃었다고 이미 말했어, 스티븐이 대답했다, 하지만 자존심마저 잃었다고 하지는 않았지. 논리적이고 일관성 있는 부조리를 버리고 비논리적이고 일관성 없는 부조리를 취한다면 그걸 어떻게 해방이라고 볼 수 있겠어?

그들은 펨브로크 구역**을 향해 계속 걸었다. 애비뉴를 따라 천천히 걸어가노라니 가로수와 빌라에서 드문드문 흘러나오는 불빛이 그들의 마음을 어루만져주는 듯했다. 풍요롭고 안락한 주변 분위기가 그들의 궁핍한 처지를 위로해주는 것 같기도 했다. 월계수 울타리 뒤로는 부엌 창문에서 희미한 불빛이 새어나오고, 하녀가 칼을 갈면서 노래를 부르는 소리가 들렸다. 그녀는 몇 소절씩 짧게 끊어가며 〈로지 오그래디〉***를 부르고 있었다.

크랜리가 걸음을 멈추고 귀를 기울이다가 이렇게 말했다.

---

* 가톨릭 신자들이 박해를 받던 시절(1697~1829). 이 기간 동안 영국에서는 형법으로 아일랜드 가톨릭교도의 일상적인 종교 활동을 금지하고 모든 공민권을 박탈했다.

** 당시 더블린 동남부의 교외 지역으로 부유층이 많이 살던 행정구역. 지금은 모두 더블린시에 편입되었다.

*** 미국의 가수이자 작곡가인 모드 누전트가 작사·작곡한 〈아름다운 로지 오그래디〉.

—물리에르 칸타트.*

이 라틴어 문장에 깃든 잔잔한 아름다움이 그 매혹적인 손길로, 들려오는 노래의 감촉이나 칼을 가는 여인의 손길보다 희미하긴 하지만 훨씬 더 강렬한 손길로 저녁의 어둠을 어루만져주는 듯했다. 그들 마음속의 갈등이 그제야 진정되었다. 성당의 전례에 참례하러 가는 여인의 모습이 조용히 어둠을 뚫고 지나갔다. 하얀 예복을 차려입은 그녀는 몸집이 소년처럼 작고 호리호리하며 허리띠를 축 늘어뜨린 모습이었다. 소년의 목소리처럼 가냘프고 높은 그녀의 목소리가 멀리 성가대에서 수난곡 시작 부분의 암울함과 떠들썩함을 뚫고 첫 소절을 영창하는 것이 들려왔다.

에트 투 쿰 예수 갈릴레이오 에라스.**

그러자 모든 사람들이 감동하여 샛별처럼 빛나는 그녀의 목소리에 귀를 기울였는데, 그 목소리는 프로파록시톤***을 부를 때는 더욱 선명하게 빛나고 선율이 잦아들 때에는 보다 희미하게 빛났다.

노랫소리가 그쳤다. 계속 같이 걸어가면서 크랜리는 리듬에 강세를 넣어 그 노래의 후렴 끝부분을 되풀이해 읊조렸다.

---

* Mulier cantat. '여인이 노래하네'라는 뜻의 라틴어.

** Et tu cum Jesu Galilaeo eras. "당신도 저 갈릴래아 사람 예수와 함께 있었지요"라는 뜻의 라틴어. 예수를 모른다고 세 번 부인한 베드로에게 어느 하녀가 처음으로 물은 말(「마태오 복음서」 26:69).

*** 셋째 음절에 악센트가 있는 말. 여기서는 '갈릴레이오'의 '레'에 해당한다.

그리고 우리가 결혼을 하면
오, 우리는 얼마나 행복할까.
나는 아름다운 로지 오그래디를 사랑하고
로지 오그래디는 나를 사랑하기에.

—너한테 딱 들어맞는 진짜 시야, 그가 말했다. 진짜 사랑이 넘치거든.

그는 야릇한 미소를 짓고 스티븐을 곁눈질하며 덧붙였다.

—너도 시라고 인정하지? 혹시 가사의 의미가 뭔지 알겠니?

—나는 로지부터 만나보고 싶은걸, 스티븐이 말했다.

—로지야 만나기 아주 쉽지, 크랜리가 말했다.

그의 모자가 이마까지 내려왔다. 그가 모자를 뒤로 젖히자 가로수 그늘 아래 어둠 속에서 윤곽을 드러낸 그의 창백한 얼굴과 커다란 검은 눈이 보였다. 그렇다, 그의 얼굴은 잘생겼고 몸매는 강인하며 단단해 보였다. 그는 어머니의 사랑에 대해 말했다. 그러면서 여성들이 겪는 고통을, 그들의 육체와 영혼의 나약함을 가엾게 여기기도 했지. 그는 억세고도 단호한 팔로 그들을 보호하고 온 마음을 다해 그들을 존중하리라.

그렇다면 떠나야지. 이제 떠나야 할 때가 되었어. 어떤 알 수 없는 목소리가 스티븐의 외로운 가슴에 조용하게 말을 건네며 그에게 떠나라고 명령했고, 크랜리와의 우정도 끝날 때가 되었다고 일러주었다. 그렇다, 그는 떠나리라. 다른 사람을 상대로 힘겨루기를 할 때가 아니었다. 그는 자신이 해야 할 몫을 알았다.

—아마 나는 떠날 거야, 그는 말했다.

—어디로? 크랜리가 물었다.

—내가 갈 수 있는 곳이라면 어디든지, 스티븐이 말했다.

—그래, 크랜리가 말했다. 지금 여기서 산다는 게 어려울지도 몰라. 하지만 그 때문에 떠나겠다는 거야?

—나는 떠나야만 해, 스티븐이 대답했다.

—왜냐하면, 크랜리는 말을 이었다, 네가 떠나고 싶지 않다면 자신을 쫓겨가는 사람이라거나 이단자라거나 범법자로 여길 필요는 없으니까 말이야. 세상에는 너처럼 생각하는 훌륭한 신자들이 수두룩해. 그게 무슨 놀라운 일이겠어? 교회란 단순히 돌로 된 건물이 아니고 성직자 집단이나 그들의 독단론 그 자체도 아니야. 교회란 그 속에서 태어난 모든 것들의 총체적인 집합체일 뿐이야. 네가 평생을 두고 무슨 일을 하고 싶은지 나는 잘 몰라. 우리가 하코트 스트리트 기차역 밖에서 있던 날 밤에 네가 나한테 해준 말이 너의 포부냐?

—그래, 무언가를 장소와 연관지어 기억해내는 크랜리의 버릇에 스티븐은 자기도 모르게 웃음이 나와 미소를 지었다. 샐리갭에서 라라스로 가는 가장 빠른 지름길*을 두고 네가 도허티와 삼십 분가량이나 입씨름을 벌이던 그날밤 말이지.

—그 돌대가리! 크랜리는 경멸적인 어조로 나직하게 말했다. 제까짓 녀석이 샐리갭에서 라라스로 가는 지름길을 어떻게 안다고 떠들어? 아니, 그 문제에 대해서 아는 게 뭐가 있다고? 커다란 빨래통 같은 대

* 더블린 남쪽 위클로산맥에 있는 샐리갭은 남쪽으로 13킬로미터쯤 떨어진 라라스와 군사 도로로 연결되어 있다. 크랜리의 가족이 이곳에 살고 있다.

가리로 함부로 혀를 놀려대다니!

그는 크고 길게 너털웃음을 터뜨렸다.

—그래서? 스티븐이 말했다. 그다음 말도 기억해?

—그때 네가 한 말? 크랜리가 물었다. 그럼, 기억하고말고. 그때 너는 어떠한 구속도 받지 않고 자유롭게 너의 정신을 표현할 수 있는 삶의 양식이나 예술 양식을 찾겠다고 했지.

스티븐은 인정한다는 의미로 모자를 들어올렸다.

—자유라! 크랜리가 되풀이했다. 하지만 넌 아직 신성모독을 저지를 만큼 자유롭지 못하잖아? 어때, 강도질이라도 하겠니?

—먼저 구걸부터 해봐야지, 스티븐이 말했다.

—그래서 아무것도 얻지 못하면 강도질이라도 하겠어?

—너는 내가 이렇게 말하기를 바라겠지, 스티븐이 대답했다, 소유권은 일시적인 것이므로 경우에 따라서는 강탈을 하더라도 불법이 아니라고 말이야. 모든 사람이 그렇게 믿고 행동하겠지. 그러니까 나는 그런 식으로 대답하지 않겠어. 그런 질문은 예수회 신학자 후안 마리아나 데 탈라베라*에게나 해보라고. 그러면 어떤 상황에서 왕을 합법적으로 살해할 수 있는지, 또 독약을 술잔에 타서 왕에게 건네는 게 좋은지 왕의 옷이나 안장의 앞테에 발라두는 것이 좋은지를 알기 쉽게 설명해줄 테니까. 나에게는 차라리 이렇게 묻지그래? 다른 사람들이 내 것을 강탈한다면 내가 그대로 당하고만 있을 것인지, 아니면 내가 믿는 이

---

* 스페인의 역사가이자 신학자. 경우에 따라서는 폭군을 시해하거나 퇴위시키는 것이 정당하다고 주장했다.

른바 세속적인 팔의 응징*을 그들에게 내려달라고 빌 것인지를 말이야.

—그래 어떻게 하겠니?

—내 생각에는, 스티븐이 말했다, 응징을 내려달라고 비는 것도 강탈당하는 것 못지않게 고통스러울 것 같아.

—그렇군, 크랜리가 말했다.

그는 성냥개비를 꺼내어 잇새를 쑤시기 시작했다. 그러다가 무심한 듯한 어조로 말했다.

—예를 들어 말이야, 너 처녀의 순결을 범하고 싶은 생각이 있니?

—그걸 말이라고 하나, 스티븐은 정중하게 말했다. 그건 대부분의 젊은 남성들이 열망하는 일 아닌가?

—그러니까 네 입장이 어떠냐고? 크랜리가 다시 물었다.

매캐한 목탄 연기처럼 듣는 사람의 기를 꺾는 크랜리의 마지막 말이 스티븐의 두뇌를 자극하며 그의 두뇌가 온통 그 연기에 뒤덮이는 것만 같았다.

—이봐, 크랜리, 그는 말했다. 너는 나한테 내가 무엇을 할 것이며 무엇을 하지 않을 것인지 물었지. 이제 내가 무엇을 할 것이며 무엇을 하지 않을 것인지 말해줄게. 나는 내가 더이상 믿지 않는 것은 그것이 설령 나의 가정이나 나의 조국이나 아니면 나의 교회라 할지라도 섬기지 않을 거야. 그리고 어떤 삶의 방식이나 예술 양식을 통해 가능한 한 자유롭게, 가능한 한 완전하게 나 자신을 표현하려고 노력할 거야. 나 자신을 지키기 위해 내가 스스로에게 허용하는 최선의 무기들, 즉 침

---

* 종교재판소에서 이단자의 사형 집행을 교회의 세속적인 팔인 국가에 위임한 데서 나온 말.

묵과 자기 추방과 간교함을 이용해서 말이지.

크랜리는 그의 팔을 붙잡고 리슨 파크*를 향해 돌려세웠다. 그러고는 교활해 보일 정도로 소리내어 웃으며 손윗사람이 손아랫사람을 다루듯 정답게 스티븐의 팔을 꾹 눌렀다.

—간교하기는! 그가 말했다. 네가? 가엾은 시인인 네가!

—그런 고백을 하도록 네가 유도했잖아, 스티븐은 자기 팔을 세게 누르는 손길에 소스라치게 놀라면서 대꾸했다, 전에도 나는 너한테 이런저런 다른 일들을 고백했잖아, 안 그래?

—그래요. 형제님 말이 맞아요, 크랜리는 여전히 쾌활한 어조로 말했다.

—넌 나더러 내가 두려워하는 것들까지 고백하게 했지. 하지만 이번에는 내가 두려워하지 않는 것들도 고백할게. 나는 외톨이가 되는 것도, 남들 때문에 쫓겨나는 것도, 내가 버리고 떠나야 할 것이 있을 때 그것이 무엇이든 버리고 떠나는 것도 두렵지 않아. 그리고 과오를 범하는 것, 그것이 엄청나게 큰 과오라 할지라도, 심지어 평생에 걸친 과오요, 영원토록 계속될지 모를 과오라 해도 과오를 범하는 것 역시 두렵지 않아.

크랜리는 다시 심각한 표정을 지으며 걸음을 늦추었다.

—외톨이가 된다는 것, 그야말로 혈혈단신이 된다는 것, 너는 그것도 두렵지 않다는 말이지. 그런데 그 말이 무슨 뜻인지 알기나 하는 거야? 그건 다른 모든 사람들로부터 떨어져나갈 뿐만 아니라 심지어 단

* 그랜드 운하 위에 있는 리슨 스트리트 다리와 연결된 길.

한 사람의 친구마저 없다는 뜻이야.

—그 정도 위험은 감수할 수 있어, 스티븐이 말했다.

—단 한 사람도 주변에 없다는 뜻인데? 크랜리가 말했다, 친구 이상이 되어줄 사람이 말이야. 사람이 한평생에 사귈 수 있는 가장 고귀하고 가장 참된 친구 이상이 되어줄 사람 말이지.

그의 말은 그 자신의 본성 깊숙이 자리잡고 있는 심금을 울린 소리처럼 들렸다. 그는 자기 자신에 대해, 다시 말해 현재의, 또는 미래의 자기 자신에 대한 이야기를 한 것은 아니었을까? 스티븐은 한참을 말없이 그의 얼굴을 바라보았다. 거기에는 싸늘한 슬픔이 서려 있었다. 그는 자신에 대해, 그가 두려워하는 스스로의 고독에 대해 이야기한 것이 분명했다.

—너는 누구 이야길 하고 있는 거니? 스티븐이 마침내 물었다.

크랜리는 아무런 대답이 없었다.

* * *

3월 20일. 나의 반항이라는 주제로 크랜리와 오래 이야기를 나누다. 그는 계속 의젓한 태도를 취했다. 나는 유연하고 부드러운 태도를 취하고. 그는 어머니에 대한 자식의 사랑을 내세워 나를 공격했다. 그의 어머니는 어떤 분이었을까 상상해보려 애썼다. 그러나 할 수 없었다. 언젠가 무심결에 그는 자기가 태어났을 때 자기 아버지가 예순한 살이었다고 말한 적이 있다. 그의 아버지의 모습은 상상할 수 있다. 건장한 체격의 농부 유형. 희고 검은 점이 뒤섞인 옷감으로 지은 양복. 넓적한 발. 텁수룩한 반백의 턱수염. 어쩌면 사냥개를 데리고 토끼 사냥 시합에 나가기도 하리라. 라라스의 드와이어 신부에게 많은 액수는 아니지만 정기적으로 헌금도 내고. 땅거미가 지고 나면 이따금 처녀들에게 수작을 걸겠지. 그러나 그의 어머니는? 아주 젊을까, 아니면 아주 늙었을까? 전자일 가능성은 거의 없다. 만에 하나 전자라면 크랜리가 그런 식으로 말하지는 않았을 테니까. 그렇다면 아주 늙은 편일까. 아마 그렇겠지. 그래서 남편에게 천대를 받으리라. 따라서 크랜리의 영혼은 절망에 차 있지 않을 수 없으리라. 그는 기진맥진한 허리에서 태어난 아이.

3월 21일, 아침. 간밤에 잠자리에서 이것을 생각했으나 너무 게으르고 너무 자유로워 추가하지 못했다. 자유롭다, 맞는 말이다. 기진맥진한 허리란 엘리사벳과 즈카르야*의 허리다. 그렇다면 그는 세례자 요한과 같은 선지자겠군. 세목. 그는 주로 돼지 뱃살 베이컨과 말린 무화과를 먹는다. 이는 메뚜기와 들꿀**을 먹는다고 해석할 수 있으리라. 게다가 그에 대해 생각할 때마다 항상 참수된 끔찍한 머리나 잿빛 장막 또는 성포聖布에 얼굴의 윤곽이 찍혀 나왔음직한 데스마스크가 눈에 어른거린다. 교회에서는 이것을 성도 참수화라고 부르지. 라틴 문의 성 요한 때문에 잠깐 동안 어리둥절해지다.*** 지금 나에게 보이는 것은 무엇인가? 자물쇠를 열려고 애쓰는 참수된 선지자의 모습.

* 세례자 요한의 부모로 둘 다 노인이었다(「루카 복음서」 1:5~25).

** 세례자 요한이 광야에서 은둔 생활을 할 때 주로 먹은 음식(「마태오 복음서」 3:4).

*** 세례자 요한과 라틴 문 밖에서 박해자들을 기적적으로 피한 사도 요한이 혼동이 되어 잠시 어리둥절했다는 뜻. 라틴 문은 로마에 있는 문으로 사도 요한이 기적적으로 탈출에 성공한 곳이라 하여 '성 요한의 문'이라고 불리기도 한다.

3월 21일, 밤. 자유롭다. 영혼도 자유롭고 공상도 자유롭다. 죽은 이들의 장례는 죽은 이들에게 맡겨두어라.* 그렇다. 그리고 죽은 이들은 죽은 이들과 혼인하도록 내버려두어라.

3월 22일. 린치와 함께 몸집이 커다란 간호사를 뒤따라갔다. 린치의 제안에 따른 것. 싫다. 비쩍 마른 허기진 사냥개 두 마리가 어린 암소 한 마리를 뒤쫓아가는 꼴.

3월 23일. 그날밤 이후로 그녀를 보지 못했다. 아픈가? 어쩌면 어깨에 자기 어머니의 숄을 걸치고 난로 앞에 앉아 있을지도 모를 일. 하지만 짜증을 내지는 않겠지. 맛있는 오트밀 죽 한 그릇은 어때? 지금 당장 먹지 않으련?

3월 24일. 어머니와 논쟁 시작. 주제는 성모마리아. 남성인데다 나이가 어린 나에게 불리한 논쟁이었다. 불리한 입장에서 벗어나기 위해 성모마리아와 그 아들의 관계에 대항하여 성자와 성부의 관계를 강조했다. 그러면서 종교는 산부인과 병원이 아니라고 말했다. 어머니가 너그럽게 들어주셨다. 어머니는 나한테 마음에 별난 데가 있다면서 책을 너무 많이 읽어서 그렇다고 했다. 사실이 아니다. 읽은 것은 별로 없고 이해한 것은 더욱 없다. 그러면서 어머니는 나의 심리상태가 불안하기에 언젠가는 신앙심을 되찾게 될 날이 올 거라고 말씀하셨다. 이 말은 죄악의 뒷문으로 교회를 빠져나갔다가 회개의 채광창을 통해 다시 들어온다는 뜻이다. 그러나 회개할 수 없다. 어머니에게 그렇게 말씀드리고 6펜스를 요구했다. 3펜스를 받았다.

* 「루카 복음서」 9:60, 「마태오 복음서」 8:22.

그런 다음 학교로 갔다. 작고 둥근 머리에 사기꾼 눈매를 지닌 게치[*]와 또 한차례 논쟁. 이번에는 놀라 출신의 브루노[**]가 논쟁거리. 이탈리아어로 논쟁을 시작하여 이탈리아어가 섞인 영어로 끝냈다. 그는 브루노는 끔찍한 이단자라고 말했다. 나는 그가 끔찍하게 화형당했다고 말했다. 그는 다소 슬픈 표정을 지으며 내 말에 동의했다. 그러고 나서 소위 '리소토 알라 베르가마스카'[***]의 조리법을 나에게 가르쳐주었다. 낮은 오o음을 발음할 때 그는 마치 모음에 키스라도 하듯 두툼하고 육감적인 입술을 앞으로 내민다. 그는 키스해봤을까? 그리고 회개할 수 있었을까? 그렇다, 그는 회개할 수 있었다. 그리하여 사기꾼의 둥근 두 눈으로, 한 눈에 한 방울씩 눈물을 떨구며 울었으리라.

스티븐스 그린 공원, 그러니까 나의 공원을 가로질러갈 때 크랜리가 전날 밤 소위 우리의 종교라는 가톨릭을 창안한 사람은 우리 동포가 아니라 게치의 동포였다고 한 말이 문뜩 머리에 떠올랐다. 제97보병연대 소속 군사 네 명이 십자가 밑에 앉아 십자가에 못박혀 처형된 예수의 외투를 서로 차지하려고 주사위를 던졌다.[****]

도서관에 갔다. 세 편의 평론을 읽으려 했다. 허사였다. 그녀는 아직 나오지 않았다. 내가 걱정하는 건가? 무엇을? 그녀가 영영 나오지 않을까봐. 블레이크는 이렇게 썼다.

---

* 당시 유니버시티 칼리지의 이탈리아어 교수는 예수회 신부인 찰스 게치였다.

** 이탈리아 놀라에서 태어난 도미니크회의 수도사요, 철학자인 조르다노 브루노. 종교재판소로부터 이단으로 몰려 로마에서 화형당했다.

*** 이탈리아의 북부 도시 베르가모 고유의 쌀 요리.

**** 게치의 동포인 이탈리아인들이 십자가 밑에서 처형당한 그리스도의 수의를 찢어 나누어 가짐으로써 그리스도교가 시작되었다는 뜻.

윌리엄 본드가 죽을까 걱정이네
그의 병이 실로 위중하니까.*

아아, 불쌍한 윌리엄!

언젠가 한번 로턴다**에서 디오라마***를 본 적이 있다. 끝에 가서 거물급 인사들의 사진이 나왔다. 그중에는 당시 죽은 지 얼마 되지 않은 윌리엄 에와트 글래드스턴의 것도 있었다. 오케스트라가 오오 윌리여, 우리는 그대가 그립습니다****를 연주했다.

촌스러운 민족.

3월 25일, 아침. 꿈자리가 뒤숭숭했다. 가슴에서 간밤의 악몽을 죄다 털어내고 싶다.

길게 굽이진 회랑. 바닥에서 시커먼 증기가 기둥처럼 솟아오른다. 회랑 안은 돌에 새긴 전설적인 왕들의 형상으로 가득하다. 그들은 지쳤음을 드러내듯 두 손을 포개어 무릎에 얹고 있고 그들의 눈은 인간의 과오가 시커먼 증기처럼 끊임없이 그들의 면전에서 솟아올라 어두워져 있다.

이상한 형상들이 동굴에서 나와 앞으로 나아간다. 키가 인간보다 작

---

* 영국의 시인 윌리엄 블레이크의 시 「윌리엄 본드」의 첫 연의 3~4행.

** 더블린 중앙의 오코넬 스트리트 북단에 있는 다용도 복합건물.

*** 영화의 전신이라 할 투시화.

**** 미국 작곡가 스티븐 포스터가 작곡한 노래의 일부.

다. 그들이 서로에게서 아주 멀리 떨어져 선 것 같지는 않다. 시커먼 자국들이 길게 난 그들의 얼굴이 인광을 발한다. 그들은 뚫어지게 나를 쳐다보면서 눈으로 무언가를 물어보려는 것 같다. 그러나 말은 없다.

3월 30일. 오늘 저녁 크랜리는 도서관 현관에서 딕슨과 그녀의 동생에게 문제를 하나 내고 있었다. 어느 어머니가 실수로 나일강에 자기 아기를 빠트렸다. 여전히 어머니 타령. 악어가 아기를 붙들었다. 어머니는 아기를 돌려달라고 했다. 그랬더니 악어는 자기가 아기를 어떻게 할 것인지, 말하자면 잡아먹을 것인지 잡아먹지 않을 것인지를 그녀가 알아맞힌다면 돌려주겠다고 했다.*

레피두스라면 이 같은 사고방식이야말로 당신의 태양이 베푸는 햇살을 받아 당신의 진흙에서 잉태된 것이라고 말하겠지.**

그렇다면 나의 사고방식은? 나의 사고방식 역시 그렇지 않겠는가? 그렇다면 그것도 나일강 진흙 바닥에 던져버려라!

4월 1일. 위의 마지막 구절에는 찬성할 수 없다.

4월 2일. 존스턴, 무니 앤드 오브라이언 다과점***에서 차를 마시며 케이크를 먹는 그녀를 봤다. 아니, 내가 아니라 우리가 그 앞을 지나갈

---

* 이 수수께끼에서 어머니의 해답은 '너는 잡아먹을 것이다'이다. 그래서 악어는 아기를 잡아먹을 수도 없고 자기가 한 말도 못 지키게 된다.

** 셰익스피어의 『안토니우스와 클레오파트라』 2막 7장에서 삼두정치를 한 레피두스가 그의 상관 카이사르에게 술에 취해 "이집트에 있는 당신의 뱀이 이제 당신의 태양이 베푸는 햇살을 받아 당신의 진흙에서 잉태되고 있소. 당신의 악어도 마찬가지지요"라고 한 말의 패러디.

*** 더블린의 제과회사에서 운영하는 다과 연쇄점.

때 눈썰미 좋은 린치가 그녀를 먼저 발견했다. 린치 말로는 크랜리도 그녀 남동생의 초대로 거기 같이 있었다고 한다. 크랜리는 오늘도 악어 이야기를 꺼냈을까? 그 녀석은 지금도 환하게 타오르는 등불*일까? 하여간, 나는 그의 정체를 알아냈다. 그랬다고 감히 단언한다. 그는 위클로 밀기울을 재는 함지 뒤에서 조용하게 빛을 내뿜는 그런 존재.**

4월 3일. 핀들레이터 교회 맞은편의 담뱃가게에서 데이빈을 만났다. 그는 검정 스웨터에 헐링 스틱을 들고 있었다. 나에게 떠난다는 것이 사실이냐며 그 이유를 물었다. 타라로 가는 지름길은 홀리헤드를 거치는 것이라고 대답했다.*** 바로 그때 아버지가 나타나셨다. 아버지에게 데이빈을 소개. 아버지는 정중하고도 주의깊게 데이빈을 관찰하셨다. 그러고는 간단하게 다과라도 하는 게 어떻겠느냐고 물으셨다. 데이빈은 모임에 가는 중이라며 사양했다. 우리가 헤어지자 아버지는 그애의 눈매가 착하고 정직해 보인다고 말씀하셨다. 나더러 왜 조정 클럽에 가입하지 않느냐고 물으셨다. 나는 그 문제를 고려해보는 척했다. 그러자 아버지는 어떻게 페니페더의 간담을 서늘하게 만들었는지 나에게 들려주셨다. 나더러 법률 공부를 해보라고도 하셨다. 그 방면에 내가 소질이 있어 보인다고 하시면서. 진흙이 많을수록 악어도 많은 법.

---

* 「요한 복음서」 5:35. "요한은 환하게 타오르는 등불이었다".

** 조이스는 "등불은 켜서 함지 속이 아니라 등경 위에 놓는다. 그렇게 하여 집안에 있는 사람을 비춘다"라는 성경 구절(「마태오 복음서」 5:15, 「마르코 복음서」 4:21, 「루카 복음서」 11:33)을 염두에 둔 말이라고 밝힌 바 있다. 동시에 이로써 크랜리가 위클로의 벽촌 출신임을 지적한다.

*** 타라는 고대 아일랜드의 왕도로 전설적인 황금시대의 상징이고, 홀리헤드는 더블린에서 출발한 연락선이 닿는 웨일스의 항구로, 아일랜드의 황금시대를 재현하는 최선의 방법은 아일랜드를 떠나는 데 있다는 뜻이다.

4월 5일. 사나운 봄. 질주하는 구름들. 아, 인생이여! 소용돌이치는 습지의 검은 물살 위로 사과나무들이 그 아름다운 꽃잎을 떨어뜨리는구나. 나뭇잎 사이로 보이는 소녀들의 눈동자. 새치름하면서도 말괄량이 같은 소녀들. 모두가 금발 아니면 적갈색 머리로군. 검은 머리는 하나도 없다. 그들이 얼굴을 붉히면 더욱 예쁘다. 어이, 소녀들이여!

4월 6일. 분명히 그녀는 과거를 기억한다. 린치 말로는 모든 여자가 그렇다고 한다. 그렇다면 그녀는 자신의 어린시절을 기억하고, 나에게도 어린시절이랄 게 있었다면 내 어린시절까지도 기억하리라. 과거는 현재에서 소멸되고, 현재는 미래를 초래한다는 한 가지 이유만으로 영원히 살아 있다. 린치 말이 틀리지 않는다면, 여인들의 조상彫像은 언제나 몸 전체를 옷으로 완전히 감싸야 하고 여인의 한쪽 손은 아쉬운 듯 자신의 엉덩이를 매만지고 있어야 한다.

4월 6일, 나중에 추가함. 마이클 로바티스는 잊힌 아름다움을 기억하네.* 그리하여 그가 두 팔로 그녀를 꼭 껴안을 때 그는 자신의 두 팔로 이 세상에서 사라진 지 오래인 그 사랑스러움을 꼭 껴안는 셈이라네. 아니, 이게 아니다. 전혀 그렇지 않다. 나는 이 세상에 아직 생겨나지 않은 그런 사랑스러움을 나의 두 팔로 애틋하게 껴안고 싶다.**

4월 10일. 우울한 밤하늘 아래, 어떠한 애무에도 마음이 움직이지 않을 지쳐버린 연인처럼 꿈을 꾸다 꿈도 없는 깊은 잠에 빠져버린 도시의 정적을 뚫고 희미하게 들려오는 한길의 말발굽 소리. 다리 근처에

---

* 예이츠의 시 제목. 이어진 문장은 해당 시 1~3행의 구절이다.

** 이 시에 나타난 예이츠의 과거 지향적인 정서를 거부하고 새로운 문학을 개척해나가는 창조자가 되겠다는 스티븐의 야심을 암시한다.

가까워지자 말발굽 소리가 아까만큼 희미하지는 않다. 말발굽 소리가 불 꺼진 창가를 지나가는 순간 정적은 화살에 맞은 듯 갑작스러운 소음으로 갈라진다. 이제는 말발굽 소리가 저멀리서 들려온다. 우울한 밤하늘 속에서 보석처럼 빛나는 말발굽들은 잠들어 있는 들판을 지나 어떤 목적지를 향해—누구의 가슴을 향해 달려가고 있을까?—어떤 소식을 전하려고?

4월 11일. 간밤에 쓴 것을 읽어본다. 애매한 감정을 담은 애매한 말들. 그녀가 이것을 좋아할까? 그럴 것이다. 그렇다면 나도 좋아해야지.

4월 13일. 턴디시라는 낱말이 오랫동안 내 마음에 걸렸다. 사전에서 찾아보고 그것이 영어임을, 아주 오래된 투박한 영어임을 알다. 빌어먹을 교무처장과 빌어먹을 퍼늘! 그 양반이 여기에 우리한테 자기 나라 언어를 가르치러 왔을까 아니면 우리한테 자기 나라 언어를 배우러 왔을까? 제기랄, 어쨌거나 밥맛이다!

4월 14일. 존 알폰서스 멀레넌이 아일랜드 서부*에서 막 돌아왔다(유럽과 아시아의 신문들은 이 소식을 보도해주시기 바랍니다).** 그는 그곳 어느 산중 통나무집에서 한 노인을 만났다고 했다. 그 노인은 눈이 빨갛고 짧은 담뱃대를 물고 있었다고 한다. 노인은 아일랜드 말을 썼다. 멀레넌도 아일랜드 말을 썼다. 그러다가 노인과 멀레넌은 영어를 썼다. 멀레넌은 노인에게 우주와 천체에 관해 얘기했다. 노인은 앉아

---

* 전설, 신화, 민속 등의 아일랜드 전통문화가 온존하여 문예부흥 운동가들이 영감의 원천으로 숭상하는 지역.

** 영국 신문에서 다른 나라 언론 매체들에 왕실이나 사교계 소식, 또는 부음의 보도를 의뢰할 때 쓰는 공식 문구. 스티븐은 여기서 이 문구를 앞세우고 일종의 아일랜드어 부활운동의 부고를 쓰고 있다.

서 그의 말에 귀를 기울이기도 하고 담배를 피우기도 하고 침을 뱉기도 했다. 그러다가 이렇게 말했다고 한다.

—아, 이 세상의 종말이 가까워지면 틀림없이 끔찍하고 괴상한 짐승들이 나타날 거외다.

나는 그 노인이 무섭다. 가장자리가 빨갛고 뿔 같은 그 노인의 두 눈이 무섭다. 그 노인을 상대로 나는 동이 틀 때까지 밤새도록 줄곧 씨름해야 한다. 그든 나든 어느 하나가 쓰러져 죽을 때까지, 힘줄이 불거진 그의 목덜미를 붙들고....* 어떻게 될 때까지? 그 노인이 나에게 굴복할 때까지? 아니다. 나는 그를 해칠 생각이 없다.

4월 15일. 오늘 그래프턴 스트리트에서 그녀와 정면으로 마주쳤다. 인파에 밀려 그렇게 된 것이었다. 우리는 둘 다 걸음을 멈추었다. 그녀는 왜 오지 않았느냐고 물으면서 나에 대한 온갖 얘기를 다 들었다고 했다. 이는 다만 시간을 끌기 위해 하는 말이었다. 시를 쓰고 있느냐고 나에게 물었다. 누구에 관해? 내가 반문했다. 이 말에 그녀가 더욱 어리둥절해하자 나는 미안한 마음이 들었고 스스로 비열하기 짝이 없다는 생각이 들었다. 당장 그녀를 당혹게 하는 말문의 밸브를 잠가버리고, 대신 단테 알리기에리가 발명하여 세계 각국에서 특허를 받은 그 정신적이고 영웅적인 냉각장치**를 열어놓았다. 나 자신과 나의 계획에 대해 빠르게 쏟아놓았다. 그러던 중 불행하게도 나는 갑작스레 혁명적인 성격의 돌발적인 몸짓을 보였다. 틀림없이 허공에다 한줌의 완두콩을 던지는 녀석처럼 보였을 것이다. 사람들이 우리를 쳐다보기 시작

---

* 「창세기」 32:25~31에서 야곱이 프니엘에서 하느님과 겨루는 장면을 암시한다.

** 단테의 『신생』에 나오는 베아트리체를 향한 플라토닉 러브를 말한다.

했다. 잠시 뒤 그녀는 악수를 하고 자리를 뜨면서 내가 말한 것을 모두 성취하기를 바란다고 말했다.

지금 와서 생각하니 그녀의 기원은 호의에서 우러나온 것 같다. 그렇지 않은가?

그렇다. 나는 오늘 그녀가 마음에 들었다. 약간, 아니면 많이? 잘 모르겠다. 하여간 나는 그녀가 마음에 들었다. 이는 내게 새로운 느낌인 것 같다. 그렇다면 이런 경우 나머지 모든 것, 내가 생각했다고 생각했던 모든 것, 그리고 내가 느꼈다고 느꼈던 모든 것, 지금 이전의 나머지 모든 것은 실은...... 야, 이 친구야, 집어치워! 더 생각 말고 잠이나 자빠져 자!

4월 16일. 떠나야지! 떠나야지!

마력을 발휘하는 팔들과 목소리들. 길이라는 하얀 살결의 팔들과 뜨거운 포옹을 다짐하는 그 팔들의 약속, 달을 배경으로 정박해 있는 거선巨船이라는 검은 살결의 팔들과 그 팔들이 들려주는 먼 나라의 이야기들. 팔들은 손을 내민 채 이렇게 말한다. 우리는 외톨이예요. 이리 오세요. 그리고 목소리들도 팔들과 함께 말한다. 우리는 그대와 한 핏줄이랍니다. 그리하여, 목소리들이 떠날 채비를 하고 환희에 찬 맹렬한 젊음의 날개를 퍼덕이며 한 핏줄인 나를 부를 때 대기는 그들로 충만하다.*

4월 26일. 어머니는 새로 구한 내 중고품 옷가지를 챙기고 계신다. 어머니는 이제 내가 가정과 친구들을 떠나 독자적으로 살아가는 동안

* 여기에 나오는 팔들과 목소리들의 이미저리는 오비디우스의 『변신 이야기』에 나오는 다이달로스와 이카로스의 비상을 연상시킨다.

사람의 가슴이란 무엇이며 그 가슴이 느끼는 바가 어떤 것인가를 제발 배우게 되기를 기도하고 있다고 말씀하신다. 아멘. 그렇게 될지어다. 오라, 오 인생이여! 나는 백만 번이라도 경험의 실재와 마주쳐 내 영혼의 대장간에서 아직 창조되지 않은 내 민족의 의식을 벼리기 위해 떠난다.

4월 27일. 고대의 아버지시여, 고대의 명장이시여, 이제부터 영원토록 저를 크게 도와주소서.*

1904년 더블린

1914년 트리에스테

* 스티븐이 신화 속 명장 다이달로스에게 드리는 기도. 그 내용은 이카로스가 그의 아버지에게 드리는 형식을 취한다.

아일랜드 역사 개요

기원전 6000년경	아일랜드에 사람이 처음 살기 시작한 때로 추정.
기원전 3세기경	켈트족이 대륙에서 이주해온 때로 추정.
기원후 3세기경	타라(Tara)에 고대 아일랜드를 대표하는 왕국이 건설되어 코맥 맥 에어트(Cormac mac Airt, 196/7~267) 대왕 때 그 세력이 절정에 달했다고 함.
432년	아일랜드의 수호성인 성 파트리치오(385?~461)가 그리스도교를 전파하기 시작함.
550년경	수도원 제도가 일찍 발달되어 필사본 전통이 시작됨. 6, 7세기경에는 아일랜드가 유럽 학문의 중심지가 됨.
634년	영국 및 대륙에 그리스도교 선교를 시작.
795년	바이킹의 침공이 시작됨.
841년	바이킹이 더블린을 항구로 개발해 개항함. 뒤이어 웩스퍼드, 코크, 리머릭 등이 개항되었고, 아일랜드 원주민과 바이킹 사이에 갈등이 고조되어 그리스도교 선교는 쇠퇴하게 됨.
1014년	아일랜드의 대왕으로 자처하는 브라이언 보루(Brian Boru, 941~1014)가 클론타프 전투에서 바이킹족을 섬멸해 이후 150년간 외침이 없었음.
1169년	1066년 영국을 정복한 노르만인 후예의 침략이 시작됨. 영국 헨리 2세의 영주들이 침입해 도시, 항구, 도로를 건설하고 성을 쌓아 봉건제도의 기틀을 다지기 시작함.
1171년	헨리 2세가 아일랜드 통치권을 주장하면서부터 아일랜드와

	영국 간 난투의 역사가 이어지게 됨.
1455~1485년	영국의 왕위쟁탈전 '장미전쟁'이 벌어짐. 그사이 아일랜드는 자치권을 어느 정도 회복하나 패배하는 흰 장미의 요크가를 지지했기에 보복을 당함.
1541년	헨리 8세가 '아일랜드의 왕'으로 자처하며 본격적으로 통치를 시작함.
1534년	로마교황과의 관계를 단절하고 영국국교회를 설립한 헨리 8세는 1537년 아일랜드국교회를 설립한 뒤 수도원 폐쇄 등 종교개혁 조처를 단행하나 북부 지역 일부를 제외하고는 큰 성과를 거두지 못함.
1649년	올리버 크롬웰이 청교도혁명에서 승리한 직후 청교도 군대를 이끌고 침입해 가톨릭교도를 대량 학살하고, 토지 소유와 무기 소지를 금지하는 한편 장교 임관이나 공직 임용을 통제하고 자유로운 예배마저 금지하는 탄압책을 폄.
1690년	1688년 명예혁명으로 폐위된 제임스 2세(가톨릭)가 아일랜드에 잠입했다가 왕권을 이어받은 윌리엄 3세(프로테스탄트)의 영국군과 보인강(Boyne江) 전투를 벌여 대패함. 이듬해 프로테스탄트가 아일랜드 의회를 장악해 '형법(Penal Laws)'을 제정하여 성당의 모든 기구를 불법화하고 가톨릭교도의 농토 소유권 및 투표권을 박탈함. 그후 계속된 고압적인 '개혁' 조치로 18세기 초의 아일랜드는 가톨릭에게는 일종의 '유형지(penal colony)'가 되었고, 프로테스탄트 지배층이라는 영국계 아일랜드인의 신흥세력이 대두함.
18세기 후반	헨리 플러드(Henry Flood, 1732~1791)와 헨리 그래튼(Henry Grattan, 1746~1820)이 주도하는 아일랜드 의회 내의 아일랜드 프로테스탄트 정당이 영국 정부에 아일랜드의 자주권을 강력하게 주장하며 핍박받는 가톨릭 공동체 구제

에도 힘을 씀. 특히 그래튼은 아일랜드 이익을 수호하는 데 강경했고, 국교도이면서도 가톨릭에 호의적이었음.

1791년 울프 톤(Wolfe Tone, 1763~1798), 해밀턴 로언(Hamilton Rowan, 1751~1834), 제임스 내퍼 탠디(James Napper Tandy, 1737~1803) 등이 주축이 되어 입헌공화국 아일랜드의 독립을 목표로 프로테스탄트와 가톨릭을 통합하기 위해 벨파스트에서 '통일 아일랜드인 협회(Society of United Irishmen)'를 결성.

1795년 북부 얼스터주의 충성파들이 남부 가톨릭 세력에 맞서 오렌지당(Orange Order)을 조직함.

1798년 프랑스혁명과 미국의 독립에 고무되어 통일 아일랜드인 협회에서 영국 통치에 저항하는 무력 봉기를 일으키나 미흡한 준비와 정보 유출로 약 3만 명의 희생자를 낸 채 실패로 끝남. 이 봉기를 주도한 울프 톤은 교전중 체포되어 교수형을 받기 전에 자살함. 이와 때를 같이하여 가톨릭 농민들도 남부와 서부에서 반란을 일으켰으나 이 역시 진압됨.

1800년 '영란 합방법(Act of Union)' 제정, 아일랜드는 정치적으로 영국의 속국(정식 명칭은 '대영제국과 아일랜드의 연합 왕국United Kingdom of Great Britain and Ireland')이 되어 아일랜드 의회는 해산되고 아일랜드에서 선출되는 의원은 웨스트민스터의 하원에서 활동함.

1803년 로버트 에밋(Robert Emmet, 1778~1803)이 아일랜드 총독부를 점거하려 봉기하나 현장에서 체포되어 교수형과 참수를 당함.

1823년 대니얼 오코넬(Daniel Connell, 1775~1847)이 가톨릭도 프로테스탄트와 동등한 권리를 쟁취하기 위해 '가톨릭 협회(Catholic Association)'를 창설함.

1829년 오코넬의 활약으로 의회에서 가톨릭교도 해방령이 통과, 영국과 아일랜드의 가톨릭도 공직 취임권과 선거권 등 영국국교도와 동등한 정치적 권리를 누리게 됨. 그리하여 오코넬은 '해방자(Liberator)'라는 별칭을 얻음. 그후 1840년 영란합방법 철폐운동을 전개하나 진영내의 불화와 영국 정부의 탄압으로 실패함.

1845~1849년 대기근의 해. 병충해로 감자 흉작이 계속되어 아일랜드 경제가 붕괴 상태에 빠지고 아사, 질병, 미국 이민 등으로 8백만 인구 중 2백만 명이 감소했으며 19세기 후반까지 남미와 호주 등지로 이민이 늘어난 탓에 1901년에는 인구가 약 450만 정도로 줄어듦. 이때 영국의 방관적인 태도는 후에 아일랜드인과 이민자 들이 나선 맹렬한 영란분리운동의 도화선이 되었고, 남북 아일랜드 간 반목과 분열까지 더욱 심화됨.

1858년 호전적인 민족주의 결사 페니언 운동(Fenian Movement), 페니언 형제단(Fenian Brotherhood, 혹은 아일랜드 공화국 형제단IRB)이 제임스 스티븐스(James Stephens, 1824~1901)에 의해 더블린에서 결성됨. 이듬해 뉴욕에서도 페니언 운동이 존 오머호니(John O'Mahony, 1815~1877)에 의해 조직됨.

1867년 페니언 형제단은 미국 남북전쟁에서 귀환한 군인까지 보강해 전국적으로 봉기하나 시기를 잘못 택하고 지역 간 공조가 부족한 탓에 영국군에 즉각 진압됨.

1869년 국교제 폐지령에 따라 1537년 설립된 아일랜드국교회가 그 지위를 상실해 아일랜드 가톨릭들은 국교회에 십일조를 낼 필요가 없게 됨.

1875년 지주 출신 프로테스탄트인 찰스 스튜어트 파넬(Charles Stewart Parnell, 1846~1891)이 하원의원에 당선되어 웨스트민스터에 진출, '아일랜드 자치운동(Irish Home Rule Movement)'의 지도자로 활약하기 시작.

1879년 마이클 대빗(Michael Davitt, 1846~1906)이 더블린에서 소작인이 농토의 소유권을 주장할 수 있도록 '소작인 동맹(Land League)'을 결성하고 그 회장으로 파넬을 임명.

1880년 파넬이 아일랜드 의회당 당수로 선출, 소작인 동맹과 의회당의 리더로서 파넬은 토지개혁과 아일랜드의 자치권 쟁취를 위해 의회를 통한 합법적인 투쟁을 펼치기 시작함.

1882년 영국에서 새로 부임한 아일랜드 총독과 부총독이 더블린 피닉스 공원에서 '무적자들'이라는 과격 민족주의 단체의 저격을 받고 살해됨. 이 사건으로 파넬의 합헌적 개혁운동이 위기를 맞게 됨.

1884년 마이클 큐색(Michael Cusack, 1847~1906)이 아일랜드 전통 스포츠의 부활을 위해 '게일인 운동진흥협회(Gaelic Athletic Association)'를 창설함.

1886년 영국 수상이자 자유당 당수인 윌리엄 글래드스턴(William Gladstone, 1809~1898)이 파넬과 협력하여 발의한 최초의 아일랜드 자치법안이 아일랜드 자치를 반대하는 벨파스트 합방주의자들이 일으킨 폭동의 영향으로 하원에서 부결됨.

1887년 아일랜드의 언론인 리처드 피곳(Richard Pigott, 1828~1889)이 편지를 날조해 파넬이 피닉스 공원 살해사건에 연루되었다고 모함. 하지만 머지않아 피곳의 날조 행각이 밝혀져 파넬은 정치가로서의 인기가 절정에 달한 반면, 피곳은 죄를 자백하고 마드리드로 도주한 뒤 자살함.

1889년 파넬과 키티 오셰이 부인의 관계가 그녀의 남편 윌리엄 헨리 오셰이가 제기한 간통 소송으로 세간에 알려지고 이혼 성립 후 파넬은 키티와 정식으로 혼인함. 하지만 이 스캔들로 대빗은 파넬 지지를 철회하고 그를 타도하는 운동에 앞장섬. 일부 페니언 형제단을 제외하고는 대부분의 민족주의자들이 대빗과 입장을 같이했고, 특히 가톨릭 측에서 파넬의 도덕성을 들어 맹렬히 비난함.

1890년 웨스트민스터의 15위원회실에서 실시된 표결 결과 45대 26으로 파넬의 아일랜드 의회당 당수직이 박탈되고, 그의 정적 티머시 M. 힐리(Timothy M. Healy, 1855~1931)에게 계승. 몰락한 파넬은 이듬해 10월 6일 영국에서 서거했고 그의 유해는 더블린으로 운구되어 글래스네빈 국립묘지에 안장됨.

1893년 글래드스턴의 두번째 아일랜드 자치법안이 상원에서 부결. 더글러스 하이드(Douglas Hyde, 1860~1949)가 아일랜드어의 부활과 전통문화 창달을 위해 '게일어 동맹(Gaelic League)'을 창설함. 문화운동을 표방하였으나 실제로는 정치적 독립운동이 주목적.

1899년 윌리엄 버틀러 예이츠(W. B. Yeats, 1865~1939), 레이디 오거스타 그레고리(Lady Augusta Gregory, 1859~1932) 등이 주축이 되어 아일랜드 고유문화 진작을 위해 아일랜드 문예극장을 창설하고 5월 8일 창설 기념극으로 예이츠의 〈캐슬린 백작부인〉을 초연.

1904년 아일랜드 국립극장협회 전용 극장인 더블린 애비 극장 개관.

1905년 아서 그리피스(Arthur Griffith, 1871~1922)가 아일랜드의 경제적·정치적 자립을 목표로 신 페인당(Sinn Féin, 아일랜드어로 '우리 스스로'라는 뜻)을 창당. 처음에는 영국 통치에 대한 시민적 반항과 소극적 저항을 목표로 출발하였으나 점점 과격해져 아일랜드 자유국(Irish Free State) 수립에 지배적인 역할을 함.

1912년 아일랜드 북부 얼스터주에서는 에드워드 카슨 경(Baron Carson, 1854~1935)이 영도하는 충성파들이 아일랜드 자치법안에 반대하는 '얼스터 데이'를 선언함.

1914년 세번째 아일랜드 자치법안이 양원을 통과하여 조지 5세의 서명까지 받았으나 제1차세계대전의 발발과 얼스터주 충성파들의 반발로 그 시행이 유예됨.

1916년 페니언 형제단원과 소규모의 더블린 시민군이 합세하여 더블린에서 부활절 의거를 일으키고 아일랜드 공화국을 선언. 엄청난 희생자를 내고 실패로 끝났으나 아일랜드인의 정신을 하나로 묶으면서 영란분리운동에 박차를 가하는 계기가 됨.

1918년 아일랜드 총선에서 에이먼 데벌레라(Éamon de Valera, 1882~1975)가 영도하는 신 페인당이 압승. 이에 힘입어 데벌레라는 웨스트민스터의 하원 활동을 보이콧하고 더블린에 독자적인 아일랜드 의회(Dáil Éireann)를 수립함.

1919년 영국이 군대를 파견해 아일랜드 의회를 강제로 해산하려 하자 이에 반발, 아일랜드 독립전쟁이 시작됨. 이때 데벌레라는 페니언 형제단을 군대식으로 개편한 아일랜드 공화국군(IRA)을 지휘했고, 전투력이 탁월한 IRA는 영국 정규군을 압도함.

1921년 영국이 아일랜드에 부분적 독립을 허용하겠다는 제안으로 IRA 지도부와 합의해 독립전쟁이 종식. 인구의 대부분이 국교도인 북부 얼스터 지방의 6개 카운티를 대영제국에 남기고, 가톨릭 중심의 남부 아일랜드 26개 카운티를 영연방 내 자치령의 지위를 부여한다는 것이 합의의 요체.

1922년 아일랜드 의회에서 64대 57로 '영란 협정(Anglo-Irish

Treaty)'을 수용함으로써 아일랜드 자유국(The Irish Free State)이 출범, 아서 그리피스가 초대 총리로 취임. 하지만 아일랜드의 부분적인 독립을 지지하는 세력과 반대하는 세력 간 갈등이 고조되고, 부분적인 독립에 불만을 품고 데벌레라가 신 페인당 당수직을 사퇴하면서 아일랜드 내란(Irish Civil War)이 시작됨. 남북 아일랜드를 아우르는 독립은 끝내 달성하지 못한 채 1923년 데벌레라가 이끈 IRA의 패배로 내전이 종식됨.

1925년 아일랜드 자유국, 북아일랜드, 영국 정부 3자간의 합의로 아일랜드 남북 분단이 확정됨.

1926년 데벌레라가 국면 전환을 위해 전투적인 피어너 팔(Fianna Fáil, 아일랜드어로 '아일랜드의 결전의 용사들'이라는 뜻) 당을 창당.

1927년 총선에서 피어너 팔당이 신 페인당을 누르고 대승, 데벌레라가 다시 의회를 장악하고 아일랜드 자유국의 총리가 됨.

1931년 IRA의 무장 게릴라 활동이 아일랜드 자유국에서 금지되어 사실상 신 페인 운동이 종결됨.

1932년 총선에서 피어너 팔당이 다시 압승하여 데벌레라는 총리로 재임.

1937년 아일랜드 자유국에서 신헌법(일명 데벌레라 헌법)을 공포하고, 국호를 아일랜드어로는 '에이레(Eire)' 그리고 '아일랜드'라 정하고, 영토권은 북부 아일랜드까지 명시하는 한편 정치적으로는 영국 왕권과의 완전한 단절을 선언함. 신헌법에 따라 데벌레라가 에이레의 총리가 되고, 더글러스 하이드가 초대 대통령이 됨.

1939~1945년 에이레는 제2차세계대전 중 중립국을 선언함.

1948년 에이레가 아일랜드 공화국(Republic of Ireland)을 선포. 이로써 아일랜드 공화국은 영연방으로부터 완전 탈퇴하여 명실상부한 자주 독립국가가 되나 북아일랜드는 영연방에 그대로 남아 남북 분단이 고착됨.

"무슨 이름이 그래?", 주인공 이름의 의미와 그 역할
—『젊은 예술가의 초상』의 신화비평적 이해

조이스의 작품은 문학이론가들의 행복한 사냥터라는 말이 있다. 어떠한 비평적 접근을 시도하더라도 그의 작품은 빠짐없이 그 이론적 근거의 모델이 될 수 있기 때문이다. 10년에 걸쳐 완성한 그의 노작『젊은 예술가의 초상』도 결코 예외일 수 없지만, 이 해설에서는 다양한 접근 방식 중에서도 신화비평적 관점으로 이 작품을 살펴보고자 한다.

제임스 조이스에게는 '스티븐 데덜러스Stephen Daedalus'라는 필명이 있었다. 1904년경, 그가 스물두 살이 되기 전쯤 직접 지은 것으로 보이는 이 필명은 성경과 그리스신화에 그 바탕을 두고 있다. 스티븐이라는 이름은 그리스도교 최초의 순교자 성 스테파노에서 따온 것이다. 스테파노는 믿음과 성령이 남달리 충만하여 유다인 신도에게 미움을 사 하느님을 모독한다는 누명을 뒤집어쓰고 최고회의로 끌려가 예루살렘 성 밖에서 돌에 맞아 죽은 성인이다(「사도행전」 7:57~60). 데덜러스라는 성은 그리스신화에서 미궁과 날개를 만든 아테네의 명장 다이달로스에게서 따오며 라틴어 발음을 택했다. 조이스가 다이달로스 신화에 각별한 관심을 갖게 된 계기로 당시 영국의 고고학자 아서 존 에번스 경이 발굴한 크레타 미궁에 관한 뉴스를 꼽을 수 있다. 조이스가 유니버시티 대학 3학년이던 1900년 에번스 경은 미노스 왕의 궁전을 발굴하다 전설로만 존재하던 미궁을 발견해 세상을 떠들썩하게 만들었다. 조이스 연구의 대가로 권위 있는 조이스 전기를 쓴 리처드 엘먼에 따르면, 조이스가 성인의 이름을 따서 필명을 지은 것은 문학의 성인이 되고자 하는 그의 소망에서였고, 그리스신화에서 성을 따온 것은 고명한 장인처럼 걸작을 빚겠다는 그의 포부를 내비치기 위해서였다. 이 두 가지 요인을 묶어서 본다면 서양문화의 양대 축인 헤브라이즘과 헬레니즘을 하나로 융합하여 새 시대가 요구하는 글로벌 문학을 개척하겠다는 그의 야망의 암시처럼 보이기도 한다.

조이스가 이 필명을 공개적으로 사용하기 시작한 때는 1904년 세 편의 단편을 발표하면서부터다. 주간지 『아일랜드 농장』에 「자매」(8월 13일), 「이블린」(9월 10일), 「경기가 끝난 뒤」(12월 17일)라는 단편을 잇달아 발표하며 스티븐 데덜러스라는 필명을 썼다(이 작품들은 모두 뒤에 나온 『더블린 사람들』에 수록되었다). 이해 초, 『젊은 예술가의 초상』의 모태가 되는 「예술가의 초상」이라는 설화체 에세이를 쓸 때에도 이 필명을 썼지만 문예지 『데이나Dana』에 투고한 이 에세이가 퇴짜를 맞는 바람에 그 필명은 빛을 보지 못했다. 하지만 곧 이 에세이를 장편소설 『스티븐 히어로』로 개작하기로 결심하고 자신의 필명을 작품 속 주인공의 이름으로 삼는다. 주인공의 이름이 스티븐 데덜러스였기에, 작품의 제목을 '스티븐 히어로'라 짓고 26장까지 썼으나 내용이 너무 장황하고 구성과 형식도 인습적이라는 판단에 중단한 뒤, 1907년이 되어서야 다시 고쳐 쓰기 시작한다. 제목부터 '젊은 예술가의 초상'으로 바꾸고 참신한 서사 전략을 개발, 대담하게 구사하는 한편 내용과 형식도 건축미가 넘치도록 5장으로 대폭 압축하기로 한다. 다시 개작하면서도 주인공의 이름은 바꾸지 않고 그대로 두었으나 '데덜러스Daedalus'의 이중모음에서 'a'를 빼 '디덜러스Dedalus'로 수정했다. 데덜러스보다는 디덜러스라고 하는 것이 그나마 아일랜드 사람의 이름처럼 들릴 것 같아서였다.

조이스는 필명을 『젊은 예술가의 초상』의 주인공 이름으로 삼는 데 그치지 않고 필명의 바탕이 된 신화의 내용을 작품의 내용과 형식을 견고히 하는 배경으로 이용하기도 했다. 다시 말하면, 신화의 스토리를 작품의 주제 전개와 평행을 이루게 하여 그것이 작품의 주제와 구조를 떠받치는 받침돌이 되게 했다. 조이스는 이를 위해 신화 속 인물의 행적과 관련된 다양한 모티프와 이미저리, 또는 상징의 방법을 활용했다. 서사가 진행될수록 이러한 문학 장치들을 반복적으로, 서로 뒤얽혀 나타나도록 했다. T. S. 엘리엇은 조이스가 『율리시스』에서 호메로스의 『오디세이』를 작품의 배경으로 이용한 사실을 두고 "현대와 고대 간의 계속적인 평행을 교묘하게 달성했다는 점에서 상대성원리와 같은 과학상의 발견과 맞먹는 중요성이 있다"고 격찬한 바 있다. 조이스가 『젊은 예술가의 초상』에서 다이달로스 신화를 작품의 구조와 대응되도록 한 것 역시 이에 못지않은 중요성이 있다 할 것이다.

『젊은 예술가의 초상』의 제사는 이 작품에 신화가 차용되어 있음을 직접적으로 입증한다. "그리하여 그는 그때까지 알려지지 않은 기술에 온 마음을 쏟았다"는 이 제사는 로마의 시인 오비디우스의 『변신 이야기』 제8권 188행에서 따온 것으로, 자기가 만든 미궁에서 아들 이카로스와 함께 갇힌 명장 다이달로스가 거기에서 탈출하기 위해 인류 최초로 날개를 만들려고 부심하는 장면을 보여준다. 다이달로스는 손재주가 비상한 아테네의 장인으로, 그의 이름에는 그리스어로 '명장, 명공'을 뜻하는 'Daidalos'와 '교묘한, 솜씨 좋은, 약삭빠른'을 뜻하는 'Daedal'이 담겨 있다. 그는 어린 조카가 자기보다 기술이 뛰어난 것에 샘이 나서 신전으로 끌고 가 떠밀어버리고 크레타섬으로 몰래 도주한 뒤 미노스 왕의 궁에서 기사로 일하게 된다. 왕비 파시파에의 간청으로 그가 만들어준 나무 소와 왕비가 교접하여 인신우두人身牛頭의 괴물 미노타우로스를 낳자 이를 가둬두기 위해 이번에는 왕의 명령으로 미궁을 만든다. 미노스 왕은 왕비에게 나무 소를 만들어준 이가 다이달로스임을 뒤늦게 알고 대노하여 그를 그가 만든 미궁에 이카로스와 함께 가둬버린다. 한번 들어가면 영영 나오지 못하는 미궁에 갇힌 그는 거기서 탈출할 궁리에 골몰한다. 오직 하늘만이 열려 있어 미궁에 떨어진 새의 깃털을 모아 날개를 만든다. 그 날개를 밀랍으로 어깨에 붙인 그는 미궁을 탈출하기에 앞서 이카로스에게 높이 날면 태양열에 밀랍이 녹으니 높이 날지 말고 그저 자기만 따라오라고 당부한다. 그러나 아들은 날아보니 너무 재미있어 아버지의 충고를 무시하고 높이 날아올랐다가 날개가 녹아 이오니아해에 떨어져 익사하고 만다.

『젊은 예술가의 초상』에서는 주인공 스티븐의 이름에 관한 것으로 인물 간 대화가 시작된다. 예수회에서 운영하는 명문 기숙학교인 클롱고우스 우드 칼리지에 어린 나이에 입학한 스티븐은 급우 내스티 로시가 이름을 묻는 질문에 제대로 대답하지 못한다. 무슨 이름이 그 모양이냐는 핀잔에 대꾸를 못한 까닭은 스티븐이 자기 이름의 뜻을 모르기 때문이었다. 급우 플레밍이 그의 지리 교과서에 장난삼아 "스티븐 디덜러스는 나의 이름, 아일랜드는 나의 나라"라고 써놓았지만 그가 그 뜻을 모르기는 마찬가지다. 주먹 센 친구가 변소의 배수통으로 떠민 탓에 고열로 양호실에 입실했을 때에도 먼저 입실해 있던 상급생 어사이에게서 놀림을 받는다. "너 이름이 이상하구나, 디덜러스라니, 하긴 어사이도 이상한 이름이지. 내 이름은 도시 이름이야. 네 이름은 라틴어 같네" 하고 빈정거리지만 스티븐은 역시 대꾸하지 못한다. 자기 이름의 내력을 모르기 때문이다. 이름에 대한 질문이 계속되지만 이에 답을 못하는 어린 스티븐의 상황은 흡사 신화 속 미궁의 모티프가 그의 이름 속에 작동하는 듯 보인다. 어느 라틴어 수업 시간에 스티븐은 감시차 교실을 방문한 교무주임 돌런 신부에게서 억울한 체벌을 당했다. 돌런 신부는 스티븐을 지목해 "넌 누구냐?" 하고 물었다. 그가 이름을 말하자, 그의 안경이 깨져 쓰기를 면제해주었다는 담당 교사 신부의 해명을 듣고도 "게으름뱅이 꼬마 꾀보 같으니라고. 너! 얼굴에 꾀보라고 다 쓰여 있어"라며 그를 체벌했다. 스티븐은 저녁식사 때까지도 이 일로 괴로워한다. 급기야는 자신의 얼굴에 꾀보처럼 보이는 뭔가가 있는 것은 아닐까 하는 의심을 잠시 해보지만, 결국 그는 꾀보니 속임수니 잔꾀니 하는 조롱이 다이달로스 신화와 관련성이 있으리라고는 생각하지 못한다. 아이들의 부추김으로 이 부당한 체벌을 교장 선생님께 알리기로 결심하고 교장실을 찾아가던 순간, 그의 머릿속에 그의 이름이 뭐냐고 두 번이나 묻던 돌런 신부의 고압적인 목소리가 되살아나자 그는 그 상황을 곱씹어본다. '교무주임은 왜 처음에 대답한 그의 이름을 기억하지 못했을까? 처음에 이름을 일러주었을 때 귀담아듣지 않았던 걸까 아니면 이름을 조롱하려고 그랬던 걸까?' 이에 대해 그의 자아는 이렇게 응수한다. '역사에 나오는 위대한 인물들도 그러한 이름을 가졌지만 그 이름을 조롱하는 사람은 아무도 없었다.'

이 작품의 제1장은 스티븐의 클롱고우스 시절을 다루고 제2장부터 제4장까지는 그의 벨비디어 칼리지 시절을 다룬다. 스티븐은 아버지의 실직으로 집안 사정이 어려워져 클롱고우스를 떠나 휴학중일 때 이를 알게 된 클롱고우스 교장 선생님의 도움으로 더블린 시내에 있는 또다른 예수회의 명문 벨비디어 칼리지에 장학생으로 편입해 집에서 통학하게 된다. 벨비디어에서 만난 친구 빈센트 헤런은 '왜가리'를 뜻하는 헤런이라는 이름에다 얼굴마저 새 모양을 하고 있어 신화 속 다이달로스의 이미지를 강하게 풍긴다. 게다가 헤런이 취하는 여러 언동 역시 스티븐의 이름과 관련된 모티프와 이미지를 적잖이 암시하지만, 스티븐은 헤런의 외모나 언동을 통해서도 자기 이름의 근원에 대한 깨달음을 얻지 못한다. 성령강림절 축하 연극제에서 주연으로 출연하기로 되어 있는 스티븐은 막이 오르기 전 잠시 학교 밖으로 나갔다가 급우 헤런과 마주친다. 이때 헤런에게 "고귀하신 디덜러스께서 납시는구나" 하는 조롱 투의 인사부터 애인을 두고도 친구들에게 숨겼다는 이유로 시치미를 떼는 교활한 녀석이라는 핀잔까지 듣지만, 이 모든 말들이 자기 이름의 뿌리와 관련된 것임을 여전히 깨닫지 못한다. "인정해!" 애인이 있음을 인정하라는 헤런의 다그침을 받는 순간 스티븐은 이 말과 관련된 지난 사건을 머릿속에 떠올린다. 이때도 헤런과 그의 일당은 스티븐에게 느닷없이 가장 위대한 시인이 누구냐고 묻고는, 스티븐이 바이런이라 답하자 헤런은 "바이런은 이단자에다 부도덕한 인간"이라는 날선 비난을 퍼붓고 스티븐을 '이단자'라 명명하며 비웃음과 야유, 폭력을 가한다. 이 사건은 그보다 앞서 테이트 선생의 작문 수업에서 있었던 일에 대한 헤런 일당의 계획적인 보복이었다. 테이트 선생이 스티븐의 작문 내용 중 특정 표현에 이단성이 엿보인다고 지적하자 스티븐은 재빨리 말을 바꿔 그 순간을 모면한다. 급히 둘러댄 말로 위기를 모면하는 장면을 지켜본 급우들은 아무도 그 일을 입 밖에 내지는 않았지만 저마다 속으로는 분개한 듯했다. 스티븐은 결박된 상태에서 바이런이 좋지 못한 시인임을 인정하라는 강요를 받으면서도 "그가 어떤 인간이든 무슨 상관이야" 하고 맞서며 끝까지 소신을 굽히지 않는다. 이 모습에서 불복종의 모티프가 엿보인다. 결박된 채 위협과 강요를 당하면서도 자신의 주장을 굽히지 않는 스티븐의 모습은 성 스테파노가 박해자들에게 생명의 위협을 받으면서도 불굴의 자세를 보인 것과 다를 바 없다.

성 스테파노와의 관련성은 제4장에서 주로 드러난다. 벨비디어 칼리지의 졸업반이 되었을 때 스티븐은 교무주임 신부로부터 소명을 수락하라는 권유를 받는다. "자네도 하느님과 더불어 막강한 권세를 가진 최초의 순교자이자 자네의 수호성인에게 구일기도를 드리도록 하게, 하느님께서 자네 마음에 커다란 깨우침을 주시도록 말일세." 하지만 스티븐은 교무주임 신부와의 만남을 계기로 사제의 막강한 권세에 흔들렸던 마음을 확실히 정하게 된다. '엄숙하고 질서정연하고 냉철한 생활', 그러한 '단체생활의 그림자'가 의식 위를 스치자 '교육이나 신앙심보다 더 강렬한 어떤 본능'이 마음속에 기운차게 되살아났고, 성직 생활의 냉기와 질서정연함은 그에게 혐오감을 불러일으켰다. '어떤 집단에서든 자신은 남들과는 다른 독특한 존재라고 인식하게 했던 그의 자긍심은 또한 어떻게 될 것이란 말인가?' 교무주임 신부와의 면담을 마치고 집으로 걸어가는 사이에 그의 마음은 결국 소명의 권유를 거부하고 속인의 길을 걷겠다는 쪽으로 기울었다.

스티븐이 벨비디어를 졸업할 때가 되자 그의 아버지는 끼니를 걱정하는 가정형편에도 아들을 대학에 진학시키려 동분서주한다. 그날도 아버지가 대입 정보를 얻기 위해 술집에서 강사를 만나는 사이 스티븐은 밖에서 기다리다가 뒤숭숭한 마음을 달래기 위해 혼자서 걷기 시작해 방파제에 이른다. 이때 방파제 아래서 수영을 하던 친구들이 그를 발견하고는 여기저기서 이렇게 놀려댄다. "이봐, 스테파노스." "디덜러스가 행차하시는군!" "어서 오십시오, 디덜러스! 보우스 스테파노우메노스! 보우스 스테파네포로스!" 친구들이 조롱 투로 붙인 그의 그리스어식 이름과 함께 물에서 장난을 치던 친구들 사이에서 터져나온 이카로스의 비참한 최후를 연상시키는 고함소리를 듣는 순간, 스티븐은 지금까지 몰랐던 자기 이름의 의미를 갑자기 깨닫는다. 친구들이 그의 이름을 장난삼아 그리스어식으로 부르는 것을 처음 듣는 것은 아니었다. 그러나 '과거 어느 때와는 달리 그의 이상한 이름'이 바로 개구쟁이 친구들이 놀리는 다이달로스라는 신화 속 명장의 이름에서 유래된 것임을 처음으로 깨닫는다. '이제 그 전설적인 명장의 이름을 듣자 그는 파도 소리가 어렴풋이 들리는 듯했고, 날개 달린 어떤 형상이 파도 위로 날아다니다가 서서히 창공으로 솟아오르는 광경이 눈에 보이는 듯했다.' 잇달아 그는 다이달로스라는 명장의 이름이 자기의 진로와 관련하여 어떤 예언적 의미가 있는가를 짚어보기에 이른다.

> 그것이 뜻하는 바가 무엇이었을까? 그것은 예언과 상징으로 가득 찬 중세 서적의 한 페이지를 시작하는 이상야릇한 도안이었을까, 태양을 향해 바다 위로 날아오르는 매처럼 생긴 사람, 아니면 그가 날 때부터 숙명적으로 투신하기로 되어 있어 안개 속을 헤매는 듯한 유년기와 소년기를 거치면서도 변함없이 추구해왔던 그 목표의 예언이었을까, 그것도 아니면, 자신의 작업실에서 흙이라는 보잘것없는 재료로 새롭고 우뚝하면서도 감지해낼 수 없는 불후의 대작을 새롭게 빚어내는 예술가의 상징이었을까?

이처럼 스티븐이 자기 이름의 근원을 별안간 깨달음과 동시에 그 근원과 관련된 장래의 진로까지 더듬어보는 일은 친구들이 장난삼아 그를 부르는 소리를 듣지 않았더라면 불가능했을 것이다. 이렇게 사소한 일이 계기가 되어 중요한 일이 순식간에 벌어지는 경우를 '이피퍼니epiphany'(그리스어 'epiphaneia'는 '나타남, 현현顯現, 출현'이라는 뜻)라 한다. 이는 예수가 태어났다는 소문을 듣고 베들레헴으로 찾아간 동방의 세 박사들이 구유에 누운 아기 예수를 목격하고 경배했다(「마태오 복음서」 2:1~12)는 사실에 근거해 창안한 조이스의 독창적인 서술 전략으로, 조이스는 이를 '저속한 말씨나 저속한 몸짓이나 아니면 저속한 마음 그 자체의 중대한 단계에서 갑자기 정신적으로 일어나는 현현'이라 정의했다. 즉 하찮은 언동이 실마리가 되어 작중인물이나 독자가 뜻밖에도 소중한 무엇을 환하게 깨치게 되는 경우를 뜻한다. 조이스는 그의 소설에서 서사 발전상의 주요 지점마다 이 기법을 즐겨 사용했는데, 바로 이 장면도 이피퍼니가 일어나는 대표적인 예로 꼽을 수 있다.

스티븐은 자기 이름의 근원에 암시된 예언적 의미를 살피다가 갑자기 속으로 부르짖는다. '그렇다! 그렇다! 그렇다! 자기와 이름이 같은 그 위대한 명장처럼, 영혼의 자유와 권능을 바탕으로 하나의 생동하는 작품, 즉 새롭고 우뚝하면서도 아름답고 감지해낼 수 없는 불멸의 가치를 지닌 작품을 당당히 창조하리라.' 이 소리 없는 절규는 그가 유년기와 소년기를 거치면서 무의식적으로 추구해온 평생을 바칠 목표의 발견이요, 오직 그 길로 매진하겠다는 각오의 표명이 아닐 수 없다. 날 때부터 숙명적으로 투신하기로 되어 있는 천직을 비로소 깨닫게 되자 그는 바다에서 계속 불러대는 친구들을 향해 이를 알리고 싶은 충동을 억누르기 힘들었다. 그들이 장난으로 부르는 소리를 듣고 자기에게 엄청난 이피퍼니가 일어났음을 알리고 싶은 그런 충동이었다. '그는 큰 소리로 외치고 싶은 충동으로 목이 아렸다. 매나 독수리가 창공에서 크게 울듯 바람을 향해 자신이 해방되었음을 목이 찢어지도록 외치고 싶었다. 이것은 그의 삶이 그의 영혼을 부르는 외침이었지, 의무와 절망의 세계에서 들려오는 둔탁하고 천박한 목소리가 결코 아니었다. 제대의 생기 없는 봉사 생활로 그를 불러들이던 그 몰인정한 목소리는 더더구나 아니었다. 한순간의 걷잡을 수 없는 비상이 그를 해방시켜주었다. 그리하여 그의 입술에서는 좀처럼 기대할 수 없던 승리의 함성이 뇌리를 헤치고 거침없이 터져나왔다.' 여기서 '자신이 해방되었음'은 이름의 뜻을 몰라 놀림을 받던 소년 시절의 미궁에서 벗어났다는 뜻이고, '제대의 생기 없는 봉사 생활'은 그가 교무주임 신부로부터 소명을 수락하라는 권유를 받았을 때 뿌리치기로 한 성직자의 길을 뜻한다.

스티븐은 앉아 있던 방파제에서 벌떡 일어난다. 법열의 경지라고나 할까, 이름의 의미를 터득하자 치솟는 희열을 감당하기 어려웠다. 마음을 진정시키려면 해변을 산책해야 했다. 방파제를 따라 바닷가로 내려간 그는 물길을 따라 혼자 천천히 걷기 시작한다. 그의 앞에는 소녀 하나가 진기하고도 아름다운 바닷새인 듯 물줄기 한가운데 조용히 서서 먼 바다를 바라보고 있었다. 스티븐은 걸음을 멈추고 이 소녀를 바라본다. 소녀는 스티븐의 눈길을 의식하고도 동요하지 않고 그 눈길을 감수하다가 살짝 눈을 돌려 물줄기를 향하고는 발로 사뿐사뿐 물장구를 치기 시작한다. 물장구 소리로 바다의 침묵을 깨뜨리면서 먼 바다를 응시하는 소녀를 바라보는 순간 스티븐에게는 그녀가 별안간 자기를 예술의 세계로 인도하러 삶의 궁전에서 보낸 사자로 보인다. 그녀의 이미지가 그의 영혼 속에 영원토록 아로새겨져 어떠한 말로도 그의 황홀경이 몰고 오는 거룩한 침묵을 깨뜨릴 수 없었다. 그녀가 눈길로 그를 부르자 그의 영혼은 그 부름에 화답했다. '살아가면서, 실수하기도 하면서, 추락하기도 하면서, 승리하기도 하면서, 삶에서 삶을 재창조하리라!' 스티븐은 새처럼 보이는 이 소녀를 예술세계의 문을 열어주러 온 사자로 여기고, 그를 따라 예술가의 길을 걷겠다고, 두려움을 모르는 대담한 예술가가 되겠다는 다짐을 한다. 이렇듯 홀로 물장구치는 소녀가 돌연 그를 예술세계로 인도하려고 하느님이 보낸 야성적인 천사로 보이는 것이 그에게 일어난 두번째 이피퍼니일 것이다. 짧은 순간 두 번, 거듭해 예술가가 되기로 결심하자 그는 다시 감격에 넘쳐 "오, 거룩하신 하느님!" 하고 부르짖고는 몸이 녹초가 되도록 해변을 달리기 시작한다. 이렇듯 스티븐이 자기 이름의 의미를 깨닫고 그 의미에 걸맞은 예술가가 되기로 다짐하게 된 시기는 벨비디어 졸업을 앞둔 열여섯 살 때였다.

대학에 진학한 스티븐은 독보적인 예술가가 되기 위하여 이론적 무장을 시작한다. 당시 대학생들은 민족주의적인 문화운동에 관심이 많았다. 아일랜드는 영국의 속국으로 식민 통치를 받았고, 정치적인 대영 투쟁은 영국 정부에 탄압의 빌미만 제공할 뿐이므로 장기적인 안목에서 정치적 독립의 기반을 다지려면 민족문화의 정체성 확립이 시급하다고 여겨졌다. 대표적으로는 아일랜드 문예부흥운동, 아일랜드어 부활운동 그리고 아일랜드 민속 스포츠 진흥운동이었다. 그러나 스티븐은 학우들이 펼치는 민족적인 문화운동에 냉담하게 굴며, 아리스토텔레스와 토마스 아퀴나스의 사상에 입각하여 독자적인 문학이론 수립에 몰두한다. 이 때문에 그는 반사회적 존재, 외톨이, 심지어는 아일랜드 사람이 맞느냐는 조롱과 비난을 받게 된다. 그는 그런 비아냥을 받을 때마다 이름의 의미를 몰라 침묵했던 지난날과는 사뭇 다르게 자신의 입장을 분명히 밝힌다. 일례로 열렬한 민족주의자인 데이빈이 아일랜드어 강습에 더는 참석하지 않는 까닭을 묻자 스티븐은 이렇게 쏘아붙인다. "우리 선조들은 자기네 언어를 내팽개치고 다른 나라 언어를 받아들였어. 한줌도 안 되는 외국인들이 자기네를 지배하는 것을 허락한 거라고. 내가 왜 그들이 진 빚을 내 삶과 몸을 바쳐 갚아야 하지? 대체 뭣 때문에?" 스티븐은 아일랜드를 민족 고유의 언어도 지키지 못한 무책임하고 무능한 나라이자 '제 새끼를 잡아먹는 늙은 암퇘지'처럼 배신을 일삼는 나라로 인식한다. 그는 그러한 배신에 희생당한 예로 C. S. 파넬의 경우를 들며, 민족 지도자 파넬이 이끌던 아일랜드 자치운동이 성사를 목전에 두고 좌초한 것은 전적으로 가톨릭 사제단의 배신 때문으로 본다. 이에 더해 그에게 조국은 자유로운 활동을 가로막는 거대한 장애물이기도 하다. 계속되는 데이빈과의 대화에서 스티븐은 이렇게 말한다. "이 나라에서는 한 사람의 영혼이 탄생하기만 하면 당장 그물을 씌워 날아오르지 못하게 해. 네가 지금 나한테 말한 민족이니 언어니 종교니 하는 그물. 나는 그런 그물을 뚫고 날아오르려고 노력할 거야." 스티븐은 나라를 언어와 종교와 더불어 자기를 날지 못하도록 덮어씌운 그물로 여기고 그 그물을 뚫고 날아오르겠다고 밝힌다. 달리 말해 자신을 나라라는 미궁에 갇힌 신세로 여기고 그 미궁에서 탈출하려고 한다. 여기서 다시 미궁의 모티프가 나타나는데, 이름의 미궁에서 빠져나온 그가 이제는 국가라는 또다른 미궁에 갇힌 형국처럼 보인다. 스티븐의 냉소적인 태도에 데이빈은 "하지만 뭐니뭐니해도 우리에겐 나라가 먼저 아니겠어? 아일랜드가 있고 나서, 스티비. 네가 시인이든 신비론자든 될 수 있는 거야" 하고 설득해보려 하지만, 그의 입장은 처음부터 확고하다. "이 민족과 이 나라와 이 생활이 나를 낳아 길러주었어. 나는 나 자신을 있는 그대로 표현할 거야." 이는 스티븐이 이피퍼니를 통해 결심한 바를 최초로 발설했다는 점에서 의미가 있지만, 보다 중요하게는 그가 작가가 되겠다는 포부를 남에게 알린 데 있다. 더불어 마음껏 날갯짓을 하려면 그물이나 미궁과 다를 바 없는 조국을 탈출해야 한다고 보고, 자신의 방식으로 조국을 애정하는 방식, 즉 글쓰기를 하려면 그를 자유롭게 해줄 해외로 떠나는 방향을 택하게 된다. 자신을 낳아 길러준 나라를 위해 나라를 떠나야 한다. 아일랜드를 위해 걸작을 쓰려면 아일랜드를 떠나야 한다는 것은 스티븐/조이스의 패러독스가 아닐 수 없다.

스티븐의 대학 졸업이 가까워짐에 따라 그의 문학이론도 완성 단계에 이르러 기다렸다는 듯이 새의 이야기와 이미저리가 쏟아진다. 스티븐은 도서관 계단에서 제비들의 선회를 지켜보며 '고리버들로 엮은 날개를 달고 감옥에서 탈출하여 하늘 높이 날아오르는 매를 닮은 사나이'를 연상하기도 하고, 학교 앞 스티븐스 그린 공원을 지날 때는 두려움을 모르는 순교자가 연상된 까닭인지 '그것은 나의 공원'이라고 칭하기도 한다. 또한 제비들이 저물어가는 하늘을 향해 날아올랐다가 내려오곤 하는 광경을 쳐다보면서 자기도 어디론가 떠날 때가 되었다고 생각한다. 그는 새들을 바라보며 '출발의 상징인가, 아니면 고독의 상징인가' 하는 상념에 잠기는데, 이는 모두 그가 정립한 문학이론을 실천에 옮기기 위해 새처럼 조국이라는 둥지를 떠날 때가 가까워졌다는 자기 암시로 보아도 틀리지 않을 것이다.

그렇다면 그가 정립한 문학이론의 핵심은 무엇인가? 그가 친구 린치에게 표명한 문장이 그 핵심이 될 것이다. "예술가는 창조주 하느님과 마찬가지로 자신의 작품 안이나 뒤에 또는 그 너머나 그 위에 머물러 있어야 하는 거지. 보이지 않게, 존재가 사라지도록 순화된 채, 초연하게, 손톱이나 깎으면서 말이야." 즉 작가·예술가는 자신의 모습이 작품에 드러나지 않도록 항상 초연한 입장을 유지해야 한다는 것이다. '보이지 않는 작가' 또는 '작가의 죽음'으로 표현할 수 있는 이러한 태도는 스티븐 스스로가 작가로서 몸소 취해야 할 자세이기도 하다. 작가가 죽은 듯이 침묵해야 하는 이유는 독자에게 최대한 읽기의 자유를 제공하기 위해서이다. 작가의 간섭이 없는 곳에 독자의 자유로운 읽기가 있을 수 있기 때문이다. 정답이 없는 해석, 자유분방한 읽기를 가능하게 하는 것이 열린 문학의 특징이라면, 스티븐의 이 주장은 열린 문학의 매니페스토라 할 것이다(조이스가 오늘날 열린 문학/포스트모더니즘의 선구자로 추앙받는 이유는 스티븐의 이러한 문학관을 충실하게 이행한 데 있다. 조이스는 자신의 작가관을 이행하는 방법으로 이피퍼니를 비롯해 자유간접화법, 틈 또는 생략의 기법, 열린 결말, 의식의 흐름 기법, 특히 내면독백 등 다양한 전위적인 서술 전략을 구사했다).

> 너는 나한테 내가 무엇을 할 것이며 무엇을 하지 않을 것인지 물었지. 이제 내가 무엇을 할 것이며 무엇을 하지 않을 것인지 말해줄게. 나는 내가 더이상 믿지 않는 것은 그것이 설령 나의 가정이나 나의 조국이나 아니면 나의 교회라 할지라도 섬기지 않을 거야. 그리고 어떤 삶의 방식이나 예술 양식을 통해 가능한 한 자유롭게, 가능한 한 완전하게 나 자신을 표현하려고 노력할 거야. 나 자신을 지키기 위해 내가 스스로에게 허용하는 최선의 무기들 즉, 침묵과 자

기 추방과 간교함을 이용해서 말이야.

스티븐이 출국을 앞두고 절친한 친구인 크랜리에게 털어놓은 진심에서 파악되듯 무엇을 하지 않겠다는 것이 무엇을 하기 위한 전제조건이라면, 그가 가정이나 조국이나 교회를 섬기지 않고 버리려 하는 것은 '나 자신을 표현'하는 작가가 되기 위해서라는 말에 다름아니다. 작가가 되기 위해 가정과 국가와 종교라는 미궁(또는 장벽)을 벗어나야 한다는 그의 논리는 새로울 것이 없다. 데이빈과의 대화에서 이미 밝힌 주장이기 때문이다. 다만 여기에 새로운 사실이 있다면 그것은 "가능한 한 자유롭게, 가능한 한 완전하게" 글쓰기를 하는 실천 방법으로 "침묵과 자기 추방과 간교함"을 분명하게 제시한다는 점이다. 이 세 가지 "최선의 무기들"은 앞에서 작가의 초연성을 논할 때 거론하지 않았던 문제로, 모두 열린 문학을 가능하게 하는 구체적인 서술 전략과 관련 있다. '침묵'은 틈 또는 생략의 기법을 가능하게 하는 방법이고, '자기 추방'은 보이지 않는 작가의 자세와 자유간접화법의 기법을 가능케 하는 방법이고 '간교함'은 조이스가 개발한 여타의 많은 전위적인 기법을 가능케 하는 방법을 가리킨다. 그때 거론하지 않은 문제를 이제 와서 그 실현 방법을 구체적으로 제시하는 것은 이론상의 미비점을 최종적으로 보완한 것이라 할 수 있다. 작가로서 이론적 무장을 마친 그가 더 머뭇거리고 있을 까닭이 없다. 스티븐이 크랜리에게 이러한 심경을 토로하는 것은 그의 출국이 임박했음을 알리려는 저의底意도 내포되어 있을 것이다. 그는 떠나는 아들의 옷가지를 챙기는 어머니를 지켜보면서 다짐한다. "오라, 오 인생이여! 나는 백만 번이라도 경험의 실재와 마주쳐 내 영혼의 대장간에서 아직 창조되지 않은 내 민족의 의식을 벼리기 위해 떠난다." 그러면서 그는 자신의 큰 뜻이 잘 이루어지도록 명장 다이달로스에게 가호를 비는 기도로 작품을 끝낸다. "고대의 아버지시여, 고대의 명장이시여, 이제부터 영원토록 저를 크게 도와주소서." 이 기도는 아들 이카로스가 미궁 탈출을 앞두고 아버지 다이달로스에게 올렸을 기도일 법도 하다. 그렇게 보면 이 작품은 다이달로스 이야기로 시작해 다이달로스에게 바치는 기도로 끝난다. 즉 『젊은 예술가의 초상』은 스티븐 디덜러스라는 이름의 어린 주인공이 그 이름에 담긴 큰 뜻을 모르고 자라다가 어느 날 갑자기 그 뜻을 깨닫고 그 이름에 값하는 예술가가 되기 위해 준비하는 과정을 신화의 구조에 맞추어 짠 작품이라 하겠다.

번역 대본으로는 존 폴 리켈메John Paul Riquelme의 편집으로 노턴 출판사에서 펴낸 *A Portrait of the Artist as a Young Man: Authoritative Text, Backgrounds and Contexts, Criticism* 2007년판을 썼다. 이 텍스트를 번역 대본으로 삼은 까닭은 조이스 텍스트 개정의 전문가이자 권위자인 독일의 한스 발터 가블러Hans Walter Gabler 교수팀의 개정판이라는 점도 있지만, 이 텍스트가 인쇄 오류가 가장 적은 『젊은 예술가의 초상』의 권위본으로 학계의 공인을 받고 있기 때문이다.

이 작품을 우리말로 올바르게 옮기기 위해 네 번에 걸친 현지답사 경험과 각종 참고자료를 최대한 활용했다. 특히나 영어로 발행된 주석서를 거의 빠짐없이 살폈다. 그 흔적의 일부가 본문의 역주에 남아 있다. 독서의 흐름을 끊는 줄 알면서도 주석을 충실하게 달고자 한 것은 조이스 문학의 특성상 불가피한 일이었다. 조이스는 생략(또는 침묵)의 서술 전략을 즐겨 쓰는 작가이기 때문에 역주의 도움 없이는 앞뒤 맥락을 파악하기가 어려운 작가라는 점을 부각시키고 싶어서였다. 없어도 좋을 역주가 혹시 눈에 띄면 무시하거나 건너뛰는 지혜를 발휘해 주시기 바란다. 더불어 '아일랜드 역사 개요'는 본래의 텍스트에는 없는 것으로, 독자가 역사적인 사실을 확인하기 위해 따로 아일랜드 역사를 찾아 읽지 않아도 좋도록 옮긴이가 각종 자료를 참고해 작성한 것임을 밝혀둔다.

성경의 언급이나 인용은 『성경』(서울: 한국천주교주교회의, 2009)에 의존했고, 가톨릭 용어는 천주교 용어위원회 편찬 『천주교 용어집』(서울: 한국천주교중앙협의회, 2004)을 따랐다. 가톨릭 용어나 교회 전반적인 의문은 독실한 가톨릭 신자이자 교리에 정통한 충북대 김영남 명예교수의 도움을 받아 풀었다. 그래도 있을 수밖에 없는 가톨릭 관련 오류는 전적으로 옮긴이의 책임이다. 독자와 함께 옮기는 번역본이라는 말이 있을 수 있다면 그런 번역본이 되기 위해 독자에게 가장 큰 도움을 받고 싶은 부분이 가톨릭 관련 문제임을 고백한다.

번역을 하겠다고 답은 쉽게 하였지만 막상 시작하고 보니 진척이 잘 되지 않았다. 옮긴이가 이 작품을 읽을 때마다 느끼는 신선한 감동을 그대로 전하고 싶은데, 흡사 오븐에서 갓 꺼낸 빵 같은 냄새를 독자에게 전하고 싶었으나 뜻대로 잘 풀리지만은 않았다. 이 정도면 됐지, 싶은 표현도 자리에서 일어서기 무섭게 이래서는 안 된다는 딴생각이 꼬리를 물었다. 적절한 말을 찾아 고치고 다듬는 데 적잖은 시간이 걸렸다. 그것도 잘 되지 않을 때는 벙어리 냉가슴 앓는 꼴이 되어 여러 날을, 아니 여러 달을 공쳐야 했다. 이렇게 늑장을 부리느라 원고를 넘길 약속을 여러 번이나 어길 수밖에 없었다. 그러나 편집부에서는 한 번도 독촉을 한 적이 없다. 심지어 언제쯤 되겠느냐고 물어보는 일조차 하지 않았다. 옮긴이에게 늑장을 부려도 되는 자유를 보장해준 편집부의 너그러움에 이 자리를 빌려 고마움을 전한다.

오래 붙들고 씨름한다고 해서 조이스의 글을 더욱 생생하게 전달해낼 수 있을 것 같지도 않았다. 그것은 전적으로 옮긴이의 한계 때문이다. 그렇다고 해서 무작정 늑장을 부리고만 있을 수 없어 번역을 마무리하는 이 마당에 아쉽고 안타까운 생각이 엄습함을 어쩔 도리가 없다. 올해는 마침 『젊은 예술가의 초상』이 단행본으로 출간된 지 꼭 백주년이 되는 해이다. 이 작품이 세상에 나온 지 한 세기가 되는 해에 세월의 때를 타지 않는 이 작품을 우리나라 독자에게 선보이려 시도하는 사실만으로도 어느 정도의 의미가 있으려니 하는 생각으로 우선 자위하려 한다.

『젊은 예술가의 초상』이 출판된 지 백년이 되는

2016년 1월 26일

진선주

1882년 2월 2일, 더블린의 남쪽 교외 라스가에서 존 스태니슬로스 조이스와 마리아 제인 머리 조이스 사이에서 장남으로 태어남.

1884년 12월 17일, 조이스의 동생 스태니슬로스 조이스 출생. 유년기를 넘긴 열 명의 형제자매 중에서 형 제임스와 가장 가까이 지냄.

1887년 더블린 남쪽 해변 교외인 브레이로 이사. 조이스의 외조부 윌리엄 오코넬과 가정교사 '댄티' 헌 콘웨이 부인과 같이 살게 됨.

1888년 9월 1일, 킬데어 카운티에 있는 예수회의 명문 기숙학교 클롱고우스 우드 칼리지에 입학.

1891년 6월, 지방세 징수원이던 아버지가 실직해 학비 조달이 어려워지자 클롱고우스 우드 칼리지 자퇴. 10월, 아일랜드 의회당 당수 찰스 스튜어트 파넬이 서거하자 조이스는 큰 충격을 받고 파넬의 '배신자'인 팀 힐리를 규탄하는 시 「힐리여, 너마저Et Tu, Healy」를 지음. 아버지는 이 시에 탄복, 자비로 인쇄하여 주변에 돌렸다고 하나 현재 전해지지 않음. 12월, 조이스가의 크리스마스 만찬 파티가 파넬의 실각을 둘러싼 논쟁으로 난장판이 됨.

1892년 블랙록으로 이사.

1893년 집안이 갈수록 어려워져서 집세가 싼 더블린 시내로 이사 다니기 시작. 노스 리치몬드 스트리트에 있는 빈민학교 크리스천 브러더스 학교에 잠시 다님. 4월 6일, 더블린 시내에 있는 또다른 예수회의 명문 벨비디어 칼리지에 학비 면제를 받고 입학.

1894년 2월, 고향에 남은 재산을 처분하러 가는 아버지를 따라 코크 방문. 봄에 전국 학력경시대회에서 우수한 성적을 거두어 첫 장학금을 받음. 드럼콘드라와 노스 리치몬드 스트리트로 한 해에 두 번 이사.

1895년 학내의 복되신 동정 마리아 모후 신심회에 가입.

1896년 9월, 벨비디어 학생의 최고 영광인 복되신 성모마리아 학생 신심회 회장으로 선출.

1897년 전국 영어 백일장 대회의 장원상과 교내 장학금을 받음. 신심회 회장으로 다시 선출.

1898년 5월, 성령강림절 경축 학예회 때 연극의 주역을 맡아 벨비디어 교장 선생 흉내를 내어 장내를 웃음바다로 만듦. 이 무렵 자유분방한 생활에 끌려 신앙심이 사그라들기 시작. 9월, 벨비디어 칼리지를 졸업하고 예수회 계통의 로열대학(현재의 유니버시티 칼리지 더블린)에 진학. 이때부터 교회와 민족주의운동에 대한 회의와 반항이 싹틈. 잦은 이사.

1899년 5월, W. B. 예이츠의 〈캐슬린 백작부인〉의 개막 공연 관람. 이 극의 내용이 아일랜드에 대한 모독이라는 이유로 학우들이 펼치는 항의 운동에 서명을 거부.

1900년 1월, 학내 문학 및 역사 연구회에서 논문 「연극과 삶Drama and Life」 발표. 4월 1일, 런던의 저명한 문학지 『포트나이틀리 리뷰』에 헨리크 입센의 마지막 희곡 〈죽은 우리가 깨어날 때〉의 서평 「입센의 새로운 연극Ibsen's New Drama」을 발표. 이달 말경, 입센을 영역한 윌리엄 아처를 통하여 입센으로부터 노르웨이어로 쓴 감사 편지를 받음. 5월, 고료를 받으러 아버지와 함께 런던 방문. 이때 아처를 만남. 『현현집*Epiphanies*』을 작성하기 시작. 8월, 멀린가에서 희곡 「화려한 생애A Brilliant Career」를 습작. '자신의 영혼'에 바치는 작품이었다고 하나 현재 전해지지 않음.

1901년 아일랜드 문예극장의 국수적인 편협성을 질타하는 평론 「어중이떠중이의 시대The Day of Rabblement」를 팸플릿으로 출간. 이는 원래 교지 『성 스테파노』에 기고했으나 지도교수로부터 게재를 거절당하자 같이 거절당한 학우 프랜시스 스케핑턴(매캔의 모델)의 여성 평등을 주장하는 에세이와 함께 자비로 출판.

1902년 2월, 대학의 문학 및 역사 연구회에서 아일랜드 시인 제임스 맹건의 잊힌 가치를 찬양하는 논문을 발표. 3월, 문학사 학위를 받고 대학 졸업. 재학중 현대어, 즉 영어, 이탈리아어, 프랑스어, 독일어는 물론 라틴어, 노르웨이어까지 광범하게 공부. 생계 수단으로 의사가 되기 위해 곧 로열대학 의과대학에 적을 둠. 12월 1일, 의대를 그만두고 파리로 가 고학으로 의학을 공부하기로 결심. 파리로 가는 도중 런던에 들러 예이츠를 만남. 이때 예이츠가 언론계에 발이 넓은 비평가이자 시인인 아서 시먼스를 소개해줌. 12월 23일, 크리스마스 휴가를 보내러 더블린으로 돌아옴.

1903년 1월 17일, 파리로 되돌아감. 학비 마련과 적성 문제 등으로 의학 공부를 포기하고 국립도서관에서 독서로 대부분의 시간을 보냄. 1월~4월에 『현현집』 원고를 정리. 4월 10일, 아버지로부터 모친 위독의 전보를 받고 귀국. 8월 13일, 어머니가 향년 44세로 암으로 별세.

1904년 1월 7일, 소설 『젊은 예술가의 초상』의 모태가 되는 「예술가의 초상」이라는 설화체의 에세이를 씀. 2월 2일, 이를 잡지 『데이나』의 편집장에게 보냈으나 거절당하자 제목을 '스티븐 히어로 Stephen Hero'로 바꾸고 장편으로 대폭 확대, 개작하기 시작. 3월~6월, 도키의 클리프턴 초등학교에서 교원으로 일함(이 일이 『율리시스*Ulysses*』 「네스토르」장의 배경이 됨). 5월 16일, '페시 쿄일' 성악경연대회에 참가하여 동메달을 받음. 6월 10일, 노상에서 뒤에 부인이 된 노라 바너클(1884~1951)을 만나 6월 16일, 첫 데이트를 함(이날을 『율리시스』의 날짜로 삼음. 주인공 레오폴드 블룸의 이름을 따서 이날을 흔히 블룸의 날Bloomsday이라고 부름). 10월 8일, 노라와 사랑의 도피를 하기로 합의하고 더블린을 떠남. 대륙을 향해 런던, 취리히, 트리에스테를 거쳐 유고슬라비아의 폴라(현재 크로아티아의 풀라)에 도착, 벌리츠 외국어 학교에서 영어를 가르치기 시작. 주간지 『아이리시 홈스테드』에 스티븐 데덜러스(Stephen Daedalus)라는 필명으로 3편의 단편을 발표. 이들 단편은 모두 후에 『더블린 사람들』에 수록.

1905년 3월, 오스트리아의 트리에스테(지금은 이탈리아령)로 옮겨가 벌리츠 외국어 학교에서 계속 영어를 가르침. 7월 27일, 아들 조르지오 조이스 출생. 10월, 조이스의 요청으로 동생 스태니슬로스가 와서 같이 살게 됨. 형과 같이 벌리츠에서 영어를 가르치면서 형의 보호자로서 어려운 집안 살림을 꾸려나가는 일을 맡음. 『더블린 사람들』을 빠른 속도로 집필. 12월 3일, 이미 발표한 3편에 새로 쓴 12편을 묶어 『더블린 사람들』이라는 제목으로 출판하기 위하여 런던의 출판인 그랜트 리처즈에게 시집 『실내악 *Chamber Music*』의 원고와 함께 보냄.

1906년 2월, 두 편의 단편을 더 써서 리처즈에게 추가로 보내자 리처즈가 『더블린 사람들』의 출판을 수락. 그러나 내용상의 부분적인 수정 또는 삭제를 요구하다가 조이스가 쉽게 응하지 않는다는 이유로 이를 번의, 9월에 그 원고를 반송. 5월~6월, 「자매」 대폭 수정. 7월, 궁핍한 생활이 힘들어서 로마로 옮겨가 외국거래처 교신원으로 은행에 취업.

1907년 3월, 은행원 생활이 보수도 좋지 않고 바쁘기만 해서 이를 그만두고 트리에스테로 되돌아감. 수입도 낫고 시간적 여유도 있는 영어 개인 지도를 시작. 트리에스테 신문에 이탈리아어로 아일랜드 정정政情에 관한 5편의 평론을 발표. 5월 초, 시집 『실내악』이 런던의 엘킨 매슈스에 의해 출판됨. 7월, 류머티즘열로 입원. 안질도 시작됨. 7월 26일, 딸 루치아 안나 조이스가 태어남. 9월 20일, 류머티즘열 회복과 더불어 『죽은 이들』의 집필을 끝냄. 9월, 『스티븐 히어로』의 개정에 착수하여 26장까지 계속하다가 다시 제목을 『젊은 예술가의 초상』으로 바꾸고 내용을 대폭 압축, 개작하기 시작(『스티븐 히어로』는 시어도어 스펜서의 편집으로 사후(1944)에 런던과 뉴욕에서 출판됨).

1908년 4월, 5장 예정으로 시작한 『젊은 예술가의 초상』의 집필을 3장까지 마치고 일시 중단.

1909년 벌리츠의 제자이자 이탈리아의 저명한 작가인 에토레 슈미츠(필명 이탈로 스베보)의 독촉과 권유로 『젊은 예술가의 초상』의 집필에 박차를 가함. 4월, 더블린의 몬슬 출판사에 『더블린 사람들』의 원고를 보내어 출판 교섭을 새로 시작. 이해에 더블린을 두 번 방문함. 8월에 더블린을 방문하여 몬슬 출판사와 다음해 9월 이전까지 책을 출판한다는 계약을 체결함. 10월 21일, 더블린을 다시 방문하여 12월 20일 더블린 최초로 볼타 영화관을 개관.

1910년 1월 2일, 관객의 취향을 무시한 레퍼토리 선정으로 영화관이 실패하자 트리에스테로 되돌아감. 6월, 몬슬 출판사에서 『더블린 사람들』의 영국 왕 에드워드 7세의 묘사가 불경하다는 이유로 그 부분의 삭제나 수정을 요구하는 바람에 출판이 다시 지연됨.

1911년 9월 2일, 아서 그리피스가 발행하는 일간지 〈신 페인〉 등에 『더블린 사람들』이 겪는 출판상의 고충을 호소하는 공개서한을 발표. 『젊은 예술가의 초상』이 뜻대로 풀리지 않자 낙담하여 그 원고를 난로에 던져버렸는데, 그의 누이동생 아일린이 이를 건졌고 헌 종이로 싸둔 것이라 불에 그을린 흔적은 없었다고 함.

1912년 이탈리아 신문에 「파넬의 그림자L'Ombra di Parnell」를 비롯한 3편의 평론(5, 8, 9월)을 발표. 7월 12일, 가족과 함께 마지막으로 아일랜드 방문. 이때 그의 처가가 있는 골웨이도 방문. 몬슬 출판사에서 출판 계약을 일방적으로 폐기함. 고발을 당할 염려가 있다는 이유로 『더블린 사람들』에 나오는 속어의 제거와 실명實名의 변경을 요구하다가 작가도 모르게 인쇄소로 하여금 이미 조판해둔 지형을 해판토록 함. 9월 15일, 이에 화가 난 조이스는 출판사와 인쇄소를 싸잡아 풍자하는 시 「버너에서 내뿜는 가스Gas from a Burner」를 써서 트리에스테로 돌아와 발표. 트리에스테 대학에서 『햄릿』 강의 시작.

1913년 그랜트 리처즈가 다시 『더블린 사람들』에 대해 관심을 보임. 연말경, 예이츠의 소개로 에즈라 파운드와 교신하기 시작. 교신이 시작된 직후부터 파운드는 10여 년간 조이스의 헌신적인 지원자가 됨.

1914년 1월, 리처즈의 요청으로 『더블린 사람들』의 원고를 다시 보냄. 2월 2일, 개작중인 『젊은 예술가의 초상』이 파운드의 추천으로 런던의 『에고이스트』에 연재되기 시작. 그리하여 마지막 5장을 제외한 25회분의 연재가 1915년 9월 1일까지 연재됨. 3월, 『율리시스』 집필에 착수. 6월 15일, 『더블린 사람들』이 그랜트 리처즈에 의해 마침내 출판됨. 11월, 『율리시스』 집필을 접어두고 그의 유일의 희곡 〈추방인들Exiles〉 '노트'를 작성.

1915년 1월 9일, 스태니슬로스가 친이탈리아 인사라는 이유로 오스트리아 당국에 체포되어 1차대전이 끝날 때까지 수용소에 억류됨. 『추방인들』의 집필을 마침. 5월 15일, 이탈리아가 1차대전에 참전하자 6월 말, 당국에 정치적 중립을 서약하고 트리에스테를 떠나 중립국 스위스로 감. 8월, 파운드, 예이츠, 에드먼드 고스의 주선으로 영국 왕실 문예기금의 창작 지원비를 받음. 『율리시스』의 집필을 계속함.

1916년 8월, 파운드의 도움으로 영국 왕실기금에서 100파운드의 생활 보조금을 받음. 12월, 『더블린 사람들』과 『젊은 예술가의 초상』이 뉴욕의 B. W. 휩시에 의해 출판됨.

1917년 2월, 『젊은 예술가의 초상』이 런던의 에고이스트 사에서 출판됨. 『에고이스트』의 편집인 해리엇 쇼 위버 여사가 익명으로 재정적인 후원을 시작함. 그녀의 재정적 지원은 조이스가 세상을 떠날 때까지 지속됨. 안질이 심해져서 8월에 첫 수술을 받고 10월에는 가족과 함께 로카르노로 가서 정양하며 겨울을 보냄. 연말에 『율리시스』의 첫 세 장인 이른바 '텔레마키아'를 완성하여 파운드에게 보냄.

1918년 1월, 취리히로 돌아감. 3월, 파운드의 추천으로 뉴욕의 『리틀 리뷰』에 『율리시스』가 연재되기 시작함. 이는 1920년 12월까지 23회분이 연재됨. 5월, 『추방인들』이 영국과 미국에서 동시에 출판됨. 미국인 부호 해럴드 매코믹 여사가 매달 재정적 지원을 하기 시작. 클로드 W. 사이크스(1883~1964)와 극단 '영국 배우들'을 조직하여 첫 작품으로 오스카 와일드의 〈진지함의 중요성 The Importance of Being Earnest〉을 공연함. 11월, 1차세계대전 종전.

1919년 『율리시스』의 8장 첫 부분과 9장 전반부가 실린 『리틀 리뷰』의 1월호와 5월호가 내용이 음란하다는 이유로 미국 우정국에 압수되어 소각됨. 8월 7일, 〈추방인들〉이 뮌헨에서 초연되었으나 실패로 끝나 크게 서운해함. 매코믹 여사가 카를 융의 정신분석 검사를 거부한다는 이유로 생활비 지원을 중단해 10월 중순, 가족을 데리고 트리에스테로 귀환. 상업학교에서 영어를 가르치면서 『율리시스』 완성에 온 힘을 쏟음.

1920년 4월~6월, 카를로 리나티가 이탈리아어로 번역한 「추방인들」이 밀라노의 『일 콘베뇨』에 3회 분재됨. 6월, 파운드를 이탈리아 시르미오네에서 처음으로 만남. 7월 초, 파운드의 권유로 『율리시스』 출판에 유리할 파리로 이주. 9월 20일, 『리틀 리뷰』가 뉴욕의 사회악추방협의회로부터 「나우시카」장을 예를 들어 『율리시스』가 외설적이므로 게재를 중단하라는 고발을 당해 「태양신의 소들」장의 첫 회분이 실린 12월호를 마지막으로 23회에 걸친 연재가 중단됨.

1921년 2월, 실비아 비치 여사가 '셰익스피어 앤드 컴퍼니'라는 그녀의 서점 이름으로 『율리시스』를 출판하겠다는 제안에 동의함. 조이스는 이 작품의 완성에 박차를 가하는 한편 인쇄소에서 부쳐오는 교정쇄의 수정과 내용의 추가를 병행.

1922년 2월 2일, 조이스의 마흔번째 생일날 『율리시스』가 출간됨. 8월, 가족과 함께 영국 여행. 이때 해리엇 위버 여사를 처음 만남. 영국과 미국 세관에서 금서라는 이유로 프랑스에서 들어오는 『율리시스』를 압수, 파기함.

1923년 3월 10일, 『진행중인 작품*Work in Progress*』의 집필 시작. 이를 '피네건의 밤샘Finnegans Wake'이라는 제목으로 확정, 집필을 끝낼 때까지 17년 동안 엄청난 정력과 시간을 쏟음.

1924년 3월, 『젊은 예술가의 초상』의 프랑스어 판이 파리에서 출판됨. 4월, 『진행중인 작품』의 앞부분의 일부가 파리의 『트랜스애틀랜틱 리뷰』에 발표됨. 치통과 안질의 악화로 또 수술을 받음. 파운드의 파시즘 지지와 작품에 대한 견해 차이로 그와의 사이가 벌어지기 시작함.

1925년 『진행중인 작품』 일부가 런던의 『크라이티어리언*Criterion*』과 파리의 『나비르 다르장*Navire D'argent*』에 발표됨.

1926년 4월, 『더블린 사람들』 프랑스어 판이 파리에서 나오다. 7월, 뉴욕의 잡지 『월간 두 세계』에서 『율리시스』를 표절, 연재하기 시작.

1927년 2월 2일, 『월간 두 세계』의 표절 행위를 규탄하는 항의 운동이 국제적으로 전개되자 10월에 그 연재를 중단함. 파운드는 그 항의 운동에 서명을 거부함. 4월, 파리에서 창간된 실험 잡지 『트랑지시옹』에 『진행중인 작품』을 연재하기 시작. 1938년 5월까지 17회분이 발표됨. 펜클럽 만찬회에 주빈으로 초청되어 런던 방문. 7월, 『한푼짜리 시*Pomes Penyeach*』가 셰익스피어 출판사에서 출간됨.

1928년 10월, 『안나 리비아 플루라벨*Anna Livia Plurabelle*』이 뉴욕에서 단행본으로 출판됨. 사뮈엘 베케트가 1930년까지 시력 문제로 고생하는 조이스의 충실한 개인 비서 노릇을 함.

1929년 2월, 『율리시스』의 프랑스어 판이 출간되다. 5월, 『진행중인 작품』에 대한 주변의 부정적인 반응이 거세지자 이에 대한 호의적인 반응을 유도하기 위하여 베케트를 비롯한 12명의 조이스 예찬자들에게 공동 집필케 한 비평서(*Our Exagmination round his Factification for Incamination of Work in Progress*)가 셰익스피어 출판사에서 출판됨.

1930년 1월, 스튜어트 길버트(1883~1969)가 조이스의 도움을 받아 쓴 『제임스 조이스의 '율리시스' 연구*James Joyce's Ulysses: A Study*』가 런던에서 출간됨. 5월~6월, 취리히로 가서 여러 차례 눈 수술을 받음.

1931년 5월, 조이스의 요청으로 베케트 등이 번역한 『안나 리비아 플루라벨』 일부가 파리의 『프랑스 신비평』에 발표됨. 가족과 함께 런던 여행중 7월 4일, 제임스 조이스와 노라 바너클 조이스는 자녀들의 상속권 보장을 위해 정식 결혼식을 올림. 9월, 파리로 귀환. 12월 29일, 아버지가 향년 82세로 더블린에서 별세.

1932년 2월 15일, 손자 스티븐 제임스 조이스가 태어남. 아버지의 별세와 손자의 출생에 만감이 교차하여 「이 아이를 보라Ecce Puer」라는 시를 지음. 3월, 딸 루치아가 정신분열증을 일으켜 스위스 요양원에 입원.

1933년 5월, 가족과 함께 스위스로 가서 루치아의 요양원 근처의 제네바 호반에서 여름을 보냄. 12월 6일, 뉴욕 지방법원의 존 M. 울지 판사가 『율리시스』는 결코 외설작품이 아니라는 판결을 내려 미국에서 이 책의 출판의 길이 열림.

1934년 1월 25일, 뉴욕의 랜덤하우스에서 미국 최초로 『율리시스』를 출판함. 루치아는 연말에서 이듬해 1월까지 카를 융의 정신분석 치료를 받고, 조이스는 이해의 대부분을 루치아가 입원중인 스위스에서 보내며 계속 눈 수술을 받음.

1936년 10월, 『율리시스』가 영국 최초로 보들리헤드 출판사에서 출판됨. 12월, 『시선집*Collected Poems*』이 뉴욕에서 출판됨.

1937년 6월, 파리에서 열린 국제 펜 대회에서 연설함.

1938년 11월 13일, 『피네건의 밤샘』 탈고.

1939년 5월 4일, 『피네건의 밤샘』이 뉴욕의 바이킹 출판사와 런던의 파버 앤드 파버 출판사에서 동시에 출판됨. 9월, 2차대전이 일어나자 조이스가는 파리를 떠나 딸이 입원중인 요양원 근처인 비시(제2차대전중 비점령지구의 임시 수도) 부근의 생 제랑 르퓌로 이주함.

1940년 12월 14일, 프랑스가 나치스에 함락되자 딸을 요양원에 남겨두고 중립국 스위스로 감.

1941년 1월 13일, 취리히의 적십자병원에서 천공성 십이지장 궤양 수술을 받은 뒤 59세를 일기로 서거함. 1월 15일, 취리히의 플룬테른 묘지에 안장됨. 1951년 4월 10일 부인 노라가 향년 67세로 별세해 나란히 묻힘.

문학동네 세계문학전집 발간에 부쳐

세계문학은 국민문학 혹은 지역문학을 떠나 존재하는 문학이 아니지만 그것들의 총합도 아니다. 세계문학이라는 용어에는 그 나름의 언어와 전통을 갖고 있는 국민문학이나 지역문학의 존재를 인정하면서 그것을 넘어서는 문학의 보편적 질서에 대한 관념이 새겨져 있다. 그 용어를 처음 고안한 19세기 유럽인들은 유럽문학을 중심으로 그 질서를 구축했지만 풍부한 국민문학의 전통을 가지고 있는 현대의 문학 강국들은 나름의 방식으로 세계문학을 이해하면서 정전(正典)의 목록을 작성하고 또 수정한다.

한국에서도 세계문학 관념은 우리 사회와 문화의 변화 속에서 거듭 수정돼왔다. 어느 시기에는 제국 일본의 교양주의를 반영한 세계문학 관념이, 어느 시기에는 제3세계 민족주의에 동조한 세계문학 관념이 출현했고, 그러한 관념을 실천한 전집물이 출판됐다. 21세기 한국에 새로운 세계문학전집이 필요하다는 것은 명백하다. 우리의 지성과 감성의 기준에 부합하는 세계문학을 다시 구상할 때가 되었다.

문학동네 세계문학전집은 범세계적으로 통용되는 고전에 대한 상식을 존중하면서도 지난 반세기 동안 해외 주요 언어권에서 창작과 연구의 진전에 따라 일어난 정전의 변동을 고려하여 편성되었다. 그래서 불멸의 명작은 물론 동시대 세계의 중요한 정치·문화적 실천에 영감을 준 새로운 작품들을 두루 포함시켰다.

창립 이후 지금까지 한국문학 및 번역문학 출판에서 가장 전문적이고 생산적인 그룹을 대표해온 문학동네가 그간 축적한 문학 출판 경험을 바탕으로 새로운 세계문학전집을 펴낸다. 인류가 무지와 몽매의 어둠 속을 방황하면서도 끝내 길을 잃지 않은 것은 세계문학사의 하늘에 떠 있는 빛나는 별들이 길잡이가 되어주었기 때문이다. 우리가 자부심과 사명감 속에서 그리게 될 이 새로운 별자리가 독자들의 관심과 애정에 힘입어 우리 모두의 뿌듯한 자산이 되기를 소망한다.

문학동네 세계문학전집 편집위원

민은경, 박유하, 변현태, 송병선, 이재룡, 홍길표, 남진우, 황종연

지은이 **제임스 조이스**

1882년 아일랜드 더블린에서 태어났다. 1898년 더블린 유니버시티 칼리지에 입학해 현대 유럽어를 공부했다. 졸업 후 의사가 되려고 파리로 떠났으나 곧 그만두고 작가의 길로 들어섰다. 1904년 더블린을 떠나 유럽 등지 떠돌며 소설을 써 1914년 『더블린 사람들』을 출간했다. 제1차 세계대전이 발발하자 스위스 취리히에 정착했고, 영국 왕실에서 창작 지원비를 받아 집필에 매진해 『젊은 예술가의 초상』 『율리시스』 등을 발표하며 20세기 모더니즘을 이끌었다. 1941년 취리히에서 숨을 거두었다.

옮긴이 **진선주**

부산대학교 영문학과를 졸업하고 서울대 대학원을 거쳐 연세대 대학원에서 문학박사 학위를 받았다. 충북대학교 영어교육과 교수로 재직하면서 위스콘신 대학, 에식스 대학, 더블린 유니버시티 칼리지의 방문 교수로 조이스를 연구했다. 국제 제임스 조이스 연구 재단 회원으로 국제학회에서 여러 차례 논문을 발표했다. 지은 책으로 『주석본 더블린 사람들』, 영국에서 출판된 『조이스의 이미지』(공저), 『제임스 조이스의 율리시즈의 서술 전략』이 있고, 옮긴 책으로는 『더블린 사람들』이 있다.

세계문학전집 156

젊은 예술가의 초상

1판 1쇄 2017년 12월 22일
1판 3쇄 2023년 2월 28일

지은이 제임스 조이스 | 옮긴이 진선주
편집 김수현 홍상희 이미영 김경은 | 독자모니터 구소영
디자인 김선미 최미영 | 저작권 박지영 형소진 이영은
마케팅 정민호 이숙재 김도윤 한민아 이민경 안남영 김수현 왕지경 황승현 김혜원
브랜딩 함유지 함근아 박민재 김희숙 고보미 정승민
제작 강신은 김동욱 임현식 | 제작처 영신사

펴낸곳 (주)문학동네 | 펴낸이 김소영
출판등록 1993년 10월 22일 제2003-000045호
주소 10881 경기도 파주시 회동길 210
전자우편 editor@munhak.com | 대표전화 031)955-8888 | 팩스 031)955-8855
문의전화 031)955-1927(마케팅), 031)955-3560(편집)
문학동네카페 http://cafe.naver.com/mhdn
인스타그램 @munhakdongne | 트위터 @munhakdongne
북클럽문학동네 http://bookclubmunhak.com

ISBN 978-89-546-4944-5 04840
978-89-546-0901-2 (세트)

1, 2, 3 안나 카레니나 레프 톨스토이 | 박형규 옮김
4 판탈레온과 특별봉사대 마리오 바르가스 요사 | 송병선 옮김
5 황금 물고기 르 클레지오 | 최수철 옮김
6 템페스트 윌리엄 셰익스피어 | 이경식 옮김
7 위대한 개츠비 F. 스콧 피츠제럴드 | 김영하 옮김
8 아름다운 애너벨 리 싸늘하게 죽다 오에 겐자부로 | 박유하 옮김
9, 10 파우스트 요한 볼프강 폰 괴테 | 이인웅 옮김
11 가면의 고백 미시마 유키오 | 양윤옥 옮김
12 킴 러디어드 키플링 | 하창수 옮김
13 나귀 가죽 오노레 드 발자크 | 이철의 옮김
14 피아노 치는 여자 엘프리데 옐리네크 | 이병애 옮김
15 1984 조지 오웰 | 김기혁 옮김
16 벤야멘타 하인학교-야콥 폰 군텐 이야기 로베르트 발저 | 홍길표 옮김
17, 18 적과 흑 스탕달 | 이규식 옮김
19, 20 휴먼 스테인 필립 로스 | 박범수 옮김
21 체스 이야기·낯선 여인의 편지 슈테판 츠바이크 | 김연수 옮김
22 왼손잡이 니콜라이 레스코프 | 이상훈 옮김
23 소송 프란츠 카프카 | 권혁준 옮김
24 마크롤 가비에로의 모험 알바로 무티스 | 송병선 옮김
25 파계 시마자키 도손 | 노영희 옮김
26 내 생명 앗아가주오 앙헬레스 마스트레타 | 강성식 옮김
27 여명 시도니가브리엘 콜레트 | 송기정 옮김
28 한때 흑인이었던 남자의 자서전 제임스 웰든 존슨 | 천승걸 옮김
29 슬픈 짐승 모니카 마론 | 김미선 옮김
30 피로 물든 방 앤절라 카터 | 이귀우 옮김
31 숨그네 헤르타 뮐러 | 박경희 옮김
32 우리 시대의 영웅 미하일 레르몬토프 | 김연경 옮김
33, 34 실낙원 존 밀턴 | 조신권 옮김
35 복낙원 존 밀턴 | 조신권 옮김
36 포로기 오오카 쇼헤이 | 허호 옮김
37 동물농장·파리와 런던의 따라지 인생 조지 오웰 | 김기혁 옮김
38 루이 랑베르 오노레 드 발자크 | 송기정 옮김
39 코틀로반 안드레이 플라토노프 | 김철균 옮김
40 어두운 상점들의 거리 파트릭 모디아노 | 김화영 옮김
41 순교자 김은국 | 도정일 옮김
42 젊은 베르테르의 슬픔 요한 볼프강 폰 괴테 | 안장혁 옮김
43 더블린 사람들 제임스 조이스 | 진선주 옮김
44 설득 제인 오스틴 | 원영선, 전신화 옮김
45 인공호흡 리카르도 피글리아 | 엄지영 옮김
46 정글북 러디어드 키플링 | 손향숙 옮김
47 외로운 남자 외젠 이오네스코 | 이재룡 옮김
48 에피 브리스트 테오도어 폰타네 | 한미희 옮김
49 둔황 이노우에 야스시 | 임용택 옮김
50 미크로메가스·캉디드 혹은 낙관주의 볼테르 | 이병애 옮김

51, 52 염소의 축제 마리오 바르가스 요사 | 송병선 옮김
53 고야산 스님·초롱불 노래 이즈미 교카 | 임태균 옮김
54 다니엘서 E. L. 닥터로 | 정상준 옮김
55 이날을 위한 우산 빌헬름 게나치노 | 박교진 옮김
56 톰 소여의 모험 마크 트웨인 | 강미경 옮김
57 카사노바의 귀향·꿈의 노벨레 아르투어 슈니츨러 | 모명숙 옮김
58 바보들을 위한 학교 사샤 소콜로프 | 권정임 옮김
59 어느 어릿광대의 견해 하인리히 뵐 | 신동도 옮김
60 웃는 늑대 쓰시마 유코 | 김훈아 옮김
61 팔코너 존 치버 | 박영원 옮김
62 한눈팔기 나쓰메 소세키 | 조영석 옮김
63, 64 톰 아저씨의 오두막 해리엇 비처 스토 | 이종인 옮김
65 아버지와 아들 이반 투르게네프 | 이항재 옮김
66 베니스의 상인 윌리엄 셰익스피어 | 이경식 옮김
67 해부학자 페데리코 안다아시 | 조구호 옮김
68 긴 이별을 위한 짧은 편지 페터 한트케 | 안장혁 옮김
69 호텔 뒤락 애니타 브루크너 | 김정 옮김
70 잔해 쥘리앵 그린 | 김종우 옮김
71 절망 블라디미르 나보코프 | 최종술 옮김
72 더버빌가의 테스 토머스 하디 | 유명숙 옮김
73 감상소설 미하일 조셴코 | 백용식 옮김
74 빙하와 어둠의 공포 크리스토프 란스마이어 | 진일상 옮김
75 쓰가루·석별·옛날이야기 다자이 오사무 | 서재곤 옮김
76 이인 알베르 카뮈 | 이기언 옮김
77 달려라, 토끼 존 업다이크 | 정영목 옮김
78 몰락하는 자 토마스 베른하르트 | 박인원 옮김
79, 80 한밤의 아이들 살만 루슈디 | 김진준 옮김
81 죽은 군대의 장군 이스마일 카다레 | 이창실 옮김
82 페레이라가 주장하다 안토니오 타부키 | 이승수 옮김
83, 84 목로주점 에밀 졸라 | 박명숙 옮김
85 아베 일족 모리 오가이 | 권태민 옮김
86 폭풍의 언덕 에밀리 브론테 | 김정아 옮김
87, 88 늦여름 아달베르트 슈티프터 | 박종대 옮김
89 클레브 공작부인 라파예트 부인 | 류재화 옮김
90 P세대 빅토르 펠레빈 | 박혜경 옮김
91 노인과 바다 어니스트 헤밍웨이 | 이인규 옮김
92 물방울 메도루마 슌 | 유은경 옮김
93 도깨비불 피에르 드리외라로셸 | 이재룡 옮김
94 프랑켄슈타인 메리 셸리 | 김선형 옮김
95 래그타임 E. L. 닥터로 | 최용준 옮김
96 캔터빌의 유령 오스카 와일드 | 김미나 옮김
97 만(卍)·시게모토 소장의 어머니 다니자키 준이치로 | 김춘미, 이호철 옮김
98 맨해튼 트랜스퍼 존 더스패서스 | 박경희 옮김
99 단순한 열정 아니 에르노 | 최정수 옮김

100 열세 걸음 모옌 | 임홍빈 옮김
101 데미안 헤르만 헤세 | 안인희 옮김
102 수레바퀴 아래서 헤르만 헤세 | 한미희 옮김
103 소리와 분노 윌리엄 포크너 | 공진호 옮김
104 곰 윌리엄 포크너 | 민은영 옮김
105 롤리타 블라디미르 나보코프 | 김진준 옮김
106, 107 부활 레프 톨스토이 | 박형규 옮김
108, 109 모래그릇 마쓰모토 세이초 | 이병진 옮김
110 은둔자 막심 고리키 | 이강은 옮김
111 불타버린 지도 아베 고보 | 이영미 옮김
112 말라볼리아가의 사람들 조반니 베르가 | 김운찬 옮김
113 디어 라이프 앨리스 먼로 | 정연희 옮김
114 돈 카를로스 프리드리히 실러 | 안인희 옮김
115 인간 짐승 에밀 졸라 | 이철의 옮김
116 빌러비드 토니 모리슨 | 최인자 옮김
117, 118 미국의 목가 필립 로스 | 정영목 옮김
119 대성당 레이먼드 카버 | 김연수 옮김
120 나나 에밀 졸라 | 김치수 옮김
121, 122 제르미날 에밀 졸라 | 박명숙 옮김
123 현기증. 감정들 W. G. 제발트 | 배수아 옮김
124 강 동쪽의 기담 나가이 가후 | 정병호 옮김
125 붉은 밤의 도시들 윌리엄 버로스 | 박인찬 옮김
126 수고양이 무어의 인생관 E. T. A. 호프만 | 박은경 옮김
127 맘브루 R. H. 모레노 두란 | 송병선 옮김
128 익사 오에 겐자부로 | 박유하 옮김
129 땅의 혜택 크누트 함순 | 안미란 옮김
130 불안의 책 페르난두 페소아 | 오진영 옮김
131, 132 사랑과 어둠의 이야기 아모스 오즈 | 최창모 옮김
133 페스트 알베르 카뮈 | 유호식 옮김
134 다마세누 몬테이루의 잃어버린 머리 안토니오 타부키 | 이현경 옮김
135 작은 것들의 신 아룬다티 로이 | 박찬원 옮김
136 시스터 캐리 시어도어 드라이저 | 송은주 옮김
137 고독한 산책자의 몽상 장자크 루소 | 문경자 옮김
138 용의자의 야간열차 다와다 요코 | 이영미 옮김
139 세기아의 고백 알프레드 드 뮈세 | 김미성 옮김
140 햄릿 윌리엄 셰익스피어 | 이경식 옮김
141 카산드라 크리스타 볼프 | 한미희 옮김
142 이 글을 읽는 사람에게 영원한 저주를 마누엘 푸익 | 송병선 옮김
143 마음 나쓰메 소세키 | 유은경 옮김
144 바다 존 밴빌 | 정영목 옮김
145, 146, 147, 148 전쟁과 평화 레프 톨스토이 | 박형규 옮김
149 세 가지 이야기 귀스타브 플로베르 | 고봉만 옮김
150 제5도살장 커트 보니것 | 정영목 옮김
151 알렉시 · 은총의 일격 마르그리트 유르스나르 | 윤진 옮김

152 말라 온다 알베르토 푸겟 | 엄지영 옮김
153 아르세니예프의 인생 이반 부닌 | 이항재 옮김
154 오만과 편견 제인 오스틴 | 류경희 옮김
155 돈 에밀 졸라 | 유기환 옮김
156 젊은 예술가의 초상 제임스 조이스 | 진선주 옮김
157, 158, 159 카라마조프가의 형제들 표도르 도스토옙스키 | 김희숙 옮김
160 진 브로디 선생의 전성기 뮤리얼 스파크 | 서정은 옮김
161 13인당 이야기 오노레 드 발자크 | 송기정 옮김
162 하지 무라트 레프 톨스토이 | 박형규 옮김
163 희망 앙드레 말로 | 김웅권 옮김
164 임멘 호수 · 백마의 기사 · 프시케 테오도어 슈토름 | 배정희 옮김
165 밤은 부드러워라 F. 스콧 피츠제럴드 | 정영목 옮김
166 야간비행 앙투안 드 생텍쥐페리 | 용경식 옮김
167 나이트우드 주나 반스 | 이예원 옮김
168 소년들 앙리 드 몽테를랑 | 유정애 옮김
169, 170 독립기념일 리처드 포드 | 박영원 옮김
171, 172 닥터 지바고 보리스 파스테르나크 | 박형규 옮김
173 싯다르타 헤르만 헤세 | 권혁준 옮김
174 야만인을 기다리며 J. M. 쿳시 | 왕은철 옮김
175 철학편지 볼테르 | 이봉지 옮김
176 거지 소녀 앨리스 먼로 | 민은영 옮김
177 창백한 불꽃 블라디미르 나보코프 | 김윤하 옮김
178 슈틸러 막스 프리슈 | 김인순 옮김
179 시핑 뉴스 애니 프루 | 민승남 옮김
180 이 세상의 왕국 알레호 카르펜티에르 | 조구호 옮김
181 철의 시대 J. M. 쿳시 | 왕은철 옮김
182 카시지 조이스 캐럴 오츠 | 공경희 옮김
183, 184 모비 딕 허먼 멜빌 | 황유원 옮김
185 솔로몬의 노래 토니 모리슨 | 김선형 옮김
186 무기여 잘 있거라 어니스트 헤밍웨이 | 권진아 옮김
187 컬러 퍼플 앨리스 워커 | 고정아 옮김
188, 189 죄와 벌 표도르 도스토옙스키 | 이문영 옮김
190 사랑 광기 그리고 죽음의 이야기 오라시오 키로가 | 엄지영 옮김
191 빅 슬립 레이먼드 챈들러 | 김진준 옮김
192 시간은 밤 류드밀라 페트루솁스카야 | 김혜란 옮김
193 타타르인의 사막 디노 부차티 | 한리나 옮김
194 고양이와 쥐 귄터 그라스 | 박경희 옮김
195 펠리시아의 여정 윌리엄 트레버 | 박찬원 옮김
196 마이클 K의 삶과 시대 J. M. 쿳시 | 왕은철 옮김
197, 198 오스카와 루신다 피터 케리 | 김시현 옮김
199 패싱 넬라 라슨 | 박경희 옮김
200 마담 보바리 귀스타브 플로베르 | 김남주 옮김
201 패주 에밀 졸라 | 유기환 옮김
202 도시와 개들 마리오 바르가스 요사 | 송병선 옮김

203 루시 저메이카 킨케이드 | 정소영 옮김

204 대지 에밀 졸라 | 조성애 옮김

205, 206 백치 표도르 도스토옙스키 | 김희숙 옮김

207 백야 표도르 도스토옙스키 | 박은정 옮김

208 순수의 시대 이디스 워턴 | 손영미 옮김

209 단순한 이야기 엘리자베스 인치볼드 | 이혜수 옮김

210 바닷가에서 압둘라자크 구르나 | 황유원 옮김

211 낙원 압둘라자크 구르나 | 왕은철 옮김

212 피라미드 이스마일 카다레 | 이창실 옮김

213 애니 존 저메이카 킨케이드 | 정소영 옮김

214 지고 말 것을 가와바타 야스나리 | 박혜성 옮김

215 부서진 사월 이스마일 카다레 | 유정희 옮김

216 사람은 무엇으로 사는가 레프 톨스토이 | 이항재 옮김

217, 218 악마의 시 살만 루슈디 | 김진준 옮김

219 오늘을 잡아라 솔 벨로 | 김진준 옮김

220 배반 압둘라자크 구르나 | 황가한 옮김

221 어두운 밤 나는 적막한 집을 나섰다 페터 한트케 | 윤시항 옮김

222 무어의 마지막 한숨 살만 루슈디 | 김진준 옮김

● 문학동네 세계문학전집은 계속 출간됩니다